HEYNE <

Zum Buch

Ein Selbstmordanschlag in der Berliner U-Bahn schreckt das Land auf. Notärztin Ella Bach ist als Ersthelferin am Tatort und beobachtet, wie ein Sanitäter das Handy des Attentäters verschwinden lässt. Kurz darauf entdeckt die Polizei im Internet ein Video: Der Attentäter hat seine grausame Tat mit diesem Handy selbst gefilmt und als Livestream ins Netz gestellt. Der traumatisierte Afghanistanveteran wirkt in dem Film wie ferngesteuert. Beim Versuch, den Sanitäter festzunehmen, reißt der einen Polizisten in den Tod, und auch diese Tat filmt der Mörder mit seinem Handy. Es ist, als würde eine Fremde Macht Monster gebären. Tatsächlich deuten Spuren auf ein obskures soziales Netzwerk mit Sitz in London. Als dort Ellas Freundin Annie spurlos verschwindet, reist sie in die englische Hauptstadt, um Annie zu suchen. Doch sie reist nicht allein, und dem Netzwerk des Bösen kann sie nicht entkommen.

Zum Autor

Claus Cornelius Fischer wurde 1951 in Berlin geboren und lebt heute in München. Er schrieb u. a. für *Die Welt* und *Die Zeit* und ist seit 1976 freier Schriftsteller, Übersetzer und Drehbuchautor. 1989 war er u. a. mit Günter Grass und Norbert Blüm Herausgeber der *Satanischen Verse* von Salman Rushdie in Deutschland. Sein Roman *Goyas Hand* wurde für den aspekte-Literaturpreis nominiert. Nach seinem ersten Roman *Erlösung* folgt nun *Nukleus.*

Lieferbare Titel

978-3-453-43648-0 - Erlösung

CLAUS C. FISCHER

NUKLEUS

Thriller

WILHELM HEYNE VERLAG
MÜNCHEN

MIX
Papier aus verantwortungsvollen Quellen
FSC® C014496

Verlagsgruppe Random House FSC® N001967
Das für dieses Buch verwendete FSC®-zertifizierte Papier
Holmen Book Cream liefert Holmen Paper,
Hallstavik, Schweden.

Vollständige Taschenbuchausgabe 09/2014

Printed in Germany 2014
Umschlaggestaltung: Eisele Grafik-Design, München
unter Verwendung eines Fotos von
© Kevin Russ/E+/GettyImages
Satz: Leingärtner, Nabburg
Druck und Bindung: GGP Media GmbH, Pößneck
ISBN: 978-3-453-43777-7

www.heyne.de

Hätte der Mensch einen freien Willen – das heißt,
könnte jedermann tun und lassen, was ihm beliebt –
dann wäre die ganze Geschichte der Menschheit ein Gewirr
unzusammenhängender Ereignisse.

Leo N. Tolstoi

Gedankenkontrolle bedeutet die Kontrolle über die Ideen,
Gedanken und Gefühle einer anderen Person,
obgleich diese Person augenscheinlich weder unter physischem Zwang
steht noch in Gefangenschaft lebt.

Lee Colemanetra

Durch Wissenschaft und Technik werden wir den Aliens
begegnen, und das werden wir selbst sein.

Norman Spinrad

1

»Sie ist eben aus dem Haus gekommen.«

»Seid ihr ganz sicher, dass sie es ist?«

»Ella Bach, Ärztin, gestern Abend mit BA aus Berlin gelandet und in Bayswater im Lancaster Gate Hotel abgestiegen.«

»Ist sie allein?«

»Mutterseelenallein.«

»Was macht sie?«

»Nichts. Steht nur da vor dem Eingang.«

»Wie sieht sie aus?«

»Als wäre sie einem Geist begegnet.«

»Dem Geist ihrer toten Freundin. Welche Kamera ist im Einsatz?«

»Hans Place.«

»Sorgt dafür, dass das gelöscht wird. Sie war nie da. Was macht sie jetzt?«

»Holt ihr Handy heraus und telefoniert.«

»Kann sie euch sehen?«

»Nein. Sie geht los.«

»Wohin?«

»Richtung Harrods. Sollen wir sie nicht lieber sofort …?«

»Nein. Erst wenn sie eine Gefahr wird.«

2

Mit locker schwingenden Armen fliegt Shirin über den Asphalt wie eine Schwalbe, den Abendwind im Gesicht. Wenn man traurig ist, gibt es nichts Besseres, als auf Skates über eine leere Straße zu jagen und den Kummer einfach hinter sich zu lassen. Sie fliegt, und der Himmel, rot und blau, stürzt ihr durch die weit aufgerissenen Augen mitten ins Herz. In den Kopfhörern ihres iPods hämmert der Beat von Rihanna. Die Leuchtreklamen und Straßenlampen drehen sich wie ein schimmerndes Rad um ihren Kopf, als sie einen Laternenmast packt und im Kreis herumwirbelt. An der Ampel muss sie warten, dann hat sie die U-Bahn erreicht und drückt auf den Fahrstuhlknopf, weil Mama nicht will, dass sie mit angeschnallten Skates die Treppe nimmt. In letzter Zeit ist Mama immerzu besorgt, besorgt, besorgt.

Der Lift zu den Gleisen fährt so langsam, dass Shirin den Zug verpasst, den sie eigentlich kriegen wollte. Sie sieht die Rücklichter noch in der schwarzen Tunnelröhre verschwinden. Eine Zeit lang ist sie der einzige Mensch auf dem trübe beleuchteten Bahnsteig. Sie nimmt die Kopfhörer ab und hängt sie sich um den Hals. Sie betrachtet die Plakate, die an den Säulen hängen. Die meisten kennt sie schon, deswegen fängt sie an, um die Sitzbänke und Müllkörbe herumzuflitzen, obwohl die Schilder an den Säulen rot durchgestrichene Skates zeigen. Aber sie zeigen auch brennende Zigaretten, die genauso verboten sind, und der Mann, der plötzlich vor ihr steht, raucht trotzdem. Shirin hätte ihn beinahe umgefahren. Eben noch war der ganze Bahnsteig leer, und einen Moment später steht der Mann vor ihr und sieht sie erschrocken an. »Tschuldigung!«, entfährt es ihr.

Der Mann sieht sie nur weiter an, ohne etwas zu sagen. Er ist groß und dünn, und er schwitzt, obwohl es hier unten nicht so heiß ist.

Vielleicht weil er einen Mantel trägt, denkt sie. Alles an ihm ist schwarz, der Ledermantel, die Hose, die Sandalen, auch das Haar und der Bart, nur die Füße in den Sandalen nicht; die sind nackt und weiß. Jetzt lächelt er auf einmal, aber so ein Lächeln hat Shirin noch nie gesehen, und es hält auch nicht lange. Sie macht eine ungeschickte Kehrtwende und rollt fort von ihm.

Der Mann folgt ihr langsam. Ein paar Schritte entfernt bleibt er stehen, raucht den letzten Zug von seiner Zigarette und drückt sie am Rand des Müllkorbs an der nächsten Säule aus. Danach holt er ein Handy aus der Tasche und bewegt den Zeigefinger mehrmals über das Display. Er liest etwas, bewegt dabei die Lippen, als wollte er das, was er liest, auswendig lernen. Er verstaut das Handy wieder in der Tasche, und dann verschränkt er die Hände vor dem Bauch, so fest, dass die Knöchel seiner Hand rötlich durch die weiße Haut schimmern.

Shirin schaut weg, zur Treppe, auf der gerade ein Punker herunterkommt. Er trägt eine Lederjacke mit überbreiten Schultern, schmutzige Turnschuhe und Jeans mit Löchern, durch die man seine dünnen Beine sehen kann. Seine nackte Brust ist bleich, eingefallen. In seiner linken Wange steckt eine blitzende Sicherheitsnadel, und auf dem kahlgeschorenen Kopf hat er einen feuerroten Irokesenkamm. Auf seiner Schulter kauert eine weiße Ratte. Während er auf den Zug wartet, gibt er ihr aus einer Dose ein bisschen Bier zu trinken, das er sich vorher in die Hand schüttet.

Der Fahrstuhl bewegt sich nach oben, aber eine Zeit lang kommt niemand herunter. Dann erscheinen drei weiße Mädchen in Sommerkleidern. Sie kichern ununterbrochen, stoßen sich mit den Ellbogen an und tun so, als wären sie allein auf dem Bahnsteig. Eins der Mädchen holt einen Taschenspiegel heraus, malt mit einem roten Stift ihre Lippen an und zieht dabei Grimassen wie einer von den kleinen Affen im Zoo, wenn sie um Erdnüsse betteln. Obwohl sie so laut sind, achtet niemand auf die Mädchen, weder der Mann in dem schwarzen Ledermantel noch der Punk, nicht einmal die Ratte.

Shirin zieht die Kopfhörer des iPod wieder über die Ohren, und da ist es, als wäre ihr Kopf plötzlich ein ganzes Stadion, in dem Rihanna nur für sie singt, so laut und wild, als wollten sie ihr mit ihren Gitarren das Gehirn zerfetzen. Mama will nicht, dass sie solche Musik hört, Lieder von deutschen oder amerikanischen Bands statt Musik von da, wo sie herkommt, Stücke von Fares Karam oder Haifa Wahbi. Nur Onkel Rashido ist erlaubt. Aber selbst dann nimmt Papa ihr manchmal den iPod weg. Sie kriegt ihn allerdings jedes Mal wieder, denn sie ist seine Schneeflocke. Sie bringt ihm bald viel Geld ein, das sagt er immer.

Jetzt schwebt die Fahrstuhlkabine mit den schmutzigen Glaswänden wieder herab. Am anderen Ende des Bahnsteigs taucht ein Sicherheitsmann der U-Bahn-Wache auf. Er hat eine dunkelblaue Uniform an, und das Leder seines Gürtels, der Stiefel und der Pistolentasche glänzt schwarz. Er trägt eine Sonnenbrille, durch die er bestimmt nicht viel sehen kann, und ein Barett. Sein Gesicht wirkt steif. Der kleine Mund sieht komisch aus, blass und dünn wie eine verheilte Wunde.

Die Liftkabine sinkt den Glasschacht herunter und hält mit einem sanften Ruck. Vier junge Rucksacktouristen mit kleinen US-Wappen auf den Backpacks verlassen den Fahrstuhl, hinter ihnen zwei Frauen. Die beiden Frauen gehen gleich zu einer Bank und setzen sich hin. Beide haben eine Burka an; die eine ist dick, die andere schlank.

Aus der Gleisröhre fegt ein Schwall warmer Luft über den Bahnsteig, als der Zug einfährt. Das Rattern der Räder wird so laut, dass es die Musik in den Kopfhörern übertönt, und dann donnert der Triebwagen der U7 aus dem Tunnel. Die meisten der erleuchteten Waggons mit den bunt beklebten Fenstern sind leer. Als der Zug hält, kommt nur eine Handvoll Passagiere heraus. Fast alle, die auf dem Bahnsteig gewartet haben, steigen in denselben Wagen, in dem schon ein Dutzend Leute sitzen, alte Frauen mit Kopftüchern und Schleiern, Männer mit Aktentaschen, zwei Nonnen, ein paar Jugendliche mit Handys, aber keine anderen Kinder.

Shirin balanciert auf ihren Skates in den Wagen und bleibt neben der Haltestange an der Tür stehen, genau wie der Mann in dem schwarzen Ledermantel am anderen Ende und der Mann mit der Uniform in der Mitte. Der Zug fährt abrupt los und beschleunigt so heftig, dass ihr beinahe die Füße weggerutscht wären. Sie hält sich fest, denn der Wagen schlingert stark. Durch die bunt beklebten

Fenster kann sie die Wände der Gleisröhre vorbeiflitzen sehen; sie spürt die Erschütterungen der Räder auf den Schienen unter ihr.

Der Mann am anderen Ende des Gangs fängt an, langsam seinen Mantel aufzuknöpfen, Knopf für Knopf, von unten nach oben. Er sieht niemanden an, und niemand achtet auf ihn. Sein ganzes Gesicht ist jetzt schweißbedeckt. Sogar seine nackten Füße in den Sandalen glänzen nass. Er schaut auf seine Armbanduhr und schiebt eine Hand unter die erst halb geöffneten Mantelschöße.

Shirin beobachtet die anderen Passagiere. Einige lesen Zeitung, einer simst; der Rest schaut ins Leere oder aus den Fenstern, obwohl man da nichts sehen kann. Die beiden Nonnen tuscheln miteinander. Der Sicherheitsmann schwankt leicht im Rhythmus der Erschütterungen. Die Mädchen in den Sommerkleidern kichern immer noch. Der Punker setzt die Bierdose an die Lippen. Die Ratte auf seiner Schulter macht Männchen, ihr rosiges Schnäutzchen vibriert.

Der Zug fährt in die nächste Station ein. Der Mann in dem schwarzen Ledermantel streckt die Hand aus, als wollte er den Knopf zum Aussteigen drücken. Er hat einen verlorenen, sehnsüchtigen Ausdruck im Gesicht, und die Hand zittert. Im letzten Moment scheint er es sich anders zu überlegen. Er zieht die Hand zurück und schiebt sie in die Tasche. Sein Gesichtsausdruck entspannt sich. Jetzt holt er das Handy heraus und richtet es mit dem Display auf die anderen Fahrgäste. Shirin schaut sich um, ob noch jemand außer ihr den Mann komisch findet, aber sie ist wohl die Einzige, und jetzt wird sie von einem Pärchen auf dem Bahnsteig abgelenkt.

Ein junger Araber in Jeans und Lederjacke löst sich gerade aus den Armen seiner Freundin, blickt ihr noch einmal tief in die Augen und springt dann in den Wagen, gerade als sich die automatischen Türen schließen. Das Mädchen auf dem Bahnsteig ruft etwas, aber er sieht nicht mehr hin. Sie weint und wischt sich die Tränen nicht weg.

Ob Yassim sie auch eines Tages so küssen wird?, denkt Shirin; eines Tages, wenn sie groß genug sind, um zu heiraten? Sobald sie an ihn denkt, fängt ihr Magen an zu kitzeln, weil er so süß aussieht, so schmal und zart, und seine Augen sind ganz groß und dunkel. Jetzt muss sie nicht weinen, wenn sie von ihm weggeht, aber sobald er sie das erste Mal geküsst hat, und wenn er ihr dann so tief in die Augen sieht, dann wird sie bestimmt weinen, und sie wird die Tränen auch nicht wegwischen.

Der Zug setzt sich in Bewegung. Der junge Araber sieht sich um, mustert die anderen Fahrgäste; schaut, ob einer ihm etwa blöd kommen will. Sein Blick bleibt auch an dem Mann in dem schwarzen Ledermantel hängen. Der Mann bemerkt den Blick und erwidert ihn, ohne die Augen oder das Handy zu senken. Der Araber macht einen Schritt auf ihn zu. Da öffnet der Mann mit der freien Hand die letzten Knöpfe des Mantels und schlägt die Schöße auseinander. Sein Gesicht leuchtet, als wäre innen drin eine Kerze angezündet worden.

Der Araber bleibt jäh stehen, starrt auf etwas unter dem Mantel, das Shirin nicht sehen kann. Im selben Moment flackert um ihn herum ein seltsames Licht wie von einem Fotoblitz, erst weiß und dann gelb und rot. Ein Luftstoß schlägt Shirin ins Gesicht, so heftig, dass sie überrascht um Atem ringen muss. Der junge Araber bricht in die Knie, kauert schwankend einen Moment auf dem ruckelnden Boden, dann stürzt er zur Seite. Er zuckt noch ein paar Sekunden mit den Beinen wie ein träumender Hund im Schlaf, und etwas Rotes quillt ihm über die Lippen. Eine Sekunde später rührt er sich nicht mehr.

Jetzt kann Shirin den Mann in dem schwarzen Ledermantel wieder sehen. Rauch steigt von seinem Bauch auf, und kleine Flämmchen tanzen über seine Brust. Sein Gesicht ist verzerrt vor Schmerzen, aber auch verwirrt. Er sieht an sich herunter auf etwas, das er vor dem Bauch trägt, flache braune Pakete und runde rote Stäbe an einem Gürtel. Einer der Stäbe hängt in verkohlten Fetzen von dem Gürtel, und dahinter ist das Fleisch aufgerissen und blutig. Die Flämmchen hangeln sich von Stab zu Stab, ohne dass etwas passiert. Das Handy bleibt weiter auf den Raum vor ihm gerichtet, filmt, was die anderen Fahrgäste machen.

Shirin reißt sich die Kopfhörer von den Ohren. Der Mann auf der Bank neben dem reglos daliegenden Araber öffnet den Mund. Er ruft etwas, das sie nicht versteht, und springt auf. Er läuft zur Tür, rüttelt an den starren Griffen. Er knickt in der Hüfte ein, kippt nach vorn und spuckt Blut auf seine Schuhe. *Gut, dass Mama das nicht sieht*, denkt Shirin erschrocken.

Der Sicherheitsmann wirft sich zu Boden. Der Mann an der Tür dreht sich um, und ihr scheint, als schaue er sie an, nur sie, und in seinen entsetzt aufgerissenen Augen flackert etwas wie eine graue Motte. Verzweifelt taumelt er zur nächsten Tür. Er blutet auch, aber nur aus einem Ohr. Trotz der weit geöffneten Augen scheint er nichts mehr sehen zu können, denn er dreht sich um sich selbst wie eine verrückte Katze, die ihren eigenen Schwanz fangen will. Die rechte Hand verkrallt sich an seiner Brust. Die Hand ist auch blutig. Die Schreie entstellen sein Gesicht. Die Sehnen an seinem Hals treten hervor, spreizen die Haut zu einem Fächer.

Shirin steht da wie gelähmt. Sie will sich bewegen, aber sie kann nicht, genau wie die anderen Fahrgäste. Alle starren auf den Mann in dem schwarzen Ledermantel, der immer wieder hektisch auf eine Stelle an dem Gürtel drückt, während der verrückte Katzenmann sich neben dem Mann in der Uniform auf dem Wagenboden wälzt. Das Ohr blutet inzwischen sehr stark. Endlich werden seine Bewegungen langsamer. Er rollt auf den Rücken; er zittert; das Zittern erstirbt.

Auf einmal hat Shirin Angst, so große Angst, dass sie es für etwas anderes hält, etwas, für das es keinen Namen gibt.

Die Ratte huscht von der Schulter des Punkers, rennt seinen Arm hinunter und springt auf den Boden, wo sie hin und her flitzt und sich dann in eine Ecke kauert.

Plötzlich springen alle auf, und eine Frau schreit etwas. Wieder versteht Shirin das Wort nicht. Die Frau schreit weiter, hinter ihr. »Hilfe!«, schreit sie. »O Gott! Eine Bombe! Hilfe! Hilfe ...!« Im selben Moment kommt der Uniformierte wieder hoch. Er drückt auf einen Knopf in der Wand neben seiner Tür und ruft etwas in das runde Sprechsieb unter dem Knopf, bevor er nach der Pistole an seinem Gürtel greift.

Der Mann in dem Ledermantel lacht laut. Shirin kann alle seine Zähne sehen und die Zunge, aber als sie genau hinsieht, stellt sie fest, dass er gar nicht lacht; er schreit etwas. Die Hand streckt das Handy vor wie ein Kreuz, mit dem er Ungläubige einschüchtern will. Immer mehr Rauch steigt aus seinem Bauch, und dann gibt es den nächsten weißen Blitz, weiß und gelb und rot wie ein Feuerwerk. Diesmal hört Shirin das Krachen, das den Luftstoß begleitet. Sie spürt, wie ihre

Haut anfängt zu kribbeln. Ihre Stirn, der Hals, das ganze Gesicht juckt, als krabbelten Ameisen darüber.

Was ist das?

Sie reibt sich die kitzelnde Nase. Ihre Finger werden rot. Der nächste Atemzug ist scharf und sticht in der Brust, die sich zusammenzieht, bis es nicht mehr enger geht. *Was ist das bloß?* Sie schnappt nach Luft, ihr wird schwindlig. Ihre Augen brennen, und sie kann alles nur noch wie durch einen schwarzen Schleier sehen. Der Zug bremst, und ohne dass sie es will, rollt sie den Gang hinunter, auf den Mann im Ledermantel zu.

»Nicht, Kind!«, ruft eine der beiden Nonnen, die schwankend aufsteht und Shirin ansieht, »nicht, komm weg da, Kind!« Sie packt Shirins Arm und zerrt sie hinter sich her, fort von dem Mann, zurück zu der Tür im hinteren Wagenteil. Der Mann hat die Arme ausgebreitet. Er zittert und zuckt und brennt. Mit zurückgeworfenem Kopf bricht er in die Knie. Es ist auf einmal schrecklich heiß und stickig in dem Waggon. Das letzte Stück schleppt die Nonne Shirin mit über den Boden schleifenden Skates. »Leg dich hin«, keucht sie, »schau nicht auf!« Sie wirft sich neben Shirin, deckt sie mit ihrem eigenen Körper zu.

Yassim. Mama. Yassim!

Hier an der Türritze kann man atmen, der Fahrtwind streicht Shirin über den Hals, und sie hört das Rattern der Räder auf den Schienen, aber das Schreien der anderen Leute hört sie nicht mehr. Sie hebt den Kopf, um zu sehen, was mit ihnen passiert ist. Sie entdeckt den Punker, der unter einer Bank liegt und den Kopf zurückgeworfen hat. Kein Laut dringt aus seiner Kehle, nur die Zunge in dem aufgerissenen Mund blutet. Dahinter sieht Shirin die drei Mädchen, die jetzt nicht mehr kichern, sondern aneinandergeklammert zwischen den Sitzen kauern. Auch sie geben keinen Laut von sich.

Kein Ruf, kein Schrei, nur ein unheimliches Scharren, Stöhnen und Keuchen. Und das Kreischen der Bremsen. Und das Rattern der Räder auf den Schienen. Und da – ein Klicken! Der Sicherheitsmann hat seine Pistole auf den Mann gerichtet und drückt ab. Nichts passiert. Der Hammer schlägt bloß klickend auf die Kammer. Er legt einen Hebel an der Waffe um, aber auf einmal reicht seine Kraft nicht mehr aus, die Pistole fällt ihm aus der Hand. Er bückt sich, um sie aufzuheben, greift ins Leere, bückt sich noch tiefer und greift noch einmal ins Leere. Er verliert das Gleichgewicht und rutscht an der Tür herunter, langsam, als wäre er aus Knetmasse, die an der glatten Fläche nicht halten will. Eine Hand hat er in den Hemdkragen geschoben, unter dem alles rot ist, die ganze Uniformjacke und das Hemd.

Und da, ein Flüstern dicht an Shirins Ohr: »Lieber Herr Jesus, hilf uns, sieh her und hilf uns in der Stunde unserer Not, hilf diesem Kind an meiner Seite, hilf unserer Schwester Bonita und vergib mir, vergib uns, unsere Sünden, unsere ...« Shirin sieht die andere Nonne auf sie zukriechen, bis die Kraft Schwester Bonita verlässt und sie einfach liegen bleibt, mit dem Gesicht auf dem schmutzigen Boden. Diesmal sieht Shirin kein Blut.

Die Männer mit den Aktentaschen tippen verzweifelt auf den Tasten ihrer Handys herum, die Frauen auch. Zwei oder drei pressen ihre Köpfe gegen das Fenster des dahinrasenden Zuges, und noch immer ist draußen alles dunkel, die nächste Station nicht in Sicht. Sie erblicken nur ihre eigenen verzerrten Gesichter, während sie mit nachlassender Kraft an den Scheiben kratzen.

Und da, Shirin spürt den zitternden Körper der Nonne und hört sie um Luft ringen. »Herr Jesu, Herr Jesu, sei bei uns, Herr Jesu, sei bei uns.« Dann lauter: »Schau nicht hin! Schau nicht hin, Kind!« Aber auch wenn alles in Shirins Brust zu brennen scheint, sie kann nicht aufhören hinzuschauen, staunend, gebannt vom Anblick der Menschen, die sich gegenseitig mit Ellbogen und Fäusten beiseitestoßen oder übereinander hinwegtrampeln oder auf die Knie sinken oder einfach zur Seite kippen oder sich auf dem Boden winden oder auf die Türen zukriechen, langsam wie Schnecken.

Shirin hört sie wimmern und scharren und stöhnen. Sie sieht die Gesichter: den Punker, die Jugendlichen mit den Handys, die Geschäftsleute, die toten Mädchen in den Sommerkleidern. Sie sieht die weiße Ratte, die auf der anderen Seite des Gangs liegt, die dünnen rosigen Beinchen steif von sich gestreckt. Sie denkt, dass es jetzt nicht mehr lang bis zur nächsten Station dauern kann und dass dort die Türen aufgehen werden, und vielleicht erwachen dann alle wieder zum Leben, nur die Ratte ist zu klein, die Ratte wird es vielleicht nicht schaffen, und deswegen zwängt Shirin sich unter der Nonne hervor und kriecht zu der Ratte.

Ihr ist so übel, als müsste sie jeden Augenblick auch sterben. Sie hat kaum noch Kraft. Ihre Brust zieht sich zusammen, sie kriegt keine Luft mehr, und noch immer keine Haltestelle, nur das kalte, metallische Rattern der Räder. Und da – die Hand des Sicherheitsmannes, die nach der Pistole tastet und sie aufhebt und zitternd auf das richtet, was von dem Mann in dem Ledermantel übrig ist. Bloß dass sie es nicht schafft, abzudrücken, sondern zurückfällt und schwer auf den Boden kracht. Der Zeigefinger krümmt sich um den Abzug.

In diesem Moment schlägt eine winzige Flamme aus der Mündung seiner Waffe. Das Peitschen des Schusses ist noch nicht verklungen, als eine blendende Explosion den Mann mit dem Sprengstoffgürtel in Stücke reißt, und alles fliegt durch die Luft, brennende Kleiderfetzen, Leder, Metall, Knochen, Glassplitter, Haut. Winzige Objekte schießen heran aus dem Rauch, eins blitzt kurz auf, zerreißt den Schleier vor Shirins Augen und explodiert in ihrem Kopf.

Ein Schlag gegen die Brust wirft sie von Knien und Händen, schleudert sie gegen die nächste Bank. Benommen kauert sie halb auf der Seite und ringt nach Luft, beide Beine mit den Skates von sich gestreckt wie die weiße Ratte. Dann, gerade als der Zug in die nächste Station einfährt und die Räder aufhören zu rattern, rutscht langsam der Ellbogen unter ihr weg. Sie fällt, und ihr Kopf prallt auf den Boden, und das Geräusch – das Letzte, was Shirin hört –, ist wie ein schwerer Schlag auf einen dunklen Gong.

3

Am schlimmsten war das Klingeln der Handys. Erst war es nur eins, dann setzte ein zweites ein, gleich darauf ein drittes und viertes, und danach wurden es immer mehr. Sie klingelten in den Jacken, den Rucksäcken, den Aktenkoffern und Handtaschen, als riefen all die Toten sich gegenseitig an, und keiner konnte die Anrufe mehr entgegennehmen. Die leblosen Körper lagen nebeneinander auf dem Bahnsteig, mit dem Gesicht nach oben. Ein paar waren zugedeckt, aber die meisten hatten bloß die Augen geschlossen wie Schlafende, und manche hatten gar kein Gesicht mehr. Die Einsatzkräfte hatten sie zwischen den weiß gekachelten Säulen mit den Köpfen zu den Gleisen ausgerichtet, auf denen noch immer der Zug stand. Die Wagen waren hell erleuchtet, die Türen standen offen.

Nur ein Waggon lag im Dunkeln, aber durch die leeren Fenster konnte man das Blut auf dem Boden und den verkohlten Sitzen sehen. Glassplitter der aus den Rahmen gesprengten Scheiben glommen im Licht der Milchglaslampen an der Gewölbedecke. Es roch nach verschmortem Plastik, versengten Haaren, verbrannter Haut. Feuerwehrleute mit Atemmasken liefen neben dem Zug auf und ab. Bundespolizisten mit Schutzwesten und Maschinenpistolen sperrten die Zugänge der Bahnsteige.

Ärzte, Sanitäter und Rettungsassistenten beugten sich über die Verletzten, knieten neben den Körpern. Einige Opfer lagen in einer Blutlache. Ein paar schrien – laut, dann leise, dann wieder laut. Einige stöhnten und wimmerten. Andere zitterten krampfartig oder warfen sich hin und her. Von den meisten sah man nur die Füße oder den Kopf oder eine Hand zwischen den knienden Helfern, den Notfallkoffern und Beatmungsgeräten. Die Ärzte, Sanitäter und Rettungsassistenten versorgten die Wunden, stoppten die Blutung, stabilisierten den Kreislauf. Sie sedierten, reanimierten, betäubten, und manchmal stand einer auf und schüttelte den Kopf oder zog sich erschöpft die blutverschmierten Handschuhe aus. Es gab weniger Blut zu sehen als erwartet, Blut an der Kleidung der Helfer, Blut aus den Wunden der Opfer.

Ein Mann in einem hellen Overall ging von einem Toten zum nächsten und fotografierte jeden aus mehreren Perspektiven. Nach und nach hörten die Handys wieder auf zu klingeln. Das Grauen hatte viele Gesichter, und Ella Bach hatte immer gedacht, dass sie jedes einzelne bereits kannte. Sie lief zum Leitenden Notarzt und fragte: »Kann ich noch irgendwas tun?«

»Das Mädchen da neben der Bank – Shirin, neun Jahre, aber wahrscheinlich wird sie's nicht schaffen.«

»Woher wisst ihr, wie sie heißt?«

»Sie hatte einen Organspenderausweis dabei. Selbstgemalt.«

Sie ist neun und hat sich selbst einen Organspenderausweis gemalt?, dachte Ella. Sie lief zu der Bank und beugte sich über die Trage, auf der Shirin lag. Finn, ihr Rettungsassistent, blieb hinter ihr. Das Mädchen war zart, der Körper klein unter der grünen Decke. Der Kopf der Kleinen war bandagiert, das Gesicht dunkler als der Rest der Haut. Über der linken Wange hatte sich der Verband rot gefärbt, aber nicht sehr stark. Aus Shirins Mund führte ein Trachealtubus zu einem Beatmungsgerät. Durch einen weiteren Schlauch floss farblose Infusionslösung in einen dünnen Arm, der unter der Decke hervorragte. Ein tragbarer Überwachungsmonitor gab in kurzen Intervallen leise Pieptöne von sich.

Der junge Notarzt, der sie erstversorgt hatte, kauerte neben Shirins Schulter. »Sie hat eine Verletzung unter dem linken Auge«, erklärte er. »Es gibt einen Wundkanal, aber wie tief er ist … Etwas könnte die Wange durchschlagen haben. Vielleicht ist eine Scherbe oder ein Stück Eisen in ihren Schädel eingedrungen. Wenn, dann steckt es wahrscheinlich hinter dem rechten Auge, etwa in Höhe der Nasenwurzel.«

»Warten wir auf das CT«, sagte Ella.

Der Notruf war um 18:47 Uhr in der Leitzentrale der Feuerwehr eingegangen und gleich weitergeleitet worden: »Massenanfall von Verletzten Stufe eins nach einer Explosion in der U7 Richtung Rudow. NEF 4305, wo seid ihr gerade?«

»Mehringdamm«, hatte Ella geantwortet. »Wo ist die Patientenablage?«

»U-Bahnhof Hermannplatz.«

»Wie viele Betroffene?«

»Neunzehn Verletzte, fünf Tote. Bis jetzt.«

Es war wie der Startschuss zu einer Rallye gewesen, den Mehringdamm hoch, über die Gneisenaustraße und die Hasenheide runter zum Hermannplatz, ein Katzensprung, nicht besonders viel Verkehr an diesem frühen Herbstabend, gerade mal acht Minuten, und trotzdem waren sie nicht als Erste eingetroffen. Sie war gern die Erste. Meistens schaffte sie das: ein paar Sekunden schneller zu sein als der Tod.

Auf dem Platz und den Straßen rings um die U-Bahn-Schächte schleuderten schon ein Dutzend Streifenwagen, Feuerwehrfahrzeuge und RTW-Sprinter ihre blauen Blitze gegen die Fassaden von Karstadt und Commerzbank. Dazu die Trauben von Schaulustigen an den Aufgängen, die ersten TV-Journalisten – *Wo die immer so schnell herkommen?* –, trotzdem so nah ran wie möglich mit dem Einsatzwagen und raus, und da spürte Ella schon den schwachen Rauchgeruch von den Bahnsteigen, und die Treppe runter mit Notfallkoffer und Defi, und jetzt gehörte Shirin ihr, als hätte sie auf sie gewartet. Als wären sie verabredet gewesen, dachte Ella.

»Blutverlust?«, fragte sie, zwei Finger am Hals des Mädchens.

»Die Kopfwunde hat stark geblutet«, sagte der junge Arzt, der vor ihr dagewesen war. »Wir haben ihr schon zwei Ringer gegeben.«

»Warum ist ihr Gesicht so dunkel?«

»Wahrscheinlich ist sie Türkin oder …«

»Ich meine dunkler als der übrige Körper«, fiel Ella dem Arzt ins Wort. Sie schob das linke Augenlid des Mädchens hoch. Nur schemenhaft nahm sie die Feuerwehrleute und Polizisten wahr, die über und neben ihr auf dem abgesperrten Bahnsteig erschienen und wieder verschwanden; von den meisten sah sie nur die Stiefel. Die Zugluft aus den schwarzen Gleisröhren verfing sich in den Decken, unter denen die Toten lagen. Von oben drang das Heulen der Sirenen herunter, es wurden immer mehr. Ella hörte schnarrende Walkie-Talkies, das Rauschen, Knacken und Zischen des Funkverkehrs. Eine Metallsäge kreischte, weiße Funken stoben in kleinen Fontänen aus dem dunklen Waggon, und magnesiumblauer Lichtschein flackerte über die hellen Kachelwände.

Shirins Pupille war mittelweit geöffnet und reagierte nicht. Jetzt verfärbte sich ihr Gesicht bläulich. »Blutdruck?«, fragte Ella.

Der Rettungsassistent warf einen Blick auf den Monitor. »Schockig. Tachykard mit hundertdreißig pro Minute.«

Der Blutdruck war viel zu niedrig, die Herzfrequenz viel zu hoch, und dazu noch die Blaufärbung. *Was bedeutet das, wieso ist der Kreislauf kollabiert?* »Wie sieht's unter den Verbänden aus?«, wollte Ella wissen. »Spuren von grauer Masse?«

Der junge Arzt, den Ella nicht kannte, schüttelte den Kopf. »Nein. Liquorfluss Nase links. Schwache Blutung Mund, Nase rechts und links.«

Irgendwas stimmt mit der Sauerstoffversorgung nicht, dachte Ella, öffnete ihren Koffer und zog die sterilen Handschuhe an. »Ist das die einzige Verletzung?«

Das Piepen des tragbaren Herzmonitors wurde schneller. »Druck neunzig zu fünfzig«, sagte der Rettungsassistent, »das sieht nicht gut aus – Sättigung achtundachtzig Prozent, CO_2 fällt!«

Ella sagte: »Volumen geben, tief sedieren, mit hundert Prozent Sauerstoff beatmen, und dann ab mit ihr in die Charité!«

»Sollen wir sie nicht erst stabilisieren?« Der junge Arzt sah in die Runde, als erwarte er Beifall. »Wenn wir sie in diesem Zustand transportieren, besteht da nicht die Gefahr, dass das Objekt in ihrem Kopf zu wandern beginnt?«

»Und?«, fragte Ella.

»Wenn das Objekt hinter dem rechten Augen steckt, sitzt es wahrscheinlich dicht am Hirnstamm«, sagte der Arzt. »Die kleinste Bewegung in diesem Bereich kann vitale Gehirnfunktionen für immer vernichten und …«

»Wie heißen Sie?«, unterbrach Ella ihn.

»Wilhelm.«

»Ist das Ihr erster Einsatz, Doktor Wilhelm? Wenn wir sie nicht in die Notaufnahme schaffen, stirbt sie gleich hier auf dem Bahnsteig, und zwar an Herzversagen. Sie muss ein schwaches Herz haben oder irgendetwas anderes, sonst wäre sie nicht so instabil.« *Und sie hätte sich wahrscheinlich nicht den Ausweis gemalt,* dachte sie. »Bringt sie weg!«

Die Sanitäter hoben die Trage an. Im selben Moment beschleunigte sich das Piepen des Monitors. Shirins Herz pumpte auf einmal viel zu schnell, es raste, statt hundertmal in der Minute schlug es jetzt zweihundertmal. Die Herzstromkurve zuckte über den kleinen Schirm wie ein endloser grüner Blitz.

»Kammertachykardie, sofort absetzen!«, rief Ella. »Schnell, legt sie wieder hin!« Eine Ewigkeit lang schien Shirins Herz weiterzurasen und sämtliche verbliebene Kraft darauf zu verwenden, sich selbst zu zerstören. Auch Wilhelm, die Rettungsassistenten und die Sanis vergaßen zu atmen, lauschten dem piependen Gerät. Dann – von einer Sekunde auf die nächste – herrschte Stille. Der eine Herzschlag verklang, der nächste blieb aus. Die Pause – *Es muss eine Pause sein!* – dehnte sich so lang, dass Ella plötzlich spürte, wie hart der Boden unter ihren Knien war.

Die Zeit blieb stehen. Die Funken sprühten weiter, von den Gleisen stieg Rauch auf, und auch die Beine mit den Stiefeln liefen weiter hin und her, aber Ella und der Arzt und die Sanis hielten für endlose Sekunden in ihrem Leben inne, atmeten weder ein noch aus, genau wie Shirin.

»Sie ist weg!«, rief der Rettungsassistent. »Adrenalin?«

»Nein!« Ella überlegte fieberhaft. Sie riss die Decke vom Körper des Mädchens und stützte sich auf Shirins Brustkorb, drückte ihn, einmal, zweimal, erst vorsichtig, denn die Rippen waren dünn, alles war so winzig, dann schneller und heftiger, in dem Rhythmus, den das stehende Herz jetzt wiederfinden musste – *stayin' alive* –, drücken und drücken und drücken – *stayin' alive, stayin' alive* –, der beste Rhythmus, nicht nur zum Tanzen, auch zum Reanimieren – *stayin' alive* –, ohne Innehalten – *stayin' alive, stayin' alive* –, aber nichts geschah, das kleine Herz sprang nicht wieder an, und sie pumpte weiter – *ah, ah, ah, ah, stayin' alive* –, und als sie aufblickte, sah sie den fassungslosen Ausdrück auf dem blassen Gesicht des Rettungsassistenten, denn sie hatte laut mitgesummt, und noch immer geschah nichts, sodass sie mit dem Pumpen aufhörte und auch mit dem Summen.

Es muss noch eine andere Verletzung geben, schoss es ihr plötzlich durch den Kopf. *Eine, die wir bisher übersehen haben. Warum hat sie sich einen Organspenderausweis gemalt? Woran leidet sie? Herz? Niere?* Die Brust des Mädchens federte wie eine aufgepumpte Luftmatratze, als staute sich der Sauerstoff in der unnatürlich geweiteten Brusthöhle. *Ein Spannungspneumothorax*, dachte Ella, *die Lungen müssen verletzt sein.* Und dann dachte sie: *Das Gehirn – nicht mehr lang und wir haben einen irreparablen Hirnschaden!*

Sie schob Shirins blutbespritztes T-Shirt bis zum Hals hoch und legte die flache Brust frei. Schweiß rann ihr kitzelnd den Nacken hinunter. Auch in ihren Wimpern glitzerten Schweißtropfen. Sie wischte sich mit dem rechten Unterarm über Stirn und Augen. *Was ist los? Was ist verdammt nochmal mit dir los, Shirin?* Sie starrte das blau angelaufene Gesicht des Mädchens an, die Verfärbung lief bis zum Halsansatz hinunter.

Ella drehte den kleinen Körper auf die Seite, und da war es, ein Loch unter der linken Brustwarze, zwischen der dritten und vierten Rippe. Es war nur ein kleines Loch, das sich schon wieder geschlossen hatte, kaum Blut, leicht zu übersehen. *Aber was, wenn es die Öffnung eines Wundkanals ist, der bis in die Lunge reicht? Wenn hier auch ein Objekt eingedrungen ist?*

»Taschenlampe!«, rief sie. »Ich brauche eine starke Lampe!«

Einer der Feuerwehrleute reichte ihr seine Stablampe. Sie knipste sie an und presste sie schräg hinter der linken Achselhöhle gegen Shirins Oberkörper, sodass der Lichtstrahl durch die Haut und das übrige Gewebe in den Brustkorb des Mädchens drang. Unterhalb des Herzens leuchtete die Vorderseite der Brust stark rötlich, unnatürlich stark. *Das ist es*, dachte Ella, *das tötet Shirin gerade. Ein Metallstück vielleicht, irgendetwas, das die Lungen verletzt hat.* Sie hörte den Respirator pumpen, und sie hörte sich selbst atmen und sogar den Atem der anderen, und sie dachte: *Bitte, Shirin mit dem gemalten Organspenderausweis, ich will dein Herz nicht, ich will es niemand anderem geben, auch sonst keins deiner kleinen Organe. Ich will, dass du lebst.*

»Ein Milligramm Adrenalin!«

Sie wartete die Wirkung der Spritze nicht ab, sondern setzte dem Mädchen die Hände auf die Brust, und es war, als schösse das Adrenalin durch ihren eigenen Körper. Sie fing wieder an, Shirins Herz zu massieren – *stayin' alive, stayin' alive* –, und jetzt rann der Schweiß ihr in die Augen und die Schläfen hinunter. Sie wischte sich wieder mit dem Unterarm über das Gesicht, und sie drückte und drückte – *Komm schon, verdammt, du schaffst es!* – rauf und runter, ohne an irgendetwas anderes zu denken als das Lied der Bee Gees – *stayin' alive, stayin' alive* –, aber das Mädchen war noch immer zyanotisch, die Blaufärbung des Gesichts blieb unverändert. »Übernehmen Sie!«, sagte sie zu Doktor Wilhelm.

»Was haben Sie vor?«, fragte Wilhelm, aber als Ella ihre Hände von Shirins Brustkorb nahm, sprang er sofort ein, setzte die Herzmassage fort.

Sie griff in den Notfallkoffer und suchte in fliegender Hast eine Stahlkanüle und ein Skalpell. Durch das von dem unbekannten Objekt verursachte Loch strömte die Luft von der Beatmungspumpe direkt in den Brustkorb und presste die Lunge so stark zusammen, dass sie nicht mehr arbeiten konnte – sogar das Herz wurde fast zerdrückt. *Die Luft muss raus, bevor es zu spät ist!* »Beatmung abstellen!«

»Willst du das wirklich?«, fragte Finn. Sein blasses, schmales Gesicht mit den lebhaften blauen Augen war eine Studie in Besorgnis. Die glatte Stirn warf bedenkliche Falten, der dünne blonde Ziegenbart unter dem Kinn zitterte.

Sie fand die Kanüle – *Gut, jetzt noch das Skalpell* –, und da erklang wieder das Signal eines einzelnen Handys. Aber diesmal gehörte es keinem der Opfer, sondern einem der Helfer, die damit beschäftigt waren, die Toten und Verletzten nach Ausweispapieren oder anderen Hinweisen auf ihre Identität zu durchsuchen. Der Sanitäter, dessen Handy klingelte, ging von Leiche zu Leiche und beugte sich über sie, als hielte er Ausschau nach jemandem, den er kannte. Oder, dachte Ella, als wollte er ganz sicher sein, dass sie wirklich tot waren.

Bei dem letzten Körper in der Reihe klingelte sein Handy immer noch, jetzt so laut, dass er es mit einer Hand aus der grau-roten Jacke zog, während er die andere unter die Decke schob, die über Kopf und Oberkörper des Toten gebreitet war. Er schien nach etwas zu suchen, von dem er schon wusste, dass es da sein musste. Rasch schaltete er sein Handy aus und verstaute es wieder in der Jackentasche. Er wandte sich um. Seine Augen begegneten Ellas Blick. Obwohl er ein gutes Stück von ihr entfernt war, konnte sie den jähen Schrecken in seinem Gesicht sehen; die Panik des Ertappten.

Das Zischen des Respirators hörte abrupt auf. »Beatmung abgestellt«, sagte Finn.

»Herzmassage unterbrechen«, befahl Ella.

»Sind Sie wahnsinnig?«, fragte Dr. Wilhelm, gehorchte aber auch diesmal. »Was soll das denn werden?«

Ella antwortete nicht. Sie entfernte die Verpackung des stählernen Einmalskalpells, tastete nach einer weichen Stelle zwischen der zweiten und dritten Rippe unter der Mitte des Schlüsselbeins und durchstach Shirins Haut. Sie schnitt nicht, sie stach, und das Blut, das aus der Wunde quoll, stoppte sie sofort mit dem Zeigefinger, den sie in die Stichwunde steckte. Sie nahm einen dicken Drainageschlauch, zog den Zeigefinger heraus und schob den Schlauch durch das Wundloch. Es gab ein lautes Zischen; fast sofort entspannte sich der Brustkorb. Gleich darauf – *da!* – ein Piepton aus dem Monitor, ein grüner Punkt, keine flache Linie mehr, *keine flache Linie mehr.*

Ella hörte förmlich, wie den beiden Männer der Atem stockte, spürte, wie sie erstarrten, ungläubig, überrascht, erleichtert. »Ach, du heilige Scheiße«, murmelte Wilhelm.

»Sie kommt zurück«, rief Finn aufgeregt.

Die Stromkurve auf dem Monitor belebte sich, die Pieptöne folgten wieder schneller, erst zögernd, dann regelmäßig, hundertmal in der Minute. Das Geräusch der durch die Kanüle entweichenden Luft war kaum mehr zu hören. »Sie haben es geschafft«, sagte Wilhelm. »Du heilige … Sie haben es tatsächlich geschafft!«

»Und beatmen!«, verlangte Ella. Das Beatmungsgerät fing wieder an, leise zu fauchen. Sie blickte noch einmal zu dem Sanitäter bei den Leichen hinüber. Er beugte sich jetzt nicht mehr über den toten Mann – es musste ein Mann sein –, sondern hatte sich aufgerichtet und steckte etwas in seine Tasche, das sie nicht erkennen konnte. *Er stiehlt,* dachte Ella, *er bestiehlt die Toten.* Dabei starrte er sie noch immer an, mit einem seltsamen Ausdruck im Gesicht, und dann schüttelte er den

Kopf, als wollte er sagen: *Nicht, schauen Sie nicht her, sehen Sie mich nicht an.*

Sie sah weg, auf Shirins Gesicht, aus dem langsam, ganz allmählich die Blaufärbung wich, dann auf den Monitor, Herz und Kreislauf arbeiteten wieder. Plötzlich spürte sie jeden Muskel und jeden Knochen in ihrem Körper. Sie blinzelte. Es kam ihr vor, als kehrte sie durch einen Zeitriss in die Gegenwart zurück. Sie sah, dass die blaue Verfärbung von Shirins Gesicht inzwischen fast ganz verblasst war, weil auch die Lungen wieder zu arbeiten begonnen hatten.

Der grau-rot gekleidete Sanitäter, der die Taschen der Toten durchsucht hatte, stand jetzt am Fuß der Rolltreppe. Er redete mit einem der Polizisten, sah ihn aber nicht an, sondern starrte die ganze Zeit zu Ella herüber, und dabei hatte er denselben Gesichtsausdruck wie vorhin. Wieder schüttelte er kaum merklich den Kopf. Seine Augen schienen in den Höhlen zu brennen. *Wir sehen uns nicht zum letzten Mal,* schienen sie zu sagen.

Ella hatte ein Gefühl, als zöge sich die Haut kalt um ihren Körper zusammen.

4

Die Sanitäter hoben das reglose Mädchen in den hell erleuchteten Patientenraum des Rettungswagens, arretierten die Trage und schlossen Shirin an die Apparate an. Ellas Sprechfunk knackte und knisterte. »Bringt sie ins Klinikum Neukölln«, verlangte der Leitende Notarzt.

»Nein«, sagte Ella in den Hörer des Funkgeräts. »Wir fahren ins Virchow.«

»Neukölln ist doch gleich um die Ecke«, sagte der Notarzt. »Die Kollegen sind schon informiert.«

»Das Virchow hat die beste Neurochirurgie«, sagte Ella. »Die Patientin ist stabil genug, um es bis dahin zu schaffen. Informieren Sie die Rettungsstelle. Wir warten noch auf den zweiten Sanitäter, dann fahren wir los.«

Sie schaltete das Funkgerät aus. Sie verstaute den Notfallkoffer in dem Fach neben der Trennwand zur Fahrerkabine, stieg in den Wagen und schnallte sich auf dem Betreuerstuhl an. Jetzt erst fiel ihr auf, dass sie noch immer ihre blutigen Gummihandschuhe anhatte. Sie zog sie aus und warf sie in den Abfallkorb. Die Ärmel ihrer Jacke waren ebenfalls blutbefleckt. Finn schlug die Türen zu, dann lief er nach vorn und schwang sich hinters Steuer. Die Sirene gab einen kurzen, jaulenden Heulton von sich.

Ella kontrollierte Sauerstoff, Infusion und Monitor, alles war in Ordnung. Jetzt wünschte sie sich nur noch Flügel. Sie ließ die Augen nicht von Shirins Gesicht. Die Farbe war unverändert, blass unter der Bräune, nicht mehr blau. Der Wagen ruckelte, als Finn ihn vom Gehweg auf die Straße steuerte. Die blendend hellen Lichtröhren an der Decke flackerten kurz, erloschen und gingen wieder an. Die Augäpfel unter Shirins Lidern reagierten nicht.

Plötzlich wurde die Seitentür aufgerissen, und der zweite Sanitäter kletterte herein. Ella sah die Fahrbahn unter ihm davongleiten, das blaue Schild *U-Hermannplatz* blieb zurück, die Zuschauer am Bordstein auch. Der Sanitäter zog die Tür wieder zu. Mit gesenktem Kopf ließ er sich auf den Tragestuhl neben der Tür fallen, und schließlich hob er den Kopf und sah Ella über Shirins Körper hinweg an.

Sie erkannte ihn sofort wieder, obwohl er von Nahem und im grellen Licht anders aussah als auf dem Bahnsteig. Wortlos starrte er ihr in die Augen, so eindringlich wie vorhin am Fuß der Treppe. Er saß jetzt sehr gerade, steif, seine Hände lagen auf den Oberschenkeln. Das Mädchen auf der Trage zwischen ihnen schien er gar nicht zu bemerken.

Der Sprinter beschleunigte, fuhr aber nicht so schnell, dass er die Patientin gefährdet hätte. Trotzdem spürte Ella die Fliehkraft, so wie sie den Zeitdruck spürte, der umso größer wurde, je kontrollierter sie fuhren. Der Sanitäter bewegte sich nicht, bis auf seine Lippen, die heftig zitterten. *Rede mit ihm,* dachte Ella. »Wer hat Ihnen gesagt, dass Sie bei uns mitfahren sollen?«, fragte sie. »Die Einsatzleitung?«

Sie kannte die Symptome. Sie kannte das Zittern der Lippen, den Schweiß auf seiner Stirn und die unnatürlich geweiteten Pupillen. Sie gab sich Mühe, ruhig zu sprechen, so ruhig es eben ging mit der heulenden Sirene auf dem Dach und dem Zischen und Piepen der Apparate, an denen Shirins Leben hing. Sie versuchte, seine Augen festzuhalten.

»Ich bin Doktor Bach«, sagte sie. »Ella Bach.«

Ich habe gesehen, wie du dir auf dem Bahnsteig an den Toten zu schaffen gemacht hast. Ich habe gesehen, wie du die Leichen bestohlen hast.

Der Sanitäter beugte sich ein wenig vor. Er schien innerlich zu vibrieren. Seine Stirn glänzte fahl, und Schweiß bedeckte auch seine Wangen und die Oberlippe. Die Spitzen seiner blonden Haare klebten an der milchigen Haut. Die Augen waren dunkelblau, aber der Glanz der Iris war wie ein undurchdringlicher Schutzschild gegen die Außenwelt.

Heroin, dachte Ella, *vielleicht sogar Crack, etwas, das ihn unberechenbar macht.* »Wollen Sie mir etwas sagen?«, fragte sie.

Jäh riss Finn den Wagen zur Seite. Der Sprinter schlingerte so heftig, dass Ella sich an dem Medikamentenschrank festhalten musste. Die Reifen kreischten, und einige Sekunden lang schleuderte das Fahrzeug im Zickzack hin und her. Durch das Rückfenster konnte Ella den Widerschein des Blaulichts auf den Frontscheiben der Autos hinter ihnen blitzen sehen. Am Straßenrand flogen Trauben junger Touristen mit Bierdosen in den Händen vorbei, und da wusste sie, dass Finn eben den Scherben von zersplitterten Flaschen auf der Fahrbahn ausgewichen war. Weiter hinten gab es noch mehr Rettungsfahrzeuge mit hellen Fenstern und zuckendem Blaulicht auf dem Dach.

»Wie heißen Sie?«, fragte Ella.

Der Sanitäter atmete flach, und seine unverwandt auf sie gerichteten Augen schienen größer und größer zu werden, als wollte er sie hypnotisieren. *Oder,* dachte sie, *als würde etwas durch sie nach außen dringen. Etwas Verzweifeltes.* Dasselbe brennende Flehen, das ihr schon auf dem Bahnsteig aufgefallen war. Unter der halb geöffneten, grau-roten Jacke bemerkte sie ein Kreuz aus reflektierendem Metall, das er an einem Kettchen um den Hals trug.

»Alles in Ordnung bei dir, Ella?«, meldete sich Finn über die Sprechverbindung.

Mit einem Ruck beugte der Sanitäter sich vor und hielt eine Hand über Shirins Gesicht, berührte es nicht einmal, und doch wusste Ella, was er ihr damit sagen wollte, mit seinem glühenden Blick, dem breiten Handteller über Mund und Nase des Kindes.

»Alles in Ordnung«, antwortete sie rasch und sah zu, wie er die Hand noch einen Moment über Shirins Gesicht schweben ließ, ehe er sie wieder auf seinen Oberschenkel legte. »Ich habe Sie noch nie gesehen«, redete sie weiter. *Nur reden,* dachte sie, *seine Aufmerksamkeit fesseln.* »Sind Sie an der Charité oder einer anderen Klinik? Bei der Feuerwehr? Gehören Sie zu den Johannitern? Oder den Maltesern?«

»Ich bin allein«, stieß der Sanitäter hervor. Obwohl er so blass war, wirkte er, als glühe er in dem weißen Deckenlicht, nicht wie Feuer, sondern wie Phosphor, das sich mit dem Sauerstoff in der Luft verband. Auf einmal hatte Ella Schwierigkeiten zu atmen. Sie spürte ihren Puls hart an den Handgelenken. Sie schluckte, um die Ohren freizukriegen. Der Raum zwischen ihr und dem Mann schrumpfte, er flimmerte und sirrte vor Spannung. Die Atmosphäre bebte unter einem betäubenden Druck, als könnte gleich alles um sie herum in Flammen aufgehen.

»Sie waren auf dem Bahnsteig«, sagte sie erschöpft. »Sie haben etwas aus den Taschen der Toten geholt.«

»Ich bin allein«, sagte der Sanitäter noch einmal, aber vielleicht dachte sie auch nur, dass er es sagte; seine Lippen bewegten sich. Danach bewegten sie sich nicht mehr, denn er presste sie so fest zusammen, dass sie einen schmalen farblosen Strich bildeten.

In dem Rückfenster neben seiner Schulter glitt ein Spätkauf mit einem Pulk kreischender Jugendlicher davor ins Bild und fiel ins Dunkel zurück. Der Sprinter überholte einen fast leeren Bus. Eine Zeit lang waren sie allein auf dem Mehringdamm, aber an der nächsten Kreuzung tauchten wieder Scheinwerfer hinter ihnen auf.

Die Reifen kreischten und quietschten noch einmal, als Finn den Sprinter nach rechts riss. Ein hohles Donnern fegte über den Wagen hinweg. Im nächsten Moment ragte im Rückfenster eine Eisenbrücke auf, ein gelber U-Bahn-Zug ratterte unter dem tiefblauen Himmel Richtung Hallesches Tor.

Ein Tablettenfläschchen kippte von der Ablage neben dem Medikamentenschubladen und rollte auf dem Boden hin und her. Der Sanitäter folgte dem hin und her rollenden Fläschchen angestrengt mit den Augen, als wäre es ein faszinierender Gedanke tief in seinem Inneren, der sich ihm immer wieder entzog.

»Was haben Sie genommen?«, fragte Ella. »*Wann* haben Sie es genommen? Wissen Sie, wo Sie sind?«

Mühsam hob er den Blick wieder, schien aber einen Moment zu brauchen, bis er die Situation, in der er sich befand, rekonstruiert hatte.

»Ich kann Ihnen vielleicht helfen, wenn Sie mir sagen, was Sie wollen«, drängte Ella.

Plötzlich veränderte sich das Piepen des Monitors, wurde schneller. Shirins schmächtiger Körper bäumte sich auf, stemmte sich gegen die Riemen, mit denen sie auf der Trage festgeschnallt war, als würde sie von einem inneren Krampf geschüttelt. Die Augäpfel flogen unter den geschlossenen Lidern hin und her.

Rasch beugte Ella sich über das Mädchen. Sie kontrollierte den Sitz der Schläuche und Kabel, das Beatmungsgerät, die Infusion und den Anschluss des Monitors. Nur aus den Augenwinkeln sah sie, wie der Sanitäter sich vorneigte. Seine rechte Hand fuhr in die Jackentasche, kam wieder heraus, etwas blitzte darin, und als Ella aufblickte, sah sie, dass er ein Einmalskalpell mit Stahlklinge hervorgeholt hatte.

»Leg das Skalpell weg, du Arsch!«, rief Ella, während Shirins Herz weiter raste und das Piepen des Monitors alle anderen Laute übertönte. Aber der Sanitäter kümmerte sich gar nicht um sie, auch nicht um das Mädchen. Sein Mund stand halb offen, dann riss er ihn ganz auf wie zu einem stummen Schrei – sein Zahnfleisch glänzte rosig und glatt – und setzte sich die Klinge an die Kehle.

Ella warf sich nach vorn, gegen seinen Stuhl. »Tu das nicht!«, rief sie und packte seinen Arm. »Das willst du doch gar nicht – das ist der Stoff – das Zeug, das du in dir hast!« Durch den Stoß drang die Klinge in seinen Hals, aber nicht tief. Etwas Blut quoll hervor, die Schlagader war unverletzt. Ella hielt seinen Arm fest, mit beiden Händen, an Ellbogen und Handgelenk. Ihr Gesicht befand sich nur Zentimeter von seinem entfernt, so nah, dass sie seinen Angstschweiß riechen konnte. »Lass schon los, du beknackter Idiot!«

Verblüfft gab er nach, alle Kraft wich aus seinem Arm, nur die Panik blieb in seinen Augen. Ein Laut, halb Zischen, halb Stöhnen, entfuhr ihm. Ella entwand ihm das Skalpell und warf es unter Shirins Trage. Fast in derselben Sekunde normalisierte sich der Zustand des Mädchens. Es fiel zurück, die Krämpfe schienen abzuebben, und das Herz hörte auf zu rasen.

Was war das?, dachte Ella. *Was ist hier gerade passiert?*

Ein weiterer Ruck schleuderte sie zurück auf ihren Stuhl. Der Sprinter drosselte das Tempo und hielt mit einem scharfen Schwenk am Bordstein. Finn starrte durch das Fenster in der Trennwand. Dann war sein Gesicht verschwunden, und Ella sah wieder zu dem Sanitäter hinüber. Er hielt ein Handy hoch, hielt es in beiden Händen, fast wie eine Monstranz, und fotografierte sie mehrmals schnell hintereinander.

Finn riss die rückwärtige Tür auf. »Was geht denn hier für eine Scheiße ab?« Der Sanitäter sprang ihm entgegen, rammte ihn mit der Schulter und schlug ihm damit die Tür aus der Hand. Wie von Furien gehetzt, stürzte er auf die Straße und rannte zwischen den heranrollenden Wagen davon – erst noch eine schwankende, Haken schlagende grau-rote Silhouette vor den Scheinwerfern, im nächsten Moment ein Schatten, der mit der Nacht verschmolz.

5

Fünfzehn Minuten später fuhr der Sprinter am Nordhafen vorbei, bog in die Fred-Krause-Straße und dann auf die Brücke über den Spandauer Kanal. Von der Seestraße lenkte Finn den Wagen auf das schwach beleuchtete Gelände der Virchow-Klinik. Er schaltete Sirene und Blaulicht aus, drosselte das Tempo und rollte langsam die Zufahrt zum Tiefgeschoss der Unfallchirurgie 3 hinunter.

Ella löste die Arretierung der Trage, des Monitors und der Sauerstoffflasche. Als der Daimler unter dem Dach vor der Rettungsstelle hielt, sprang Finn hinter dem Steuer hervor und riss die hintere Tür auf. Zusammen mit Ella hob er Trage und Apparate aus dem Wagen und rollte sie in den Vorraum, wo ihnen ein Pfleger im grünen Overall entgegeneilte. »Die Patientin muss sofort in den Schockraum«, sagte Ella. »Ist Dr. Auster schon da?«

»Er hat gleich nach Ihrem Anruf alles Erforderliche in die Wege geleitet«, sagte der Pfleger fast ehrfürchtig, während er einen Blick auf das Krankenblatt warf. »Radiologie, Anästhesie und alle sonst noch infrage kommenden Abteilungen stehen Gewehr bei Fuß. Sobald wir mit der Primärdiagnostik durch sind, kann sofort das CT gemacht werden. Aber wie haben Sie das nur geschafft? Ich meine … Julian Auster, der Oberguru persönlich!«

»Ich habe was gut bei ihm«, sagte Ella. Ein zweiter Pfleger half ihnen, die Trage zu den automatischen Türen zu bugsieren, hinter denen der Schockraum lag.

»Die Familie der Patientin ist schon unterwegs hierher«, fuhr der erste Pfleger mit veränderter Stimme fort. »Machen Sie sich auf einiges gefasst.«

»Wieso?«, fragte Ella. Sie behielt auch jetzt noch Shirins Gesicht und die Apparate im Auge, während sie neben der Trage herlief. »Was wollen Sie damit sagen?«

»Ich will gar nichts sagen.« Er tat, als studiere er noch einmal das Krankenblatt an der Trage. »Behaupten Sie etwa, Sie haben noch nie von der Familie Abou-Khan gehört?«

»Nein.«

»Und der Name des Vaters, Halil Abou-Khan, sagt Ihnen auch nichts?«

»Sollte er?«

»Warten Sie's ab, bis Sie ihn kennengelernt haben«, sagte er an der Tür zur Röntgenstation. »Vorsichtshalber informiere ich schon mal den Sicherheitsdienst. Warum konnten Sie die Kleine nicht nach Neukölln bringen lassen wie die anderen Verletzten?«

»Ich wollte, dass Dr. Auster sie operiert.«

Die Pfleger schoben Shirin auf den Korridor der Radiologie, und Ella zwängte sich mit durch die Tür. »Ich bleibe noch etwas bei ihr.« Gerade als die Tür sich schloss, hörte sie auf dem Gang vor der Rettungsstelle Geschrei. »Da sind sie schon«, sagte der erste Pfleger. »Wenn man vom Teufel spricht … Vielleicht wollen Sie mal einen Blick auf die Verwandtschaft Ihrer Patientin werfen, Frau Doktor? Ich piepe Sie an, sobald wir die Kleine nach oben in die Neurochirurgie weiterreichen.«

Ella sah den Pflegern nach, wie sie das Mädchen den langen, leeren Gang entlangrollten, dann trat sie hinaus in den Bereich vor der Notaufnahme. Eine Gruppe arabisch aussehender Männer und Frauen hatte sich am Fuß der breiten Treppe zum Empfangsbereich eingefunden und drängte jetzt durch den Eingang der Notaufnahme, wo sich ihnen ein Pfleger entgegenstellte. Die Frauen trugen dunkle Kleider und Schleier oder Kopftuch. Die Männer hatten Jeans und Lederjacken an, bis auf zwei Jungen in weißen, mit roten Streifen verzierten Trainingsanzügen und den Ältesten, der alle anderen um gut einen Kopf überragte.

Der große, ältere Mann trug ein taubenblaues Hemd, eine rostfarbene Hose und ausgetretene braune Schnürschuhe. Um den kräftigen Hals hatte er ein nachlässig geknotetes Tuch geschlungen, vom selben verwaschenen Kastanienton wie die abgewetzte Lederweste, zwischen deren Taschen sich eine goldene Uhrkette über den ausladenden Bauch spannte. Im Gehen stützte er sich auf einen Spazierstock mit einer ziselierten Silberkugel als Knauf.

Der Mann und seine Familie erfüllten den Warteraum und die Gänge bis in den letzten Winkel mit ihrer Anwesenheit, die sich wie ein Geruch ausbreitete, ein herrischer Geruch, nach starkem Tabak, scharf gewürztem Fleisch und einer unbestimmten, quecksilbrigen Aura von Gewaltbereitschaft. Obwohl es gar kein wirklicher Geruch war, konnte Ella ihn doch riechen; er schlug ihr wie die wabernde Hitzewolke über einer frisch geteerten Straße entgegen. Plötzlich ahnte sie, was der Pfleger gemeint haben mochte. Die Familie war kaum eine Minute da, und schon trat alles andere in den Hintergrund, die anderen Patienten, die auf den Stühlen neben der Treppe wartenden Angehörigen, die Pfleger und Reinigungskräfte.

»Sind Sie die Angehörigen von Shirin?«, fragte Ella.

»Ich bin Halil Abou-Khan«, sagte der große Mann, und als er sie ansah, war in seinem Gesicht keine Freundlichkeit, keine Sorge oder Angst, nichts, was Angehörige eines Patienten sonst erkennen ließen. Stattdessen spürte sie, wie er sie seine Stärke fühlen lassen wollte, mit dem kalten, durchdringenden Blick eines Herrschers, der selbst dann jeden Winkel in seiner Umgebung überwachte, wenn er sich nicht bewegte.

»Sie sind der Vater von Shirin?«

»Ist das ihr Blut?«, fragte der große Mann und starrte auf die roten Flecke an Ellas Jackenärmel. »Ist das Blut von meiner Tochter da?«

Er hatte graues, öliges Haar und ein hartes, dunkles Gesicht mit tiefen Falten und großen Tränensäcken, das wie gebeizt wirkte. Als hätte er lange Zeit zu dicht an einem qualmenden Feuer gestanden, dachte Ella. Seine Augen waren braun, die Pupillen umgeben von trübem, gelblichem Weiß. Graue Bartstoppeln überzogen die fleischigen Wangen bis zum Adamsapfel hinunter, nur unterbrochen von einer sichelförmig gezackten Narbe über dem linken Mundwinkel. Seine ganze Erscheinung wirkte, als wäre sie darauf angelegt, Gleichgültigkeit gegenüber seiner Umwelt auszudrücken. *Ich schaue nicht mehr in den Spiegel,* schien sie zu sagen, *es ist mir egal, wie ich aussehe, weil es mir egal ist, was ihr von mir denkt.*

»Mein Vater, Präsident Abou-Khan, will zu seiner Tochter«, sagte der junge Mann in dem weißen Trainingsanzug rechts von ihm. »Du bringst ihn zu ihr, Ärztin.«

Wie das Gesicht seines Vaters zeigte auch seine Miene keinen sanften Zug, nur an der Stärke, die er ebenso ausstrahlen wollte, mangelte es noch. Die Muskeln, die sich unter der eng sitzenden Trainingsjacke abzeichneten, die goldene Rolex und das Kilo Gold in Kettenform um seinen kräftigen Hals mussten als Ersatz herhalten, bis er mit eigenen Narben und natürlicher Autorität auftrumpfen konnte.

»Shirin ist gerade in der Primärdiagnostik«, sagte Ella, »und danach muss sie sofort operiert werden. Später können Sie sie sehen, aber nur kurz.«

»Ich will zu ihr«, beharrte der große Mann, der sich Präsident nennen ließ. »Sofort.« Die kräftige kleine Frau dicht hinter ihm murmelte etwas auf Arabisch, und die vier jüngeren Frauen nickten, wobei sie Ella herausfordernd anblicken. Die anderen jungen Männer standen nur da, breitbeinig, mit geradem Rücken und Lederjacken, die sich über Schultern und Brustkorb spannten. Sie sahen aus, als fühlten sie sich zutiefst beleidigt, weil sie hier stehen und mit einer Frau verhandeln mussten.

»Ihre Tochter schwebt in Lebensgefahr«, sagte Ella. »Sie ist bei der Explosion sehr schwer verletzt worden.«

»Was für Verletzungen?«

»Ein winziges Objekt ist in ihren Schädel eingedrungen und ein anderes in ihre Brust. Es ist uns gelungen, sie zu reanimieren, aber ihr Gehirn war vorübergehend ohne Sauerstoff, und wenn sie nicht sofort …«

»Sie war tot?«, fragte Abou-Khan.

»Ihr Herz hatte aufgehört zu schlagen.«

»Aber jetzt ist sie am Leben?«

»Ihr Herz schlägt wieder, und sie wird beatmet.«

»Sie wird nicht sterben?«

»Das kann man zu diesem Zeitpunkt nicht mit Sicherheit sagen. Meine Kollegen und ich …«

»Sagen Sie mir, dass Sie nicht wird sterben, Ärztin«, befahl der große Mann.

»Ich hoffe, dass sie am Leben bleibt und wieder ganz gesund wird«, sagte Ella. »Dr. Auster, der die Operation durchführen wird, ist unser bester Neurochirurg.«

»Haben Sie Kinder, Ärztin?«

»Nein.«

Der Mann, der sich Präsident nennen ließ, schwieg gerade lang genug, damit das *Nein* noch ein paar Sekunden nachklingen konnte. »Beten Sie für Shirin«, sagte er. »Beten Sie zu Ihrem Gott. Ich bete zu meinem.«

»Das ist gut«, sagte Ella. »Wir können alle Gebete brauchen.«

»Ja«, sagte Shirins Vater. »Und Sie beten auch für sich. Denn wenn meine Tochter stirbt, Sie sterben auch.«

Ella dachte, dass sie ihn nicht richtig verstanden hatte, und suchte auf seinem Gesicht, in seinen schwarzen Augen nach einem Zeichen der Bestätigung, doch stattdessen fand sie eine Kälte, die ihr den Atem stocken ließ. »Drohen Sie mir?«, fragte sie. »Haben Sie mir gerade hier vor allen Leuten gedroht?«

Shirin war doch schon tot, dachte sie, *ich habe sie ins Leben zurückgeholt.*

»Man hat mir erzählt, was Sie getan haben«, sagte Halil Abou-Khan. »Sie haben ihr geholfen. Es gab ein Krankenhaus in der Nähe, aber Sie wollten, dass meine Tochter hierhergebracht wird, viel weiter weg. Bekommen Sie Geld dafür, dass Sie Patienten in diese Klinik bringen?«

»Nein!«, rief Ella. »Die Versorgung kann hier nur schneller erfolgen, und Shirin ist bei Dr. Auster in den besten …«

»Sie ist meine Schneeflocke«, sagte der große Mann, und zum ersten Mal schwankte seine Stimme kurz. »Da, wo ich herkomme, im Libanon, ist Schnee selten, jede Flocke ist einzigartig. Kostbar. Sehr kostbar.«

»Können Sie mir sagen, ob sie einen Herzfehler hat?«, fragte Ella, und als er nicht antwortete, blickte sie die stämmige Frau an, die vielleicht die Mutter war. »Gibt es irgendetwas, das wir wissen müssen, bevor wir sie operieren?«

»Unsere Mutter spricht kein Deutsch«, sagte der Junge. »Du brauchst nicht mit ihr reden.«

Die stämmige kleine Frau griff nach dem Arm ihres Mannes, eine ungeduldige Bewegung, die wie eine Welle durch ihre braunen und schwarzen Gewänder lief. Ein Duft nach Zwiebeln und Zimt stieg aus den groben Stofffalten auf. Der dunkle Flaum über ihrer nussblassen Oberlippe schimmerte feucht, und ihre Augen glänzten wie Schellack. Mit einem Ruck, der an ein pickendes Huhn erinnerte, presste sie ihre Stirn an den Bizeps ihres Mannes. Shirins Vater schien einen kurzen Moment zu erstarren, ließ die Berührung dann jedoch zu. Eine Strähne glatten schwarzen Haars floss unter dem Kopftuch der Frau hervor. Ihre Lippen bewegten sich, ohne dass sie etwas sagte.

»Wie kommen Sie darauf, dass meine Tochter ein krankes Herz hat?«, wollte der große Mann wissen.

»Sie hatte einen Organspenderausweis bei sich«, erklärte Ella. »Selbstgemalt. Wir dachten, sie könnte das gemacht haben, um zu zeigen, wie wichtig es ist, weil sie selbst vielleicht ein fremdes Organ braucht und weiß, dass sie auch jederzeit sterben könnte.«

»Das hat nichts zu bedeuten«, sagte der junge Mann in dem weißen Trainingsanzug mit einem verächtlichen Kopfschütteln. »Sie ist noch ein Kind. Ihr Herz ist gut.«

Einer der anderen jungen Männer griff in die Tasche seiner Lederjacke, weil sein Handy eine kurze Melodie von sich gegeben hatte. Er meldete sich, begrüßte den Anrufer mit einem schroffen »Nerin!« und feuerte eine Salve von abgehackten, kehligen Lauten in das Handy, wobei er seiner Familie den Rücken zuwandte.

Ella hörte, wie eine Stimme über die Lautsprecheranlage rief: »Dr. Jakobs, bitte kommen Sie in OP 1. Dr. Jakobs in OP 1.« Jakobs assistierte Julian bei besonders heiklen Eingriffen, und das bedeutete, sie standen im Begriff, anzufangen. »Ich muss gehen«, sagte sie. »Wenn Sie hier warten wollen, können Sie sich ins Foyer setzen, und wir geben Ihnen Bescheid, wie der Eingriff verlaufen ist, sobald wir Genaueres wissen.«

Shirins Mutter hob den Kopf und sagte etwas, kurz, schnell, mit hoher, klagender Stimme; es klang türkisch oder arabisch. Ihr Mann nickte. »Wir wollen dabei sein«, sagte er. »Bei der Operation.«

»Das geht leider nicht«, antwortete Ella. »Im OP haben nur die Ärzte und Schwestern Zutritt.«

»Es gibt doch einen Raum, von dem aus man sehen kann, wie Ärzte operieren«, sagte er.

»In dieser Klinik nicht.«

Er trat einen Schritt auf Ella zu. »Bitte«, sagte er leise. »Ich weiß, Sie sind ein guter Mensch. Ich kann das erkennen. Ich werde Ihnen Geld geben, sehr viel Geld, und wenn meine Shirin wieder gesund wird …«

»Es reicht mir, wenn Sie mich am Leben lassen«, sagte Ella kühl. Doch dann sah sie, dass er Tränen in den Augen hatte, ein verräterisches Glitzern, das er nicht zu verbergen suchte. »Also gut, ich will sehen, was ich tun kann. Ich spreche mit Dr. Auster. Kommen Sie mit, nur Sie und Ihre Frau!«

Sie deutete auf die Fahrstühle und ging voran, gerade als ein Mädchen von vielleicht siebzehn Jahren mit klappernden Absätzen die breite Treppe vom Erdgeschoss heruntereilte und sofort Shirins Familie ansteuerte, ein Handy ans rechte Ohr gepresst. Das Mädchen trug ausgewaschene, hauteng sitzende Jeans, graue Pumps, eine auberginenfarbene Satinbluse und ein elegantes Wildleder-Jackett. Die Lippen waren blutrot, die Wangenknochen mit Rouge hervorgehoben. Über den großen Augen verliehen zartviolette Lidschatten ihrem Gesicht einen sinnlichen Ausdruck. »Nerin!«, rief der Junge, der telefoniert hatte, bevor er sie mit einer weiteren Salve kurzer, harter Worte empfing.

Sie verstaute ihr Handy in der Jackentasche, zuckte mit den Schultern und antwortete in derselben scharfen Tonlage. »Ich rede Deutsch, Amal, weil ich hier geboren bin! Wo ist Shirin?« Sie sah sich um, entdeckte ihre Eltern bei den Fahrstühlen. »Papa! Mama!«

Sie wollte ihnen folgen, aber ihr Bruder hielt sie fest, mit aller Kraft, fast wütend. Ella sah, wie sie versuchte, sich loszureißen, und dann, obwohl fast zwanzig Meter zwischen ihnen lagen, bemerkte sie Nerins Blick. Zum zweiten Mal an diesem Abend hatte sie das Gefühl, dass jemand sie ansah, als wäre sie der einzige Mensch, der ihm auf dieser Erde noch helfen konnte.

Du spinnst langsam, dachte sie, und da öffnete sich die Tür des ersten Fahrstuhls und schloss sich wenig später wieder zwischen ihr und Shirins Schwester.

6

Shirin lag unter einer dünnen grünen Decke festgeschnallt auf dem Operationstisch. Ein halbes Dutzend Schläuche führte zu Kanülen und Kathetern, die in ihren Armen, in der Brust und im Mund verschwanden. Ihr kleiner Kopf war in den Nacken gekippt und wurde von einer Stahlklammer in seiner Position gehalten. Ein Intratrachealtubus steckte zwischen ihren Lippen. Die Augen waren mit Klebeband verschlossen, damit die Lider sich nicht öffneten und die Hornhaut eintrocknete.

Der Schädel des Mädchens wirkte seltsam alt im grellen Licht der OP-Leuchte. Das vom Blut gesäuberte Gesicht hatte trotz des kleinen Lochs unter dem linken Auge einen friedlichen Ausdruck. Ein Lautsprecher übertrug das rhythmische Geräusch des Respirators, das Piepen des Monitors und das hohle Pochen des Herzschlags aus dem OP in den Vorbereitungsraum, in dem Dr. Auster, Ella und Shirins Eltern standen.

Shirins Vater hatte seinen Arm um die Schultern seiner Frau gelegt. Ella konnte die Muskeln an seinem Kinn sehen; sie traten so stark hervor, dass sie eigene Schatten warfen. Seine ganze Haltung war angespannt, fast wie ein wildes Tier, das sich auf einen Angriff vorbereitete.

Dr. Jakobs und zwei Schwestern hatten sich um den OP-Tisch versammelt. Sie trugen grüne Kittel, graue Papierhäubchen und Masken über Mund und Nase, alles sterilisiert und die Haut von Händen und Unterarmen zu fast kosmischer Keimfreiheit gescheuert. Dr. Auster hielt zwei farbige Röntgenaufnahmen in der Hand, die er Shirins Vater zeigte.

»Bei dem eingedrungenen Objekt handelt es sich um einen Eisenspan vom Umfang eines dünnen Nagels«, sagte er. »Der Span sitzt unglücklicherweise dicht am Hirnstamm und hat dort ein Gefäß verletzt, das jetzt blutet. Ich muss es ligieren, um die Blutung zu stillen. Ein zweiter Eisensplitter steckt in der Brusthöhle. Zuerst werde ich den Span im Schädel entfernen. Dabei werde ich dem Wundkanal folgen, den er unter dem Auge geschlagen hat, dann versuche ich, ihn aus seinem Bett zu lösen.«

Shirins Vater und seine Frau lauschten stumm, nickten, besorgt, verständnislos. Dr. Auster legte die Röntgenbilder zur Seite. Er zog den Mundschutz an, wusch sich die Hände und ließ sie trocknen. Danach schlüpfte er in den sterilen Kittel, den ihm die OP-Schwester reichte, bevor er die ebenfalls keimfreien Handschuhe anzog. Er ging zu der Schwingtür, stieß sie mit der Schulter auf und trat in den OP. Er beugte er sich erst über den Kopf des Mädchens, dann über das Operationsmikroskop. Er streckte die rechte Hand aus. »Sauger!« Das Licht wurde gedimmt, bis der ganze OP im Dunkeln lag und es aussah, als sammle alle Helligkeit sich auf Shirins Gesicht und dem grünen Tuch über der Brust.

Ella spähte durch den Spalt zwischen den Türflügeln zu dem großen OP-Monitor hinüber, auf dem jetzt Shirins linke Gesichtshälfte in mehrfacher Vergrößerung zu sehen war, sodass die von Dr. Jakobs vorbereitete Wundöffnung wie ein Mondkrater wirkte. Sie wusste, dass der kleinste Fehler des Chirurgen lebenswichtige Teile des Gehirns für immer vernichten konnte – ein Zittern des Skalpells, ein halber Millimeter mit dem Sauger zu weit rechts oder links, ein falsch angesetzter Schnitt. Sie konnte Shirins Vater hinter sich atmen hören, atmen und schlucken, und dann fragte er: »Was sehen Sie, Ärztin? Was tut der Doktor?«

»Er fängt an zu operieren«, antwortete sie.

Ihr fiel wieder ein, wie sie Dr. Auster vor ein paar Wochen von der Uni abgeholt hatte. Sie war kurz vor Ende seiner Vorlesung gekommen, hatte sich in die letzte Reihe ganz oben im Saal gesetzt und noch gehört, wie er seinen aufmerksam lauschenden Studenten erklärte: »Was Sie also inzwischen wissen müssten – aber darauf möchte ich mich bei Ihnen nicht verlassen – ist Folgendes: Auf der ganzen Welt gibt es nichts auch nur annähernd so Komplexes und gleichzeitig Verletzliches wie das menschliche Gehirn. Der Chirurg am Operationstisch muss in jedem Moment des Eingriffs in der Lage sein, sich dieses hochkomplizierte System aus Nerven und Zellen aus jedem Blickwinkel vorzustellen, sonst wird er selbst zu einer tödlichen Gefahr für den Patienten. Nichts im Gehirn ist isoliert oder isolierbar. Alles hat eine Funktion und steht in einem großen Zusammenhang, jede einzelne Zelle! Eine falsche Bewegung mit Laser, Skalpell oder Sauger, und Sie verändern einen Menschen für immer, vielleicht zerstören Sie ihn sogar.«

Als hätte auch er sich gerade daran erinnert, hielt Auster plötzlich inne. Er zog den Sauger aus dem Wundkanal und hob den Kopf vom Operationsmikroskop. Er warf einen Blick auf den Saalmonitor, mit schmalen, skeptischen Augen, als wäre er unzufrieden mit dem Bild, das ihm das OP-Mikroskop lieferte. Unwillkürlich beugte Ella sich vor, dichter an die beiden Kunststoffhälften der Tür. Auch Auster neigte sich wieder über das Mikroskop. Er folgte dem Wundkanal, den der Eisenspan durch den Gaumen geschlagen hatte, und versuchte, den Kanal zu erweitern, um mit dem Sauger den Span aus seinem Bett zu lösen.

Plötzlich beschleunigte sich das Pochen des Herzschlags im Lautsprecher. Blut quoll aus dem Wundkanal, und die gespannte Stimmung im Operationssaal schlug um. Auf dem Monitor schien noch alles in Ordnung zu sein, aber Jakobs rief: »Wo kommt denn das ganze Blut her?« Auster sagte: »Ich muss kautern.« Die Instrumentenschwester reichte ihm einen Kauter. Shirins Mutter stieß einen Schrei aus, als spürte sie, in welcher Gefahr ihre Tochter schwebte. Sie sackte auf die Knie, ohne dass es ihrem Mann gelang, sie zu halten.

»Was ist denn da draußen los?«, fragte Auster deutlich hörbar. »Wenn sie sich nicht zusammenreißen, lasse ich die Eltern rauswerfen!«

Halil Abou-Khan stand nur da, nach vorn gekrümmt, mit verzerrtem Gesicht, und starrte auf die Schwingtür und gleichzeitig auf seine Frau, die reglos zu seinen Füßen kniete. Er wirkte wie gelähmt, hilflos; sein Atem kam in keuchenden schnellen Stößen.

Ella war mit zwei Schritten bei der Frau, umfasste mit dem Arm ihre Schultern und legte sie auf die Seite. Die Lider von Shirins Mutter flatterten. Sie packte Ellas Arm so fest, dass sie das Gefühl hatte, ein großer Raubvogel schlüge seine Krallen darum wie um einen Ast. »Helfen«, röchelte sie, »helfen …«

»Dahinten im Schrank neben dem Tisch sind Gläser und eine Flasche mit Wasser«, sagte Ella zu Halil Abou-Khan. Shirins Vater riss sich vom Anblick seiner Tochter im OP los, ging zu dem Schrank, füllte ein Glas mit Mineralwasser und brachte es Ella. »Wie heißt Ihre Frau?«, fragte sie.

»Semira.«

»Trinken Sie das, Semira.« Ella hob den Kopf der Frau ein wenig an und setzte ihr das Glas an die Lippen. Shirins Mutter trank in kleinen Schlucken. Sie richtete sich auf, stützte sich mit dem Ellbogen ab, und gleich darauf schrie sie erneut, während Tränen ihr aus den Augen strömten. »Shirin! Allah! Shirin!«

»Ruhig! Bleiben Sie ruhig!« Ella versuchte sie festzuhalten, aber Semira stieß sie weg, klammerte sich jetzt an das Bein ihres Mannes. Bei jeder Bewegung entstieg ihren Kleidern ein muffiger, ungelüfteter Geruch.

Mit einem Ohr hörte Ella, wie es im OP plötzlich still wurde, kein Laut, kein Pochen, nur ein leiser, anhaltender Piepton, bis Dr. Jakobs erneut rief: »Wo kommt denn das ganze Blut her?« Sie spürte, wie sich ihr Herz verkrampfte. *Sie ist tot.* Noch immer auf Knien, versuchte Ella, durch den Türschlitz zu schauen. Alles war in Bewegung; das Team versuchte, Shirin zu reanimieren. »Nichts«, sagte der Anästhesist immer wieder. Das Mädchen lag in dem grellen Licht der OP-Leuchte, umgeben von grüner Hektik, *atemlos, reglos, pulslos.* Jetzt rief Auster: »Skalpell, schnell!«, und als er wieder zum Monitor blickte, waren seine Augen zornig und gerötet. »Ich mache sie auf.« Helle Schweißtropfen glitzerten auf seiner Stirn, in den Wimpern, den Augenbrauen.

»Willst du nicht lieber einen Herzspezia…?«, begann der Assistent, nickte aber eilig, als er Austers Gesicht sah. »Ich habe keine Zeit!«, sagte Auster. Er nahm das Skalpell aus der Hand der Instrumentenschwester, während die Springschwester die OP-Leuchte dicht an Shirins jetzt nackte, schmale, mit blauen Flecken übersäte Brust heranfuhr.

Shirins Mutter rief wieder etwas, das Ella nicht verstand. »Was ist mit meiner Tochter?«, fragte ihr Mann. »Was passiert da? Sagen Sie mir, was passiert mit unserer Shirin, Ärztin?«

Ella antwortete nicht. Sie wollte etwas sagen, aber sie brachte die Worte nicht über die Lippen.

Auster fuhr mit den behandschuhten Fingern über Shirins Rippen, zählte die Zwischenräume, setzte die Klinge des Skalpells fünf Zentimeter unterhalb der linken Brustwarze an und führte einen langen Schnitt seitwärts. Blut trat hervor, aber weniger als Ella erwartet hatte. Auster rief: »Retraktoren und Säge!«, und die Instrumentenschwester ersetzte das Skalpell durch die elektrische Säge, während Jakobs einen Retraktor ansetzte und danach noch einen zweiten, damit das Gewebe sich nicht wieder zusammenzog.

Im Vorbereitungsraum war nur das von den Mikrofonen verstärkte Geräusch der rotierenden Schneide zu vernehmen, die sich durch Shirins Brustkorb fräste, und dann Austers Stimme, als er nach den Rippenspreizern verlangte. Er half mit, die Rippen auseinanderzubiegen und festzuklemmen, und jetzt konnte man in den offenen Brustkorb des Mädchens sehen, in dem alles genau da war, wo es hingehörte, das winzige Herz, die Luftröhre, die Lungenflügel, die Arterien, die auseinandergebogenen Rippen, weiße Knochen. *Wie das Innere eines großen Fisches,* dachte Ella, *stell dir vor, es ist nur ein Fisch oder die Brust eines Vogels, kein Kind von neun Jahren.* Und sie wusste, dass sie es nicht für sich dachte, sondern für Shirins Mutter, für ihren Vater.

Aber gleichzeitig war ihr klar, dass das nicht ging. Eltern konnten nicht so denken. Sie konnten nur denken: *mein Kind* – das sie so nie gesehen hatten und niemals sehen wollten und das vielleicht in diesem Moment starb oder schon tot war, und das Einzige, was sie konnten, war Hoffen und Beten, zu Allah oder Jesus Christus oder zu einem Gott, der gar keinen Namen hatte.

Mühsam stemmte sich Shirins Mutter wieder hoch, erst mit dem linken, dann mit dem rechten Bein. Sie hielt sich am Arm ihres Mannes fest und wimmerte unaufhörlich, leise, hingegeben an ihren Schmerz.

Ella hielt die OP-Tür auf, nur ein paar Millimeter, obwohl sie das nicht durfte. Sie sah einen zusammengesackten Lungenflügel, rosa und glitzernd, und dann sah sie, wie Auster seine Hand in den klaffenden Brustkorb schob, und jetzt gab auch Shirins Vater ein verzweifeltes Ächzen von sich angesichts dieses merkwürdigen Zaubertricks. *Sehen Sie, meine Hand verschwindet in der Brust eines Mädchens, und nun ist sie verschwunden, und wenn sie wieder auftaucht, wird sie das Herz …*

Aber noch tauchte sie nicht wieder auf, noch blieb sie verschwunden, nur Austers Stimme sagte: »Ich beginne jetzt mit der Herzmassage«, und der Schweiß rann ihm über die Schläfen, glitzernd unter der Haube und in kleinen Bächen den Hals hinunter. Die Springerin tupfte ihm mit einem Tuch die Stirn ab, während er mit sanftem Druck, mit fachkundigen Fingerspitzen begann, Shirins Herz zu massieren.

Bitte, dachte Ella, *bitte!* Sie wusste, dass auch Auster das jetzt dachte – *Bitte!* –, und sie bewunderte ihn in diesem Moment, nein, nicht nur in diesem Moment, sie bewunderte ihn überhaupt, sie war stolz auf ihn, und da erfüllte ein dumpfes Pochen den Raum bis in den letzten Winkel, und der Herzbeutel zwischen Austers Fingern blähte sich auf, fiel aber gleich wieder in sich zusammen. Der Chirurg verstärkte seine Bemühungen, seine Lippen bewegten sich lautlos – *stayin' alive* –, seine Augen flehten und versprachen, und ein weiteres Pochen drang aus dem Lautsprecher. *Sie kommt zurück*, dachte Ella, *zum zweiten Mal an diesem Abend kommt sie zurück. Jemand will nicht, dass sie jetzt schon stirbt.*

Vorsichtig zog Auster seine Hand aus dem offenen Brustkorb. Das rhythmische Fauchen des Respirators schien für Sekunden die Atemfunktionen aller Anwesenden zu übernehmen. Die Herztöne folgten einander jetzt von selbst, erst zögernd, dann schneller und endlich regelmäßig hundertmal in der Minute.

Shirins Mutter hörte auf zu wimmern und fragte etwas in ihrer Muttersprache, in ungläubigem, hoffnungsvollem Tonfall.

»Sie lebt?«, wollte Shirins Vater wissen. »Meine Tochter lebt?«

»Ja«, sagte Ella. »Sie lebt.«

»Sind Sie sicher?«

»Es ist mein Beruf, das zu wissen.«

Zehn Minuten später versagte Shirins Herz zum dritten Mal an diesem Tag.

7

»Wie konnte das passieren?«, fragte Ella leise. »Julian, wie konnte das passieren?«

Julian Auster stand am Fenster seines Büros und sah in die Nacht hinaus. Er trug immer noch den grünen OP-Kittel, sein blondes Haar war verschwitzt und wirr, sein schlanker Rücken verkrampft. Das Büro lag im Dunkeln, nicht einmal die Schreibtischlampe brannte. Sein Jackett, achtlos auf die Liege an der Wand neben dem Fenster geworfen, wirkte wie ein Erinnerungsstück aus einem anderen, glücklicheren Leben ohne Niederlagen und Verluste.

Ella stand neben dem Schreibtisch, und plötzlich erschien ihr das kurze Stück bis zum Fenster wie ein unüberwindliches Minenfeld. Sie wollte ihn umarmen, aber sie wusste, dass er jetzt Distanz brauchte, kein Mitgefühl, keinen Trost, niemanden, der ihn festhielt.

»Ich hätte das Mädchen beinahe umgebracht«, sagte er. »Das ist passiert.« Seine Augen, sonst strahlend blau, wirkten müde und trüb.

»Du hast getan, was du konntest«, sagte Ella. »Ihr Herz ist nur nicht stark genug.«

»Ich habe versagt«, sagte Julian leise, mit einem Ton ungläubigen Staunens in der Stimme. »Wenn ich wirklich getan hätte, was ich konnte, wäre sie nicht ins Koma gefallen.«

Müde schüttelte er den Kopf und schloss einen Moment die Augen, als könnte er so das Bild des Mädchens verdrängen. Bloß dass das nicht ging, denn das Bild war in ihm; er würde es von nun an immer sehen, bei Tag und bei Nacht und sogar, wenn er schlief. So war es mit denen, die man nicht retten konnte; sie blieben bei einem, auf eine andere, nicht lebendige Weise. Und gerade die, die wie Shirin noch nicht ganz tot waren, die in einem hellen Raum an Maschinen hingen, erwiesen sich als besonders hartnäckig.

»Es war nicht deine Schuld«, sagte Ella, was gerade genug nach Trost klang, aber nicht zu sehr, sodass es ihn verärgern konnte.

»Ich hatte den Span beinahe«, redete er weiter. »Sie war wieder stabil, und ich konnte ihn durch das Mikroskop sehen.« Er berührte die Scheibe mit den Fingerspitzen der linken Hand. »Er steckte da im Wundkanal wie ein kleiner glänzender Nagel. Ich brauchte ihn bloß noch rauszuziehen und in den Abfall zu werfen, damit er niemandem mehr wehtut.«

»Es ist nicht so einfach«, sagte Ella. Sie tat einen Schritt und dann noch einen, bis sie nach seiner Hand greifen konnte. »Du weißt, dass es nicht so einfach ist.«

»Dann ist er verrutscht.« Julian entzog ihr seine Hand. »Er hat sich verschoben, nur ein winziges Stück ... nicht mal ein halber Millimeter ... und das Herz ... erst hat es wieder angefangen zu schlagen und dann ganz plötzlich aufgehört ... zu lang ... viel zu lang. Ich habe den Eisenspan entfernt, aber sie verloren.«

»Du hast sie nicht verloren«, sagte Ella, »und du hast sie auch nicht getötet. Sie ist ins Koma gefallen, aber niemand sagt, dass sie daraus nicht wieder erwacht.«

Er schwieg. Vom Korridor vor der Tür drangen Stimmen herein, erst leise, dann lauter. »Du hast recht«, sagte Julian. »Eigentlich hast du sie verloren, nicht ich.«

Die Stille war plötzlich wie ein physikalischer Widerstand, den man berühren konnte. Auf dem Gang kamen Stimmen näher, aber dieser Stille konnten sie nichts anhaben.

»Was willst du damit sagen?«, fragte Ella und suchte seinen Blick in der spiegelnden Scheibe.

»Du hast die Erstversorgung des Mädchens auf dem Bahnsteig vorgenommen, und da hättest du sie schon einmal beinahe verloren«, sagte er. Seine Stimme klang, als wäre er gar nicht im selben Raum mit ihr, nicht einmal in derselben Dimension. »Sie hatte einen selbstgemalten Organspenderausweis, der bei ihren Sachen war. Hast du den gesehen?«

»Nein.«

»Aber du wusstest, dass sie einen hatte?«

»Ja, wusste ich, aber ...«

»Davon hast du mir auch nichts gesagt.« Unvermittelt wechselte seine Stimme die Tonlage, wurde scharf. »Was für ein tapferes kleines Mädchen. Es rechnete damit, jeden Augenblick sterben zu können, und wollte mit seinem Tod anderen helfen. ›Alle meine Organe‹, stand da, ›außer das Herz.‹ Warum hat sie wohl diese Ausnahme gemacht?«

Ella sagte nichts. Sie verstand nicht, was auf einmal mit Julian los war, worauf er hinauswollte.

»Sie hat wahrscheinlich selbst auf ein Herz gewartet«, fuhr er fort, »und deswegen hat sie den Ausweis gemalt. Sie wusste, dass sie jederzeit sterben konnte, weil sie einen Herzfehler hatte, von dem du mir nichts gesagt hast.«

»Ich habe es dir nicht gesagt, weil ich überhaupt keine Gelegenheit hatte, mit dir zu reden«, widersprach Ella ungläubig.

»Du hättest es auf dem Krankenblatt vermerken müssen.«

»Ich bin in dem ganzen Chaos einfach nicht dazu gekommen«, protestierte Ella, »und im Rettungswagen musste ich mich mit einem verrückten Sanitäter herumschlagen. Außerdem behauptet Shirins Familie, dass ihr Herz völlig in Ordnung sei. Meinst du nicht, wenn das Mädchen etwas wusste, hätten sie es auch gewusst? Es kann noch andere Gründe dafür geben, dass jemand ...«

Sie unterbrach sich, weil sie sich selbst reden hörte und merkte, wie es klang. Dann sagte sie: »Sie musste in jedem Fall operiert werden, und nichts, was ich gesagt oder nicht gesagt habe, hätte daran etwas geändert.«

»Ich wäre vielleicht anders vorgegangen«, sagte Julian.

Auf einmal begriff sie, dass es ihm gar nicht um das Mädchen ging. Es ging ihm nicht darum, dass er alles Menschenmögliche getan hatte, um Shirins Leben zu retten. Es ging ihm allein um sich, um die Angst, ein Fehler könnte seinen makellosen Ruf beflecken. Er suchte jemanden, dem er die Schuld geben konnte.

»Ich bin kein Chirurg.« Ella merkte, wie ihre Augen vor Enttäuschung zu brennen begannen. »Ich weiß nicht, ob es eine andere Vorgehensweise gibt. Aber ich weiß, dass ich mir nichts vorzuwerfen habe. Shirin ist nicht tot. Sie kann jederzeit wieder aus dem Koma erwachen.«

Sie kann aber auch sterben, und dann wird ihr Vater jemanden dafür verantwortlich machen – mich und dich vielleicht auch.

Julian drehte sich um und sah sie an, jetzt auf einmal wieder ruhig, fast gelassen. »Ich brauche Zeit, um über alles nachzudenken«, sagte er. Er hielt ihrem Blick stand, und da wusste sie, dass es zu Ende ging. *Er ist nicht mehr glücklich mit dir,* dachte sie. *Er denkt daran, dich zu verlassen.* Sie wollte das nicht; sie wollte nicht schon wieder allein sein. *Du kannst es vielleicht noch ändern,* dachte sie. *Es liegt in deiner Hand, du kannst das Ruder noch herumreißen. Sag ihm, dass du mit ihm leben willst. Weniger arbeiten, ihn mehr bewundern. Zu ihm aufschauen. Das ist doch Liebe, oder?*

Mit einem Ruck wandte er sich ab, griff nach dem Kaschmirsakko auf der Liege. »Ich möchte mich gern umziehen«, sagte er. »Oder ist noch etwas?«

Als sie zur Tür ging, glühte ihr Gesicht, als wäre sie geohrfeigt worden. Ehe sie die Klinke drücken konnte, erklang ein Klopfen, und jemand öffnete die Tür, ohne die Aufforderung zum Eintreten abzuwarten.

»Frau Doktor Bach?« Der Mann war mittelgroß und schlank, mehr konnte Ella im Lichtschein vom Korridor nicht erkennen. »Man hat mir gesagt, dass ich Sie hier finden könnte.«

»Was fällt Ihnen ein, hier einfach so hereinzuplatzen?«, fuhr Julian ihn an. »Ich möchte nicht gestört werden.«

Als hätte er ihn nicht gehört, trat der Mann ein, schloss die Tür und sah sich suchend um. »Ist es Ihnen nicht zu dunkel hier drin?«, erkundigte er sich.

»Sind Sie taub?«, fragte Julian schroff.

»Es stört Sie doch nicht, wenn ich etwas Licht mache?«, sagte der Mann. Er knipste die Lampe auf Julians Schreibtisch an. Er blinzelte kurz, sah sich dann um. Er schien sich ein Bild von dem Raum zu machen, von dem Mobiliar, von Ella und Julian, von der Situation. Seine Augen waren grau, ebenso wie seine Haare. Er trug Jeans, knöchelhohe Laufschuhe mit abgenutztem Klettverschluss, ein dunkelgrünes Denimhemd und darüber ein kastanienfarbenes Alpacajackett. Um den Hals hatte er einen Schal aus dunkelroter Schurwolle geschlungen und über den linken Arm einen gefütterten Lederparka geworfen, dessen schmutzige Ärmel herunterbaumelten wie die Arme eines Betrunkenen.

»Wer, zum Teufel, sind Sie?«, wollte Julian wissen.

Der Mann griff in die Innentasche des Parkas und holte ein Lederetui mit seinem Ausweis darin auf. »Oberkommissar Robert Hagen, LKA«, stellte er sich vor und drehte sich zu Ella um. »Ich muss mit Ihnen reden, Frau Bach.«

»Worüber?«, fragte Ella.

Der Polizist verstaute das Etui umständlich wieder in der Jackentasche. »Über den Anschlag in der U7 heute Abend.«

»Hat das nicht Zeit bis morgen? Es ist spät. Ich bin müde. Ich habe eine Patientin, die bei diesem Anschlag schwer verletzt wurde und gerade ins Koma gefallen ist, und wenn ich …«

»Ich weiß«, unterbrach Hagen sie. »Aber Ihre Patientin war nicht die einzige Verletzte heute Abend, wie Sie wissen. Sie waren ja da. Bis jetzt hat der Anschlag fünf Menschen das Leben gekostet, und im Lauf der Nacht wird die Zahl wohl noch steigen. Vielleicht stirbt sogar Ihr kleines Mädchen. Wer immer dahintersteckt, hat Spuren hinterlassen, aber diese Spuren werden schnell kalt, schneller als die Körper der Opfer in den Kühlkammern der städtischen Leichenhalle. Also, darf ich Ihnen nun ein paar Fragen stellen?«

»Ich begleite Sie nach draußen«, sagte Ella, ohne Julian noch einmal anzublicken. »Dr. Auster möchte sich umziehen.«

8

Sie verließen das Büro, aber auf dem schwach beleuchteten Korridor blieb Ella stehen und fragte: »Woher wissen Sie, dass es sich bei meiner Patientin um ein Mädchen handelt?«

Der Oberkommissar wechselte den Parka von einem Arm auf den anderen. »Es ist eins von drei Opfern, die hierhergebracht wurden. Bei den beiden anderen und den Sanitätern, die sie versorgt haben, war ich schon. Sie habe ich mir für zuletzt aufgehoben, weil Ihre kleine Patientin meinen besonderen Augenmerk verdient.«

»Warum?«

»Wissen Sie denn nicht, wessen Tochter Shirin Abou-Khan ist?«, fragte der Oberkommissar.

»Ich habe die Eltern kurz nach der Einlieferung des Mädchens kennengelernt«, antwortete Ella ausweichend.

»Die werden Sie so schnell nicht wieder los«, meinte Hagen. »Am besten lassen Sie Ihren Sicherheitsdienst Sonderschichten vor der Intensivstation schieben. So wie's aussieht, schlagen die hier ihre Zelte auf, bis ihre Tochter wieder aufwacht. Oder bis der seidene Faden reißt, an dem sie hängt.«

Ella verschränkte die Arme vor der Brust. »Können wir jetzt zu den Fragen kommen, die Sie mir stellen wollen?«

»Gleich«, sagte Hagen. »Sie haben offenbar keine Ahnung, um wen es sich bei Halil Abou-Khan und seinem Clan handelt.« Er blickte den schwach beleuchteten, leeren Gang hinunter. »Es gibt im Großraum Berlin ein halbes Dutzend schwerkriminelle Großfamilien. Jede hat zwischen dreihundert und siebenhundert Angehörige, und die Abou-Khans sind eine davon. Türkische Kurden, die sich als Libanesen ausgeben, weil sie über den Libanon eingereist sind und behaupten, dort verfolgt worden zu sein, um hier Asyl beanspruchen zu können. Erst kommen nur ein paar, dann holen sie immer mehr ihrer Angehörigen nach, während die ersten hier bereits Kinder in die Welt setzen. Ihre Pässe haben sie gleich nach der Landung auf deutschem Boden verschwinden lassen, damit sie nicht wieder ausgewiesen werden können, weil sie jetzt als Staatenlose gelten, Herkunft ungeklärt, Abschiebung nicht möglich. Andererseits ist es ihnen aber auch verboten, eine geregelte Arbeit aufzunehmen. Sie starten mit einer falschen Identität und legen sich nicht selten noch zig andere zu, und unter jeder einzelnen davon werden sie straffällig. Eine Sippe bringt es ohne Mühe auf ein paar hundert polizeiliche Ermittlungsverfahren.«

Er hob die freie Hand und spreizte die Finger, als könnte er nur im Kontrast mit ihrer beschränkten Zahl die unerhörte Menge der erfassten Untaten illustrieren. »Schon während also unsere ›Staatenlosen‹ auf die Anerkennung als Asylbewerber warten, beginnen sie mit dem bunten Treiben, dessentwegen sie überhaupt in unser kleines irdisches Paradies gekommen sind: Drogenhandel, Schutzgelderpressung, Waffenschmuggel, Zuhälterei, Schleusertätigkeit. Und wenn sie gerade mal nicht mit Drogen handeln, Waffen schmuggeln, Frauen zur Prostitution zwingen oder Discobesitzer unter Druck setzen, führen sie untereinander blutige Kriege um die lukrativsten Weideplätze.«

»Und warum unternehmen Sie nichts dagegen?«

»Etwas wissen und etwas vor Gericht beweisen können sind zwei Paar Schuhe«, gab Hagen zu. »Leider haben wir hier genug sogenannte Starjuristen, die für die Clans die Lakaien machen. Opfer schweigen, Zeugen werden eingeschüchtert, Polizeibeamte und Richter bedroht. Und selbst wenn die sich mal wieder gegenseitig den Schädel eingeschlagen haben, glauben Sie, dann ruft einer von denen die Polizei oder macht auch nur eine Aussage bei uns? ›Das regeln wir unter uns‹, kriegen wir nur zu hören. ›Wir tragen es dem Imam vor oder so was in der Art. Verpisst euch! Und wenn uns nicht gefällt, was der Imam sagt oder die Entschädigungszahlung nicht hoch genug ist, wetzen wir die Messer, laden die Pumpguns und holen die Baseballschläger raus.‹ Blutfehde. Wer da einem aus dem gegnerischen Clan über den Weg läuft, hat geradezu die Pflicht, ihn umzubringen – Friedensrichter hin, Hodscha her …«

Ella warf einen Blick auf ihre Armbanduhr, aber der Kommissar ließ sich nicht unterbrechen.

»Wenn Sie sich jetzt fragen, ob alle Araber oder Türken hier in Berlin so sind …«

»Frage ich mich nicht«, sagte Ella.

»… dann sage ich Ihnen: Nein!«, fuhr Hagen unbeirrt fort, »nein, die meisten sind friedlich, anständig, arbeitsam. Aber nicht unser Halil und sein Clan hier. Die betrachten uns als Beutegesellschaft. Für die ist Berlin ein rechtsfreier Raum, aus dem sie nicht abgeschoben werden können. Ein euroscheißender Esel. Ein Selbstbedienungsladen. Ein Kuchen, den sie unter sich aufteilen. Auf diesem Markt regeln sie selbst Angebot und Nachfrage. Alle offiziell arbeitslos, fahren aber funkelnagelneue Luxusschlitten und tragen teure Uhren. Sitzen in ihren Teestuben oder Shisha-Bars, befummeln mit der einen Hand ihre Gebetsketten und dirigieren mit billigen Handys in der anderen ihre mit den Drogenmillionen finanzierten legalen Immobiliengeschäfte. Die Männer wenigstens. Die Frauen hocken zu Hause oder im Park mit den Kindern. Wenn Sie als Polizist durch den Neuköllner Rollberg-Bezirk oder bestimmte Straßen in Wedding oder Pankow fahren, falls Sie noch den Mumm dazu aufbringen, kommt Ihnen unser ehemaliger Senator Thilo Sarrazin wie ein romantischer liberaler Trottel vor. Und unser System ist bei der Bekämpfung dieser Krankheit ungefähr so effektiv wie siebenmal von Hand auf Samtkissen geklopfte Naturheilmittel gegen Cholera …«

»Und was hat das alles mit dem Anschlag in der U-Bahn zu tun?«, warf Ella gereizt dazwischen. Sie war so müde, dass sie kaum noch die Augen offen halten konnte.

Hagen sah sie einen Moment lang an, dann legte er seinen Parka auf die frisch bezogene Trage, die neben der Tür zu Julians Büro stand, und sagte: »Es ist vielleicht etwas weit hergeholt, aber ich habe mich gefragt, ob es nicht vielleicht ein Versuch war, Präsident Halil an seiner verwundbarsten Stelle zu treffen.«

»Sie meinen, ein rivalisierender Clan sprengt einen ganzen U-Bahn-Wagen in die Luft, um seine Tochter zu töten?«, fragte Ella.

»In meinem Beruf muss man jede Möglichkeit in Betracht ziehen. Glauben Sie …«

»Ich glaube gar nichts. Ich habe nur die Opfer versorgt.«

»Wissen Sie, ob der Attentäter irgendetwas gerufen hat? ›Allahu Akbar‹, zum Beispiel, oder was anderes in der Art?«

»Ich war ja nicht dabei«, sagte Ella. »Der Notarzt kommt bekanntlich immer erst hinterher.«

»Aber oft vor der Polizei«, schnappte Hagen. »Könnte doch sein, dass einer der Überlebenden etwas erzählt hat, oder?«

»Vielleicht einem meiner Kollegen. Mir nicht.«

»Ist Ihnen sonst irgendetwas aufgefallen? Etwas, worauf Sie sich keinen Reim machen konnten?«

»Ich bin nicht am Einsatzort, um zu dichten.«

»Verdächtige Gegenstände, die unserer Aufmerksamkeit entgangen sein könnten? Personen, die sich ungewöhnlich verhalten haben?«

»Da war ein Sanitäter«, sagte Ella zögernd. »Oder wenigstens jemand, der wie ein Sanitäter angezogen war. Er gehörte zu denen, die die Toten nach persönlichen Gegenständen durchsuchen. Ausweise, Visitenkarte, Briefe, mit deren Hilfe man sie identifizieren kann.«

»Und?«

»Er hat die Kleidung eines Mannes durchsucht – ich glaube jedenfalls, es war ein Mann – und etwas an sich genommen, das er schnell in die Tasche gesteckt hat, bevor ihn jemand dabei sehen konnte.«

»Aber Ihnen ist er aufgefallen.«

»Ja.«

»Konnten Sie erkennen, um was es sich gehandelt hat?«

»Nein. Er war zu weit entfernt, und ich habe gerade versucht, Shirin zu reanimieren.«

»Haben Sie irgendeinen Verdacht?«

»Vielleicht war es ein Handy«, sagte Ella. »Keine Ahnung.«

»Ein Handy, ja, könnte sein. Diese Dinger halten ja heutzutage alles Mögliche aus. Und was hat er dann damit gemacht? Hat er es abgegeben? Hat er es behalten?«

»Das habe ich nicht gesehen. Er hat mir nur einen merkwürdigen Blick zugeworfen …«

»Inwiefern merkwürdig?«

»Als wollte er mir etwas sagen.«

»›Sag niemandem, was du hier gesehen hast!‹ So nach dem Motto? Halt den Mund oder du bist tot?«

»Nein, der Blick war eher ängstlich, als wollte er sagen: Verschwinde von hier, bevor es zu spät ist.«

»Sie meinen also, er könnte Sie gewarnt haben. Und dann?«

»Dann habe ich ihn aus den Augen verloren, weil Shirin mir unter den Händen wegzusterben drohte.«

»Und Sie haben ihn auch später nicht mehr wiedergesehen?«

»Doch, als er in meinen Einsatzwagen sprang und auf der Fahrt hierher versucht hat, sich das Leben zu nehmen.«

»Und das erzählen Sie mir erst jetzt?« Er schüttelte den Kopf. »Wie kam es denn dazu?«

Ella erschien die ganze Szene auf einmal selbst völlig irreal. »Ich weiß es nicht. Er ist zu uns in den Wagen gestiegen, als wir schon losfahren wollten. Er hat nichts gesagt. Hat nur dagesessen und mich angestarrt. Ich bin ziemlich sicher, er stand unter Drogen – Heroin, LSD oder Crystal Meth. Und dann hat er plötzlich ein Skalpell aus der Jacke gezogen und versucht, sich die Halsschlagader aufzuschneiden.«

»Was Sie verhindert haben.«

»Ja.«

»Irgendeine Ahnung, warum er sich dafür gerade Ihren Wagen ausgesucht hat?«

»Nein.«

»Haben Sie ihn vorher schon einmal gesehen?«

»Nein. Noch nie.«

»Und er hat nichts gesagt? Die ganze Zeit nichts?«

»Doch. Er sagte: ›Ich bin allein.‹«

»Was könnte er damit gemeint haben?«

»Keine Ahnung.«

»Und dann?«

»Ist er aus dem Einsatzwagen gesprungen und weggelaufen, nachdem er mit seinem Handy ein Foto von mir gemacht hat.«

»Ein Foto von Ihnen? Warum hat er das getan?«

»Vielleicht findet er mich sexy«, sagte Ella. »Hören Sie, Oberkommissar Hagen, ich bin seit heute Morgen halb fünf auf den

Beinen und würde jetzt wirklich gern nach Hause gehen. Ich habe Ihnen alles erzählt, was ich weiß. Wenn Sie noch weitere Fragen haben …«

»Oh, die haben wir bestimmt«, meinte Hagen. »Aber im Augenblick sind wir hier fertig. Ich brauche nur noch Ihre Adresse und die Telefonnummern, unter denen man Sie erreichen kann.«

Ella nannte ihm ihre Anschrift in der Akazienstraße und gab ihm Handy- und Festnetznummer, die er in ein kleines ledernes Notizbuch eintrug. »Und Halil Abou-Khan?«, wollte er abschließend wissen, während er seinen Parka wieder von der Trage nahm. »Hat der etwas zu Ihnen gesagt, das uns weiterhelfen könnte?«

»Nein.«

»Er hat *gar* nichts gesagt?«

»Nur, dass er mich zur Verantwortung ziehen würde, wenn seine Tochter stirbt.«

Sie dachte daran, wie Shirins Vater vorhin reagiert hatte, als seine Tochter auf der Intensivstation endgültig ins Koma gefallen war. Vor ihren Augen hatte sein Körper sich verformt; er wirkte auf einmal gekrümmt, als zöge die Schwerkraft stärker als vorher an seinen Schultern. Seine straff über den Schädelknochen gespannte Haut hatte im Deckenlicht dünn und pergamenten geglänzt. »Sie haben gesagt, meine Shirin stirbt nicht, Ärztin«, hatte er gesagt, und auch seine Stimme war schwer, kühl und traurig gewesen.

»Das glaube ich immer noch«, hatte Ella geantwortet.

»Aber wenn sie doch stirbt …« Weiter war er nicht gekommen, dann hatte er sich unterbrochen und den Satz in der Luft hängen lassen wie eine Schlinge, die sich im kalten Wind drehte.

»Wir haben alles getan, was in unserer Macht stand«, hatte Ella gesagt, doch er hatte sich von ihr abgewandt. »Vielleicht ist das nicht genug«, hatte er gesagt und seine Frau an ihr vorbei den Gang hinuntergeführt.

Oberkommissar Hagen schwieg einen Moment, schien das Gewicht dieser Drohung abzuwägen. »Wollen Sie, dass ich ein paar Leute zu Ihrem Schutz abstelle?«

»Nein. Shirin lebt ja noch.«

»Nehmen Sie solche Drohungen nicht auf die leichte Schulter«, warnte er sie und kam ihr dabei so nah, dass sie seinen leichten Schweißgeruch wahrnahm.

»Ich habe Erfahrungen mit kriminellen Clans«, sagte Ella. »Es ist erst ein knappes Jahr her, da war die Hälfte aller Banker Europas hinter mir her, und ich lebe noch.«

Hagens Augen wurden schmal. »Bach, Bach, Bach … *Ella* Bach! Sind Sie *diese* Ella Bach? Wurden Sie nicht wegen Mordes gesucht? Wegen mehrerer Morde sogar?«

»Ich war unschuldig«, sagte Ella. »Ein paar Ihrer Kollegen nicht. Ich lebe, die sind tot. Gute Nacht.«

»Warten Sie, ich bringe Sie noch zum Ausgang. Vorhin war einer der Söhne von Abou-Khan hier oben, wo er nichts zu suchen hatte. Ich habe ihn runtergeschickt, musste etwas laut werden, aber ich hatte den Eindruck, er war auf der Suche nach Ihnen oder diesem Chirurgen, Dr. Auster.«

Sie gingen den Korridor entlang bis zu den Fahrstühlen und warteten auf den ersten, der mit einem leisen *Pling* hielt. Ellas Füße schmerzten bei jedem Schritt, und sie sehnte sich danach, endlich die Turnschuhe ausziehen und sich in ein heißes Schaumbad legen zu können.

»Wenn man Sie so reden hört, könnte man denken, diese Leute führen andauernd nur Böses im Schilde«, sagte sie. »Aber dann sehe ich ein unschuldiges Kind wie Shirin, das mit einem selbstgemalten Organspender-Ausweis …«

»Ach ja, der selbstgemalte Ausweis«, fiel Hagen ihr ins Wort. »Das ist die neueste Masche. Damit werden die süßen unschuldigen Kleinen von ihren Eltern auf Betteltour geschickt, um unser Mitleid zu erregen, um an unser schlechtes Gewissen als Wohlstandsbürger zu appellieren. ›Ich bin Organspender, obwohl ich selbst aus dem letzten Loch pfeife, geben Sie mir ein paar Cent, bitte, bitte!‹ Kaum zu glauben, dass jemand wie Sie noch darauf reinfällt.«

»Wer, wenn nicht ich«, meinte Ella.

9

Ella betrachtete sich in dem leicht beschlagenen Badezimmerspiegel und fand, dass die Wut sie schön machte, die Wut und der Wein. Ihre Haut war leicht gerötet und rein, die klaren, grüngrauen Augen glänzten. Das Haar fiel, dunkel schimmernd wie eine polierte Kastanie, bis auf die Schultern. Sie verspürte eine vage Lust und dachte, dass sie sich begehren würde, wenn sie ein Mann wäre. Ihr Hals war lang, die Nase zart, der Mund, nun ja, lockend. Unter dem weißen BH erkannte der erfahrene Liebhaber Brüste, die einer Zwanzigjährigen gehören könnten. Ich wäre ein erfahrener Liebhaber, wenn ich ein Mann wäre, dachte sie.

An Tagen wie heute, an denen sie so viele Tote und Verletzte gesehen hatte, sehnte sie sich mehr als sonst danach, berührt zu werden, umarmt, gestreichelt, geküsst. Sie war wütend über den Mann, der sich den Sprengstoff umgeschnallt und ihn dann in der U-Bahn gezündet hatte; wütend über sich, weil sie nicht da gewesen war, um ihn daran zu hindern, weil sie immer erst auftauchte, wenn es zu spät war. Manchmal wünschte sie sich, vorher da zu sein, vor dem Moment, in dem etwas geschah. *Bevor* jemand den Notarzt rief, *bevor* sie ihre Arbeit tun musste, *bevor* sie Blutungen stillte, Wunden verarztete, klinisch Tote reanimierte.

Bevor sie vielleicht scheiterte.

Superdoc.

Das Telefon klingelte, aber sie ging nicht an den Apparat. Am Anfang hatte sie gar nicht gemerkt, dass sie so wütend war. Sie hatte erst die U9 Richtung Rathaus Steglitz und dann an der Berliner Straße die U7 Richtung Rudow genommen, und auf der Fahrt war sie in Gedanken noch mit Shirin und ihrem Vater beschäftigt gewesen, danach mit Shirin und Julian und schließlich nur noch mit Julian, und da hatte sie angefangen, wütend zu werden.

Warum schon wieder ein Chirurg?, dachte sie und trank einen Schluck Chardonnay in der Küche. Den nächsten trank sie im Wohnzimmer und den dritten und alle weiteren, während sie in der Wanne lag. Warum lerne ich nichts dazu? Vor anderthalb Jahren erst Silvan, der größte Kardiologe aller Zeiten, jetzt Julian. Warum konnte ich nicht bei Max bleiben; warum habe ich nicht dafür gesorgt, dass es mit ihm klappte? Vielleicht wäre er dann noch am Leben.

Sie lag in der Wanne und trank, und als das Wasser kalt wurde, stieg sie heraus und trank im Wohnzimmer weiter. Sie nahm die Bilder der Toten und Verletzten vom Bahnsteig mit auf die schwarz bezogene Couch – nicht nur den Wein, auch das Blut, die Schreie, den Gestank. Sie saß im Dunkeln und zitterte.

Das Telefon klingelte wieder. Auch diesmal ging sie nicht dran. Der Anrufbeantworter, auf stumm gestellt, schaltete sich mit rot blinkendem Lämpchen ein. Das Lämpchen hatte schon vorher geblinkt. Sie hörte, wie die Bänder sich drehten, erst das mit dem Text, gleich darauf das für die Nachrichten. Vielleicht Julian, dachte sie, wer sollte es sonst sein?

Sie hatte den AB schon seit gestern Morgen nicht abgehört, weil sie einfach zu kaputt gewesen war. Sie war auch zu kaputt gewesen, um irgendwann in letzter Zeit die Wohnung aufzuräumen. Wer immer die Chaostheorie erfunden hatte, musste es an einem Ort wie diesem getan haben, umgeben von verstreuten Schuhen, herumliegenden Kleidungsstücken, DVDs, CDs und Büchern. Auf dem niedrigen Marmorfensterbrett stand eine halb verdorrte Bonsaikiefer. Im Flur stapelten sich alte Zeitungen unter ungeputzten Nikes und regenfleckigen Gummistiefeln. Neben der Garderobe, die zu jeder Jahreszeit mit Winterklamotten überladen war, lehnte das Mountainbike an der Wand.

In einer Ecke des Wohnzimmers klafften nie fertig gepackte und auch nie wieder ausgepackte Umzugskisten, die sie nicht mehr brauchte, seit sie beschlossen hatte, doch in der Wohnung zu bleiben, in der sie sich nach dem Mord an Max eine ganze Zeit lang nicht mehr sicher gefühlt hatte. Dazwischen fand sich das Mobiliar eines Single-

Daseins. Der lackierte Rattansessel. Der rote Nierentisch. Der ausgefranste Kelim auf dem von Stöckelschuhabsätzen zernarbten Parkett. Der Plattenschrank mit dem altmodischen Röhrenfernseher darauf.

Die Lamellen der Metalljalousien waren fast immer ein wenig heruntergelassen, nie ganz unten, nie ganz oben. Auf der anderen Seite des Hinterhofs befand sich ein Tanzstudio im obersten Stock des Rückgebäudes, und im Sommer schallte Jazzmusik zu ihr herüber. Ab und zu sah sie den jungen Tänzerinnen und Tänzern in dem großen, erleuchteten Raum zu und dachte, dass es schön sein musste, einfach nur zu tanzen, sein Leben lang. Wenn sie etwas getrunken hatte und die Musik ihr gefiel, tanzte sie mit, allein für sich, und es war ihr egal, ob jemand sie dabei beobachtete.

Von der Couch aus konnte sie über die Dächer sehen, auf die roten Positionslichter, die das Stahlgestänge des Gasometers jenseits der Hauptstraße bekränzten.

Sie ging auf dem Bahnsteig von einem Toten zum anderen, von einem Verletzten zum nächsten, hörte sie stöhnen.

Sie sah durch die Nacht zu den roten Lichtern hinüber.

Sie sah das Blut.

Sie hörte Julian sagen: *Ich möchte mich gern umziehen. Oder ist noch etwas?* Dafür hätte ich ihm eine knallen sollen, dachte sie. Mindestens. Aber leider liebe ich ihn, und bisher dachte ich, dass er mich auch liebt.

An dem Tag, an dem sie sich zum ersten Mal begegnet waren, hatte sie *sein* Blut gesehen. Es war vor einem Jahr gewesen, nach ihrer Rückkehr aus Paris. Sie hatte einen Patienten in der Notaufnahme der Charité Mitte abgeliefert, einen Fan von Hertha Berlin, der von einem Feuerwerkskörper getroffen worden war. Wenn ich schon mal hier bin, kann ich doch auch nach Jonas sehen, hatte sie gedacht; er müsste inzwischen operiert worden sein. Ohne den Jungen wäre sie verloren gewesen, ohne den Tumor in seinem Kopf, der ihn nicht schlafen ließ. Jonas hatte die Männer gesehen, die sie umbringen wollten, nachdem sie ihre Patientin mitten in der Nacht aus der Klinik entführt hatten. Aber das war eine Geschichte, an die sie nicht denken wollte, nie mehr.

Sobald sie den Hertha-Fan mit den Verbrennungen abgeliefert hatte, war sie zur Kinderstation hinaufgefahren, Zimmer 25, daran konnte sie sich noch erinnern. Als sie das Zimmer betreten hatte, war ein Arzt bei Jonas gewesen. Sie kannte Julian nicht, aber natürlich hatte sie von ihm gehört, jeder hatte das. Sie hatte ihn sich nur älter vorgestellt; man dachte nicht, dass jemand, der so einen Ruf als Neurochirurg hatte, noch so jung sein konnte, unter vierzig.

Sie legte den Film *Der große Doktor Auster* in ihrem Kopf ein und spielte ihn ab, gut ausgeleuchtet, ohne Ruckeln und Wackeln, mit sauberem Ton und kaum geschnitten: Jonas lag auf dem Rücken in seinem Bett, der kahl rasierte Kopf war zur Hälfte von einem Verband bedeckt, der bis über das rechte Ohr reichte. Er war allein bis auf den Arzt im offenen weißen Kittel auf der Matratzenkante des Nachbarbetts.

»Das ist ein Fuchs«, erklärte der Junge und deutete auf etwas, das sich über das Display seines Gameboys zu bewegen schien.

»Ah ja«, sagte der Arzt zögernd. »Verstehe.«

»Es sieht nicht aus wie ein Fuchs, oder?«

»Nein.«

»Das liegt daran, dass ich ihn verzaubert habe. Ich kann Wesen eine andere Gestalt geben. Ich kann auch Sachen explodieren lassen. Soll ich mal?«

»Vielleicht später.« Der Arzt wischte mit einem Finger über die Oberfläche eines iPads und fragte: »Du hast also keine Kopfschmerzen mehr? Kein Stechen im Ohr? Und du kannst wieder gut sehen?«

»Ja«, sagte Jonas. »Hören auch.«

Ella hatte die Tür leise geöffnet, aber nicht leise genug, denn jetzt drehte der Arzt sich um und sagte: »Bitte, keine Störungen während der Visite!« Sie sagte: »Tschuldigung!«, und war bereits wieder halb auf dem Gang, als der Junge sie an dem Oberkörper des Arztes vorbei erspähte. »Nicht weggehen!«, rief er mit seiner hellen Stimme. Das kleine, blasse Gesicht strahlte.

»Ich warte draußen«, sagte Ella.

»Sind Sie Jonas' Schwester?«, fragte der Arzt, der sie erst jetzt wirklich wahrzunehmen schien.

»Sie ist meine Freundin«, erklärte Jonas. »Sie soll hierbleiben.«

»Wenn das so ist, dann bleiben Sie wohl besser«, sagte der Arzt zu Ella. »Ich bin Dr. Auster. Ich habe die Operation bei Jonas durchgeführt.«

»Er hat den Tumor aus meinem Kopf geholt«, sagte Jonas.

»Und der Welt damit den berühmtesten aller zukünftigen Erfinder von Computerspielen geschenkt«, kommentierte Ella.

»Ich habe es mir anders überlegt«, sagte der Junge. »Ich will jetzt Zauberer werden. Wie Harry Potter.«

»Und was wollen *Sie* werden?«, fragte der Arzt Ella mit einem amüsierten Zwinkern.

»Mir reicht das, was ich bin.«

»Ich kann Sie verzaubern«, sagte der Junge.

»Ich bin schon verzaubert«, sagte der Arzt und sah Ella an.

Plötzlich stach Ella der Hafer. Sie wusste bis heute nicht, woher das Gefühl gekommen war, das ihr von einer Sekunde auf die nächste praktisch den Verstand geraubt hatte, sodass sie nicht mehr wusste, was sie eigentlich sagte. »Wie war Ihr Name nochmal?«, fragte sie mit einem leichten Schwindelgefühl.

»Julian Auster.«

Sie trat einen Schritt auf ihn zu, blieb dicht vor ihm stehen und senkte den Blick auf seine Lippen. »Doch nicht *der* Julian Auster – der weltbekannte Gehirnchirurg und weit über Berlin und seine Vororte hinaus begehrte Junggeselle?« Komplett verrückt, nur nicht für jemanden, der das durchgemacht hatte, was gerade erst hinter ihr lag. »Luxuriöse Suiten in verschwiegenen Hotels, falsche Namen im Gästebuch, Champagner und Kaviar *danach* auf parfümierten Seidenlaken … Woran sonst denkt wohl eine Frau, sobald sie nur einen kurzen Blick in diese dunklen Augen geworfen hat?«

»Das klingt eher nach *Doktor Schiwago*«, ging Julian auf ihr Spiel ein.

»Was redet ihr denn da?«, meldete sich die helle Stimme des Jungen in seinem Bett. »Ich habe euch doch noch gar nicht verzaubert! Ihr tut nur so.«

Er hatte recht, dachte Ella, *Julian hatte nur so getan, aber selbst wenn ich es gemerkt hätte, wäre es mir egal gewesen.*

»Wenn Sie keine Fragen mehr haben, möchte ich jetzt weiterlesen«, verkündete Jonas.

»Wir haben verstanden«, sagte Auster. »Das bedeutet Abmarsch, oder?« Sie sah, wie er dem Jungen zuzwinkerte. Jonas nickte schwach und sagte: »Ich bin auch etwas müde. Sie können ja draußen mit meiner Freundin weiterreden, wenn Sie wollen.« Er sah Ella an, nicht mehr schielend wie vor dem Eingriff, sondern klar und direkt. »Sie müssen ihm von der verschwundenen Frau erzählen und den Drachenmännern, die sie mitgenommen haben.«

»Was für eine verschwundene Frau?«, fragte Julian. »Was für Drachenmänner?«

»Das erzähle ich Ihnen draußen«, sagte Ella.

Julian schmunzelte. »Wie kommt es bloß, dass ich das Gefühl habe, hier wäre gerade eine Verschwörung gegen mich im Gang?«

»Keine Ahnung«, Ella öffnete die Tür und winkte Jonas zum Abschied, »aber der Klinikpsychologe wird Ihnen vermutlich eine ganze Reihe von Antworten anbieten können.«

Wie verrückt sie damals gewesen war, immer noch völlig überdreht, ihr ganzes Leben auf den Kopf gestellt von der Menschenjagd, die sie nur knapp überlebt hatte. Und Julian war darauf eingegangen, spontan, als wäre er genauso verrückt. Vielleicht hatte sie sich deswegen so schnell in ihn verliebt. Vielleicht wollte sie sich aber nach dem Tod von Max auch nur ganz schnell wieder an einen Mann verlieren, an irgendeinen.

»Sie haben mir immer noch nicht gesagt, wer Sie sind«, stellte Julian fest, als sie draußen auf dem Gang waren.

»Ella Bach«, antwortete sie. »Ich habe hier mal als Internistin gearbeitet …«

Für einen Moment geriet er aus der Fassung. »Die Ella Bach, die vor einigen Wochen in allen Zeitungen war? Ja, *natürlich* … ich erinnere mich an Ihr Bild im Fernsehen. Sie wurden wegen Mordes gesucht, und irgendwann war alles vergeben und vergessen. Was genau ist denn damals passiert?«

Ella versuchte zu lächeln; es blieb bei dem Versuch. »Man hat mir nahegelegt, mit niemand darüber zu reden.«

»Ich weiß noch, Sie waren plötzlich verschwunden, wie vom Erdboden verschluckt.« Julian versuchte, den scherzenden Ton wiederzufinden. »Man munkelte, Sie hätten sich aus Versehen selbst im Bauch eines Patienten eingenäht.«

»Gerüchte«, sagte Ella. »Es war kein Versehen, es war Absicht. Ich hatte mir ein paar Feinde zu viel gemacht und wollte unbemerkt den Beruf wechseln.«

»Um was zu werden?«

»Bauchredner.«

Er lachte, aber nur kurz. »Jetzt fällt es mir wieder ein: Sie haben einen Spitznamen – *Bleeding Heart*, oder? Haben Sie nicht auch vor einigen Jahren bei einem Kunstfehlerprozess gegen einen Anästhesisten ausgesagt?«

»Musste leider sein«, sagte sie. »Sie haben ein gutes Gedächtnis.«

»Sagen Sie, Frau Kollegin, hätten Sie nicht Lust, mich heute Abend zu einem Empfang zu begleiten? Eine Fund-Raising-Party für den neuen Kliniktrakt? Der Oberbürgermeister ist da, ein paar Banker, Politiker und Wirtschaftsbosse, außerdem jede Menge Film- und Theaterleute.«

Ella fand allmählich ihr Gleichgewicht wieder, gewann festen Boden unter den Füßen. »Ich würde mich da ziemlich unwohl fühlen, vor allem nach den letzten Wochen«, sagte sie. »Falls der liebe Gott irgendwann doch nochmal auf die Idee kommen sollte, mit Blitz und Donner ein Exempel zu statuieren, wäre ich lieber nicht in der Nähe von solchen Leuten.«

»Wissen Sie nicht, dass Ihr lieber Gott sogar Sodom und Gomorrha wegen eines einzigen Gerechten verschont hätte? Und wir sind schon zu zweit.«

»Ihre Bescheidenheit gefällt mir.«

»Und mir gefällt alles an Ihnen«, gab Julian zurück. »Sie dürfen sich nur nicht umdrehen und zurückschauen, sonst erstarren Sie zur Salzsäule.«

Und Ella war nicht stehen geblieben und hatte auch nicht zurückgeschaut, jedenfalls nicht allzu oft. Aber jetzt fragte sie sich, ob es irgendetwas geändert hätte, wenn sie Julian nicht auf die Party begleitet hätte und danach nicht gleich mit ihm nach Hause gegangen wäre. »Rufen Sie mich auf dem Handy an«, hatte sie gesagt. »Heute Nachmittag. Jetzt muss ich in die Notaufnahme.«

»Ich komme mit«, hatte Julian gesagt, und da war es dann geschehen: Plötzlich stand zwischen all den Ärzten, Schwestern und Verletzten ein blutender, betrunkener Fan vom 1. FC Union vor ihnen und ging brüllend mit einer Schere auf Julian los. Ehe Julian und die Pfleger ihn überwältigen konnten, hatte er ihn schon verletzt. Wie in Zeitlupe sah Ella das Blut aus Julians abwehrend hochgerissenen Handrücken quellen, und da stellte sie fest, dass es ihr etwas ausmachte: Sie kannte ihn erst ein paar Minuten, aber sie wollte ihn nicht verlieren.

Zu schnell, dachte sie jetzt, zu dramatisch. Du wolltest dir nur beweisen, dass du noch lebst. Und die Lücke füllen, die Annika hinterlassen hat, als sie nach London zurückgefahren ist. Sie brach den Film ab. Das letzte Bild blieb noch eine Weile stehen: Julian, blutend und verwirrt, mit einem irgendwie verlegenen Lächeln im Gesicht. Ein anderer Julian als der von heute Abend.

Ich möchte mich gern umziehen. Oder ist noch etwas?

Ja, fünf Menschen sind heute gestorben, das ist selbst für mich ein bisschen viel. Ich war da, ich habe das Blut nicht durch ein Mikroskop gesehen, sondern live, die geborstenen Knochen, das verbrannte Fleisch, die verstümmelten Hände und Beine. Fünf Tote und vielleicht werden es noch mehr, und irgendwo läuft ein durchgeknallter Sani herum, echt oder falsch, aber mit einem Foto von mir in seinem Handy, in das er vielleicht gerade digitale Nadeln sticht wie bei einem obskuren Voodoo-Ritual.

Ella trank ihr Glas aus und stand auf, etwas unsicher, um zum Anrufbeantworter zu gehen. Das rote Lämpchen blinkte dreimal hintereinander, dann folgte ein Intervall, ehe es wieder dreimal blinkte. Sie drückte die Wiedergabe-Taste, und das Band spulte sich zurück. Eine mechanische Frauenstimme verkündete: »Sie haben drei neue Anrufe. Erster Anruf: gestern 19:06 Uhr.«

»Ella!« Das war Annika, ihre Stimme klang panisch. »Die E-Mails, die ich dir vor Kurzem geschickt habe, musst du sofort löschen! Du hast sie nie bekommen, klar? Es ist wichtig, dass du sie nie erhalten hast! Lösch alle E-Mails, die du je von mir gekriegt hast, obwohl es vielleicht schon zu spät ist. Und falls du es noch nicht getan hast – meine Anrufe auf deinem AB musst du ebenfalls löschen! Alles! Und ruf mich nicht an! Ruf mich auf keinen Fall an!« Ihre Stimme versagte für einen Moment, als müsste sie erst wieder zu Atem kommen. »Nicht anrufen, hörst du?«

»Zweiter Anruf: heute 22:13 Uhr«, sagte die mechanische Frau, und es war wieder Annika, die rief: »Ich bin nicht in London, da ist es nicht sicher für mich. Ich habe auch kein Handy mehr.« Ihre Stimme zitterte. »Du bist in Gefahr, wir sind alle in Gefahr! Ich kann dich nicht schützen.« Ein leises Scheppern ertönte im Hintergrund. »Ach, Scheiße, *verdammt,* komm schon ... Ich muss jetzt auflegen!«

Etwas klirrte am anderen Ende der Leitung, dann folgte ein Knacken, dann Stille. Ella starrte das rot blinkende Lämpchen an. Was war mit Anni los? Das klang gar nicht nach ihr, nach der nüchternen, coolen Psychologin. Warum ist London nicht sicher für dich, Anni? Von was für einer Gefahr redest du? Welche E-Mails hast du gemeint? In letzter Zeit hatte sie keine Anfälle mehr gehabt, aber ihr letzter Fluch klang, als hätte sie versucht, das Plastikdöschen mit ihren Tabletten zu öffnen. *Verdammt, komm schon.*

Im Dunkeln drückte Ella die Stop-Taste, griff nach dem Telefonhörer und wählte Annis Nummer in London. *Ruf mich nicht an!* Nach einer kurzen Stille ertönte das Freizeichen, einmal, zweimal, dreimal, wieder und wieder. Niemand hob ab. Auch der Anrufbeantworter schaltete sich nicht ein. Und was, wenn einer von Annis Patienten Hilfe brauchte oder einen Termin absagen wollte? Ella legte auf und wählte noch einmal, diesmal die Handynummer. Eine digitale Frau, die genau wie Ellas AB klang, sagte: *»The person you've called is temporarily not available.«*

Ella legte wieder auf und drückte die Play-Taste des AB, vielleicht war der nächste Anruf ja auch von Anni.

Ruf mich auf keinen Fall an!

»Dritter Anruf: heute 23:37 Uhr.« Es rauschte und knisterte in der Leitung, dann hustete jemand. Schließlich drang ein heisere, tiefe Männerstimme aus dem Lautsprecher: »Ärztin ... Ärztin, was haben Sie gesehen? Haben Sie etwas gesehen, als Sie meine Shirin gefunden haben? Wenn Sie etwas gesehen haben, will ich das hören. Ich will hören, was Sie wissen. Wir werden alle aufspüren und töten. Jeden, der an diesem Anschlag beteiligt war, werden wir töten. Wir werden herausfinden, wer der Mann war, der sich in die Luft gesprengt hat. Wir werden herausfinden, wer dem Mann geholfen hat. Wer dem Mann den Befehl erteilt hat. Wer den Plan gemacht hat. Wir werden es herausfinden und sie töten. Allah wird uns helfen, meine Schneeflocke zu rächen. Es ist sein Wille, dass wir alle töten, die beteiligt waren. Und wenn die Polizei uns daran hindern will, werden wir auch die Polizisten töten. Und wir werden auch die töten, die Shirins Leben nicht gerettet haben. Wenn sie stirbt, werden viele sterben.«

Ella spürte, wie sich ihr Herz zusammenzog. Woher hat er meine Nummer, dachte sie, zum ersten Mal mit einem Anflug von Angst. Woher hat Halil Abou-Khan meine Nummer?

10

Ella ging in ihr winziges, fensterloses Arbeitszimmer und knipste die Schreibtischlampe an. Sie schaltete das iBook ein, dessen verstaubter Bildschirm ein paar Sekunden brauchte, bis sein von nebeligen weißen Schlieren durchzogenes Blau Betriebsbereitschaft zeigte. Ihre Augen fühlten sich wund an vor lauter Müdigkeit. Sie ging in den Eingangskorb ihres E-Mail-Programms und suchte die Nachrichten, von denen Annika auf dem Anrufbeantworter gesprochen hatte.

Die letzte, die von Annikas Londoner E-Mail-Account SoulStylist @yahoo.co.uk gesendet worden war, lag drei Wochen zurück. Ella klickte sie an, überflog sie und stellte fest, dass sie den Inhalt bereits kannte. Ohne Anrede – darauf verzichteten sie immer – stand da:

Du errätst nicht, wen ich kürzlich wiedergesehen habe! Patrick! Genau – den Mann, dem ich alles verdanke, was ich heute bin ... Es war hinter Harrods, gar nicht weit von meiner Wohnung. Erst dachte ich, mein Herz bleibt stehen. Dann habe ich gehofft, sein *Herz bleibt stehen. Schließlich sind nur wir beide stehen geblieben und haben uns unterhalten, als wäre nichts gewesen.*

Er sagte, ich bedeute ihm noch immer etwas und dass er sich um mich sorgt. Ist das die Möglichkeit? Es hat mir glatt die Sprache verschlagen, vor allem, als er dann noch sagte, dass er mir verzeiht. ER verzeiht MIR. Der Pitbull verzeiht dem Kätzchen, dass er es zerfetzen musste. Ich dachte, ich kriege auf der Stelle einen Anfall, hatte die Tabletten schon in der Hand. Habe es aber geschafft, mit dem Hinknallen zu warten, bis er außer Sicht war. Hätte ich ihn damals bloß umgebracht – Annie, get your gun! Könntest du das nicht für mich übernehmen? Gemäß deiner alten Maxime: Alles, was du kannst, das kann ich viel besser?

PS: Fritz the Cat ist tot. Bin sehr traurig. Ronin lebt noch. Offenbar machen's Hunde mit Epilepsie länger als Katzen mit Diabetes. Aber Ronin sitzt jetzt dauernd am Fenster und schaut hinaus, als fühlte er sich hier nicht mehr sicher. Er spürt die Gegenwart des Abschieds. Ich bin überzeugt, wenn ich die Tür aufmache, ist er weg. Etwas Besseres als den Tod finden wir überall, erinnerst du dich? Soll ich das in »Dein Tier und das Jenseits« veröffentlichen?

PPS: Trotz allem hatte ich das Gefühl, dass Patrick auf eine verquere Weise meinte, was er sagte. Er sah sogar anders aus, als ich ihn in Erinnerung hatte, ein bisschen wenigstens. Aber wenn man jemand nicht mehr liebt, sieht er dann nicht immer anders aus?

Typisch Anni, in so einem Tonfall leichthin über eine Begegnung mit dem Mann zu schreiben, dem sie ihr tödliches Leiden verdankte. Ella erinnerte sich, dass sie sofort in London angerufen hatte, um ihre Stimme zu hören und sich zu vergewissern, dass es ihr gut ging. Beim ersten Mal war sie nicht durchgekommen, beim zweiten Mal auch nicht. Während sie es weiter versucht und darauf gewartet hatte, dass die Leitung zustande kam, war ihr fast übel geworden vor Angst.

Anni war ihre beste Freundin; war es schon gewesen, als sie zusammen Medizin studiert hatten, vom Moment ihrer ersten Begegnung an. Damals waren sie unzertrennlich gewesen, Anni, ihr Bruder Max und Ella. Es gab Fotos aus jener Zeit: Anni und Ella im Park der Humboldt-Universität, Anni und Ella am Wannseestrand, Anni und Ella auf einer Silvesterparty, bei einem Fahrradausflug in der Lüneburger Heide. Beide jung, sorglos, sonnengebräunt, die eine mit langen braunen Haaren, die andere mit kurzen, und Anni mit dieser Milchstraße von Sommersprossen rings um die tiefseeblauen Augen. Sie hatten über alles geredet, alles geteilt, nur die Männer nicht.

Dann hatte Ella sich in Max verliebt, dann hatte die Liebe aufgehört, dann war Anni zum ersten Mal spurlos verschwunden, wie vom Erdboden verschluckt. Ella erinnerte sich an die letzten Telefonate, die ausweichenden Antworten, die vagen Versprechen, sich zu melden. Dann war das Schweigen zum Dauerzustand geworden. Anrufe landeten in Mailboxen, ohne dass jemand zurückrief. Briefe blieben unbeantwortet. Dann war Max ermordet worden, und Ella hatte noch einen letzten Versuch gemacht, ihre ehemals beste Freundin vom Tod ihres Bruders zu informieren.

Dann, endlich, das Wiedersehen im vergangenen Jahr: Annika war nicht mehr sonnengebräunt gewesen, sondern blass und so dünn, dass die Kleidung an ihr herabhing wie von den Schultern einer hölzernen Schneiderpuppe. Sie war noch immer schön, nur anders, unter lauter feinen Falten auf der durchscheinenden Haut wie in zerknittertes Seidenpapier geschlagen. Alles an ihr war schärfer und kantiger, und ihre Lippen, scharlachrot geschminkt, hatten etwas von einer kühlen, horizontal brennenden Flamme gehabt. Aber die klaren meerblauen Augen konnten noch immer bis auf den Grund der Seele schauen.

»Ich bin krank«, hatte sie gesagt. »Deswegen habe ich mich versteckt. Ich wollte nicht, dass du es erfährst.«

»Warum nicht? Weil richtige Freundinnen alles voreinander verschweigen?«

»Bist du neuerdings so schwer von Kapee?«, hatte Anni gefragt. »Weil ich mich geschämt habe. Deswegen habe ich so lange nichts von mir hören lassen. Ich wollte, dass du mich so in Erinnerung behältst, wie ich war, nicht mich so erlebst, wie ich geworden bin. Zu was *er* mich gemacht hat.«

»Er? Wer?«

»Ein Mann, wer sonst.«

»Was hat er mit dir gemacht?«

»Mich die Treppe runtergeworfen. Mich an den Haaren durch die Küche geschleift. Meinen Kopf gegen die Wand gehämmert. Jeden Abend. Die reine Poesie! Bis er mich nicht mal mehr irgendwo gegenschleudern oder runterwerfen musste, damit ich hingefallen bin.«

Ella hatte nichts gesagt, weil sie auf einmal begriffen hatte und weil es da nichts mehr zu sagen gab.

»Genau«, hatte Annika bestätigt. »Fallsucht. Symptomatische Epilepsie als Folge eines Schädelhirntraumas. Morbus Sacer. Die Heilige Krankheit. Kommt schon in der Bibel vor, im Neuen Testament – Jesus heilt einen Fallsüchtigen. Julius Cäsar. Napoleon. Dostojewskis *Idiot*. Mein Hund Ronin. Die ganze Elektrizität im Gehirn, was man damit machen könnte, und jetzt knallen alle Nase lang die Sicherungen raus und das Licht geht aus. Status Epilepticus, Kurzschluss, Nacht in allen Zellen. Vor allem, wenn dir etwas nahegeht. Zu viele emotionale Reize, und peng! ein Blitz, und du siehst alles in schönste Farben getaucht, bevor du der Länge nach hinknallst und dir irgendwann endgültig den Schädel einschlägst, sogar ohne Mithilfe eines Mannes, komplett mit Schmatzen, Sabbern, wilden Zuckungen, Schaum vor dem Mund und einem Schrei hier und da als Garnierung. Unheilbar, sagen die Ärzte, jedenfalls meine Form! Ich nehme natürlich Tabletten – Valproat, Lamotrigin, Carbamazepin, die ganze Palette.«

»Kannst du denn dann überhaupt noch als Therapeutin arbeiten?«, hatte Ella wissen wollen, und die Antwort war typisch Anni gewesen: »Ja, mit Pflanzen. Die stört es nicht so, wenn ich mitten in einer Sitzung mal eben auf sie drauffalle.«

»Du bist Gärtnerin geworden? Du hast keine Patienten mehr?«

Anni hatte mit den Schultern gezuckt. »Ich darf keine mehr haben, die Zulassung wurde wiederrufen. Natürlich halte ich mich nicht daran, die Leute wollen schließlich weiter zu mir kommen, um mit mir zu reden. Ich nenne mich jetzt aber anders – Soul Stylist. So was Ähnliches wie Hair Stylist, bloß dass ich mich um die Strähnchen und Extensions der Nerven kümmere. Waschen und Legen für die Seele. Mit der Gärtnerei beschäftige ich mich nur zur Tarnung, in einem kleinen Gewächshaus, falls die Psychiatrische Gesellschaft ihre Häscher ausschwärmen lässt.«

»Und wie kommst du mit den Patienten zurecht?«, hatte Ella vorsichtig eingewandt.

»Gut.« Über Annis Gesicht war ein Lächeln gehuscht. »Ohne meine Patienten wäre ich in der ersten Zeit nach Patrick verloren gewesen. Ich habe vorher immer gedacht, *die* brauchen *mich*, aber da ist mir plötzlich klar geworden, dass ich sie mindestens genauso brauche. Jetzt geben sie mir den Halt, den ich ihnen vielleicht vorher gegeben hatte. Ich merkte auf einmal, wie nah sie mir standen, all diese Menschen, deren Seele eine Verletzung zugefügt worden war, ohne dass sie je ganz in Worte fassen können, wann oder von wem oder sogar was für eine genau.

Bis zu dem Moment, als ich meinen ersten Anfall hatte, war ich innerlich manchmal etwas irritiert, wenn wieder einer so einen messianischen Glanz in den Augen hatte oder ein anderer mich mit einem verschwörerischen Flüstern in die *Botschaft* einweihte, mich an dem *Geheimnis* teilhaben ließ, das ihm die *Stimme* verraten hatte. Wenn sie da saßen und kein Wort hervorbrachten oder aber nicht aufhören konnten zu quasseln oder dauernd an etwas herumzupften oder unsichtbare Flusen von ihrem Knie wischten oder einfach nicht wieder gehen wollten, nachdem man sie vorher fast über die Schwelle und auf die Couch tragen musste. Ich hätte es nie zugegeben – vielleicht ist es mir nicht mal bewusst geworden –, aber es war so.«

Das ist sie, meine alte Anni, hatte Ella gedacht, niemand kann sie bremsen, wenn sie sich erst mal warm geredet hat.

»Ich meine«, Annikas Augen hatten zu funkeln begonnen, als sie das sagte, »es sind Menschen dabei, die albanischen Türstehern Angst machen und Priester an Gottes Weisheit zweifeln lassen. Die ohne Auto durch eine Waschstraße laufen und dabei so tun, als hätten sie ein Lenkrad in beiden Händen oder nachts in Panik aufwachen und durch alle Zimmer rennen, weil sie Brandgeruch in der ganzen Wohnung riechen, ohne auf den Gedanken zu kommen, dass es ihr eigenes Gehirn ist, das gerade in Flammen aufgeht. Aber diese Menschen haben mich gerettet wie ein Netz, in das ich fallen konnte. Und deshalb ist es ganz gut, wenn man ab und zu auch mal den eigenen Verstand mit heruntergelassenem Verdeck durch die Waschstraße fährt, bis die Elektrik total zusammenbricht, und man dafür nach dem ganzen Gewische, Gebürste und Gewienere in vollkommener Dunkelheit am anderen Ende mit nassem, funkelndem Herzen ans Licht kommt, wenigstens für kurze Zeit.«

Endlich hatte Ella einen Fuß in die Tür gekriegt: »Und dieser Patrick, dem du das alles verdankst – was ist aus dem geworden?«

»Nichts.«

»Dem ist nichts passiert? Wieso nicht?«

»Er ist Polizist, von New Scotland Yard. So was wie ein Heiliger für seine Kollegen.«

»Wo lernt man denn einen englischen Polizisten kennen?«

»Im Urlaub, auf Malle. Es hat sofort gefunkt, nachts am Strand, in der Brandung, der reinste Kitsch. Deswegen bin ich ja nach London gezogen – der Liebe wegen …«

»Siehst du ihn noch manchmal?«

»Nein.«

»Aber du weißt, wo er wohnt?«

»Natürlich. Am Anfang stand ich manchmal nachts vor seiner Tür und wusste nicht, wer da lebt oder was ich da wollte. Jamais vu, so ein Symptom von Epilepsie. Und manchmal stand ich da und dachte, ich wäre schon einmal da gewesen und hätte es getan, ihn umgebracht, meine ich.«

»Déjà vu«, hatte Ella festgestellt. »Auch ein Symptom.«

Jetzt, vierzehn Monate später, starrte sie um halb zwei Uhr morgens auf Annis drei Wochen alte E-Mail:

Du errätst nicht, wen ich kürzlich wiedergesehen habe! Patrick! Genau – den Mann, dem ich alles verdanke, was ich heute bin …

Warum ist es in London nicht mehr sicher für dich, Anni?, dachte sie. Was ist seitdem passiert? Als sie Annika damals endlich ans Telefon gekriegt hatte, hatte sie die Freundin geradezu bombardiert mit Fragen: »Hat der Scheißkerl dich bedroht? Brauchst du Hilfe? Soll ich kommen? Wie kannst du so ruhig bleiben? Bist du sicher, dass es eine zufällige Begegnung war?«

Anni hatte gelacht. »Ich kann schon auf mich selbst aufpassen, Süße. Ich bin nicht allein.«

Ella versuchte, sich an das Gespräch genau zu erinnern, an das Lachen, wie es klang, ob das Tablettendöschen gescheppert hatte, irgendwo im Hintergrund.

Danach war keine E-Mail mehr aus London gekommen, auf die Ella hätte antworten können. Sie hatten nur noch ein paarmal telefoniert, und von Patrick war nicht mehr die Rede gewesen. Was bedeuten deine Anrufe, Anni? Hast du die anderen Mails an mich wirklich geschrieben oder hast du dir das nur eingebildet?

Ella sah im Papierkorb nach, ob sie aus Versehen was gelöscht hatte. Keine Mail von Anni. Zur Sicherheit überprüfte sie noch den Werbung-Ordner, wo die Spam-Mails landeten. Da lagen sie, drei E-Mails mit dem Kürzel *co.uk* am Ende, allerdings von einem anderen Account gesendet, den Ella nicht kannte. Alle drei nur ein paar Tage alt und ohne Betreff.

Gestern war der Patient, von dem ich dir schon ein paarmal erzählt habe, wieder da. Er ist mir immer etwas unheimlich gewesen, und ich wusste nie genau, warum. Aber beim letzten Termin hat er mir eine echt furchteinflößende Geschichte erzählt, bei der es mir eiskalt den Rücken hinuntergelaufen ist. Ich weiß einfach nicht, was ich davon halten soll, und dabei dachte ich, mich könnte nichts mehr aus der Bahn werfen. Zuerst habe ich mich schlichtweg geweigert, das, was er mir erzählt hat, auch nur ansatzweise zu glauben, doch es lässt mich nicht mehr los, und wenn es wahr ist

Hier brach die erste E-Mail ab, und Ella klickte die zweite an, die ebenfalls von Anni war.

Ich habe beschlossen, die Geschichte zu überprüfen, und falls du nichts mehr von mir hören solltest, ist sie wahr und ich bin entdeckt worden. Ich weiß nicht, was sie dann mit mir machen, aber vielleicht bin ich schneller als sie und kann das Schlimmste verhindern. Viel Zeit bleibt mir so oder so nicht mehr, die Anfälle kommen neuerdings wieder häufiger. Überall rieche ich Feuerstein und Schwefel, und Ronin spielt verrückt. Ich habe auch das Gefühl, dass Patrick mich beschattet. Ich dachte, ich hätte ihn gestern Nacht unten auf dem Platz im Licht einer Laterne gesehen, aber vielleicht war es nur Einbildung, eine Halluzination. Oder ein Déjà-vu.

Ciao Bächlein, ich bin froh, dass wir uns noch einmal wiedergesehen haben, und vielleicht ist das Ganze ja nur eine Chimäre, die kreischend in den kahlen, zugigen Korridoren von Mister Bipolars Hirn herumflattert. Zur Sicherheit schicke ich diese E-Mails von einem anderen Account ab. Aber ich fürchte

Auch diese Mail endete so abrupt wie die erste, als wäre das, was Anni fürchtete, zu schrecklich, um es niederzuschreiben. Oder die Mails regten sie so auf, dass sie sich in einen *Status epilepticus* steigerte und es gerade noch schaffte, den *Senden*-Knopf zu drücken, bevor sie einen Anfall erlitt.

Besorgt rief Ella die dritte Nachricht auf.

Es ist wahr. Ich habe einen Fuß in die Hölle gesetzt, und es gibt keine andere Möglichkeit, ich muss weitergehen. Aber ich habe auch Angst um dich, deshalb flehe ich dich an, Ella, vergiss mich! Vergiss, dass du mich kennst. Vergiss, dass wir Freundinnen waren, und falls dich jemand darauf ansprechen sollte: Du kennst mich nicht! Noch besser: Renn weg, so weit du kannst, versteck dich irgendwo auf dem Land, wo dich niemand findet!

Ich habe dir damals gesagt, dass ich den Kontakt zu dir abgebrochen hätte, weil ich mich geschämt habe, wegen Patrick, wegen meiner Krankheit. Das war eine Lüge. Ich habe mich von dir ferngehalten, um dich zu schützen. Es hat sich herausgestellt, dass ich niemanden schützen kann. Dich nicht. Mich nicht. Max nicht.

Ich habe versucht, alles aufzuschreiben, solange ich noch bei klarem Verstand bin, und es dir zu schicken, in einem Brief, denn E-Mails sind nicht sicher, nichts ist sicher, sie haben Zugriff auf jedes Wort, jedes Bild, jede Ziffer im Netz. Sie hören auch die Telefonate mit. Ruf mich nicht an! Hörst du? Ruf mich auf keinen Fall an!

Wenn sie das hier lesen, müsste der Brief schon bei dir sein. Ich habe keinen Absender genannt, und er ist auch nicht an dich adressiert, aber du wirst ihn trotzdem erhalten. Warte, ich höre was an der Tür

Ella stellte fest, dass sie den Atem angehalten hatte. Das Blut hämmerte an ihren Schläfen. Sie hatte das Gefühl, bei Anni zu sein, mit ihr zu lauschen, zu hören, wie sich etwas an ihrer Tür zu schaffen machte …

Jäh zerriss das Schrillen der Klingel die Stille, und ihr Herz zuckte; es sprang hart gegen ihre Rippen.

11

Ella schlüpfte in ihren Morgenmantel, knotete den Gürtel zu und ging zur Tür. Sie spähte durch den Spion. Der Korridor vor der Wohnung lag im Halbdunkel, denn die Lampe an der Wand gegenüber war schon seit zwei Wochen kaputt. Vor der Wand zeichnete sich die Silhouette eines Mannes ab, der so dicht an der Schwelle stand, dass es schien, als lausche er an der Tür. Er bewegte sich nicht, stand nur da mit abgewandtem Gesicht und wartete. Dann klingelte er noch einmal.

»Wer ist da?«, rief Ella.

»Ich«, sagte der Mann. »Julian.«

Sie hängte die Kette aus, drehte den Schlüssel im Schloss und öffnete. »Wie bist du unten reingekommen?«, fragte sie.

»Die Tür war offen«, sagte Julian und warf mit einem Ruck die blonden Haare nach hinten, fast wie ein scheuendes Pferd. Er hatte beide Hände in den Taschen seines zerknitterten Trenchcoats vergraben, als müsste er sie stillhalten. »Darf ich reinkommen?«

Ella trat zur Seite. »Ich wollte gerade schlafen gehen«, sagte sie. Ohne die Hände aus den Taschen zu nehmen, ging er an ihr vorbei und weiter in die Wohnung. Er war umgeben von einer Duftwolke, ein herbsüßes Eau de Toilette, um den Krankenhausgeruch zu überlagern. Im Wohnzimmer drehte er sich um und fragte: »Darf ich kurz ablegen?« Ohne ihre Antwort abzuwarten, zog er den Mantel aus und warf ihn achtlos über einen der Rattanstühle. Das Licht aus dem Arbeitszimmer rief glänzende Reflexe auf dem haselnussbraunen Leder seiner hochglanzpolierten Halbschuhe hervor.

»Es war ein schrecklicher Tag«, sagte er.

Ella sagte nichts, dachte: *Ja, und du hattest deinen Anteil daran.*

»Ich möchte dich um Entschuldigung bitten«, sagte er. »Ich weiß auch nicht, was in mich gefahren ist. Es tut mir leid. Ich hatte vier Operationen hintereinander und wollte gerade nach Hause gehen. Und da kommt dein Anruf, dass ich mir noch das Mädchen ansehen soll …«

Er wirkte müde und doch angespannt. Von Nahem sah sie die Fältchen der Erschöpfung um seine Augen. Seine Stimme klang belegt. Ellas Wut war verflogen. Sie hätte am liebsten ihren Kopf an seine Brust gelegt oder sein Gesicht an ihren Hals gezogen, aber sie traute sich nicht, weil er ihr auf einmal wie ein völlig veränderter Mann vorkam. Einer, den sie nicht kannte.

»Ich hatte auch einen harten Tag«, sagte sie tonlos.

»Natürlich«, sagte er. »Ich habe Bilder vom Hermannplatz in den Nachrichten gesehen. Ziemlicher Menschenauflauf.«

»Ja, schrecklich.« Ella holte tief Luft. »Jede Menge Schaulustige. Und sie haben alle dasselbe gesehen wie ich – sterbende, verstümmelte Menschen, zerfetzte Körper, und sie konnten nicht genug davon kriegen. Ich bin sicher, es ging ihnen allen nahe. Aber dann, wenn sie lang genug dagestanden und zugeschaut haben, weißt du, was sie dann denken? *Ich habe Hunger. Was gibt's heute Abend zu essen?* Das denken sie. Und damit ist es vorbei für sie. Sie gehen nach Hause. Keiner von ihnen schreit in der Dunkelheit, keiner trauert um die Opfer oder das, was aus der Welt geworden ist, in der so etwas passieren kann! Es interessiert sie nicht mehr, und ein paar Tage später haben sie es dann vergessen. Die Toten werden beerdigt, die Überlebenden sind für immer gezeichnet, aber niemand leidet mit ihnen, und auch sie versuchen zu vergessen. Nichts ändert sich. Und wer vergießt dann noch eine einzige Träne darüber?«

»Du, Ella«, sagte Julian mit einem schwachen, flüchtigen Lächeln.

Scheiße, dachte Ella, wie soll man bei dem Lächeln nicht schwach werden. Sie spürte, wie ihr Nacken zu zittern begann, schloss die Augen und hob das Gesicht ein wenig. Er beugte sich rasch vor und küsste sie ungeschickt, wobei er sie an den Oberarmen hielt wie jemanden, den man schütteln will. Sie wollte seinen Kuss so nicht erwidern, aber sie wollte auch nicht, dass er sie losließ.

»Warte«, sagte sie. Sie warf den Bademantel ab, hakte den BH auf, schlüpfte aus dem Höschen. Hastig begann sie, die Knöpfe an Julians Hemd zu öffnen, während er aus seinem Kaschmirsakko fuhr und es fallen ließ. Am Gürtel zog sie ihn durchs Wohnzimmer zum Schlafzimmer, das fast zur Gänze von einem niedrigen Rattanbett mit einer quadratischen Matratze eingenommen wurde.

»Küss mich noch einmal«, sagte sie. »Aber richtig.« Ohne die Lippen voneinander zu lösen, sanken sie im Dunkeln auf das Bett, schoben die Decke beiseite, das Kissen. Die seidene Bettwäsche schimmerte im Widerschein des Monds, der die Schatten der schräg gestellten Jalousie über das Zimmer warf. Ella merkte, dass Julians Berührungen sich verändert hatten; seine Hände hinterließen andere Spuren auf ihrer Haut, fassten weniger fordernd zu.

Wir sind heute beide verwundet worden, dachte sie; wir legen unsere Wunden aneinander, um sie zu heilen. Sie wollte ihm Trost geben, seinen Trost spüren, dazu Lust – sie hatte Sehnsucht nach Lust, danach, die Besinnung zu verlieren. Er kniete vor ihr, mit gespreizten Schenkeln, drückte sie auf den Rücken, kam über sie. Seine Augen glänzten, ganz nah jetzt, hielten ihren Blick fest. Während sie ihn ansah, schien sein Gesicht heller und größer zu werden, wie von einem fahlen Licht erleuchtet, um das herum alles andere in den Hintergrund trat.

Er küsste sie wieder, dringlicher diesmal. Als ihre Münder sich berührten, knisterte Elektrizität, versetzte ihnen einen schwachen Schlag. Ein Geschmack, den sie nicht kannte, lag auf seinen Lippen, kupfern, bittersüß wie Äther. Sie spürte seine Hand in ihrem Nacken, die Fingerspitzen vergruben sich in ihr Haar.

Sie schloss die Lider, während ihre Fingerspitzen über seinen Rücken glitten, bis sie seine Hüften packte. Die Heftigkeit ihrer Gesten beschleunigte seinen Atem, und als er in sie eindrang, hatte sie das Gefühl, er wollte auch ihr Inneres sehen, suchend im Dunkel ihres Körpers. Sie wartete, bis er einen Rhythmus gefunden hatte, dem sie sich überlassen konnte. Sie stellte sich vor, es wären Wellen, große, salzige Wellen, die gegen sie anrannten, unter ihr hindurchrollten, über sie hinwegspülten. Die Wellen trugen sie hoch und ließen sie wieder hinabgleiten, eine stetige, langsam anwachsende Dünung, deren Gischt an ihr leckte, sie mit ihrer Feuchtigkeit benetzte.

Sie hielt noch immer seine Hüften, zog ihn tiefer und tiefer in sich hinein.

Sie küsste ihn wieder, die ganze Zeit wollte sie seine Lippen, seine Zunge spüren. Er ließ ihren Nacken los und nahm ihr Gesicht in seine Hände, hielt beide Wangen. Sie schüttelte den Kopf, vergrub ihr Gesicht in seiner Schulterbeuge, erstickte ihr eigenes Stöhnen, biss ihn in den Hals. Dann sprengte er den Rhythmus mit wenigen, immer schnelleren, härteren Stößen. Sie hörte ihn flüstern: »Komm, komm, komm«, und dann kam er, und sie wünschte, es wäre jetzt, wie es nur einmal ganz am Anfang gewesen war, dass die Wellen zu Feuer wurden, und sie und er für Sekunden gleichzeitig in den Flammen starben.

Er blieb erschöpft auf ihr liegen, ein schweres, feuchtes Gewicht, das sie mit beiden Armen festhielt. Sie hörte ihn dicht an ihrem Ohr atmen und spürte seine Lippen, jetzt trocken, an ihrem Hals. Seine Wimpern streiften über ihre Haut, wenn er die Augen öffnete und wieder schloss. Sein Haar roch heute anders, fand sie – frisch und kühl, so wie sie sich den Geruch eines Gletschers vorstellte oder des Himmels über dem Polarkreis.

Auf einmal schlug ihr Herz schneller, fast ängstlich, als wüsste es bereits, das ihr noch etwas bevorstand. Julian lag noch immer auf ihr, aber ein Zittern durchlief jetzt seine Schultern, und ein Geräusch, das sie nicht sofort einordnen konnte, schien in seinem Hals gefangen. »Was ist?«, fragte sie. »Was hast du?« Feuchtigkeit benetzte ihr Gesicht, ihre Wangen und seine, und als sie daran leckte, war es wirklich das Meer, denn es schmeckte salzig. »Weinst du?«

Er antwortete nicht, nur das Zittern wurde stärker. Er schnappte nach Luft. Jetzt konnte sie ganz deutlich sein Schluchzen hören. »Was ist los, Julian?«, fragte sie.

»Ich weiß nicht, wie ich es dir sagen soll«, antwortete er, aber in ihren Ohren klang es, als wüsste er es und wollte es nur nicht sagen.

Ella spürte, wie ein Zucken ihre Lippen erfasste, das sie nicht kontrollieren konnte. Plötzlich war der Zorn wieder da, als hätte er die ganze Zeit nur darauf gewartet, dass sie ihn brauchte. »Du weißt es nicht?«, wiederholte sie. »Du weißt doch sonst immer alles, oder nicht? Du weißt alles, und du kannst alles. Du kannst Menschen das Leben retten – meistens jedenfalls –, du kannst einen Hörsaal mit dreihundert Studenten so zur Minna machen, dass man ihre Magengeschwüre praktisch aufbrechen hört, und du kannst dich auf den Empfängen unserer Großsponsoren von englischen Butlern mit aufgespießten Käsestückchen füttern lassen. Aber du kannst mir nicht sagen, warum du heulend auf mir liegst, nachdem du deinen Samen in mir deponiert hast?«

»Ella, bitte …«

Sie setzte sich auf. »Du bist wie dein alter Prof: Wenn du etwas nicht aufbohren oder rausschneiden kannst, tust du, als ob es nicht da wäre. Seit einem Jahr schlafen wir miteinander, aber wenn wir uns in der Klinik begegnen, nickst du mir zu wie einer flüchtigen Bekannten. Du gehst in meiner Wohnung ein und aus, wie es dir passt, du fuhrwerkst in meinem Leben herum, und manchmal – ganz selten –, das gebe ich zu, sagst du sogar, dass du mich liebst. Aber du sagst es so, als wäre ich ein unartiges Kind, das man anders nicht ruhigstellen kann.«

»Ella, ich habe ein Verhältnis«, brach es unvermittelt aus ihm heraus.

Sie spürte, wie sich ihr Herz mit Eisblumen überzog, im Zeitraffer, erst das Herz, dann alles andere in ihr. »Ach so«, sagte sie schließlich, »das ist alles? Deswegen weinst du? So was passiert doch ständig. Männer lieben immer noch irgendwas anderes – ihre Väter, ihre Mütter, ihre Brüder, ihre Kumpels, ihre Autos oder ihren Fußballklub und manchmal eben auch eine andere Frau. Was ist so schlimm an der Wahrheit?«

»Ella, bitte rede nicht so. Ich fühle mich beschissen, wirklich. Heute Abend habe ich beinahe ein Kind verloren, und jetzt ist mir …«

»Ist das nicht eine tolle Fügung«, unterbrach Ella ihn bitter, »ein Mädchen fällt ins Koma, dafür erblickt eine Geliebte das Licht der Welt! Und der Mann, den ich liebe, fühlt sich entsetzlich.«

Julian setzte sich auf die Bettkante und zog den Rotz hoch wie ein kleiner Junge. Zum ersten Mal nahm Ella die leise Musik wahr, die von irgendwo im Haus heraufdrang: das schwache Wummern von Bässen, eine Miles-Davis-Trompete, Bongos und Schlagzeug. Ihr war zum Heulen zumute. »Warum?«, fragte sie. »Julian, warum?«

»Sie war da.« Die Antwort kam schnell, als hätte er sie sich schon vor langer Zeit zurechtgelegt.

»Wann?«

»Immer. Wenn ich sie brauchte.«

»Und ich war nicht da.«

»Oft«, sagte er, um einen besonnenen, fast freundlichen Ton bemüht. »Du bist so oft nicht da, Ella.«

»Und wo bin ich?«

»Du spielst den Superdoc. Rast durch die Straßen und rettest Leben oder was auch immer. Sam dagegen …«

»Sam?«

»Samantha.«

»Ich will ihren Namen gar nicht wissen«, sagte Ella.

Julian schwieg. Sie schwieg ebenfalls. Er seufzte und setzte sich auf. Einen Moment lang saß er noch auf der Bettkante, eine Silhouette vor dem Fenster, dann stand er auf. Das Parkett knarrte unter seinen Schritten, als er seine Kleider zusammensuchte. Sie hörte das Rascheln von Stoff, einen Reißverschluss, der mit zwei Rucken geschlossen wurde.

»Warum sagst du nicht, dass es nichts Ernstes ist?«, fragte Ella. »Dass es nichts mit uns zu tun hat. Dass du sie nicht liebst, sondern mich.«

»Ella, es ist nicht so einfach.« Er zögerte. »Ich weiß nicht, ob ich sie liebe«, sagte er in dem besonnenen, ernsten Ton, der sich in ihrem Bauch anfühlte, als bearbeite er ihren Magen mit einer Nagelfeile. »Vielleicht werde ich nie wieder jemanden lieben wie dich. Ich weiß nur, dass ich so nicht leben will.«

Nicht mal das, dachte Ella traurig, es ist nicht mal Liebe. *Das* ist das Problem. *Wenn du mich schon betrügst, dann sollte es wenigstens Liebe sein.* Sie fühlte sich einsam und verwirrt. Obwohl sie zu Hause war, kam sie sich vor, als wäre sie gerade verloren gegangen.

»Aber eins musst du mir glauben«, sagte Julian, jetzt schon im Hemd, das er gerade zuknöpfte, wie immer von oben nach unten, »immer wenn ich bei ihr bin, weiß ich erst, wie sehr ich dich liebe.«

»Prima Rechtfertigung«, sagte sie. »Absolut einwandfrei. Gehst du jetzt zu ihr, um mich mehr zu lieben?« Sie versuchte ein Lachen, aber für das Ergebnis hätte man ein Weltraummikrofon der NASA gebraucht, um es als Lachen identifizieren zu können.

»Seit wann bist du denn eifersüchtig?«, fragte er überrascht. »Das passt doch gar nicht zu dir.«

»Ach, nein, wieso nicht?« Sie richtete sich auf, um ihn besser sehen zu können. »Ich dachte, wir lebten in derselben Welt.«

»Das tun wir doch«, sagte Julian.

»Nein, denn in der Welt, in der ich lebe, will ich alles klar und ehrlich«, sagte sie scharf und schwang die Beine aus dem Bett. »Ich hasse alle Halbheiten, die schiefen Situationen und ungeklärten Gefühle. Ich vergesse bloß manchmal, dass es da draußen noch eine andere Welt gibt, in der alles unscharf ist, in der gelogen und betrogen und manipuliert wird. Eine Welt, mit der ich nichts zu tun haben möchte, weil ich mir darin hilflos und mies vorkomme. Und ich will auch mit niemandem etwas zu tun haben, der sich darin bewegt.«

»Ich verstehe«, sagte Julian.

»Du kannst nicht in beiden Welten leben«, sagte Ella. »Nicht, wenn du mit mir zusammen sein möchtest. Du musst dich entscheiden.«

»Ich habe mich ja entschieden«, sagte Julian.

»Du gehst jetzt nicht zu dieser Frau?«

»Nein.«

»Versprochen?«, fragte sie mit einem spröden Riss in der Stimme.

»Versprochen«, sagte er.

»Ich glaube dir nicht.«

Er schwieg wieder.

Sie sagte: »Vorhin in der Klinik hast du gesagt, du müsstest allein sein, um nachzudenken. Dann stehst du auf einmal mitten in der Nacht bei mir vor der Tür, und nachdem wir Sex hatten, fängst du an, zu weinen und gestehst mir, dass du eine andere vögelst. Das ist immerhin klar und ehrlich. Aber woher soll ich wissen, dass du nicht zufälligerweise vorhast, morgen wieder in deine andere Welt zu verschwinden? Oder mich aus meiner rauszuschmeißen?«

»Nein«, sagte er. »Das habe ich nicht vor.«

»Du hast mir das Versprechen gegeben, dass du jetzt nicht zu ihr gehst.«

»Ja.«

»Wohin gehst du dann? Zu dir nach Hause?« Sie hörte sich selbst diese Fragen stellen, als führe sie ein Verhör durch, und sie schämte sich dafür, aber wie unter einem Zwang fuhr sie fort. »In die Klinik?«

»Ich weiß noch nicht. Vielleicht gehe ich noch irgendwo was trinken.«

»Du? Was trinken?« Jetzt war der Riss nicht mehr nur in ihrer Stimme; jetzt kam es ihr vor, als liefe er durch ihr ganzes Gesicht. »Wenn du mir schon nicht sagen willst, wohin du gehst, dann sag mir wenigstens, warum du gekommen bist.«

»Das habe ich doch schon gesagt – weil ich dich liebe. Ich brauche dich.« Er trat zu ihr und legte ihr eine Hand an die Wange. Sie verspürte einen leisen elektrischen Schlag, der von ihm auf sie überging; sie verspürten ihn beide. Er wollte sie noch einmal küssen, aber sie wandte rasch den Kopf ab, denn sie fürchtete, die Lüge auf seinen Lippen zu schmecken. Sie stand auf und ging an ihm vorbei ins Wohnzimmer, um ihren Morgenmantel anzuziehen.

Als er ihr folgte, sah sie die Enttäuschung in seinen Augen, die fast wie Schmerz wirkte. Einen Sekundenbruchteil verspürte sie den Impuls, ihn in die Arme zu schließen. Ihm zu vergeben oder sogar um Vergebung zu bitten, weil sie seinen Erwartungen an eine Geliebte nicht entsprochen hatte. Weil sie die Not Verletzter und Sterbender gelindert hatte und nicht die Not in seinem Herzen – oder in seinen Lenden.

Julian zog sein Sakko an, griff sich den Trenchcoat und trat zur Tür. Er hatte die Hand bereits auf der Klinke, als er sich noch einmal umwandte. Er sah aus, als suchte er nach Worten.

»Ein letztes Wort zum Abschied?«, fragte sie.

»Ich wollte, ich wäre dir nie begegnet.«

Ella wich zurück. Die Worte verschlugen ihr den Atem. Sie brachte keinen Ton heraus. Dort, wo eben noch ihr Herz so wild und scharf gepumpt hatte, war plötzlich ein Loch, eine leere Stelle. Tränen schossen ihr in die Augen. »Hau ab!«, sagte sie leise. »Verschwinde! Ich will dich nicht mehr sehen. Verschwinde aus meinem Leben!«

Er schüttelte den Kopf, dann öffnete er die Tür und ging.

12

Im Traum war Ella fast glücklich gewesen, und auch in den Sekunden zwischen Schlaf und Erwachen war sie noch fast glücklich, bis ihr alles wieder einfiel. Sie öffnete die Augen mit dem Gefühl, um ihr Leben betrogen worden zu sein. Manchmal hatte sie Träume, aus denen sie erwachte, ohne zu wissen, wo sie sich befand. In diesen Träumen wiederholte sie missglückte Einsätze, war überall zugleich, verhinderte das Unabwendbare, brachte Patienten, die sie verloren hatte, ins Leben zurück. Anni sagte: *Du versuchst übers Wasser zu gehen.* Aber es gab keinen Traum, in dem das Wasser Ella bis zum Ufer trug.

Als Erstes fiel ihr die Szene mit Julian wieder ein, dann ihre untergetauchte Freundin und schließlich die Drohung von Shirins Vater auf ihrem Anrufbeantworter. Durch die Jalousie konnte sie sehen, dass draußen ein schöner Oktobertag war, aber sie hatte jetzt keine Lust mehr aufzustehen, und als das Telefon auf dem Nachttisch neben ihrem Bett klingelte, hatte sie auch keine Lust dranzugehen. Bloß dass es sich bei dem Anrufer vielleicht um Anni handelte, und deswegen nahm sie doch ab.

»Ja, hallo?«

Sie hörte jemanden atmen. »Hallo, wer ist da?«, fragte sie. Der Anrufer sagte noch immer nichts. »Anni?« Nein, es klang nach einem Mann, der kurz davorstand, zu hyperventilieren. »Julian, bist du das?«

Abrupt wurde die Verbindung unterbrochen. Ella schloss die Augen wieder, versuchte die Gedanken an Julian loszuwerden, die Vorstellung von ihm mit einer anderen Frau. Warum hatte sie nicht auf Anni gehört? Die hatte nur einen einzigen Abend mit ihm und Ella verbracht – *um dem Jungen mal auf den Zahn fühlen* –, und danach hatte sie gesagt: »Das wird niemals gut gehen mit euch beiden, kann es gar nicht. Ihr seid euch viel zu ähnlich, merkst du das nicht? Das ist ein Besessener, genau wie du. Na ja, vielleicht nicht *ganz* so besessen wie du, das geht gar nicht, aber …«

»Stop it«, hatte die frisch verliebte Ella gesagt, und nach Patrick, dem Schlägercop, bezweifelte sie, dass Anni die Richtige war, um irgendeinen Mann zu beurteilen.

»Weißt du nicht, wessen Schüler er war?« Anni ließ sich nicht beirren. »Professor Bruno Kaminski. Und dein Julian ist genau der gleich Typ.«

»Kaminski?«, hatte Ella gegrummelt, obwohl jeder, der auf ein Studium an der Charité zurückblickte, diesen Namen zumindest gehört hatte.

»Ein Phänomen, der Mann«, Annis Miene sprach Bände. »Bruno Kaminski war früher hier Erster Oberarzt der Neurochirugie. Für die einen medizinisches Urgestein, für die anderen schlicht ein Kotzbrocken in Weiß. Wenn er nicht gerade in seinem geliebten OP Wunder vollbrachte, widmete er sich seinen geliebten Studenten, denn außer dem Skalpell bedeutete ihm nichts mehr, als zu lehren.«

»Klingt doch sympathisch.«

»Lass mich ausreden!« Anni hob eine ungeduldige Hand. »Kaminski war ein Asket – kein Luxus, keine Bequemlichkeit. Er hatte keinen Fernseher, kein Auto, nicht mal einen Führerschein. Der einzige fahrbare Untersatz, den er akzeptiert hätte, wäre wahrscheinlich ein römischer Streitwagen gewesen, nein, Quatsch, ein Triumphwagen, aber den Mann neben Cäsar – den, der immer geraunt hat: *Vergiss nicht, dass du sterblich bist!* – hätte er hochkant hinten runterbefördert. Kaminski ging nie ins Restaurant, auch nicht ins Theater, er hörte keine Musik, außer vielleicht mal die *Matthäuspassion,* um herauszufinden, wo die Arterien, Venen und Nervenbahnen von Bachs kleiner Kirchenmusik verlaufen. Kaminski brauchte keine Zuneigung, keine Freundschaft, Liebe schon gar nicht, höchstens hier und da ein bisschen Bewunderung. Den interessierte nur die reine Lehre – wenn man was nicht aufschneiden oder rausholen konnte, hatte es in seinem Kosmos nichts verloren. Subdurale Hämatome, spinale Tumore, intrakranielle Blutungen – das waren die Fixsterne an seinem Firmament, da kam er ins Schwärmen. Klingelt's jetzt allmählich bei dir?«

»Ganz und gar nicht. Was, bitte schön, hat das mit Julian zu tun?«

»So einer schart natürlich Jünger um sich«, Anni hatte unbeirrt weitergeredet. »Und mit ihm als Meister hat der richtige Student das große Los gezogen. Und jetzt komme ich zu dem Teil, den Julian mir stolz wie Oskar selbst erzählt hat, nachdem ich ihm einen paar stramme White Russians eingeflößt hatte. Während nämlich die meisten seiner Kommilitonen von Kaminski fast in den Wahnsinn getrieben wurden, weil sie sich an seiner Nordwand die Zähne ausbissen, erstieg Julian ihn auf der Südseite, blühte und gedieh unter seiner väterlichen Hand, denn – Originalton Julian – mit dem untrüglichen Gespür des guten Lehrers hatte der Prof in ihm den einen unter Tausend erkannt, den Virtuosen, den Genialen, der wohlwollend geführt, dem Demut und Erkenntnis beigebracht werden muss, ehe ihm der Purpur der Promotion, die Krone der Habilitation aufgesetzt und das Skalpell des Chirurgen in die Hand gegeben werden konnten.«

»Originalton Annika«, hatte Ella angemerkt. »Aber was wirfst du Julian denn vor, dass er einen guten Lehrer hatte? Oder dass er fleißig war?«

»Ich werfe ihm gar nichts vor«, Anni zuckte mit den Schultern, »aber die zwei, drei Male, wo ich ihn mit dir erlebt habe, hatte ich immer das Gefühl, dass er nur so tut, als ob.«

»Also ob *was?*«

»Als ob er glauben würde, sterblich zu sein. Oder sich damit abfinden. Asketen werden meistens völlig unasketisch, wenn es um ihre Selbsteinschätzung geht.«

An dieses Gespräch musste Ella jetzt denken. Bis gestern Nacht war es ihr nur einmal wieder in den Sinn gekommen, nämlich als Julian ihr kurz danach seine Doktorarbeit gezeigt hatte, Thema: Gefäßerkrankungen von Gehirn und Rückenmark. Schon auf der zweiten Seite war ihr eine verwegene Fußnote aufgefallen, in der Julian aus der Existenz des Gehirns einen Gottesbeweis herleiten wollte.

Jedes Gehirn, hatte es da geheißen, *enthält eine unbestimmbare Anzahl von Zellen, deren obere Grenze auf drei Billionen geschätzt wird. Falls Gott existiert, ist die Zahl »bestimmt«, da Gott es geschaffen hat und weiß, wie viele Zellen es sind. Gibt es keinen Gott, ist die Zahl »unbestimmt« (unbestimmbar), weil niemand sie zählen kann. Da das Gehirn aber existiert, muss es eine bestimmte Anzahl Zellen haben – ergo existiert Gott.*

Und weil er existiert, weiß er, dass du ein egoistisches Arschloch bist, das gerade seine unsterbliche Seele verspielt hat, dachte Ella. Sie leistete Anni stumm Abbitte.

Das Telefon auf ihrem Nachttisch klingelte erneut, und diesmal meldete sie sich, ohne zu zögern. »Ja, verdammt, wer ist da?« Sie hörte das schnelle, hechelnde Atmen, dann eine Männerstimme: »Doktor Bach? Ella Bach?«

»Ja.«

»Ich muss mit Ihnen reden.«

»Wer sind Sie?«

»Sind sie schon bei Ihnen?«

»Wer?« Ella versuchte sich zu erinnern, wo sie die Stimme schon einmal gehört hatte.

»Sie beobachten uns«, sagte der Mann, und es klang, als zitterte er vor Angst oder Kälte. »Bestimmt sind sie auch schon bei Ihnen.«

»Von wem sprechen Sie?«, fragte Ella.

»Von unseren Freunden. Können Sie reden? Sind Sie allein?«

»Ich bin allein.«

»Ich bin auch allein«, sagte der Mann, und da wusste sie, wer er war. Sie sah ihn vor sich, wie er auf dem Bahnsteig die Toten durchsuchte und wie er ihr im Rettungswagen gegenübersaß und sie anstarrte, bevor er sich mit dem Skalpell an seiner Kehle zu schaffen hatte. »Sie sind da. Die wissen, wo wir wohnen. Unsere Freunde wissen, wer wir sind.«

»Hier ist niemand«, sagte Ella.

»Schauen Sie aus dem Fenster«, schrie er unvermittelt. Es war nackte Panik, die ihn ergriffen hatte, Paranoia, vielleicht gesteigert durch irgendeine synthetische Droge. »Sehen Sie sie nicht? Sie sind da!«

»Warum haben Sie das Foto von mir gemacht«, fragte Ella, »gestern, mit Ihrem Handy?«

»Ich musste es tun.«

»Aber warum?«

»Die sind gefährlich.«

»Wer sind *die*? Welche ›Freunde‹ meinen Sie? Woher wissen Sie, wer ich bin? Und woher haben Sie meine Nummer?«

»Das war leicht«, es klang, als könnte er nicht fassen, wie dumm sie war, »Telefonnummern sind kein Problem, Adressen auch nicht. Das Foto war für mich. Nur für mich.«

»Und warum haben Sie dem Toten das Handy abgenommen, gestern auf dem Bahnsteig?«

»Ich musste es tun.«

»Aber warum?«

»Ich musste es tun.«

»Haben die es von Ihnen verlangt?«

Er antwortete nicht. Sie konnte nur seinen schnellen, hechelnden Atem hören. »Kannten Sie den Mann?«, fragte Ella. »War er es, der die Bombe gezündet hat?«

Wieder keine Antwort, nur sein Atem, viel schneller als normal. »Haben Sie aus dem Fenster geschaut?«, fragte er dann, mit erzwungener Ruhe. »Sind sie da?«

»Ich habe kein Fenster zur Straße«, sagte sie, ebenfalls um einen ruhigen Tonfall bemüht. »Sagen Sie mir Ihren Namen, bitte. Sagen Sie mir, wo Sie wohnen.«

»Sie sind in Gefahr«, sagte der Sanitäter. »Wir sind alle in Gefahr. Wir werden sterben.«

»Meinen Sie Halil Abou-Khan?«, fragte sie. »Denken Sie, er hat die Männer geschickt?«

»Ich muss es tun«, stieß er hervor. »Ich muss es tun. Es sind unsere Freunde.«

»Sie müssen es also tun«, versuchte Ella auf ihn einzugehen. »Verstehe. Natürlich müssen Sie es tun.« Wenn ihre Fragen bei ihm schon keine Wirkung zeigten, musste sie eben auf andere Weise versuchen, ihn zum Reden zu bringen.

»Sie wissen Bescheid, nicht?« Er hatte ganz offensichtlich den Köder geschluckt. »Das habe ich sofort gesehen, auf dem Bahnsteig. Und im Rettungswagen. Ich dachte, ich müsste mit Ihnen reden, aber Sie wissen Bescheid.«

»Ja, stimmt, ich weiß Bescheid.« Über was? Rede weiter – über was weiß ich Bescheid? »Ich dachte, Sie wüssten vielleicht nicht Bescheid. Deswegen habe ich Sie so angesehen.«

Er schwieg. Er schwieg so lange, dass sie schon dachte, dass sie einen Fehler gemacht hätte. »Sind Sie noch da?«

»Ja.«

»Warum haben Sie versucht, sich umzubringen?«, hakte sie nach, vorsichtig. »Weil er es getan hat? War er auch allein?«

Er sagte nichts, aber seine Atmung beschleunigte sich.

»Oder hatte es mit dem Handy zu tun, das Sie in seiner Tasche gefunden haben? War etwas auf dem Handy?«

Ella spürte, wie sich die Atmosphäre veränderte.

»Du weißt gar nichts«, sagte der Sanitäter. »Ich dachte, du weißt es, aber ich habe mich getäuscht. Ich habe mich getäuscht!« Er begann wieder zu hyperventilieren. »Du Miststück! Du Schlampe!« Er schrie plötzlich, seine Stimme überschlug sich. »Du Stück Scheiße, du! Du bist die Nächste! Du wirst sterben und …«

In diesem Moment schepperte der Briefschlitz in der Wohnungstür. Ella zuckte zusammen. Eine Sekunde lang hatte sie Angst, der Sanitäter wäre da, draußen auf dem Korridor. Er würde dicht vor der Tür stehen, halb zusammengekauert, und würde versuchen, durch den Briefschlitz in ihre Wohnung zu sehen. Hastig legte sie auf, als könnte sie ihn so dazu bringen, zu verschwinden. Stattdessen hörte sie, wie die Post auf den Dielenboden fiel, ein paar Briefe, dann eine Zeitung, die im Schlitz stecken blieb. Doch die Erleichterung währte nur kurz.

Er hat meine Telefonnummer. Er weiß, wo ich wohne. Jeder kennt meine Telefonnummer, alle wissen, wo ich wohne.

13

Es war ein schöner, klarer Oktobertag, als Ella das Haus verließ und zur U-Bahn ging. Der Himmel war von einem stechenden Blau, und die Luft roch frisch und herbstlich nach dem in der Nacht abgefallenen Laub der Bäume, das die Straßen bedeckte. Das Blau des Himmels und die Kronen der Akazien spiegelten sich auf den Windschutzscheiben der geparkten Autos, sodass man nicht sofort erkennen konnte, ob jemand in einem Wagen saß oder nicht. Ella bemerkte die beiden Männer in dem schwarzen BMW Touring erst, als sie die U-Bahn-Station Eisenacher Straße fast erreicht hatte.

Die Männer sahen nicht zu ihr herüber, auch nicht, als sie fast direkt vor ihnen die Straße überquerte. Sie fuhren langsam weiter, und als sie vorbei waren, konnte Ella sehen, dass sie in ihre Rückspiegel starrten, um sie nicht aus den Augen zu verlieren. Sie tat, als könnte sie sich nicht entscheiden, in welche Richtung sie gehen wollte. Der BMW hielt an der Ecke, obwohl die Ampel grün war, und da wusste Ella, dass sie es sich nicht einbildete und dass es sich auch nicht um einen Zufall handelte.

Sie wandte sich nach links, ging schnell auf die Apostel-Paulus-Kirche zu und nahm den Fußweg zwischen dem Spielplatz und dem angrenzenden Schulhof, wo ihr der Wagen nicht folgen konnte. Sie sah, wie die Beifahrertür aufgestoßen wurde. Einer der Männer sprang aus dem Wagen, dann war sie an der Treppe, die sie schnell hinunterlief. Sie hörte den Zug kommen und begann zu rennen, stürmte die nächste Treppe hinunter und erreichte den Bahnsteig, gerade als die Türen der Waggons geschlossen wurden. Zwei Bundespolizisten mit kugelsicheren Westen, Maschinenpistolen und Gasmasken patrouillierten neben den Gleisen. Ella zwängte sich in den letzten Wagen, froh, dass die Tür sich sofort wieder schloss.

Der Zug setzte sich in Bewegung. Ella hielt nach ihrem Verfolger Ausschau, aber niemand kam auf den Bahnsteig gelaufen, niemand blieb enttäuscht oder wütend und außer Atem zurück, wie man es in Filmen so häufig sah. Nur die beiden Polizisten fingen ihren Blick auf, bevor sie aus ihrem Sichtfeld glitten.

Die ganze Fahrt bis zur Virchow-Klinik dachte sie an die beiden Männer und an den Anruf des Sanitäters. Sie dachte auch an Julians Verrat und Annis Verschwinden, und schließlich dachte sie an den Anschlag von gestern Abend und die Toten und Verletzten und das Mädchen auf der Intensivstation. Es ist doch kein schöner, klarer Tag, dachte sie.

Zum ersten Mal sah sie sich die anderen Passagiere genauer an: Schüler in kleinen Gruppen, Mädchen und Jungen mit Handys, ein paar verirrte Touristen aus Japan, zwei türkische Frauen mit Kopftüchern, mehrere Farbige in unauffälliger Kleidung. Niemand, der Argwohn erweckte oder besorgt wirkte, obwohl die Bildschirme an der Waggondecke flackernde Bilder von den Rettungsarbeiten am Hermannplatz zeigten und immer wieder die Zahl der Toten und Verletzten auftauchte. Ella war fast überrascht, dass sie die Bilder anschauen konnte, als hätten sie nichts mit ihr zu tun, als wäre sie gar nicht dagewesen. Dabei hatte sie die Schreie noch im Ohr, und eins der Opfer rang im Krankenhaus mit dem Tod.

Shirins Augen waren geschlossen, und die vollen braunen Wimpern ruhten wie zwei winzige Fächer auf den muschelglatten Wangen. Das Bett, in dem sie lag, wirkte zu groß, und die Apparate, an denen sie hing, wirkten auch zu groß. Infusionsschläuche führten ihr Nährstoffe zu; ein Verband unter dem linken Auge bedeckte die Wunde, die der Eisenspan geschlagen hatte. Das Piepen, das die Herzstromkurve auf dem Monitor begleitete, war das einzige Geräusch im Zimmer.

»Irgendwelche Veränderungen?«, fragte Ella.

»Nein«, sagte der Stationsarzt.

»Warum wacht sie nicht auf?«

»Blutwerte und Liquorwerte deuten auf eine postoperative bakterielle Infektion hin, vielleicht eine Meningoenzephalitis. Ihre Körpertemperatur schwankt ungewöhnlich heftig. Das bedeutet, dass wir auch noch ein CT …«

»Ich weiß, was das bedeutet«, sagte Ella.

Der Arzt fuhr unbeirrt fort: »Da spielt der Herzfehler, den wir bei der Einlieferung diagnostiziert haben, schon fast keine Rolle mehr.«

»Wie sind ihre Chancen?«, sagte Ella.

»Für eine neurologische Prognose ist es augenblicklich noch zu früh. Der richtige Zeitpunkt …«

»Ich möchte nur wissen, womit ihre Eltern rechnen müssen, falls Shirin ihren derzeitigen Zustand überwindet«, beharrte Ella.

»Glauben Sie an Wunder?«, fragte der Arzt.

»Sie nicht?«, fragte Ella zurück. »Aber selbst wenn man nicht an Wunder glaubt, kann ich mich aus meiner Praxis an keinen Fall erinnern, wo ein Patient dreimal – *dreimal* – hintereinander praktisch klinisch tot war und trotzdem nicht starb, nicht sterben *wollte*, noch dazu mit einem bis dato undiagnostizierten Herzfehler. Das EEG zeigt doch immer noch Impulse, oder?«

»Ja.«

»Verabreichen Sie Antibiotika gegen die Entzündung?«

»Natürlich, hoch dosiert, auch wenn noch nicht alle Untersuchungsergebnisse vorliegen. Ich habe aber wenig Hoffnung, vor allem, falls sich noch eine …«

»Die Hoffnung ist ein Risiko, das man eingehen muss«, sagte Ella. »Stammt nicht von mir, ist aber trotzdem gut.«

Der Arzt nickte zweifelnd, und Ella nickte auch. Sie hatte die Hand schon auf der Türklinke, als ein flüchtiger Gedanke aus der Nacht zurückkehrte. »Gibt es hier auf der Station vielleicht eine Schwester namens Samantha?«, fragte sie. »Oder eine Ärztin?«

»Samantha? Nein.«

»Möglicherweise wird sie auch nur Sam genannt.«

Der Arzt schüttelte den Kopf. »Warum wollen Sie das wissen?«

»Nur so«, sagte Ella und verließ Shirins Zimmer. Schon auf dem Gang hörte sie laute Stimmen, Arabisch und Deutsch, und als sie durch die automatische Tür die Intensivstation verließ, wurde das Klagen und Jammern noch lauter. Es sah aus, als hätte sich Shirins Familie über Nacht verdoppelt: noch mehr junge, unrasierte Männer in Trainingsanzügen, Jeans und Lederjacken, noch mehr junge Frauen mit Kopftüchern und langen Röcken und noch mehr bärtige alte Männer, nachlässig, fast schäbig gekleidet, mit den verschleierten Müttern ihrer Kinder, von denen einige bereits wieder eigene Kinder auf dem Arm hielten oder im Kinderwagen schaukelten.

Die älteren Männer hatten ausgetretene, staubige Schuhe und ungebügelte Hosen an, aber an ihren Handgelenken schimmerten teure goldene Uhren. Die älteren Frauen verteilten Tee aus großen Thermoskannen, und eine zerbrach ein Fladenbrot in mehrere Stücke, die sie reihum anbot. Ihre Söhne diskutierten am Handy offenbar überaus wichtige Geschäfte in einem Tonfall, der darauf schließen ließ, dass ihre Zuhörer entweder äußerst widerspenstig oder sehr begriffsstutzig waren.

Ella erkannte das stark geschminkte Mädchen – Nerin –, das aus der Reihe fiel, weil es sich weigerte, Arabisch zu sprechen. Nerin stand etwas abseits, an die Wand gelehnt, und tat, als ginge der Rest der Familie sie nicht das Geringste an. Sie tippte gelangweilt auf dem Display ihres Smartphones herum. Etwas weiter den Gang hinunter lungerten fünf Kinder, Jungen mit Baseballkappen und Mädchen mit Kopftüchern, vor den Fahrstühlen herum und drückten abwechselnd die Rufknöpfe.

Halil und seine Frau saßen auf einer Bank in der Mitte der Versammlung. Shirins Vater hatte eine schwarze Wollmütze über den großen Schädel gezogen. Er redete mit einem Mann, der vor ihm kauerte und aufmerksam zuhörte. Der Mann trug eine magentarote Fleece-Jacke mit Kapuze, eine weite schiefergraue Baumwollhose mit Kordelgürtel und eine schwarze Baseballkappe. Er kam Ella vage bekannt vor. Sie hatte sein Gesicht schon mal gesehen, aber ihr fiel nicht ein, wann oder bei welcher Gelegenheit.

Als Halil sie entdeckte, sprang er überraschend behände auf und stapfte auf sie zu. »Ärztin«, rief er, »sagen Sie mir, wie es meiner Tochter geht. Wird Shirin wieder gesund? Sie liegt da wie tot. Sagen Sie mir, ist sie tot?«

»Ich bin nicht mehr für Shirin zuständig, Herr Abou-Khan«, sagte Ella. »Ich habe nur ihre Erstversorgung übernommen. Alles weitere fällt in die Zuständigkeit der Ärzte hier auf der Station.«

Halil trat noch näher an Ella heran, bis sie seinen starken, würzigen Geruch, diese Mischung aus Tabakrauch, Leder, Honig und Bratendunst wie ein warmes Kissen auf dem Gesicht spürte. »Nein, Ärztin«, sagte er. »Sie sind für meine Tochter zuständig, solange sie lebt, und Sie sind zuständig, wenn sie stirbt. Also, sagen Sie mir, Ärztin, ist sie am Leben?«

»Sie ist am Leben«, sagte Ella.

»Sie sagen das nicht nur, um uns loszuwerden?«, fragte Halil. »Sie sagen das nicht, weil Sie Angst haben vor dem, was passiert, wenn sie stirbt?«

»Nein.« Ella wich nicht zurück vor seiner Nähe. »Und Sie können aufhören, mich einschüchtern zu wollen. Es ändert nichts an Shirins Zustand, und es ändert nichts daran, wie ich meine Arbeit tue. Was ich gestern Abend auf dem Bahnsteig gesehen habe, erzähle ich der Polizei, aber nicht Ihnen. Und vielleicht spiele ich denen bei dieser Gelegenheit auch das Band von meinem Anrufbeantworter vor, auf dem Sie mir, dem Klinikpersonal und den Polizeibeamten drohen.«

Die Falten in Halils dunklem Gesicht wurden tiefer, und ein Funkeln trat in seine von winzigen geplatzten Äderchen geröteten Augen. Seine Mundwinkel zuckten. Die verschorften Lippen öffneten sich und ließen große, vom Tee bräunlich gefärbte Zähne sehen. Die grauen, wild wuchernden Brauen zogen sich bedrohlich zusammen. Tief in seiner Kehle entstand ein Keuchen oder Fauchen, das immer lauter wurde und, als es nach außen drang, seinen ganzen Oberkörper erschütterte, während ihm kleine Tränen über die wulstigen Wangen rannen.

»Lachen Sie etwa?«, fragte Ella. »Finden Sie das zum Lachen?«

Es war das Lachen eines Mannes, der nie daran gezweifelt hatte, dass alles auf der Welt nur dem einen Zweck diente, ihn zu erheitern oder sein Missfallen zu erregen. Alles war komisch oder nichts war komisch, ganz wie es ihm beliebte. So lachte jemand, dem es immer nur um sich ging, dem die Gefühle anderer Menschen fremd waren. Ob sie sich freuten oder litten, kümmerte ihn nicht, auch nicht, ob sie lebten oder starben oder welchen Anteil er an beidem hatte. Sie existierten einzig und allein, um über sie hinwegzugehen – wenn es sein musste, über ihre toten Körper.

»Ihnen drohen?« Er wischte sich mit dem Handrücken über die Augen, hörte langsam auf zu lachen. »Das ist keine Drohung. Oder halten Sie auch die Wettervorhersage für eine Drohung?«

»Und die Männer, die Sie auf mich angesetzt haben, können Sie abziehen«, sagte Ella. »So was jagt mir schon lange keine Angst mehr ein. Überlegen Sie sich lieber, warum Sie nicht wussten, dass Ihre Tochter tatsächlich einen Herzfehler hat.«

Shirins Mutter rief etwas – fordernd, anklagend, es war eine Reihe zerhackter Rachenlaute ohne einen einzigen tiefen Ton, worauf Halil sie mit ein paar nicht weniger schroff zerhackten Worten in die Schranken wies. »Was für ein Herzfehler?«, fragte er dann verblüfft.

Ella sagte: »Bei Shirins Einlieferung wurde festgestellt, dass sie einen Herzklappenanomalie hat, seit der Geburt. Vielleicht hat sie das geahnt. Vielleicht wäre ihr das alles erspart geblieben, wenn sich jemand mehr um sie gekümmert hätte. Wenn sie rechtzeitig operiert worden wäre.«

Halils Gesicht lief rot an. »Was wollen Sie damit sagen, Ärztin?«, brüllte er. »Dass ich schlechter Vater bin? Dass meine Frau schlechte Mutter ist? Dass wir nicht …«

Einer der beiden Männer vom Sicherheitsdienst, die neben dem Zugang zur Intensivstation Wache gehalten hatten, trat neben Ella. »Gibt es ein Problem?«

»Nein«, sagte Ella. »Alles in Ordnung, danke.«

»Was haben Sie?«, fuhr Halil den Mann an. »Wer sind Sie denn? Was wollen Sie von mir?«

»Ich muss Sie bitten, leiser zu sein«, sagte der Security-Mitarbeiter ruhig. »Sie befinden sich in einem Krankenhaus. Wenn Sie sich nicht mäßigen, muss ich Sie auffordern, die Station zu verlassen.«

Sofort näherte sich ihnen einer der älteren Söhne mit wiegenden Trainingshosen-Schritten, im Gesicht einen Ausdruck beleidigter Gereiztheit. Er fragte seinen Vater etwas, das wie ein Vorwurf klang, und erhielt eine Antwort im Ton höchster Empörung. Erregt wandte er sich an den Sicherheitsmann: »Was willst du von meinem Vater, du Pisser? Er ist der Präsident der Abou-Khans, und wer bist du? Er scheißt auf dich, du Pisser. Ich scheiß auf dich. Ich scheiß auf Deutschland. Wir sind Abou-Khan, ja? Wir haben Eier! Und wer bist du? Du bist Dreck unter meinem Schuh, verstehst du? Noch ein Wort, und du bist tot!«

»*Was* war das?«, fragte der Mann von der Sicherheit.

»Wahrscheinlich Tourette, Anfangsstadium«, sagte Ella. Sie stellte sich zwischen den Security-Mitarbeiter und den Jungen. »Und wer bist du?«

»Ich bin Amal.« Stolz. Herausfordernd. »Amal Abou-Khan.«

Der Security-Mann hielt plötzlich eine Dose Pfefferspray in der Hand, worauf der Junge einen Schlagring aus der Jackentasche zauberte, und das war der Moment, in dem es Ella reichte und sie rief: »Seid ihr noch bei Trost? Da drinnen ringt ein kleines Mädchen um sein Leben, und ihr führt euch auf wie in einer billigen Doku-Soap. Herr Abou-Khan, Sie und Ihre Familie reißen sich jetzt sofort am Riemen, sonst rufe ich die Polizei und lasse Sie aus der Klinik werfen, bevor ich vom Gericht eine einstweilige Verfügung erwirke, die Ihnen verbietet, sich dem Gelände auch nur auf hundert Meter …«

»Kein Richter wird es wagen, mich von meiner Tochter zu trennen«, sagte Halil leise.

»Weil Sie ihn sonst töten?«, fragte Ella wütend. In diesem Moment legte der Mann, den Ella zu kennen glaubte, Shirins Vater eine Hand auf die Schulter und flüsterte ihm etwas ins Ohr. Er hatte leuchtende, bernsteingelbe Augen, einen sorgfältig getrimmten Fünf-Tage-Bart und einen zarten, fast weiblichen Mund. Seine magentarote Fleece-Jacke war ein sorgfältig auf Ghetto gestyltes Designerstück; die Sneaker mussten ein Vermögen gekostet haben. Den Schmuck, den er trug – Brillanten in den Ohrläppchen, eine schwere Goldkette um den Hals, zwei erlesene Ringe an beiden Händen und eine Rolex mit massivem Goldarmband –, konnte auf der Straße nur jemand tragen, an den sich auch im Dunkeln niemand ranwagte.

Shirins Vater hörte ihm zu, dann nickte er missmutig. Der Mann ließ seine Hand auf Halils Schulter und führte ihn zur Bank zurück. Dabei sagte er zu Ella: »Entschuldigen Sie, alles in Ordnung, es ist der Schmerz, wir wollen keinen Ärger machen.« Er sagte das nur zu ihr, nicht zu dem Security-Mann – zu ihr und dem zornigen Sohn, der sich nun ebenfalls zurückzog.

»Gut gemacht, Frau Doktor«, sagte eine Stimme hinter Ella. »Aber Sie müssen trotzdem vorsichtiger sein. Das sind sehr gefährliche Leute.«

14

Ella drehte sich um. »Und wer sind Sie?«, fragte sie, jetzt selbst gereizt. Vor ihr stand ein Mann in einem karamellfarbenen Sakko, silbernes Haar, silberner Schnurrbart. Er war offenbar aus dem Nichts gekommen, ein scheinbar unbekümmertes Lächeln auf den Lippen.

»Mein Name ist Hassan Abdallah. Ich bin ein Kollege von Oberkommissar Hagen. Oberkommissar Abdallah, der libanesische Cop. Gefällt Ihnen das? *Der libanesische Cop?* Er hat Ihnen vielleicht schon von mir erzählt.«

»Bedaure, nein.« Ella fand, dass der Mann nicht wie ein Polizeibeamter aussah, sondern eher wie ein Geschäftsmann, der mit allem handelte, was man in drahtgittergesicherten Schaufenstern zahlloser Import-Export-Läden bewundern konnte.

»Ich bin einer der nicht deutschen Beamten im Berliner Polizeidienst«, erklärte er. »Wir werden hinzugezogen, wenn es um Fälle geht, in denen Täter oder Opfer Ausländer sind. Oder, wie man bei Ihnen sagt, einen Migrationshintergrund haben.«

»Wo sind Sie so plötzlich hergekommen?«

Der Mann fuhr sich mit Daumen und Zeigefinger über seinen dichten Schnurrbart und in derselben Bewegung mit dem gekrümmten Zeigefinger über die buschigen Augenbrauen. »Ich gehe durch dunkle Räume und Wände ohne Türen«, sagte er. »Auch Schlösser sind für mich kein Hindernis.«

»Und dabei habe ich nicht mal an meiner Wunderlampe gerieben«, sagte Ella.

Der Mann lächelte, ein Lächeln, das sie an süße Datteln denken ließ. Aus der Innentasche seines teuer wirkenden Sakkos zog er ein Zigarettenetui – silbern wie sein Schnurrbart – und ließ den Deckel aufspringen. Statt Zigaretten enthielt das Etui Kaugummistreifen. »Mecca Gum«, sagte er. »Zimt- und Grapefruitgeschmack.« Ella schüttelte den Kopf, aber er hielt ihr das Etui weiter hin, als wollte er ihre Willensstärke testen. Doch Ella blieb standhaft. Schließlich gab er es auf. »Haben Sie eine Minute Zeit?«, fragte er.

»Wo ist Oberkommissar Hagen?«, wollte Ella wissen.

»Er ist mit anderen Ermittlungen beschäftigt. Wir haben immer noch keinen Hinweis auf die Identität des Mannes, der sich gestern in der U7 in die Luft gesprengt hat. Das ganze LKA, das BKA und sogar der Geheimdienst arbeiten an der Aufklärung des Anschlags. Haben Sie nicht gesehen, was in den Straßen los ist, die Straßensperren am Brandenburger Tor, im Regierungsviertel? Die Pressekonferenz des Kanzleramts? Sie und Ihre ganze Klinik hier sind nur ein Steinchen im großen Chaos-Puzzle.« Er beugte sich vertraulich vor. »Ich möchte Ihnen etwas über Halil Abou-Khan erzählen.«

»Das hat Ihr Kollege schon getan.«

»Mein Kollege Hagen hat einen anderen Blickwinkel als ich«, erklärte Abdallah, schob sich ein Mecca Gum in den Mund und begann fröhlich zu kauen. »Er hat kein Gefühl für die Wut auf den Straßen, den Hass in manchen Vierteln, Wedding, Neukölln, Spandau. In einige Gegenden trauen sich deutsche Polizisten gar nicht mehr hin, nicht mal zu mehreren. Das eigentliche Gesetz verkörpern Leute wie Präsident Abou-Khan. Ihr Wort gilt, nicht das der deutschen Behörden. Die Kinder da haben auch ihre eigenen Vorbilder: Männer, die sich nehmen, was sie haben wollen, ohne dafür zu arbeiten. Männer, die für ihren Lebensstandard töten, weil sie einen größeren Flachbildfernseher haben wollen oder silberne Felgen für ihre Sportwagen oder um die nächste Mieterhöhung auszugleichen. Und – natürlich – Männer wie unseren Schmalspur-Bushido hier.«

Er nickte zu dem Mann in der magentaroten Fleece-Jacke hinüber, und jetzt wusste Ella, woher sie ihn kannte: von CD-Covern und aus Musiksendungen im Fernsehen – der *Blutsbruder,* der König aller Rapper, der es aus einer Kellerwohnung in Neukölln erst an die Spitze der Liste mit den meistgesuchten Kriminellen der Stadt und dann an die der Rap-Charts des Landes geschafft hatte.

»Bestimmt haben Sie den Film *Der Pate* gesehen?«, meinte Abdallah.

»Johnny Fontana, der Sänger, der bei der Hochzeit von Don Corleones Tochter auftritt? Unser junger Freund Rashido hier ist der Johnny Fontana des Abou-Khan-Clans. Er macht die Familie gesellschaftsfähig, führt die Jungs in die Filmbrache ein, in die Gesellschaft der oberen Zehntausend, hilft ihnen, neue Geschäftsfelder aufzutun. So wie Frank Sinatra der Mafia in Amerika geholfen hat.«

Am Ende des Gangs hatten die Kinder eine junge Schwester eingekreist, trotz ihres Alters wirkten sie bedrohlich, und Ella konnte selbst auf diese Entfernung sehen, dass die Schwester nicht wusste, wie sie mit der Situation umgehen sollte. Zwei weitere Mitarbeiter der Klinik-Security tauchten auf und näherten sich der Gruppe. Ella blickte zu Halil hinüber, der vorgebeugt dasaß, zusammengesunken, das verzweifelte Gesicht in den Händen vergraben; nur für einen kurzen Moment, in dem er sich unbeobachtet glaubte.

»In diesen Gegenden«, fuhr Abdallah fort, während seine Zähne das Kaugummi bearbeiteten, »in Neukölln, Wedding, Pankow, gibt es einen Bodensatz von …«

»Stopp«, sagte Ella und hob eine Hand, »stopp, hören Sie auf! Ich bin Internistin, ich habe bei einem Notarzteinsatz ein Mädchen gerettet, dessen Vater zufällig ein libanesischer Einwanderer ist, der vielleicht kriminelle Geschäfte betreibt, vielleicht aber auch nicht, aber das interessiert mich nicht. Es geht mich nichts an, nicht mal mehr der Zustand des Mädchens geht mich etwas an, ich bin nur hier, weil ich nach ihr …«

»Es geht Sie etwas an«, sagte Abdallah und hörte auf zu kauen. »Er hat Sie bedroht, oder nicht? Versuchen Sie sich nicht einzureden, dass er nur bellt, aber nicht beißt. Bei jemandem wie Halil fehlt immer nur *so viel,* dann wird er zum Täter und Sie werden zum Opfer. Ich habe Ihr Gespräch vorhin mitgehört.«

Er ließ die Worte einwirken, ehe er weiterredete. »Sie denken vielleicht, Halil ist ein alter Mann, ein rührender, besorgter Vater, der sein Töchterchen über alles liebt.« Er lachte kurz, so komisch war dieser Gedanke. »Tatsächlich sieht er aber seine Söhne als seinen eigentlichen Reichtum. Einmal hat er ein Mitglied einer rivalisierenden Familie, einen Mann, der einem seiner Söhne einen Fußknöchel mit einem Baseballschläger zertrümmert hat, in seiner eigenen Reinigung umgebracht. Hat ihn mit ein paar seiner Söhne besucht, ist mit ihm in die Reinigung gefahren und hat ihn da in eine von diesen riesigen Wäschetrommeln gesteckt. Sein Jüngster durfte ein paar Euros einwerfen, und er hat auf Vollwäsche gedrückt. Können Sie sich das vorstellen? Und jetzt sagen Sie mir eins: Warum haben Sie uns nicht mitgeteilt, dass er Sie bedroht hat?«

»Dazu hatte ich noch keine Zeit«, antwortete Ella und sah ihn nicht an.

»Haben Sie Angst?«, fragte Abdallah.

»Nein.« Ella schüttelte heftig den Kopf. »So schnell kann man mich nicht einschüchtern. Nicht nach dem, was ich im letzten Jahr erlebt habe. Unter anderem mit Kollegen von Ihnen.«

»Ach ja?« Abdallahs Zähne nahmen ihre Arbeit wieder auf, mit der Geschwindigkeit einer Nähmaschine in einer chinesischen Schneiderei. »Haben die auch vor den Augen ihrer Kinder Menschen in Waschmaschinen gesteckt und das 90-Grad-Komplettprogramm gedrückt? Schalten Sie doch mal einen Moment Ihre Fantasie ein und stellen Sie sich das Geräusch vor, wie die Schuhe des Jungen gegen die Trommel schlagen, *rumms, rumms, rumms,* oder vielleicht ist es auch sein Kopf, *rumms, rumms, rumms,* und dann schäumt die scharfe Reinigungsflüssigkeit in seinen offenen Mund, verärzt die Schleimhäute, dringt in die Kehle, die Lunge, den Magen.«

Er hörte kurz auf zu kauen, ah, die Reinigungsflüssigkeit! »Sie läuft ihm in die Ohren, sickert durch die Poren seiner Haut, versengt seine Harnröhre und seinen Anus wie ein Lötkolben, und die ganze Zeit dreht er sich hin und her, *rumms, rumms, rumms,* und noch bevor der Waschgang um ist, gibt es kein Fitzelchen Dreck mehr in seinem Körper, keinen Speichel, keine Magensäure, keinen Kot, keinen eigenen Geruch mehr, der sauberste Mensch der Welt, wenn es ans Schleudern geht, aber der Mann, der vor der Trommel steht, der seinen kleinen Sohn die Münzen einwerfen ließ, der ist der pure Dreck.«

Er sah an Ella vorbei zu Halil auf der Bank, sah ihn direkt an und wiederholte das Wort laut und deutlich: »Dreck ist er, sonst nichts!«

Shirins Vater hatte das Gesicht längst wieder aus den Händen erhoben; ein Muskel an seinem Hals zuckte, als würfe sich unter der faltigen Haut ein winziger Fisch hin und her. »Und du, Hassan Abdallah, bist du etwas anderes?«, rief er. »Bist du nicht auch Dreck?! Gibt es auf der Erde überhaupt irgendetwas, das kein Dreck ist? Alles ist Dreck und Wasser. Im Dreck wächst das Getreide und der Reis. Gold ist nichts als glitzernder Dreck. Was in den Handys macht, dass man telefonieren kann, findet man in der Erde. Und die Erde ist aus Dreck, und aus Dreck hat Allah den Propheten und alle anderen Menschen geformt. Wenn Sie einen Menschen Dreck nennen und ihn damit beleidigen wollen, dann ist es, als wollten Sie Allah beleidigen. Er hat Halil gemacht.«

»Aber damit, was Halil später aus sich selbst gemacht hat, hat er nichts mehr zu tun. Wenn du das behauptest, beleidigst *du* Allah!«

Ella wünschte, sie wäre weit weg, weit weg von diesem sonderbaren libanesischen Cop und weit weg von der ganze Familie Abou-Khan. »Ich muss jetzt los, mein Dienst beginnt in einer halben Stunde«, sagte sie daher zu Abdallah. »Danke für Ihren plastischen Vortrag. Jetzt weiß ich wenigstens, wovon ich in den nächsten Nächten träumen werde.« Sie griff in die Tasche ihrer Lederjacke, und während sie zu den Fahrstühlen ging, holte sie ihr Handy heraus.

Niemand hatte versucht, sie zu erreichen. Sie zögerte ein paar Sekunden, dann wählte sie die Nummer von Annis Londoner Wohnung. Das Freizeichen ertönte, einmal, zweimal, dreimal …

Ich habe mich von dir ferngehalten, um dich zu schützen. Es hat sich herausgestellt, dass ich niemanden schützen kann. Dich nicht. Mich nicht. Max nicht.

… viermal, fünfmal, sechsmal …

Ruf mich nicht an, hörst du?

… siebenmal, achtmal, neunmal. Plötzlich knackte es in der Leitung, und Annis Stimme erklang: *»Hallo …«*

»Anni!«, rief Ella. »Ich bin's. Ich bin ja so froh, dass ich dich erreiche …«

»… this is Annika Jansen. I'm not at home right now but if you leave a message I'll call you back as soon as possible. Here comes the beep! Hallo, hier ist Annika. Wenn ihr mir eine Nachricht hinterlasst, rufe ich euch zurück. Achtung, gleich piept's.«

Der Signalton erklang, und nach einem kurzen, überraschten Zögern redete Ella weiter, vielleicht war Anni ja doch da und hörte mit.

»Ich weiß, ich soll dich nicht anrufen, aber ich muss unbedingt mit dir reden. Wenn du das hörst, melde dich bei mir, bitte, egal wann. Es ist wichtig!«

Ein weiteres Knacken ertönte, aber das Band lief immer noch, es schaltete sich nicht ab. Ella unterbrach die Verbindung. Was soll das, Anni? Warum ist dein AB plötzlich wieder eingeschaltet, wenn du nicht mehr in London bist? Oder bist du zurück und hast ihn selbst wieder angestellt? Aber warum nimmst du dann nicht ab? Und wenn du *nicht* zurück bist, wenn du ihn nicht selbst eingeschaltet hast, wer war es dann? Wer hat ihn eingeschaltet und warum?

Ellas Lungen schienen sich zusammenzuziehen, enger zu werden, bis sie kaum noch Luft bekam.

Sie haben Zugriff auf jedes Wort, jedes Bild, jede Ziffer im Netz. Sie hören auch die Telefonate mit. Ruf mich nicht an! Hörst du? Ruf mich auf keinen Fall an!

15

Im Torbogen vor dem Brunnenhof des Klinikums blieb Ella stehen, um die Patienten und Angestellten zu mustern, die an ihr vorbeigingen. Der Himmel war nicht mehr so blau, aber die Luft roch weiterhin frisch und herbstlich. Das Laub der Bäume auf den Gehwegen war schwarz und nass, denn es hatte geregnet, allerdings nur kurz. Als sie merkte, was sie tat, dachte sie: *Das ist aus dir geworden, du hast dich daran gewöhnt, hinter dich zu schauen, nach Verfolgern zu suchen, nach Menschen, die dich vielleicht töten wollen.*

Ihr Handy klingelte um 16:23 Uhr, *Anrufer unbekannt.* Sie war auf dem Weg zur U-Bahn und blieb auf halber Treppe zum Bahnsteig stehen. Diesmal erkannte sie die Stimme sofort. »Sie müssen kommen«, schrie der Sanitäter am anderen Ende der Verbindung. »Sie müssen sofort kommen, bevor ich … bevor ich es tue!«

»Bevor Sie was tun? Wo sind Sie?«

»In meiner Wohnung.«

»Sind Sie allein?«, fragte Ella. Sie hielt sich das freie Ohr mit der Hand zu, denn die Gänge der Station hallten von der verrückten Musik eines Puszta-Trios aus Ziehharmonika, Gitarre und Bass wider.

»Ja. Ich bin allein. Ich brauche einen Arzt, bevor … bevor es zu spät ist!«

»Haben Sie Drogen genommen?«

»Ja, Crystal«, stieß er hervor, als hätte sie ihn auf eine Idee gebracht. »Ich habe Crystal geraucht, mein ganzer Körper brennt!«

»Geben Sie mir Ihre Adresse!« Ella suchte mit der freien Hand die Visitenkarte, die Oberkommissar Hagen ihr gestern gegeben hatte, ging dabei weiter die Treppe hinunter, bog um die Ecke zu den Gleisen.

»Die sind hier!«, schrie der Sanitäter. »Die wissen, dass ich allein bin … ich werde sterben!«

»Bleiben Sie ruhig«, rief Ella. Ein schneidender Luftzug fuhr ihr ins Haar, ließ ihre Augen tränen. Wo war die verdammte Karte? In der Jacke nicht, in der Hose auch nicht – natürlich, in der anderen Jacke – der von gestern, die zu Hause hing. »Rufen Sie die 112 an, die können Ihnen schnell jemanden …«

»Ich will niemand anderen. Ich will, dass Sie kommen!«

»Ich bin in der U-Bahn.« Sie lief die kurze Treppe neben der Rolltreppe hinunter und sah gerade noch, wie die U9 Richtung Rathaus Steglitz abfuhr. »Wohin soll ich kommen? Welche Straße, welche Hausnummer?«

»Boddinstraße, Nummer 77.«

»Wie heißen Sie?« Ella blieb auf dem Bahnsteig stehen. Auf dem Gegengleis fuhr der Zug Richtung Osloer Straße ein. Die Türen der Waggons öffneten sich, und zwei bewaffnete Bundespolizisten, die genauso aussahen wie die an der Eisenacher Straße, stiegen aus. Ella merkte, wie die Verbindung schlechter wurde. »Bei wem soll ich klingeln?«

»Kornack, 4. Stock. Oben links. Beeilen Sie sich. Bitte!« Das Rattern des abfahrenden Zugs übertönte die verzweifelte Stimme in ihrem Handy, dann wurde sie wieder klar. Er schrie noch immer: »Bitte, beeilen Sie sich!«

»Ich brauche Ihre Telefonnummer. Geben Sie mir Ihre Nummer.« Sie sah, wie die Bundespolizisten zu ihr herüberstarrten. Sie hatte jetzt auch geschrien. Obwohl das Rattern der Räder so laut war, hörte sie, wie die Leitung stumm wurde. Hastig wählte sie die Nummer der Feuerwehr-Leitzentrale. »Ella Bach hier«, sagte sie, als am anderen Ende abgehoben wurde. »Könnten Sie bitte das LKA für mich anrufen, Oberkommissar Hagen, es ist dringend! Ich habe einen Notruf bekommen, vielleicht ein kurz bevorstehender Suizid. Schicken Sie einen Rettungswagen in die Boddinstraße!«

Die nächste U7 Richtung Rathaus Steglitz schoss aus dem Tunnel hervor und hielt. Ella stieg ein, gefolgt von den Polizisten.

»Hier hat niemand angerufen«, sagte der Disponent. »Ich kann keinen Rettungswagen losschicken, wenn niemand anruft.«

»Er hat mich direkt kontaktiert, auf dem Handy. Er will, dass ich zu ihm komme, aber es ist besser, wenn das jemand anderer macht.

Ich glaube, er hat eine Überdosis Crystal Meth erwischt. Die Polizei interessiert sich auch für ihn.«

»Die Verbindung ist sehr schlecht«, sagte der Disponent. »Ich kann Sie kaum verstehen.«

»Ich bin in der U-Bahn, aber der Mann wird von der Polizei gesucht.«

»Es handelt sich also um einen Mann, den Sie kennen?«, fragte der Disponent ruhig, als wäre sie selbst der bevorstehende Suizid, den man in ein Gespräch verwickeln musste, bis der Notarzt da war.

»Ja, verdammt!« Ella gab sich Mühe, nicht zu schreien. »Die Adresse ist Boddinstraße 77.«

»Ich habe jetzt das LKA in der Leitung«, unterbrach der Disponent sie. »Ein Oberkommissar Hagen. Ich verbinde.«

»Frau Bach, Hagen hier«, meldete sich Abdallahs Kollege, seine Stimme klang beunruhigt. »Reden wir über den Sanitäter mit dem komischen Blick? Den Sie dabei beobachtet haben, wie er den Selbstmordattentäter gefleddert hat?«

»Ja.«

»Gut. Ich fahre sofort los. Wir treffen uns da.«

»Ich wollte eigentlich nicht …«

»Er hat nach Ihnen verlangt. Er dreht vielleicht durch, wenn jemand anderer auftaucht. Sind Sie gerade im Einsatz?«

»Nein.«

»Geben Sie ihr einen Wagen und was sonst noch üblich ist«, wies Hagen den Disponenten an. »Und machen Sie Tempo, der Mann ist ein wichtiger Zeuge, vielleicht gehört er zu den Drahtziehern des Anschlags. Wie heißt er überhaupt? Haben Sie seinen Namen?«

»Kornack, hat er gesagt. Vielleicht ist es auch nur der Name auf dem Klingelschild. 4. Stock, oben links.«

»Wir warten vor dem Haus, bis Sie da sind. Kommen Sie mit Tatütata und Blaulicht, dem ganzen Rummel, falls er am Fenster hängt und hinausschaut. Und machen Sie schnell – bevor was passiert!«

Eine halbe Stunde später war sie immer noch nicht am Ziel. Sie raste über die Gneisenaustraße, mit Sirene und Blaulicht, und jemand, den sie nicht kannte, saß am Steuer. Der Verkehr wurde dichter, und kurz vorm Südstern gerieten sie in einen Stau, es ging nicht vor und nicht zurück, sie steckten fest.

Ich habe ihm gesagt, ich komme so schnell wie möglich. Was ist, wenn er sich inzwischen umbringt? Oder wenn er jemand anderen umbringt?

Ella starrte auf das unablässige Blinken roter und oranger Lichter auf der Straße vor ihr, Wagen, die dem Sprinter ausweichen wollten, aber nicht konnten, kreuz und quer verkantet wie ein riesiger kaputter Reißverschluss aus Autos. Weiter vorn schaltete die Ampel am Südstern hilflos von Rot auf Gelb und Grün. Der Reißverschluss bewegte sich ein Stück, dann verhakte er sich wieder; graue Abgaswolken stiegen zwischen den Fahrzeugen auf.

»Soll ich die Leitzentrale informieren, dass sie einen anderen Wagen hinschicken?«, fragte der Rettungsassistent.

»Noch nicht. Wie heißen Sie nochmal?«

»Sascha.« Er lehnte sich zurück, ohne die Augen von der Straße zu lassen. »Wissen Sie, was ich gehört habe?«, sagte er. »Ich habe gehört, als Ihr Rettungsassistent lebt man gefährlich. Einer soll sogar getötet worden sein.«

»Von wem haben Sie das gehört?«

»Buschtrommeln.«

Ella bemühte sich, ruhig zu bleiben. »Es war nur einer«, sagte sie. »Es war Max, der ermordet wurde, und es war auch kein normaler Rettungseinsatz.«

»Was war es dann?«

»Ich möchte nicht darüber reden. Nicht jetzt.« Sie schwieg, hielt einen Moment den Atem an und hoffte, dass er den Mund halten würde, aber das tat er nicht.

»Wie lange machen Sie das schon?«, fragte er.

»Lange genug.«

»Können wir uns duzen?«

»Meinetwegen.«

»Tut mir leid, ich wollte nicht aufdringlich sein«, sagte er und schaltete die Sirene aus, ließ nur das Blaulicht an. »Ich bin ja noch nicht so lange dabei. Aber du hast so viel erlebt …«

»Ich kann dir den Vortrag halten«, sagte Ella, obwohl sie nicht die geringste Lust dazu hatte.

»Was für ein Vortrag?«

»Du bist nicht der Erste, der mir diese Frage stellt. Ich hab das schon so oft erzählt, dass ich inzwischen die heftigsten Fälle und alles, was einem sonst noch so an Interessantem in diesem Job widerfahren kann, zu einem Potpourri zusammengefasst habe, so eine Art *Best of Ella*. Das ist der Vortrag. Wenn du willst, kannst du den jetzt hören, bis es weitergeht.«

Sascha nickte. »Ja, okay, klar.«

»Fangen wir in Neukölln an«, sagte Ella, »weil wir da gerade hinfahren. Da bin ich vor zwei Jahren mal im Rollberg-Kiez angespuckt und von so 'nem verrückten türkischen Kickboxer bedroht worden, als ich seine schwangere Schwester in die nächste Klinik bringen musste, weil ihre Fruchtblase geplatzt war und die Familie sie zu Hause gebären lassen wollte. In Wedding haben Araber-Clans unseren Wagen mit Steinen beworfen, und in Marzahn haben sie uns die Reifen zerstochen. Bei einer Demo auf dem Ku'damm ist vor meinen Augen ein Mädchen von Sonderbullen in voller Montur mit Schlagstöcken dermaßen zusammengeknüppelt worden, dass ich die Schädeldecke platzen hören konnte wie einen Kürbis, den man gegen eine Wand schmeißt. Drei Wochen später stand ich praktisch daneben, als ein Trupp vermummter Autonomer Pflastersteine und Brandsätze auf Polizisten geschleudert hat, und ich habe Decken über die brennenden Männer geworfen. Ich bin umgerannt, umgestoßen und einmal beinahe umgefahren worden. Ich habe Drogentote gesehen, die mit einer schmutzigen Spritze im Arm tot in ihrer eigenen Kotze lagen. Ich habe Selbstmörder gesehen, die aus dem Fenster im siebten Stock gesprungen sind. Ich habe Frauen gesehen, die so brutal zusammengeschlagen worden waren, dass man ihre Schädel mit Nägeln und Silberplatten restaurieren musste. Ich habe Kinder mit Stich- und Schusswunden gesehen. Ich war bei Verkehrsunfällen, Zugunglücken, Bränden im Einsatz, und einmal habe ich eine junge Frau, die auf dem Wannsee beim Schlittschuhlaufen eingebrochen war, auf dem Bauch liegend aus dem eisigen Wasser gefischt. Ich habe Leuten das Leben gerettet, die es wahrscheinlich eher verdient hätten, zu sterben, und musste zusehen, wie Menschen starben, deren Leben noch nicht mal richtig angefangen hatte. Das ist die eine Seite.«

»Und die andere?«, wollte Sascha wissen.

»Die andere sind die Angehörigen, die Familien«, sagte Ella. »Die, die einen rufen. Wenn man ankommt, sind sie total in Panik, stehen einem im Weg herum und nerven mit tausend Fragen: *Doktor, kommt er durch? Sie wird es doch schaffen? Wohin bringen Sie ihn? Machen Sie doch schnell! Können wir etwas tun? Können wir mitkommen – und, und, und.* Aber kaum sind sie dann im Krankenhaus, haben sie einen vergessen, sie sehen einen gar nicht mehr, und wenn er es schafft – er oder sie –, wenn er wieder gesund wird, kommt keiner, der einem mal Blumen bringt oder einfach nur Danke sagt. Sie vergessen es, sie wollen nicht daran erinnert werden, *an ihre Sterblichkeit.* Und von den Patienten hört man auch nie mehr was. Aber das ist völlig okay, man möchte nämlich gar nicht wieder mit ihnen zu tun haben. Sonst würde man sehen, dass sie genauso weitermachen wie vorher, *als wäre nichts gewesen.* Die Einzigen, von denen man nochmal hört, sind die, die sich in einen verlieben, die gibt es tatsächlich. Sie sind selten, aber es gibt sie. Sie denken, du bist ein Engel oder so was, weil sie dir ihr Leben verdanken, und die wird man nie wieder los, wenn man ihnen nicht knallhart einen Tritt vors Schienbein verpasst.«

Sie schwieg.

Sascha sah sie bewundernd an: »Warum schreibst du so was nicht mal auf? Du solltest das auf deine LifeBook-Seite stellen.«

»Du weißt, dass ich eine LifeBook-Seite habe?«

»Ja, ich hab nachgeschaut. Mache ich immer, wenn mich jemand interessiert.«

»Und was machst du sonst noch so?«

Er ließ die Schultern kreisen, die Hände auf den Oberschenkeln, um den Nacken zu entspannen. »In meiner Freizeit? Technisches Zeug. Ich bastel gern so ’n bisschen rum.«

»Modellflugzeuge? Flaschenschiffe? Bomben?«

Sascha antwortete nicht. »Es geht weiter«, sagte er. Er packte das Lenkrad, schaltete auf der Mittelkonsole zwischen ihren Sitzen die Sirene wieder ein und gab Gas. Weiter vorn am Südstern hatten sich die Wagen in Bewegung gesetzt, die roten Bremslichter erloschen. Die Fahrzeuge direkt vor dem Sprinter wichen jetzt zur Seite aus, rechts ein Fiat und ein Saab Cabrio, links ein Toyota, aber ein Mercedes blockierte stur die Fahrbahn, und die Ampel weiter voraus sprang schon wieder um.

»Fahr auf den Gehweg!« Ella hatte sich vorgebeugt und trat die Gummimatte, als würde sie Gas geben. »Wir nehmen die Straße da vorn rechts, die führt irgendwann zum Columbiadamm, auf dem kommen wir schneller zur Hermannstraße!«

Sascha kurbelte das Lenkrad nach rechts, ein Stoß durchlief den RTW, die Bordsteinkante, noch ein Stoß, ein Fahrrad, das an einem Baum lehnt, dann waren sie auf dem Gehweg. Unter tief hängenden Ästen rollten sie bis fast zum Südstern vor. Passanten blieben stehen. Der Widerschein des Blaulichts huschte über die Hausfassaden, blitzte in Erdgeschossfenstern. Dann waren sie in der nächsten Straße. *»Nächste Möglichkeit rechts abbiegen«*, sagte die Frauenstimme im Navi.

Der Sprinter sprang vom Gehweg, wieder ein Stoß, ein Schaukeln, Sascha drängte sich zwischen einen BMW und einen VW-Bus. Die tief stehende Sonne schien ihnen jetzt frontal ins Gesicht, und beinahe hätte Sascha den entgegenkommenden Porsche übersehen, bis der Fahrer die Lichthupe aufblitzen ließ.

»Da vorn links!«, rief Ella. *»In fünfzig Metern links abbiegen«*, sagte das Navi, und Sascha bog links ab. Jetzt erstreckten sich zu beiden Seiten Friedhöfe hinter langen Backsteinmauern, hier und da ein schmiedeeisernes Tor, eine Allee, gesäumt von Grabsteinen im letzten Tageslicht. Ella dachte an Max, aber nur kurz. Sie hatten freie Fahrt auf dem nassen Laub, bis am Ende der Straße der Flugplatz Tempelhof auftauchte. Seit dem Anruf des Sanitäters war jetzt fast eine Stunde vergangen.

Der Columbiadamm war eine Rennstrecke, Sascha legte noch ein bisschen Tempo drauf. Die dicht stehenden Bogenlampen ratterten vorbei; der nächste Friedhof, diesmal mit einer Moschee, schlanke graue Türme, die in den Abendhimmel ragten. Auf der Kuppel glomm ein vergoldeter Sichelmond. Hinter dem Sommerbad Neukölln wurde der Verkehr wieder dichter, und an der Ecke Hermannstraße landeten sie mitten im Gewühl des Feierabendverkehrs.

»Rechts oder links?«, wollte Sascha wissen.

»Rechts, bis zur U-Bahn-Station Boddinstraße, dann links. Und versuch's mal mit der Bremse.«

Auf den Bürgersteigen schlenderten Menschen in Gruppen – Araber, Türken, Afrikaner, Roma, junge Mütter mit Kinderwagen, junge Männer mit Hunden. Die meisten Frauern trugen Kopftücher, ein paar noch Schleier und Burka. Jedes zweite Geschäft hatte einen arabischen Namen; fremde Nationalfarben hingen in den Fenstern. Hinter Schaufenstern mit aufgeklebten roten Prozent-Zeichen stapelte sich Ramsch in nackten Verkaufsräumen, in denen Kunden und Verkäufer gleich missmutig wirkten. Trübe erleuchtete Billigläden – Handys, Computer, Videos, Schuhe – wechselten sich mit fahlen Internet-Cafés und neonbunten Spielhallen ab. Vor den Türen von Dönerbuden und Sportbars saßen graubärtige alte Männer mit Schirmkappen und Gebetsketten. An den Rollberg-Kinos bildeten Mädchen und Jungen lärmende Trauben.

Auf Höhe der U-Bahn-Insel setzte Sascha den Blinker und zog den Sprinter knapp vor einem Bus der Linie 104 nach links in die Boddinstraße. Die Räder ratterten über Kopfsteinpflaster abwärts, vorbei an einem kleinen Platz mit großen, alten Kastanien und einer Spielfläche, und weiter die immer engere Straße hinunter, während Ella sich vorbeugte, um die Hausnummern erkennen zu können.

Sascha schaltete die Sirene aus. Erst hörte Ella gar nichts, dann alles auf einmal, die Reifen auf den Pflastersteinen, das Bellen eines Hundes, laute Musik aus einem offenen Fenster – ein Rapper und eine Sängerin. Das blaue Flackern machte Schnappschüsse: fleckige Altbaufassaden mit abbröckelndem Putz, schräg in den Angeln hängende Türen, mit Brettern zugenagelte Fenster. Von Rost zerfressene Autos am Straßenrand. An einer Mauer ein riesiges Graffito, eine Horrorfratze in grellen Farben, rot, blau, gelb, Feuer in den Augen, blutige, spitze Zähne im weit aufgerissenen Maul. Auf dem Gehweg Mülltüten, aufgeplatzte Matratzen neben anderem Sperrmüll. Ein schlafender Punker in einem Hauseingang. Ein Mann, der seine verschleierte Frau vor sich her trieb – *»Jella! Jella!«* –, beide beladen mit überquellenden Pappkartons vom Basar an der Mainzer Straße.

»Ich liebe Neukölln«, murmelte Sascha.

»Da vorn muss es sein«, sagte Ella. Zwei Häuser vor Nummer 77 unter den Bäumen stand ein Gerätewagen der Feuerwehr hinter einem Zivilfahrzeug der Polizei, einem dunklen BMW mit Blaulicht auf dem Armaturenbrett. Oberkommissar Hagen lehnte am Heck des BMW, die Beine übereinandergeschlagen, und rauchte eine filterlose Zigarette. Sobald er den Sprinter bemerkte, ließ er die Zigarette in den Rinnstein fallen. »Da sind Sie ja«, sagte er, als Ella ausstieg. »Wahrscheinlich ist unser Freund inzwischen tot.«

16

Das Haus hatte keine Nummer mehr am Eingang, und die Tür stand einen Spaltbreit offen, weil das Schloss fehlte. Die Namen auf der Klingeltafel waren vielfach durchgestrichen, überklebt und mit Filzstift neu geschrieben worden. »Kein Kornack im vierten Stock«, erklärte Hagen und drückte nacheinander alle drei Knöpfe der obersten Reihe. Drinnen tastete er nach dem Lichtschalter. Es gab ein Klacken, dann ging eine nackte Glühbirne über ihren Köpfen an. Ein moderiger Geruch hing im Treppenhaus. Der Oberkommissar blickte sich um, legte den Kopf in den Nacken. Die Wände wiesen große rötlichbraune Nässeflecke auf. Bis in Schulterhöhe waren sie mit grünen Kacheln verkleidet, von denen die Hälfte fehlte. Dicht neben Ellas Hals hing ein Elektrokabel aus der Wand. Das feuchte Linoleum unter ihren Füßen war schmutzig und löste sich vom Steinboden.

»Ein Altbautraum für Individualisten«, sagte Hagen und stieg die knarzenden Treppenstufen hinauf, denn natürlich hatte das Haus keinen Aufzug. »Dann mal los.« Er griff nach dem Holzgeländer, das unter seiner Hand schwankte. Ein ächzendes Beben lief durch das Geländer bis ganz nach oben, wo es in der Dunkelheit nachhallte, als das Licht wieder erlosch. »Bestimmt erwartet uns da ein ganz schickes Loft«, meinte Hagen aufmunternd, und ein paar Sekunden hatte Ella das Gefühl, ein Déjà-vu zu erleben. Ihr Rückenmark wurde zu Eis. *Bitte, keine Toten da oben,* dachte sie, *bitte diesmal kein Blut, keine sterbende, gefolterte Frau; kein zerfetztes Fleisch, bitte.* Aber es war ja anders als letzten Sommer. Diesmal war sie nicht allein.

Hagen ging weiter, tastete nach dem nächsten Lichtschalter. »Und Gott sprach …« Es wurde Licht, und die beiden tapferen jungen Feuerwehrmänner folgten ihm in ihren sauberen blauen Uniformen, bewaffnet mit Äxten und Schließwerkzeug. Ella trug den Defi, und

Sascha bildete die Nachhut mit dem großen Notfallkoffer. Aus den Wohnungen, an denen sie vorbeistiegen, drangen Küchengeräusche, Musik, Kindergeschrei, die streitenden Stimmen von zwei Frauen und einem Mann; irgendwo brummte ein Staubsauger.

Die Treppenbeleuchtung erlosch wieder, aber jetzt waren sie im vierten Stock, und durch ein schmales Fenster fiel das letzte Tageslicht herein. Auch hier fehlte Namen an den Türen, die Klingelschilder waren unbeschriftet. Nur an die eisenverstärkte Tür der Wohnung links vom Treppenabsatz war mit weißer Kreide über das oberste der drei Schlösser ein Kreuz gemalt worden. »Das müsste sie sein«, sagte Ella und drückte den Klingelknopf.

Nichts geschah. Niemand öffnete, kein Summer ertönte, nur das gedämpfte Geräusch der Klingel.

Ella drückte noch einmal, dann klopfte sie. »Hallo? Herr Kornack? Sind Sie da? Rettungsdienst, öffnen Sie bitte!« Sie lehnte sich gegen den Türknopf, der nicht nachgab. Sie sah Hagen an. Sie sah Sascha an. Sie sah die Feuerwehrleute an.

Hagen hämmerte mit der Faust gegen die Tür und rief: »Aufmachen! Polizei!«

Sie lauschten mit angehaltenem Atem. Keine Reaktion. Ella spürte, wie ihr Herzschlag schneller schlug, härter.

Hagen nickte den Feuerwehrmännern zu. »Ihr seid dran.« Wortlos beugte der kleinere der beiden sich zu dem ersten der drei Schlösser hinunter und setzte ein Werkzeug an, das halb Bohrer und halb Zange zu sein schien. In diesem Moment erklang ein leises Schnappen. Überrascht drückte der Feuerwehrmann die Klinke, und die Tür gab nach.

»Wenn wir drin sind, halten Sie sich zurück«, sagte Ella zu Hagen. »Keine heftigen Bewegungen, nichts, was ihn erschrecken oder verstören könnte. Wir wissen nicht, in welcher Verfassung er ist.«

Hagen rieb sich die Stirn mit Daumen und Zeigefinger der linken Hand und seufzte. Er benutzte einen Fuß, um die Tür aufzustoßen; die rechte Hand war unter seinem Sakko verschwunden. Ein Scharnier quietschte, kurz bevor die Tür gegen die Wand schlug. Im Raum dahinter herrschte Zwielicht. Ein kühler Lufthauch schlug ihnen entgegen, vermischt mit einem süßlichen Geruch nach erhitztem Metall.

Hagen bedeutete Ella mit einem Kopfnicken, ihm über die Schwelle zu folgen. Mit den Augen dirigierte er sie in die Wohnung hinein. Er bewegte lautlos die Lippen, formte die Worte: *Sagen Sie was.*

»Herr Kornack«, rief Ella. »Ella Bach. Sind Sie da?« Schweigen. Kein Laut. »Sie haben mich angerufen. Sie wollten, dass ich zu Ihnen komme.«

Nur ein leises Zischen begleitete die Stille, sonst nichts.

Ein langer, schmaler Korridor führte von der leeren Diele in die Wohnung hinein und verlor sich im Dunkel. Rechts und links gingen Zimmer ab, vier Türen, eine davon geschlossen, die anderen angelehnt oder offen. Unter den Dachschrägen hatten keine Möbel Platz gefunden, nur ein Gummibaum mit bräunlichen Flecken auf den Blättern ragte zu einer Fensterluke auf. Die verdreckte Glasscheibe verschluckte das Licht. Ein farblos getretener Läufer warf zerfaserte Wellen, über die man stolpern konnte, wenn man nicht aufpasste.

Ella hielt Ausschau nach Lampen, an der Decke, an den Wänden. Sie entdeckte keine, auch keinen Lichtschalter. »Herr Kornack?« Sie ging weiter, achtete auf die Wellen im Läufer. Sascha folgte ihr, aber Hagen und die Feuerwehrmänner blieben zurück. Sie versuchte, das Zischen zu lokalisieren. Es drang aus einer der halb offenen Türen, ein stetiger Laut an der Grenze zur Unhörbarkeit. Der Geruch nach erhitztem Metall wurde stärker. Vorsichtig näherte Ella sich der Tür und schaute in den Raum dahinter.

Zuerst sah sie nur den rotglühenden Eisenring in der Dunkelheit. Danach nahm sie den ganzen Herd wahr, alt, rußgeschwärzt. Die Gasflammen – *das Zischen* – brannten, aber es stand nichts auf den Herdplatten, kein Topf, keine Pfanne. Sie beleuchteten eine Küche, die diesen Namen kaum verdiente. Ella sah nur einen Kanister auf dem Boden neben dem Herd und ein Regal. In dem Regal fielen ihr mehrere Utensilien auf, bei deren Anblick ihr sofort unwohl zumute wurde: Zucker, stapelweise Großpackungen starker Erkältungsmittel, Glasröhrchen wie in einem Chemielabor, ein paar Löffel, einige davon schwarz gekokelt – *Also doch!* –, fehlten nur eine Pfeife und die weißen grobkörnigen Kristallbrocken selbst. *Der tickende, zischende Wahnsinn zum Schnupfen oder Rauchen.*

Ella warf einen Blick zurück, kaum eine Sekunde lang, fast nur aus den Augenwinkeln. *Hier ist was für euch,* sagte der Blick, der Hagen und den Feuerwehrmännern galt. Sie ging weiter, jetzt noch langsamer. Versuchte zu erkennen, was am Ende des Korridors war. Achtete auf die Wellen im Läufer, auf die nächste Tür, auf den kleinsten Laut. *Vorsicht, paranoider Junkie,* dachte sie.

Der fahle Schimmer am Ende des Gangs war so schwach – nur ein winziger bläulicher Punkt –, dass sie ihn zunächst gar nicht wahrnahm. Auf ihrer Hornhaut glühte noch die ringförmige Herdplatte. Sie stieß mit dem Fuß gegen einen harten Gegenstand, und als sie nach unten sah, stand da ein weiterer Kanister. Auf einmal war ihr, als würde sie Benzin riechen, aber sie blieb nicht stehen. Sie zwang sich weiterzugehen, und da waren die Türen und dahinter die Räume, die Vorhänge zugezogen – *Sie sind da draußen, sie beobachten mich* –, und obwohl es sich um eine klare Folge von Ereignissen handelte, schien plötzlich alles gleichzeitig abzulaufen.

Der unheimliche, fahle Lichtpunkt bewegte sich, wie in Zeitlupe. Sekundenkurz gesellte sich ein Blinken dazu, aber noch immer konnte Ella nicht erkennen, um was es sich handelte. Auf einmal hatte sie Angst. Seltsamerweise spürte sie diese Angst nicht in sich, sie wusste nur, dass sie da war. Sie hing wie Nebel in dem Korridor, nicht ganz so schwarz an den Rändern, zur Mitte hin aber fast undurchdringlich.

»Was ist das?«, flüsterte Sascha dicht hinter ihr. Er hatte auch Angst. »Siehst du das, da vorn?«

Sie nickte, war aber nicht sicher, ob ihr Kopf ihr gehorchte. Sie ging in die Angst hinein, die sich jetzt kalt um sie schloss. Der Holzboden knarrte unter ihren Füßen. Weit entfernt, unten auf der Straße, fuhr ein Auto vorbei, der Motor wurde mehrmals hochgejagt, Reifen quietschten. In unmittelbarer Nähe knackte ein Rohr, und das Zischen der Gasflammen hörte immer noch nicht auf.

Warum stellen die es nicht endlich ab?

Ella lauschte. Hielt den Atem an und wünschte, ihr Herz wäre nicht so laut. Sie ging mit leicht schräg geneigtem Kopf auf den nur allmählich größer werdenden bläulichen Fleck zu. Und dann, ganz plötzlich, hörte sie das, worauf sie schon die ganze Zeit unbewusst gewartet hatte. Im selben Moment erkannte sie, was sie bisher nur wahrgenommen, aber nicht einzuordnen gewusst hatte.

Sie hörte einen Menschen atmen.

Sie erkannte, dass der bläuliche Fleck ein Gesicht war. Ein Gesicht im Dunkeln, erhellt vom Widerschein eines Handy-Displays, noch weit weg, am Ende des Korridors. Es sah ihr entgegen, verzerrt zu etwas, das gar nicht mehr wie das Antlitz eines Menschen wirkte.

»Herr Kornack?«, sagte Ella.

Die Zeit, die sich gedehnt hatte, schnellte wieder zusammen, und dabei verursachte sie ein Geräusch, das Ella jäh bis in die Eingeweide schoss. Es klang wie der Schrei eines riesigen tropischen Vogels in undurchdringlichen Urwaldtiefen, ein Schrei, der lauter und lauter wurde.

Der Sanitäter war barfuß. Er trug keine Schuhe und keine Hose und auch kein Hemd. Nur eine durchgeschwitzte Unterhose und ein schweißfleckiges Unterhemd flatterten an seinem abgemagerten Körper, als er mit diesem einen langen, schrecklichen Schrei aus der Finsternis auf Ella zustürzte, das Handy in der vorgestreckten rechten Hand. An seinem Hals blinkte das kleine silberne Kreuz.

Sie sah das alles in einer einzigen Sekunde, seine bleiche feuchte Haut, die wirren nassen Haare, die blutunterlaufenen Augen, den weit aufgerissenen Mund, während er mit der vorgestreckten Handykamera heranschoss wie von einem Katapult geschleudert, und sie dachte: *Die Fratze in dem Graffito unten an der Mauer*, und dann war er so nah, dass sie das Benzin riechen und seine vom Meth pelzigen Zähne sehen konnte.

»Zur Seite!« Hagen, die gezogene Dienstpistole in einer Hand, war plötzlich hinter ihr und packte ihre Schulter und riss oder stieß sie gegen die Wand, und noch immer passierte das alles wie im Verlauf eines einzigen Herzschlags, bis der endlose Schrei jäh erstarb: Der Sanitäter prallte gegen den Polizisten, krallte die Finger der freien Hand um seinen Arm und vergrub die Zähne in die Halsschlagader – *wie ein Vampir* –, dicht über dem Hemdkragen – *wie ein Zombie*. Aber er trank das Blut nicht, er verbiss sich nur in Haut und Fleisch, und das Blut, das er nicht trank, quoll und spritzte aus seinen Mundwinkeln, und dabei hielt er die Handykamera von oben auf Hagen gerichtet.

Von der Wucht des Zusammenpralls taumelte Hagen zurück, verlor das Gleichgewicht und stürzte zu Boden, wo er unter dem Sanitäter liegen blieb. Die Pistole flog ihm aus der Hand und landete vor Ellas Füßen, und noch immer hingen die Schreie in der Luft, und jetzt – *gleichzeitig* – merkte Ella, dass es die Schreie von Sascha und den Feuerwehrmännern waren.

Der Sanitäter sprang auf, am ganzen Leib zitternd. Seine Lippen, die Zähne, das Kinn, alles glitzerte rot, während er erst Ella, dann die Feuerwehrmänner und schließlich wieder Ella anstarrte, ein wildes Tier, das bei seiner Beute überrascht worden war. Hagen lag zuckend vor ihm auf dem Boden, mit weit aufgerissenen Augen, die zur Decke hochstarrten. Seine Hände schlossen und öffneten sich wie mechanische Klauen, und aus der großen Wunde an seinem Hals quoll Blut in kurzen, schnellen Intervallen. Das Blut breitete sich auf dem Läufer aus, spritzte auf das ebenfalls daliegende Handy.

Ella warf sich neben dem Oberkommissar auf die Knie und presste ihre Hände auf die Wunde an seinem Hals. Ihre Finger rutschten immer wieder ab, weil er sich unter ihr aufbäumte. Der Druck des hervorschießenden Blutes ließ schon nach, und sie konnte sehen, dass er starb.

Ich muss eine Kompresse anlegen. Wo ist die verdammte Tasche?

Kornack stürzte zu dem Metallkanister an der Wand, hob ihn hoch und kippte sich den Inhalt über Kopf und Schultern. Auf einmal war der Gestank von Benzin überwältigend, und dann – *gleichzeitig* – spritzte er es in weit ausholenden Schwüngen über Ella und Hagen. Der scharfe Gestank verschlug Ella den Atem, sie spürte die Flüssigkeit in Gesicht, Haaren und Kleidung. Ihre Hände waren nass, und Hagens Gesicht war auch nass – *Wo sind die Feuerwehrmänner? Warum tun die nichts?* –, und gerade, als sie aufspringen wollte, schmetterte der Sanitäter ihr den leeren Kanister so heftig gegen den Kopf, dass sie einfach umkippte und nichts mehr hörte oder fühlte.

Wie gelähmt lag sie da und sah, wie er in die Küche rannte. Einen Moment lang – *gleichzeitig* – flackerte die ganze Küche auf, wurde hell wie von einem Wetterleuchten, und der Sanitäter tauchte wieder auf, lichterloh brennend. Fast lautlos kam er herausgerannt, mit großen Sätzen und ausgestreckten Armen, die wie lodernde Flügel in der Luft schlugen, eingehüllt in Flammen. Ella lag auf der Seite, sah, wie er auf sie und Hagen in ihrer Lache aus Benzin und Blut zugerannt kam, die Hitze versengte ihr fast das Gesicht, und sie kroch weg, krabbelte so schnell sie konnte, auf Händen und Knien.

Auf einmal änderte Kornack die Richtung und begann ziellos hin und her zu laufen, umsäumt von brennender Luft. Die Flammen folgten ihm wie die flatternde Mähne eines fliehenden Pferdes. Eine oder zwei Sekunden später prallte er gegen eine Wand, kippte um und blieb einfach liegen und brannte und wurde schwarz, schwärzer als der Fleck, den er auf der Wand hinterlassen hatte.

Langsam richtete Ella sich auf. Im Kopf hatte sie ein Gefühl, als triebe jemand mit hämmernden Schlägen einen Nagel durch den Knochen über dem linken Ohr. Ihre Nase lief, und die Augen tränten. Sie wischte sich das Gesicht mit dem Unterarm ab. Der Stoff ihres Hemdes war benzingetränkt. Sie entdeckte Sascha an der Wand, wo der Kanister gestanden hatte. Zusammengesunken kauerte er da und schien nicht begreifen zu können, was er gerade erlebt hatte. Während sie ihn ansah, kehrte allmählich ihr Gehör zurück.

Einer der Feuerwehrmänner hatte in einem Kochtopf Wasser aus der Küche geholt und schüttete es auf den reglosen daliegenden Sanitäter. Zischend flackerten die letzten Flämmchen noch einmal auf, dann geisterten sie gleich bläulichen Irrlichtern über den schwarzen Körper, bevor sie erstarben. Dampf stieg hoch und hing einige Sekunden wie Wattefetzen in der Luft. Es roch jetzt sehr stark nach verbranntem Fleisch und versengten Haaren.

Der andere Feuerwehrmann sprach in ein Walkie-Talkie mit dem dritten Mann, der unten im Wagen geblieben war. »Ruf die Polizei«, sagte er. »Wir haben hier einen Tatort … Ja, der Mann … der Oberkommissar vom LKA.« Er warf Ella einen fragenden Blick zu. »Er ist doch tot?«

Ella nickte, was den Nagel etwas tiefer in ihr Gehirn trieb. Dann sagte sie: »Ich wüsste wirklich gern …« Die Worte hallten in ihrem Kopf nach, und die Luft vor ihren Augen begann zu flimmern. Der Rest fiel ihr nicht mehr ein. Der Boden schien sich leicht zu bewegen. Der Schweiß auf ihrer Haut wurde kalt, und sie merkte, dass ihr übel war. *Was wüsste ich gern*?

Aus den Augenwinkeln sah sie, wie Sascha aufzustehen versuchte. Er stemmte sich hoch und kam schwankend auf sie zu. Sein schwach ausgeprägtes Kinn ruckte auf und nieder, während er mit trockener Kehle schluckte. Das kurze Haar kringelte sich zu feuchten Locken. »Ella?« Auch die beiden Feuerwehrmänner näherten sich ihr mit unsicheren Schritten auf dem hin und her ruckenden Boden. »Frau Doktor? Was haben Sie denn?«

Es war der Geruch nach verbranntem Fleisch, er verursachte ihr Übelkeit. Kurz bevor die Feuerwehrmänner sie erreicht hatten, kippten sie zur Seite, und der Boden kippte mit ihnen; es sah aus, als gingen sie in der Vertikalen über eine Wand mit einem Läufer daran. Aber so sah es nicht lange aus, denn statt weiter näherzukommen, wurden sie kleiner und immer kleiner, und dann verschmolzen sie plötzlich mit dem quecksilbrigen Flimmern und verschwanden.

»Ella? Ella?«

17

Ella schlug die Augen auf, weil jemand fortwährend ihren Namen rief. »Frau Bach? Ella Bach? Frau Doktor?« Sie blickte auf die Knie eines Mannes, denn sie lag auf der Seite. Als sie den Kopf drehte, sah sie in das Gesicht von Oberkommissar Hassan Abdallah, der sich über sie beugte. Das Licht an der Decke über seinem Kopf blendete sie. Sie lag auf einer Trage im Rettungswagen, und ihr war kalt. »Wie geht es Hagen?«, fragte sie.

»Er ist tot«, sagte Abdallah.

Ella versuchte sich aufzurichten, und einen Moment lang hatte sie das Gefühl, sich übergeben zu müssen. Ein stechender Schmerz schoss dicht unter der Schädeldecke von Schläfe zu Schläfe. »Er hat mir das Leben gerettet«, sagte sie.

»Bleiben Sie liegen«, sagte Abdallah, der auf dem Stuhl neben der Trage saß. »Fühlen Sie sich in der Lage, mir ein paar Fragen zu beantworten?«

»Sie hat eine Gehirnerschütterung«, sagte Sascha. »Sie sollte jetzt nicht reden.«

Ella konnte ihn nicht sehen, erst als er sich ebenfalls über sie beugte und ihr mit einer kleinen, starken Lampe in die Augen leuchtete. Er knipste die Lampe aus und hielt ihr seine Hand vors Gesicht. »Wie viele Finger siehst du?«

»Lass den Scheiß«, sagte Ella und dachte, *Ärzte sind die schlechtesten Patienten, weiß doch jeder.* Die Hand verschwand, dafür tauchte ein Glas Wasser auf, das ihr an die Lippen gesetzt wurde. Sie nahm es Sascha ab und leerte es in großen Schlucken. Sie sah wieder Abdallah und draußen in der Dunkelheit, über ihre Füße hinweg, eine Menge anderer Polizisten, Feuerwehrmänner und Sanitäter, die im Sekundentakt ihre Farbe wechselten, rote Jacke, *blau,* weiße Hose, *blau,* gelber Helm, *blau,* braune Haare, *blau.* Hinter einer Absperrung standen Schaulustige mit blau flackernden Gesichtern, und noch weiter hinten sprach ein Mann, eine eingeschaltete Kamera auf der linken Schulter, mit einem der beiden Feuerwehrmänner, die mit in der Wohnung gewesen waren.

»Leg dich wieder hin«, sagte Sascha. »Wir bringen dich in die Klinik.«

»Ich bin in Ordnung«, sagte Ella.

»Was ist da oben passiert?«, wollte Abdallah wissen. Er schob sich ein Mecca Gum in den Mund, und seine Zähne ratterten los, legten die erste Naht zwischen Ober- und Unterkiefer. »Was hatten Sie hier überhaupt zu suchen?«

Ella sagte: »Der Sanitäter hat mich angerufen und gebeten, zu ihm zu kommen, weil er sich bedroht fühlte und …«

»Welcher Sanitäter?«, fragte Abdallah.

»Kornack. Der Mann in der Wohnung. Er hat mich heute Morgen angerufen und gesagt, wir würden alle sterben, und heute Vormittag, als ich gerade nach Shirin gesehen hatte, nach *unserem* Gespräch, hat er gedroht, er würde etwas tun, wenn ich ihn nicht sofort in seiner Wohnung …«

»*Wir würden alle sterben,* das hat er gesagt? Würden oder *werden?*«

»Werden.« Ella spürte, wie ihr Magen sich hob, gegen die Bauchdecke drückte. »Ich habe Ihren Kollegen im LKA angerufen, und Oberkommissar Hagen wollte, dass wir uns hier treffen und zusammen hinaufgehen. Erst dachten wir, die Wohnung wäre leer, aber dann entdeckte ich das brennende Gas und gleich darauf einen seltsamen bläulichen Fleck am Ende des Korridors …«

»Was für einen Fleck?«

»Es war Kornacks Gesicht. Er kauerte da und starrte auf sein Handy.«

»Als er sie anrief und sagte, er würde etwas tun, hat er da gesagt, was? Was wollte er tun?«

»Das hat er nicht gesagt.«

»Was hatte Hagen überhaupt damit am Hut?«, fragte Abdallah. »Warum haben Sie ausgerechnet *ihn* angerufen?«

»Der Mann in der Wohnung war der Sanitäter, den ich gestern nach dem Anschlag auf dem Bahnsteig gesehen habe, wie er das Handy des

Attentäters an sich ...« Ella sprach nicht weiter, schloss die Augen. »Reden Sie denn nicht miteinander? Tauschen Sie Ihre Ermittlungsergebnisse nicht aus, wenn Sie zusammen an einem Fall arbeiten?«

»Manchmal sofort, manchmal später. Irgendwann bestimmt. Aber bis es so weit ist ...« Er zuckte mit den Schultern und hielt kurz mit dem Kauen inne. »Hagen tut, was Hagen tut, und Abdallah tut, was Abdallah tut. Offenbar war Ihr Sanitäter bisher nicht wichtig genug für meinen Kollegen, um mit mir darüber zu reden. Haben Sie eine Erklärung für sein Verhalten – als Ärztin, meine ich?«

»Hagens oder Kornacks?«

»Wer ist Kornack?«

»Der Mann oben in der Wohnung«, wiederholte Ella, eine Spur gereizter. »Der uns angegriffen hat.«

»Den meine ich.« Abdallah nickte dankbar, bevor er die Nähmaschine in seinem Mund wieder anwarf. »Obwohl er genau genommen nicht mehr oben in der Wohnung ist, sondern in Silberfolie verpackt auf dem Weg in die Gerichtsmedizin. Aber ja, wie erklären Sie sich seinen Angriff? Kam er überraschend?«

»Wenn er nicht überraschend gekommen wäre, dürfte Hagen jetzt wahrscheinlich noch leben.«

»Stimmt, da haben Sie recht. Glauben Sie, er hat Sie in seine Wohnung gelockt, mit der Absicht, Sie zu töten? Oder sich vor Ihren Augen umzubringen?«

»Ich weiß nur, dass er schon einmal versucht hat, sich in meiner Gegenwart das Leben zu nehmen.«

»Ach ja? Wann war das?«

»Gestern, als ich Shirin in die Klinik gebracht habe. Er ist in den RTW gesprungen und hat versucht, sich mit einem Skalpell die Halsschlagader aufzuschlitzen. Es ist mir gerade noch gelungen, ihn daran zu hindern.«

»Und dann? Was ist dann passiert?«

»Er ist aus dem Wagen gesprungen und weggelaufen. Er wirkte völlig unzurechnungsfähig, verzweifelt. Ja, verzweifelt – eine verlorene Seele.«

Nein, nicht wie eine verlorene Seele, dachte sie, *mehr wie ein Wahnsinniger. Wie ein Besessener.*

Abdallah nickte, als wären verzweifelte, verlorene Seelen seine angeheiratete Familie. »Und dann hat diese Seele Sie angerufen und zu sich in die Wohnung bestellt, ja? Und als Sie eintrafen, haben Sie da etwas getan – Sie oder einer der anderen –, was dazu geführt hat, dass er dermaßen außer sich geraten ist?«

Ella schüttelte den Kopf und spürte jetzt einen dumpfen Schmerz unter der tauben Stelle über dem linken Ohr, wo sie der Sanitäter mit dem Benzinkanister getroffen hatte. »In seiner Küche sind mir ein paar Utensilien aufgefallen, die nahelegen, dass er Crack oder Meth geraucht hat …«

»Stimmt, das Chemielabor für den kleinen Drogenkoch, das haben wir auch gefunden. Trotzdem. Selbst wenn er unter Meth stand … Die Wucht seines Angriffs – ich habe schon mit Ihrem Kollegen und den Feuerwehrmännern gesprochen, die mit Ihnen in der Wohnung waren – lässt doch darauf schließen, dass sich ein ungeheurer Druck in ihm aufgestaut haben muss. Haben Sie dafür irgendeine Erklärung?«

»Er hatte Angst. Er fühlte sich verfolgt. Vielleicht wurde er es auch wirklich. Er sagte, er würde beobachtet … *sie* würden ihn beobachten. Ihn und mich auch. Sie würden vor seinem Haus warten.«

»Und? Haben Sie jemand gesehen, als Sie angekommen sind?«

»Nein, aber wenn jemand da war, hat er sich vielleicht verdrückt, als Hagen aufgetaucht ist. Er war vor mir hier.«

»Ach, und hat dieser – wie heißt er, Kornack? – auch gesagt, von wem Sie beide verfolgt und beobachtet würden?«

Von zwei Männern in einem schwarzen BMW Touring, dachte Ella, *die vor meinem Haus gewartet haben, als ich es heute Morgen verlassen habe.* »Nein. Immer nur ›sie‹ oder ›die‹. Einmal sagte er, es wären unsere Freunde. Ich dachte, er meine vielleicht Halil Abou-Khans Leute.«

»Wie kam er darauf? Hat der Präsident ihn bedroht?«

»Keine Ahnung, ich glaube, er wollte es nicht am Telefon sagen und hat mich deswegen gedrängt, zu ihm zu kommen.«

Eine Sirene näherte sich, ihr Jaulen schwoll an und ab und verstummte dann, während noch mehr Blaulichtblitze über die Blätter der Platane vor dem Haus huschten. In knackenden Funkgeräten schnarrten körperlose Stimmen Fragen, die niemand zu beantworten schien.

»Wo wir gerade dabei sind – ich habe Ihren Namen in den Computer eingegeben«, sagte Abdallah. »Oberkommissar Hagen war nicht der erste Kollege, der ermordet wurde, nachdem er mit Ihnen zu tun hatte. Vor einem Jahr ist ein Hauptkommissar Schröder und …«

Ella richtete sich so abrupt auf, dass sofort ein glühender Stich ihren Kopf durchbohrte. »Hauptkommissar Schröder wurde von einem seiner eigenen Kollegen umgebracht, im Auftrag einer Horde krimineller Banker, die auch mich töten wollten.« Unwillkürlich berührte sie die taube Stelle über dem linken Ohr, ertastete ein Pflaster, das Sascha dort angebracht haben musste, während sie bewusstlos gewesen war. »Hat Ihr Computer Ihnen nicht gesagt, dass alle Vorwürfe gegen mich als substanzlos fallen gelassen worden sind? Wo wir gerade dabei sind?«

»Computerauskünfte kann man manipulieren«, sagte Hassan Abdallah. »Menschen auch.«

Ella schwang die Beine von der Trage. »Wenn Sie keine weiteren Fragen haben, würde ich mich gern von jemand nach Hause bringen lassen. Ich bin müde, und letzte Nacht habe ich …«

»Aber natürlich, wie rücksichtslos von mir«, unterbrach er sie neuerlich. Geschmeidig reichte er ihr eine Hand, um ihr aus dem Rettungswagen zu helfen, während er mit der anderen nach ihrer Umhängetasche auf der Ablage griff. »Natürlich werde ich Sie selbst fahren. Die Kollegen von der Spurensicherung haben es sowieso nicht gern, wenn wir an ihrem Tatort herumlungern und alles Mögliche kontaminieren. Unterwegs können wir dann vielleicht noch ein bisschen über den Fall sprechen – oder besser, die beiden Fälle, denn falls Ihre Beobachtungen zutreffen, hängen sie ja möglicherweise zusammen, oder?« Er ließ ihre Hand nicht los, führte sie um den Rettungswagen herum zur der Absperrung. Bei jedem Schritt zitterten ihre Beine; der Boden schien härter als sonst und nie ganz dort zu sein, wo die Füße ihn erwarteten.

Sascha stand in der Seitentür des Sprinters und sah ihnen nach. Kurz lag auf seinem bleichen, unverbrauchten Gesicht ein grüblerischer Ausdruck. Dann merkte er, dass Ella ihn beobachtete, und seine Miene nahm wieder ihren normalen Ausdruck an, der plötzlich wie eine Maske wirkte.

»Außerdem müssen wir uns ja auch noch abstimmen, was wir wem sagen«, meinte der Oberkommissar, als er mit dem Schlüssel in seiner rechten Hand auf einen grauen Audi zielte, der sie mit orange blinkenden Lampen begrüßte. Er reichte Ella ihre Tasche und öffnete ihr die Beifahrertür; sein Kaugummi-Atem streifte ihren Hals. »Oder wollen Sie lieber hinten sitzen? Nein? Wohnen Sie noch in Schöneberg, in der Akazienstraße?«

»Ja.« Ella stieg ein, fand genügend Platz für ihre Beine unter der ganzen Polizeitechnik am Armaturenbrett und lehnte den Kopf an die Nackenstütze. Sie war froh, dass sie wieder sitzen konnte; ihre Oberschenkel zitterten noch immer. »Wissen Sie inzwischen mehr über den Mann, der sich gestern in der U7 in die Luft gesprengt hat?«, fragte sie, als Abdallah hinter das Lenkrad gerutscht war. »Wer er war oder warum er es getan hat?«

»Nein, bisher nicht.« Der Kommissar schüttelte bedauernd den Kopf, während er den Wagen startete und das Martinshorn aufjaulen ließ, nur einmal, damit die Zuschauer die Fahrbahn freigaben. »Wir haben sein Bild durch den Computer gejagt, aber nichts gefunden. Jetzt geben wir es an die Medien, nur das bearbeitete Gesicht natürlich, und verteilen es an die sozialen Netzwerke – Facebook, MySpace und LifeBook –, vielleicht bringt uns das weiter.« Er steuerte den Wagen langsam die Boddinstraße hinauf. »Sind Sie bei einem dieser sozialen Netzwerke?«

»LifeBook«, antwortete Ella, »aber ich schaue praktisch nie rein, und was die Pflege meiner Daten angeht, na ja … Eigentlich habe ich mich nur einer Freundin zuliebe angemeldet.«

Abdallah nickte verständnisvoll. »Es wäre trotzdem nicht falsch, ein Status-Update vorzunehmen«, meinte er.

»Warum?«

»Vielleicht möchte noch jemand mit Ihnen in Kontakt treten, der Hilfe braucht, bevor er einen Mord begeht – oder Selbstmord.« Er sagte das ganz ernst, keine süßen Datteln. »Mein soziales Netzwerk ist die Polizei, vor allem die anderen arabischen und türkischen Beamten. Aber der Attentäter hatte vielleicht sogar einen Account irgendwo. Dann wissen wir auf einen Schlag alles über ihn, Freunde, Bekannte, Vorlieben und Abneigungen, das *Motiv!* Bloß an die

Hintermänner, falls es welche gab, werden wir so wohl nicht rankommen. Kann natürlich auch sein, dass er vorher schnell noch seinen Account gelöscht hat, oder jemand anderer hat es für ihn getan …«

Ella erhaschte einen Blick auf das Graffito an der Mauer, die grellbunte Fratze, die aus den verschlungenen Farbströmen hervortrat, mit gefletschten Zähnen und weit aufgerissenen roten Augen. In der Fratze erkannte sie den Sanitäter, sah ihn wieder vor sich, wie er durch den langen Korridor auf sie zuschnellte, das Gesicht von Grauen entstellt, die Hände zu Klauen geformt.

Abdallah schaltete das Blaulicht auf dem Armaturenbrett ein. An der Ecke Hermannstraße bog er nach rechts ab und wechselte hinter der U-Bahn-Insel sofort auf die Linksabbiegerspur. An einer von Scheinwerfern angestrahlten Plakatwand auf der anderen Seite der Kreuzung sah man das riesige Bild eines Mammutbaums, mit Hunderten von Gesichtern statt Blättern an den Zweigen. Hinter dem Baum ging die Sonne auf, nur der obere Rand, und ihre Strahlen tauchten die Krone in goldenes Licht. Die einzigen Worte auf dem Plakat waren *Join Your Life* und, etwas kleiner, *www.LifeBook.com.*

»Alles, was wir bisher haben«, sagte der Kommissar, »sind ein paar spärliche Zeugenaussagen. Die überlebenden Fahrgäste berichten übereinstimmend, dass der Mann – der Attentäter – sie mit seinem Handy gefilmt hat, bevor er den Bombengürtel unter seinem Mantel gezündet und irgendetwas gerufen hat, an das sich aber niemand erinnern kann. ›Allahu Akbar‹ war's jedenfalls nicht. Ein Mann meint, das Wort ›Eli‹ gehört zu haben, ist sich aber nicht hundertprozentig sicher. Eine Frau, die mit dem Rücken zu ihm saß, sagt, es sei plötzlich ganz hell im Waggon geworden, als wäre ein Scheinwerfer angegangen, so einer, wie sie bei Filmaufnahmen benutzt werden. Dann hätte ein heftiger Luftstoß ihr die Haare ins Gesicht geweht, und erst danach hätte sie die Explosion gehört, ein Wahnsinnskrachen, und im selben Moment wären Körperteile an ihr vorbeigeflogen – Finger, ein Ohr, ein Fuß in einem weißen Turnschuh, eine halbe Kopfschwarte mit Haaren daran – und dem Mann gegenüber an die Brust geklatscht, alles in diesem strahlenden Licht und dem Luftsog. Klingt irre, nicht? Wenn man sich das bildlich vorstellt. Irre.«

An der Kreuzung wichen die anderen Fahrzeuge zur Seite, und Abdallah fuhr weiter, über die rote Ampel, und bog in die Flughafenstraße Richtung Schöneberg. Dabei sagte er: »Ach, und ein anderer meint, er hätte gesehen, wie der Mann zu zittern begann, als er sein Handy herausholte, wie Espenlaub. Am ganzen Leib gezittert, ich nehme mal an vor Angst.«

Ella fragte: »Haben Sie das Handy gefunden? Das der Sanitäter auf dem Bahnsteig an sich genommen hatte?«

»Nein. Bisher nicht.«

»Er hat ein Foto von mir gemacht«, sagte sie müde. »Als Kornack gestern in den Rettungswagen gesprungen ist, nachdem er versucht hatte, sich die Halsschlagader aufzuschneiden, hat er mich mit seinem eigenen Handy fotografiert. Und als er auf uns losgegangen ist, hat er uns dabei gefilmt.«

»Haben Sie eine Ahnung, warum hat er das getan haben könnte?«

»Nein. Aber es beunruhigt mich.«

Abdallah holte mit der linken Hand sein eigenes Smartphone aus der Jackentasche, wählte eine Nummer und aktivierte die Freisprecheinrichtung. Es tutete in vier verborgenen Lautsprechern, dann meldete sich eine laute Männerstimme. »Lorenz.«

»Abdallah. Wie weit seid ihr mit dem Tatort?«

»Wir sind hier so weit fertig.«

»Habt ihr die Handys sichergestellt?«

»Welche Handys? Hier waren keine Handys. Nur das von Hagen.«

»Womit hat der … wie heißt er nochmal? … womit hat Kornack dann telefoniert?«, fragte Abdallah.

»Keine Ahnung. Das Einzige, was wir gefunden haben, war ein Notebook. Vielleicht hat er übers Internet …«

»Aber er hatte ganz sicher ein Handy, als wir in die Wohnung gekommen sind«, warf Ella ein. »Ich habe gesehen, wie er auf das Display gestarrt hat.«

»Wir haben die ganze Wohnung auf den Kopf gestellt«, sagte Lorenz. »Ein paar Klamotten, ein Stapel Ravioli-Dosen, eine Kiste Diät-Cola, das Notebook und das Zeug zur Meth-Herstellung. Mehr haben wir nicht gefunden. Keine Bücher, keine CDs, kein Fernseher. Ach ja, eine versiffte Matratze auf dem Boden im Schlafzimmer und ein halb verdursteter Gummibaum, aber kein Handy. Wenn ich so leben müsste, würde ich auch durchdrehen …«

»Danke, Lorenz«, sagte Abdallah. »Schicken Sie mir das Notebook ins Büro, bitte.« Er unterbrach die Verbindung, nahm das Kaugummi aus dem Mund und deponierte es im Aschenbecher. In seinem Mund blinkte ein Goldzahn, reflektierte das Blaulicht auf dem Armaturenbrett. »Kein Handy, Sie haben's ja gehört.«

»Dann muss es jemand mitgenommen haben«, sagte Ella, »oder sogar beide, falls er das erste noch hatte.«

Abdallah runzelte die Stirn. »Seltsam.« Er stutzte. »Vielleicht ist es ja wie in diesen Gruselgeschichten, wo ein Gegenstand von einem zum anderen wandert, und jeder, der mit ihm in Kontakt kommt, stirbt. Was meinen Sie?«

»Wer weiß«, sagte Ella. Ihr Kopf schmerzte jetzt nicht mehr, dafür breitete sich ein taubes Gefühl aus. Sie merkte, dass sie kaum noch die Kraft zum Zuhören besaß, und ihre Zunge war wie gelähmt. Sie fuhren mit hohem Tempo auf der linken Spur der breiten Straße, vorbei an der Moschee, dem Friedhof und dem dunklen Rollfeld des Flughafens. Zehn Minuten, dachte sie; in zehn Minuten konnte sie zu Hause sein.

»Seltsam«, meinte der Kommissar noch einmal. »Wenn es bei Kornack tatsächlich ein Handy gegeben hat, das jetzt nicht mehr da ist, haben wir es inzwischen schon mit zwei verschwundenen Handys zu tun. Und beide muss jemand mitgenommen haben. Aber warum? Was könnten sie uns verraten? Immerhin komisch, dass beide sich umgebracht haben, ja, regelrecht in Rauch und Flammen aufgegangen sind, was meinen Sie? Wenn es so eine Horror-Geschichte wäre, wüssten wir, dass der Dieb vielleicht der nächste Mörder oder Selbstmörder sein wird und dass jeder infrage kommt – Sie, ich, jemand von der Spurensicherung, der Feuerwehr, dieser Sascha, Ihr Rettungsassistent, und noch ein halbes Dutzend Leute.«

Er trat das Gaspedal tiefer durch. »Ich frage mich, ob wir da den Anfang eines Musters haben. Vielleicht kannten die Täter sich sogar! Sie wollen nicht mal rasch in Ihren Taschen nachsehen, wie viele Handys da drin stecken?«

»Wenn Sie durch Wände ohne Türen gehen können«, fragte Ella

müde, »warum können Sie dann nicht auch in Taschen sehen?« Ihr fiel ein, dass sie ihr eigenes Handy ausgeschaltet hatte, bevor sie in Kornacks Haus gegangen war. Sie holte es aus ihrer Umhängetasche und schaltete es ein. *Eine Nachricht in Abwesenheit.* Sie gab ihre PIN ein und hörte sich die Nachricht an.

»Hier ist Doktor Mehlthau«, sagte eine vage vertraute Stimme, *»Campus Virchow, Neurochirugie. Frau Bach, Sie hatten darum gebeten, informiert zu werden, falls eine Veränderung im Befinden der Patientin Shirin Abou-Khan eintritt. In der letzten halben Stunde haben sich ihre Werte dramatisch verändert. Die Temperatur ist stark angestiegen, und auch die übrigen Untersuchungsergebnisse haben meinen anfänglichen Verdacht auf eine Meningoenzephalitis bestätigt. Jetzt ist auch noch eine Sepsis dazugekommen. Ehrlich gesagt, habe ich wenig Hoffnung, dass ihr Organismus die Nacht übersteht. Es ist jetzt ... 20:31 Uhr. Wenn Sie das hier hören ...«*

Ella sah auf ihre Armbanduhr. 21:55 Uhr. Ihre Müdigkeit war schlagartig verschwunden. »Können Sie mich bitte zur Vichow-Klinik bringen, jetzt sofort?«, bat sie den Kommissar.

»Sie meinen, wie ein Taxi?«

»Der Zustand von Abou-Khans Tochter hat sich offenbar im Lauf des Nachmittags verschlechtert.«

»Ich wusste nicht, dass der noch schlechter werden konnte«, meinte Abdallah. Mit einer Hand gab er die neue Route ins Navi ein, dann drückte er den Knopf für die Sirene, riss das Lenkrad nach rechts und schaltete in einen Gang, der offenbar ein Raketentriebwerk zündete. »Sie lebt aber doch noch?«

Ella antwortete nicht. Hoffentlich, dachte sie; hoffentlich.

18

Die Stadt flog vorbei, während sie in dem Audi mit Blaulicht und Sirene saßen wie in einer dahinjagenden Raumkapsel. *Die Zeit heilt alle Wunden, was für ein blöder Gedanke, die Zeit heilt gar nichts, jedenfalls keine Eisenspäne im Gehirn und keine bakterielle Sepsis.* Ella wusste, dass Beten genauso ein blöder Gedanke war, aber die nächsten Worte, die ihr in den Sinn kamen, waren: *Lieber Gott, lieber Gott,* und das war wohl ein Gebet, selbst wenn danach nichts mehr kam.

Fassaden wechselten im Zeitraffer: Mehringdamm, Wilhelmstraße und Potsdamer Platz – die Lichtklippen, an denen die Elektrizität in den unsichtbaren Nachthimmel kletterte –, dann das dunkle Dickicht des Tiergartens, die Alleen um die Goldelse, und danach schon Alt-Moabit. Auf einer Stahlbrücke vor ihnen schepperte ein S-Bahn-Zug über die Hochgleise. Die Wagen ratterten aus der Dunkelheit heran, über und über mit Graffiti bemalt wie ein dreidimensionales Comicbuch; ein ganzer Film explodierte vor ihnen auf der Leinwand der Nacht in Magentarot und Neongrün und Feuerorange und Karibikblau. Verzerrte Gestalten, wieder Teufelsfratzen, Aliens, Zombies, nackte Frauen über einem Fegefeuer aus verschlungenen Kreisen, Ringen und arabischen Worten. Scharfe Buchstaben mit Krokodilzacken und Leguanfüßen, die alles sein konnten, Beleidigungen oder Gedichte oder Gebete.

Der Audi schoss unter der Brücke durch, und die Sirene hallte in das Rattern wie ein mechanischer Schrei. »Der Maschinenraum der Hölle«, sagte Abdallah, »so muss es sich da unten anhören.«

Ella schloss die Augen, und als die Übelkeit nachließ, waren sie schon am Nordhafen, und dann bog der Audi auf die Zufahrt zum Klinikgelände, und dann tauchte er in die Unterführung zur Notaufnahme, und dann liefen sie durch die Rettungsstelle zu den Aufzügen, um zur Neurochirurgie im ersten Stock hinaufzufahren, und dann sahen sie Shirins Familie.

Halil Abou-Khan, seine Frau Semira, Shirins Brüder und ein paar Onkel und Tanten hatten sich vor der Intensivstation eingefunden, aber diesmal machten sie keinen Lärm. Es gab keinen Streit, kein Geschrei. Sie saßen oder standen schweigend in dem kahlen Raum, in dem sich niemand sonst aufhielt. Das fahle Licht raubte ihnen die Bedrohlichkeit; sie sahen aus wie alle Verwandten, die um das Leben eines Familienmitglieds fürchteten.

»Ich warte unten«, sagte Abdallah und blieb im Fahrstuhl. Ella nickte. Sie ging zum Schalter der Oberschwester und klopfte ans Fenster. »Ella Bach. Ich möchte zu Shirin Abou-Khan. Doktor Mehlthau hat mich angerufen.«

Die Schwester nickte und drückte einen Knopf, der Ella die Tür zur Intensivstation öffnete. Halil stand auf, um ihr zu folgen, aber die Schwester rief: »Sie nicht! Sie können da jetzt nicht rein!« Schweigend kehrte er zu seinem Stuhl zurück, beschränkte sich auf einen kurzen Blick, in dem mehr Sorge als Zorn stand. Nur das leise Aufbegehren seiner Söhne, ihr gezischter arabischer Protest folgte Ella durch die automatische Tür, die sich schnell wieder hinter ihr schloss.

Shirin lag allein in einem nur von einer schwachen Lampe an der Wand erhellten Zimmer, das vom Piepen des Monitors und dem Zischen des Beatmungsgeräts erfüllt war. Ihr Gesicht war feucht von Schweiß. Auch ihr Haar war feucht, und der reglose Körper schien den Raum mit Wärme zu erfüllen wie eine menschliche Heizung. *Wieso ist denn niemand bei ihr,* dachte Ella; *wieso lassen sie die Eltern nicht zu ihr?* Sie ging um das Bett herum und merkte plötzlich, dass ihre Schritte unsicher waren, als ginge sie auf geliehenen Füßen. Sie setzte sich auf einen Hocker neben Shirins Bett. Sie hatte Durst; ihr Mund war so trocken, dass es fast schmerzte. Unwillkürlich betastete sie das Pflaster über ihrer linken Schläfe, drückte sacht dagegen. Sie spürte den schon vertrauten Stich, aber das taube Gefühl war verschwunden.

»Shirin«, sagte sie zu dem kleinen, heißen Körper, »jetzt pass mal auf: Wir haben das nicht alles durchgestanden, damit du jetzt aufgibst.

Ich bin bei dir, und alle anderen Ärzte sind auch hier bei dir, und draußen wartet deine Familie, und bestimmt hast du Freunde, die wollen, dass du wieder gesund wirst. Du ahnst ja gar nicht, was du alles verpasst, wenn du jetzt aufgibst. In Ordnung? Hast du mich verstanden?«

Shirin reagierte nicht, kein Finger zuckte, kein Lid zitterte. Ella hörte das Piepen, Tröpfeln und Fauchen der Maschinen, Geräusche, die so gar nichts mit der kleinen Patientin zu tun haben schienen. Ella wollte erneut etwas sagen, als ein Arzt hereinkam.

»Ich habe gehört, dass Sie da sind«, sagte er laut.

»Pssst«, machte Ella unwillkürlich.

»Mehlthau«, stellte er sich vor. »Sie kann uns nicht hören«, fuhr er fort und dämpfte trotzdem die Stimme.

Ella gab ihm die Hand. »Wie ist ihr Status? Was haben die Befunde genau ergeben?«

Mehlthau seufzte. »Leukozytose mit Linksverschiebung«, sagte er, »katecholaminpflichtige Sepsis. Liquorpleozytose. Das heißt, Kernverschiebung, schwere Veränderung des weißen Blut…«

»Wie lautet Ihre Prognose?«, unterbrach Ella ihn.

»Abwarten und Tee trinken.«

»Sie haben Nerven«, sagte Ella. Sie stand auf und ging hinaus. Kaum war sie durch die Stationstür getreten, hefteten sich wieder die Augen von Halil auf sie. Seine Brust hob sich, und dann entfuhr ihm ein so schwerer Seufzer, dass seine Frau, die neben ihm saß, erwachte. Schlaftrunken hob Semira Abou-Khan den Kopf von seiner Schulter. Sie sah sich um, sagte aber nichts, sondern zog nur das Kopftuch enger um ihr kaum sichtbares Gesicht, bevor sie kurz aufschrie: »Allah!«, und die Arme wieder vor der Brust verschränkte.

Halil stand auf. Sofort folgte ihm einer seiner Söhne, Amal, aber er bedeutete ihm mit einer knappen Geste, sitzen zu bleiben. Er nahm seine schwarze Wollmütze ab, ging Ella entgegen und fragte: »Wie geht es meiner Shirin?«

»Sie hat schweres Fieber«, sagte Ella.

»Von der Blutvergiftung?«

»Ja.«

»Hat jemand einen Fehler gemacht, Ärztin? Hat jemand nicht aufgepasst?«

»Nein.«

»Wird sie sterben?«

Ella schwieg. Er griff nach ihrem Arm und führte sie ein paar Schritte von den anderen weg. Sein dunkles, faltiges Gesicht wirkte müde und zerfurchter als am Vormittag. Seine Kopfhaut glänzte talgig. An seinem Hals hing die Haut stoppelbedeckt in den Hemdausschnitt. Er ging mit schweren Schritten, jeder einzelne aufmerksam, fast argwöhnisch beobachtet von seinen Söhnen. Leise sagte er: »Die Geschichte von dem Waschsalon, dass ich jemand auf diese Weise getötet haben soll … das ist nicht wahr.«

Ella schwieg weiter.

Noch einmal hob sich seine Brust, doch den anschließenden Seufzer verschluckte er. »Ich habe zu viel Ehrfurcht vor dem Tod für so etwas. Wenn man stirbt, dann ist es, als würde etwas aus einem herausgezogen, etwas Großes, das schwer und schwarz auf den Boden gleitet. So ist es bei einem alten Mann. Ich weiß das, weil ich selbst einmal beinahe gestorben wäre. Aber wenn ein junges Mädchen stirbt, dann ist es, als würde eine Blüte zertreten, ein zarter Halm, der gerade erst das Licht der Sonne erblickt hat. Nur die Dunkelheit danach ist die gleiche. Wird meine Schneeflocke in diese Dunkelheit wehen?«

»Wir sind alle bemüht, das zu verhindern«, sagte Ella.

Wieder entrang sich seiner Brust ein tiefer, qualvoller Seufzer. »Ich möchte nicht …«, flüsterte er, vollendete den Satz jedoch nicht, und Ella dachte: *Du möchtest mich nicht töten müssen, mich und alle anderen, die Shirin nicht gerettet haben.* Stattdessen sagte er: »All das, was hier mit ihr geschieht. Man kann es nicht mit ansehen. Sie messen die Ströme, die durch ihr Gehirn fließen. Sie zeichnen ihren Herzschlag auf. Ihr kleines Herz. Sie nehmen ihr immer wieder Blut ab, und Flüssigkeit aus dem Rücken. Sie kleben ihr Elektroden auf die Brust. Sie flößen ihr Lösungen ein und fahren sie auf ihrer Trage, nur mit einem dünnen Tuch bedeckt, durch die Korridore, vorbei an Menschen in Morgenröcken, die ihre Nahrung neben sich her schieben. An Männern, die ihren Urin in Bechern in der Hand halten. Diese kalten, leeren, grellen Korridore wie Irrgärten. Diese leeren Räume voller großer Maschinen, die auf sie warten, in die sie geschoben wird wie in einen Backofen. Sie wird durchsichtig für Augen, die sie niemals sehen dürften. Das muss ihr doch wehtun. Es geht gar nicht anders. Das wird sie nie vergessen, es wird sie immer verfolgen. Die Explosion in der U-Bahn und das hier auch. Und dass ihr Vater ihr nicht helfen konnte. Dass sie dalag und ein Schlauch für sie geatmet hat und nicht ihr Vater.«

Hoffentlich, dachte Ella, *hoffentlich* vergisst sie es nie, denn das würde bedeuten, dass sie am Leben geblieben ist.

»Ich habe Fotos von ihr, schauen Sie.« Ungestüm griff Halil in eine Innentasche seiner Jacke. »Sie kennen sie nur so, wie sie da liegt, blass, reglos, an Schläuchen und Geräten hängend, aber das ist sie nicht. In Wirklichkeit ist sie ganz anders. Hier, sehen Sie ihre Augen, wie sie strahlen, ihren Mund, wenn er lacht.«

Er holte eine abgegriffene Kunstleder-Brieftasche hervor, klappte sie auf und zog einen dünnen Stapel Fotos aus einem Fach mit einer vergilbten Sichtfolie hervor. Da war Shirin mit vielleicht vier, auf einem hölzernen Schaukelpferd, staunend – *die Augen strahlen wirklich* –; da war Shirin hinter einer viel zu großen Sonnenbrille, wie sie Limonade mit einem Strohhalm trank, frech grinsend – *zwei Zähne fehlen;* da war Shirin mit hochgestreckten Armen auf den Schultern ihres knienden Vaters – *Halil auf Knien;* da war Shirin, die sich zu einer Mohnblume bückte, eine verschleierte Puppe liebkoste, eine Katze streichelte, in einem Badeanzug einen scheuen Zeh in ein Wasserbassin streckte.

»Seit sie hier ist, lebe ich in der Vergangenheit, ich bin begraben unter Erinnerungen«, sagte er. »Dabei sind es nur eine Nacht und ein Tag und jetzt … Ich habe nie gewusst, dass Zeit so lang sein kann. Ich höre ihre Füße durch die Wohnung laufen, ihre Stimme klingt in meinen Ohren. Letzte Nacht bin ich aufgewacht, das geschieht sonst nie. Ich wusste sofort, dass etwas nicht stimmte. Ich verließ meine Frau und ging in das Zimmer, das Shirin sich mit ihrer Schwester teilt, und beide waren nicht da. Shirin ist sonst immer da, ihr kleiner Körper liegt in ihrem Bett, und ich kann sie schlafen sehen. Aber gestern war das Bett leer, nicht einmal eine Kuhle in der Matratze, weil sie nur gerade mal eben ins Bad gegangen war. Ich saß auf Nerins Bett und sah hinüber und konnte es gar nicht fassen – ist meine Shirin wirklich im

Krankenhaus? Ist sie wirklich beinahe bei einem Sprengstoffanschlag getötet worden und liegt jetzt im Koma? Mir war klar ... wissen Sie, mir war klar, das alles traf zu und trotzdem konnte ich es nicht glauben. O Allah, dachte ich, o Allah, nie war die Dunkelheit so dunkel.«

Er verstaute die Fotos wieder in der Brieftasche. »Ich will, dass sie lebt!«, stieß er hervor. »Ich will, dass sie gesund wird und lebt.«

»Ja«, sagte Ella. »Das wollen wir alle hier. Wo ist denn Ihre andere Tochter, Nerin? Ich sehe sie gar nicht.«

»Ihre Brüder haben sie angerufen, damit sie herkommt«, sagte Halil. »Aber sie gehorcht nicht, ihren Brüdern nicht, mir nicht. Sie tut nicht, was man ihr sagt. Sie ist eine schlechte Tochter.«

»Weil sie kein Kopftuch trägt?« Plötzlich verlor Ella die Geduld. »Weil sie Deutsch zu Hause spricht? Oder weil sie keine Leute bedrohen und töten will?«

»Sie wissen nichts von uns, Ärztin«, sagte Halil. »Jemand zu töten, ist kein Spaß. Manchmal ist es notwendig. Gerecht. Die Umstände verlangen es. Und was Sie bedrohen nennen, ist eine Warnung. Es ist die Bitte, es nicht dazu kommen zu lassen. *Es liegt in deiner Hand, nicht in meiner.*«

»Ach, das sind Bitten, die Sie auf meinen Anrufbeantworter gesprochen haben!«, sagte Ella. »Und die Männer vor meinem Haus, die mir heute Morgen gefolgt sind, die behalten mich nur im Auge, damit ich zur Stelle bin, wenn die Zeit für notwendige Gerechtigkeit gekommen ist, ja?«

Halil schüttelte bedächtig den Kopf. »Ich habe niemand zu Ihnen geschickt und niemand befohlen, Ihnen zu folgen. Ich regele die Dinge anders, wenn es notwendig ist. Ich schicke Amal, der Sie abholen kommt, egal, wo Sie sind. Ich schicke Amal auch zu Nerins deutschem Freund, wenn sie sich nicht ändert. Der ist nicht gut, nicht gut für sie, nicht gut für uns. Wir werden sehen. Shirin hat einen Jungen, der ist gut für sie. Yassim. Mit ihm war sie gestern verabredet, beim Sommerbad Neukölln. Aber er hätte sie nicht allein nach Hause fahren lassen dürfen, er hätte sie begleiten müssen. Mit vierzehn sollte er das wissen. Man wird sehen.«

Was hat ein Vierzehnjähriger mit einem nicht einmal neunjährigen Mädchen zu tun?, dachte Ella, aber sie war zu müde, um auch diese

Frage noch zu stellen. »Ich gehe jetzt nach Hause«, sagte sie. »Und Sie sollten auch nach Hause gehen.« Sie war schon auf dem Weg zum Lift, als ihr ein Gedanke kam. »Heute Morgen habe ich diesen Rapper bei Ihnen gesehen – Rashido. Mag Shirin ihn?«

»Er ist ihr Patenonkel.«

»Ja, aber mag sie ihn?«

»Sie verehrt ihn.«

»Kann er wirklich singen, oder ist das nur Show?«

»Er kann singen.«

»Hat er früher mit ihr gesungen, als sie kleiner war?«

»Sie singen jetzt noch manchmal miteinander, nicht dieses Rap-Zeug, sondern richtige Lieder – Lieder aus der alten Heimat.«

»Bringen Sie ihn mit, wenn Sie das nächste Mal kommen«, sagte Ella. »Vielleicht kann er ihr etwas vorsingen, etwas, das sie gern gehört hat, woran sie sich erinnert. Es ist einen Versuch wert. Ich spreche mit dem Stationsarzt, damit er ihn zu ihr lässt. Gute Nacht.«

Sie betrat den Fahrstuhl und fuhr hinunter ins Tiefgeschoss zur Rettungsstelle, wo Kommissar Abdallah allein im Vorraum auf einem Stuhl saß und, die Ellbogen auf die Knie gestützt, auf das Display seines Smartphones starrte.

»Wie geht es ihr?«, fragte der Kommissar.

»Sie ist tapfer. Sie kämpft.« Sie ließ sich neben ihn auf einen Stuhl sinken.

»Sie sehen schrecklich aus«, sagte Abdallah.

»Danke. Sie auch.«

»Ich bin nur hässlich. Sie sollten sich wenigstens hier etwas hinlegen.«

»Ich bin nicht müde.«

»Sie sind müde.« Die süßen Datteln, da waren sie in einem kurzen Lächeln. »Sie könnten sogar im Stehen schlafen.«

»Was meinten Sie vorhin übrigens mit ›Muster‹?«, fragte sie. »Sie sagten etwas vom Anfang eines Musters, als Sie im Wagen über die beiden verschwundenen Handys sprachen.«

»Ach so, ja.« Abdallah zupfte ein frisches Kaugummi aus seinem Silberetui, das er ihr geistesabwesend hinhielt, bis ihm wieder einfiel, dass sie sich nicht verführen ließ. »Die meisten Taten folgen einer

Gesetzmäßigkeit, und wenn es mehrere Taten sind, die zusammenhängen, ergibt sich irgendwann ein gemeinsames Muster. Daran erkennt man dann, dass sie zusammenhängen. Aber nicht am Anfang. Am Anfang der Ermittlungen ist man wie eine Fliege, die über ein Gemälde krabbelt, über so einen riesigen Ölschinken, wie er in den Museen hängt. Alles ist da, aber man erkennt es nicht. Anders als für die Fliege kommt für einen Bullen allerdings irgendwann der Moment, in dem er das erste Detail erkennt, dann das nächste und schließlich immer mehr – ein Muster entsteht, das immer klarer wird, bis sich ihm irgendwann das ganze Bild offenbart. Er schaut darauf und hat den Fall *in toto* vor sich und kann ihn lösen und den Täter fassen – den Maler des Bildes.«

Ella schwieg einen Moment und dachte: *Dass sich in einem der beiden Handys mein Foto befindet, ist ein solches Detail.* Wer dieses Handy nun besaß und was es bedeutete, dass er es hatte, war ein anderes Detail, eines, das ihr Angst einjagte.

»Wissen Sie, was ich nicht verstehe«, fuhr der Kommissar fort und ließ das Kaugummipapier achtlos auf den Boden fallen. »Dieser Kornack hat sich extrem widersprüchlich verhalten, finden Sie nicht? Er springt in Ihren Rettungswagen und zieht ein Skalpell aus der Tasche, aber statt jemanden zu töten, das Mädchen oder Sie, setzt er es sich selbst an die Kehle. Sie verhindern, dass er sich die Halsschlagader aufschneidet, falls er das wirklich vorgehabt haben sollte. Er knipst noch schnell ein Foto von Ihnen, der guten Samariterin. Später ruft er Sie dann an und bestellt Sie zu sich, und *da* geht er wirklich auf Sie los, bloß dass Hagen Sie beiseitestößt und an Ihrer Stelle sterben muss. Danach zündet er sich an, und nur der Umstand, dass er die Qual des Verbrennens völlig falsch eingeschätzt hat, führt dazu, dass er Sie und die anderen nicht mit in den Feuertod nehmen kann, wie es wohl geplant war.«

»Vielleicht wollte er niemanden töten«, sagte Ella. »Vielleicht wollte er dagegen aufbegehren und hat mich deshalb zu warnen versucht, wollte lieber selbst sterben, als dem Kind oder mir etwas anzutun. Beim zweiten Mal war er dann einfach nicht mehr stark genug.«

»Aufbegehren? Gegen wen?«

»Gegen *die*.«

»Und wer sind *die*?«

»Unsere Freunde, hat er gesagt.« Ella zuckte mit den Schultern. »Vielleicht dieselben, die gestern auch den Mann mit dem Sprengstoffgürtel zu dem Massaker angestiftet haben. Alle beide haben vor ihrer Tat auf ihr Handy-Display gestarrt. Das legt doch die Vermutung nahe, dass ihnen der Befehl oder der letzte Impuls für ihre Taten auf diesem Weg übermittelt wurde, entweder per SMS oder aus dem Internet.«

Abdallah nickte anerkennend. »Sehr gut, das wäre eine Möglichkeit. Trotzdem wissen wir damit noch nicht, wer *die* sind. Außerdem fehlt auch weiterhin die Antwort auf die Frage, *warum*. Warum sich nicht im stillen Kämmerlein umbringen? Warum jemanden mitnehmen?«

»Und warum mich?«, sagte Ella.

»Genau, warum Sie? Weil Sie beim ersten Mal zur falschen Zeit am falschen Ort waren und beim zweiten Mal die Scharte vom ersten Mal ausgewetzt werden musste? Weil Sie etwas gesehen haben, was Sie nicht hätten sehen dürfen? Auf alle Fälle – nun, Sie wissen schon: Falls Ihnen noch was einfällt, rufen Sie mich an, ja?« Er tastete sein Jackett ab, durchsuchte erst die Innen-, dann die Außentaschen und seufzte schließlich enttäuscht. »Visitenkarten vergessen.« Er zückte einen schlanken, vergoldeten Kugelschreiber, hob das Kaugummipapier auf und kritzelte eine Telefonnummer auf die Innenseite.

Ella fröstelte plötzlich, als ihr ein weiterer Gedanke kam. »Das Foto«, sagte sie. »Könnte das Foto von mir dazu gedient haben, den Drahtziehern zu zeigen, wie ich aussehe? Für den Fall, dass er es nicht schafft, mich zu töten?«

Wo bin ich da bloß reingeraten, dachte sie. *Und Anni – war es das, wovor sie mich die ganze Zeit warnen wollte?* Und dann dachte sie: *Was hat meine beste Freundin mit diesem Bild zu tun, das, mit Blut gemalt, Wahnsinn und grausame Tode zeigt?*

»Soll ich Sie nach Hause fahren?«

Ella schreckte aus ihren Gedanken auf. Sie sah Abdallah an, als müsste sie sich in Erinnerung rufen, wer er war. Dann nickte sie stumm.

19

Die Stationstür ging auf, und ein Chirurg im blauen Kittel erschien am Ende des Korridors, noch mit der OP-Mütze auf dem Kopf. Erst als er nah genug war und im Gehen die Mütze abstreifte, erkannte Ella, dass es Julian war. Er blieb vor ihr stehen und sagte: »Ich habe gehört, was dir passiert ist. Wie fühlst du dich?«

»Mir geht es gut«, sagte sie trotzig. »Shirin ist es, der es schlecht geht.«

»Ja, ich habe am Nachmittag noch einmal nach ihr gesehen.« Julian rieb sich die Augen, die danach noch müder aussahen als vorher. »Wir können nicht viel mehr tun als hoffen.«

»Hoffen hat eine große Zukunft«, sagte Ella. »Sie sah zu ihm auf, und auf einmal wünschte sie, es hätte die letzte Nacht nicht gegeben, oder er hätte ihr nichts erzählt. Sie wollte, dass jemand sie in den Arm nahm, ihr übers Haar strich. Sie tröstete. Das Entsetzen von ihr nahm. Sie spürte ein plötzliches Begehren, das ihr unpassend vorkam.

Er blinzelte, als hätte er ihre Gedanken lesen können, aber es war nur die Müdigkeit. »Julian«, sagte sie, fast zärtlich. »Hast du heute Nacht überhaupt geschlafen?«

»Nicht besonders gut«, gab er zu. »Ich habe wohl zu viel gegrübelt, nachdem ich von dir weg war. Erst irgendwann gegen Morgen …« Er seufzte, und ihr Wunsch, er möge sie in den Arm nehmen, wurde stärker. *Warum legst du nicht deinen Mund auf meinen Scheitel wie sonst?*, dachte sie. Aber ihre Sehnsucht nach seiner Berührung, seinem Trost schien ihr in diesem Moment leichtfertig, *nach gestern Nacht*, als wollte sie ihn zu einem Versprechen nötigen, das er nicht einhalten konnte.

»Was ist denn dabei rausgekommen?«, fragte sie. »Beim Grübeln?«

Er streifte Abdallah mit einem Seitenblick, schien dann aber anzunehmen, dass er kein Deutsch verstand. »Dass du recht hattest. Wenn ich etwas nicht aufschneiden und herausnehmen kann, tue ich so, als wäre es nicht da. Bis es von selbst herauskommt.«

»So wie gestern Nacht.« Sie stand auf und ging ein paar Schritte, weg von dem Kommissar. Sie wartete, bis Julian ihr gefolgt war. »Darf ich dich etwas fragen?«

»Natürlich, was denn?«

»Es geht um diese Samantha ...«

»Wenn es sein muss.« Er verzog das Gesicht, kaum dass man es sah, aber sie sah es.

Sofort versteifte sie sich. »Nein, es muss nicht sein.«

Er nickte erleichtert, auch kaum sichtbar, und das sah sie ebenfalls. Es gab einen Ruck unter ihren Füßen, als könnte sie eine Sekunde lang spüren, wie die Erde sich drehte; wie sie weiterging, über ihre Gefühle hinweg. »Zweifelst du eigentlich manchmal daran, ein Herz zu haben?«, fragte sie.

»Wie bitte? Was?«

»Ein Herz«, sagte sie.

»Natürlich«, entfuhr es ihm überrascht. »Was sonst?«

»Negativer Raum«, sagte sie, »der schlägt.«

Er runzelte die Stirn, nahm einen neuen Anlauf. »Soll ich mir das mal ansehen?«, fragte er mit einem Blick auf das Pflaster über ihrer linken Schläfe.

»Nein, ich bin bestens versorgt worden. Aber vielen Dank.«

»Auf alle Fälle müssen wir ein CT machen. Du siehst schlecht aus.«

»Ich sehe schlecht aus, weil vor meinen Augen ein Mensch umgebracht worden ist«, sagte Ella. »Kommissar Hagen ist an meiner Stelle gestorben, und danach hat der Mörder sich selbst abgefackelt, ebenfalls vor meinen Augen. Deswegen sehe ich schlecht aus, aber verglichen mit den beiden geht es mir glänzend.«

Hilflos breitete Julian die Arme aus, die OP-Kappe in der linken Hand. »Ich versuche, freundlich zu sein, Ella.«

»Ich habe dich nicht darum gebeten«, sagte sie heftiger als beabsichtigt.

»Mit Sam habe ich heute Morgen Schluss gemacht. Es war ein Fehler, dass ich letzte Nacht im Streit von dir weggegangen bin ...«

»Du bist nicht gegangen, ich habe dich rausgeschmissen«, sagte sie.
»Aber wenn du mir nochmal …«

»Nicht so schnell«, sagte sie. »So schnell geht das nicht.« Mit einem Ruck wandte sie sich von Julian ab und dem Kommissar zu, der gerade eine SMS tippte. »Ich bin so weit«, sagte sie.

Ella lief. Sie lief so schnell, dass sie die Kälte nicht spürte. Auch den leisen Nieselregen, silbrig im fahlen Licht der Straßenlaternen, spürte sie nicht. Nur der bohrende Schmerz in ihrem Kopf war noch da, aber nicht so stark wie vorher, als Kommissar Abdallah sie zu Hause abgesetzt hatte. Sie hatte die ganze Fahrt über geschlafen und kaum mehr die Kraft gehabt, ihre Wohnungstür aufzusperren. Sie war sogar zu müde gewesen, um nach den beiden Männern in dem schwarzen BMW Ausschau zu halten. Sie hatte sich einfach auf das ungemachte Bett fallen lassen und war eingeschlafen, aber schon nach ein paar Stunden war sie wieder aufgewacht, von innerer Unruhe geweckt.

Sie hatte gespürt, wie ihre Bauchdecke zitterte von dieser *Was-geschieht-mit-mir?*-Unruhe. Es kam ihr vor, als wäre sie ein Mikadostäbchen, das auf einem Tisch geworfen worden war, und Stück für Stück nahm jemand die anderen Stäbchen weg, bis sie allein dalag. Sie wollen mich isolieren, dachte sie. Ohne es zunächst zu merken, hatte sie das Wort *sie* gedacht. Das Paranoia-Wort. Das Hirngespinst-Wort. Deswegen hatte sie ihre festen, gepolsterten Laufschuhe angezogen und die Sporthose, und jetzt lief sie, *schnell, schneller,* erst durch die Akazienstraße bis zur Commerzbank, dann hinter der Kreuzung die breite Hauptstraße hinunter.

An der Ecke Eisenacher Straße bemerkte sie, dass der einzige Wagen auf ihrer Seite des Grünstreifens langsamer fuhr, als sie an die Ampel gelangte, und schneller, als sie weiterlief. Sie schlug einen Haken nach rechts in den kleinen Park hinter der Schule und hörte Bremsen quietschen. Im Sommer liefen hier oft Hunde herum und sprangen einen an, und manchmal saßen Männer in Gruppen auf den Lehnen der Bänke, junge Burschen, bei denen Ella nie wusste, ob sie ihnen ausweichen oder geradewegs auf sie zulaufen sollte, aber jetzt war der Park nur dunkel. Die feuchten Wege unter den mächtigen Kastanien schimmerten matt, und sie lief querfeldein über die Wiese.

Einmal blieb sie stehen, denn sie glaubte, hinter sich Schritte gehört zu haben, das Knacken eines zerbrechenden Astes. Auf ihren Ohren lag ein Druck, und sie keuchte so heftig, dass sie nichts als das ferne Rauschen des nächtlichen Verkehrs auf der Hauptstraße vernahm. Die Bäume rauschten, die Zweige ächzten im Wind, das war alles, und sie lief weiter. Sie hörte nichts, aber sie wusste, dass einer der Männer ihr folgte.

Wer seid ihr? Wer hat euch geschickt?

Einer folgte ihr, während der andere im Wagen blieb. *Du wirst dich wundern,* dachte sie. *Mal sehen, wie gut du bist.*

Sie lief, bis ihr jeder Atemzug wie Feuer in die Lungen fuhr. Sie lief, und ihre Füße brannten, und glühende Nadeln durchbohrten ihre Beinmuskeln. Ihr Herz raste. Ihr Mund war ausgedörrt. Der Schweiß auf ihrer Haut war eisig. Aber sie lief weiter, auf den Friedhof zu, und bog dann nach links in die Belziger Straße. Die feuchten Sohlen ihrer Laufschuhe verursachten ein klatschendes Geräusch, das von den Häusern widerhallte. Jetzt hatte sie den Geschmack von Bleistiftminen im Mund, blieb trotzdem nicht stehen, sondern lief immer noch weiter, vorbei an den Fahrradständern, dem kleinen Gebrauchtwagenmarkt, der italienischen Eisdiele, den indischen und vietnamesischen Restaurants, bis sie am Ende der Straße das Rathaus düster in den schwach geröteten Nachthimmel ragen sah. Um diese frühe Stunde fuhren hier noch nicht viele Autos. Es waren auch kaum Fahrradfahrer oder Fußgänger unterwegs, nur ein Pärchen, fast unsichtbar bei der schlechten Straßenbeleuchtung.

Ella entdeckte den Sanitäter unter einer Laterne; er stand da, schwarz verbrannt, und wartete auf sie. Rauch stieg in dünnen Fäden von ihm auf. Sie wechselte die Straßenseite und lief schneller, vielleicht bemerkte er sie dann nicht. Bloß dass seine mineralisch glitzernden Augenhöhlen sie schon fanden, bevor sie auf seiner Höhe war, und dann fiel er neben ihr in Tritt und lief mit.

Nicht dran denken, dachte sie, aber sie sah ihn oben in der dunklen Wohnung auf sich zustürzen, schreiend und von Schweiß und Benzin glitzernd, und sie sah sich selbst, wie sie jetzt vor ihm wegzulaufen versuchte. Es war, als renne sie gegen die Zeit, die sie einholte. Immer wieder fand sie sich in Gedanken dort, wo sie körperlich schon lange nicht mehr war, denn sie lief ja, lief fort und schnell. Nicht dran denken, sagte sie sich, nicht hinsehen. Nicht zu dem toten Mann und nicht zu dem lebenden, der sie verfolgte.

Allmählich ließen die Kopfschmerzen nach, und die Unruhe wich aus ihrer Bauchdecke. Sie wechselte die Straßenseite. Im Außenspiegel eines geparkten Mercedes konnte sie sehen, dass ein Stück weit hinter ihr ein Mann ebenfalls die Fahrbahn überquerte. Er lief schnell, hatte allerdings keine Laufkleidung an. *Damit kommst du nicht weit.* Ella blickte in jeden Außenspiegel, an dem sie vorbeikam, und nach einiger Zeit sah sie, wie die Schritte des Mannes unregelmäßig wurden. Inzwischen hielt er sich mit einer Hand die Seite, mit der anderen presste er ein Handy ans Ohr. Sie lief jetzt gerade so schnell, dass er sie nicht aus den Augen verlor.

Am John-F.-Kennedy-Platz trat sie ein paar Sekunden auf der Stelle, um ihn näher kommen zu lassen, dann bog sie nach rechts in die Martin-Luther-Straße. Sie hatte den Punkt überwunden, an dem sie die Schmerzen noch als hinderlich empfand, und beschleunigte das Tempo. Nicht mehr lange, dann wurde es hell. Am Wartburgplatz hielt sie sich wieder rechts. Sie lief die Wartburgstraße hinunter bis zur nächsten Ecke, hinter der sie ihren roten Karmann-Ghia geparkt hatte.

Sie sah sich um, stellte fest, dass ihr Verfolger sie nicht sehen konnte, und öffnete die Wagentür. Das Türschloss war schon seit zwei Monaten kaputt. Sie rutschte hinter das Lenkrad auf den unbequemen Cabriositz, holte ihr Handy aus der Hüfttasche und ließ sich zur Seite über den Beifahrersitz sinken, damit man sie von draußen nicht entdeckte. Sie konnte nichts sehen, nur das, was sich direkt vor dem kleinen Fenster an der Fahrerseite und einem Teil der Frontscheibe abspielte. Sie zitterte am ganzen Körper. Ihr Herz hämmerte gegen die Rippen, und sie dachte: *Worauf wartet ihr? Warum beobachtet ihr mich? Wer seid ihr?*

Sie hörte erst nur ihren eigenen Atem, schnell und flach. Dann das Rascheln der Blätter in den großen Kastanien vor der Kirche. Schließlich das Stampfen von Schuhen auf dem Trottoir, Schritte, die sich näherten und langsamer wurden. *Er weiß nicht, wo ich hin bin.* Eine Männerstimme. *Er telefoniert.* Die Stimme sprach Deutsch, aber Ella konnte nicht verstehen, was sie sagte, nur dass sie lauter wurde. *Er sagt, dass er mich verloren hat. Er klingt, als wäre er völlig außer Atem.*

Linkerhand stand eine Straßenlaterne, deren trüber Schein in den Wagen fiel, nur schwach, denn der Leuchtkörper war schmutzig, aber wenn jemand durch das Fenster hereinschaute, musste er sie bemerken. *Hoffentlich bleibt er nicht stehen.* Sie klappte ihr Handy auf.

Da war er. Mit dem Handy am Ohr tauchte er neben dem Karmann auf, sein Gesicht war schweißbedeckt, und seine Brust hob und senkte sich schnell. Er drehte sich einmal um die eigene Achse, sah die Straße hinauf und hinunter. *Er kennt meinen Wagen nicht.* Sie hob das Handy und drückte auf den Auslöser, um ein Foto von dem Mann zu machen.

Sie konnte die Schottersteinchen unter seinen Schuhen knirschen hören, und jetzt verstand sie auch seine Worte. »Nein«, sagte er, »nein, sie hat uns entdeckt. Wir brechen ab.« Pause. »Nein, das hat er ausdrücklich … das wollte er nicht!« Pause. »Das ist mir jetzt egal. Er ist tot. Ich warte auf …«

Den Rest hörte sie nicht mehr, denn er war inzwischen weitergegangen. Vorsichtig richtete sie sich auf. Sie sah, wie er vorn an der Ecke stehen blieb, klappte das Handy zu und legte es auf den Beifahrersitz. Nach zwei Minuten näherte sich der schwarze BMW und hielt an der Ecke. Der Mann stieg ein, und der BMW wendete und fuhr in Richtung Grunewaldstraße.

Ella startete den Karmann, der sofort ansprang. Ohne die Scheinwerfer einzuschalten, folgte sie dem BMW bis zur Ecke. Er wartete in der Akazienstraße an der roten Ampel und blinkte links. Sie schaltete die Scheibenwischer ein. Als das Signal wechselte, fuhr sie gleichzeitig mit dem BMW los, um die Ampel noch zu schaffen, bevor sie wieder umsprang. Die Grunewaldstraße war leer, und Ella achtete darauf, Abstand zu halten. Die Rücklichter des BMW schwebten über der mehrspurigen Fahrbahn auf die Kreuzung Martin-Luther-Straße zu. Der nasse Asphalt glänzte grauschwarz im Licht der Bogenlampen, um die sich ein dunstiger Hof gebildet hatte.

An der nächsten Kreuzung blinkte der BMW rechts, Richtung Urania. Ella fuhr langsamer, bis auch diese Ampel grün wurde. Auf der Martin-Luther-Straße waren bereits mehr Autos unterwegs – früher Berufsverkehr. Ella musste dichter aufschließen, um den BMW nicht zu verlieren. Sie wechselte von der rechten in die mittlere Spur.

Abrupt scherte ein Lieferwagen vor ihr ein, und sie konnte den BMW nicht mehr sehen. Sie kehrte in die rechte Spur zurück und sah, dass der BMW auf die linke Spur gewechselt hatte. Sie bremste scharf, wartete eine Lücke in der mittleren Reihe ab und zog den Karmann ganz nach links, ohne viel auf das wütende Hupen hinter ihr zu geben.

Eine Baustelle stoppte den Fluss der Fahrzeuge kurz vor der Hohenstauffenstraße; rote Bremslichter bildeten einen blinzelnden Schwarm. Die Scheibenwischer verrieben den Dreck auf der Windschutzscheibe zu bunten Schlieren. Ella klappte das Handy auf. Sie holte das Foto von dem Mann, den sie verfolgte, auf das Display und vergrößerte sein im Halbprofil festgehaltenes Gesicht. Trotz der ungünstigen Lichtverhältnisse konnte man es deutlich erkennen. Ella fand, dass der Mann eigentlich nicht wie ein Mörder aussah. Seine Miene zeigte eher Beunruhigung und Sorge als Brutalität. Er sah auch nicht aus, als könnte er zu Halil Abou-Khans Clan gehören. Eher das Gesicht eines Sportlers, hager, wettergegerbt, bis auf einen schwachen Zug um den Mund. Als wäre er vom Leben um etwas betrogen worden, das ihm zugestanden hätte. Sie klappte das Handy zu.

Der Schwarm der Rücklichter sickerte zähflüssig durch das Nadelöhr aus orange blitzenden Laternen an der Baustelle, aber dahinter entzerrte der Verkehr sich wieder, sodass Ella wieder etwas zurückfallen konnte. Der schwarze BMW hielt sich in der linken Spur. Der Fahrer schnippte eine Zigarette auf die Straße, wo die Glut zu kleinen Funken zersprang, die rasch erloschen. Es wurde langsam hell, am Himmel zeigten sich die ersten roten Streifen.

Ella wechselte ebenfalls auf die linke Spur und folgte dem BMW vorbei an der Klinik am Wittenbergplatz weiter in Richtung Urania. Im Rückspiegel sah sie die hell erleuchteten Fenster eines fast leeren Doppeldeckerbusses über den Dächern der anderen Autos durch den Morgen gleiten. Auf der Gegenfahrbahn kam ihr ein Rettungswagen mit flackerndem Blaulicht entgegen.

Sie überquerten die Lietzenburger Straße, und dahinter konnte sie schon die Grünanlagen der Urania sehen. Der Himmel war inzwischen muschelgrau, und das Licht der Straßenlaternen spiegelte sich noch im Lack der Autos, aber bis zum Asphalt reichte es nicht mehr. Der Verkehr staute sich am Ende der Tauentzienstraße, wo die ersten kantigen Sandsteinmauern und Glasfassaden luxussanierter Geschäftshäuser über die Baumkronen ragten.

Ella hielt drei Wagen hinter dem BMW, und auf einmal wusste sie, wo die beiden Männer hin wollten. Sie folgte ihnen über die Kreuzung, folgte ihnen in die Keithstraße, folgte ihnen bis zu dem Gebäudes des LKA, vor dem die Männer ihr Dienstfahrzeug auf einem für die Polizei reservierten Parkplatz abstellten.

Die Männer stiegen aus und gingen zum Seiteneingang des Altbaus, in dem Ella vor einem Jahr unter dem Verdacht des Mordes verhört worden war.

20

Nerin Abou-Khan saß auf der Treppe vor Ellas Hauseingang und bewegte ihren Kopf mit geschlossenen Augen zum Rhythmus der Musik in den Kopfhörern ihres iPods. Sie hatte die Hände wie zum Gebet gefaltet, um sie zu wärmen, und die Schenkel gegeneinandergepresst, aber sie zitterte trotzdem vor Kälte.

Es war ein kühler Morgen. Auf den Büschen unter den Akazien glitzerten Spinnweben, an denen winzige Tautropfen hingen wie Perlen an einer Schnur. Der Himmel war von einem dunstigen Weißblau, und in den Kronen der Bäume zwitscherten und tschilpten ganze Schwärme von Vögeln.

Ella bemerkte das Mädchen erst, als sie in den Schatten der Einfahrt zum Hinterhof trat. Sie hatte ihren alten Parkplatz in der Nähe der Apostel-Paulus-Kirche wiedergefunden und war das kurze Stück bis zum Haus gelaufen, ohne jemandem zu begegnen. »Nerin«, sagte sie überrascht.

Das Mädchen reagierte nicht, bewegte nur weiter den Kopf auf und ab und hin und her. Ella berührte sie mit der Hand an der Schulter. Nerin riss die Augen auf, und ihr Kopf zuckte erschrocken zurück, als fürchtete sie, geschlagen zu werden. »Scheiße, fassen Sie mich nicht an!«, schrie sie.

»Entschuldigung. Was machst du denn hier?«

Nerin zog sich die iPod-Stöpsel aus den Ohren. »Was haben Sie gesagt?«

»Ich habe gefragt, was du hier machst«, wiederholte Ella.

»Ich dachte, Leute wie Sie erwischt man am besten früh morgens«, sagte Nerin und fügte fast vorwurfsvoll hinzu: »Aber Sie waren nicht da.«

Noch jemand, der weiß, wo ich wohne, dachte Ella. »Dein Vater hat meine Telefonnummer«, sagte sie. »Du hättest ihn fragen und mich einfach anrufen können.«

Nerin stand auf und trat von einem Fuß auf den anderen, die Schultern hochgezogen. Sie rieb sich die Hände. »Mein Vater darf nicht wissen, dass ich mit Ihnen rede«, sagte sie. Aus den vor ihrer Brust herabhängenden iPod-Stöpseln drang weiter Musik. »Ich wollte wissen, wie es Shirin geht.«

Ihr Gesicht war blass, nur auf den Lippen schimmerte ein dunkles Rot, das langsam abbröckelte. Das ins Violett spielende Rouge auf ihren Wangen wirkte im Zwielicht wie die übertriebenen Zinnoberkleckse in der Maske eines Clowns. Sie trug wieder enge Jeans, hellbraune Stiefel, die fast bis zu den Knien reichten, eine moosgrüne Bluse und einen mit roten und goldenen Ornamenten verzierten Seidenschal, außerdem das Wildleder-Jackett, das sie auch die beiden letzten Male angehabt hatte. »Meine kleine Schwester«, ergänzte sie, als könnte Ella vergessen haben, wer Shirin war. »Wie geht es ihr?«

»Nicht gut«, sagte Ella. »Sie hat eine Gehirnhautentzündung, und jetzt ist auch noch eine Blutvergiftung dazugekommen.«

»Aber sie wird doch wieder gesund?«, fragte Nerin. Ihr Gesicht war unbewegt, doch hinter ihren Augen schienen Sorgen zu flattern wie kleine, lautlose Vögel in einem Käfig. »Sie wird nicht sterben, oder?«

Ella antwortete nicht. Sie sehnte sich nach einer Dusche, nach Ruhe, um ihre Gedanken zu ordnen. »Wenn Shirin diesen Tag übersteht, hat sie eine Chance, wieder aufzuwachen. Aber niemand kann sagen, in welchem Zustand sie sich dann befindet.«

»Hauptsache, sie bleibt am Leben, und Sie kümmern sich um sie, wenn sie aus dem Krankenhaus kommt.« Nerin zuckte mit den Schultern. Das Scheppern der Musik, die sie gehört hatte, stieg in herrischer Penetranz aus den iPod-Hörern auf wie das rasende Pochen eines mechanischen Herzens. »Kannst du das mal abstellen?«, fragte Ella.

»Ja, klar, Tschuldigung.« Nerin holte den iPod aus der Jackentasche und schaltete die Musik ab. Danach verschränkte sie die Arme vor dem Bauch, als bräuchte sie eine neue Barriere gegen ihre Umwelt.

»Was meinst du damit, ich soll mich um Shirin kümmern?«, wollte Ella wissen.

»Mein Vater respektiert Sie«, antwortete das Mädchen. »Er wird auf Sie hören, obwohl Sie eine Frau sind.«

»Ehrlich gesagt, möchte ich so wenig wie möglich mit deinem Vater zu tun haben«, sagte Ella.

Nerin senkte den Kopf, zeichnete mit der Stiefelspitze eine unsichtbare geometrische Figur auf den Asphalt der Einfahrt. Dann nickte sie. »Das kann ich verstehen. Ich hätte am liebsten selbst nichts mit ihm zu tun. Oder mit irgend jemandem sonst aus unserer Familie.« Sie schwieg eine Weile. Dann sah sie Ella an. »Meine Brüder, die sind stolz darauf, Abou-Khan zu sein. Weil alle Angst haben, wenn sie den Namen hören, weißt du? Niemand traut sich, den Mund aufzumachen, wenn einer sagt, ich bin Abou-Khan. Ihnen gehört die Straße – Amal, Mamoud, Ahmed. Sogar wenn sie im Gefängnis sind. Zwei meiner Brüder und vier Cousins sind im Gefängnis. Wenn sie wieder rauskommen, ist es wie vorher, jeder gehört sich und den anderen Abou-Khans, und wir sind auch ihr Eigentum, ich, Shirin, meine anderen Schwestern und Cousinen, sogar meine Mutter. Ist okay, ja? Irgendwohin muss man gehören, und ich bin hier und nicht woanders. Aber wer gibt meinen Brüdern das Recht, mir zu befehlen, wen ich liebe? Das ist keine Art zu leben, wenn einem jemand sagt, den darfst du lieben und den nicht, das musst du tun und das nicht.«

Ihr Gesicht wirkte plötzlich gealtert vor Wut, und ihre Lippen bebten. »Die sehen nur eine Hülle, die sehen nicht hinein. Die sehen nur das Außen. Die sehen einen Araber, und sie sagen, *ein guter Mann*, und sie sehen einen Deutschen und sagen, *Deutsche kann man nur vergasen*. Sie sehen eine Frau, die gehorcht, und sie sehen eine andere Frau, die ihrer Familie Schande macht. Aber sie sehen nur die Hüllen ohne das Innere. Sie sagen, du darfst das Haus nur verlassen, wenn wir es dir erlauben. Sie sagen, die Ehre verlangt, dass ich einen Araber heirate, selbst wenn er mit Drogen dealt, ja? Wenn er Leute zusammenschlägt und Mädchen auf den Strich schickt. Sie sagen, ich bin eine Nutte, weil ich kein Kopftuch trage. Sie sagen, sie bringen mich um, wenn ich mit einem Deutschen gehe.«

»Warum sprichst du nicht mit deinem Vater?«, fragte Ella. »Ihm gehorchen sie, das habe ich gesehen.«

»Mein Vater …« Nerin stieß die Luft aus, es war fast ein Fauchen.

»Mein Vater ist ein guter Mann, ein guter Mensch, weißt du? Aber er ist stolz auf seine Söhne. Seine Söhne sind seine Stärke.«

»Und dein Lehrer in der Schule?«

»Der hat doch Schiss. Macht sich in die Hose, ja, wenn er hört, dass ich Abou-Khan bin.«

»Oder jemand wie Kommissar Abdallah? Den kennst du doch, er ist einer von euch.«

Nerin schüttelte den Kopf. »Abdallah ist keiner von uns mehr. Wenn ich mit der Polizei rede, bin ich eine Verräterin. Dann bin ich tot, dauert nicht lange. Niemand kann mich vor meiner Familie beschützen. Wenn sie sehen würden, dass ich hier mit Ihnen rede, würde ich Schläge kriegen.« Sie biss sich auf die Unterlippe. »Niemand kann mich vor meinem Leben beschützen.«

Join your life, dachte Ella.

Die Wut wich so schnell von Nerin, wie sie aufgeblitzt war. Sie steckte die iPod-Stöpsel wieder in die Ohren und holte das Musikgerät aus der Jackentasche. »Jedenfalls, ich will nur, dass Sie auf Shirin aufpassen, damit sie mit ihr nicht das Gleiche machen wie mit mir. Weil, vielleicht bin ich nicht mehr da, wenn sie aufwacht. Sie wollen sie bald verheiraten, mit Yassim, aus einer anderen Familie. Er ist vierzehn. Mein Vater und der Präsident von dem anderen Clan handeln schon die Mitgift aus. Sie schicken Shirin jetzt noch betteln ...«

»Wer?«, fragte Ella. »Wer schickt sie betteln? Ich dachte, sie ist so was wie der Augenstern deines Vaters.«

»Der weiß doch gar nichts davon. Ihre Brüder. Meine Brüder. Der Weg einer Frau. Bald wollen sie, dass sie stiehlt, und dann wird Yassim sie schlagen, und sie wird ...«

Sie unterbrach sich selbst und blickte Ella mit einem Ausdruck völliger Leere an.

»Du erwartest zu viel von mir, Nerin«, sagte Ella. »Ich bin Ärztin, keine Sozialarbeiterin. Ich bin nur für medizinische Notfälle zuständig, nicht für Probleme in Migrantenfamilien. Du kannst nicht einfach zu mir kommen und mir erzählen, dass deine Brüder dich umbringen werden, und dich im selben Atemzug weigern, zur Polizei zu gehen. Ich würde ja gern dafür sorgen, dass dir nichts passiert, und auch, dass Shirin behütet zu einer jungen Frau heranwächst, die mit einem Mann glücklich wird, den sie sich selbst ausgesucht hat, aber das kann ich nicht, verstehst du das?«

Unwillkürlich hatte sie die Stimme gehoben, damit ihre Worte die Musik in den iPod-Stöpseln durchdrangen. Für ein paar Sekunden wurde Nerins Gesicht noch blasser, dann überzog eine flammende Röte ihre Haut. »Entschuldigen Sie bitte, *Frau Doktor*«, schrie sie. »Ich dachte, Sie sind anders, weißt du. Ich dachte, mit Ihnen kann man reden. Aber Sie sind genau wie alle anderen, wie diese Ärsche in den Ämtern, die so verständnisvoll tun und sagen, *ja, mal sehen, was man da machen kann, ich bespreche das mit meinen Kollegen*. Und das war's dann.«

Sie schüttelte heftig den Kopf. »Und Sie sind genau wie die, Sie haben keine Ahnung, was das heißt, in einer Familie wie meiner eine Frau zu sein. Wie die Männer einen treten, wenn man nicht gehorcht. Wie sie einen plattmachen und isolieren, bis man ganz allein ist, einsam und allein in der eigenen Familie, ja, und beinahe den Verstand verliert. Bis man anfängt zu glauben, dass man wirklich schlecht ist, eine Nutte, wie sie sagen. Bis man geduckt herumläuft, mit den Augen nach unten, und alles tun will, was sie verlangen.«

Tränen schimmerten in ihren Wimpern, aber es waren keine Tränen des Kummers, sondern des Zorns. »Vielleicht denken Sie auch, ich bin verrückt«, etwas Speichel sprühte von ihren Lippen, »aber ich bin nur wütend. Ich bin so wütend, weißt du! Sollen die mich doch umbringen, wenn sie wollen. Ich bin hier geboren, in Deutschland, und ich will leben wie eine Deutsche. Ich bin stark, weißt du, ich habe Kraft, und ich kann mich wehren, und selbst wenn ich verliere, verliere ich nicht wirklich. Weil, je mehr sie mir tun, desto stärker werde ich, und wenn sie mich umbringen, bin ich am stärksten, und meine kleine Schwester wird von mir lernen, *sie* wird stolz auf mich sein! Nicht auf dich, weil du bist Scheiße, weißt du.«

Damit kehrte sie auf dem Absatz um und lief aus dem Schatten des Torwegs in das helle Licht der Akazienstraße.

»Ach ja, und wer hat dafür gesorgt, dass sie überhaupt noch stolz auf dich sein kann?!«, rief Ella ihr nach, auf einmal mindestens genauso wütend wie das Mädchen. »Du bist auch Scheiße, Nerin! Glaubst du, deutsche Männer sind so viel anders als arabische? Sie bringen einen nur anders um! Und kauf dir endlich mal ein vernünftiges Kopftuch!«

21

Sie war wieder klein, und sie fror, denn die Kirche war nicht geheizt. Sie konnte sehen, dass auch ihre Mutter vor Kälte zitterte. Bei den Liedern stiegen kleine Nebelwölkchen aus den Mündern der Männer und Frauen um sie herum in die klamme Luft, vor allem bei Worten wie *Herr* und *Himmel*, sodass sogar die blattgoldverzierten Putten unter der Kanzel fast hinter dem frommen Atem verschwanden. Sie war gerade von der Kommunion zurückgekommen, und die Hostie klebte am Gaumen und schien sich überhaupt nicht auflösen zu wollen. Aber sie fühlte sich trotzdem geheiligt, denn sie hatte ja den Leib Christi im Mund.

Nach der Messe ging ihre Mutter nach Hause, wobei sie leise in ein Taschentuch hustete. Ihr Vater, der Schullehrer, traf sich in der Goldenen Gans zum Frühschoppen mit anderen Männern, und Ella durfte bis zum Mittagessen noch mit ihrer Freundin Tanja spielen. Tanja wäre lieber ein Junge geworden, und wenn sie es genau betrachtete, ging es Ella genauso. Deswegen hatten sie angefangen, aus zurechtgeschnitzten Ästen ein Baumhaus zu bauen, in dem kleinen Wald hinter dem Dorf. Weil Jungen so was taten. Vor dem Eingang hatten sie für hungrige Vögel einen Schmalzring aufgehängt, außerdem gab es ein Schälchen mit Körnern.

Ella saß in der fensterlosen Kammer, die ihr als Büro diente, vor ihrem Notebook und versuchte, jenen Tag von damals an ihren »LifeTree«, ihren Lebensbaum, bei LifeBook zu hängen. Sie hatte keine Fotos aus der Zeit, die sie auf ihrer Seite posten konnte, keins von sich in dem Alter und auch keins von Tanja, nur zwei von ihrer Mutter und drei von ihrem Vater, aber die gingen niemanden etwas an. Ich könnte eine Ansicht des Dorfes hochladen, dachte sie.

Es war ein leuchtender Spätherbsttag gewesen, aber gerade als sie den Wald erreicht hatten, zog eine Wolke vor die Sonne. Sekundenlang verdunkelte sich der Himmel. Ein plötzlicher Windstoß fegte Laub und Tannennadeln über den Waldboden, und Ella spürte eine Gänsehaut zwischen den Schulterblättern. Dann strahlte die Sonne wieder wie zuvor, schickte ihr blendendes Licht durch die kalten Zweige.

Tanja hatte nach einem der zugespitzten Äste gegriffen, mit denen sie das Dach abstützen wollten, und war als Erste den Stamm hinaufgeklettert. Obwohl die dicke Winterjacke und die klobigen Schuhe hinderlich waren, hatte sie das halbfertige Baumhaus schon fast erreicht, als das Unglück geschah. Tastend streckte sie eine Hand nach dem nächsten Ast aus. Im nächsten Moment gellte ihr heller, dünner Schrei Ella in den Ohren, und noch einen Moment später lag sie am Fuß des Baums auf der Erde. Der Schrei ging in ein Wimmern über, schmerzerfüllt und auch seltsam staunend, als könnte sie nicht fassen, was gerade passiert war. Sie lag da und umklammerte ihr linkes Bein, in das sich der zugespitzte Ast gebohrt hatte, und Ella dachte: *Wir haben sie zu spitz gemacht, für das Dach muss man sie nicht so spitz machen.*

Fast sofort überwand Ella ihren Schock, schlüpfte aus ihrem Parka und fischte ihr Taschenmesser aus der Hose. Tanja sah sie hilfesuchend an, noch immer wimmernd – *Tut so weh, tut so weh* –, und ihr Gesicht war weiß, und ihre Augen schienen nach etwas zu suchen, woran sie sich festhalten konnte. *Ruhig,* sagte Ella, *beweg dich nicht. Bleib ruhig und atme tief.* Es war das Erste, was ihr in den Sinn kam, während sie den linken Ärmel von ihrem Parka abtrennte und in Streifen schnitt, so gut sie es mit der kleinen Klinge fertigbrachte.

Danach beugte sie sich über Tanjas Bein, wo sich die Hose rings um den Ast langsam rot färbte. Sie wusste, dass es bestimmt noch mehr Blut gab, wenn sie den Ast herauszog, und dass ihr vielleicht schlecht werden würde. Der Stoff der Hose war schon bis zum Knie hinunter durchtränkt. Durch den Riss konnte sie die Ränder der Wunde sehen, und sie band zuerst den Oberschenkel dicht über dem Knie mit den Ärmelstreifen ab, so straff, dass Tanja ein Schrei entfuhr, und als Ella mit einem heftigen Ruck den Ast herausriss, schrie sie noch einmal, bevor sie das Bewusstsein verlor.

Gut, dachte Ella, *endlich hört das Gewimmer auf,* während sie mit den restlichen Streifen und ein paar abgefallenen Blättern eine Wundpresse anlegte, genau wie die Indianer im *Lederstrumpf.* Als sie fertig war, zog sie Tanja an einem Arm hinter sich her über die mit Nadeln bedeckte Erde, bis sie aus ihrer Ohnmacht erwachte. Ella setzte sich neben ihre Freundin. Sobald sie genug Kraft gesammelt hatten, um aufzustehen, umfasste sie mit einem Arm Tanjas Hüfte – *Halt dich an meiner Schulter fest!* –, und gemeinsam kamen sie hoch und schleppten sich ins Dorf zurück, wo alle schon mit dem Sonntagsessen fertig waren.

Du solltest Ärztin werden, sagte ihre Mutter, aber Ella hatte andere Pläne, sie wollte Architektur studieren und später richtige Häuser bauen, jedenfalls damals, als sie zehn war. Mit elf wollte sie Pferdetrainerin werden, dann Malerin, dann Journalistin, dann Ballett-Choreografin und dann erst, als sie sechzehn wurde, Ärztin, und zwar Kinderärztin.

Ich könnte ein paar Fotos von mir an den Baum hängen, Fotomontagen: ich und Monty Roberts, ich und Frida Kahlo, ich und Oriana Fallaci, ich und Pina Bausch. Und dann: ich und Paul. Aber nicht einmal von Paul hatte sie noch ein Foto, dabei war er ihre erste große Liebe gewesen.

Der Sommer mit Paul: Die großen Ferien hatten angefangen, und sie war gerade aus dem Internat gekommen und wohnte wieder in ihrem alten Zimmer im Haus ihrer Eltern am Rand des kleinen Dorfes in der Lüneburger Heide. Sie nannte es immer noch das Haus ihrer Eltern, obwohl ihr Vater dort inzwischen allein lebte, seit ihre Mutter ihn wegen einem anderen Mann verlassen hatte, einem Notar aus der Kreisstadt. Ella und ihr Vater waren übereingekommen, nicht mehr von ihr zu reden; als hätte ein Besucher von einem anderen Planeten die Erinnerung an sie aus ihren Gehirnen getilgt – in jener weit zurückliegenden Zeit, als es noch kein Netz gab, das zum Gedächtnis für alles und jeden wurde.

Ella musste unwillkürlich lächeln. Hätte Abdallah sie nicht aufgefordert, ihr Profil bei LifeBook zu aktualisieren, hätte sie sich daran auch nicht mehr erinnert; ein Teil ihres Lebens wäre vergessen gewesen.

Sie trug in jenem Sommer das lange kastanienfarbene Haar offen, und man sah sie meistens in einem kakifarbenen Männerhemd, einer kurzen Leinenhose und ausgetretenen Sandalen. Wegen ihrer langen Beine und des schlanken Halses nannten die Nachbarn sie »die Antilope«, und ihren Vater nannten sie nur noch »van Gogh«, weil er neuerdings oft mit Leinwand, Staffelei und Farbtasche aus dem Haus stapfte, um die Landschaft rings um das Dorf zu malen. Manchmal begleitete sie ihn.

Tanja war nicht mehr ihre beste Freundin. Sie hatten sich beide verändert. Tanja ging nicht mehr zur Schule, sondern half in der Bäckerei ihres Vaters.

An einem heißen Sonntag im Juli, zwei Wochen vor ihrem Geburtstag, hielt der rote Spritzenwagen der freiwilligen Feuerwehr aus der Kreisstadt auf dem verwaisten Kirchplatz, um einen Jungen abzusetzen, den Ella hier noch nie gesehen hatte. Sie sonnte sich auf der niedrigen Friedhofsmauer und beobachtete den Jungen, der da in seiner blauen Uniform auf dem gepflasterten Platz stand, den gelben Helm unter dem Arm, und eine bauchige Ledertasche neben den Stiefeln. Als der Spritzenwagen fort war, kniff der Junge die Augen zusammen und sah sich um, dann hob er seine Tasche auf und ging über die Hauptstraße auf den Friedhof zu.

Ella rührte sich nicht vom Fleck. Sie saß auf den warmen Steinen der Mauer, mit dem Rücken zu den Gräbern, und ließ die Beine baumeln, während sie zusah, wie der Junge näher kam. Bald erkannte sie, dass er älter sein musste, als es von Weitem den Anschein gehabt hatte, schon fast ein Mann. Als er sie erreicht hatte, blieb er stehen. Er sah sie an und lächelte, wie außer ihm noch niemand gelächelt hatte, wenigstens konnte sie sich nicht daran erinnern. Der Mund wurde ihr trocken unter dem Blick seiner Augen, die ungefähr den Farbton seiner Uniform hatten. *Hey,* sagte er und strich sich eine Haarsträhne aus der Stirn, *ich bin Paul.* Ella sagte auch *hey*, mehr nicht.

Kaum dass der Junge um die Ecke ihres Hauses verschwunden war, sprang sie von der Mauer, und als sie stand, stellte sie fest, dass ihre Knie zitterten, und das war ihr noch bei niemandem passiert. Sie folgte ihm mit gesenktem Kopf, wie zufällig. Ihr Herz schien plötzlich doppelt so groß zu sein, und es schlug viel schneller als sonst. Sie bog um die Ecke und sah gerade noch, wie Paul das Haus hinter der Trauerweide betrat. Vor der Schwelle lag ein Schäferhund, der gedöst zu haben schien, jetzt aber den Kopf verdrehte, damit er sie im Auge behalten konnte.

Ella sagte *hey* zu dem Hund und lehnte sich neben der Tür an die Hausmauer, um sich darüber klarzuwerden, was gerade mit ihr geschah. Durch den Stoff des Hemdes spürte sie die Wärme des Mauerwerks. Nach einer Weile schloss sie die Augen und ließ sich daran hinunterrutschen, bis sie mit ihren Gesäß die Fersen berührte. Der Hund sah sie an, und sie sah den Hund an und sagte: *Manche Wesen laufen anderen eben zu.*

Sie trafen sich die ganzen Ferien über, Paul und sie, immer heimlich, denn er war viel zu alt für sie. Noch nie war sie in jemanden so verliebt gewesen wie in diesen Jungen mit dem schwarzen Haar, das ihm immer wieder in die Stirn fiel. Die ganze Zeit dachte sie das Wort *süß,* dabei mochte sie sonst gar keine süßen Sachen. Fünf Wochen lang begleitete sie ihn überallhin, wo auf den Dörfern die Feuerwehr zum Einsatz kam; wo Brandmeister und Sanitäter gebraucht wurden, bei Jahrmärkten, Popkonzerten, Schützenfesten und Seifenkistenrennen.

Es geschah bei der Kirmes im Nachbardorf, an ihrem letzten Samstag gegen zehn Uhr abends. Ella bummelte allein über den Rummelpatz. Weil sie schon nach ein paar Minuten auf Paul-Entzug war, brauchte sie etwas Süßes und kaufte eine Spindel Zuckerwatte, so groß wie ein Fußball. Wenn sie daran dachte, dass Montag die Schule wieder anfing, spürte sie ein Brennen in den Augen. In zwei Tagen musste sie sich von ihm trennen, und dann konnte ihr alle Zuckerwatte der Welt nicht helfen.

Auf einmal hörte sie einen Schrei, weit weg und schrill und so laut, dass er die lärmende Musik übertönte. Als sie sich umdrehte, stellte sie fest, dass sich am anderen Ende des Platzes eine Menschentraube gebildet hatte; sie sah nur die Rücken, dicht an dicht, reglos. Die Menschen schienen auf etwas zu starren, das sich zu ihren Füßen abspielte. Mit einem flauen Gefühl im Magen ging Ella auf die Rückenmauer zu. Sie hatte sie noch nicht ganz erreicht, da entdeckte sie Paul, sein blaues Hemd, die reflektierenden Streifen auf der Hose, sah, wie er im Licht der bunt blinkenden Glühbirnen neben einem auf dem Rücken liegenden Mädchen kniete.

Das Mädchen war ganz blass, und sein linker Arm stand in einem merkwürdigen Winkel vom Oberkörper ab, wie der einer Gliederpuppe. Eins seiner nackten Beine zitterte heftig, und Ella bemerkte, dass es nur einen Schuh anhatte. Der andere lag neben ihm im Gras, neben dem Mädchen und neben Paul, der sich über das Gesicht des Mädchens beugte. Dann war sie nah genug, um zu erkennen, dass alles an dem Mädchen zitterte, als wäre ihm kalt. Seine Augen waren offen, und erst dachte Ella, es starre Paul an, bis Paul sich bewegte, und da sah sie, dass die Augen des Mädchens ins Leere starrten, in die Nacht, zu den Sternen hinauf.

Das Unheimliche war, dass es kein Blut gab, überhaupt kein Blut auf der blassen Haut, nur die zitternden Glieder und das Starren der Augen und den eingedrückten Brustkorb, von der Gondel, die heruntergefallen war und das Mädchen unter dem Riesenrad getroffen hatte.

Paul sagte etwas, er redete mit dem Mädchen. Er hielt seine Hand und redete mit ihm, und plötzlich krümmte sich das Mädchen, ohne dass es aufhörte, zu den Sternen hochzuschauen. Er griff in seine Notfalltasche, holte eine Injektionsnadel heraus und spritzte etwas in eine Vene an dem abgewinkelten Arm des Mädchens. Fast sofort hörte es auf zu zittern, und noch etwas später schloss es die Lider, als wäre es nun sehr müde.

Ella hatte nur Augen für Paul, für das, was er tat. Als würde sie Zeugin eines magischen Aktes. Das war der Moment, da sie endlich wusste, was sie wirklich werden wollte, wenn sie mit der Schule fertig war. Am Abend sprach sie mit ihrem Vater, und er sagte lange Zeit nichts, dann nickte er. *Ja*, sagte er, *das wollte ich auch, als ich so alt war wie du, Medizin studieren, und zwar an der Charité in Berlin, dem besten Klinikum des ganzen Landes. Ich hatte bloß nicht genug Mumm in den Knochen. Aber du, dir traue ich das zu.*

Er stand auf und legte ihr in einer selten gewordenen Geste der Zärtlichkeit den Arm um die Schulter.

Der Abend der Entscheidung, schrieb Ella jetzt. Aber an jenem Abend, nein, in der Nacht danach war noch mehr geschehen, und als sie daran dachte, schoss ihr das Blut ins Gesicht. *Das nicht,* dachte sie, *das wird niemals am LifeTree erscheinen.* Denn sobald ihr Vater ins Bett gegangen war, hatte sie sich aus dem Haus geschlichen, um sich noch einmal mit Paul zu treffen. Das erste Mal. Darauf hatte sie es angelegt. Das erste Mal mit jemandem, der es wirklich verdiente, weil er Leben rettete.

Sie lagen auf einer Decke, die er mitgebracht hatte, am Rand des kleinen Wäldchens hinter dem Dorf, nicht weit von der Stelle, wo sie und Tanja einmal ihr Baumhaus gebaut hatten. Es war kühl, man konnte schon spüren, dass der Sommer bald zu Ende ging; der Sommer mit Paul. »Komm«, sagte er, »ich mache was, damit dir warm wird.«

»Wirst du mich immer lieben?«, fragte sie, denn sie war fünfzehn.

»Ja«, sagte er, denn er war dreiundzwanzig.

»Wenn ich das nächste Mal nach Hause komme, bist du dann noch da?«

»Versprochen.«

»Du wirst nicht weglaufen und dir eine andere suchen?«

Er zog sie in seine Arme. »Ich werde nicht weglaufen und mir eine andere suchen.«

»Beweise es mir«, sagte sie.

Er hielt sie fest, drückte sich gegen sie. »Ich verspreche es dir jetzt, aber mit dem Beweis musst du warten, bis du wieder da bist«, flüsterte er ihr ins Ohr.

»Dann musst du auch bis zum Herbst warten«, sagte sie, aber das wollte sie gar nicht; sie wollte, dass er genau das tat, womit er dann auch anfing. Zuerst legte er ihr seine lammfellgefütterten Lederjacke um die Schultern, bevor er die Decke über ihre beiden Körper zog und ihre Cargohose aufknöpfte. »Lass mir Zeit …«, flüsterte sie, aber sie meinte es nicht wirklich, denn als er ihr die Hand ins Höschen schob, spürte sie, wie bereit sie für ihn war. Sie stöhnte vor Lust, zerrte an seiner Gürtelschnalle, zerrte am Reißverschluss seiner Jeans, zerrte an allem, bis sie sein Glied ertastete.

Mit geschlossenen Augen, fast benommen, rutschte sie unter ihn. Mit einem heftigen Stoß drang er tief in sie ein, zwängte ihr glattes, warmes Inneres auseinander. *Warm und schimmernd,* dachte sie. Erst bewegte er sich schnell und hitzig in ihr, aber dann wurde er langsamer, immer langsamer, hielt still, während sie ihn fest umschloss. »Paul«, flüsterte sie. Innerlich vibrierend, wartete sie, bis er neu begann und sie eins wurde mit ihm und dem Wind und dem Rauschen der Bäume.

Paul schickte ihr einen Brief, gleich nachdem sie ins Internat zurückgekehrt war, damit sie wusste, dass er jetzt jemand anderen liebte, zwei Wochen nach ihrer Trennung. Als sie den Brief gelesen hatte, wünschte sie sich, wieder eine beste Freundin zu haben. Tanja fiel ihr ein, und sie stellte überrascht fest, dass sie in ihrer Erinnerung keine Freundin mehr war, sondern eine Patientin, die sie gerettet hatte. Meine erste Patientin, dachte sie. Das half ihr, nicht den Verstand zu verlieren, sich nicht umzubringen, obwohl sie ein paar Tage nichts aß. Danach dachte sie, scheiß auf dich, Paul, scheiß auf alle Männer. Ich gehe sowieso nach Berlin.

Ich könnte das auslassen. Noch nie hatte mir jemand so wehgetan. Ich will nicht, dass jemand das weiß, dass jemand mich so sieht, praktisch nackt. Nein, das gehört an den Lebensbaum. Wenn ich es auslasse, stimmt das Bild nicht mehr.

Anni hat gesagt, der LifeTree hilft dir, dich selbst zu erkennen, je mehr du an seinen Zweigen aufhängst, je mehr Momente du sammelst, desto deutlicher wird dein Leben für dich – Momente, in denen du stark warst, Momente, in denen du schwach warst. Du findest die Verbindungen, die Verästelungen, die Scheidewege. Und du findest Freunde, die deine Freunde sein wollen, weil du bist, wie du bist. Ella dachte an das Plakat: *Join your life.*

Sie hatte nicht viele Freunde, weder auf LifeBook noch im wirklichen Leben. Bisher hatte sie auch nur das Notwendigste auf ihre Seite gestellt, Geburtstag, Ausbildung, Beruf, Status quo im Alltag. Sie hatte nicht notiert, was ihre Hobbys waren – sie hatte keine, zu wenig Zeit –, was sie gerne aß und trank, wann sie es aß oder trank, in welche Filme sie ging, welche Bücher ihr gefielen. Sie hatte auch nicht gepostet, wo sie einkaufte, in welche Klubs sie ging und ob es da cool war. Warum auch? Sie hatte nur wenige Freunde, die ihr selbst auch kaum etwas mitteilten, deren Seiten sie fast nie anklickte, weil sie lieber mit ihnen telefonierte.

So waren die Zweige ihres Lebensbaums lange kahl geblieben. Jetzt hingen da ein Moment der Stärke, ein Moment der Verzweiflung, ein Moment der Entscheidung. Dass sie sich von Julian getrennt hatte, war eine weitere Entscheidung. *Du musst deinen Beziehungsstatus ändern, du bist wieder Single. Ob dir das Mitleid einbringt oder neue Freunde, wenigstens bei LifeBook?*

Mitleid wollte sie jedenfalls nicht, vor allem nicht Mitleid von Leuten, die sie gar nicht kannte. Trotzdem drückte sie den *Posten*-Button, weil Kommissar Abdallah vielleicht recht hatte – kein Mitleid, keine neuen Freunde, aber Hinweise und Informationen.

Sie hatte auch kein Mitleid gewollt, als sie damals tatsächlich nach Berlin gegangen war, obwohl sie am liebsten auf dem Absatz kehrtgemacht hätte, kaum dass sie am Bahnhof Zoo aus dem Zug gestiegen war. Die ganze Stadt war wie der Bahnhof, laut, rau, grell und dreckig. Auf den Straßen tobte der Verkehr; Baumaschinen mahlten und stampften, und selbst nachts bebte unablässig die Erde. Ella hatte keine Angst, aber sie brauchte Zeit, um sich an das neue Tempo zu gewöhnen. Nur eins stellte sie schnell fest: dass sie nicht das Zeug zur Entdeckungsreisenden hatte. Sie konnte sich wochenlang in einem einzigen Viertel aufhalten, immer denselben Weg in die Uni nehmen, ohne dass sie auch nur den Wunsch verspürte, den Rest der Stadt kennenzulernen.

Es dauerte fast zwei Monate, bis sie zum ersten Mal ihr Viertel verließ und auf den Fernsehturm fuhr, um sich Berlin von oben anzusehen. Unter einem windigen Himmel stand sie auf der Plattform und blickte hinab auf die unter ihr liegende Stadt mit ihren Ziegel- und Metalldächern, den unzähligen Tönen von Schiefer und Blau und Backsteinrot. Allein die vielen Erker und Balkone über den dichtbelaubten Bäumen beiderseits der großen Boulevards, das gleißende Band der Spree und die auf Hochgleisen fahrenden U-Bahn-Züge reichten aus, um ihr das Gefühl zu geben: *Ich bin in Berlin*. Das Brandenburger Tor, der Tiergarten mit der Goldelse auf der Siegessäule und die am Potsdamer Platz über die endlose Stadt wachsenden Hochhäuser waren schon fast zu viel, Theaterkulisse für die Touristen in den doppelstöckigen Bussen.

Kurz nach ihrer Ankunft hatte Ella in einem abbruchreifen Haus in

Kreuzberg ein Zimmer gemietet, mit Kochnische, ohne Dusche. Das Fenster ging auf den Hinterhof hinaus, wie sich das für eine Studentenbude gehörte. In den rostigen Regenrinnen konnte man Tauben kratzen und rascheln hören, selbst wenn das Fenster zu war. Zwischen den Mauern schlug bunte Wäsche an kreuz und quer gespannten Leinen flatternde Regenbögen.

In der Küche einer WG schräg gegenüber hing ein Filmplakat, das ein halbnacktes Liebespaar zeigte. Die Farben – einst wahrscheinlich ein Rausch aus leidenschaftlichem Rot, leuchtendem Gelb und laszivem Violett – waren von Kochdunst und Bratenfett mit einem monochromen Schleier überzogen worden, und doch erweckte der Anblick in Ella ein vages Verlangen. Erst einmal hatte sie nackt in den Armen eines Mannes gelegen, *Paul*, ein Moment der Leidenschaft, weder lasziv noch besonders lang und inzwischen ebenfalls hinter einem monochromen Schleier verschwunden.

Es dauerte eine Weile, bis sie merkte, dass sie einsam war.

Die Ankunft hier in Berlin, dachte sie, das wäre ein Moment der Unsicherheit. Damals hätte ich so was wie LifeBook gebrauchen können, und wahrscheinlich könnte ich sogar ein paar Fotos auftreiben; das Haus sieht bestimmt noch genauso aus wie bei meinem Einzug. Überhaupt war sie zu dieser Zeit in die Phase der dokumentierten Existenz eingetreten, Zeugnisse, Scheine, »Papers«, Prüfungsergebnisse und Fotos, Fotos, Fotos.

Annika – von allen neuen Kommilitoninnen die verrückteste, aber auch die klügste – war es gewesen, die sie aus ihrer Einsamkeit erlöst hatte. Sie begegneten sich in einer Vorlesung, lernten sich kennen und verliebten sich ineinander, wie nur eine Frau sich in eine andere Frau verlieben konnte, ohne deswegen den Männern abzuschwören. Sie kochten füreinander, gingen zusammen ins Kino und auf Studentenfeten. Unternahmen gemeinsame Fahrradtouren und ratterten in scheppernden Zügen kreuz und quer durch Berlin, am liebsten nachts auf den Hochgleisen über den buntflimmernden Straßen. Hockten in irgendeinem rostigen, schrottreifem VW-Bus mit graffitiverzierter Karosserie wie der Rolls-Royce der Beatles, pafften filterlose Zigaretten und knutschen auf den durchgesessenen Sitzen mit bärtigen Kommilitonen, bis die Kunststoffpolster rauchten. Zwinkerten sich über die Schultern der Jungs zu. Erzählten sich hinterher alles, jede Einzelheit – kein Ladenschluss fürs Lotterleben.

Schon damals wusste Ella, dass sie nie wieder eine Freundin haben würde wie Anni, trotz ihres Wahlspruchs aus *Annie Get Your Gun,* dem uralten Broadwaymusical, das sie im Kino gesehen hatten: »Alles, was du kannst, das kann ich viel besser.« Anni brachte Ella mit ihrem Bruder Max zusammen. Max, der ihre zweite große Liebe gewesen war, wenigstens für eine Weile. Max, der ermordet worden war, wegen einer Patientin, die Ella gerettet hatte. Inzwischen wusste sie, dass alle geretteten Patienten irgendwann verschwanden, so wie Tanja verschwunden war. Nur die, die man nicht retten konnte, blieben. Und Annika, die erste richtige Freundin nach Tanja, war auch geblieben, bis Patrick sie fast getötet hätte.

Einem spontanen Impuls folgend, klickte sie auf Annis Bild in der Leiste mit den Fotos ihrer Freunde, um ihre Seite aufzurufen. Das Bild zeigte nicht wirklich Annika, sondern die junge Kriegerin aus dem Zeichentrickfilm *Mulan,* ihr Kopf in leuchtendem Rot und Schwarz. Die Seite klappte zu und wieder auf wie ein Fächer, doch statt dass Ella Annis Seite sah, starrte sie nur auf ein rotes Fragezeichen, unter dem stand: *Profil nicht vorhanden.*

Nein, Anni! Das geht nicht. Du kannst nicht einfach dein Profil löschen.

22

Mit rasenden Fingern bearbeitete Ella die abgenutzte Tastatur ihres Laptops. Zuerst postete sie: *Es gibt ein Profil-Update von Ella Bach.* Dann schickte sie die Frage hinterher: *Weiß jemand, warum Annika Jansens Profil nicht mehr existiert?* Sie versuchte, Freundinnen von Anni zu finden, die ihren persönlichen Bereich nicht gesichert hatten, erhielt aber nirgendwo Zutritt.

Du musst dich um ihre Freundschaft bewerben.

Ella überlegte: Und wenn Anni ihren Account gar nicht selbst gelöscht hat, wenn jemand anderer es an ihrer Stelle getan hat? Keine Telefonnummer mehr, keine E-Mail-Adresse, keine Seite in LifeBook. Wollten sie sämtliche Spuren ihrer Existenz vernichten? *Was ist los mit dir, Anni?* Es gab weder neue E-Mails von ihr noch einen weiteren Anruf, aber auch der Brief, den sie angekündigt hatte, war bisher nicht eingetroffen.

Ratlos googelte Ella den Namen ihrer Freundin, und sofort liefen mehrere Einträge die Seite hinunter, darunter auch das Link zu ihrer LifeBook-Seite. Ella klickte ein Video auf YouTube an, das einen der letzten öffentlichen Auftritte von Anni vor ihrer Erkrankung zeigte, aufgenommen bei einem Vortrag zum Thema »Die Intelligenz des Schwarms im Internet«, offenbar mit einem Handy von einem Zuhörer im Publikum.

Da stand sie auf dem Podium hinter einem durchsichtigen Rednerpult, in einer schwarzen Hose, einem schwarzen Jackett und einem haselnussbraunen Rollkragenpullover, so schön wie bei ihrer ersten Begegnung, nur zehn Jahre älter. Aber noch immer waren da die blitzenden tiefseeblauen Augen, die kurzen hellbraunen Haare, die Milchstraße von Sommersprossen im Gesicht und die mitreißende Leidenschaft – die vor allem.

»Machen wir uns nichts vor, verehrte Kolleginnen und Kollegen«, rief sie, »Menge oder Masse produzieren allein noch keine Intelligenz. Außerhalb der Tierwelt gibt es die Intelligenz des Schwarms nicht, denn wenn es sie gäbe, wäre das Dritte Reich der intelligenteste Staat aller Zeiten gewesen. Die Schwarmintelligenz ersetzt die Intelligenz des Einzelnen nicht. Und selbst in der Tierwelt fehlt ihr das Wichtigste, ohne die es keine fruchtbare Intelligenz geben kann – die Empathie. So etwas wie die Empathie des Schwarms existiert nicht, und deswegen ist es für einen Menschen nicht nur unsinnig, sich nach den Zielen des Schwarms zu richten oder sich seinem Verhalten anzupassen, es bedeutet vielmehr den Verlust des Menschlichen selbst.«

Sie schwieg, ihre Augen blitzten, und um ihre Lippen geisterte ein Lächeln, dieses Lächeln, um das Ella sie immer beneidet hatte, weil es so warm war.

Verdammt, Anni, du fehlst mir.

In einem anderen Film sah man sie bei einer Diskussion über »Loneliness, Pain and Addiction« auf einem Podium sitzen. Die Teilnehmer – Ärzte, Psychologen und Pharmavertreter – sprachen Englisch. Hier waren Annis Gesichtszüge schärfer, im Haar gab es den Anflug eines viel zu frühen Grau, und der Glanz in ihren Augen wirkte unnatürlich. Sie trug eine bunte Strickjacke, offenbar Missoni, Turnschuhe und einen eng geschnittenen grauen Wollrock. Anscheinend ging es bei dem Clip nicht um das, was sie sagte, sondern um das, was plötzlich mit ihr geschah.

Sie hatte gerade zu einer leidenschaftlichen Replik auf einen Diskussionsbeitrag des Mannes neben ihr angesetzt – »Nein, das Ziel von Zuckerberg und Facebook ist es, die gesamte Netzwelt in einem Zustand permanenter Pubertät zu halten« –, als sie zu zittern begann und mit einer Hand nach etwas zu greifen schien, das nicht da war. Wie von einer unsichtbaren Faust getroffen, kippte sie von ihrem Stuhl und fiel der Länge nach auf den Podiumsboden. Ihre Glieder zuckten, als würde sie mit Elektroschocks traktiert werden. Blut färbte ihre Lippen und das Kinn erst rot, dann quoll weißer Schaum hervor. Fassungslos starrten die anderen Diskussionsteilnehmer auf sie hinab, bis ein Mann zu ihr eilte und ein Fläschchen aus der kleinen Tasche holte, die neben ihr auf dem Stuhl gelegen hatte. Da war sie schon krank, dachte Ella; da hatte Patrick sie schon so brutal verprügelt, dass ihre Hirnrinde irreparabel beschädigt war.

Warum stellt jemand so etwas ins Internet?

Mehr Clips von Anni gab es Gott sei Dank nicht. Ella wollte das Netz gerade verlassen, da fiel ihr ein, dass man bestimmt auch Songs von Rashido auf YouTube finden konnte. Sofort stieß sie auf siebenundzwanzig Stücke und klickte wahllos das erste an: *Wir kriegen dich!* Die wummernden Bässe sprengten fast die kleinen Lautsprecher des fünf Jahre alten iBooks. Eine bläuliche Flamme zischte ihr vom Bildschirm ins Gesicht, sodass sie unwillkürlich zurückzuckte. Es war die Flamme eines Schweißbrenners, die in dem Film direkt auf die Kamera zubrannte, ehe sie kleiner gestellt wurde, zu einem schmalen bläulichen Laserstrahl zusammenschmolz.

Der Mann, der den Schweißbrenner hielt, richtete ihn jetzt auf den Nacken eines knienden, mit Goldketten behängten Jungen im Rapper-Outfit. Der Oberkörper des Jungen war nackt bis auf eine Lederweste, und er weinte. Um die beiden herum stand eine Gruppe dunkelhäutiger Gangsta-Darsteller, von denen einige geifernde Pitbulls an noppenbesetzten Leinen hielten. Andere zogen Mädchen in eng sitzenden Lederbustiers hinter sich her, ebenfalls an Leinen mit gezackten Noppen. Dazu wummerten die Bässe, und Gitarren flirrten über einem hämmernden, stampfenden Beat.

Die Frauen bewegten die Hüften und Arme mit ausladenden Bewegungen wie in Zeitlupe. Aus dem Off sang eine Stimme etwas von Ehre und Respekt und der Währung der Straße, bis es um Stoff und Waffen und Autos und Fotzen ging, und wie alles dasselbe war, wenn ein Mann sich auskannte, und nur einer, der sich auskannte, war ein Mann, ein Bruder.

Plötzlich durchschnitten Scheinwerfer die Nacht. Ein Konvoi aus Jeeps und amerikanischen Straßenkreuzern umkreiste die Szene der Hinrichtung wie Indianer eine Wagenburg. In einem der Wagen saß Rashido, er stieg langsam aus: jemand, der Ehre und Respekt erfunden hatte, der sich schon ausgekannt hatte mit der Währung der Straße, als alle anderen noch in kurzen Hosen rumgelaufen waren. Seine Gefolgsleute sahen genauso aus wie die Pitbull-Gangsta, aber er – er hatte einen dunkelgrau changierenden Armani-Anzug an, und seine Waffe war nur ein Messer, das ihm von selbst in die Hand sprang.

Die Stimme, die aus dem Off sang, klang jetzt hart und cool, Rashido eben, und in einem faszinierenden Todesballett erledigte er die Pitbull-Gangstas, um dem knienden Jungen die Hand zu reichen wie Jesus: *Steh auf und geh wie ein Mann, wie ein Bruder.* Die monotone Musik entwickelte einen Sog, dem Ella sich nur schwer entziehen konnte, und gefilmt war das Ganze so suggestiv wie ein raffinierter Werbespot für Autos oder Süßigkeiten – *So schmeckt der Sommer,* oder: *Ich und meine Magnum* –, aber alles, was er verkaufte, war Ghettokitsch, und während sie das sah, schämte Ella sich dafür, dass sie Nerin nicht wenigstens um ihre Telefonnummer gebeten hatte.

Dann stockte ihr der Atem: Rashido hatte dem Anführer der Pitbull-Gangstas den Schweißbrenner aus der Hand geschlagen und zerrte ihn zu seinem Ford Mustang. Mit quietschenden Reifen rasten sie durch die Nacht, begleitet von den flirrenden Gitarren, den hämmernden Beats. Nach ein paar harten Schnitten trafen sie bei einem hell erleuchteten Waschsalon ein. Rashido stieß den Pitbull-Gangsta in den leeren Raum, stieß ihn zu einer riesigen Waschmaschine, zwängte ihn durch die runde Klappe, erbarmungslos, hart, aber mit traurigen Augen. Dann schloss er die Klappe und stellte die Maschine an. Der Pitbull-Gangsta presste von innen sein Gesicht gegen das Sichtfenster, panisch, verzerrt, und Rashido schaute nicht weg, er hielt den Blick aus dem Inneren der Maschine stand, die ganze Zeit, auch noch, als längst Wasser und Schaum das Gesicht verwischt hatten.

Doch das letzte Bild, bei dem die Gitarren in einem endlosen Loop dieselben Riffs wiederholten, zeigte Rashidos Gesicht, und jetzt war er es, der aus der Waschmaschine herausstarrte. Langsam wurde er kleiner und kleiner, verschwand hinter dem runden Sichtfenster in einem dunklen Strudel, der Ella an den bläulichen Punkt erinnerte, als den sie gestern das Gesicht des Sanitäters zum ersten Mal im Halbdunkel am Ende des Korridors wahrgenommen hatte.

Nachdem der Clip zu Ende war, starrte sie noch ein paar Sekunden auf den schwarzen Bildschirm. Ihre Kopfwunde, fast vergessen, meldete sich zurück; die Schmerzen schienen im Rhythmus von *Wir kriegen dich!* zuzustechen. *Shirins Patenonkel,* dachte sie; *was wäre das*

Leben ohne Vorbilder. Wie sollte man Leute erreichen, die solche Filme konsumieren, solche Lieder hören?

Und schon wieder Feuer, auch in Rashidos Clip.

Das letzte Bild brachte sie auf eine Idee. Sie gab den Namen »Kornack« ein, aber YouTube meldete keine Treffer. Danach probierte sie es bei Google und fand ein halbes Dutzend Einträge, die alle verschiedene Kornacks betrafen. Nur bei einem – Hanno Kornack – entdeckte sie die Worte »medizinische Ausbildung«, außerdem ein Link zu LifeBook, dem sie nervös folgte. Sekunden später las sie: *Profil nicht vorhanden*. Plötzlich spürte sie ein Kribbeln zwischen den Schulterblättern, das sich im selben Moment über die ganze Kopfhaut ausbreitete. *Was bedeutet das?*, dachte sie. *Was, verdammt nochmal, bedeutet das?*

Sie hatte das Gefühl, eine wichtige Entdeckung gemacht zu haben, die sich ihr aber jeden Moment wieder entziehen konnte, weil sie zu müde war, um die Gedanken festzuhalten. Sie versuchte, sich mit aller Macht zu konzentrieren.

Kornack ist tot, dachte sie. *Der Selbstmordattentäter aus der U-Bahn ist auch tot. Welche Verbindung besteht zwischen den beiden außer dem Handy?*

Es muss eine Verbindung gegeben haben, sonst wäre Kornack nicht aufgetaucht, um das Handy des Toten verschwinden zu lassen. Jetzt ist er selbst tot, auch Selbstmord. Beide haben auch noch andere getötet.

Kornack hatte einen Account bei LifeBook.

Vielleicht hatte der Tote aus der U-Bahn auch einen Account bei LifeBook. Wenn wir wüssten, wer er war, könnten wir das überprüfen.

Ich bin mir sicher, dass sein Profil auch gelöscht wäre, genau wie das von Kornack und Anni.

Ella hielt inne, zuckte zusammen, als hätte sie einen elektrischen Schlag erhalten; wie früher als Kind, wenn sie aus Versehen an einen unter Spannung stehenden Weidezaun geraten war. Was hast du mit Kornack und dem toten Selbstmordattentäter zu tun, Anni? Gibt es noch eine Verbindung außer den gelöschten Profilen? Etwas, das bisher unsichtbar geblieben ist, weil es sich im Hintergrund abspielt? Oder das so nah ist, so sehr im Vordergrund, dass ich es deshalb nicht erkenne?

Und was haben die beiden Täter auf dem Display ihrer Handys gesehen, kurz bevor sie sich umgebracht haben? Kannst du mir das sagen?

In diesem Moment klingelte das Telefon im Flur; Ella zuckte zusammen. Auf dem kurzen Weg zu dem schrillenden Apparat hatte sie ein Gefühl wie ein Tiefseetaucher, der zu schnell vom Meeresboden hochschießt, ohne auf ausreichenden Druckausgleich zu achten. Einen Moment wurde ihr schwindlig, und die Luft flimmerte vor ihren Augen. »Ja?«, meldete sie sich.

»Frau Bach?«

»Ja. Wer spricht da?«

»Oberkommissar Abdallah hier«, die Stimme klang fröhlich, ausgeschlafen, »der libanesische Cop. Wie geht es Ihnen? Besser? Haben Sie gut geschlafen?«

»Ich hätte vielleicht besser geschlafen, wenn Sie mir gleich verraten hätten, dass mich Beamte Ihrer Dienstelle im Augen behalten«, sagte Ella.

»Was für Beamte?«, fragte Abdallah.

»Zwei Männer in einem schwarzen BMW«, erklärte Ella. »Einen davon habe ich fotografiert.«

»Wie kommen Sie darauf, es könnten unsere Leute sein?«

»Sie sind mir schon gestern Morgen aufgefallen. Zuerst dachte ich, sie gehörten zum Clan von Halil Abou-Khan, aber als ich sie heute Nacht verfolgt habe, haben sie mich direkt zum LKA in der Keithstraße geführt.«

»Sie haben mitten in der Nacht zwei wildfremde Männer verfolgt, die Ihnen komisch vorkamen? Hatten Sie keine Angst?«

»Sollte ich Angst haben?«

Statt zu antworten, sagte Abdallah: »Vielleicht hat Hagen das angeordnet. Ich überprüfe das, ja?«

Ella antwortete nicht darauf. Sie war nur halb überzeugt. »Weswegen rufen Sie an?«

»Es gibt Neuigkeiten von dem Mann mit der Bombe.« Ein leises Schmatzen verriet, dass der Kommissar auch beim Telefonieren nicht auf sein Mecca Gum verzichten konnte. »Wir wissen jetzt, wer er ist, oder besser: war. Sein Name lautete Sebastian Oskar Scharnhorst, achtundvierzig, gemeldet in Rudow, Berlin, unverheiratet, keine Kinder. Er war katholischer Priester, ist aber vor einiger Zeit aus der Kirche ausgetreten. Ein ehemaliger Offizierskollege hat ihn auf einem Foto erkannt, das wir gestern Nacht auf Facebook gepostet haben. Bevor er seinem Glauben abgeschworen hat, ist Scharnhorst in Afghanistan als Militärseelsorger im Einsatz gewesen. Da ist er irgendwann durch sein seltsames Verhalten auffällig geworden. Unter anderem hat er behauptet, vom Teufel besessen zu sein, was ja eine Erklärung dafür wäre, warum er seinem Leben ein Ende gesetzt hat. Der Leutnant sagte, aufgeführt hätte er sich jedenfalls wie ein Besessener. Zuerst dachten seine Kameraden und Vorgesetzten, er leide an PTS – dem Posttraumatischen Stresssyndrom. Aber er ließ sich nicht von seiner fixen Idee abbringen. Der Offizier meinte, das sei vermutlich auch der Grund für seine Tat gewesen. Er hätte sich in die Luft gesprengt, um den Teufel zu zerstören, der in ihn gefahren war. Irgendwie irre, finden Sie nicht?«

»Hat der Offizier noch mehr gesagt?«, wollte Ella wissen. »Was den Verdacht, der Seelsorger könnte vom Teufel besessen sein, angeht? Wie hat sich diese Besessenheit gezeigt?«

»Wir haben ihn noch nicht genauer befragt«, sagte Abdallah. »Er ist erst vor Kurzem nach Deutschland zurückgekehrt und wohnt nicht in Berlin. Aber immerhin hilft uns das bei der Antwort auf die Frage, woher Scharnhorst den Sprengstoff gekriegt haben könnte.«

»Haben Sie seine Krankengeschichte überprüft?«

»Nein. Warum?«

»Es könnte sein, dass er an Epilepsie litt. Da treten manchmal Symptome auf, die früher oft für Anzeichen von Besessenheit gehalten wurden.«

»Rufen Epileptiker auch ›eli, eli, lama asabtani‹, bevor sie sich in die Luft sprengen?«

»Eli, eli …?«

»›Mein Gott, mein Gott, warum hast du mich verlassen?‹ auf Hebräisch«, erklärte Abdallah. »Das hat der Selbstmörder gerufen, als er den Sprengstoff gezündet hat. Einer der Überlebenden, einer Nonne, ist das jetzt wieder eingefallen.«

»Was bedeutet das?«

»Das waren die letzten Worte Jesu Christi am Kreuz. Das meinte jedenfalls die Nonne.«

»Wissen Sie, ob Scharnhorst selbst auch bei Facebook war?«

»Nein.«

»Oder bei einem anderen sozialen Netzwerk? LifeBook vielleicht?«

»Was spielt das für eine Rolle?«

»Kornack war bei LifeBook, aber sein Profil ist gelöscht. Und ich bin sicher, wo immer dieser abtrünnige Priester war, sein Profil ist auch gelöscht.« Ella erzählte dem Kommissar, was sie entdeckt hatte, ließ aber Annika aus dem Spiel. »Wenn wir herausfinden könnten, was in Kornacks Profil stand, wüssten wir vielleicht mehr über seine Motive und die des Attentäters.«

»Das klingt in meinen Ohren sehr nach Verschwörungstheorie«, wandte Abdallah ein. »Vielleicht war alles auch viel einfacher. Nach dem zu urteilen, was wir in Kornacks Wohnung gefunden haben, war er ein Junkie erster Güte, vielleicht hat er sogar gedealt. Als Sanitäter kam er an das Zeug vermutlich leicht ran, auch in größeren Mengen. Und so, wie die Zeugen Scharnhorst kurz vor der Tat geschildert haben, könnte es sich bei seinem Zittern genauso gut um Entzugserscheinungen gehandelt haben. Ihre Epilepsie-Theorie in allen Ehren, aber das erklärt noch nicht den Sprengstoffgürtel. Gesetzt den Fall, unser traumatisierter Militärseelsorger sucht irgendwann den Trost, den er bei Gott nicht mehr findet, in Drogen, dann wäre es nicht ganz abwegig, dass Kornack sein Dealer war. Sie kannten sich möglicherweise aus Afghanistan, vielleicht war der Sanitäter auch dort, in Scharnhorsts Kompanie. Wir überprüfen das noch. Da hätten Sie dann Ihre Verbindung. Der abgefallene Priester hat Kornack angerufen, weil er Nachschub brauchte, aber der hat sich geweigert oder ihn vertröstet, bis die nächste Tranche fertig war, was auch immer. Worauf Scharnhorst sagt, ich brauche sofort was, sonst sprenge ich mich in die Luft, denn das gibt ihm der Teufel ein oder seine sonstwie aus dem Leim gegangene Seele. Und als der Sanitäter aus der Notrufzentrale erfährt, was passiert ist, vielleicht sogar auf dem Weg zu ihm, taucht er am Hermannplatz auf und entwendet das Handy des Toten, weil da drin seine Nummer gespeichert ist, die uns direkt zu ihm führen würde. Sie sehen, alles ganz simpel, keine Verschwörung weit und breit!«

»Und die verschwundenen Handys, wie passen die in Ihre Version?«

»Handys lösen sich unter solchen Umständen immer mal wieder in Luft auf«, erklärte Abdallah, »vor allem, wenn ihre Besitzer sie nicht vermissen können.«

»Aber die Verfolger, von denen er sich bedroht fühlte?«

»Sie meinen *die da draußen*? Die Paranoia eines Crystal-Abhängigen, weiter nichts. Oder auch PTS, immerhin waren sie da oben am Hindukusch ja von Feinden umzingelt. Wäre doch möglich, oder nicht?«

»Vielleicht«, sagte Ella. »Ich glaube es allerdings nicht.«

»*Ich* glaube es«, sagte Abdallah. »Und ich bin hier der Polizist.« Er lachte.

Ella lachte nicht. »Wenn sich herausstellen sollte, dass auch Scharnhorst bei LifeBook war und sein Profil ebenfalls gelöscht wurde, gehen Sie dann dieser Spur nach? Sie haben doch von mir verlangt, dass ich mich um diesen Netzwerk-Mist kümmere!«

Abdallah kaute jetzt so laut, dass es klang wie ein wild gewordener Scheibenwischer. »Falls ein mögliches Profil tatsächlich gelöscht wurde, führt diese Spur ja wohl bloß in eine Sackgasse, oder?«

»Nicht, wenn es Ihnen gelingt, LifeBook-Freunde von ihm zu finden«, sagte Ella. »Freunde oder Kontakte, auf deren Profilen Sie zugreifen können. Unter Umständen entdecken Sie da Übereinstimmungen, Ähnlichkeiten, etwas, das allen gemeinsam ist und das es Ihnen ermöglicht, Rückschlüsse auf die gelöschten Profile zu ziehen. Etwas, das Ihnen sagt, warum zwei Männer …«

»… zu Mördern und Selbstmördern wurden, ich weiß.« Abdallah seufzte. »Na gut, mal sehen. Ich melde mich wieder.«

»Sie haben meine Frage nicht beantwortet«, erinnerte Ella ihn. »Sollte ich Angst haben?«

»Ja«, antwortete Abdallah. »Ehrlich gesagt, das sollten Sie.«

23

Du rufst sie jetzt noch einmal an. Das letzte Mal. Auch wenn sie es dir verboten hat. Sonst erstickst du an den ganzen Fragen.

Ella wählte Annis Londoner Nummer, sprach die Ziffern halblaut mit und wartete. Es klingelte und klingelte ... und auf einmal, gerade als sie den Hörer zurücklegen wollte, knackte es in der Leitung. »Hallo! Hallo?«, rief Ella.

»Yes?«, sagte eine Männerstimme.

Ella schwieg überrascht. Sie hörte den Mann am anderen Ende atmen, es klang nah und ungeduldig. »Hallo, wer ist denn da?«, fragte er auf Englisch.

»Hier ist Ella Bach«, antwortete sie, ebenfalls auf Englisch. »Ist das der Anschluss von Annika Jansen? Doktor Jansen?«

»Ja.«

»Könnte ich bitte mit ihr sprechen?«

»Sie ist nicht da.«

»Und wer sind Sie?«

Er antwortete nicht. Stattdessen fragte er: »Worüber wollen Sie mit ihr reden? Sind Sie eine Patientin von ihr?«

»Nein.« Ella fing sich wieder. »Sie?«

»Nein.«

»Warten Sie auf Doktor Jansen?«

»Nein.«

»Haben Sie eine andere Nummer, unter der ich sie erreichen kann?«

»Wer sind Sie nochmal?«

»Eine Freundin.«

»Von wo aus rufen Sie an, Doktor Bach?«

Plötzlich spürte Ella ein Vibrieren in der Brust, als flatterte ein winziger Flügel zwischen ihrem Herz und Rippen. *Doktor Bach. Ich habe nur meinen Namen gesagt, sonst nichts. Woher weiß er, dass ich Ärztin bin?* »Berlin.« Sie hatte das Gefühl, sie müsste ihn in Sicherheit wiegen, ihn wissen lassen, dass sie weit weg war und keine Gefahr darstellte. »Ist Annika etwas zugestoßen?«

Wieder ließ der Mann sich Zeit, bevor er weiterredete. »Ja.«

»Was? Was ist passiert?«

»Sie ist tot.«

Ella hörte einen Laut, ein Geräusch, das sie nicht einordnen konnte, und gleich darauf hörte sie es nochmal, und da erkannte sie, dass sie es selbst verursachte, es war halb Stöhnen, halb Schlucken, halb in ihrer Brust und halb in ihrem Kopf. »Tot? Aber wie …«

»Sie hat sich umgebracht«, sagte der Mann ohne erkennbare Gefühlsregung.

»Das glaube ich nicht«, fiel Ella ihm ins Wort. Der Raum vor ihr und alles andere, was sie sah, veränderte sich: Einige Konturen wurden schärfer, andere verwischten, und obwohl das Licht gleich blieb, schien es, sekundenkurz nur, ins Gegenteil verkehrt wie bei einem Fotonegativ. »Anni würde sich niemals umbringen.«

Wirklich nicht? Sie wusste, dass der Krankheitsverlauf tödlich ist. Sie war müde, hat sie gesagt; müde zu fallen.

Der Mann sagte nichts, legte aber auch nicht auf. Ella fragte: »Wann?«

»Der genaue Todeszeitpunkt steht noch nicht fest.«

»Aber wie …«

»In der Badewanne.«

Das Vibrieren in ihrer Brust wurde stärker, breitete sich aus, flimmerte nun rund ums Herz. »Wer sind Sie?«, fragte Ella. »Sind Sie Polizist?«

»Bin ich.«

»Wie heißen Sie?«

Plötzlich kannte sie die Antwort; sie wusste, was er sagen würde.

»Detective Inspector Cassidy.«

»Patrick Cassidy?«, fragte Ella. »Von Scotland Yard?«

Jetzt schwieg er überrascht, argwöhnisch. »Woher kennen Sie meinen Namen?«

»Woher wissen Sie, dass ich Ärztin bin?«

»Wir haben Ihren Namen in Mrs. Jansens Computer gefunden«, sagte Cassidy.

»Sie hat Ihnen nicht von mir erzählt?«

»Nein.«

»*Mir* hat sie von Ihnen erzählt.«

Er schwieg wieder.

»Ich will Anni sehen«, sagte Ella.

»Sie hat ziemlich lang in der Wanne gelegen.«

»Ich komme nach London.«

»Sie sollten sie so in Erinnerung behalten, wie Sie sie zuletzt gesehen haben.«

»Das werde ich trotzdem«, sagte Ella. »Können Sie mir Ihre Telefonnummer und die Ihres Reviers geben?«

»Sie können hier nichts tun«, sagte Cassidy.

Ella sagte: »Ich kann Ihr Revier auch ohne Ihre Hilfe ausfindig machen.«

»Whitechapel«, sagte er. »Die Telefonnummer finden Sie im Telefonbuch.«

»Danke«, sagte Ella kühl. »Wer kümmert sich um die Beerdigung?«

»Darüber wird entschieden, wenn die Gerichtsmedizin mit der Leiche fertig ist.«

Mit der Leiche meiner Freundin. Ellas Hand umklammerte den Hörer so heftig, dass die Fingerknöchel schmerzten. Sie wartete darauf, dass er die Verbindung unterbrach, *der Mann, der Anni so misshandelt hat, dass ihr Gehirn Schaden genommen hat, dass sie für immer eine andere geworden ist.* Stattdessen hörte sie ihn atmen, nur ihn, keine anderen Geräusche im Hintergrund. Dann räusperte er sich und fragte: »Hat Mrs. Jansen Familie in Deutschland? Eltern? Geschwister?«

»Nein«, antwortete Ella. »Sie hatte einen Bruder, aber er ist letztes Jahr gestorben.«

»Sonst niemand?«

»Nein.« *Niemand, der Fragen stellen könnte. Niemand, der schreit. Warum schreit niemand? Wo bleibt der Schrei? Da ist doch etwas Unglaubliches geschehen, etwas Grauenvolles. Warum schreie ich nicht?* »Warum?«, fragte sie.

»Warum sie es getan hat?«

»Ja.«

»Sie war krank, und die Krankheit wurde schlimmer. Kann sein, dass sie nicht mehr die Kraft …«

»Woher wissen Sie das?«, fragte Ella. »Hat Sie mit Ihnen darüber gesprochen?«

»Ich habe sie fast zwei Jahre nicht gesehen.«

Du errätst nicht, wen ich kürzlich wiedergesehen habe. Patrick!

»Es hätte ja sein können, dass Sie ihr zufällig über den Weg gelaufen sind«, sagte Ella.

»Mrs. Jansen – Anni – war niemand, dem man zufällig über den Weg läuft, schon gar nicht in einer Stadt wie London. Nach allem, was man hört, lebte sie sehr zurückgezogen, wegen ihrer …«

»… Krankheit, ich weiß«, sagte Ella. »Auf Wiedersehen.« Sie legte auf und sah ihre Hand an, in die langsam das Blut zurückkehrte. Sie war wie betäubt. *Anni war meine beste Freundin. Sie hat sich umgebracht, warum wusste ich nichts davon?*

Plötzlich fiel ihr das letzte Gespräch in Berlin ein, kurz vor Annis Rückkehr nach London, am Südkreuz auf dem Bahnsteig. *So verdammt wenig Zeit,* hatte Anni gesagt; *von der schlechten Zeit gibt es genug, aber so wenig von der guten.*

»Warum denkst du nicht über die Operation nach«, hatte Ella gesagt, »ernsthaft, meine ich. Eine OP könnte den Epilepsieherd im Gehirn ausschalten …«

»Wenn einem nur noch so wenig Zeit bleibt, denkt man über *alles* ernsthaft nach«, hatte Anni sie mit einem schwachen Lächeln unterbrochen. »Das heißt aber nicht, dass man jedes Risiko eingeht. Ich will selbst entscheiden können, wann ich sterbe!«

Ella sah sich selbst in dem Garderobenspiegel, der neben dem Telefontischchen hing. *Was bedeutet das, sie hat ziemlich lange in der Wanne gelegen?*, schoss es ihr durch den Kopf. *Ein Selbstmord – nach all den Anrufen und nach allem, was sie mir geschrieben hat? Und ausgerechnet Patrick Cassidy untersucht die Todesumstände?* Sie starrte ihr Gesicht an. Es war blass, aber gefasst. Sah so jemand aus, der gerade erfahren hatte, dass seine beste Freundin sich umgebracht hatte? Wo blieb ihr Schrei? Wo blieben die Tränen? Unbewegt betrachtete sie sich und dachte: *Wie gut das alles zusammenpasst.*

Gerade als sie die Wohnung verlassen wollte, summte ihr Handy. Sie meldete sich, und der Anrufer sagte: »Ella, ich bin's, Julian.« Er räusperte sich, als wollte er Zeit gewinnen. »Wie geht es dir?«

»Besser«, sagte Ella. Sie hatte einen starken Kaffee ohne Milch und Zucker getrunken, und die Kopfschmerzen waren fast verschwunden. Julian schien zu erwarten, dass sie noch mehr sagte, aber das tat sie nicht. Er räusperte sich noch einmal, dann sagte er: »Ich rufe an, weil ich einen Brief für dich habe.«

»Ich glaube, ich will deinen Brief nicht«, sagte sie.

»Der Brief ist nicht von mir.« Jetzt klang seine Stimme unwillig. »Er steckte in einem an mich adressierten Kuvert, auf dem kein Absender stand. Als ich es aufgemacht habe, enthielt es nur einen weiteren Umschlag mit deinem Namen darauf, und ich wollte wissen, ob du …«

Der nächste Stromschlag, diesmal fuhr er ihr direkt ins Herz wie bei einer Reanimation. *Anni. Sie lebt! Sie hat Wort gehalten, und in dem Brief wird sie mir alles erklären.* »Nicht am Telefon!«, stieß Ella hastig hervor. »Kannst du das Kuvert auf der Station für mich hinterlegen?«

»Sicher, aber wer …«

»Tu es einfach«, fiel sie ihm wieder ins Wort. »Gibt es eine Änderung in Shirins Zustand?«

»Ich bin noch zu Hause«, erklärte Julian. »Hast du heute Dienst?«

»Ja. Gleich, Spätschicht.« Ella schaute auf ihre Armbanduhr. »Ich muss Schluss machen. Vergiss den Brief nicht, wenn du in die Klinik fährst.«

»Aber …«

Doch Ella hatte das Gespräch schon beendet.

24

»Können Sie mich hören?«

Der Regen war ganz plötzlich gekommen. Er trommelte so heftig auf den Boden des umgestürzten Renault, dass er jedes andere Geräusch verschluckte. Der zusammengequetschte Wagen lag auf dem Dach neben den Gleisen der Straßenbahn, die er gerammt hatte. Die Fahrbahn war übersät mit Glassplittern, und glitschiges Laub klebte schwarzbraun auf dem nassen Asphalt.

»Haben Sie Schmerzen?«

Wegen des Regens war es früh dunkel geworden, aber die Scheinwerferkegel der Autos, die an der Unfallstelle vorbeigelotst wurden, streiften unablässig durch den Innenraum des umgestürzten Renault. Die Frontscheibe war geborsten. Das zu Kügelchen zersprungene Sicherheitsglas lag wie glitzerndes Konfetti auf dem Wagendach unter Ella und dem Mann, der den Wagen gefahren hatte. Der Mann hing mit dem Kopf nach unten im Sicherheitsgurt hinter dem Lenkrad. Sein Kopf war von dem fast bis zur Nackenstütze eingedellten Fahrzeugdach gegen die linke Schulter gedrückt worden. Es sah aus, als wäre sein Genick gebrochen. Sein Gesicht war abwechselnd rot, blau und gelb im Widerschein der flackernden Warnlichter rings um die Unfallstelle. Er blutete aus Mund und Nase, und Blut rann auch aus dem linken Ohr auf seine Anzugjacke. Er sah Ella mit weit geöffneten Augen an.

»Können Sie mich verstehen?«, fragte sie noch einmal.

»Ja.«

»Haben Sie Schmerzen?«

»Nein.«

»Können Sie Ihre Beine spüren?«

Er schien zu überlegen. »Nein.«

Kein gutes Zeichen, dachte sie. Er konnte hören, aber nicht fühlen; vielleicht waren Nervenbahnen durchtrennt. Seine Augen blickten starr. Schatten des Wassers, das in silbrigen Bächen das Seitenfenster hinabströmte, trieben wie Rauchfetzen durch seine Pupillen.

»Sie sterben mir jetzt aber nicht, oder?«, sagte sie.

»Ich weiß nicht«, sagte er.

»Wartet etwa jemand im Himmel auf Sie?«

»Nein … eigentlich nicht.« Seine Beine schienen ebenfalls eingeklemmt zu sein, denn der Motor war durch das Spritzblech in den Pedalbereich geschoben worden. Die Feuerwehr hatte Motor, Benzintank und Teile des Innenraums mit Löschschaum vollgesprüht, und da, wo kein Schaum war, ragten die Eisenteile der verbogenen Karosserie spitzzackig in den Innenraum.

»Ich habe Durst«, sagte der Mann.

Ella lag mit dem Oberkörper auf dem Beifahrersitz, Bauch nach unten. Ihre Beine ragten durch das zersplitterte Fenster auf der Beifahrerseite in den peitschenden Regen. Die Feuerwehr hatte versucht, die Tür aufzustemmen, aber sie klemmte fest, und Ella war durch das Fenster zu dem Fahrer gekrochen. Es roch nach Motoröl, verbranntem Gummi, Benzin, muffigen Polstern und Urin. Ihr Mund befand sich dicht neben dem blutenden Ohr des hängenden Mannes. »Sie können so nicht trinken«, sagte sie. »Die haben Sie hier bestimmt bald herausgeholt, dann kriegen Sie was gegen den Durst.«

Plötzlich musste er husten, und Ella hatte Angst, dass er ersticken könnte. Er hustete, ohne dass sich sein eingeklemmter Kopf bewegte, aber nach einer Weile hörte er wieder auf und atmete nur noch etwas schneller. Feuchtigkeit gurgelte in seiner Kehle. Ella tupfte ihm die Lippen mit einem Papiertaschentuch ab. Hinter seinem Kopf konnte sie durch das nasse Fenster verwischte Stiefel hin und her gehen sehen, und noch weiter dahinter die stürmischen Regenböen, die den Glanz erleuchteter Schaufenster verzerrten.

»Können Sie jemanden für mich anrufen?«, fragte der Mann. »Es ist wichtig. Ich komme nicht an mein Handy. Es steckt in meiner Sakkotasche, rechts oben.«

Ella sagte: »Wenn Sie hier raus sind, können Sie selbst anrufen.« Sie spürte, wie der Stoff ihrer Hose an den Beinen kalt wurde.

Der Mann sagte: »Es ist mein Sohn. Ich muss ihn von der Kita abholen. Er wartet da auf mich.«

Sie tastete nach ihrem eigenen Handy und drehte sich in der Hüfte, um es herauszuholen. »Wie ist die Nummer?«

»Eins – drei – acht – nein: sechs …«

Plötzlich schrie er. Es war ein gellender, lang anhaltender Schrei, schrecklich wie der eines Gefolterten. Der Schrei übertönte den Regen und die Martinshörner draußen auf dem Alex, und Ella dachte, ihr Trommelfell würde zerspringen. Vor Schreck ließ sie das Handy fallen; der Deckel sprang auf. »Was ist passiert?«, rief sie. »Haben Sie Schmerzen?«

Sein Gesicht schien nur noch aus Blut und Zähnen zu bestehen, der Mund eine offene Höhle, die Augen unsichtbar hinter zusammenpressten Lidern. Er hatte sich auf die Zunge gebissen, und jetzt rann noch mehr Blut aus dem linken Mundwinkel. Die Sehnen an seinem Hals spannten sich wie Drahtseile.

»Finn, ich brauche Ketanest!«, rief Ella, »und Dormicum, schnell!« Der Mann schrie weiter, ohne Unterlass. Finn pochte ihr auf die Kniekehle, damit sie hinter sich langte und die Spritze mit dem schmerzhemmenden Angstlöser nahm, die er ihr hinhielt. Sie sagte: »Ruhig, gleich ist es vorbei! Gleich ist es vorbei!«, und dann stieß sie die Injektionsnadel in die Oberarmmuskulatur des Mannes.

Fast sofort entspannte sich sein zusammengekrampfter Körper. Der Schrei ging in ein Wimmern über, das Wimmern in stoßweises Atmen. Tränen strömten aus den geschlossenen Augen, und eine Hand, noch immer zur Faust geballt, fiel Ella ins Gesicht. Der Regen schien etwas nachzulassen; auf einmal war das Gehupe der draußen im Schritttempo vorbeirollenden Autos sehr laut. Ella wischte sich mit dem Ärmel über das Gesicht, denn etwas rann ihr in die Augen, entweder Schweiß oder Wasser oder Blut. Ihre gelben Kunststoffhandschuhe waren voller dunkler Flecken. »Besser?«, fragte sie den eingeklemmten Mann.

»Ja«, flüsterte er.

»Können Sie atmen?«

»Ja.«

Sie reichte die Spritze nach hinten, wo Finns Hand schon wartete, um sie ihr abzunehmen. Ella beobachtete ihren Patienten weiter. Sein

Kinn zitterte, als weinte er. Dann öffnete er die Augen und sah sie an. »Sie sind schön«, sagte er. »Wie ein Engel.«

»Ich bin kein Engel«, sagte sie. »Ich bin nur eine Ärztin, mehr nicht.«

»Wie heißen Sie?«

»Ella. Ella Bach. Und Sie?«

»Jan.« Seine Lider fielen wieder zu. Seine Brust hob und senkte sich immer noch zu schnell. »Wenn ich die Augen zumache, dreht sich alles«, sagte er.

Ella sah die Stiefel näher kommen, vorbei an der nassgelben Seitenwand der Straßenbahn. »Ich muss Sie jetzt allein lassen«, sagte sie. »Die Männer von der Feuerwehr brennen darauf, Sie endlich rauszuholen.«

»Meine Frau hat mich verlassen«, sagte er und öffnete die Augen so kurz, dass es ausah, als blinzelte er ihr zu. »Ich habe einen Moment nicht aufgepasst, und da war sie weg ... Sylvia.«

»Ich verlasse Sie nicht, Jan. Ich bleibe bei Ihnen. Ich bin da draußen.«

Ella robbte zurück, auf Hüften und Ellbogen und Zehen. Ihr Handy summte. Es lag neben ihrem Kopf auf dem Wagendach, zwischen den Sicherheitsglaskügelchen, und das Display leuchtete im Rhythmus des Summtons, Anrufer unbekannt.

Der Mann, der sich Jan nannte, fuhr unterdessen wimmernd fort: »Mein Sohn ... Erik ... Ich muss leben ... für Erik. Er ist bei mir geblieben. Wir warten zusammen ... bis sie wiederkommt ...«

Ella griff nach dem Handy. »Er kann froh sein, dass er Sie hat, Ihr Sohn.«

Eine Männerstimme hinter ihr rief: »Frau Doktor, können wir ihn jetzt rausholen?«

»Ja«, rief Ella. Sie spürte Hände an ihren Fußgelenken, die ihr halfen, sich durch das Fenster zu zwängen. Dabei rutschte sie mit dem Daumen auf die Empfangstaste des Handys. Das Display zeigte undeutlich ein farbiges Bild. Das Bild blieb einen Moment statisch, wie ein mitten in der Bewegung angehaltener Film. Dann fing es an, sich ruckartig zu bewegen, aber Ella erkannte nicht, was es darstellen sollte, während sie rückwärts in den Regen hinausrobbte und dabei gleichzeitig weiter ihren Patienten zu beobachten versuchte.

Als sie draußen war, half Finn ihr hoch. »Schafft er es?«

»Wenn er keine inneren Verletzungen hat und das Rückgrat heil geblieben ist.« Der Regen schlug ihr ins Gesicht, und der Film auf dem Display ihres Handys ließ sie für Sekunden alles um sich herum vergessen. Denn jetzt erkannte sie, was sie sah. Instinktiv hielt sie die Hand über den kleinen Schirm. Niemand sollte Zeuge werden von der Scham des Mädchens – nur sie und die Jungen, die es da gerade vor ihren Augen vergewaltigten.

Es war dunkel an dem Ort, an dem die Vergewaltigung geschah, ein Hausflur oder das Erdgeschoss eines Abbruchhauses, nur Schatten und diffuse Helligkeit. Einer der Jungen hielt die junge Frau von hinten mit einem Würgegriff fest, den Unterarm gegen ihre Kehle gepresst. Ihr Gesicht war verzerrt, die Augen, der Mund, alles verzerrt vor Angst und Abscheu, die Lippen verwischt, rot, speichelig. Ihr Unterleib war nackt, die Jeans baumelten an einem Bein. Das Top war eingerissen, damit die Brüste zu sehen waren.

Der Junge, der sie hielt, verbarg sein Gesicht hinter ihrem Kopf, doch der andere, der sie von vorn vergewaltigte, drehte sich jetzt zu der Handykamera um und grinste. *Amal.* Ella konnte noch einen dritten Jungen sehen, hinter Amal und dem blonden Mädchen. Der dritte hielt ebenfalls ein Handy, sie waren zu viert, aber der, auf den es ankam, war Amal. Er grinste in das Handy, er grinste auf Ellas Display, und das war es, dachte sie, darauf kam es auch an: *dass es mein Display ist.*

Das Mädchen war blond, *eine deutsche Schlampe, die von einem Abou-Khan gefickt wird,* eine Deutsche, damit Ella die Botschaft verstand: *Genau das machen wir auch mit dir, wenn du noch einmal mit unserer Schwester sprichst.* Und Ella verstand. Ohne dass sie es merkte, hatte sie zu zittern begonnen; ein kaltes, eisiges Zittern. Sie starrte auf das kleine Handydisplay und wünschte mit verzweifeltem Zorn, an diesem dunklen Ort zu sein und eine Waffe zu haben, irgendetwas, eine Pistole, ein Messer, vielleicht sogar nur einen Stein, ja, einen großen Stein, um dazwischenzugehen, so lange damit auf Amal einzuschlagen, bis er das Mädchen losließ und sich wimmernd auf dem Boden krümmte.

Amal hob eine Augenbraue, seine Lippen formten einen verächtlichen Kuss. Dann wandte er sich zwischen ihren Schenkeln wieder seinem Opfer zu. Die Kamera zoomte auf das Gesicht des Mädchens, und einen Herzschlag lang dachte Ella, sie könnte es schreien hören, einen langgezogenen, markerschütternden Schrei, bis sie erkannte, dass es das Karosserieblech des Renault war, das unter dem Zangengriff der Rettungsschere barst.

25

Es reicht. Sie saß auf dem Beifahrersitz des Sprinters und dachte, *es reicht jetzt.* Nur undeutlich nahm sie durch das beschlagene Fenster das Verkehrschaos um die Unfallstelle wahr, die Ansammlung von Einsatzwagen, die Passanten, die trotz des Regens stehen geblieben waren und auf dem Bürgersteig vor den erleuchteten Schaufenstern der Boutiquen verharrten, um zu gaffen. Sie spürte, wie ihre Nase zu laufen begann und das Salz in ihren Augen brannte. Sie schluckte, mit zusammengepressten Lippen, um nicht zu heulen vor Wut.

Es reicht, verdammt nochmal! Ich habe die Schnauze voll von diesen großspurigen libanesischen Gangstern mit ihren Drohungen, ihrem breitbeinigen Männergehabe, ihrer Brutalität, ihrer lächerlichen Ehre und ihrer Verachtung von allem, was nicht männlich ist. Ich habe mir schon viel zu viel gefallen lassen, weil ich an Shirin gedacht habe; weil ich gedacht habe, dass sie ihren Vater und ihre Brüder braucht, wenn sie wieder aufwacht, aber damit ist jetzt Schluss!

Mit zitternden Fingern wählte sie die Auskunft und ließ sich mit dem LKA verbinden. Dort fragte sie nach Kommissar Abdallah. »Ich habe einen Film auf meinem Handy, den Sie sich anschauen müssen«, sagte sie. »Er zeigt, wie Amal Abou-Khan und drei andere Jungen ein Mädchen vergewaltigen.«

Abdallah atmete tief ein und aus. »Sie wissen, was passiert, wenn Sie mir diesen Film zeigen?«, fragte er.

»Sie verhaften Amal und die anderen«, sagte Ella.

»Und es vergehen keine zwölf Stunden, dann holt ein von Präsident Halil bezahlter Staranwalt ihn wieder raus. Und danach fängt der Ärger für Sie erst richtig an.«

»Das ist mir egal«, sagte Ella. Durch das leicht beschlagene Fenster sah sie zu, wie die Feuerwehrmänner den eingeklemmten Mann aus seinem zerstörten Wagen befreiten. »Ich will, dass er zur Rechenschaft gezogen wird.«

Abdallah seufzte. »Schicken Sie mir den Film auf mein Handy, aber wenn ich etwas damit anfangen soll, brauche ich auch die Aussage des Mädchens, und die werde ich nicht kriegen. Das Mädchen finde ich möglicherweise, aber die Familie wird es so unter Druck setzen, dass es sich eher die Zunge herausschneidet, als Amal zu beschuldigen.«

»Dann muss ich mir was anderes überlegen«, sagte Ella, und noch immer zitterte sie innerlich. *Mein Vater ist ein guter Mann, ein guter Mensch, weißt du? Aber er ist stolz auf seine Söhne.* »Den Film schicke ich Ihnen trotzdem.«

»*Der König der Löwen* wäre mir lieber. Den könnte ich mir mit meinen Kindern anschauen. Ach, übrigens, die Männer, mit denen Sie vergangene Nacht Verstecken gespielt haben, waren tatsächlich von uns. Hagen hatte sie zu Ihrem Schutz abgestellt, allerdings ohne Sie darüber zu informieren, wenn ich das richtig verstanden habe. Soll ich sie abziehen oder Ihnen ein neues Team zuteilen?«

»Soll das heißen, es existiert keine schriftliche Anweisung Ihres Kollegen?«, fuhr Ella fort. »Gibt es nicht wenigstens so was wie eine Aktennotiz über den Einsatz vor meinem Haus?«

»Wenn, dann müsste man lange danach suchen, bei dem Durcheinander, das er bei seinem Tod hinterlassen hat. Hagen war nicht gerade für seine …« Er unterbrach sich, ehe er mit veränderter Stimme fortfuhr: »Sie glauben doch nicht, die könnten gekauft worden sein?«

»Ich weiß nicht mehr, was ich glauben soll.«

Nicht nach dem, was ich mit Beamten des Berliner LKA schon erlebt habe. Eine Gestalt erschien am Fenster des Sprinters, klopfte gegen die Tür. »Wir können den Patienten jetzt übernehmen«, rief Finn von draußen.

»Ich muss Schluss machen«, sagte Ella. »Also – hier kommt *Der König der Schweine.*« Sie nahm das Handy vom Ohr und drückte auf die Taste zum Versenden einer Datei und schickte Abdallah den Film, den er sich nicht mit seinen Kindern anschauen konnte. Dann stieg sie aus und lief durch den Regen zu dem Renault. Finn und der zweite Rettungsassistent waren schon dabei, den aus dem Wrack befreiten

Mann vorsichtig auf eine Vakuummatratze zu legen. Der Mann war noch bei Bewusstsein. Der Regen schlug ihm ins Gesicht, doch er schloss die Lider nicht, sondern schien die Tropfen zu beobachten, auf ihrem ganzen langen Weg aus dem schiefergrauen Himmel in seine Augen. Zwei Feuerwehrmänner hielten eine Plastikplane über ihn und die Trage, während der zweite Rettungsassistent den Tropf anschloss, aber sie hielten sie zu hoch. Das rechte Bein des Mannes wies in der Mitte einen Knick auf, als wäre es nicht mehr aus einem Stück; weiß ragte ein Stück Knochen dicht unter dem Knie aus der zerfetzten, blutverkrusteten Hose.

Ella öffnete die Hecktür des RTW und sah zu, wie die beiden Rettungsassistenten die Trage in den Patientenraum hievten – *nasses Haar, bleiche Haut, Blut* –, und plötzlich war es nicht der eingeklemmte Mann, den sie anschaute, sondern Anni, und sie dachte: *Warum hat sie so lange in der Wanne gelegen?*

Sie erinnerte sich ganz deutlich an ihre Unterhaltung vor einem Jahr, auf der Fahrt von Paris nach Mont-Saint-Michel. Im Wagen, am Morgen nach einer langen Nacht, hatte Annika erschöpft, fast verbittert, darüber gesprochen, wie anders ihr Leben durch die Krankheit geworden war.

»Die Anfälle kommen jetzt in kürzeren Abständen, trotz der Medikamente. Du lebst wie in einer Landschaft ohne festen Boden, kannst dich aber nicht mal auf die Bodenlosigkeit verlassen. Du kannst jederzeit den Halt verlieren, einbrechen, und diese ständige Erwartung ist es, die dich fast umbringt. Schon der nächste Schritt kann dir wieder das Fundament unter den Füßen wegreißen. Es gibt nichts mehr, worauf du dich verlassen kannst, keine Sicherheit, und jedem, der mit dir zu tun hat, geht es genauso.«

Ella stieg zu dem Patienten in den Wagen und setzte sich neben ihn, und Anni stieg mit ihr ein.

»Schwimmen gehen?«, sagte Anni in ihrem Kopf. »Zu gefährlich, man kann ja plötzlich einen Anfall kriegen und ertrinken. Allein in der Badewanne? Dasselbe. Reiten? Auf eine Leiter steigen? Gar nicht dran zu denken, man fällt runter und bricht sich das Genick. Auto fahren? Du meine Güte, viel zu gefährlich, man verliert die Kontrolle über das Fahrzeug und verursacht einen tödlichen Unfall. Essen? Immer das Risiko, sich zu verschlucken und zu ersticken. Liebe, Hass, Sex? Bloß keine starken Gefühle! Im einen Moment wirkst du fast normal und fühlst dich auch so, im nächsten Moment verdrehen sich deine Augen, du fängst an zu zucken und zu schmatzen, gibst komische Geräusche von dir, als wärst du von einem Dämon besessen, der dich dann durch die Luft schleudert, du fällst und fällst und dabei zerbeißt du dir die Zunge und pisst dich voll ...

Finn nahm auf der anderen Seite des Patienten Platz, und der zweite Assistent schlug die Hecktür zu und ging nach vorn, setzte sich ans Lenkrad. Die Sirene heulte auf. Der Sprinter fuhr los, rollte an der havarierten Straßenbahn vorbei.

»Manchmal«, Ella konnte Annis Stimme hören, als säße sie neben ihr, »manchmal lebst du stunden-, tage- oder sogar wochenlang in einem Dämmerzustand und sehnst dich danach, dass endlich der Anfall kommt, der dich erlöst und den Schleier um dich zerreißt, die Käseglocke mit einem Blitz zersprengt. Oder du wirst rasend, aggressiv – du musst dich unglaublich beherrschen, weil nämlich ein winziges Fünkchen reicht, und du springst jemand mit dem nackten Arsch ins Gesicht oder ziehst ihm eine Flasche über den Schädel. Ich habe sogar schießen gelernt, falls ich wirklich mal so weit sein sollte, dass ich jemand abknallen möchte.«

Patrick Cassidy, zum Beispiel.

Sie hatte Ella den Kopf zugewandt und sie angesehen, mit Augen wie heißes, frisch geblasenes Glas. »Es sind die Nächte, weißt du«, hatte sie gesagt. »Die, in denen man nicht mehr wie früher sanft in den Schlaf hineingleiten will, sondern sich im Bett aufbäumt. Man fühlt sich, als hätte man Scherben gegessen, und wenn man in sich hineinschaut, sieht man sie da unten glitzern, scharf und gefährlich und so wirklich, dass man einen Straßenkehrer runterschlucken möchte, damit der da drinnen alles auffegt. Und dann kommt die Angst – eine Angst, die so groß ist, dass du denkst, sie zerreißt dir die Brust und dein Schädel platzt, weil du diesen Druck auf dein Gehirn einfach nicht mehr aushalten kannst. Ich bin einfach müde, weißt du. Und ich sehne mich zurück nach der Möglichkeit, sanft zu sein.«

Ella erinnerte sich noch gut, was sie darauf geantwortet hatte: »Du warst nie sanft«, hatte sie gesagt und Annika die Hände auf die Wangen gelegt. »Hör zu, du warst nie sanft, und ich möchte nicht, dass du darunter leidest, es nicht mehr zu sein, wenn du es nie warst.« Selbst jetzt noch, ein Jahr später, konnte sie die fiebrige Hitze spüren, die Anspannung, als Annis Kopf an ihre Schulter gesunken war. »Ich bin müde«, hatte Anni geflüstert. »Ich bin es müde, zu fallen.«

Hast du dich deswegen umgebracht, weil du so müde warst? Weil du nicht mehr die Kraft hattest, immer und immer wieder aus deinem eigenen Leben zu fallen? Bist du dieses eine Mal doch in die Wanne gestiegen, um nicht wieder aufstehen zu müssen? Oder hat dich jemand hineingelegt, damit man genau das denken sollte? Hat Cassidy gelogen, und du bist gar nicht in einer Wanne gefunden worden und auch nirgendwo sonst, weil du noch lebst? Ich weiß nicht, was ich glauben soll, Anni.

Was, verdammt nochmal, macht Detective Inspector Cassidy in deiner Wohnung, Anni? Warum geht er an dein Telefon?

Ella betrachtete den Mann auf der Trage vor ihr, der nun künstlich beatmet wurde.

Sie hat sich nicht umgebracht, dachte sie. *Das würde Anni nie tun, weil es bedeutet hätte, ihre Patienten im Stich zu lassen; sie hat noch nie im Leben jemanden im Stich gelassen.*

»Ich analysiere nicht, ich therapiere nicht, ich bewache sie nur. Ich bin ihr Wachtposten an der Grenze«, das waren ihre Worte gewesen.

»An welcher Grenze?«, hatte Ella an jenem Morgen im Wagen gefragt.

»Der, auf der die meisten von ihnen gerade gehen, wenn sie zu mir kommen – der schmalen Grenze zwischen zwei existentiellen Kräften: dem Chaos und dem Menschen. Ich bin ihr Wachtposten, ich stehe auf ihrer Seite der Grenze, bei ihnen, damit sie nicht aus Versehen hinüberrutschen.«

Ella dachte daran, wie Anni damals trotz ihrer Krankheit sofort alles stehen und liegen gelassen hatte, um nach Berlin zu kommen; um ihr zur Seite zu stehen, als ihr Leben in Gefahr war.

Sie musste annehmen, dass ich vielleicht ihren Bruder umgebracht habe, und trotzdem ist sie gekommen. Was mache ich noch hier? Warum bin ich nicht längst in London, um jetzt sie vor dem Chaos zu beschützen?

26

Der Brief, den Julian von seinem Bürotisch nahm und ihr gab, war schilffarben, aus umweltfreundlichem Papier, im DIN-A5-Format und dick. Er musste mindestens ein Dutzend in der Mitte gefaltete Bögen enthalten. Auf der Vorderseite stand *Für Ella Bach – Persönlich,* in Annikas unverkennbarer Handschrift, und Ella widerstand nur mit Mühe der Versuchung, ihn auf der Stelle zu öffnen. Hastig steckte sie ihn ein.

»Woher weißt du, dass er von Annika ist?«, wollte Julian wissen. »Warum hat sie ihn nicht gleich an dich geschickt?«

»Ich weiß es nicht«, antwortete Ella. »Danke, dass du ihn mir mitgebracht hast.«

»Ich wusste schon immer, dass sie, na ja, etwas kapriziös ist«, sagte er und trat einen Schritt zurück, um sie aus halbnaher Distanz genauer betrachten zu können. »Du bist ganz außer Atem. Deine Augen glänzen, und deine Stirn … Hast du Fieber?« Er beugte sich vor, um nach der Wunde an ihrer linken Schläfe zu sehen. »Tut es noch weh?«

»Nein.« Ella hörte, dass ihre Stimme fremd klang, sogar für sie selbst. Ihre Augen brannten plötzlich. »Julian, sie ist tot!«

»Wer?«

»Anni.«

»Tot? Aber wann … wie …«

»Angeblich hat sie sich umgebracht, in der Badewanne. In London.«

»Woher weißt du das?«

»Ich habe mit der Polizei gesprochen, heute Vormittag. Ein Polizist war in ihrer Wohnung. Es war ausgerechnet der Typ, der sie damals misshandelt hat.«

»Das verstehe ich nicht«, unterbrach Julian sie. »Bist du sicher, dass du da nicht was durcheinander…«

»Nein!« Sie funkelte ihn wütend an. »Sie hätte sich nie umgebracht.« Sie wandte sich zum Gehen. »Ich muss los. Ich muss noch packen und sehen, dass ich einen Flug kriege …«

Julian kam ihr nach. »Ella! Was hast du vor? Du solltest nichts überstürzt tun. Wie kommst du darauf, dass etwas mit ihrem Tod nicht stimmen könnte?«

»Das kann ich dir nicht erklären.«

»Na ja, irgendwann müssen wir alle sterben«, sagte er fast gleichgültig, »und vielleicht ist es für sie so am …«

»Sag jetzt nicht, dass es für sie so am besten ist!« Ellas Stimme überschlug sich. »Du bist so ein Arsch, Julian! Wieso kann man sich eigentlich neuerdings hundertprozentig darauf verlassen, dass du zu allem immer das denkbar Schäbigste sagst?«

»Weil du neuerdings aus allem, was ich sage, das denkbar Schäbigste heraushören willst. Sogar wenn ich dir sage, dass ich dich liebe.«

»Das liegt wahrscheinlich daran, dass du dabei ein Gesicht machst, als hättest du eine neue Dienstleistung ins Angebot genommen.«

Fast verzweifelt hob er die Hände, die Handteller sichtbar wie auf einem Jesusbild. »Du bist immer so emotional, Ella! Was willst du hören: *Es tut mir leid um deine Freundin?* Aber dafür kannte ich sie nicht gut genug, und ich mochte sie auch nicht besonders. Sie wird ihre Gründe gehabt haben, und vielleicht hat sie jetzt sogar ihren Frieden gefunden.«

»Tolle Methode!«

»Manchmal gibt es keine andere.«

»Das hängt wohl davon ab, was man für ein Mensch ist«, sagte Ella kalt. »Anni war nicht der Mensch, der sich umbringt. Sie war auch niemand, der den Kopf einzieht. Sie ist manchmal auf Tauchstation gegangen, um in Ruhe Kleinholz aus einem Problem zu machen, aber danach ist sie immer wieder aufgetaucht, und zwar …« Sie hielt inne und starrte Julian an, als würde ihr erst jetzt wirklich klar, über wen sie sprach und was geschehen war. »Sie – sie – Julian …«

Sie merkte, wie etwas in ihr nachgab, erst in der Brust, dann in den Schultern. Ihr Gesicht wurde heiß, die Glut in den Augen wurde zu Tränen, die sie nicht mehr zurückhalten konnte. Sie verlor die Haltung, krümmte sich heftig vor, und im nächsten Moment hielt Julian sie fest. Er hielt sie und drückte ihren Kopf an seine Brust. Sie wollte das nicht, wehrte sich mit aller Kraft, stemmte sich gegen seine Arme, aber er ließ nicht locker, und das war gut; es war gut. Sie gab ihren Widerstand auf, ihr Körper entspannte sich.

»Du hast recht«, sagte er leise, sein Mund an ihrem Scheitel, »es ist schrecklich, wenn sich jemand das Leben nimmt, und es tut mir leid. Ich weiß, dass sie deine beste Freundin war und dass ihr euch gerade erst wiedergefunden hattet.«

»Sie war die einzige«, sagte Ella an seiner Brust. »Eigentlich war sie meine einzige echte Freundin.«

»Sag mir, ob ich dir irgendwie helfen kann.«

»Du könntest sie wieder lebendig machen.«

»So was wollte ich schon immer mal versuchen.«

Sie hörte auf zu weinen, schluckte noch ein paarmal und wurde wieder ruhig.

»Willst du wirklich nach London?«, fragte er.

»Ja.«

»Geh da bitte nicht allein hin.«

Sie war schon an der Tür. »Gibt es etwas Neues von Shirin?«

»Hat Mehlthau dich nicht angerufen?«

»Ich habe mein Handy ausgeschaltet. Ich war bis eben im Einsatz.«

Er rieb sich die Stirn. »Das Fieber steigt immer noch, und wenn das so weitergeht, versagt irgendwann auch noch das Herz. Außerdem hat das letzte EEG kaum noch hirnelektrische Aktivität ergeben.«

»Aber wie konnte es denn dazu kommen? Der letzte Stand war doch, dass sie gute Chancen hat, wieder gesund zu werden, wenn die Antibiotika gegen die Gehirnhautentzündung anschlagen und das Fieber zurückgeht!« Ohne auf eine Antwort zu warten, trat sie auf den Korridor. »Ich muss sofort zu ihr.«

»Was hast du denn vor?«

»Die sollen noch ein EEG machen. Und zur Not noch ein CT. Und ein MRT.«

»Das ist doch alles schon gemacht worden!« In diesem Moment meldete sich Julians Pieper. »Ich muss in den OP. Ella, geh da besser nicht allein hin …«

»Mach dir keine Sorgen.« Ella hatte das Ende des Korridors erreicht. Sie drückte den Türöffner, der Schließmechanismus surrte und die Tür glitt auf.

Draußen blieb Ella stehen und lehnte sich gegen die Wand. Sie schloss die Augen, nur einen Moment, damit das Gefühl der Schwärze wegging, das sie plötzlich erfüllte. Sie umklammerte das Handy in ihrer Jackentasche, als wäre es ihre einzige Verbindung zu einer Welt, in der man den Wahnsinn wenigstens vorübergehend aussperren konnte. Schließlich ging sie weiter zur Intensivstation, zu dem Zimmer, in dem Shirin lag. Sie wollte gerade die Tür öffnen, als sie leisen Gesang hörte, eine sanfte Männerstimme. Sie blieb stehen und lauschte. Der Gesang drang aus Shirins Zimmer, melodisch und doch fremd, monoton. Die Worte konnte sie nicht verstehen, denn sie waren türkisch oder arabisch. Es klang wie ein Wiegenlied. Sacht drückte sie die Klinke und öffnete die Tür einen Spaltbreit.

Das Zimmer war fast dunkel, nur eine Lampe über Shirins Bett spendete etwas Helligkeit. Das Gesicht des Mädchens schien zu glühen, aber es war nicht schweißbedeckt wie beim letzten Mal, sondern die Haut spannte sich trocken über den kleinen, jetzt sehr markant wirkenden Schädel. Auf einem Hocker neben ihrem Bett saß Rashido, leicht vorgebeugt, die Augen auf Shirins Gesicht geheftet. Er trug nur Turnschuhe, eine formlose Fleece-Jacke und ausgewaschene Jeans, keinen Armani-Anzug, keine Gangsta-Seide.

In diesem Moment unterbrach er sein Lied. Seine Schultern spannten sich, weil er spürte, dass jemand da war und ihn beobachtete. Er drehte nur den Kopf, bis seine Augen Ellas Blick begegneten, braune Pupillen voller Sorge. Nach ein paar Sekunden wandte er sich wieder Shirin zu. Dann sang er weiter.

Ella zog die Tür wieder zu und dachte, *ich kann jetzt nicht weg hier, ich muss dableiben. Wenn ich hierbleibe, wird sie nicht sterben.*

Das Handy in ihrer Tasche summte. Sie meldete sich. »Ja. Bach.«

Es rauschte und knisterte in der Leitung, als käme der Anruf von sehr weit her. »Hallo?«, sagte Ella, jetzt lauter. Sie hörte nur die atmosphärischen Störungen, dann ein Knacken.

»Ella?«, rief eine leise Stimme, die sie nicht erkannte, weil sie entstellt war von der Anstrengung, sich durch die Astralnebel oder Sonnenstürme im All durchzukämpfen. Sie konnte nicht einmal sicher sein, ob sie nicht verhört hatte.

»Hallo? Wer ist denn da?«

Das Rauschen und Knistern schwoll an, verschluckte jedes andere Geräusch, dazwischen hörte sich etwas an wie: »… ich …«

»Anni?« Ella schrie fast. »Anni, bist du das?«

Dann konnte sie wieder die Stimme hören, nein, mehrere Stimmen, darunter die einer Frau, aber flackernd, schwankend, verschluckt von dem Rauschen einer elektronischen Woge, die sich auftürmte und an ihrer Ohrmuschel brach.

»Kannst du mich hören?« Sie ging jetzt zur Stationstür, irgendwohin, wo der Empfang besser war. »Ich bin in der Klinik. Der Empfang hier … ich gehe nach draußen …«

»… keine …« Einen Moment war die Stimme im Handy ganz klar zu hören – und es war Anni, ja, sie war es. Sie musste es sein! Sie war nicht tot, nicht in der Badewanne ertrunken. Sie hatte Angst, das konnte man hören, sie klang gehetzt, »… Hilfe … Gefahr …«, und wenn nur die verdammten Störgeräusche nicht gewesen wären, die alles verzerrten …

Hilfe. Gefahr. Ella dachte: Ich bilde mir das doch nicht ein. Es hieß »Hilfe«, es hieß »Gefahr«, es ist Anni.

»Anni«, rief sie, »ich höre dich sehr schlecht! Wer ist in Gefahr? Brauchst du Hilfe?«

»… du …« Ein Wortfetzen, dringlich – »du« – Teil eines zerhackten Satzes, der keinen Sinn ergab.

»Von wo rufst du an? Aus London?« Jetzt war Ella nicht mehr auf der Station, aber der Empfang wurde nicht besser, im Lift, auch nicht besser, im Vorraum am Fenster, immer noch nicht besser. »Ich habe mit Cassidy gesprochen. Er war an deinem Telefon. Er hat gesagt, du wärst tot!«

Das Rauschen schwappte heran, scharf, metallisch, ein prasselnder Meteoritenregen, dazwischen menschliche Laute, die untergingen. Ella presste das Handy so fest gegen das Ohr, dass es schmerzte. »Wo bist du? Sag mir, wie ich dich erreichen kann! Ich habe den Brief bekommen, gerade eben, aber ich habe ihn noch nicht gelesen.«

Sie sah hinaus, starrte in die Dunkelheit, auf die schwach beleuchtete Kastanienallee. Wartete auf den nächsten Wortfetzen, der nicht kam. Sie wusste nicht, wie lange die Verbindung hielt und ob der Jemand, der Anni sein musste, sie überhaupt verstehen konnte, deswegen redete sie einfach weiter. »Ich nehme gleich morgen den ersten Flug nach London …«

»… nein …«

Plötzlich krachte es dicht an Ellas Ohr, als wäre der Satellit, über den ihr Gespräch lief, in ein kosmisches Gewitter geraten und von einem Blitz getroffen worden. Und dann hörte sie nichts mehr, kein Rauschen, kein Knistern oder Knacken und keine Anni. Die Verbindung war tot.

27

Bächlein, entschuldige die Heimlichtuerei, aber inzwischen scheint mir der gute alte Postbrief wieder der sicherste Weg, jemandem etwas mitzuteilen, das für niemand anderen bestimmt ist. Keine fremden Augen, keine fremden Ohren, keine fremden Computer oder Satelliten. Seit ich mich dazu entschlossen habe, unterzutauchen, bin ich weder telefonisch noch auf irgendeinem anderen elektronischen Weg erreichbar. Ich versuche, sämtliche Spuren meiner Existenz auf Erden, im Himmel und im Cyberspace zu verwischen, wenn nicht gar zu löschen, obwohl das fast unmöglich ist. Das alles muss dir ziemlich mysteriös vorkommen, und das ist es auch.

Du hast mich nie danach gefragt, was ich eigentlich die ganze Zeit gemacht habe, nachdem ich hierher auf die Insel gezogen war. Die Antwort ist einfach: Ich habe meine Seele dem Teufel verkauft, und jetzt versucht er, sie sich zu holen …

Ella saß vor ihrem Gate im halbleeren Warteraum der Abflughalle und hatte gerade angefangen, Annis Brief zum dritten Mal zu lesen, als eine Lautsprecherdurchsage verkündete, dass der Start ihres für 21:40 Uhr vorgesehenen Flugs mit British Airways nach London Heathrow sich um eine halbe Stunde verzögern würde.

Ella sah auf. Draußen auf den Gängen wimmelte es von Polizisten und Bundesgrenzschutz, Beamte mit MPs und Kevlarwesten, die paarweise patrouillierten oder in Gruppen beieinanderstanden, um zu zeigen, dass der Staat auf der Hut war.

Sie hatte Annis Brief – siebenundzwanzig eng von Hand beschriebene Seiten – zweimal lesen müssen, um ihn zu verstehen, und jetzt las sie ihn zum dritten Mal, weil sie es immer noch nicht glauben konnte. Die Angst, die er ihr eingejagt hatte, saß in ihrem Magen wie ein schwerer Eisklumpen; er wollte und wollte nicht schmelzen.

Ich habe meine Seele dem Teufel verkauft, und jetzt versucht er, sie sich zu holen. Das wäre ja noch zu ertragen (Scherz!), wenn er nicht auch noch hinter den Seelen aller anderen her wäre, auch hinter deiner. Besonders hinter deiner, weil du meine beste Freundin bist. Durch dich will er mich treffen, wenn er mich schon nicht finden kann. Deswegen solltest du dasselbe tun wie ich. Verwisch deine Spuren im Netz, lösch vor allem deinen LifeBook-Account …

Wieder blickte Ella auf, sah zu der Passagierschleuse hinüber, durch die immer noch vereinzelte Fluggäste tröpfelten. Die beiden Männer vom LKA waren nicht darunter. Ella vermutete, dass sie jetzt draußen auf dem Gang vor der Schleuse standen und telefonierten, um zu berichten, dass sie auf diesen Flug gebucht war, den letzten nach London für heute. Sie hatte den schwarzen BMW Touring zum ersten Mal kurz hinter der Autobahnzufahrt gesehen, dann aber wieder aus den Augen verloren und erst wiederentdeckt, als das Taxi bis zum Haupteingang des Flughafens vorgefahren war, wo der BMW nicht halten konnte, ohne aufzufallen.

Die beiden Männer auf den Vordersitzen hatten nicht zu ihr herübergesehen, als sie vorbeigefahren waren. Etwas weiter vorn hatte der BMW gehalten, damit der Beifahrer herausspringen konnte. Es war der, den sie vor zwei Nächten fotografiert hatte; kein Zufall, keine Verwechslung, keine Paranoia.

Sie war jetzt sicher, dass die beiden Männer nicht *nur* für die Polizei arbeiteten. Sie wusste es, seit sie gestern Nacht Annis Brief gelesen und festgestellt hatte, wie viele Leute, die sie nicht kannte, auf einmal bei LifeBook ihre Freunde sein wollten. Es funktioniert tatsächlich, hatte sie gedacht. LifeBook schlug ihr sogar von sich aus Menschen vor, mit denen sie vielleicht gern befreundet wäre, weil sie ähnliche Dinge mochten oder nicht mochten wie sie. Manche hatten selbst kürzlich Menschen verloren, die ihnen wichtig gewesen waren. Inzwischen wusste sie auch, was von ihr erwartet wurde: Sie hatte gespostet, wie erschrocken sie über den Tod ihrer Freundin war; wie verwirrt, traurig und einsam sie sich fühlte.

Wie gefällt euch das?, hatte sie gedacht. *Von jetzt an gibt es zwei Ellas – eine virtuelle und eine dahinter, die ihr nicht sehen könnt, keiner von euch.*

Das Verwirrende daran war, dass sie sich tatsächlich getröstet gefühlt hatte, allein durch das Anklopfen von Fremden. Am Morgen, als sie noch einmal auf ihre Seite geschaut hatte, waren es noch mehr geworden, Frauen und Männer, Cliquen, sogar eine ganze Schulklasse. Als hätte sie plötzlich eine teilnahmsvolle Familie gefunden, in die sie nicht hineingeboren worden war.

Warum soll ich das löschen?, dachte sie. Anni wusste ja gar nicht, was sie gerade für eine Entdeckung machte. Dann dachte sie wieder den Gedanken, den sie beim ersten Lesen des Briefs gehabt hatte: *Vielleicht hat Annika den Verstand verloren. Vielleicht ist sie ihrer Krankheit einfach nicht mehr gewachsen. Diese merkwürdigen Anrufe, diese eigenartigen E-Mails und jetzt dieser wirre Brief …*

Ihr Handy summte. Ella holte es aus der Jackentasche. In ihrem E-Mail-Briefkasten war eine Nachricht von einem unbekannten Absender gelandet. Sie zögerte einen Herzschlag lang. *Versuch deine Spuren zu verwischen.* Sie öffnete die Nachricht, die nur aus zwei Links bestand. Nicht anklicken, dachte sie und konnte doch nicht widerstehen.

Ein Link führte zu einem Film auf YouTube, das andere zu einem Anbieter namens the-void.com. Sie klickte das zweite an. Auf dem kleinen Displays öffnete sich eine schlichte Seite, über die in schneller Folge Worte und Sätze krochen, Fragen und Antworten von Chat-Teilnehmern, deren Nutzernamen Ella noch nie gesehen hatte: Frauen und Männer, die nicht schlafen konnten oder wollten, weil sie nur mit den Händen über der Tastatur den Heimsuchungen ihrer persönlichen Gespenster zu trotzen vermochten. Gesichtslose, tonlose Stimmen riefen einander in der hohlen Weite des Netzes verschlüsselte Botschaften zu, tauschten Chiffren aus, schrieben in Kürzeln. Sie lockten und schmeichelten. Sie versprachen Verständnis, Zuneigung, Trost, sogar Liebe.

Neugierig folgte Ella den einzelnen Dialogen, die sich zu einem

Gesprächsreigen formierten, wieder trennten und erneut verbanden. Trotz der unterdrückten Traurigkeit, dem gespielten Draufgängertum in den Kommentaren klangen sie nach einer Weile alle gleich, eingebettet in die rechts und links farbig erblühenden Pop-ups mit Werbung für Parfums, Weine, Dessous oder andere Internet-Anbieter zu verwandten Themen.

Ella dachte an geisterhafte Fledermäuse, die durch die Dunkelheit schwirrten und dabei digitale Signale aussandten, um sich nicht zu verirren oder an einem plötzlichen Hindernis zu zerschellen. Zu den Stimmen schienen keine Körper zu gehören, sosehr sie diese auch beschworen; es waren nur ewige Gelüste, ewige Schmerzen, übrig geblieben, nachdem alles Fleisch längst in seinem Grab vermodert war.

Wer schickt mir so einen Link, dachte sie; wozu soll das gut sein? Sie sah auf, blickte sich in dem Warteraum um, als könnte einer der mit ihr in dem anämischen Licht ausharrenden Passagiere dafür verantwortlich sein. Einige der Männer bearbeiteten ihre Laptop-Tastaturen, anderen wischten mit den Fingerspitzen über Tablets oder Smartphone-Displays. Keiner sah in ihre Richtung, natürlich nicht. Aber hinter einer Milchglasscheibe glaubte sie, die Silhouetten von zwei Männern zu sehen, die sich nicht bewegten.

Sie verließ das Internet und drückte die Kurzwahl für Oberkommissar Hassan Abdallah. Er meldete sich nach dem zweiten Klingeln. »Ihre beiden Beamten folgen mir schon wieder«, sagte Ella.

»Ich nehme an, ich spreche mit Doktor Bach«, sagte Abdallah nach einer Pause.

»Ja, und Ihre beiden Beamten folgen mir immer noch.«

»Das überrascht mich«, sagte der Kommissar. »Ich überprüfe das sofort und rufe Sie zurück.«

Er unterbrach die Verbindung, und Ella behielt den Apparat in der Hand, während sie sich auf den Brief zu konzentrieren versuchte. Drei Minuten später summte das Handy. »Sind Sie am Flughafen?«, fragte Abdallah.

»Ja.«

»Ich habe mit den Kollegen gesprochen, und die sagen, es handelte sich um einen Zufall. Sie wären wegen eines anderen Falls am

Flughafen. Zurzeit sind wir etwas unterbesetzt, und jede Abteilung hilft bei der anderen aus. Ist also durchaus möglich.«

»Ja, aber ist es auch wahrscheinlich?«

»Was machen Sie am Flughafen? Wollen Sie weg?«, fragte Abdallah.

»Sie haben mir nicht verboten, die Stadt zu verlassen, oder?«

»Nein, aber ich weiß gern, wo meine Schäfchen sind, solange ich sie beschützen muss. Und wohin geht die Reise?«

»Nach London.«

»Verstehe«, sagte Abdallah. Er schwieg eine Sekunde, in der sie ihn nicht einmal kauen hören konnte. Dann sagte er: »Wir haben übrigens damit begonnen, den Rechner von diesem Kornack auszuwerten. Es dauert ein bisschen, weil er versucht hat, vor seiner Kamikaze-Aktion die Festplatte zu löschen. Unsere Techniker sind dabei, die zerstörten Daten zu rekonstruieren, und bisher haben wir nur ein paar wirre Texte wiedergefunden, die wir noch analysieren müssen. Aber zwei interessante Dinge haben wir doch schon rausgefunden. Nummer eins: Kornack war tatsächlich ebenfalls in Afghanistan, in Kundus, und zwar als Stabssanitäter der Gebirgsjäger, die auch von Scharnhorst seelsorgerisch betreut wurden. Nach seiner Rückkehr hat er eine Zeit lang bei seiner Mutter gelebt. Ist erst vor Kurzem bei ihr ausgezogen. Das erklärt auch, warum seine Wohnung praktisch leer war. Eigentlich darf ich Ihnen das alles gar nicht erzählen, sind schließlich streng geheime Ermittlungsergebnisse, aber ich mache mal eine Ausnahme wegen Nummer zwei.«

»Und Nummer zwei wäre?«

»Kornack hatte Ihr Bild in seinem Computer, vermutlich das Foto, das er nach dem Anschlag im Rettungswagen mit seinem Handy von Ihnen gemacht hat. Es zeigt Sie und die Kleine, Shirin, auf der Trage.«

Es knackte in der Leitung, dann ein Rauschen. Abdallah sagte etwas, aber Ella konnte ihn nicht verstehen. Stattdessen signalisierte jetzt ein Piepton, dass ein zweiter Anrufer sie zu erreichen versuchte. »Hören Sie!«, rief sie gegen das Rauschen an, »ich muss Schluss machen.« Dann drückte sie ihn weg und nahm den anderen Anruf entgegen. Dabei fielen einige Seiten des Briefs zu Boden. Sie meldete sich und ging gleichzeitig in die Hocke, um die Papierbögen aufzusammeln. »Ja, Bach.«

»Ella, Julian.« Er sprach leise, so als wollte er nicht, dass jemand hörte, mit wem er redete. »Wo bist du gerade?«

»Ich bin am Flughafen«, sagte sie und legte die Seiten des Briefs auf ihren Plastikstuhl; keiner der anderen mit ihr wartenden Passagiere unternahm Anstalten, ihr zu helfen. »Ich fliege nach London. Meine Maschine startet in einer halben Stunde.«

Julian schwieg einen Moment. Im Hintergrund redeten mehrere Stimmen durcheinander, es klang aufgebracht.

»Was ist los?«

»Nichts«, antwortete Julian unsicher.

»Ist etwas mit Shirin?« Ella hielt inne, kauerte reglos vor ihrem Stuhl. An der Panoramascheibe rollte ein Jumbo-Jet der British Airways mit grün und rot blinkenden Positionslichtern vorbei. »Ist sie aufgewacht?«

»Leider nein«, sagte Julian.

Der Eisklumpen in ihrem Magen drehte sich. »Weswegen rufst du dann an?«, fragte sie.

»Nun, ich dachte, du solltest es wissen. Shirin ist im septischen Schock und überlebt die Nacht vielleicht nicht ...«

Es gab ein Geräusch, als rubbelte jemand mit einem Tuch über das Mundstück von Julians Handy, dann dröhnte Ella die heisere Stimme von Halil Abou-Khan herrisch ins Ohr: »Kommen Sie her, Ärztin!«

Die Leuchtschrift auf der Anzeigentafel über dem BA-Schalter wechselte und zeigte jetzt die Flugnummer und die Worte *Ready for boarding*. Darunter blinkten drei grüne Punkte.

Was soll ich denn jetzt machen, Anni? Natürlich ist Shirin gar nicht mehr meine Patientin, und ich kann nichts tun, um ihr zu helfen. Ich bin am Flughafen, ich habe meine Bordkarte, und mein Flug ist aufgerufen. Du bist meine beste Freundin, und falls du doch noch lebst, brauchst du vielleicht meine Hilfe.

Aber was ist, wenn du schon tot bist und Shirin heute Nacht stirbt? Sie verbrennt bei lebendigem Leib, weißt du.

»Kommen Sie sofort her, Ärztin!«

28

Irgendwann auf der Fahrt zur Klinik waren ihr sämtliche Gefühle verloren gegangen, und als sie vor der Notaufnahme aus dem Taxi stieg, hatte sie keine mehr übrig. Ella stellte ihre Reisetasche im Schwesternzimmer der Rettungsstelle ab und ging hinaus in den Vorraum mit den Aufzügen. Sie sah die Kranken und Verletzten und das Blut, aber nichts berührte sie. Sie hörte Patienten stöhnen oder wimmern und ging weiter. Sie betrat den Aufzug. Sie drückte den Knopf für die Neurochirurgie. Sie fühlte nichts, keine Sorge, kein Mitleid, keine Angst. In der Edelstahlverblendung des Fahrstuhls sah sie ihr Spiegelbild und dachte: *Robodoc.*

Mechanisch verließ sie den Lift, ging auf die Tür der neurochirurgischen Station zu und sah die ganzen Leute, die nicht hierher gehörten, die zu dieser späten Stunde hier nichts zu suchen hatten. Neugierig musterte sie die Männer und Frauen, sogar Kinder, die ihr entgegenstarrten. Alle sahen angespannt aus, ungesund und müde, wie die meisten Menschen nachts in Krankenhausräumen aussahen. Ein paar der Frauen trugen Schleier, die Mädchen Kopftücher. Nerin war nicht dabei, auch Amal fehlte. Die Männer hielten Smartphones in den Händen, bis auf einen alten Mann, dessen Finger unruhig über die Perlen einer Gebetskette wanderten. Die Kinder hatten erwachsene Augen, die nur beobachteten, schlaue, wissende Augen. Sie schienen alles zu berechnen, aber wenig zu erwarten.

Vor der Tür zur Station standen zwei uniformierte Männer vom Sicherheitsdienst, ein Farbiger und ein Weißer, beide mit kräftigen Nacken und raspelkurzem Haar. Belagerungszustand, dachte Ella beiläufig. Mechanisch zeigte sie ihren Ausweis und drückte auf den Türknopf. Die Tür öffnete sich, dahinter der Gang, der ihr heute enger erschien als sonst. Sie ging weiter, durch den schwach beleuchteten

Korridor, verfolgt vom Geräusch ihrer Schritte, härter als sonst, keine Gummisohlen, keine Gefühle, die mechanische Ärztin.

Am Ende des Gangs sah sie die Menschentraube vor der Intensivstation: Julian war da, sein Kollege Mehlthau, Shirins Vater, seine Frau und ein schlanker, bärtiger Mann, der eine Art Kaftan trug, außerdem Shirins Onkel, der Rapper. Eine Stationsschwester und ein Pfleger standen unschlüssig in einiger Entfernung. Als Julian Ella bemerkte, ließ er die anderen stehen und kam ihr schnell entgegen.

»Was machst du denn hier? Ich dachte, du bist längst ...« Er sah sie besorgt an. »Hast du eine Ahnung, was hier los ist, wenn das Mädchen stirbt? Du bist hier nicht sicher.« Er hatte fast geflüstert. Jetzt sah er sich um, und Ella folgte seinem Blick.

Halil Abou-Khan und seine Frau saßen auf Plastikstühlen vor dem Zimmer ihrer Tochter. Shirins Vater starrte reglos vor sich hin, in seiner Welt versunken. Er musste Ella kommen gehört haben, aber er blickte sie nicht an.

»Was ist passiert?«, fragte sie Julian.

»Ich habe veranlasst, dass noch ein EEG durchgeführt wurde«, sagte er, »von einem Kollegen, der über mehr Erfahrung in der Intensivbehandlung von Patienten mit Hirnschädigungen verfügt als Mehlthau. Es hat sich herausgestellt, dass das Ergebnis des ersten nur auf eine zeitweilige hirnelektrische Stille als Begleiterscheinung der Entzündung zurückzuführen war.«

»Das heißt?«

»Das heißt, sie ist klinisch am Leben, aber sie stirbt gerade an der Sepsis, die wir nicht in den Griff kriegen.«

»Wer ist der Mann mit dem Kaftan und der komischen Kopfbedeckung bei Shirins Eltern?«

»Ein Imam.«

Ella sah wieder zu Halil hinüber, und jetzt wandte er ihr das Gesicht zu und begegnete ihrem Blick ausdruckslos, so als hätte es seinen Befehl vorhin am Telefon gar nicht gegeben. Sie ging zu ihm und blieb vor ihm stehen. »Ich bin da«, sagte sie. Er sagte nichts. Er brauchte nichts zu sagen. Er sah sie nur an und nickte langsam.

Seine Augen glänzten, und bei jedem anderen hätte sie diese winzigen glänzenden Punkte in den Pupillen für einen warmen

Schimmer gehalten. Doch auch jetzt, in diesem Moment, waren Halils Augen weder warm noch sanft, sondern erfüllt von einem kalten Glitzern: die von fern sichtbare Spitze eines Eisbergs in der Nacht.

»Ich möchte Ihnen etwas zeigen«, fuhr Ella ihn an und holte ihr Handy aus der Jackentasche.

»Ich will es nicht sehen«, antwortete Shirins Vater.

»Dann werde ich es Ihrem Imam zeigen.«

Halils Frau schüttelte den Kopf, als hätte sie verstanden, was Ella sagte. Sie trug jetzt zusätzlich zum Kopftuch noch einen halben Schleier, der ihr Gesicht vom Hals bis zu den Augen verhüllte. Sie sagte etwas, wie immer zu laut und mit einem schrillen Unterton. Halil antwortete mit ein paar geknurrten Silben, und danach nahm er keine Notiz mehr von ihr oder Ella, zog sich wieder in sich zurück.

Ella ließ ihn stehen. Kurz entschlossen ging sie zu dem schlanken, bärtigen Mann in dem weißen, an den Säumen mit roten und grünen Stickereien verzierten Kaftan. »Ich bin die Ärztin, die Shirin nach dem Anschlag zuerst versorgt hat«, stellte sie sich vor. »Mein Name ist Ella Bach.«

Der Imam streifte sie nur mit einem kurzen Blick, sagte jedoch nichts, und gab auch sonst mit keiner Regung zu verstehen, dass er ihre Anwesenheit zur Kenntnis nahm. Von Nahem sah sie, dass er älter war, als es vorher den Anschein gehabt hatte. Seine Augen blickten müde, und er schien sie nur mit großer Willenskraft offen halten zu können. Sein Bart war mit grauen Strähnen durchsetzt. Auch das Haar, das in Locken unter seiner Kappe hervorfiel, war eher grau als braun.

»Gehört die Familie Abou-Khan zu Ihrer Gemeinde?«, unternahm Ella einen neuen Anlauf, das Smartphone noch immer in der Hand. Der Geistliche wandte den Kopf ab und bewegte sich ein winziges Stück von ihr weg, mehr ein schwaches Beben als eine echte Bewegung. Dabei warf er Shirins Onkel einen finster tadelnden Blick zu.

»Der Imam spricht nicht mit Frauen«, sagte Rashido. »Und mit solchen, die kein Kopftuch tragen, schon gar nicht.«

»Sie haben da ja weniger Probleme, was Frauen ohne Kopftuch angeht«, sagte Ella. »Oder auch Frauen ganz ohne Kleider, jedenfalls nach Ihren Videoclips zu urteilen.«

Sie ließ den Geistlichen stehen, ging zu Rashido und hielt ihm das Display ihres Handys vors Gesicht. »Ich habe gestern von Shirins Bruder einen Film geschickt bekommen, den könnten Sie auch jederzeit für eins Ihrer Lieder verwenden. Wie finden Sie das?«, fragte sie und spielte Amals Nachricht ab. Sie sah, wie das Blut aus dem Gesicht des jungen Mannes wich, als der Film ablief, als die Schreie des Mädchens aus dem winzigen Lautsprecher drangen.

Abrupt riss der Rapper Ella den Apparat aus der Hand. Mit ein paar Schritten war er bei Halil und sagte leise etwas zu ihm. Dabei legte er ihm die freie Hand auf die Schulter, bevor er ihm das Handy mit Amals Film zeigte. Halil schüttelte den Kopf. Rashido hielt ihm das Handy weiter vors Gesicht, redete weiter auf ihn ein. Da schaute Halil endlich auf das Display.

Erst schien er nicht zu begreifen. Dann ging eine Veränderung in ihm vor. Etwas schien zu zerbrechen, eine Mauer, die er mühsam über die Jahre hinweg errichtet hatte, um die Welt von sich fernzuhalten. Hilflos musste er mit ansehen, was da auf ihn eindrang. Eine fremde Welt, eine verhasste Welt, die nicht seinem Willen gehorchte, die sich nicht vor ihm in den Staub warf, der er nicht seinen Fuß auf den Nacken setzen konnte. Eine Welt, die er nicht kontrollieren konnte, weil er ausgerechnet Amal, seinen erstgeborenen Sohn, nicht mehr kontrollieren konnte.

»In der Heimat hätten sie ihm dafür den Schwanz abgeschnitten«, sagte Rashido, als er Ella das Handy zurückgab. »Werden Sie das der Polizei zeigen?«

»Das habe ich schon getan.«

Rashido nickte, wandte sich dann ab und ging zu dem Imam, der ihn mit einem schroffen Ruf zu sich zitiert hatte. Ella dachte an das Video, in dem am Ende sein Gesicht durch das Sichtfenster aus der schäumenden Trommel der Waschmaschine herausschaute und davongewirbelt wurde.

Julian stand plötzlich neben ihr und sagte: »Was hast du denen da gerade eben gezeigt?«

»Einen Film, in dem Abou-Khans ältester Sohn ein Mädchen vergewaltigt.«

Julian wurde blass. »Bist du denn von allen guten Geistern verlassen? Die ganze Situation hier ist ein Pulverfass, und du hältst auch noch eine Lunte daran!«

»Die Lunte brennt schon, seit Shirin bei dem Anschlag verletzt wurde. Ich bin auf eine kontrollierte Sprengung aus.«

Julian schüttelte den Kopf. »Komm mit«, sagte er, packte ihre Hand und zog sie zum Stationsausgang. »Ich will dich hier jetzt nicht haben! Fahr nach Hause oder wieder zum Flughafen, aber ...«

»Führ dich nicht auf wie einer von diesen libanesischen Machos hier!« Ella entwand ihm ihre Hand. »Ich gehe nicht, bevor ich nicht weiß, was mit Shirin ist!«

»Dann setz dich unten in die Cafeteria und warte da, bis jemand dich ruft! Sei vernünftig!«

»Na schön, dann bin ich eben vernünftig.« Ella ließ Julian stehen und fuhr mit dem Lift hinunter ins Erdgeschoss, wo sie sich an einen der kleinen grünen Tische am Rand der riesigen Empfangshalle setzte. Sie holte ihr Handy heraus, um auf ihre LifeBook-Seite zu gehen. *Lösch deinen LifeBook-Account.* Sie stellte fest, dass die Zahl der User, die ihre Freunde werden oder ihr beistehen wollten, weiter gewachsen war, auf hundertsiebenunddreißig. Ein warmes Gefühl stieg in ihr auf, obwohl auch Firmen darunter waren, die ihr Antidepressiva, Gruppenreisen und Coupons für Schönheitsfarmen anboten. Ein Institut mit dem merkwürdigen Namen Academy of Solace und einer co.uk-Adresse lud sie zu einem virtuellen Besuch ein.

Neugierig klickte sie auf das verschnörkelte Emblem des Instituts, über dem ein gezeichnetes Bild ein villenähnliches Haus auf einem sanft ansteigenden Hügel zeigte, hinter dem die Sonne ihre Strahlen in den Himmel schickte. Flankiert wurde es von zwei schattenspendenden Bäumen. Statt in ein virtuelles Foyer wurde Ella jedoch in einen dunklen Raum geführt, in dem vor schwarzem Hintergrund in roter Schrift ein Rolltext von unten nach oben lief wie der Abspann eines Films im Kino. Der Text – es gab eine englische Version und eine deutsche Übersetzung – las sich wie eine Art Manifest.

Ihr hattet hundert Milliarden Chancen, das hier zu vermeiden. Aber ihr habt entschieden, mein Blut zu vergießen. Ihr habt mich in die Ecke getrieben und mir nur einen Weg gelassen. Das war eure Entscheidung. Jetzt habt ihr Blut an den Händen, das sich nie mehr abwaschen lässt. Ihr habt mein Herz zerstört, meine Seele vergewaltigt und mein Gewissen in Brand gesetzt. Ihr habt geglaubt, es wäre nur das Leben eines erbärmlichen Wesens, das ihr auslöscht. Dank euch sterbe ich wie Jesus Christus, um alle schwachen und schutzlosen Menschen zu inspirieren.

Warum stellt jemand so etwas ins Netz?, dachte Ella. Und warum schickt mir jemand so einen Link? Gleichzeitig kam ihr etwas an dem Text vertraut vor, als hätte sie ihn schon einmal gelesen oder gehört. Aber wo, in welchem Zusammenhang?

Ihr habt es toll gefunden, mich zu kreuzigen. Ihr habt es toll gefunden, Krebs in meinem Kopf zu erzeugen und Schrecken in meinem Herzen und dabei meine Seele zu zerreißen. Ich hätte fliehen können. Aber ich renne nicht mehr davon. Wenn nicht für mich, dann für meine Kinder und meine Brüder und Schwestern. Ich habe es für sie getan …

Der Text ging weiter und weiter, aber Ella hatte keine Lust, ihn zu Ende zu lesen. Sie scrollte vor, um nach dem Verfasser zu schauen. Er war mit Cho Seung Hui unterzeichnet, und als sie den Namen las, wusste sie plötzlich, woher sie ihn kannte. Er hatte vor Jahren in allen Zeitungen gestanden – das wirre Bekennerschreiben eines koreanisch-stämmigen Jungen, der bei einem Amoklauf an einer amerikanischen Highschool mehrere Mitschüler umgebracht hatte. Aber was hatte der Text – trostlos, wie er war – auf der Website eines Instituts mit dem Namen Academy of Solace zu suchen?

Ihr habt nie in eurem Leben auch nur ein Quäntchen Schmerz gefühlt, und in unserem Leben wollt ihr so viel Leid wie möglich schaffen. Einfach nur, weil ihr es könnt. Ihr hattet alles, was ihr wolltet. Eure Mercedes waren nicht genug, ihr Bastarde. Eure goldenen Ketten wa-

ren nicht genug, ihr Snobs. Eure Treuhandfonds waren nicht genug. All eure Ausschweifungen waren nicht genug. Sie reichten nicht aus, um eure hedonistischen Bedürfnisse zu befriedigen. Ihr hattet alles.

Deswegen musste ich euch töten, dachte Ella. Deswegen musste ich mir Pistolen und Gewehre und Munition kaufen und mich mit euch in einem Hörsaal verbarrikadieren, um so viele wie möglich von euch zu erschießen, einen nach dem anderen und am Ende mich selbst. Weil ich ein Mensch unter Menschen war, gefangen zwischen euch in meinem Herzen, in dem ihr alles hattet und ich nichts.

Sie erinnerte sich an den zweiten Link, der ihr vorhin am Flughafen geschickt worden war, zu einem Clip auf YouTube. Schlimmer kann's ja nicht werden, dachte sie. Einen Click später hörte sie die Schreie aus dem winzigen Lautsprecher ihres Handys gellen. Es *war* schlimmer. Es war schlimmer, weil es immer noch schlimmer ging, das hätte sie wissen müssen. Sie starrte auf das Display, sah die sterbenden, schreienden Menschen im flackernden Licht der Explosion, und es war nur ein Reflex, der sie die Verbindung unterbrechen ließ.

Wie in Trance schaltete sie das Handy wieder auf Stand-by und holte Annikas Brief heraus, mechanisch, um irgendetwas zu tun. Erst als sie wieder las, dachte der Teil von ihr, der die Bilder nicht loswurde, dass sie vielleicht doch irgendwo zwischen den Zeilen für die Vorgänge der letzten Tage eine Erklärung fand, die ihr bisher entgangen war.

Ich weiß nicht, ob du an den Teufel glaubst. Wir haben nie darüber gesprochen, oder? Glaubst du? Nein? Solltest du aber. Ich bin ihm begegnet, in mehreren Gestalten, und alle waren menschlich. Der Journalist – irgendwo in diesem Durcheinander, das sich Brief nennt, habe ich ihn erwähnt – ist inzwischen schon tot. Der Mann von der Deutschen Botschaft in London auch. Sie sind beide ermordet worden, obwohl man versucht hat, es wie Selbstmord aussehen zu lassen. Ich schreibe dir das, damit du erkennst, dass es lebensgefährlich ist, mich zu suchen, und dass ich wahrscheinlich selbst nicht mehr lebe, wenn du diese Zeilen erhältst.

Der, vor dem ich fliehe, kann mich überall finden oder er hat es schon. Natürlich muss ich trotzdem versuchen, stärker zu sein als er, denn er gibt sich ja nicht mit meinem Tod zufrieden. Die Menschen, die in den letzten Tagen gestorben sind oder noch sterben werden, haben nicht zufällig den Tod gefunden.

Ich schreibe dir das alles, obwohl ich befürchten muss, dass auch du nicht mehr lebst, wenn Julian diesen Brief erhält. Es ist meine größte Angst, dass ich die Schuld an deinem Tod tragen könnte, weil ich Luzifer in meine Praxis gelassen und nicht erkannt habe.

Ella verstand jetzt, warum ihre Freundin untergetaucht war. Mit jeder Zeile, jedem Wort wuchs ihre Beklemmung, als läse sie den Brief zum ersten Mal. Sie spürte den Druck auf der Brust, aber mehr noch auf der Seele.

Sie fuhr auf, als ihr Handy klingelte. Sie musste im Sitzen eingenickt sein. Verstört sah sich um, dann nahm sie das Gespräch an. »Ja?«

»Er will dich sprechen«, sagte Julian.

»Wer?«

»Shirins Vater. Aber ich kann ihm sagen, du wärst schon weg. Ich für meinen Teil gehe jetzt jedenfalls. Ich habe morgen einen harten Tag im OP.«

Halil Abou-Khan saß noch immer auf dem Plastikstuhl an der Wand neben seiner Frau und sah auf den Boden zwischen seinen Beinen, als erblicke er dort nur noch den Sand des Libanon, die kahle, trockene Erde, die er nie mehr hatte wiedersehen wollen. Ella sagte: »Das ist das letzte Mal, dass ich komme, wenn Sie es verlangen.« Er stand auf und ging zur Tür von Shirins Zimmer. Er legte eine Hand auf die Klinke, warf Ella einen Blick zu und sagte: »Kommen Sie, Ärztin. Das letzte Mal.«

Er öffnete die Tür, ohne auf Mehlthaus Protest auch nur mit einem Stirnrunzeln zu reagieren. Mit einer knappen Handbewegung scheuchte er Rashido und den Imam zurück, die sich Ella anschließen wollten, als sie vor ihm das Zimmer betrat. Er folgte ihr und schloss die Tür. »Das ist meine Tochter, und Sie haben mir versprochen, dass sie leben wird«, sagte er. »Nennen Sie das Leben?«

Ella sagte nichts, denn sie wusste, dass er von all den Antworten, die sie ihm geben konnte, keine hören wollte.

Shirin lag auf dem Rücken in ihrem Bett, wie seit Tagen, aber jetzt war ihre Haut nicht mehr fiebrig rot, sondern grau wie Asche und trocken, keine Spur mehr von Feuchtigkeit. Der Überwachungsmonitor zeigte die Temperatur des kleinen Körpers an: 40,7 Grad. Das gedimmte Licht der Lampe lag auf Shirins ernstem Gesicht.

Dafür habe ich dich nicht auf dem Bahnsteig wiederbelebt, dachte Ella. *Wenn dein Herz wirklich schwach wäre, hättest du den Kampf längst aufgegeben, aber das hast du nicht.*

»Sie ist tapfer«, sagte Ella. »Aber vielleicht weiß sie nicht, wofür sie kämpfen soll?«

»Was?« Halil Abou-Khan fuhr zu ihr herum.

»Was passiert denn in Ihrer Familie mit den Mädchen, wenn sie älter werden?«, fragte Ella, die Augen weiter auf Shirin geheftet. Sie hoffte, dass ihre Stimme nicht bebte, denn ihr Herz schlug ganz weit oben in der Kehle, direkt unter der Zunge. »Was machen Ihre Söhne mit ihren großen Schwestern? Was werden sie mit Shirin machen, wenn sie ihr Leben leben will? Oder wissen Sie nicht, dass sie die Kleine zum Betteln schicken und dass Amal Nerin gedroht hat, sie zu töten, wenn sie ihren Grips nicht unter einem Kopftuch versteckt und den Mann nimmt, den Sie für sie ausgesucht haben, statt den, den sie liebt? Nennen Sie das Leben? Soll Shirin wirklich so leben?«

Halil wandte das Gesicht wieder ab. Er schien dem Fauchen des Respirators und den Herztönen des Monitors, dem Leben in den Maschinen zu lauschen. Dann sagte er: »Ich kann mit Trauer leben. Ich ertrage sie mit Würde, wenn ich es nicht ändern kann, dass ich traurig sein muss. Das haben Sie gesehen, das sehen Sie jetzt, hier. Ich bin stolz. Triumph genieße ich. Zorn belebt mich mit den Gedanken an Rache, nach der Trauer. Aber Scham …« Er stockte. »Scham kannte ich nicht. Und ich schäme mich. Ich schäme mich für Amal, für meinen ältesten Sohn. Ich habe Menschen getötet, aus guten Gründen, und ich würde es billigen, wenn Amal es tut, wenn er es aus guten Gründen tut. Ich habe viele Dinge getan, die notwendig waren, um meine Familie zu schützen, indem ich sie mächtig gemacht habe. Dinge, die Sie als Verbrechen bezeichnen würden. Unangreifbar sollte sie sein. Aber ich habe niemals jemandem Schmerzen zugefügt, nur um Schmerzen zuzufügen, und ich habe nie jemanden gequält, der es nicht verdient hätte. Ich habe nicht das Leben von Unschuldigen zerstört, um einem anderen Angst einzujagen. Was Amal getan hat, macht die Abou-Khans angreifbar, und wie er es getan hat, noch mehr. Es zerstört die Familie. Und es erfüllt meine Seele mit Scham, und mit dieser Scham kann ich nicht leben.«

»Es zerstört die Familie auch, wenn er seine Schwester tötet«, sagte Ella. »Und wenn es die Familie nicht zerstört, macht es sie in jedem Fall noch angreifbarer. Wenn Sie Nerin beschützen, beschützen Sie auch Shirin. Und wenn Shirin lebt, braucht sie Schutz, nach allem, was sie gerade erlebt hat.«

»Es ist nicht leicht, Präsident Halil zu sein.«

»Weil Präsident Halil kein Mann ist, der es sich leicht macht«, sagte Ella und dachte, er muss es glauben, dann wird es wahr. Und ich muss es auch glauben.

»Sie brauchen keine Angst mehr vor Amal zu haben«, sagte Halil mit trauriger Stimme.

»Und vor Ihnen?«, fragte Ella.

In diesem Moment veränderte sich die Atmosphäre in dem Zimmer, als ob die Luft flackerte. Etwas betrat unsichtbar den Raum oder ging hinaus, obwohl die Tür geschlossen blieb. Ella spürte, wie sich die Härchen auf ihren Armen sträubten.

Shirin öffnete die Augen.

Erst dachte Ella, es wäre eine Täuschung, nur ein Zucken von Schatten und Licht. Aber es war keine Täuschung: Shirin sah zur Decke auf, nicht zu ihrem Vater hin, auch nicht zu Ella, nur zur Decke. Trotzdem war es, als sähe sie alles um sich herum. Sie lag ganz ruhig da, unbewegt. In diesem Augenblick schien es nur noch dieses Zimmer zu geben, als hätte es sich von der Klinik gelöst – von der Station, dem Gebäudetrakt, der Stadt, von der ganzen übrigen Welt. Dann schloss das Mädchen die Augen wieder, aber Ella spürte einen Unterschied. Shirin kam ihr voller vor, erfüllter, als hätte sich etwas in einer unsichtbaren, geisterhaften Abwärtsbewegung in sie gesenkt.

»Haben Sie das gesehen?«, fragte Ella flüsternd.

»Nein«, sagte Halil. »Was?«

»Sie haben nichts gesehen?«

»Nein.«

Enttäuscht wandte Ella sich ab. Die Tür wurde geöffnet, und Nerin betrat das Zimmer. Sie trug ein Kopftuch. Sie trug auch eine Sonnenbrille, die zwar die dunkel verfärbte Schwellung rings um ihr linkes Auge halbwegs verbarg, die mit Schorf bedeckte, aufgeplatzte Unterlippe aber nicht. Als Ella sie ansah, senkte sie den Kopf. Ihr Vater sagte etwas auf Arabisch, und sie antwortete mit einem Wort, das nicht mehr so rebellisch klang, wie sie sonst antwortete. Sie ging zu Shirin, berührte ihre Hand. Nach ein paar Sekunden ergriff sie die ganze Hand und hielt sie. Dann drehte sie sich zu Ella um. »Was haben Sie gemacht?«, fragte sie.

Ella spürte noch einmal, wie das Kribbeln ihre Arme überzog. »Was meinen Sie?«

»Sie ist anders.«

Halil fragte wieder etwas, in seinem alten, aufgebrachten Tonfall, aber Nerin antwortete nur mit einem Kopfschütteln: »Nein. Sie ist nicht tot.« Sie lief zu ihrem Vater, und nach einem winzigen Zögern umarmte sie ihn und sagte etwas in ihrer Sprache. Ungläubig sah Halil ihr ins Gesicht, sah zu Shirin hinüber, sah Ella an, und dann, nach einem ebenso kurzen Zögern, nahm auch er Nerin in die Arme. Seine Augen schimmerten feucht. Mit einer Hand strich er ihr über den Kopf. Dann ließ er Nerin wieder los und zog die Sonnenbrille unter ihrem Kopftuch hervor, um die verfärbte Schwellung zu betrachten. »Amal?«, fragte er. Sie kniff die Lippen zusammen, mehr nicht, aber es war Antwort genug.

Ellas Blick fiel auf den Monitor, der Shirins Temperatur anzeigte: 40,5 Grad. »Sehen Sie das?«, rief sie aufgeregt.

»Was denn?«, fragte Nerin.

»Die Temperatur. Sie ist gefallen.«

»Vierzig Grad«, sagte Halil. »Genau wie vorher.«

»Nein, vorher lag sie bei 40,7 Grad und jetzt bei 40,5.«

»Der andere Arzt sagt, ihr Fieber ist mal so, mal so. Es steigt und sinkt und steigt wieder.«

»Warten wir noch eine Weile, vielleicht fällt die Temperatur weiter!«

Sie warteten eine Viertelstunde, und danach lag das Fieber bei 39,8 Grad, und Ella sagte: »Die Tendenz ist positiv«, und Mehlthau sagte, viel vorsichtiger, dasselbe. Ella versuchte, nicht erleichtert zu sein, denn noch immer war Shirin im septischen Schock. Von einem echten Durchbruch konnte man erst nach sechs oder acht Stunden reden, bloß dass Ella jetzt sicher war, dass sie sich nicht getäuscht hatte, schon gar nicht, als der Monitor 39,6 Grad anzeigte, dann 39,4. Wenn die Tendenz anhielt, wenn der Kreislauf der Patientin anfing, sich zu stabilisieren, konnte man bald den Bedarf an Noradrenalin reduzieren.

Aber damit habe ich nichts mehr zu tun, dachte Ella. Sie wollte nur noch nach Hause. Halil Abou-Khan und Nerin standen mit Dr. Mehlthau am Bett der Patientin. Niemand schien sie zu beachten. Ella schlüpfte ohne ein Wort zur Tür hinaus.

»Warten Sie, Ärztin.« Shirins Vater stapfte eilig hinter ihr her. Während er auf sie zuging, rief er seiner Frau und Rashido etwas zu. Seine Frau riss die Arme hoch und stieß einen Seufzer aus, der ihren ganzen Körper erschütterte, und der Imam rief: »Allahu Akbar! Allahu Akbar!«

Halil blieb vor Ella stehen und betrachtete sie. Er schien nach einem angemessenen Weg zu suchen, ihr seine Dankbarkeit zu beweisen.

»Gibt es irgendeinen Wunsch, den ich Ihnen erfüllen kann? In Ihren – wie sagt man – wildesten Träumen?«

»In meinen wildesten Träumen kommen Sie bestimmt nicht vor«, sagte Ella. Sie lächelte ihn müde an. Dann wandte sie sich ab, ging. Sie verließ die Station und das Gebäude und schritt unter den Kastanien zum Ausgang am Ende der Allee.

29

Die ganze Zeit auf dem Weg nach Hause, in der Nacht und am nächsten Morgen und sogar noch nach der Landung in London Heathrow musste Ella immer wieder an den Clip denken, den sie auf YouTube gesehen hatte. Die Aufnahmen der Handykamera waren erstaunlich gut gewesen, obwohl der Mann, der das Handy gehalten hatte, gerade dabei war, sich selbst in die Luft zu sprengen. Man konnte das gelbe Leuchten am unteren Bildrand sehen, aber keine Stichflamme. Ein paar dunkle Partikelchen flogen aus dem aufsteigenden Rauch in die Tiefe des U-Bahn-Waggons, der schwach hin und her ruckelte. Die Passagiere auf den Bänken starrten wie gelähmt in die Kamera, einige mit verzerrten Gesichtern – aufgerissene Münder, zusammengekniffene Augen –, andere fast staunend, aber alle wie geblendet von dem schwelenden Leuchten.

Im Vordergrund kauerte ein junger Araber auf den Knien, dann kippte er zur Seite und blieb zuckend auf dem Waggonboden liegen, blutüberströmt. Dahinter sah man drei Mädchen in dünnen Sommerkleidern, noch weiter hinten einen Bahnpolizisten in blauer Uniform. Ein paar Männer mit Aktentaschen und Laptops, Jungen mit Handys. Ein Punker, der etwas Weißes auf der schwarzen Lederschulter trug. Und ganz hinten zwei Nonnen und ein kleines Mädchen auf Rollerblades.

Shirin.

Die Handykamera schwenkte kurz weg, verlor die Bänke aus dem Focus, streifte über die buntbeklebten Fenster, die Decke. Dann richtete sie sich wieder auf die Passagiere, die jetzt mit roten Punkten übersät waren, die Hände vors Gesicht oder die Brust geschlagen hatten, zusammenkrümmt. Körper, die sich auf dem Boden wälzten, der Punker, der Bahnpolizist, die Nonnen.

Ein Mann an der mittleren Tür drehte sich wie ein Kreisel um die eigene Achse, ohne jede Orientierung, und dann wurde er von einem fast sichtbaren Luftstoß umgefegt. Die Sehnen an seinem Hals traten hervor, spreizten die Haut zu einem Fächer, während er sich auf dem Boden weiterdrehte, in unheimlichen, scharrenden Breakdance-Kreisen.

Plötzlich sprangen alle auf, eine Frau schrie etwas, das im Rattern der Waggonräder unterging, es klang wie: »Hilfe!«, »Eine Bombe! Hilfe …!« Mühsam kam der Uniformierte wieder hoch und drückte auf einen Knopf in der Wand neben einer Tür, bevor er nach der Pistole an seinem Gürtel griff. Neben ihm, draußen vor dem Fenster, flog schwarz der Tunnel vorbei, die nächste Station nicht in Sicht. Eine Stimme, die niemand zu gehören schien, rief: »Eli, eli …«, und dann gab es wieder ein Krachen, diesmal begleitet von einem weißen Blitz, der für Sekunden alle in dem Wagen in Geister verwandelte, denen eine jähe Sturmbö die Haare vom Kopf zu reißen schien, weißer Blitz, *flatternde, zur Fratze gespannte Haut,* weißer Blitz, *zu einem starren Grinsen auseinandergerissene Lippen,* weißer Blitz, *Masken, gespickt mit schwarzen Splittern, immer mehr schwarzen Splittern.*

Das Mädchen auf den Blades rollte vom Ende des Waggons auf die Kamera zu, so leicht wie ein Papierdrachen an einem Sommerabend, ein kleines, verstörtes Gesicht über den Flügeln, und jetzt stieg Rauch ins Bild, und auf einmal zitterte das Handy, und wie bei einem rasanten Filmtrick schwenkte die Kamera um hundertachtzig Grad, verwischte alle Bilder, bis sie – ganz nah – das Gesicht des Mannes zeigte, sein Gesicht und sein seelenloses Lachen.

Im nächsten Moment schlug das Handy gegen seine Brust, und das Bild wurde dunkel, als es in der Manteltasche verschwand. Durch das dunkle Gewebe des Mantels sah man noch für Sekundenbruchteile ein Flackern, weiß und gelb und rot wie von einem fernen Feuerwerk, begleitet von einem weiteren Krachen, dem Peitschen eines Schusses. Dann nichts mehr, nur gedämpfter Ton: Schreie in der Dunkelheit, Scharren und Wimmern und Stöhnen über dem Rattern der Räder, und eine Stimme, die rief: »Nicht, Kind! Nicht, komm weg da, Kind!« Ein Geräusch wie von Metall, das über den Boden geschleift wurde, danach dieselbe Stimme wie vorher, nur leiser und nicht mehr so deutlich zu verstehen: »Leg dich hin – schau nicht auf!« Und noch leiser, wirklich kaum mehr zu hören: »Herr Jesu, Herr Jesu, sei bei uns, Herr Jesu, sei bei uns.« Zu guter Letzt noch einmal lauter: »Schau nicht hin! Schau nicht hin, Kind!« Dann nichts mehr, nur das scharfe Kreischen von Bremsbacken auf Eisen.

Hier endete der Clip, der endlos wirkte, obwohl er in Wirklichkeit nicht länger dauerte als anderthalb Minuten. Es war unheimlich, die Menschen, die Ella nur als Verletzte oder Tote gesehen hatte, lebend zu sehen. Das geschah sonst nie. Noch nie war sie bei einem ihrer Patienten Zeuge gewesen, wie er zum Rettungsfall wurde. Offenbar hatte der Attentäter die Aufnahmen selbst gemacht, um seine Tat zu dokumentieren.

Aber wie waren sie zu YouTube gelangt? Es war ja kein Livestream gewesen, dachte Ella. Wer hatte sie ins Netz gestellt? Außer Kornack kam dafür niemand infrage, bloß dass Kornack nun genauso tot war wie Scharnhorst. Und das Handy, mit dem er seinen Angriff auf Ella und Hagen gefilmt hatte, war gleichfalls verschwunden.

30

Bächlein,

unterzutauchen ist nicht so einfach, egal, wie raffiniert man es anfängt. Ich habe verschiedene Orte ausprobiert. Sicherheit gibt es nirgends. Man macht lauter neue Erfahrungen, vor allem, wenn man durch einen Zustand wie meinen eingeschränkt wird. Aber vor einer Woche habe ich tatsächlich einen seltsamen – und seltenen – Moment der inneren Ruhe gefunden. Ich war in einem kleinen Dorf am Meer (keine Namen, nicht einmal welches Meer), und als ich auf einer Klippe stand und hinaussah auf die blau und grau heranrollenden Wogen, empfand ich plötzlich ein Gefühl der Freiheit: Ich konnte wieder atmen, ohne gegen einen tonnenschweren Druck auf meinen Lungen ankämpfen zu müssen.

Über mir sichelten Dutzende von Möwen durch die salzige Luft, berauscht von Jod, oder standen ohne einen einzigen Flügelschlag in einem Wind, der mir fast die Haare vom Kopf riss. Tief unter mir erstreckte sich märchenhaft weißer Sand. Alles war grenzenlos – weiß, blau, grün – bis zum Horizont. Über den Sand strömte die auslaufende Dünung, und in den flachen Wellen blitzten Sonnenlichtreflexe. Still und doch ruhelos, ständig bewegt. Wenn das unsere Seelen wären, dachte ich, so funkelnd, so schimmernd, so unberührt. Aber so sind sie nicht, wir sind nicht umgeben von Klarheit. Es gibt immer einen wilden, zornigen Wind, der uns das Glück verschlägt, wie er uns den Atem von den Lippen reißt, wenn wir oben auf einer Klippe den Mund öffnen; wir sind immer oben auf den Klippen und immer in Versuchung.

Der Teufel sieht zu. Der Teufel hat sein eigenes Netzwerk. Er findet unsere schwächste Stelle und benutzt sie gegen uns.

Das bringt mich zu Patrick. Jedes Leben hat sein Grundproblem, das so eindeutig zu ihm gehört wie unsere DNA zu unserem Körper. Bei mir – und bei dir und vielleicht bei jeder Frau – waren es die verdammten Männer, genauer, die falschen Männer und dass man sich immer gerade in den verliebt, der einen am wenigsten verdient. Eine fixe Idee. Selbst wenn es nicht das Thema zu sein schien, entpuppte es sich als Variation. Ich weiß nicht, ob Obsession das richtige Wort dafür ist, aber es hat in jedem Fall damit zu tun. In Sachen Liebe war ich wie ein Blinder, der sich im Dunkeln die Fingernägel schneiden will. Als ich Patrick kennengelernt habe, damals im Urlaub auf Mallorca, hätte ich rennen sollen, so schnell und so weit weg, wie ich konnte. Stattdessen habe ich mich ihm an den Hals geworfen – vielleicht, weil Wegrennen nichts genutzt hätte.

Der Teufel findet dich überall.

Du wunderst dich wahrscheinlich darüber, dass der Begriff so oft fällt: Teufel. Ich kenne das Bild, das du von mir hast: Annika glaubt nicht an Gott. Sie glaubt nicht an ein Leben nach dem Tod. Sie glaubt nicht an die in Stein gemeißelten göttlichen Gebote. Sie glaubt nicht daran, auch die andere Wange hinzuhalten. Sie glaubt nicht daran, dass die Armen im Geiste selig sind oder dass den Schwachen dereinst die Erde gehören wird. Sie glaubt nicht an die Macht und die Herrlichkeit. Sie glaubt nicht einmal mehr an Logik oder rationales Denken. Auch nicht daran: »Was du nicht willst, dass man dir tu …« Und selbst wenn sie noch daran glauben würde, dürfte es niemand erfahren, aus Selbstschutz.

Annika lebt Tür an Tür mit dem Nichts.

Als ich mich damals in London niedergelassen habe, ging es in meiner Praxis anfangs zu wie in einem Taubenschlag, allerdings ein Taubenschlag auf einem Gemälde von Hieronymus Bosch. Mit dem Titel »Das Londoner Finanzviertel«. Ein einziges Krisengebiet: lauter verletzte, verkrüppelte, gequälte Seelen, die sich danach sehnten, wieder fliegen zu können. Dabei lebten einige davon buchstäblich in der Luft – in Airbussen, Transithallen, Business-Class-Sesseln und Hotelzimmern, die überall gleich aussehen in dieser Welt über unserer Welt.

Aber irgendwann haben sie ihr Reisegepäck aufgemacht und darin das Grauen entdeckt: Angstattacken, Depressionen, Impotenz,

Alkoholismus, Magengeschwüre, Herzanfälle, Schlaflosigkeit, Burn-out waren ihre ständigen Begleiter. Nur ein paar Fälle: Ein Rohstoffbroker kriegte jede Nacht Besuch von einem afrikanischen Medizinmann, der ihn verfluchte, allerdings im Traum. Ein Hedgefondsmanager fühlte sich bedroht von Algorithmen, die er unter seiner Haut krabbeln sehen konnte. Ein erfolgreicher Journalist erblickte sich jeden Abend selbst auf der anderen Straßenseite, als Kind, das vorwurfsvoll zu ihm herübersah und dann in Flammen aufging. Und eine Pornodarstellerin mit Aids, die sich mit Rasierklingen schneiden musste, um überhaupt noch irgendwas zu spüren. Die reine Poesie.

Außerdem gab und gibt es noch die, die einfach nicht mehr verstehen, was um sie herum vorgeht. Die am Rand. Die besuchte ich in der Klinik – die Opfer der Spaßgesellschaft, die sich für sie in eine Leidensgesellschaft verwandelt hat. Geld ist da nur noch ein Phantom, eine Idee, etwas, das Gerüchten zufolge existiert, in anderen Händen, an anderen Orten. Sie sind von dem ganzen Müll krank geworden, mit denen wir heutzutage zugeschüttet werden, den Castingshows im Fernsehen, dem Essen in Fast-Food-Restaurants, den Abgasen in der Luft. Nach und nach wurde mir klar, dass heute niemand mehr stirbt, weil seine Zeit gekommen ist; kein Tod hat noch eine natürliche Ursache. Wir werden alle ermordet. Ich kam mir vor wie eine Exorzistin.

Aber zurück zu Patrick. Ich glaube, er wird versuchen, mich zu töten. Nicht er selbst. Der, der in ihn gefahren ist. Aber mach dir keine Sorgen um mich, ja? Morgen gehe ich zu Freunden, bei denen mich keiner findet, weil niemand weiß, dass es Freunde von mir sind. Sie wissen es nicht einmal selbst. Und sie werden mich auch nicht verraten, weil sie es nicht können, und wenn sie es könnten, würden sie es nicht wollen, denn ihre Loyalität ist grenzenlos.

Das Haus, in dem sich Annikas Praxis befand, stand an einem kleinen achteckigen Platz mit einem eingezäunten, dicht bepflanzten Park in der Mitte. Es war ein mehrstöckiges Stadtpalais aus dem 18. Jahrhundert, flankiert von anderen Häusern gleicher Größe mit aufwendig renovierten Londoner Ziegelfassaden. Weißgerahmte Fenster blickten unter spitzen Giebeln auf das herbstliche, aber noch immer dichte

Laub des Parks, und obwohl Harrods nur eine kurze Verbindungsstraße weit entfernt war, lag der Platz ruhig unter dem blassblauen Herbsthimmel. Auf dem breiten Fußgängerweg ging nur eine blonde Frau in einem dunkelblauen Kostüm wie der Geist von Maggie Thatcher mit ihrem Pudel spazieren.

Die schmale Einbahnstraße, die um den Park führte, wurde von gekennzeichneten Privatparkbuchten gesäumt; ein bordeauxroter Range Rover rollte langsam über den Asphalt. Videoüberwachte Eingangstüren unterbrachen die schwarz lackierten Eisenzäune vor den Gebäuden. Die am Straßenrand parkenden Wagen – neue Modelle von Mercedes, BMW, Jaguar, Lexus, ein Bentley – glänzten in der Sonne, als wäre der Chauffeur eben noch einmal mit dem Wildleder drübergegangen. Der Platz sah nach Geld aus. Nach Annika Jansen, der chronisch klammen Psychologin, sah er nicht aus. Auf dem Messingklingelschild im Hochparterre stand nur ihr Name, kein Titel, keine Berufsbezeichnung.

Ella klingelte. Niemand öffnete, was sie unter den gegebenen Umständen nicht überraschte. Sie holte ihr Handy heraus und wählte die Nummer, die Detective Inspector Cassidy ihr gegeben hatte. Nach dem dritten Klingeln wurde am anderen Ende abgenommen. Eine Männerstimme sagte: »Metropolitan Police Whitechapel. Constable Brown.«

»Detective Inspector Patrick Cassidy, bitte.«

»DI Cassidy ist nicht im Haus. Kann ich Sie mit einem anderen Beamten verbinden?«

»Wann erwarten Sie ihn zurück?«

»Das ist schwer zu sagen.«

»Könnten Sie mir seine Mobilnummer geben?«

»Ich fürchte, dazu bin ich nicht befugt.«

»Aber Sie können ihm doch etwas ausrichten?«

»Natürlich.«

»Sagen Sie ihm, Ella Bach ist in London und möchte sich mit ihm treffen. Er soll mich anrufen. Ich gebe Ihnen die Nummer.« Sie nannte ihre Handynummer und bat ihn, sie zu wiederholen. Er wiederholte sie, und aus seinem Mund hörte sie sich ganz anders an, denn seine Aussprache klang nicht nach Englischunterricht wie ihre, sondern hatte irgendwo in den Docks der Hafengegend ihre Wurzeln. »Kann ich sonst noch was für Sie tun, Madam?«

»Nein. Ach, eine Frage habe ich noch: Whitechapel ist doch ein ganzes Stück von Knightsbridge entfernt, oder nicht?«

»Ein ziemliches Ende, ja.«

»Die Gegend fällt also nicht in Ihre Zuständigkeit?«

»Nein, Madam. Eher nicht.«

»Dann ist es also auch eher unwahrscheinlich, dass einer Ihrer Beamten einen Todesfall so weit von Whitechapel entfernt untersuchen würde?«

»Ziemlich unwahrscheinlich.«

»Danke.«

Ella tauschte das Handy gegen den Schlüssel, den Annika ihr kurz vor ihrer Abreise auf den Wohnzimmertisch gelegt hatte. Nur für alle Fälle, hatte sie gesagt; ich fühle mich besser, wenn ich weiß, dass du ihn hast. Was für Fälle, hatte Ella gefragt; von was für Fällen sprichst du? Jetzt wusste sie es, und jetzt schob sie den Schlüssel in die Haustür, die sich so leicht öffnen ließ, wie sich nur gut geölte Türen öffnen ließen. Das enge Treppenhaus empfing sie mit einem kühlen Geruch nach Teppichreiniger und Messingpolitur. Ein roter Raufaserteppich führte die Holzstufen zum Hochparterre hinauf, das Geländer glänzte matt und lag glatt unter der Hand. Auf dem Absatz vor der weiß lackierten Holztür mit dem in Messing gravierten Namenszug *Jansen* leuchtete eine Wandlampe hinter einem grünlichen Jugendstilschirm, erlosch aber kurz bevor Ella den zweiten Schlüssel in die Wohnungstür schob.

Das Haus lag in völliger Stille, nur das Knarren der Scharniere hallte im Treppenhaus nach. Diese Tür ließ sich überraschend schwer öffnen, und als Ella sie wieder schloss, stellte sie fest, warum: Die Innenseite war mit einer Stahlplatte verstärkt und wies zusätzlich zwei schwere Eisenriegel auf. Unwillkürlich zog sich ihr die Brust zusammen, wenn sie daran dachte, was Anni wohl dazu bewogen haben mochte, sich so zu verschanzen.

Die Wohnung war vom Zwielicht des späten Nachmittags erfüllt, das zwischen den schweren, halb zugezogenen Vorhängen aus dunkelblauem Samt an den bis zum Boden reichenden Fenstern fiel. Es gab einen kleinen Dielenbereich mit einer Vase für Schirme und einem schlanken Garderobenständer aus verschieden langen, zu einem Bündel geformten Eisenstreben, der statt Haken die Stacheln einer Dornenkrone anbot.

Hinter einer offen stehenden Doppeltür weitete sich die Wohnung zu einem einzigen, loftgroßen Raum, der fast die Ausmaße einer Turnhalle besaß. Die linke Wand bestand zur Gänze aus einer deckenhohen Regalkonstruktion. Naturbelassene Kiefernbretter enthielten endlose Reihen von Büchern, Stapel von medizinischen und psychologischen Fachzeitschriften, dazu jede Menge CDs. Einem großen Flachbildfernseher in der Mitte dieser Wand entsprach ein offener Kamin an derselben Stelle in der gegenüberliegenden Wand, eingerahmt von den beiden französischen Fenstern.

Der Rest der Einrichtung war zu Inseln arrangiert, die sich in kleinen Archipele über den dunklen Parkettboden verteilten: drei Kleiderstangen auf Rollen wie im Umkleideraum einer Prêt-à-Porter-Schau, eine Sitzgruppe aus zwei Niki-de-Saint-Phalle-bunten Sacksesseln und einer Couch, gestaltet im selben Lederflickendesign, ein paar Kommoden und Teewagen. Außerdem gab es einen wuchtigen Metallschreibtisch mit einer Schreibfläche, die an die Tragfläche eines Jagdflugzeugs erinnerte, und ein Doppelbett hinter einer spanischen Wand. Flache, bleigrau lackierte Heizkörper hingen wie große Schilde an der Rückwand zwischen einer extravagant geformten Badewanne aus Walnussholz in der linken und einer ultramodernen Küchenzeile mit Esstresen und Barhockern in der rechten Ecke.

Diese Stille, dachte Ella; nichts tickte, summte oder surrte, kein Wasserhahn tropfte, von nirgendwoher drang ferne Musik, nicht einmal Straßenlärm.

Behutsam setzte sie Fuß um Fuß in den Raum; verwundert, weil nichts an der Einrichtung ihrer Erwartung entsprach. Wo waren die Pflanzen, von denen Annika erzählt hatte; die ihr als Tarnung dienen sollten? Das Gewächshaus, in dem sie therapierte? Eins ihrer Tiere war gestorben, die Katze oder der Hund, aber es fanden sich keinerlei Hinweise auf Tiere, lebend oder tot. Keine Körbe, kein Napf, kein Kissen, keine Haare. Und sah so die Armut aus, in der sie angeblich gelebt hatte, nachdem sie ihre Behandlungen nicht mehr mit Gesundheitsamt oder Krankenkassen abrechnen konnte? Allein die Badewanne musste ein Vermögen gekostet haben.

Neben dem Schreibtisch stand ein Anrufbeantworter auf dem Boden, doch das Display zeigte nur drei noch nicht abgehörte Anrufe. Das Betriebslämpchen an der Ladestation für das Telefon leuchtete. Etwas fehlte auf dem Schreibtisch, und es dauerte nur einen kurzen Moment, bis Ella wusste, was: Nirgendwo konnte sie einen Computer oder ein Notebook entdecken.

Was hast du erwartet, dachte sie; *was hast du geglaubt?* Sie trat an das Bücherregal, studierte die runzligen Rücken – Freud, Jung, Adler, natürlich, aber auch Rudolf Steiner, Oliver Sacks, Neil Postman und Marshall McLuhan. Viel klassische Musik bei den CDs: Bach, Haydn, Mozart, Dukas' *Zauberlehrling, Fausts Verdammnis* von Gounod, die *Symphonie fantastique* von Berlioz.

Dann gab es noch eine Handvoll DVDs, die eine gelinde Überraschung darstellten, denn es handelte sich um Pornos mit Titeln wie *Ali and the 40 Sluts* oder *Sir Francis Rape and the Sea of Cum.* Allen gemeinsam war die Hauptdarstellerin, Candy Carbonara, eine sinnliche Schönheit – blond, große blaue Augen, makellose Lippen, makellose Brüste, makellose Schenkel und ein makelloser Hintern, und Ella dachte: *Also hör mal, Anni! Wozu brauchst du solche Filme?*

Sie ging weiter, blieb beim Schreibtisch stehen. Die Platte war viel zu leer, vor allem, wenn man Annis Vorstellung von Ordnung kannte. Das Bett – oval, eine grobgewebte Tagesdecke in Pastelltönen darübergeworfen – roch wenigstens nach ihr, besser: nach ihren bevorzugten Düften. Die Kochzeile wirkte unbenutzt, L'art pour l'art, genau wie die Ansammlung von exotischen Gewürzen, als wäre das alles nur da, um die Illusion eines geselligen, sinnenfrohen Menschen vorzugaukeln. Neben der Badewanne – poliert, keine Chance auf einen Schmutzrand –, hielt Ella unwillkürlich Ausschau nach Wasserflecken auf dem Tropenholzparkett.

Wenn ein Epileptiker ertrinkt, schwappt dann nichts über, zieht in den Boden ein während der Zeit, in der die Leiche nicht entdeckt wird?

Nichts. Was suchst du?, dachte Ella; Wasser oder Blut? Suchst du nach Spuren für Annis Tod oder dafür, dass sie noch lebt? Nicht für ihren Tod, auf keinen Fall dafür. Du willst, dass sie lebt und dir sagen kann, was das alles zu bedeuten hat. Du willst, dass sie lebt, weil sie deine beste Freundin ist und du sie liebst. Aber zwischen dem Moment, in dem sie den Brief an dich abgeschickt hat, und jetzt kann viel passiert sein. Alles kann passiert sein. Sogar wenn es tatsächlich ihre Stimme war, die du gestern in der Klinik bei eurem Telefonat zwischen all dem Rauschen gehört haben willst, sind seitdem schon wieder über vierundzwanzig Stunden vergangen, in denen alles Mögliche passiert sein kann.

Sie könnte noch gelebt haben, als Patrick Cassidy dir sagte, sie wäre leblos in ihrer Badewanne aufgefunden worden, und trotzdem könnte sie jetzt tatsächlich tot sein. Und wenn es so ist? Dann suchst du die Wahrheit über ihren Tod, ob es ein Unfall war, Zufall oder Absicht, Suizid oder Mord.

Gestern war der Patient, von dem ich dir schon ein paarmal erzählt habe, wieder da. Er ist mir immer etwas unheimlich gewesen, und ich wusste nie genau, warum. Aber beim letzten Termin hat er mir eine echt furchteinflößende Geschichte erzählt, bei der es mir eiskalt den Rücken hinuntergelaufen ist.

Ella sah sich um, suchte nach Karteikästen, Audiokassetten oder Ordnern mit Therapieberichten. Sie versuchte sich zu erinnern, welchen Patienten Anni in ihrer E-Mail gemeint haben könnte. Von wem hatte sie ihr erzählt? In dem Brief hatte sie ihn nicht wieder erwähnt. Ellas Blick fiel auf eine Vorrichtung an der Wand neben dem Kamin, die wie eine aufgerollte Leinwand für Filmprojektionen aussah. Sie zog an dem herunterhängenden Band und arretierte die etwa bettlakengroße Kunststofffolie, die sich vor ihr ausrollte. Die glatte weiße Fläche war von oben bis unten mit geometrischen Figuren bedeckt, schwarzen und roten Kreisen, farbigen Linien, die kreuz und quer zwischen den Kreisen verliefen, schraffierten Flächen.

Ella trat ein paar Schritte zurück, um die Leinwand genauer zu betrachten. Sie versuchte zu ergründen, um was es sich bei den grafische Darstellungen handelte: um die Abbildung chemischer Prozesse oder physikalischer Gesetzmäßigkeiten? Um elektrische Schaltkreise? Um eine komplexe mathematische Aufgabenstellung? Um das Innen‘leben einer Maschine, eines Computers? Um Synapsen und neuronale Kanäle, die Wanderungen von Gedankenimpulsen längs der violetten, gelben oder grünen Linien zwischen bestimmten Schnittstellen im Gehirn? Manche der Linien verliefen fast über die ganze Breite der Leinwand, andere endeten abrupt im Nirgendwo, wieder andere schlugen Haken, als hätte der Zeichner jählings einem unkontrollierten Gedankenimpuls nachgegeben.

Ella befeuchtete die Daumenkuppe mit der Zungenspitze und rieb über die Zeichnung. Die Linien und Kreise verwischten nicht; keine abwaschbare Farbe. Es handelte sich also weder um die Darstellung eines Prozesses mit ungewissem Ausgang noch um einen provisorischen Entwurf oder einen reversiblen Vorgang.

Einige der Schnittstellen waren beschriftet, aber die Begriffe waren Ella unverständlich. Offenbar handelte es sich um Chiffren oder Kryptogramme, die bestimmte Stadien in der Entwicklung von Objekten oder Subjekten wiedergaben, vollzogene oder noch nicht vollzogene Schritte auf dem Weg zu festgelegten Knotenpunkten und über sie hinaus. Doch nicht alle schienen denselben Weg zu nehmen, und für ein paar ging es nach dem Knotenpunkt nicht mehr weiter.

Aber was bedeutete *Einath510* oder *Canopus610* oder *Alphard1710* im Mittelpunkt der Kreise? Konnte es sein, dass diese Punkte Orte waren? Und wenn ja, wo lagen sie? Oder handelte es sich um Namen, die zu den Linien gehörten, um Zahlen und Buchstaben, die an die Pseudonyme erinnerten, mit denen manche Leute im Internet unterwegs waren? Einige der Begriffe wiesen keine Ziffern auf – *Markab, Achernar, Hyaden, Sabik* –, während sich in manchen Kreisen nur Zahlen fanden.

Ella wusste nicht, warum, aber die labyrinthische Zeichnung mit der verschlüsselten Beschriftung war ihr unheimlich. Sie sah sie an und musste sich immer wieder daran erinnern, ruhig zu atmen. Auf einmal wurde ihr klar, dass sie hier nichts von dem finden würde, was sie suchte. Wenn Anni sich versteckte, hatte sie alle Unterlagen weggeschafft, jeden verräterischen Hinweis, sämtliche Patientenakten und Therapieaufzeichnungen. Und falls sie nicht mehr lebte oder entführt worden war, befand sich inzwischen natürlich alles, was sie dagelassen hatte, in der Hand der Polizei, verkörpert durch Patrick Cassidy.

Und dann entdeckte sie doch etwas, halb verborgen in dem Gestrüpp aus Farben und Symbolen. Unter *Einath510* stand winzig klein:

YouTube, Subway assault, Berlin, 5. Oktober. Und unter *Canopus610* genauso klein: *YouTube, Attack of the Mad Medic, Berlin, 6. Oktober*. Schlagartig wurde ihr eiskalt. »510« und »610« waren also Daten. Und wenn »Einath« ein Name war, dann stand er für Scharnhorst. War es ein Ort, dann Berlin. Handelte es sich aber um ein Ereignis, so war dieses Ereignis der Selbstmordanschlag in der U-Bahn. *Und den Film habe ich gesehen*, dachte Ella.

Bloß dass es allem Anschein nach noch einen Film gab, der ein Ereignis zwei Tage später behandelte, ebenfalls in Berlin: den Angriff eines verrückten Sanitäters – Canopus –, *und den Film habe ich noch nicht gesehen. Ich habe ihn erlebt. Wahrscheinlich spiele ich sogar darin mit.*

Woher wusste Annika von diesen beiden Ereignissen; warum kannte sie die Namen oder Decknamen? Was bedeutete es, dass sie in dieser Grafik auftauchten? Und wenn sich hinter den anderen Begriffen ebenfalls Namen verbargen, warum waren sie nicht auch mit einem Datum versehen?

Anni, wo bist du da nur hineingeraten?

Das Schrillen des Telefons zerriss die Stille. Ella zuckte so heftig zusammen, dass ein elektrischer Schlag durch ihr gesamtes Nervensystem schoss. Es war ein leiernder, polyphoner Ton, der in dem riesigen Raum nachhallte wie in einer Echokammer. Ella starrte den Apparat auf dem Schreibtisch an und wartete darauf, dass er aufhörte zu schrillen, aber das tat er nicht. Erst als der Anrufbeantworter sich einschaltete, herrschte Stille, nur das leicht quietschende Geräusch der Kassette war jetzt zu vernehmen. Dann knackte und schnappte es in dem Apparat, aber offenbar war der Lautsprecher nicht eingeschaltet, denn Ella konnte nicht hören, was der Anrufer sagte.

Mit drei Schritten war sie am Schreibtisch, riss das drahtlose Telefon aus der Ladestation und lauschte, doch die Stimme am anderen Ende verstummte überrascht. Es raschelte in der Leitung, jemand hustete. Im Hintergrund erklang gedämpfter Verkehrslärm. Dann sagte ein Mann: »Hallo?«

»Hallo«, sagte Ella.

»Doctor Jansen?« Ein Mann, offensichtlich nervös. »Annika? Doctor?«

»Nein. Mein Name ist Sally. Sally Simpson.«

»Wer?«

»Sally Simpson.«

Ein Klicken – schnell, sofort, kein Zögern –, dann das Tuten einer unterbrochenen Verbindung. Ella lauschte noch ein paar Sekunden, bevor sie den Apparat in die Ladestation zurückstellte. Sieh zu, dass du von hier verschwindest, dachte sie; vielleicht war das ein Polizist, möglicherweise Patrick. Oder jemand anderer, der sich dafür interessierte, was eine Sally Simpson in der Praxis der Soul-Stylistin Annika Jansen zu suchen hatte.

Sie wandte sich erneut der Leinwand zu. Warum hatte Anni diese Grafik zurückgelassen? Weil es keine Bedeutung hatte, wenn jemand sie entdeckt? Oder weil jemand die Bedeutung nicht erkannt hatte? Oder weil es eine Botschaft war? Und wenn es eine Botschaft war, von wem stammte sie und für wen war sie gedacht?

Ella holte ihr Handy heraus und fotografierte die Linien, Kreise und Punkte mitsamt den Namen und Zahlen. Danach löste sie die Arretierung mit einem kurzen Ruck, um das Rouleau wieder hochschnellen zu lassen. Alles sollte aussehen wie vor ihrem Eindringen. Sie blickte aus dem Fenster, das auf den Innenhof hinausging. Sie bemerkte, dass sich vor der Grünfläche in der Mitte des Hofs ein etwa einen Meter breiter Streifen aus massiven, trittsicheren Glaskacheln erstreckte. Unter den von innen feucht beschlagenen Kacheln schimmerte es ebenfalls Grün, *wie in einem Gewächshaus* – die Pflanzen, von denen Annika gesprochen hatte.

Plötzlich hörte Ella das schnappende Geräusch des anspringenden Anrufbeantworters, obwohl das Telefon nicht geklingelt hatte. Einige schnelle Herzschläge lang starrte sie auf das kleine schwarze Gerät, bis sie begriff, was gerade geschah: Jemand hörte die Nachrichten auf dem Band per Fernabfrage ab. *Und wenn sie abgehört worden sind, werden sie gelöscht.* Sie stürzte zu dem Apparat, suchte den Lautstärkeregler und drehte ihn hoch.

Eine laute, heftige Männerstimme – so laut und heftig, dass die Membrane des Geräts schepperte – sagte: »... muss mit Ihnen reden, es ist wirklich sehr dringend. Ich hätte Ihnen ... ich hätte Ihnen das alles nicht erzählen dürfen. Sie haben schlafende Hunde geweckt, und jetzt sind sie hinter mir her. Meine Existenz, mein Leben, alles wollen sie zerstören. Warum rufen Sie nicht zurück? Ich habe Ihnen schon dreimal auf Band gesprochen! Ich heiße übrigens jetzt Elliot – Elliot Trout.«

»Elliot Trout«, wiederholte Ella leise. Sie suchte einen Stift und einen Notizzettel und entdeckte beides auf Annis Schreibtisch, gerade als der Mann auflegte, ohne eine Rufnummer zu hinterlassen. Nach dem Piepton, der die Anrufe voneinander trennte, sagte eine mechanische Frauenstimme: »Next call, Thursday, 19:47.« Danach folgte eine andere Frau, diesmal mit heller, menschlicher Stimme: »Hi, ich bin's, Tori. Ich habe ihn wiedergesehen, im Fitness-Studio. Er lässt mir keine Ruhe. Ich würde ihn am liebsten umbringen nach allem, was er mir angetan hat. Ich weiß genau, dass er es war, und zwar als wir *Sir Francis* gedreht haben. Ich muss mit dir reden. Wo steckst du? Ich kann nicht bis zu meinem Termin morgen Nachmittag warten, wirklich nicht. Ruf mich zurück, ja? Bitte, bitte! Ich weiß nicht, was ich sonst tue. Ich arbeite die ganze Woche, aber du kannst mich jederzeit anrufen. Jederzeit! Ich warte. Ja? Bitte, melde dich unbedingt.«

Auch keine Rückrufnummer.

Und eine Pornodarstellerin mit Aids, die sich regelmäßig mit Rasierklingen schneiden musste, um überhaupt noch irgendwas zu spüren.

Der nächste Anrufer nach dem Piepton hatte aufgelegt, und die mechanische Frau sagte nur die Nummer des Anschlusses, von dem aus telefoniert worden war. Ella notierte auch sie. Anschließend noch ein Mann, diesmal einer, der Deutsch sprach.

»Annika, Markus hier. Ich … hättest du vielleicht Zeit, dass wir uns sehen? Ich weiß, dass ich die Therapie abgebrochen habe, und ich will auch keinen neuen Termin … Ich will nur … ich bin da auf etwas Merkwürdiges gestoßen, über das ich gern mit dir sprechen würde. Ich glaube … ich weiß, das klingt verrückt, aber ich glaube, jemand ist hinter mir her. Jemand von unseren Leuten hier. Es geht um die Academy. Meine Nummer hast du ja noch. Also, ruf zurück, bitte.«

Die mechanische Frau erklärte, dass es keine weiteren Anrufe gebe, und das Band spulte zurück, bis eine rote Null auf dem Display des Apparats erschien. Ella griff nach dem Telefon und rief: »Hallo? Anni, bist du das?« Sie hörte nichts, keine Stimme, keine Atemgeräusche, kein Rauschen, kein Besetzt- und kein Freizeichen, nur Stille.

Plötzlich erklang ein Glockenspiel, drei melodische Töne. Die Wohnungstür! Hastig stellte Ella das Telefon zurück, leise, obwohl von draußen kein Geräusch hereindrang. Das Glockenspiel wiederholte sich, der Uhr von Big Ben nachempfunden. *Niemand zu Hause,* dachte Ella, *geh weg!* Sie hielt den Atem an. Sie konnte ihr Blut in den Adern pochen fühlen und dachte, dass man ihren Herzschlag bis auf die Straße hören musste. Die Zeit schien stehen zu bleiben, während sie darauf wartete, dass ein Schlüssel ins Schloss geschoben wurde, das raspelnde Geräusch von Metall in Metall, das leise Klicken, mit dem ein Sicherheitsschloss nachgab. Die Stille war wie eine zweite Haut, die sich um sie zusammenzog, enger und enger, bis der Druck auf ihre Lunge unerträglich wurde. Am liebsten hätte sie laut geschrien.

Nichts geschah. Kein Schlüssel im Schloss und auch kein Klingeln mehr. Nur die Stille.

31

Das Treppenhaus war leer. Niemand stand vor der Praxistür, und niemand wartete auf dem Gehweg. Auch in den nahebei geparkten Autos konnte Ella niemanden entdecken. Von irgendwo drang das Heulen ferner Sirenen heran, verklang dann aber wieder. An einigen der Zäune flatterten rot-weiß-blaue Plastikfähnchen mit dem Union Jack darauf knatternd im Wind.

Ich habe auch das Gefühl, dass Patrick mich beschattet. Ich dachte, ich hätte ihn gestern Nacht unten auf dem Platz im Licht einer Laterne gesehen, aber vielleicht war es nur Einbildung, eine Halluzination. Oder ein Déjà-vu.

Ella blieb einen Moment stehen und dachte: *Nicht stehen bleiben!* Also ging sie schnell weiter in Richtung Harrods. Während sie ging, überlegte sie, ob sie noch einmal versuchen sollte, Patrick Cassidy zu erreichen. Sie holte ihr Handy heraus, nur um ganz sicherzugehen. Keine Anrufe.

Was soll ich machen, wenn er sich nicht meldet, Anni? Noch einmal in Whitechapel anrufen? Einfach hingehen und warten, bis er auftaucht? Und was bedeutet es, dass er sich nicht meldet? Du kennst ihn besser als ich.

Gib ihm noch etwas Zeit, Ella. Er muss das Gefühl haben, dass er die Zügel in der Hand hält. Es war immerhin eine gute Idee, ihn anzurufen und damit wissen zu lassen, dass du dich in London aufhältst.

Meinst du?

Ja, obwohl er es bestimmt längst wusste. Ich wette, du stehst seit deiner Ankunft in Heathrow unter Überwachung, und wenn du dich nicht bei ihm gemeldet hättest, wäre er davon ausgegangen, dass du Ärger machen willst. So ist es besser. Jetzt hält er dich für naiv und ungeschickt: eine deutsche Frau, die in einer fremden Stadt die Leiche ihrer toten Freundin sehen will.

Ich habe viel gelernt seit letztem Jahr, dachte Ella; *wie man täuscht und lügt und betrügt, das alles habe ich gelernt. Nichts worauf man stolz sein könnte. Aber nur deswegen lebe ich noch.*

Es war kühl geworden; die Sonne erreichte nicht mehr den Bürgersteig, nur die Wipfel der Bäume und die Giebel der Häuser leuchteten noch herbstrot unter dem blassen Himmel. Auch die altmodischen Straßenlampen aus Schmiedeeisen ragten über die Schattengrenze in den Sonnenschein. Genauso wie die Kamera, die an der Fassade eines Eckhauses befestigt und auf den Platz gerichtet war. Das Objektiv blendete, warf einen hellen Reflex auf den Asphalt. Ella fühlte sich plötzlich beobachtet und ging schneller, aber als sie das Haus erreicht hatte und nicht mehr im Sichtfeld der Kamera war, bemerkte sie eine Straße weiter an einer Kreuzung die nächste.

Schon auf der Fahrt mit dem Expresszug von Heathrow in die Stadt hinein war ihr ein Hinweisschild mit der Beschriftung *CCTV – Closed Circuit Television* über der Tür gegenüber von ihrem Sitz aufgefallen. Allerdings hatte sie keine Kamera entdeckt, jedenfalls keine, die so aussah wie die an der Decke der Flughafenhallen, an die sie sich jetzt erst wieder erinnerte. Im Menschengewirr an der Pass- und Einreisekontrolle, auf der Suche nach dem Bahnsteig für den Expresszug und als sie an einem Geldautomaten gegenüber von den Gepäckbändern 150 Pfund gezogen hatte, war sie zu aufgeregt gewesen, um auf irgendetwas anderes zu achten als auf die vielen Schilder, nach denen man sich in den weitläufigen Hallen orientieren musste.

Im Flugzeug hatte sie am Fenster gesessen, von wo aus sie sehen konnte, wie der Schatten der Maschine auf der Insel über sechsspurige Autobahnen, grüne Wiesen und das bleisilberne Wasser der Themse huschte. Allmählich war die Maschine in den Sinkflug übergegangen, und von unten schwebte ihr die Tower Bridge entgegen, weit überragt von einem scherbenspitz zulaufenden Wolkenkratzer, und dann ein Riesenrad am Flussufer und Big Ben mit dem Parlament und weiter hinten eine blendende Ansammlung stählerner Wolkenkratzer, in deren Mitte ein großes Fabergé-Ei grüngolden in der Sonne glitzerte. Nach der Warteschleife war London wieder zurückgeblieben, dann auch Windsor Castle, und schließlich säumten weitläufige Vororte, Bahngleise und riesige Parkplätze die Einflugschneise, an deren Ende die Flughafenanlage von Heathrow in den dunstigen Himmel aufragte.

Die Morgensonne hatte Ellas Schläfe und Ohr gestreift wie eine warme Flamme, dann war ein Ruck durch die Maschine gegangen, als die Räder die Rollbahn berührten, ehe der Umkehrschub sie in den Sicherheitsgurt gepresst hatte. Die Wartezeit, bis sie das Flugzeug verlassen konnten, war ihr endlos vorgekommen, genauso wie die Schlange vor den kleinen Kabinen, an denen sie ihren Pass vorzeigen musste. Erst in dem schnell der City entgegenrasenden Zug hatte ihre Anspannung etwas nachgelassen. Hinter den getönten Scheiben flitzten Häuser und Fabrikanlagen vorbei, ein Wäldchen, Äcker und Wiesen, mehrere Schnellstraßen und die überall gleichen Gewerbegebiete, dann die zahlreichen kleinen Bahnstationen, an denen der Express nicht hielt.

Wohnten hier irgendwo vielleicht die Freunde, von denen Anni in einem Absatz ihres Briefes geschrieben hatte?

Aber zurück zu Patrick. Ich glaube, er wird versuchen, mich zu töten. Deswegen gehe ich morgen zu Freunden, bei denen mich keiner findet, weil niemand weiß, dass es Freunde von mir sind. Sie wissen es nicht einmal selbst.

Für den Weg zurück zu ihrem Hotel nahm sie den Doppeldeckerbus bis zur Paddington Station. Die Fahrt dauerte nur eine Viertelstunde, trotzdem reichte die Zeit, um nach Anrufen (keine) und E-Mails (keine) zu schauen und ihrer LifeBook-Seite einen Besuch abzustatten. Die Academy of Solace schlug Ella neue Freunde vor. Neben einem Mann namens Alexander Meyer aus Berlin gehörte auch ein Oskar Scharnhorst dazu, und sie brauchte einen Moment, bis ihr klar wurde, dass es sich um den toten Militärseelsorger handelte. *Computer!*, dachte sie.

An der Paddington Station stieg sie aus und ging den Rest des Weges zu Fuß. Ein Wald bunter Schilder wuchs aus den engen, löcherigen Gehwegen – gelb, grün, rot –, und die Autos fuhren gemächlich auf der falschen Straßenseite. Ein scharfer Wind fegte um die Ecken der niedrigen Backsteinhäuser. Die Luft war kühl, aber der Abend noch hell. Kleine Läden und handtuchbreite Pubs wechselten sich mit indischen, chinesischen oder thailändischen Restaurants ab. Bretterverschläge vor zersprungenen Schaufenstern kündeten von Opfern der Rezession oder den letzten Facebook-Krawallen, und wo sich die Hauptstraße in Richtung Eastbourne Terrace davonmachte, wucherten Zierbüsche über Eisenzäune und Platanen versilberten den Smog an den Ampeln mit ihren flirrenden Blättern.

Sie umklammerte mit beiden Händen ihre Umhängetasche und pflügte durch die Passantenströme. Erst zehn Minuten nach rechts, danach noch einmal sechs in Richtung Hyde Park links, und schließlich eine breite, kaum befahrene Seitenstraße bis zum Lancaster Gate Hotel. Über dem Eingang des mit frischem Weiß getünchten Gebäudes flatterte der Union Jack. Schlanke Säulen flankierten die automatische Glastür. Rechts und links erstreckten sich weitere billige Pensionen und Herbergen, Zeilen von Reihenhäusern mit renovierten Fassaden, die das schäbige Innere maskierten. Auf der gegenüberliegenden Straßenseite rankten sich Baugerüste um leere Fensterhöhlen an mehrstöckigen Außenmauern hoch, es wurde gehämmert und gebohrt. Plastikplanen flappten im Wind. Über die Dächer flutete der Verkehrslärm von Bayswater heran, Gehupe, laute Musik, betrunkene Touristen.

Jetzt betrat Ella zum zweiten Mal an diesem Tag die Lobby des Hotels, aber diesmal war sie vorbereitet: auf das abgenutzte Mobiliar, die fast farblos getretene Auslegware vor dem Empfangstresen, die plötzlichen Stufen mitten im Raum und den indischen Portier, der sie mit derselben Gleichgültigkeit empfing wie zuvor. Er händigte ihr den an einem Messingbarren baumelnden Zimmerschlüssel aus, ohne ihr auch nur ins Gesicht zu sehen. Sie fuhr mit dem Lift in den dritten Stock hinauf.

Eine gedämpfte mechanische Stimme sagte: *»Floor three«*, so wie sie *»Floor two«* und *»Floor one«* gesagt hatte, als gehöre sie einer kleinen Frau, die in der Fahrstuhlwand gefangen gehalten wurde und bis an ihr Lebensende die Etagen ansagen musste. Ella ging über den gewellten, fleckigen Teppichboden zu ihrem winzigen Zimmer. Aber auf das, was sie sah, als sie das Zimmer betrat, war sie nicht vorbereitet. Für einen kurzen Moment dachte sie, sie hätte sich womöglich in ihrem Zimmer geirrt. Das Bett war nicht gemacht, die Tagesdecke aus dunkelrotem Nylon zurückgeschlagen, das Licht brannte. Die mit bonbonbuntem Wachspapier ausgelegte Schublade des Puppenschreibtischs stand offen. Der hinter Glas gerahmte Stadtplan von London an der Wand hing schief. Die Vorhänge waren zugezogen.

Aber dies war ihr Zimmer: Das war ihre Kleidung, die auf dem Boden verteilt herumlag. Und das waren ihre Hygiene- und Schminkutensilien, die jemand von dem schmalen gläsernen Regalbrett gefegt hatte.

Ella kämpfte einen Moment mit Panik. Sie trat zur Tür, überprüfte, dass sie geschlossen war. Dann öffnete sie die Vorhänge, ließ die Lampen aber an. Sie packte Blusen, Unterwäsche, Pullover und Schuhe wieder in den Koffer, räumte die Ablage im Bad auf, schloss die Schublade und rückte die Matratze zurecht. Dann setzte sie sich auf das Bett und dachte auf einmal: *Nicht das Zimmermädchen. Es war nicht das Zimmermädchen.*

Jemand anderer, dachte sie weiter. Irgendwer hatte ihr Zimmer durchsucht. *Aber wer?* Patrick Cassidy? Konnte sonst noch jemand Interesse an ihr haben? Vielleicht war es nur ein verrückter Zufall? Vielleicht war es bloß ein Hoteldieb, der ohne Beute wieder abgezogen war. Sie ging zum Schreibtisch, um in der Lobby anzurufen, und stellte fest, dass ihr Zimmer kein Telefon hatte. Sie holte ihr Handy aus der Tasche und suchte die Nummer des Hotels, die sie extra gespeichert hatte, für alle Fälle. Nach drei Freizeichen meldete sich der Portier mit seinem weichen indischen Akzent: »Lancaster Gate Hotel.«

»Ella Bach, Zimmer 343«, sagte Ella. »Hat jemand nach mir gefragt während meiner Abwesenheit?«

»Nein, Madam. Niemand.«

»War jemand in meinem Zimmer? Der Room Service? Hat jemand den Schlüssel verlangt?«

»Selbstverständlich nicht«, sagte der Portier mit genau dem Zuviel an Empörung, das die Lüge verriet.

»Danke. Entschuldigen Sie die Störung.« Ella trat ans Fenster. Auf dem Baugerüst gegenüber konnte sie Männer sehen, die auch abends beim Schein starker Lampen arbeiteten. Sie überlegte, ob sie das Zimmer verlassen und in ein anderes Hotel ziehen sollte, entschied sich aber dagegen. Wenn sie beobachtet wurde, was ganz offensichtlich der Fall war, war sie hier genauso sicher oder unsicher wie an jedem anderen Ort.

Sie wählte noch einmal die Nummer des Polizeireviers Whitechapel. »Metropolitan Police Whitechapel, Constable Green«, meldete sich ein Beamter.

»Was ist aus Constable Brown geworden?«, fragte Ella.

»Sorry?«

»*Never mind.* Könnten Sie mich mit Detective Inspector Cassidy verbinden?«

»DI Cassidy ist unterwegs. Kann ich Ihnen weiterhelfen?«

»DI Cassidy ist offensichtlich ein vielbeschäftigter Mann«, meinte Ella, die ihren Unmut kaum verbergen konnte. »Richten Sie dem DI aus, dass Ella Bach noch einmal angerufen hat.«

»Wäre das dann alles?«

»Nein, Constable Green.« Ella merkte, wie ihr Geduldsfaden zu reißen drohte. »Sagen Sie ihm: Ich möchte die Leiche meiner Freundin sehen!«

Sie unterbrach die Verbindung und legte das Handy neben sich auf die Tagesdecke aus dunkelrotem Nylon. Sie holte die Porno-DVDs aus der Handtasche, die sie vor ihrem überstürzten Aufbruch aus Annis Regal genommen hatte, ohne genau zu wissen, wozu. Jetzt betrachtete sie das Cover und die Rückseite der Hülle, beide bedruckt mit rosig glänzenden, weit geöffneten Körperöffnungen und erigierten Penissen, die im Begriff standen, voller Stolz in diese haarlosen, feucht glitzernden Öffnungen einzudringen. Ob es sich bei Candy Carbonara um die Tori vom Anrufbeantworter handelte? Ella studierte die Liste der Schauspieler und Crew-Mitglieder: *Fabio Tempesto, Sharon de Sade, Dino Pronto* – wer dachte sich solche Namen aus? Der Produzent, der Regisseur, die Darsteller selbst?

Sie versuchte, sich präzise an die Anrufe zu erinnern, die sie am Nachmittag in der Praxis mitgehört hatte. Es waren die einzigen Spuren, denen sie nachgehen konnte; ihre einzigen Anhaltspunkte.

Ein Mann namens Elliot Trout, der wütend und verletzt geklungen hatte; eine junge Frau – Tori oder Candy –, die in einem Fitness-Studio jemandem wiederbegegnet war, einem Mann, der ihr etwas angetan hatte, bei den Dreharbeiten zu einem Film mit dem Titel *Sir Francis,* vielleicht einem Porno. Und ein Deutscher mit Namen Markus, den neue Erkenntnisse über die Academy beunruhigten und der sich von seinen eigenen Leuten verfolgt fühlte.

Wer sind diese Leute, Anni? Handelt es sich womöglich um die Academy of Solace, die sich auch auf meiner LifeBook-Seite gemeldet hat? War er der unheimliche letzte Patient, von dem du mir geschrieben hast? Nein, halt, zurück: Elliot Trout war nicht der richtige Name des ersten Anrufers. Er hatte gesagt, er nenne sich jetzt so.

Abgesehen von diesen drei Anrufern blieb Ella nur noch die Nummer desjenigen, der keine Nachricht hinterlassen hatte. Sie suchte den Zettel, auf dem sie seine Nummer notiert hatte, und wählte sie. *Hallo, ich bin eine Freundin von Annika Jansen, wann haben Sie das letzte Mal mit ihr gesprochen? Wissen Sie vielleicht, ob sie noch lebt?*

Das Freizeichen. Es klingelte und klingelte. Ella wollte gerade abbrechen, als ein Klicken ertönte und eine Männerstimme sagte: »Botschaft der Bundesrepublik Deutschland. Guten Abend. *Embassy of the Federal Republic of Germany. Good Evening.*«

»Guten Abend«, sagte Ella überrascht, fing sich aber sofort und sagte: »Ich habe einen Anschluss gewählt, der wohl nicht mehr besetzt ist.« Sie nannte die Nummer. »Ist das die Durchwahl von einem Angehörigen der Botschaft?«

»Ja.«

»Könnten Sie mir sagen, wann ich jemanden unter dieser Nummer erreichen kann?«

»Morgen früh ab neun.«

»Jetzt könnte mir niemand helfen?«, fragte Ella. »Vielleicht ein Kollege von Herrn ... Entschuldigung, ich weiß nie, wie man den Namen richtig ausspricht ...«

»Wagenbach«, sagte die Männerstimme.

»Richtig – Karl Wagenbach«, sagte Ella.

»Markus Wagenbach«, verbesserte der Mann. »Worum geht es?«

»Etwas Privates«, erklärte Ella rasch. »Ich versuch's einfach morgen früh nochmal.«

Ella unterbrach die Verbindung und schrieb den Namen *Wagenbach* hinter die Nummer auf ihrem Notizzettel, in Klammern *Deutsche Botschaft*. Ihr fiel ein, dass Anni in ihrem Brief die Botschaft erwähnt hatte, aber sie erinnerte sich nicht mehr genau, in welchem Zusammenhang.

Der Brief! Sie suchte das Kuvert unter ihren Sachen im Koffer. Es war noch da! Ella öffnete es und faltete den Stapel eng beschriebener Bögen auseinander. Sie hatte angefangen, Stellen zu markieren und zu unterstreichen, doch jetzt stellte sie fest, dass die Reihenfolge der Seiten nicht mehr stimmte. Jemand hatte den Brief herausgenommen und gelesen oder fotokopiert. War das der Grund für die Unordnung im Zimmer gewesen? Hatten sie danach gesucht?

… weißt du, so viel ist mir damals durch den Kopf gegangen, als ich mich bereit erklärt hatte, an der Entwicklung eines neuen Netzwerks mitzuarbeiten, den Programmierern sozusagen mit dem Besteck des Psychologen zur Seite zu stehen. Im Grunde ist ja die Begeisterung für soziale Netzwerke wie Facebook, Twitter, Google+ oder LifeBook nichts anderes als der tiefe Wunsch, wieder zu einem Stamm zu gehören, das Bedürfnis nach der Geborgenheit des Clans – und damit die unverhohlene Sehnsucht nach einer Rückkehr in die Primitivität. O Herr, nimm diese entsetzliche Bürde, für mich selbst zu denken, von mir! Gewähre mir Heilung von dem Fluch, mich aus eigener Kraft entwickeln zu müssen!

In Wirklichkeit schalten wir uns als soziale Wesen nach Belieben ein oder wieder aus, füttern uns gegenseitig mit Banalitäten und leben nur zwischen zwei Klicks noch als Teil einer Gemeinschaft, zu der jeder Kontakt willkürlich unterbrochen werden kann, wenn wir von den anderen genug haben.

Das ist natürlich kindisch. Verantwortungslos. Wie unreife Jugendliche wollen wir unser Glück und Unglück zu einem kollektiven Projekt machen. Kein privates, persönliches Leben mehr, sondern ein Verschmelzen mit der Gruppe, dokumentiert in Fotos, Filmen, Tweets. Wer gemeinsam leidet, liebt und hasst, braucht keine Scham mehr zu fürchten.

Wo die Scham aufhört, beginnt da das Chaos? Ach was, Freud war gestern. Wir lösen uns auf, nehmen an uns selbst nur als einer Person von vielen teil. In letzter Konsequenz werden wir wieder zum Nichts. Das Nichts hat heutzutage viele Namen, unter denen es uns angepriesen wird, als wäre es das ewige Leben – was es in gewisser Weise ja auch ist, wenigstens in der Parallelwelt, die uns das Internet bietet. Und das Nichts ist, natürlich, das Habitat des Teufels.

Entschuldige, das klingt vielleicht zu zynisch. Aber es regt mich auf, wie die sogenannten Social Media ein tiefes und legitimes menschliches Bedürfnis in einen kommerziellen Jahrmarkt verwandelt haben, um sich mit dem Schmerz, den es bedeutet, ein Mensch zu sein, die Taschen zu füllen.

Der Begriff, der dabei am meisten missbraucht wird, ist der der Freiheit. Dabei stimmt es, das Netz und die Netzwerke, haben uns eine völlig neue Form von Freiheit beschert. Das Problem ist nur, dass diese Freiheit keinen Inhalt hat, und Freiheit ohne Inhalt ist nichts wert, ist nur das Fehlen von Verantwortung. Ist Leere. Verantwortung anzunehmen ist Freiheit. Daran habe ich gearbeitet.

Als wir LifeBook konzipiert haben, sollte es ein Gegenentwurf werden, echte Linderung bringen, selbst wenn Heilung nicht möglich schien. Einem leer gewordenen Leben wieder Sinn geben. Stattdessen ist meine Arbeit pervertiert worden – Menschen werden tiefer verletzt, werden gebrochen, werden zu Mördern gemacht, und ich bin jedes Mal Mittäter.

Gott ist tot, mag sein. Aber jetzt ist der Tod Gott.

Ella ließ das Blatt sinken. Sie war nicht sicher, ob sie verstand, worauf Annika hinauswollte. Auf dem Rückweg ins Hotel hatte sie vom oberen Stockwerk des Busses aus den Hyde Park gesehen und für einen kurzen Moment das Gefühl gehabt, dass alles gut werden würde. Sie hatte die überall aufgehängten Plastikfähnchen mit dem rot-weiß-blauen Union Jack im Wind flattern gesehen, die Menschen auf den Gehwegen, die Jogger und Hunde auf den Rasenflächen und am Ufer eines kleinen Sees und gedacht: *Ich werde Anni finden, und dann wird alles gut.* Aber eine halbe Stunde später hatte sie ihr Zimmer durchwühlt vorgefunden, und jetzt sah es gar nicht danach aus, dass irgendetwas gut werden könnte.

Eine erfolgreiche Therapie – manchmal sogar nur ein kleiner Fortschritt bei einer schwierigen Behandlung – ist immer wieder ein Wunder. Zu sehen, wie sich die ganze Persönlichkeit verändert, das ist, als ob man eine Kerze in einem dunklen Zimmer angezündet hätte und in ihrem erst nur flackernden Schein Zeuge würde, wie sich ein Werwolf wieder in einen Menschen verwandelt.

Weiter vorn habe ich dir ja von meinem Taubenschlag erzählt. Ich habe ihn schließlich, na ja, nicht zugemacht, aber sehr verkleinert. Ich habe nach einem Weg gesucht, wie ich allen helfen konnte – und das war, glaube ich, der Moment, in dem ich dachte, ich könnte Gott spielen, der Moment, wo ich den Pakt mit dem Teufel unterzeichnet habe.

»Man muss die Kraft haben, den Schmerz nutzbar zu machen«, hat ein amerikanischer Nobelpreisträger einmal geschrieben. Mit LifeBook wollte ich diese Gelegenheit schaffen, dem Schmerz einen Sinn zu geben. Ich wollte, dass die Leidenden den Trost erfahren konnten, den man früher in der Kirche gefunden hätte. Sie sollten alles können – beichten, klagen, heulen, ihre Wut herausschreien –, ohne dass Algorithmen ihnen vorschlagen, womit sie am besten Selbstmord begehen. Denn der Trost von Fremden kann tatsächlich trösten. Er kann den Lebenssinn wecken, die Möglichkeit herbeiführen, zu lieben und geliebt zu werden.

Weißt du noch, was Lukas, unser ständig nach Lakritz riechender Prof, immer gesagt hat: »In jedem lebt ein Traum, den alle Menschen träumen. Sie träumen von alldem, was sie getan hätten, wären sie geliebt worden. Nichts heilt diesen Traum.« Wahrscheinlich hat er das irgendwo gelesen und nur vergessen, wo. Vielleicht bei Larkin.

Aber mein – nein, unser – total größenwahnsinniges Ziel war es, uns eine Brücke zu bauen vom Traum in die Wirklichkeit, nach dem Motto: Geliebtwerden ist möglich. Deswegen bin ich jetzt auf der Flucht – auf der Flucht und auf der Jagd. Deswegen bin ich untergetaucht. Jemand hat meinen Traum usurpiert und ins Gegenteil verkehrt. Als ich in der Klinik lag, nachdem Patrick mich zusammengeschlagen hatte, habe ich jemanden von der Deutschen Botschaft kennengelernt, der dort auch als Patient …

Das ist sie, das ist die Stelle, an die ich mich erinnert habe, dachte Ella. Sie drehte das Blatt um, aber es war schon die Rückseite gewesen. Das nächste Blatt fehlte. Mit fliegenden Fingern ging sie alle Bögen durch, zählte die Seiten, sortierte sie neu, aber es blieb dabei – ein Blatt war verschwunden. Es war nicht mehr da, und wer immer es jetzt hatte, hatte kein Problem damit, dass sie es bemerkte.

Erst jetzt fiel ihr ein, das sie in Annikas Wohnung gar keine ungeöffnete Post entdeckt hatte, weder auf dem Boden hinter der Tür noch in einem überquellenden Briefkasten. Wenn jemand für längere Zeit abwesend war, sammelte sich selbst in Zeiten des Internets noch schnell jede Menge Post an, Wurfsendungen, Werbung, Rechnungen oder Kontoauszüge. Es hatte fast den Anschein, als käme regelmäßig jemand vorbei, um den Briefkasten zu leeren. Vielleicht eine Putzfrau. Vielleicht auch ein Mörder.

Und: Wer hatte den Anrufbeantworter abgehört – Anni oder Cassidy oder eine unbekannte dritte Partei? Wusste derjenige, dass sie da gewesen war und die Anrufe ebenfalls gehört hatte? Was bedeutete das für Elliot Trout, Tori und Markus, den Deutschen, der ein Geheimnis mit Annika zu teilen schien?

Ich bin da auf etwas Merkwürdiges gestoßen, über das ich gern mit dir sprechen würde. Ich glaube … ich weiß, das klingt verrückt, aber ich glaube, jemand ist hinter mir her. Jemand von unseren Leuten hier.

32

Ella schaltete ihr Smartphone ein, um die Grafik, die sie in Annis Praxis fotografiert hatte, genauer zu studieren. Aber als sie jetzt das Foto betrachtete und die verschiedenen Symbole heranzoomte, fiel ihr wieder die Zeile unter der rätselhaften Bezeichnung »Canopus610« auf: *YouTube, Attack of the Mad Medic, Berlin.*

Sie war drauf und dran, den Film aufzurufen. Doch alles in ihr sträubte sich dagegen. *Nein,* dachte sie, *ich will das nicht sehen. Ich brauche mir das nicht anzuschauen. Ich war dabei.* Bei der Erinnerung daran brach ihr der Schweiß aus, und in ihrem Magen breitete sich ein flaues Gefühl aus. *Ich will nicht.* Stattdessen googelte sie *Deutsche Botschaft – London – Markus Wagenbach.* Sie erhielt jedoch kein Personenprofil, wie sie gehofft hatte, sondern nur mehrere Bilder des Botschaftsgebäudes und einen Verweis auf Google Maps. Sie versuchte, das Telefonbuch von London aufzurufen; das klappte auch nicht.

Auf gut Glück öffnete sie einige der Nachrichten, die von ihren neuen LifeBook-Freunden bei ihr eingegangen waren. Sie zeigten Anteilnahme, spendeten Trost, sprachen Mut zu. Ein paar luden sie ein, bei ihnen Urlaub zu machen, oder boten ihr an, mit ihr an der Schmerzbewältigung zu arbeiten.

Ich weiß genau, wie du dich fühlst, Ella, schrieb ein Mann namens Luckyman. *Ich habe deine Zeilen gelesen und sofort deine Einsamkeit gespürt. Wir sind verwandte Seelen, die anderen nur helfen wollen – du als Ärztin, ich als Lehrer. Aber sie wollen die Hilfe nicht. Sie verspotten uns, lachen uns aus. Sie lassen uns nicht in Ruhe.*

Dabei liebe ich meine Schüler, jeden einzelnen von ihnen. Nicht alle gleich, aber es gibt keinen, der mir egal wäre, dem ich nicht helfen möchte. Warum wollen sie meine Hilfe nicht? Warum stoßen sie mich immer wieder zurück? Ich verstehe einfach nicht, warum. Geht es dir auch so? Manchmal wünsche ich, ich wäre tot. Ich denke dann, dass mein Tod eine gute Lektion für sie wäre. Sie sind so höhnisch, so gemein, manchmal sogar meine Kollegen. Und meine Frau auch.

Am Anfang mögen sie mich immer, weil ich viel weiß – ich weiß wirklich viel, und ich versuche, sanft zu sein und hilfsbereit. Du bist bestimmt auch so. Aber dann fangen sie irgendwann an, mich zu verachten. Sie lachen mich aus. Es wird immer schlimmer, jeden Morgen, wenn ich aufwache und manchmal sogar schon, bevor ich richtig wach bin, wünsche ich mir, nicht mehr leben zu müssen. Trotzdem zwinge ich mich dazu, Mut zu haben. Die Angst nicht zuzulassen. Ich stehe auf und gehe in die Schule und unterrichte und warte auf die erste Demütigung, dann die nächste und die übernächste, den ganzen Tag lang.

Ich denke immer, dass sie irgendwann wieder damit aufhören, weil sie merken, dass sie mir unrecht tun. Dass sie mich wieder mögen, wie am Anfang, und verstehen, dass ich nur ihr Bestes will. Aber es passiert nicht, es passiert nie, und manchmal wünsche ich mir nicht, dass ich tot wäre, dann wünsche ich mir, dass sie tot sind. Meine Schüler. Meine Kollegen. Meine Frau. Alle.

Verstehst du jetzt, warum ich dir schreibe? Weil wir verwandte Seelen sind, und wir müssen nicht einsam sein.

Soll mich das trösten?, dachte Ella. Wie tapfer kann ich nach so einem Zuspruch noch sein? Auf alle Fälle tapfer genug, um jetzt den Clip auf YouTube anzuschauen, den bereits 1 748 Viewer angeklickt hatten.

Ein paar Sekunden später hielt sie das Grauen in ihrer Hand. Wie gelähmt saß sie da, als ihr plötzlich das benzinüberströmte Gesicht von Kornack entgegenstarrte. Die Augen waren gerötet, die starren Pupillen weit geöffnet, die blassbraunen Lippen zu einem geisterhaften Lächeln gespannt. Dann schwenkte die hochauflösende Kamera abrupt um, wischte über das blinkende Kreuz an der Kette um seinen Hals, suchte einen neuen Fokus. Ella versuchte sich zurechtzufinden in den halbdunklen Bildern, die über das Display ihres Handys huschten.

Sie sah drei, nein, vier winzige Gestalten, die durch eine Tür am Ende eines langen Korridors traten, eine davon eine Frau, kaum zu erkennen, aber Ella brauchte sie nicht zu erkennen, denn schlagartig war sie wieder diese Frau. Vorsichtig sah sie sich im Halbdunkel der Diele um, sagte etwas zu den Männern – einer im leichten Anzug, zwei in Feuerwehruniformen –, die daraufhin zurückblieben. Ging langsam weiter in die Wohnung und wurde dabei größer, so groß, dass sie die Anspannung in ihrem Gesicht erkennen konnte.

Ich weiß, was gleich passiert. Ich brauche keine Angst zu haben. Mir wird nichts geschehen. Es sind die anderen, denen etwas zustößt.

Sie schaute in die Küche, verschwand darin, kehrte kurz darauf in den Korridor zurück. *Ich habe das Gas nicht ausgestellt. Er könnte noch leben, wenn ich daran gedacht hätte. Warum habe ich das Gas nicht ausgestellt?* Sie ging langsam weiter, auf die Kamera zu, beobachtet von dem Mann, der sie töten wollte. Auf einmal setzte die Kamera sich in Bewegung, schnellte auf sie zu, in Rucken, und jetzt verwandelte die Anspannung in ihrem Gesicht sich in Angst, ein aufgerissener Mund, entsetzt starrende Augen, während die hüpfende, ruckende Kamera auf sie zukam und sie schon fast erreicht hatte, als Hagen, der Mann in dem leichten Anzug, plötzlich hinter ihr auftauchte und sie beiseitestieß.

Die Kamera zuckte hin und her, flog hoch und wieder runter, verwackelte, verwischte Bilder huschten über das Display. Einige Sekunden aus der Vogelperspektive folgten: ein Mann, der einen anderen umarmt hielt, nein, umklammerte und ihm die Zähne in den Hals schlug wie ein Vampir, bis glitzerndes Blut unter seinen Lippen hervorströmte. Im nächsten Augenblick trudelte das Bild, Kornacks Handy fiel zu Boden, wo es liegen blieb und nur noch Fetzen des Geschehens aufnahm: eine zuckende Hand am Bildrand, der verstörte, irre Sanitäter – *Mad Medic* –, riesenhaft von unten, er rannte aus dem Bild und kehrte zurück und schüttete etwas aus einem Kanister über sich, es spritzte durch die Luft und schwappte über das Kameraobjektiv, und der Rest war verschwommen, nur die Decke des Korridors, dunkel, bis auf einmal ein heller rötlicher Schein darüber hinflackerte, und dann nichts mehr, Schwärze.

Ella sprang auf, warf das Handy aufs Bett. Auf einmal wollte sie unbedingt unter Menschen sein. Sie ging hinunter ins Foyer, das gerade von einer Gruppe französischer Rucksacktouristen belagert wurde. Als der Portier die Mädchen und Jungen aus der Bretagne missmutig auf ihre Zimmer verteilt hatte, bat Ella ihn um ein Telefonbuch von London. Ohne ein Wort förderte er einen dicken Wälzer aus einer verborgenen Schublade zutage. Ella nahm ihn ebenso wortlos entgegen. Sie setzte sich damit an einen der beiden Tische im Foyer und suchte nach dem Namen »Wagenbach«. Es gab überraschend viele davon: mit ausgeschriebenen Vornamen, mit Initialen, ohne das eine noch das andere, mehrere Martins, Michaels, Marks, drei Mels, zweimal Morris und ein halbes Dutzend Marcus mit C, aber nur einen mit dem deutschen K.

Das könnte er sein, dachte Ella. Wahrscheinlich hatte er zuerst von der Botschaft aus angerufen, dann aber aufgelegt, weil es vernünftiger war, über einen privaten Anschluss zu telefonieren, wenn er seinen Verdacht äußerte.

Sie notierte sich die Nummer von Markus Wagenbach und legte das schwere Telefonbuch wieder auf den Empfangstresen. *»Thanks.«* Der Portier brummte, ohne von seiner Armbanduhr aufzusehen, deren Zifferblatt er gerade mit dem Ärmelaufschlag polierte. Ella fuhr zurück in ihre Etage. Im Korridor konnte sie im Nachbarraum zwei Neuankömmlinge lachen hören, anscheinend die Franzosen, dann lärmte der Fernseher. In ihrem Zimmer wählte sie Wagenbachs Nummer.

Hallo, mein Name ist Ella Bach. Sie kennen mich nicht, ich bin eine Freundin von Annika Jansen, Ihrer Therapeutin. Ja, ich weiß, dass Sie in Behandlung sind, aber keine Sorge, ich bin auch Ärztin, Ihr Leiden ist behandelbar. Nein, Sie sind nicht wahnsinnig, nur ein bisschen paranoid …

»Wagenbach«, meldete sich eine Männerstimme, die sie sofort wiedererkannte: der Mann von Annis Anrufbeantworter.

»Guten Abend«, sagte Ella. »Entschuldigen Sie, dass ich Sie so spät noch anrufe, aber …«

»Was wollen Sie?«, fiel Wagenbach ihr schroff ins Wort. Ella hatte den Eindruck, dass er betrunken war.

»Arbeiten Sie an der Deutschen Botschaft?«

»Warum wollen Sie das wissen?« Glas klirrte gegen Glas, Flüssigkeit plätscherte. Definitiv betrunken, dachte Ella. »Ich bin eine Freundin von Annika Jansen«, sagte sie.

»Und?«

»Wissen Sie, dass sie verschwunden ist?«

»Was hat das mit mir zu tun?«

Ella beschloss, alles auf eine Karte zu setzen; bei Betrunkenen funktionierte das oft. »Sie kannten Sie doch, oder? Sie waren ihr Patient.«

Er schwieg, legte aber nicht auf. »Woher wissen Sie das?«

»Sie haben sie angerufen, um ihr zu erzählen, dass sie einer Unregelmäßigkeit auf die Spur gekommen sind«, redete Ella weiter. »Sie haben das Gefühl, dass jemand von Ihren eigenen Leuten hinter Ihnen her ist.«

Jetzt dauerte das Schweigen länger, begleitet nur von einem leisen Ächzen. *»Wer sind Sie?«*, fragte Wagenbach leiser.

»Mein Name ist Ella Bach. Ich bin aus Berlin. Annika und ich sind …«

»Berlin?«

»Ja. Haben Sie die Filme gesehen? Im Internet?«

»Nein«, antwortete er eine Spur zu schnell. »Sind Sie vom Ministerium? Oder bei der Regierung?«

»Ich bin Ärztin. Ich versuche herauszufinden, was mit Annika Jansen passiert ist. Die Polizei hat mir gesagt …«

»Sie haben mit der Polizei gesprochen?«

»Nur am Telefon.«

»Mit wem haben Sie gesprochen?«

»Einem Detective Inspector namens Patrick Cassidy von der Metropolitan Police, im Revier Whitechapel. Er sagte, dass sie …«

»… dass sie tot ist«, unterbrach Wagenbach sie wieder. »Er sagte, sie sei tot, nicht?«

»Ja. Woher wissen Sie das?«

»Sie ist nicht tot«, sagte er.

»Aber was ist dann mit ihr?«, wollte Ella wissen.

»Die wollen sie tot sehen. Es wäre sicherer für sie. Aber sie ist nicht tot. Sie lebt.«

»Woher wissen Sie das?«

Er schwieg.

»Wer will sie tot sehen?«

»Das kann ich Ihnen nicht sagen. Ich kenne Sie doch gar nicht.«

»Sind Sie bei LifeBook?«

»Mein Account ist gelöscht«, sagte er schnell. »Ich bin nicht mehr dabei, und Frau Jansen hat das Netzwerk ebenfalls verlassen.«

»Hat sie etwas mit dem U-Bahn-Anschlag in Berlin zu tun?« Ella konnte nicht glauben, dass sie das gesagt hatte; die Frage war ihr einfach so rausgerutscht.

Er antwortete nicht. Sein Schweigen ließ ihr Herz schneller schlagen; sie wusste nicht, ob sie die Antwort wirklich hören wollte.

»Nein«, sagte er schließlich. »Nicht direkt.«

»Sie hat mir geschrieben«, sagte Ella. »Sie hat geschrieben, sie müsse untertauchen, und ich sollte nicht versuchen, sie zu finden.«

»Das ist richtig«, sagte Wagenbach, und sie konnte ihn trinken hören; das Glas stieß gegen seine Zähne. »Sie sollten nicht versuchen, sie zu finden.« Er schien zu überlegen. »Woher wissen Sie überhaupt, dass ich ihr Patient war? Woher haben Sie meinen Namen und meine Telefonnummer?«

»Ich war in ihrer Praxis. Ich habe Ihren Anruf auf dem Anrufbeantworter gehört. Annika hatte ihn noch nicht abgehört.«

»Das war vor drei Tagen«, sagte Wagenbach. »Seit einer Woche warte ich darauf, dass sie sich meldet.«

»Sie haben von einer Akademie gesprochen. Was für eine Akademie meinten Sie? Die Academy of Solace aus dem Internet?«

»Ich habe Ihnen schon viel zu viel erzählt. Bestimmt wird mein Telefon ...«

»Nur eine Frage noch, bitte! Wissen Sie, wo Annika sein könnte?«

»Vielleicht.«

»Wo?«

»Das kann ich Ihnen nicht sagen.« Er zögerte. »Nicht am Telefon.«

»Wo dann? Können wir uns treffen?«

»Belgrave Square Nummer 21.«

»Wo ist das?«

»In der Botschaft. Kommen Sie in die Botschaft. Morgen früh um neun.«

»Wer ist hinter ihr her?«

»Das ist nicht sicher. Wir haben jemanden im Verdacht.«

»DI Cassidy?«

»Nein, nicht DI Cassidy. Jemand anderes.«

Er kennt Cassidy.

»Aber warum?«, hakte Ella nach. »Warum will jemand Anni Jansen umbringen?«

»Es geht um das Programm.«

»Welches Programm?«

»Morgen. In der Botschaft. Gute Nacht.« Er legte auf. Ella ließ das Handy sinken. Sie rieb sich die Augen. Sie war auf einmal schrecklich müde. Sie trat an das bullaugengroße Fenster, um den Vorhang aus brauner Kunstfaser zuzuziehen. Einen Moment lang stand sie da und sah zu den »Hyde Park Suites« hinüber, zu denen die weißen Häuser ausgebaut wurden. Obwohl es schon nach elf Uhr abends war, gingen hinter den Fassaden noch Arbeiter an den Fenstern vorbei, malten Türrahmen an, verputzten Wände oder verlegten Parkett oder Rohre im bläulich grellen Licht unsichtbarer Lampen. Und über allem stand ein blasser Perlmuttmond im tiefblauen Nachthimmel.

Sie erinnerte sich daran, wie sie Annika vor einem Jahr gefragt hatte: »Wie konntest du dich bloß mit einem Schlägerbullen wie diesem Patrick einlassen?«, und wie Anni geantwortet hatte: »Meinst du, er kam da am Strand von Malle auf mich zu – in seiner sexy Badehose – und sagte: *Hey, mein Name ist Patrick und ich verprügle Frauen*? Nee, ich dachte, endlich mal ein richtiger Mann, klar, bestimmt, selbstsicher, der weiß, was er will, wenn er es sieht, und wie er es kriegt. Braun gebrannt, kurze blonde Haare, mit etwas zu frühem Silbergrau an den Schläfen, schneidende blaue Augen, muskulös, na ja, stämmig, hätte vielleicht eine Spur größer sein können, aber sonst ... Wenn er einen Raum betrat, eine Bar, ein Restaurant, sonst was, folgten ihm die Blicke. Das Leben war ein ruhiger Fluss, bis er auftauchte. In seinem Revier wurde es schlagartig still, sobald er sich in der Tür zeigte. Sogar die Telefone hörten auf zu klingeln. Für seine Jungs war er Gott.«

Ella betrachtete die Häuser, in denen so emsig gearbeitet wurde. Plötzlich hatte sie das Gefühl, die Männer wären einzig und allein dazu da, um sie auszuspionieren. Mit einem Ruck zog sie den Vorhang zu.

33

Die Botschaft befand sich am Belgrave Square, auf der anderen Seite des Hyde Park, nicht weit von Harrods und Annis Wohnung entfernt. Es war das Eckgebäude einer Zeile aus vierstöckigen, weiß gestrichenen Reihenhäusern, mit Säulen im Halbrelief neben den Eingangstreppen, über denen die EU-Fahne und die deutsche Flagge einträchtig nebeneinanderhingen. An den Fenstern im ersten Stock fielen Gardinen in akkuratem Schwung nach beiden Seiten. Ein Zaun aus schwarzen Eisenstäben diente mehr der Dekoration als dem Schutz des knapp bemessenen Geländes.

Auf den Fotos im Internet lehnten an dem Zaun keine Fahrräder, hinter den geschlossenen Fenstern zeigten sich keine Gesichter, und die Straße vor dem Gebäude war viel schmaler. Auf den Bürgersteigen stand auch keiner von den Polizeibeamten und Schaulustigen, die Ella bemerkte, als sie das Verkehrschaos aus Lieferwagen, Doppeldeckerbussen, Fahrrädern, Taxis, Motorbikes und Limousinen rund um die U-Bahn-Station Hyde Park Corner hinter sich gelassen hatte und auf den Belgrave Square zuging.

Es regnete, ein feiner Nieselregen, den man nicht sehen konnte und kaum spürte. Er ließ alles glänzender wirken, intensiver hervortreten, Ampeln, Rücklichter von Autos, das Gelb der Rettungswagen und die blauen Blitze auf den Dächern der Streifenwagen vor dem Eingang der Botschaft. In der Luft hing wieder das Brummen der Helikopter, das Ella schon gestern wahrgenommen hatte. Auch die unerlässlichen Sirenen von Polizeiwagen oder Ambulanzen stiegen in regelmäßigen Abständen aus den Straßen auf.

Zuerst war es bloß eine Ahnung: das Vibrieren hinter dem Zwerchfell, das Ella schon kannte. Sie konnte nichts sehen, nur die Polizeibeamten in ihren Regenjacken, die etwas abschirmten, und die Schaulustigen, die sich vor der Absperrung drängten. Es war der Anblick der kleinen Menschenmenge, der Rücken und Köpfe im Regen, der ihr sagte: *Da ist was passiert, etwas, das mit dir zu tun hat. Das geschehen ist, weil du hier bist.* Ella verlangsamte ihre Schritte.

Als sie nah genug war, entdeckte sie die Kreidezeichnung auf dem Fußweg und die große bräunliche Lache, ochsenblutrot, unter dem glitzernden Nässefilm. Die Kreidezeichnung erinnerte an das laufende Männchen an den Berliner Fußgängerampeln. Ella sah, wie einige der Passanten und zwei Polizisten den Kopf in den Nacken legten und mit der Hand auf das Botschaftsgebäude deuteten. Sie blickte in die Richtung und bemerkte das offen stehende Fenster im dritten Stock.

»Was ist passiert?«, fragte sie einen der Schaulustigen.

»Das ist einer aus dem Fenster gesprungen«, sagte der Mann.

»Weiß man, wer?«

»Nehm ich doch an.«

»Jemand vom Botschaftspersonal?«

Der Mann zuckte mit den Schultern. »Das müssen Sie die Polizei fragen.«

Ella bedankte sich und ging um die Menschentraube herum. Der Regen wurde stärker, aber es lag nicht daran, dass ihr plötzlich so kalt war. Sie näherte sich einem der Polizeibeamten. »Wissen Sie, wer der Mann war?«, fragte sie den Polizisten. Der Polizist reagierte nicht. Sie blickte an ihm vorbei in den Rettungswagen, dessen Türen offen standen. Sie konnte eine zugedeckte Gestalt auf der Trage sehen. »War es jemand aus der Botschaft?«, fragte sie den Polizisten. »Ist er tot?«

Jetzt wandte der Polizist ihr das Gesicht zu. Es war ein junges Gesicht, das kein Gefühl zeigte; nur die flachen Augen mit dem Bis-hier-her-und-nicht-weiter-Ausdruck. »Warum?«, fragte er.

»Ich bin mit einem Mann in der Botschaft verabredet«, sagte sie. »Markus Wagenbach. War das Markus Wagenbach?«

Die Miene des Polizisten veränderte sich. Er sprach etwas in ein Mikro, das an seiner Schulter angebracht war, mit unverständlichem Cockney-Akzent, und die Antwort, die knisternd und knackend aus dem kleinen Apparat zurückkam, war genauso unverständlich, bis auf die Worte *»DI Cassidy«* und *»Whitechapel«*.

»Was hat er gesagt?«, fragte Ella. Der Polizist sah sie an und sagte, jetzt in verständlichem Englisch: »Würden Sie bitte mitkommen?«

»Wohin? Zu DI Cassidy?«

Der Polizist berührte ihren Arm und deutete auf eine Gruppe von Männern in Anzügen, die am Eingang der Botschaft standen. Sie hatten ihre Unterhaltung unterbrochen und sahen jetzt zu ihr und dem Polizisten herüber. Der Polizist bahnte ihr einen Weg durch die Leute, die nicht weitergehen wollten. Ihr Handy klingelte. »Ist DI Cassidy hier?«, fragte sie, während sie im Gehen die Handtasche öffnete. Das Display ihres Handys sagte: *Anrufer unbekannt.*

Der Polizist antwortete nicht. Die Männer in den Anzügen sahen ihr weiter schweigend entgegen. Sie holte das Handy heraus und meldete sich. »Ella Bach.«

»Sprechen Sie nicht mit der Polizei«, sagte eine Männerstimme auf Englisch.

»Pardon?«

»Kein Wort zur Polizei!«

»Wer ist denn da?«

»Haben Sie mit Wagenbach geredet?«

»Ja.«

»Was hat er Ihnen gesagt?«

»Warum wollen Sie das wissen?«

»Was immer er Ihnen gesagt hat, erzählen Sie nichts davon der Polizei.«

Sie blieb stehen. »DI Cassidy? Patrick? Sind Sie das?«

Der Polizist blieb ebenfalls stehen. Er legte ihr die Hand auf den Unterarm und beobachtete ihr Gesicht aufmerksam, dann sah er zu den Männern in den Anzügen hinüber.

Die Stimme am anderen Ende der Leitung sagte: »Wenn Sie am Leben bleiben wollen, reden Sie nicht mit der Polizei, reden Sie mit überhaupt niemand, und verlassen Sie London.«

Die Verbindung wurde unterbrochen. Ella ließ das Handy sinken, dann schob sie es wieder in die Handtasche. Sie sah sich hastig um, blickte in die Gesichter der Schaulustigen, der anderen Polizisten, aber sie entdeckte niemand, der gerade sein Handy wegsteckte oder sich unauffällig abwandte, nur ausdruckslose Mienen. Keiner, der sie anstarrte, nicht unter den Umstehenden und auch nicht an den Fenstern der Botschaft.

»War DI Cassidy heute hier?«, fragte sie den Polizisten, und da er nicht antwortete, stellte sie die Frage auch den Männern in den Anzügen. »Und der Mann da«, sie deutete zu dem Rettungswagen mit den offenen Türen hinüber, »ist das Markus Wagenbach?«

»Wir klären das gerade«, sagte einer der Männer, dessen kupferrote Haare sich in der Feuchtigkeit zu kleinen, dunklen Locken geringelt hatte. »Und wer sind Sie?«

»Ich? Ich habe einen Termin mit Mr. Wagenbach«, antwortete Ella ausweichend.

»Dürfte ich bitte einmal Ihren Ausweis sehen.«

»Ich bin deutsche Staatsbürgerin, und ich möchte jetzt gern hineingehen, wenn ich darf.«

»Sie dürfen überallhin gehen«, sagte der junge Mann mit den Ringellocken. »*Wir* würden nur gern vorher Ihren Pass sehen, und dann hätten wir vielleicht noch ein, zwei Fragen zu der Art Ihrer Beziehung zu Mr. Wagenbach.«

»Darüber«, sagte Ella, »spreche ich nur mit DI Cassidy.«

Die Männer in den Anzügen tauschten irritierte Blicke. Ein älterer Mann mit schmalen Augen wandte sich schulterzuckend ab und stieß dabei ein Zischen aus. Der junge Mann mit den roten Locken holte sein Handy heraus, tippte eine Nummer ein, die er von einem Zettel ablas und wartete. »DI Cassidy?«, sagte er, kehrte Ella den Rücken zu und redete leise in das Handy. Nach ein paar Sekunden nickte er, machte eine Kehrtwende und gesellte sich wieder zu Ella und den Männern in den Anzügen.

»Was ist?«, fragte einer der Männer.

»Tut mir leid, ich kann Sie nicht reinlassen.« Er sah Ella an. »Aber DI Cassidy hat Ihre Nummer und wird sich bei Ihnen melden.«

»Was heißt das?«, fragte Ella.

Der Mann mit den roten Locken schlug den Kragen seines Trenchcoats hoch; er fröstelte. »Das weiß ich leider nicht«, sagte er. »Warten Sie einfach auf seinen Anruf.«

»Danke«, sagte Ella matt und wandte sich ab. Sie ging zur nächsten Straßenecke, und selbst, als sie bereits außer Sicht war, spürte sie noch die Blicke der Männer auf ihrem Rücken und Nacken. Sie hielt sich für einen Moment an einer schwarz lackierten Zaunsprosse fest, weil ihr schwindelig wurde.

Was war mit Wagenbach geschehen? Was hat er gewusst, Anni? Du kanntest ihn doch! Als das Flimmern vor ihren Augen nachließ, rieb Ella sich den Regen aus den Augen – es war doch Regen? es schmeckte so salzig – und dachte: Es tut mir leid, Mr. Wagenbach. Es tut mir schrecklich leid.

34

Allison Trout. Benjamin Trout. Cameron Trout. Carl Trout. Denise Trout. Derek Trout. Eric Trout. Francis Trout.

Kein Elliot Trout im Londoner Telefonbuch, natürlich nicht. Es war ein falscher Name, und am Nachmittag hatte Ella nur noch eine weitere Spur – eine Schauspielerin, die auch einen falschen Namen benutzte, und die DVDs mit ihren Filmen. Der Name der Produktionsfirma stand ganz unten auf der Rückseite von *Sir Francis and the Sea of Cum:* Lubricity Films, London, Southwark. In diesem Fall war es kein Problem, Adresse und Telefonnummer in den gelben Seiten zu finden, allerdings meldete sich nur eine Mail Box mit einer Frauenstimme.

»Hi, Sie sind verbunden mit der Bailey Media Group«, sagte die Frauenstimme. »Unsere Büros sind zurzeit nicht besetzt. Interessieren Sie sich für eine Rolle in einer unserer Film- und Video-Produktionen, senden Sie uns bitte eine aussagekräftige Fotomappe oder eine Demoaufnahme. Castings finden jeden Freitag zwischen 14 und 18 Uhr statt. Zurzeit bereiten wir keine neuen Filme vor. Wir danken für Ihren Anruf. Bye.«

Nach dem dritten Anruf kannte Ella den Text auswendig, und statt nochmal anzurufen, nahm sie die U-Bahn zur Waterloo Station, und die ganze Zeit hatte sie dasselbe Gefühl wie am Morgen, als sie vor der Botschaft die Blicke der Polizisten im Rücken gespürt hatte. Sie sah die Kameras auf den Bahnsteigen und in den Gängen der U-Bahn-Stationen, und sie entdeckte sie jetzt auch in den Zügen, und in der Waterloo Station waren sie gar nicht mehr zu übersehen. Die Bahnhöfe wurden besonders überwacht, hatte Annika ihr mal erzählt. Rund fünfzehntausend Kameras filmten jedes Gleis, jeden Reisenden, jedes Schließfach, die Fahrkartenautomaten, Toiletten, Restaurants. Jeder Winkel wurde erfasst.

Wenn er will, kann Patrick jederzeit in Erfahrung bringen, wo ich bin und was ich gerade tue. Er braucht bloß jemanden in die CCTV-Zentrale zu setzen, der die ganzen Bildschirme da im Auge behält. Oder sich die Bänder zeigen lässt, bevor sie gelöscht werden. Stell dir das mal vor, fünfzehntausend Big-Brother-Augen in der ganzen Stadt, die dir auf Schritt und Tritt folgen.

Ella stellte es sich vor – bei jeder Kamera, die sie auf einem Mast oder an einer Fassade bemerkte, stellte sie sich vor, wie sie ihr folgten, wie sie irgendwo in einem dunklem Raum saßen und sahen, dass sie am Lancaster Gate in die U-Bahn hinuntergestiegen war und dass sie in dem überfülltem Zug keinen Sitzplatz fand und dass sie an der Bond Street umstieg in den nächsten Zug und schließlich auf rollenden Metallstufen wieder an die Oberfläche getragen wurde. Sie stellte sich vor, wie sie den einen Bildschirm verließ und auf dem nächsten erschien, aus einer anderen Perspektive, mal von hinten, dann wieder von vorn, aber immer war sie es, und immer saß Cassidy oder einer von seinen Leuten davor.

Als sie jetzt die U-Bahn verließ, hatte es zu regnen aufgehört, und die Luft über der Themse wirkte wie aus Licht gepixelt. Die plötzliche Helligkeit blendete sie. Das Wasser war grau und grün; auf den Wellen blinkten Sonnensplitter. Dicht am Ufer ragte ein mit großen Gondeln behängtes Riesenrad auf. Ganz weit oben, über dem Dunst, war der Himmel strahlend blau. Die Straßen und Mauern rings um den Bahnhof waren mit einer grauschwarzen Patina überzogen, und unter den Brücken hing ein Gespinst aus Schmutz und dem unablässig bebenden Lärm von Zügen und Autos. Möwen durchschnitten den Himmel mit krächzenden Schreien.

Auf der anderen Seite des breitschultrigen Flusses ballten sich die Türme und Baukräne der City wie verwegene Klippen aus Stahl, Beton und Glas zu einer atemberaubenden Skyline zusammen. Alte, kantige Zinnen und hypermoderne Glasfronten verschmolzen in überraschender Harmonie. Dazwischen ragte eine Bürowabe wie ein riesiger, schimmelgrün und golden schimmernder Spargelkopf aus den engen Straßen. Weiter rechts spannte die Tower Bridge ihre eindrucksvolle, kalkgraue Silhouette von Ufer zu Ufer. Der scharfe Wind roch nach Jod und Salz und Algen auf kalten Steinen. Das tiefe

Brummen der über der Stadt kreisenden Helikopter war auch hier zu vernehmen.

Ella wurde die Erinnerung an die Kreidezeichnung auf dem Fußweg vor der Botschaft nicht los, der liegende Mann, der aussah, als wollte er noch immer vor etwas wegrennen. Es war wie ein Ticken in ihr, das sie begleitete, kaum hörbar, und sie vorantrieb: Zeit, die ablief, die sie nicht aufhalten konnte.

Schwarz verhüllte Frauen in flatternden Gewändern wirkten wie Gespenster, die zu früh aus den mittelalterlich wirkenden Seitengassen hervorgeirrt waren, aufgescheucht von Bauarbeitern, Baggern und Planierraupen. Dazwischen keuchten Jogger mit roten Gesichtern ihrem Traum von der ewigen Jugend hinterher. In riesigen Baugruben wuchsen die Stahlskelette neuer Hochhäuser, aber in den rußigen Unterführungen lagen Bettler in Schlafsäcken, die das Lärmen von Presslufthämmern nicht beim Schlafen störte. An den Eisengeländern der South Bank flatterten wie überall die bunten Plastikfähnchen, als schmücke sich die ganze Stadt für ein festliches Ereignis.

Die Büros der Bailey Media Group lagen hinter der Blackfriars Bridge auf der South Bank in dem zum Wasser hin offenen Hof eines alten Fabrikgeländes. Zwei Galerien, ein Café, eine Sattlerei, ein Fischgeschäft, ein Kleinverlag und ein indisches Restaurant teilten sich die Front der ehemaligen Werkshallen. Vor dem Fischgeschäft schüttete gerade ein muskulöser Mann mit einer blauen Schürze zerstoßenes Eis aus einem Eimer über die toten Fische, die in großen Holzladen in den offenen Fenstern lagen. Mit dem Rauch aus dem zerkleinerten Eis stieg Ella der kalte Geruch der Fische entgegen, die aussahen, als wären sie noch lebendig – das frische, glitzernde Blut unter den schleimigen Kiemen, die flachen weißen Augen, die schwarzgoldenen Leiber. Rotweiße Hummer türmten sich wie abgestürzte Aliens zu Schrotthaufen, mit gebrochenen Antennen wie aus einem Science-Fiction-Film.

Ella ging durch das Tor über den gepflasterten Hof auf eine Tafel zu, die mit Pfeilen den Weg zu den anliegenden Geschäften und Firmen wies. Vor dem Eingang der Bailey Media Group spürte sie die Sprossen breiter Stahlgitter unter den Schuhsohlen. Die Räume waren licht und hell, und sie rochen weit weniger nach Sex als die Auslagen des Fischgeschäfts, nur nach Verpackungspappe und erhitzter Elektronik. An den Wänden hingen bonbonfarbene Plakate mit nackten Frauen aus dem Stall von Lubricity Films. Ihre Körper wirkten glänzend und straff, aber etwas in ihren Gesichtern schien ausgelaugt von zu viel Ekstase, zu vielen Orgasmen, die auf zu viele verschiedene Weisen herbeigeführt oder vorgetäuscht worden waren.

Umgeben von DVD-Stapeln, Türmen von altertümlichen Filmrollen in Blechbüchsen und Bergen von eingeschweißten Pornoheften saß an einem Designerschreibtisch ein schlanker, schlecht rasierter Mittvierziger mit einer Baseballkappe auf dem Kopf und breiten Hosenträgern an den Chinos. Er trug eine Hornbrille und Stiefel aus Schlangenlederimitat, die Ärmel des rot gestreiften Button-down-Hemdes waren bis zu den Ellbogen hochgekrempelt. »Ich bin Ralph«, sagte er und musterte Ella. »Habe ich Ihre Fotos schon gesehen? Wie alt sind Sie?«

»Zu alt«, sagte Ella. »Ich bin nicht wegen einer Rolle hier.«

»Weswegen sind Sie dann hier?«

Ella deutete auf ein Plakat, das mit Candy Carbonara – nackt wie Lady Godiva auf dem Rücken eines Hengstes – für *Smokin' Cunts* warb. »Ich suche dieses Mädchen. Candy. Oder Tori.«

»Zuckerschnecke«, sagte Ralph anerkennend. »Was wollen Sie von ihr?«

»Was Privates«, sagte Ella.

»Wir machen nichts mehr mit ihr«, sagte Ralph und rieb sich geistesabwesend die Innenseite der Handgelenke, erst links, dann rechts, aber Ella entdeckte keine Narben. »Wir haben die Produktion drastisch runtergefahren. Lohnt nicht mehr. Das Internet.«

»Wissen Sie, wo ich Sie erreichen kann?«

»Keine Ahnung. Fragen Sie den Regisseur, Johnny Fontane. *The Kubrick of Porn*. Wenn einer weiß, was aus ihr geworden ist, dann er.«

»Und wo finden ich den?«

Ralph wandte sich seinem Laptop zu, seine Fingerspitzen tanzten Samba auf der Tastatur. »Er dreht gerade einen Film für Diamond X Productions. *Cuts like a Razor.* Scharfer Titel. Die wissen bestimmt, wo er steckt. Soll ich Ihnen die Telefonnummer raussuchen?«

»Ja. Bitte.«

Er setzte seine Fingerspitzen wieder in Bewegung, hielt kurz inne und fragte: »Wenn ich da selbst anrufe, so von Kollege zu Kollege, dann vereinfacht das die Sache ein bisschen ...«

»Ja?«

Er schwieg und sah sie erwartungsvoll an, mit einem Blick, den er vor dem Spiegel geübt haben musste; seine Finger schwebten über das Tastatur. »Sie sind ziemlich heiß für Ihr Alter.«

»Und?«

»Sie haben nicht zufällig Lust, meine Eier anzufassen?«

»Nein«, sagte Ella, »dazu habe ich keine Lust.«

»Ich musste Sie das fragen«, sagte er.

»Schon klar«, sagte Ella, und er nickte und griff zum Telefon. Eine Minute später hatte sie die Adresse von dem Loft, in dem Johnny Fontane gerade *Cuts like a Razor* drehte. »Sie sind auch heiß für Ihr Alter«, sagte Ella. »Danke.«

Draußen ging sie weiter am Fluss entlang in Richtung Tower Bridge, denn unter den Passanten – Touristen, Reisegruppen aus China oder Japan, amerikanische Globetrotter – fühlte sie sich sicher. Paare schlenderten Arm in Arm in den beginnenden Abend. Frauen gingen Hand in Hand, zärtlich, lachend, hier und da auch Männer. Zwischen den Spaziergängern aus dem Viertel die unvermeidlichen Jogger mit ihren Pulsmessern, Mädchen mit Kaffeebechern in der Hand, smarte Anzüge mit smarten jungen Männern darin, die auf smarte Telefone starrten oder auf sie einquasselten. Rollerblader mit Pferdeschwänzen klirrten über Pflastersteine und knallten auf Asphalt. Straßenmusiker lauerten einzeln oder in Gruppen. Aus kleinen Shops drang noch mehr Musik – dazu Gerüche: Kaffee, warmer Teig, exotische Gewürze, Fleisch, in Fett gebraten von bärtigen Männern mit Turbanen.

Das Ticken war die ganze Zeit da, die Erinnerung an Wagenbach, das Leben, das zu Straßenkunst in weißer Kreide auf dem Bürgersteig vor der Botschaft geworden war. Ella ging schneller. Erleuchtete Glasfronten wechselten sich ab mit Backsteinfassaden wie aus einem Roman von Dickens, düster, gusseisenverziert, feuersicher. Männer in blutigen Schlachterschürzen eilten an Frauen mit papierverpackten Gemälden vorbei, Kinder schwenkten Kricketschläger, kleine, elektrisierende Straßentheater-Szenen in einem Bühnenbild, das mehr und mehr von eisernen Rollläden und Feuerleitern bestimmt wurde.

Das Pflaster vor dem Loft in Butler's Wharf, in dem Johnny Fontane drehte, war bevölkert von streunenden Katzen. Das Tor der Halle stand offen, und Ella ging über den nackten Betonboden zu dem Drahtkäfig, der als Lift diente. Sie drückte auf einen roten Knopf neben dem aus vier Stahlschienen bestehenden Liftschacht. Ratternd und klirrend näherte sich die Fahrstuhlkabine, und als sie da war, schob Ella die Ladeklappe hoch, stieg ein und drückte den Knopf für die oberste Etage. Mit einem Ruck setzte der Fahrstuhl sich wieder in Bewegung.

Schon bevor die Kabine im dritten Stock hielt, hörte Ella Stöhnen und Lustschreie, dazu das Klatschen wie von Ohrfeigen. Eine dicke Betonschicht glitt vorbei, dann konnte sie das von Halbdunkel zerfüllte Loft herabsinken sehen. Ein kurzes Scheppern, gefolgt von einem weiteren Ruck, und die Kabine hielt. Ella schob die Klappe hoch. Das Loft war ungefähr so groß wie ein Tennisplatz. Auf dem Boden ringelten sich schwarze Kabel, die zu einer Insel aus Licht zwischen zwei Betonpfeilern in der Mitte des kahlen, hohen Raums führten.

Die Schläge und Schreie hallten von der Lichtinsel herüber. Ein Mann rief: »Ja, ja, gut, sehr gut, und jetzt schlag sie, schlag sie härter!« Ella hörte wieder etwas klatschen, anders jetzt, und die Frau stöhnte lauter. Der Mann rief wieder: »Ja, schlag sie, gib's ihr, noch härter, härter, *härter!*«

Niemand bewachte den Lift, und niemand kümmerte sich um Ella, als sie langsam auf die Szenerie zwischen den Betonpfeilern zuging. Sie sah einen stämmigen Mann, der Schädel kahl wie eine Billardkugel, in einem olivgrünen Unterhemd, einer eng anliegenden Hose mit Leopardenfell-Muster und speckigen Miliärstiefeln, der in gebückter Haltung mit einer Kamera auf der rechten Schulter um eine schwarze Ledercouch herumging und noch lauter schrie als die nackte Frau auf der Couch. »Ja, ja, gut so, mach sie fertig, *ja, das ist gut,* schlag sie, ich will sie schreien hören, das ist der neue Realismus, *Cinéma verité,* echte Lust, echter Schmerz!«

Die Frau lag mit dem Oberkörper auf der wulstigen Lehne der

Couch, das blonde Haar wie ein goldener Fächer um ihren Kopf gebreitet. Ihr Gesicht, verzerrt von echter Lust oder echtem Schmerz, hob sich der Kamera entgegen, während ein nackter Farbiger sie von hinten nahm und dabei mit einer Ledergerte auf sie einschlug wie auf eine Stute. Rücken und Gesäß der Frau waren mit Schweiß und roten Striemen bedeckt. Auch der muskulöse Farbige glänzte wie eingeölt.

Der Raum war überhitzt, genau wie der Regisseur, der mit dem Scheinwerfer an seiner Kamera über die nackten Hinterbacken des kopulierenden Paars tastete wie ein Heckenschütze mit dem Laserpunkt seines Gewehrs. »Und jetzt kommt, Sharon, Benny, los, ***kommt, kommt, kommt!***«

In der Luft hing ein Geruch von Marihuana, Moschus und Schmieröl. Die Fensterscheiben waren schwarz überstrichen, und aus der Decke hingen nackte Drähte, wo eigentlich Lampen hingehörten. An mehreren Stellen hatte sich die über das Mauerwerk gekleisterte Tapete von den Wänden gelöst und hing in Streifen herab wie ausgedörrte Zungen. Die Kabel, denen Ella folgte, führten über den schlecht verputzten Boden zu drei rund um die Couch aufgestellten Scheinwerfern. Ein aufgeklappter Handwerkskasten enthielt mehrere Dildos, ein Paar Handschellen, eine schwarze Ledermaske, außerdem ein halbes Dutzend Tuben und Tiegel mit Gleitcremes, Schminke und künstlichem Blut.

Auf einer Holzbank außerhalb des Scheinwerferlichts saßen zwei weitere, ebenfalls nackte junge Frauen, die Körper bedeckt mit dem falschen Blut, aber echten Schrammen und blauen Flecken. Sie sahen dem Paar auf der Couch zu, mit müden, erloschenen Gesichtern, als fühlten sie nichts mehr, keine Freude, keinen Schmerz, keine Scham. Und als vermissten sie auch nichts davon.

»Bist du das neue Mädchen?«, fragte eine Männerstimme hinter Ella. »Sharon de Sade?«

»Ich bin das alte Mädchen, Ella«, sagte sie und drehte sich um.

Hinter einem der Betonpfeiler saß ein drahtiger Mulatte mit Rastalocken in einem aufblasbaren Sessel aus violettem Kunststoff, mit nichts bekleidet als einem jadegrünen Seidenmorgenmantel, der vorn auseinanderklaffte. Er hatte das rechte Bein angezogen und mit dem Fuß auf das Knie des linken gelegt, damit er sich aus einer Injektionsnadel eine helle Flüssigkeit zwischen die Zehen spritzen konnte. Sein Geschlecht lag schlaff in einem Nest aus sanft gelocktem Schamhaar, als schliefe es dort. »Siehst gut aus, Ella«, sagte er mit einem strahlenden Lächeln. »Freu mich auf die Zusammenarbeit.«

»Cinéma vérité«, sagte Ella und nickte zu dem Mann mit der Kamera hinüber. »Ist das Fontane da?«

»Ja, das ist er. Großer Mann. Der Stanley Kubrick des Porno!«

Und der Stanley Kubrick of Porn, ohne seine Kamera nur ein großer, freundlicher Junge, erlöste Ella, sobald er die Szene im Kasten hatte. Während die Schauspieler sich für die nächste Nummer vorbereiteten, nahm er Ella in Augenschein, mit vagem Bedauern, wie ihr schien.

»Sie nennt sich jetzt nicht mehr Candy Carbonara«, sagte er. »Tori ist raus aus dem Geschäft.« Er streifte seine Armbanduhr mit einem Seitenblick. »Aber du hast Glück, sie hat gesagt, dass sie nachher noch vorbeikommt. Wir machen eine kleine Wrap-Party. Die nächste Szene ist die letzte. Eigentlich müsste sie schon hier sein. Willst du warten und noch ein bisschen zusehen?«

»Ich warte draußen«, sagte Ella. »Danke.« Sie stieg wieder in den Drahtkäfig, der sie scheppernd nach unten brachte. Als sie in den frühen Abend hinaustrat, wunderte sie sich ein paar Sekunden lang, dass hier draußen alles beim Alten war. Die Möwen waren noch da und schrien, und der Wind war noch da und fuhr ihr kalt unter die Kleidung, und Wagenbach war immer noch tot und Annika immer noch verschwunden.

Was mache ich hier, dachte Ella; was kann ich denn schon tun, allein in London?

Der Himmel bezog sich rot wie von einer Feuersbrunst in den Straßen. Hinter der Tower Bridge blitzten die Fenster der Türme und Hochhäuser, die über die Dächer des Finanzdistrikts hinausragten, im Widerschein der vom Ufer aus unsichtbaren Sonne. Der Fluss war schiefergrau geworden, nur unter den Brücken warf das Licht der frühen Laternen tanzende Reflexe auf die Wellen. Von fern drangen Hupen und Sirenen über das Wasser.

Eins der schwarzen Londoner Taxis mit gelben Scheinwerfern bog von der Uferstraße auf das Dockgelände. Es hielt ein paar Meter von Ella entfernt, und eine junge Frau stieg aus. Die Frau hatte blonde

Haare, die glatt und glänzend bis auf die Schultern fielen, keine It-Girl-Frisur, und sie hatte auch kein It-Girl-Gesicht. Ohne die Glitzerschminke sah sie zart aus, fast unschuldig, mit großen braunen Augen, einer kleinen Nase und schmalen, ganz und gar nicht lasziven Lippen. Sie trug rote Pumps, schwarze Leggins und einen dunkelgrauen Leder-Blouson. Von der linken Schulter baumelte eine ausgebeulte Umhängetasche, in der sie jetzt ein Handy und ihre Geldbörse verstaute. Dann beugte sie sich noch einmal in den Fond des Wagens und holte einen bunt verpackten Pappkarton heraus, der wie eine Hutschachtel aussah. Mit der Hüfte drückte sie die Tür zu. Das Taxi fuhr los, und sie marschierte mit energischen Schritten auf den Halleneingang zu.

Ella rief: »Tori?« Die junge Frau blieb stehen und blickte zu ihr herüber, aufgeschreckt, misstrauisch. Ein plötzlicher Windstoß fuhr ihr ins Haar, das für einen Moment ihr ganzes Gesicht verdeckte.

»Haben Sie eine Sekunde Zeit?«, fragte Ella. Vorsichtig, um sie nicht zu verscheuchen, ging sie auf die junge Frau zu. »Ich würde gern mit Ihnen sprechen, nur ganz kurz.«

»Worüber?«

»Ich bin eine Freundin von Annika – Annika Jansen.«

»Annika?«

»Ja. Mein Name ist Ella. Wir haben zusammen studiert, Annika und ich, in Deutschland. Ich bin nach London gekommen, weil ich seit einiger Zeit nichts mehr von ihr gehört habe. Sie sind doch eine Patientin von ihr? Von Doktor Jansen?«

»Freundin«, verbesserte die junge Frau sie. »Ich bin auch eine Freundin von Anni.« Sie zuckte mit den Schultern, ein Lächeln, das nur aus Muskeln bestand. »Okay, Patientin und Freundin.« Von Nahem sah Ella, dass ihre Augen müde wirkten, als wäre sie seelisch erschöpft; als hätte sie innerlich zu lange gegen etwas angekämpft, gegen das man nicht gewinnen konnte. »Ich habe von Ihnen gehört. Ella, ja. Sie hat oft von Ihnen erzählt. Aus Berlin, oder? Aber woher ... woher wissen Sie, dass ich bei ihr in Behandlung war?«

»Ich war in ihrer Praxis«, erklärte Ella. »Ich habe Ihren Anruf gehört, auf dem Anrufbeantworter, wo Sie von dem Mann berichten, den Sie wiedergetroffen haben ...«

»Dann ist sie wieder da?!« Toris Gesicht leuchtete auf, die Augen strahlten, ganz kurz nur. »Sie ist wieder da?!«

»Leider nicht. Sie ist immer noch verschwunden. Darüber würde ich gern mit Ihnen sprechen. Ich kann Sie nach der Arbeit hier abholen oder wir treffen uns irgendwo. Wo Sie wollen.«

Das Licht auf dem Gesicht verschwand wie unter dem Schatten einer Wolke. »Ihr ist etwas zugestoßen, nicht?«

»Hat die Polizei nicht mit Ihnen gesprochen?«

»Haben *Sie* mit der Polizei gesprochen?«

»Ja.«

Auf einmal schien die Wolke Tori ganz einzuhüllen. Wieder blies der Wind ihr die Haare in das blasse Gesicht, sodass es einen Moment wie ausgelöscht wirkte. »Sie wissen es, oder?«, fragte sie leise. »Sie wissen alles.«

»Ich bin nicht sicher«, bekannte Ella. »Ich bin nicht sicher, was ich weiß und was ich nicht weiß. Heute Morgen hatte ich eine Verabredung mit einem anderen Patienten von Annika, einem Mann. Markus Wagenbach. Aber bevor ich mit ihm sprechen konnte, ist er aus dem Fenster gesprungen und …«

»Markus ist tot? War es Selbstmord?«

»Das weiß ich nicht genau.«

»O Gott.« Mit weit aufgerissenen Augen sah Tori dem Taxi hinterher, das aber schon auf der Uferstraße verschwunden war. Ihr Blick zeugte von ohnmächtiger Verzweiflung, aber nur einige Sekunden lang, dann ging etwas in ihr vor, das Gefühl und Verstand gleichzeitig auszuschalten schien; ein Schalter, der umgelegt wurde. »Ist Ihnen jemand hierher gefolgt?«, fragte sie.

»Ich glaube nicht.«

»Hören Sie, ich gebe den Kuchen hier schnell oben ab«, sie schwenkte die Hutschachtel einmal kurz hin und her, »dann habe ich Zeit. Ach, wo wohnen Sie?«

»In einem Hotel in Bayswater.«

»Da können Sie nicht bleiben.« Sie überlegte einen Moment. »Wir machen es anders. Sie können zu mir kommen, meine Wohnung ist groß genug für zwei. Sie sind jetzt auch in Gefahr. Fahren Sie in Ihr Hotel, packen Sie Ihre Sachen und bezahlen Sie die Rechnung. Ich kenne eine Gegend, in der bei den Facebook-Krawallen kürzlich mehrere Überwachungskameras zerstört und noch nicht ersetzt worden sind. Da fahren Sie hin und verschwinden von den Bildschirmen der Polizei. Danach nehmen Sie nicht die U-Bahn, sondern nur Taxis und Busse. Das letzte Stück gehen Sie zu Fuß, bis zu dieser Adresse hier.«

Sie stellte den Karton ab und kritzelte etwas auf einen Zettel, den sie aus einem kleinen Notizbüchlein riss. »Können Sie es lesen?« Sie hielt Ella den Zettel hin. An ihren Unterarmen schimmerten hell mehrere dünne Narben. »Wir treffen uns in zwei Stunden bei mir. Bei Farrow klingeln. Setzen Sie am besten einen Hut auf, eine Sonnenbrille, und ziehen Sie etwas an, das hier noch niemand an Ihnen gesehen hat. Das habe ich von Annika gelernt. Sie ist eine gute Lehrmeisterin in solchen Sachen.«

Tja, dachte Ella, *das ist sie wohl. Aber wer ist eigentlich Annika Jansen? Oder wer war sie, als sie noch lebte?*

35

In der U-Bahn zurück nach Lancaster Gate las Ella erneut Annis Brief. Sie hatte das unbestimmte Gefühl, als habe sie etwas Wesentliches darin übersehen.

Ich habe dir ja schon in groben Zügen die Idee hinter LifeBook erklärt. Jetzt komme ich zum Beitrag des Teufels. Jemand hat nämlich angefangen, das ganze Projekt umzudrehen. Ich weiß nicht, wer. Ich weiß nicht, warum. Ich weiß nur, wann er angefangen hat und wie er vorgeht, mit welcher ungeheuren Perfidie. Und dass es jemand sein muss, der mich kennt. Den ich kenne. Den ich vielleicht sogar behandelt habe.

Stell dir vor: Du bist völlig am Ende – einsam, verzweifelt, vielleicht krank. Du hast niemanden, an den du dich wenden kannst, keine Familie, keine Freunde oder Bekannte, denen du vertraust. Trotzdem willst du kämpfen, du willst nicht aufgeben. Aber dazu brauchst du Hilfe. Du bist also genau in der Situation, für die wir LifeBook entwickelt hatten. Du findest uns über Google oder eine andere Suchmaschine, wenn du Begriffe wie »Einsamkeit«, »Schmerz«, »Verzweiflung«, »Angst«, »Krankheit«, »Tod« oder »Selbstmord« eingegeben hast. Denn alle diese Begriffe führen dich zu LifeBook. Du klickst uns an und stellst dich vor, fast wie bei den Anonymen Alkoholikern, und wirst willkommen geheißen.

Jetzt würden dir erst mal ein paar deiner neuen Freunde und Kontakte etwas von sich erzählen, indem sie dir ihre Profile zugänglich machen, mit allem, was sie von sich preisgeben wollen, um dir die Scheu zu nehmen. Wenn du so weit bist, kannst du dasselbe machen, dazu dient der LifeTree, den du mit den wichtigsten Ereignissen und Menschen deines Lebens schmückst. Aber nicht nur damit – du kannst alles, was du willst, daran aufhängen, Fotos, Briefe, Konzertkarten; Bücher, die du gelesen hast; Filme, die dich beeindruckt haben; welche Musik du gern hörst. Je mehr du von dir preisgibst, desto besser lässt sich erkennen, was dir fehlt; warum du in der Situation bist, die dich im Internet nach Hilfe hat suchen lassen.

Das verlangt Vertrauen, denn diese Begriffe führen auch andere zu dir. Wir haben viele Filter entwickelt, die verhindern sollen, dass dein Vertrauen missbraucht wird. Dass falsche Freunde deine Nähe suchen, dich kennenlernen oder benutzen.

Aber der Teufel hat einen Weg gefunden, alle Filter und Schranken zu umgehen. Ich hätte damit rechnen müssen, aber ich war zu blauäugig. Er tarnt sich als Freund und spendet dir vergifteten Trost, wie es seine Art ist. Er spricht mit vielen Stimmen zu dir, unter den verschiedensten Namen, zahlreichen Identitäten. Er schickt Trolle auf die Bühne. Er nutzt deine Situation aus, lockt mit dem Versprechen, dich zu retten; er lädt dich auf einen Drink ein, statt dir zu helfen, dass du nüchtern bleibst. Einen Drink und noch einen und noch einen; bis er dich da hat, wo er dich haben will.

Wie er dich haben möchte: lebensmüde, hasserfüllt, ohne jede Hoffnung. Bereit alles zu tun, um seine Liebe nicht zu verlieren.

Längst hast du die Seiten von LifeBook verlassen und bist in eine Welt unter der Welt geführt worden, ein Netzwerk unter dem Netzwerk. Deine neuen Freunde wissen, wovon du sprichst, wenn du leidest. Sie wissen, woran du leidest, weil sie es selbst erlitten haben. Sie helfen dir, nach und nach alles zu eliminieren, was zu deinem Unglück beiträgt. Die Realität zu verändern, Stück für Stück zu ersetzen. Mit Mails, Filmclips, Spielen, Chats, Musik. Bis du in einer anderen Realität lebst, die dich komplett verändert.

Liebe, zum Beispiel. Fast immer spielt Liebe eine Rolle, wenn wir unglücklich sind. Liebe, die wir nie hatten oder von der wir zu wenig hatten. Die uns in der falschen Form, auf dem falschen Weg zuteilgeworden ist. Also weg mit der Liebe, denn sie quält mehr, als sie tröstet. Sie richtet die größten Verheerungen in uns an. Deswegen ist es nur vernünftig, uns von ihr als Lebenselixier zu verabschieden. Und wer keine Liebe mehr sucht, ist auf dem besten Weg, für alles andere gewonnen werden zu können. Vor allem für ihr Gegenteil. Deine neuen Freunde bieten dir Ersatz an, den du nur zu gern annimmst, um die Lücke zu füllen.

Er steuert sie. Sie sind er. Sie übernehmen dein Leben für dich. Geben ihm einen neuen Sinn. Ein neues Ziel. Neue Hoffnung.

Der Zug hielt. Ella sah auf, versuchte sich zu orientieren. Musste sie nicht bald umsteigen? Green Park – noch nicht, erst an der nächsten Station, Bond Street. Ihr Blick streifte die anderen Fahrgäste, die um sie herum saßen oder standen. Wie viele von ihnen waren wohl bei LifeBook? Wie viele betrachteten sich als Gescheiterte, waren einsam, krank oder aus anderen Gründen so unglücklich, dass sie nicht mehr leben wollten? Dass jeder neue Tag ihnen alle Kräfte abverlangte, die sie noch aufbringen konnten? Und dass es nur ein paar Clicks benötigt hätte, um sie weiterzulocken ins Netz des Mannes, den Annika den Teufel nannte?

Allerdings funktioniert das nicht bei jedem. Nicht mal bei jedem zweiten oder jedem dritten. Aber bei dir funktioniert es, denn du bist übrig geblieben. Dich haben die Algorithmen an diesen Punkt geführt. Du gehörst zu denen, die bei ihm als »lebende Tote« geführt werden. Menschen, für die Leben nur noch »Überleben« bedeutet. Die vom echten Tod immer nur einen winzigen Schritt entfernt sind.

Vergiss nicht, warum du zu uns gekommen bist; warum er dich von uns weglocken konnte.

Du warst deinem Leben nicht mehr gewachsen. Es hat dich zerstört, einsam zu sein; allein kämpfen zu müssen. Du warst verwundbar, geschwächt durch dein Versagen. Du warst gedemütigt und bereit, auf alles zu verzichten, was dich zu dem gemacht hat, der du warst. Auf alles, was dich zu dir gemacht hat.

Dein ganzes Leben lang hast du versucht, dich deinen Aufgaben zu stellen, um geliebt zu werden, aber es wurden immer mehr Aufgaben, und niemand lohnte es dir. Die Kraft der verwehrten Sehnsüchte hat sich in Säure verwandelt, die dich zerfrisst, in das Gift des Bösen. Ob du es wusstest oder nicht, du hast dich schon lange vorher nach dem Trost der Gruppe gesehnt. Nach ihrer Unterstützung.

Denn jetzt werden die Aufgaben nach und nach von dir genom-

men, der Druck nimmt ab, du musst nicht mehr kämpfen. Und immer mehr Freunde sagen dir, dass es gut ist so, bis am Ende nur noch eine – sehr leichte – Aufgabe übrig bleibt. Sie ist so einfach, so verlockend in deinem Zustand. Es ist derselbe Zustand, in dem du dich vorher befunden hast. Aber du empfindest ihn nicht mehr so, denn hier erfährst du ihn als gut, als einfach. Als Verbesserung. Als Paradies.

Natürlich wäre das alles nicht möglich, wenn es diese schöne neue Welt des Netzes nicht gäbe. Wenn nicht eine zweite virtuelle Welt neben der realen entstanden wäre, die nach und nach für dich wirklicher geworden ist als die alte. Sie hat die Algorithmen in dein Leben gelassen, mit deren Hilfe er dich finden konnte. Denn du hast ihm alle Informationen geliefert, die er braucht, um dich zu durchschauen, dein Verhalten berechnen zu können. Finden und führen und zerstören – aber so weit sind wir noch nicht.

Ella, ich versuche zu beschreiben, was er aus denjenigen macht, die die richtigen Voraussetzungen mitbringen. Wahrscheinlich kommt dir das alles völlig unverständlich vor, vielleicht sogar paranoid. Und ich hoffe, es bleibt so. Ich hoffe, er findet dich nicht. Ich weiß, dass er dich sucht.

Zuerst dachte ich, es wäre Danny, der Informatiker, mit dem zusammen ich LifeBook entwickelt habe. Ich kann dir seinen Namen nennen, denn er ist inzwischen tot. Angeblich hat er sich umgebracht. Ich habe ihn damals im Krankenhaus kennengelernt, nachdem Patrick versucht hatte, mich in meine Einzelteile zu zerlegen. Da habe ich einige wirklich luzide Momente gehabt, der Epilepsie sei Dank. Wie auch immer: Danny, der zweite Programmierer, Ronny, und ich, wir drei waren in der Lage, aus Weiß Schwarz zu machen. Wir waren in der Lage, den Teufel im Netz aufzuspüren und ihm das Handwerk zu legen. Das heißt, wir waren es doch nicht, denn Danny und Ronny sind tot. Nur ich bin noch am Leben.

LifeBook wurde entwickelt, um das Böse einzudämmen auf der Welt. Gegen das Leid, das Elend, das Grauen. Wenn jemand zu uns kam, wollten wir nicht alles über ihn wissen, nur so viel wie wir brauchten, um seiner Seele neue Kraft zu geben. Aber der, der bei uns eingedrungen ist, weiß inzwischen alles über jedes Mitglied. Nicht nur alles, was es uns wissen lassen möchte, sondern mehr, als es selbst weiß.

Denn Algorithmen sind klüger als du, sie erkennen, was du willst und brauchst, bevor du es selbst weißt. Und wenn du es nicht willst oder brauchst, flüstern sie es dir ein. Sie verstärken deine Gefühle, deine Sehnsüchte. Dann wählen sie darunter die aus, die sie befriedigen können, und verstärken sie weiter. Und weiter. So lange, bis die anderen in den Hintergrund treten und du nur noch fühlst und ersehnst, was sie dir zeigen.

»Das alles soll dir gehören, wenn du an mich glaubst.«

Denn wenn ein Mensch berechenbar wird, dann kann man ihn in Zahlen verwandeln, in eine digitale Version seiner selbst. Und was man in Zahlen zerlegen kann, kann man auch aus denselben Zahlen wieder zusammensetzen, nur ein bisschen anders, mit ein paar digitalen Veränderungen, die eine Fähigkeit etwas stärker ausgeprägt, die anderen etwas abgeschwächt. Eine Winzigkeit Empathie weniger, ein paar Einheiten Egoismus mehr. Und dann beginnt die eigentliche Arbeit, die dich zum Mörder macht.

Als Ella den Brief wieder in ihrer Umhängetasche verstaute, fiel ihr ein, dass sie vergessen hatte, ihr Handy abzuhören. Sie schaltete es ein. Sie hatte nur eine neue Nachricht.

»Hier ist Hassan Abdallah, der libanesische Cop, Kripo Berlin«, meldete sich die vertraute Stimme. »Hören Sie eigentlich nie Ihr Handy ab? Sind Sie immer noch in London? Ich wollte mich mal erkundigen, ob sich auf Ihrer LifeBook-Seite in den letzten Tagen irgendetwas getan hat. Irgendwelche Nachrichten oder neue Freunde, von denen ich wissen sollte?«

Er machte eine Pause. »Außerdem ist es uns jetzt gelungen, einen Teil von Kornacks Festplatte zu rekonstruieren. Sie haben doch nach dem Foto gefragt, das er von Ihnen gemacht hat. So wie's aussieht, sollte es ihm als eine Art Talisman dienen. Sie und das Kind im Rettungswagen. Er dachte wohl, es könnte ihn beschützen. Sie müssen irgendwas in ihm ausgelöst haben, sodass er glaubte, wenn er das Bild anschaut, ist er sicher vor den Abgründen in ihm selbst. *›Sie ist ein guter Mensch‹*, hat er da notiert. Hat bloß nicht funktioniert, wie wir wissen. Trotzdem irgendwie irre, nicht? Ach, und da war noch was. Das schicke ich Ihnen als E-Mail. Mal sehen, ob Sie damit was anfangen können.«

Er beendete seinen Anruf, ohne sich zu verabschieden. Ella hatte ihre Haltestelle erreicht und stieg aus. Im Gehen rief sie ihre LifeBook-Seite auf. Sie hatte keine neuen Freunde gefunden, nur einen Hinweis von einem ihrer kürzlich dazugekommenen Kontakte, *Dandelion,* der sehnsüchtig auf neue Status-Updates wartete. *Wie geht es dir heute mit dem Verlust deiner Freundin?* Dandelion erinnerte sie daran, dass Freundschaft ihren Preis hatte: *Du musst kommunizieren, sonst können wir dir nicht beistehen, und je mehr wir sind, desto eher können wir dir helfen, viele Schultern tragen mehr als zwei.*

Ich will doch keine hundertsiebenunddreißig Freunde haben, dachte sie.

36

Der Regen fiel hart und dicht. Ella konnte nicht durch die aufgespannten Schirme um sie herum sehen, aber die Kameras konnten es auch nicht. Die Schirme bildeten ein knatterndes Dach, formten Muster auf den Bürgersteigen, an den Ampeln und Zebrastreifen. Wie Amöben auf dem Glasplättchen unter einem Mikroskop, dachte Ella – so musste es für die Männer in der CCTV-Zentrale vor ihren Bildschirmen aussehen. Und unter dem schwarz glänzenden Amöbenmuster nur Beine und Füße, von Frauen, von Männern, verschwommen durch die Nässe auf den Objektiven, verzerrt von blendenden Scheinwerfern, Laternen und Neonreklamen.

Tori Farrows Wohnung lag im dritten Stock über einem vegetarischen Bistro am Ende einer verkehrsberuhigten Gasse in der Nähe der Metrostation Covent Garden. Als Ella oben klingelte, dauerte es eine Weile, bis sie Schritte hörte. Dann wurde die Tür einen Spaltbreit geöffnet. Die Sicherheitskette war vorgelegt. Toris Gesicht erschien im Türspalt. »Sie sind es«, sagte sie und löste die Kette.

»Ich bin klatschnass«, sagte Ella. »Aber der Regen hat mir geholfen, sie abzuhängen, glaube ich. Ich habe mein Gepäck im Bahnhof in einem Schließfach deponiert, vielleicht könnten wir …«

»Kommen Sie schnell rein!«

Ella trat in die kleine Diele hinter der Tür, die außer mit der Kette noch mit mehreren Schlössern gesichert werden konnte. Die Wärme, die sie empfing, war vermischt mit Toris Parfum, das sinnlich nach Honig duftete. Tori hängte die Kette wieder ein und drehte den Schlüssel im Schloss. »Ziehen Sie bitte Ihre Schuhe aus«, sagte sie.

Sie hatte sich umgezogen und trug jetzt hellblaue, verwaschene Jeans und eine perlmuttfarbene Seidenbluse, nicht zugeknöpft, sondern nur vor dem Bauchnabel verknotet. Weiter oben formte ein knapp sitzender BH aus dunkelroter Spitze die elfenbeinweißen Brüste zu straffen Halbkugeln. Schwarze Riemchensandaletten gaben den Blick auf zierliche Füße frei. Die Zehennägel waren violett lackiert, genau wie die Fingernägel, und boten einen nachdrücklichen Kontrast zu dem Elfenbeinton der Haut, der sich auch auf den nackten Armen unter den hochgerollten Blusenärmeln wiederfand.

Ella fuhr aus ihren durchnässten Stiefeletten; auf dem Parkett hatten sich bereits kleine schmutzige Lachen gebildet. »Ich hoffe, ich falle Ihnen nicht zu sehr zur Last«, sagte sie.

Tori antwortete nicht, sie lächelte auch nicht, betrachtete Ella nur mit ihren erschöpften braunen Augen. Den Kopf hielt sie leicht zur Seite geneigt, das blonde Haar fiel glänzend auf die nackte Schulterbeuge herab, wo ein weißer Strich eine winzige Erhebung bildete. Auch die Unterarme und der Bauch rund um den Nabel waren mit solchen winzigen blassen Strichen übersät, die Ella schon an den Handgelenken aufgefallen waren.

»Vielleicht gehen wir erst mal in die Küche«, sagte Tori. Sie ging voran, durch den kurzen, schmalen Korridor. Die Lampen an den Wänden waren mit Mosaiken aus gefärbtem Glas verblendet, sodass Diele und Korridor wie von einem fleckigen Kirchenlicht erfüllt wirkten. Zwischen den Lampen hingen Zeichnungen und Aquarelle, Darstellungen junger Frauen, leicht bekleidet oder nackt. In einem dunkelrot lackierten Regal standen auf drei Brettern DVDs mit Filmen von Candy Carbonara.

Aus einem Raum am Ende des Korridors kam Musik, irgendetwas von den Rolling Stones. Die Tür zu diesem Raum stand halb offen, und man konnte ein rundes, mit schwarzem Satin bezogenes Bett sehen. Mehrere bunte Gegenstände in verschiedenen Größen lagen darauf, Gegenstände, die allesamt dazu dienten, echte Lust oder echten Schmerz zu bereiten – *Cinéma vérité,* je nach den Wünschen einsamer Seelen im Internet.

»Mein Studio«, erklärte Tori, die Ellas Blick bemerkt hatte. »Nachdem ich mit Pornos aufhören musste, habe ich in einem Fitness-Studio gearbeitet, aber da gehe ich nicht mehr hin. Jetzt performe ich für meine Fans im Netz.«

Die Küche war klein und schlecht beleuchtet. Ein runder Campingtisch mit einem rotblau karierten Wachstuch und ein gelber Kunststoff-Klappstuhl stellten die ganze bewegliche Einrichtung dar. Die Hängeschränke über der Anrichte standen offen; darin befanden sich mehrere Kochbücher und etwas Geschirr. An der Tür des Kühlschranks klebten Post-it-Zettelchen in verschiedenen Bonbonfarben. Der Elektroherd war mit Essensresten verkrustet, in der Spüle türmten sich schmutzige Teller und Töpfe. Auf dem winzigen Fensterbrett bildeten Gewürzstreuer, eine aufgerissene Mehlpackung und halbvolle Essig- und Ölflaschen ein Spalier um zwei schmucklose Kerzenständer. Neben dem Heizkörper standen oder lagen Dutzende leerer Flaschen. An der Wand gegenüber von der Tür hing eine bedrohlich wirkende afrikanische Maske mit weißen Augen.

Und ich dachte immer, ich wäre unordentlich, fuhr es Ella durch den Kopf. Sie trat auf ein Bündel ungekochter Spaghetti, die knackend unter ihrer Ferse zerbrachen.

Tori rückte Ella den Klappstuhl hin. »Möchten Sie etwas trinken? Einen Tee vielleicht?«

»Ein Tee zum Aufwärmen wäre nicht schlecht.«

Auf dem Stuhl lag ein schwarzer Strohhut mit breiter Krempe, ein Schal aus türkisgrünem Musselin hing über der Lehne. Um Platz zu schaffen, nahm Tori den Hut und setzte ihn auf, während sie eine Dose Earl Grey öffnete und Tee in ein Sieb gab.

»Wie lange kennen Sie Annika schon?«, fragte Ella.

»Fast drei Jahre.« Tori füllte Wasser in einen elektrischen Schnellkocher, suchte zwei saubere Tassen und legte das Sieb auf eine bauchige Kanne. »Und Sie?«

»Seit unserer Studienzeit. Sind Sie als Patientin zu ihr gekommen?«

»Ja. Aber darüber möchte ich nicht reden.« Tori sah sich in der Küche um, als könnte sie dort ein anderes Gesprächsthema finden. Mit bemüht fröhlicher Stimme sagte sie: »Ich kann Ihnen leider gar nichts zu essen anbieten. Ich dachte, ich esse was auf der Party heute Abend …« Sie zog eine Schublade auf, sah hinein und schob sie wieder zu.

»Das macht nichts«, sagte Ella. »Als Sie zu Annika als Patientin kamen, war sie da schon …«

»Sie meinen, ob sie da schon die Anfälle hatte? Ja, hatte sie. Das hat mir sehr geholfen. Dass sie auch nicht … nicht *gesund* war. Und dass sie wusste, wozu Männer fähig sind.«

»Waren Sie gern bei ihr?«

»Ja. Sie war wie … wie eine große Schwester.« Tori öffnete die Kühlschranktür. »Sie hat mich beschützt. Sie hat mir geholfen, als … als es mir ganz schlecht ging. Ich habe noch etwas Cheddar, und irgendwo muss noch Knäckebrot sein …«

»Knäckebrot – prima!« Ella versuchte, begeistert zu klingen. Sie hatte den ganzen Tag über kaum etwas gegessen. »Haben Sie in dieser Zeit andere Patienten von ihr kennengelernt?«

»Ein paar. Solche, die zu mir passten. Manchmal hat Anni Gruppen zusammengestellt, von Patienten mit ähnlichen Symptomen oder ergänzenden Seelenfähigkeiten, wie sie das genannt hat.«

»Wie Markus Wagenbach?«

»Ja.«

»Und Elliot Trout?«

»Wer ist das?«

»Auch ein Patient von ihr. Wohl ein etwas unbeherrschter Typ, vielleicht sogar ein bisschen unheimlich?«

»Nein. So jemanden hätte Anni nicht in meine Nähe gelassen.« Tori stellte eine Untertasse mit einem Stück Käse und eine angebrochene Packung Knäckebrot auf den Tisch. »Wissen Sie, manchmal, wenn sie über Menschen sprach, sagte sie: *›Wir verstehen niemals jemanden ganz – den ganzen Menschen in all seinen Facetten, seine Seele in ihrer Vielschichtigkeit, mit all seinen Seiten.‹* Das sei die Tragödie bei ihrer Arbeit. Deswegen müssten sich manchmal mehrere Menschen zusammenfinden, um einen zu verstehen und ihm helfen zu können …«

Für einen Moment hatte Ella das Gefühl, Annika vor sich zu sehen, sogar Toris Stimme erinnerte sie an sie. »Und was für ein Mensch war Wagenbach?«, fragte sie und machte sich über Brot und Käse her. Der Cheddar brannte auf ihrer Zunge.

Tori goss das kochende Wasser in die Teekanne. »Er war sehr reserviert, fast schüchtern. Er schien auch nicht viel Erfahrung mit Frauen zu haben. Anni dachte wohl, ich könnte … er und ich könnten uns ergänzen. Er war so klug. So mitfühlend.« Sie sah zur Tür hinüber, als erwarte sie noch Besuch oder hätte ein Geräusch gehört. Ihre Kehle bewegte sich, aber ihr Gesicht nicht. »Er war geduldig und hartnäckig, jemand, der nie aufgibt. Deswegen glaube ich nicht … ich kann mir nicht vorstellen, dass er sich selbst umgebracht hat.«

»Aber was er an der Botschaft machte, was er für eine Funktion hatte, wissen Sie nicht?«, fragte Ella, während sie dem Cheddar den Garaus machte und knackend eine Scheibe Brot nach der anderen vertilgte.

»Nein. Nur dass er IT-Spezialist war. Das Letzte, was ich von ihm hörte, war, dass er auf irgendein Programm gestoßen ist, als er einen Sicherheitscheck der Computer in der Botschaft durchgeführt hat …«

»Ein Programm? Was für ein Programm? Worum ging es dabei?«

»Keine Ahnung. Darüber haben sie nicht gesprochen.«

»Sie?«

»Anni und er. Ich weiß nur, dass es ihr wohl ziemliche Angst machte – ihr und ihm auch.«

»Wann war das?«

»Vor ein paar Wochen.« Tori stellte zwei Teetassen auf den Tisch und nahm den leeren Unterteller weg. »Es hatte etwas mit diesem Programm zu tun und etwas, was ihr jemand darüber erzählt hatte. Sie sagte plötzlich alle Termine ab, und dann war sie auf einmal verschwunden. Ich bekam noch eine E-Mail von ihr, in der sie verlangte, dass ich ihr nicht mehr schreiben und sie auch nicht anrufen sollte. Aber das ging ja nicht. Ich brauchte sie doch …«

Ihr Blick schien sich irgendwo in der Ferne zu verlieren. In ihren Augenwinkeln schimmerten Tränen, die sie nicht fortwischte. Sie streckte eine Hand aus, als wollte sie sich irgendwo festhalten, aber als sie ins Leere griff, schien sie es sich anders zu überlegen und schloss beide Arme fest um ihren Oberkörper.

»Sie hat also nicht mit Ihnen darüber gesprochen?«, fragte Ella vorsichtig.

»Nein.« Tori erwachte wie aus einer Trance. »Möchten Sie Milch oder Zucker in den Tee?«

»Nein.« *Ich möchte wissen, was mit Annika ist.* »Könnte sie mit jemand anderem darüber geredet haben?«

»Außer mit Wagenbach?« Tori dachte einen Augenblick nach.

»Mit Dr. Gershenson vielleicht. Kenneth. Zu dem ging sie selbst einmal im Monat. Er war so etwas wie ein Beichtvater für sie. Aber den habe ich nie kennengelernt.«

»Haben Sie irgendeine Vermutung, was mit ihr passiert sein könnte? Oder wo sie sich vielleicht aufhält?«

»Nein.« Tori räumte auch das Brot weg und stellte die Teekanne auf den Tisch. Ihre Augen schimmerten noch immer feucht, aber es kamen keine Tränen mehr.

»Können Sie sich vorstellen, dass sie sich umgebracht hat? Vielleicht im Zusammenhang mit diesem Programm?«

»Anni?« Tori schwieg überrascht. »Nein, das hätte doch gar nicht zu ihr gepasst.«

»Oder dass sie ermordet wurde?«

»Sie fragen, als wären Sie von der Polizei. Sind Sie wirklich Ärztin?«

»Ja. Ärzte stellen auch viele Fragen«, sagte Ella. »Zum Beispiel, wie Annika sich eine so große Wohnung in einer teuren Gegend wie Hans Place leisten konnte. Sie hatte nie viel Geld.«

Tori füllte die beiden Tassen mit Tee. »Vielleicht ist sie mit dem Programm reich geworden. Sie hat mal gesagt, sie hätte sich auch verkauft.«

»Wann hat sie das gesagt?«

»Als ich von meinen Filmen gesprochen habe. Aber ich habe mich gar nicht verkauft.« Tori nickte mehrmals bekräftigend. »Ich habe es gewollt.«

Ella sagte nichts. Sie nahm nur einen Schluck von dem Tee. Tori sah ihre Miene und redete hastig weiter. »Man verkauft sich doch nicht, nur weil man etwas macht, was nicht allen passt, oder?« Sie lehnte sich mit dem Rücken an die Spüle und verschränkte die Arme. »Warum sind Sie Ärztin geworden? War das schon immer Ihr Wunsch?«

Ella schüttelte den Kopf. »Erst wollte ich etwas mit Pferden machen, dann wollte ich Choreografin oder Journalistin werden, aber dann habe ich einen Jungen kennengelernt, einen Sanitäter. Ich dachte immer, dass ich seinetwegen Medizin studiert habe. Aber Annika meinte, im Grunde hätte ich es nur getan, um meinem Vater zu gefallen. Dass ich das geworden bin, was er immer werden wollte, aber nie geschafft hat.«

Tori nickte. »Haben Sie Ihren Vater sehr geliebt?«

»Sehr.«

»War er gut zu Ihnen?« Ihre Worte klang jetzt wie ein ersticktes Schluchzen, obwohl ihr Gesicht nicht die geringste Regung zeigte.

»Ja.«

»Dann hatten Sie eine glückliche Kindheit?«

»Sie nicht?«

»Nein.« Tori nahm ihre Tasse, blies auf den Tee, mit kurzen, sachten Atemstößen, wie eine Mutter auf die Wunde eines Kindes bläst, *heile, heile, Segen.* »Ich hab meinen Vater nie richtig kennengelernt. Er hat uns sitzengelassen, meine Mutter und mich, als ich drei war. Meine Mutter war noch sehr jung, deswegen bekamen wir einen Vormund, ich und meine kleine Schwester, Julie, die gerade erst geboren worden war. Der Vormund wollte uns zur Adoption freigeben, aber meine Mutter weigerte sich. Die Leute, die uns anschauen gekommen waren, wollten auch nur Julie, mich nicht.«

Tori nahm einen Schluck von ihrem Tee. »Stattdessen steckte der Vormund mich in ein Heim. Da war es schrecklich, man wurde schon bestraft, wenn man nur weinte, ja, sogar wenn man nur traurig guckte. Wenn man morgens nicht sofort aufstand, oder wenn man irgendwo zu spät kam oder einen Knopf nicht richtig zugemacht hatte. Für alles wurde man bestraft. Am schlimmsten fiel die Strafe aus, wenn man versucht hatte, wegzulaufen. Für die kleinen Sünden kriegte man nur Essensentzug oder Stubenarrest oder man musste eine Stunde in der Ecke stehen. Aber für größere gab es Schläge. Dann mussten sich alle im Kreis aufstellen, und das Mädchen, das bestraft werden sollte, hatte in die Mitte zu treten, und da wurde sie dann von einer Erzieherin mit Weidenzweigen verdroschen oder mit einem großen Kochlöffel.«

Ihre Worte überstürzten sich, und sie setzte die Tasse wieder ab, um nichts zu verschütten. »Die schlimmste Strafe habe ich mit vier gekriegt. Ich wurde auf dem Dachboden ohne Licht in eine Holzkiste gesperrt, die so klein war, dass man darin nur kauern konnte, mit einem Schloss vorn an der Klappe, und die Erzieherinnen waren draußen und spielten mit verstellten Stimmen Gespenster, Hexen oder den bösen Wolf, manchmal sogar den Teufel. Dabei rüttelten sie an der Kiste oder schlugen darauf, aber ich wusste nicht, dass sie es waren. Ich habe wirklich geglaubt, dass es Hexen und Gespenster waren. Dann schlichen sie aus dem Raum und ließen mich in der Kiste«, mitten im Satz schnappte sie nach Luft, »die ganze Nacht, ohne etwas zu essen oder zu trinken und ohne dass ich aufs Klo gehen konnte. Ich hatte immer Angst, dass die Ungeheuer noch da draußen waren, und die Schwestern kamen nicht zurück, die ganze Nacht nicht.«

Toris Stimme änderte jetzt mehrmals schnell hintereinander die Tonlage. Sie klang abwechselnd hell und dunkel, laut und leise, schrill und tief, und Ella überlegte, woran sie das erinnerte.

»Ich sehnte mich nach meiner Mutter«, sagte Tori, »und ich dachte, dass die kleine Julie es bestimmt besser hatte als ich. Ich erfuhr erst später, dass sie gestorben war, kurz nachdem ich ins Heim gekommen war. Weil es dann keinen Vormund mehr gab, holte meine Mutter mich tatsächlich zu Ostern nach Hause. Sie hatte einen neuen Freund, der wollte, dass ich nachts bei ihnen im Bett lag. Erst wollte sie das nicht, aber er schlug ihr mit der Faust ins Gesicht, immer wieder, obwohl sie blutete. Er zog sie an den Haaren und schrie, bis ich es nicht mehr ertragen konnte. Danach lagen wir alle im Bett, und er besorgte es ihr, brutal, bis sie weinte, aber ich verstand überhaupt nicht, was sie taten, es machte mir nur Angst. Als meine Mutter schlief, war ich an der Reihe. Er streichelte mich, überall. Das machte mir noch mehr Angst. Es war fast so schlimm wie in der Kiste auf dem Dachboden mit dem Teufel und der Hexe draußen im Dunkeln. Wenn ich mich daran erinnere, wie ich klein war, fällt mir ein, dass ich immer nur Angst hatte. Meine ganze Kindheit lang. Immer nur Angst.«

»Haben Sie Ihrer Mutter erzählt, was ihr Freund in der Nacht getan hatte?«

»Ob ich es ihr erzählt habe?« Tori sah Ella wieder an. »Ja, und sie ist zu ihm gegangen, und er hat sie wieder geschlagen, so lange, bis ich gesagt habe, es wäre eine Lüge gewesen, ich hätte alles nur erfunden, aber dafür hat er sie noch mehr geschlagen. Du glaubst dieser kleinen Lügnerin mehr als mir, hat er geschrien. Irgendwann kauerte sie nur da und weinte und blutete, und das war meine Schuld. Ich habe mich vor sie geworfen und den Mann angeschrien, schlag mich, schlag mich, nicht sie, ich bin doch die Lügnerin, doch das hat er sich nicht getraut.«

Mit jedem Wort öffnete sie die Tür zur Hölle weiter. »Mama hat es dann nicht mehr ausgehalten und ist weggelaufen, wie blind, und die ganze Nacht nicht zurückgekommen, und er ist auch verschwunden. Ich blieb allein, und ich weiß noch, wie ich fürchtete, dass der Mann meine Mutter draußen in der Dunkelheit töten würde. Ich legte mich aufs Sofa, aber ich konnte nicht schlafen, obwohl ich die Augen zumachte. Ich lauschte – auf das Schlagen von Autotüren, auf Schritte, auf den Schlüssel im Schloss. Ich dachte, wenn du bis dreißig zählst und die Augen dann wieder aufmachst, ist sie wieder da. Ich zählte bis dreißig und machte die Augen auf, und sie war nicht da. Auch als ich bis fünfzig zählte, war sie nicht wieder da. Oder hundert, ich zählte bis hundert, mit geschlossenen Augen, zitternd vor Angst, aber sie kam nicht zurück. Es war die schlimmste Nacht meines Lebens, schlimmer als die in der Kiste. Ich dachte, sie kommt nie wieder, nie mehr.«

Tori schwieg. Sie setzte die Tasse an den Mund, trank aber nicht. »Irgendwann bin ich eingeschlafen. Als ich aufwachte, war es schon hell. Ich schlug die Augen auf und sah mich um, und da lag sie, auf dem Boden vor der Couch. Wie um mich zu bewachen. Aber sie sah erbärmlich aus, dreckig, mit verkrustetem Blut bedeckt, die Haare strähnig. Aber für mich … für mich war es der schönste Anblick der Welt. So ein glücklicher Morgen! Ich saß nur da und sah sie an. Als sie aufwachte, fragte ich sie, ob ich ihr helfen sollte, den Mann umzubringen, und ich bin sicher, wir hätten es wirklich getan, wenn er je wieder aufgetaucht wäre. Aber das tat er nicht. Ich glaube, das hat ihm das Leben gerettet.«

Sie holte tief Luft, und jetzt trank sie, einen kleinen Schluck nur. »Trotzdem musste ich zurück ins Heim. Man ließ mich nicht wieder zu ihr, nur in den Ferien. Jedes Mal hatte Mama einen neuen Mann, und viele von denen schlugen sie, aber keiner so wie der erste. Meine Mutter war jetzt sehr stolz auf mich, darauf, wie schön ich wurde. Das ist meine schöne Tochter, sagte sie.«

Ohne es zu merken, wechselte sie jetzt fast fließend Lautstärke und Tonlage, von hell zu dunkel, von leise zu laut und zurück, während die Musik im anderen Raum im Bluesrhythmus vor sich hin stampfte.

»Inzwischen«, redete sie weiter, »inzwischen hatte ich begriffen –

ich war ja schon fünf –, dass mich die Männer am liebsten nackt sehen wollten. Deswegen zog ich mich bei jedem neuen Mann halb nackt aus und fragte: Findest du mich schön? Und wenn sie ja sagten, war ich glücklich. Das Schlimmste ist, wenn niemand einen sieht. Wenn niemand einen hört. Wenn man in einer Kiste steckt. Wenn niemand einen schön findet. Dann wird man geschlagen.«

Und deswegen, dachte Ella, muss man gesehen werden, auf der großen Leinwand, dem Fernseher, dem Computerbildschirm, und es kann nicht genug Kameras, nicht genug Fenster und Gucklöcher geben, die zeigen, wie man geliebt wird, weil man schön ist; durch die Licht in die dunkle Kammer fällt. Sie hatte das Gefühl, zuzuschauen, wie eine Seele, ein Herz sich wand und schrie, aber es war nicht die Seele oder das Herz eines Erwachsenen, sondern die eines verletzten Kindes, die in dieser schönen Frau eingeschlossen waren.

Plötzlich klingelte das Telefon. Tori zuckte so heftig zusammen, dass der Tee in ihrer Tasse überschwappte. Sie sah Ella wie entschuldigend an. »Ich muss ans Telefon. Arbeiten«, sagte sie.

In dem Zimmer nebenan sangen noch immer die Stones. *Vielleicht sollte ich nicht hierbleiben,* dachte Ella; *vielleicht wäre es besser, einfach aufzustehen und zu gehen.*

Gleich darauf verstummte Mick Jagger, und sie konnte Tori am Telefon stöhnen hören.

37

Ella sah zu der afrikanischen Maske an der Wand auf, die sie mit seelenloser Grausamkeit anzustarren schien. Sie dachte an das, was sie gerade gehört hatte und dann an das, was Nerin ihr in Berlin erzählt hatte, und sie fragte sich, was schlimmer war. *Offenbar hast du doch ziemliches Glück gehabt,* dachte sie.

Sie stand auf und ging in den Gang hinaus. Von einer Minute auf die andere war sie so müde geworden, dass sie kaum noch die Augen offen halten konnte. Die Tür zu Toris Studio war geschlossen; sie konnte nur das an- und abschwellende Stöhnen hören, begleitet vom leisen Surren eines batteriebetriebenen Geräts. Daneben gab es nur noch zwei andere Türen, eine zum Bad und die andere zu einem Raum, der halb Schlafzimmer und halb Büro zu sein schien.

Dieser Raum stand der Küche an Unordnung in nichts nach: Es gab eine Stehlampe, deren orangefarbener Kreppschirm an eine Pyramide erinnerte, und einen ausgebleichten Perserteppich, bedeckt mit verstreuten Kleidungsstücken. An der Decke hing ein Mobile aus bunten Glasprismen. Am Fenster stand ein mit grobem weißem Leinen bezogenes Schlafsofa, auf dem ein halbes Dutzend kleine, mit Chintz bezogene Kissen ein Lager für eine ramponierte Stoffpuppe bildeten. Auf einem Nierentisch vor dem Sofa lag ein großer dunkelblauer Himmelsatlas neben einem Stapel anderer Bücher über das Sonnensystem und seine Planeten.

Ella setzte sich auf die Couch, lehnte sich zurück und schloss einen Moment die Lider. Wenig später erwachte sie mit einem Ruck, weil jemand sie berührt hatte. Tori stand, jetzt in einem Hausmantel aus löwenzahngelber Seide, vor ihr, mit leicht geröteten Wangen. »Du kannst gleich weiterschlafen«, sagte sie. »Aber lass mich vorher noch Bettwäsche aufziehen.«

Sie wirkte verändert, nicht mehr so verzweifelt, selbstsicherer. Sie versuchte es sogar mit einem Lächeln, das für jeden echt gewirkt hätte, der nicht auf die Verzweiflung in ihren Augen achtete. Ella stand auf. »Ich möchte dich noch etwas fragen«, sagte sie, benommen vom abrupt unterbrochenen Schlaf. Sie holte ihr Handy aus der Jackentasche und rief das Foto auf, das sie in Annikas Praxis von der verwirrenden Grafik auf der Leinwand gemacht hatte. »Hast du das schon mal gesehen? Es hing bei Anni an der Wand. Hat sie dir das mal gezeigt?«

»Nein.«

Ella wollte das Handy bereits wieder zuklappen, als Tori hinzufügte: »Aber ich habe es trotzdem schon mal gesehen. Nur nicht bei Anni.«

»Wo denn?« Jäh war Ella hellwach.

»Hier.« Tori ließ sich auf die Couch fallen, nahm das große Buch über das Sonnensystem vom Beistelltisch und blätterte es schnell durch, bis sie es bei einer Doppelseite etwa in der Mitte aufschlug. Die großformatige Abbildung zeigte auf tiefschwarzem, an den Rändern ins Blaue, Violette und Dunkelrote spielendem Hintergrund eine goldene Kugel, umgeben von etwa zwei Dutzend kleineren, aber ebenfalls goldenen Punkten. Zwischen den Punkten schwebten noch zahllose weniger helle Körner wie winzige Löcher in der Schwärze des Alls. »Siehst du?«

Ella setzte sich neben sie und verglich die schwarzweiße Grafik auf dem Display ihres Handys mit der farbigen Abbildung, und allmählich erkannte sie die Übereinstimmungen. »Ist das die Sonne da in der Mitte?«, fragte sie.

»Ja.«

»Und das andere, die Punkte, sind Planeten?«

»Sterne«, erklärte Tori. »Genauer gesagt, die hellsten Sterne im Kosmos.«

Ella spürte ein Flimmern in der Brust, als baute sich hinter ihrem Zwerchfell eine elektrische Spannung auf. »Haben die auch Namen?«, fragte sie. »Einath vielleicht? Oder Canopus?«

Tori nickte und deutete auf einen Punkt ganz rechts in der Mitte der Abbildung. »Das ist Einath. Und das da Canopus.«

»Das sind die hier, nicht?« Ella zeigte ihr noch einmal die Grafik. »Da rechts Einath und darunter Canopus.«

»Genau, aber was die Zahlen dahinter bedeuten, verstehe ich nicht. Und der Text sagt mir auch nichts.«

Dafür sagt er mir umso mehr. Ella spürte, wie das elektrische Spannungsfeld hinter ihrem Zwerchfell zu flackern begann. Sie wusste, was die Zahlen und die Anmerkungen darunter darstellten, aber was die gezeichneten Kreise und Linien bedeuteten, die zwischen einzelnen Sternen verliefen, sie miteinander verbanden oder isolierten, verstand sie nicht. »Das da unten rechts ist Alphard?«

Tori nickte eifrig. »Ja. Und die beiden da ganz oben sind Markab und Achernar. Natürlich sind es auf der Zeichnung viel weniger, als im All tatsächlich existieren. Und alle bewegen sich, wusstest du das? Man kann ihren Weg am Himmel berechnen. Man kann sie vorhersagen. Sie haben eine Ordnung, eine Gesetzmäßigkeit, einen Sinn. Man kommt aus dem Staunen nicht mehr raus, wenn man sich damit beschäftigt, mit der Umlaufbahn der Planeten um die Sonne. Allein ... allein mit Zahlen kann man die ganze Welt erklären, alle Geheimnisse, alle Naturgesetze!«

Ihre Wangen waren vor Aufregung gerötet. »Wenn man sich das anschaut«, sie pochte auf den Weltraum-Atlas, »oder wenn man durch ein Teleskop guckt und sieht, wie schön das alles ist und dass man es mithilfe von Zahlen begreifen kann, dann verschlägt es einem glatt die Sprache. Dann sieht man, wie schön Zahlen sind. Wie schön Mathematik ist! Wie unendlich geordnet, die ganze Schöpfung ...«

»Aber was hat die Anordnung auf der Grafik zu bedeuten?«, unterbrach Ella sie. »Wovon hängt es ab, welchen Platz die Sterne hier auf der Abbildung einnehmen?«

»Von ihrer Entfernung zur Sonne«, sagte Tori geduldig, »in Lichtjahren gemessen. Die Skala reicht hier auf dieser Abbildung von null bis hundertfünfzig Lichtjahre. Einath, Canopus, Alphard, Dubhe, Kochab, Eltanin, Hyaden, Peacock, Markab und Achernar sind – im Uhrzeigersinn gesehen – am weitesten vom Mittelpunkt des Sonnensystems entfernt.«

»Und die am nächsten an der Sonne gelegenen ...«

»… sind Alpha Centauri, fast ein Zwilling unserer Sonne, dann Sirius, Vega, Rasalhague, Castor und Pollux …«

Was bedeutet das?, dachte Ella. *Warum hat Anni diese Zeichnung angefertigt und mit den Daten der beiden Selbstmordanschläge in Berlin verbunden? Was weiß sie darüber?* »Das ist irgendwie verrückt«, murmelte sie.

»Ja«, sagte Tori. »Vor einiger Zeit kam Anni zu mir und sagte, sie hätte da etwas entdeckt, von dem sie nicht wusste, was es bedeutete. Sie wollte wissen, ob Einath, Canopus, Alphard und noch ein paar andere wohl Namen von Sternen sein könnten und welche Unterschiede zwischen ihnen bestünden.«

»Entfernung und Nähe«, sagte Ella leise. »Hat sie dir gesagt, warum sie das wissen wollte?«

Tori schüttelte den Kopf. »Ich habe sie gefragt, aber sie hat nur gesagt, es wäre besser, ich wüsste das nicht. Ich habe sie noch nie so aufgewühlt gesehen. So beunruhigt.«

»Wann war das?«

»Ein paar Tage, bevor sie verschwunden ist. Hat sie das da – das auf dem Display – gezeichnet?«

»Ich nehme es an.«

»Und die Zahlen? Der Text?«

»Es ist ihre Schrift, aber das hat nichts zu sagen«, erklärte Ella. »Es handelt sich jeweils um ein Datum, an dem etwas passiert ist.« *Oder noch passieren wird.*

»Dann heißt das da hinter Alphard 17. Oktober?«

»Ja.«

»Ist ja merkwürdig«, rief Tori. »Am 17. Oktober hat der neue Film von Michail Premiere, das wird eine ganz große Show in der Royal Festival Hall mit anschließender Party in einem der angesagtesten Klubs. Sein erster richtiger Film, hat er mir erzählt.« Sie zog ein längliches, edel aussehendes Kuvert zwischen den Büchern auf dem Tischchen hervor. »Hier, die Einladung.«

»Wer ist Michail?«

Tori antwortete nicht.

»Dieser Mann, dem du im Fitness-Studio wieder begegnet bist?«

»Woher weißt du davon?«

»Du hast es auf Annikas AB gesprochen …«

»Das geht nur sie etwas an, oder? Sie und mich. Niemand sonst.«

»Ja. Entschuldige.«

Tori zuckte mit den Schultern. »Na ja, ist ja auch egal. Darauf kommt es jetzt nicht mehr an.«

»Worauf kommt es denn an?«

»Dass man seinen Schnitt macht, oder? Dass man auf seine Kosten kommt. Und das bin ich ja, nicht?« Sie lachte gequält. »Ja, ich bin echt auf meine Kosten gekommen. Er hat mich immerhin ordentlich durchgefickt. Von vorn und von hinten. Ohne Kondom. Die Produktion wollte das so. Kein Kondom. Nicht zur Nachahmung empfohlen. Michail hatte damit kein Problem. Er hatte auch kein Problem damit, dass er Aids hatte. Oder das süße kleine Geheimnis für sich behielt, indem er mit einem gefälschten Test arbeitete. Das Problem hatte ich, als die Krankheit bei mir diagnostiziert wurde und ich nicht mehr arbeiten konnte.« Sie zuckte mit den Schultern. »Aber wie es so schön heißt: Was einen nicht umbringt, macht einen härter.«

Ella schüttelte den Kopf. »Das stimmt nicht, Tori. Es bringt uns um, wenn es uns hart macht. Je härter es dich macht, desto mehr bringt es dich um. Die Toten sind am härtesten.«

Ihr Kopf sank herab, sank nach vorn, und etwas tropfte aus ihrem Gesicht auf das aufgeschlagene Sonnensystem in ihrem Schoß. Sie schlug die Hände vors Gesicht. Zwischen ihren Fingern ragten Haarsträhnen hervor wie blonde Federn. »Jede Nacht, wenn ich nicht schlafen kann …« Sie sprach durch die Finger. Die Federn zitterten. »Wenn ich spüre, wie sich die Krankheit in mir ausbreitet …« Die Federn zitterten stärker. »Wie das Virus langsam, aber sicher … mein Immunsystem zersetzt … dann würde ich am liebsten … am liebsten aufstehen, eine Pistole nehmen und ihn umbringen. Ihn und alle, die so sind wie er. Und danach mich selbst, damit ein für allemal Schluss ist.«

Sie war keine gute Schauspielerin. Sie ließ die Hände sinken, breitete sie aus und imitierte ein höhnisches Grinsen. *»Please allow me to introduce myself, I'm a man of wealth and taste. I've been around for a long, long year, stole many a man's soul and faith.«*

›Sympathy for the Devil‹?

»Passt doch, oder nicht? Wir haben das bei dem letzten Dreh mit Michail immer gespielt. Der Regisseur hat das aufgelegt für eine Szene, in der ich vom Teufel verführt wurde, von einem unglaublich schönen Typ. Anni wollte, dass ich ihr den Film schicke, aber ich bin nicht mehr dazu gekommen …«

»Warum wollte sie das?«

»Weil sie … ich weiß auch nicht … sie hatte das Gefühl, der Teufel wäre irgendwie in ihr Leben getreten …«

»Im übertragenen Sinn?«

»Nein, ganz wirklich. Der Leibhaftige, wie sie ihn nannte. Sie hatte das Gefühl, ihre Praxis wäre *heimgesucht,* so hat sie sich ausgedrückt, und sie selbst wäre …«

»Besessen?«

Tori nickte schweigend, und Ella dachte: *O Gott, nicht Annika. Es kann nicht sein, dass Anni den Verstand verloren hat. Die Zeiten, wo man glaubte, Epileptiker wären vielleicht besessen, sind doch lang vorbei, und Annika hat das sowieso nie geglaubt, sie war klug und rational, sie war Medizinerin.*

Tori sagte: »Es gab da eine merkwürdige Sache in ihrer Praxis. An einer bestimmten Stelle, da war es immer eiskalt, immer, egal wie stark sie geheizt hat.«

»Vielleicht hat's nur gezogen«, sagte Ella, doch sie spürte, wie ihr ein Schauer über den Rücken lief.

»Du glaubst nicht, dass sie tot ist, oder?«, fragte Tori. »Dass der Teufel sie mitgenommen hat?«

»Nein.« Ella überlegte, kam auf einen neuen Gedanken. »Es könnte höchstens sein, dass sie ihren Tod vorgetäuscht hat.« *Um für kurze Zeit Ruhe vor ihren Dämonen zu haben.*

»Manche Leute täuschen ihren Tod vor.« Tori nickte. »Ich täusche mein Leben vor.«

Ella spürte einen Schmerz hinter den Augenlidern. »Hast du schon mal was von der Academy of Solace gehört?«

»Ja, da war ich Mitglied«, sagte Tori. »Bis Anni gesagt hat, ich dürfte nie wieder mit meinen Freunden dort in Kontakt treten und dass ich meinen Account löschen müsste. Bist du auch bei der Academy?«

»Nicht mehr«, log Ella, denn in ihrem Kopf überstürzten sich die Gedanken. »Ich habe dich vorhin beobachtet. Als ich dir erzählt habe, dass Markus Wagenbach tot ist, warst du erschrocken, aber nicht wirklich überrascht. Dann hast du gesagt, ich wäre auch in Gefahr und deswegen sollte ich bei dir wohnen. Hast du wirklich auf Annika gehört und …«

»Wir sind alle in Gefahr«, fiel Tori ihr ins Wort. »Anni hatte Angst. Ich habe es in ihren Augen gesehen. Ich glaube, jeder muss sterben, der mit ihr zu tun hatte. Patienten, Freunde, jeder, der von dem Programm wissen könnte. Es reicht vielleicht schon, wenn er nur davon gehört hat …«

Ella griff Toris Hand. »Tori, ich muss dir noch etwas sagen: Jemand hat deinen Anruf bei Anni abgehört, deinen und Wagenbachs und wahrscheinlich noch ein paar andere, und ich glaube nicht, dass es Anni war. Ich will dir keine Angst machen, aber Wagenbach …«

»Ist tot, ich weiß.« Tori nickte. »Es macht nichts. Ich bin auch schon tot, weißt du. Eigentlich bin ich schon lange tot.«

38

Ella erwachte mitten in der Nacht, und einige Sekunden lang wusste sie nicht, wo sie war. Ihr Herz raste. *Wo bin ich? Was mache ich hier?* Dann fiel ihr alles wieder ein, aber ihr Herz raste weiter. Es spürte, dass etwas nicht stimmte. Ein Geräusch, das sie geweckt hatte, draußen im Gang. Sie lag in der Dunkelheit auf der ausgezogenen Schlafcouch und lauschte. Das Geräusch wiederholte sich, ein leises Knarren. Durch die Vorhänge am Fenster drang kein Licht; nur unter der Tür schimmerte ein heller Streifen. Ein Schatten huschte über den Streifen. *Tori geht ins Bad,* dachte Ella.

Dann sah sie den zweiten Schatten. Das Knarren entfernte sich. Kein Dielenbrett, sondern Leder. *Niemand geht mit Lederschuhen ins Bad.* Noch ein Schatten, der dritte jetzt. Die Helligkeit nahm ab und wieder zu. Sie bewegte sich hin und her, wie der Lichtkegel einer Taschenlampe. Ella richtete sich auf, hielt den Atem an. *Was ging da draußen vor sich?*

Sie hielt ihre Armbanduhr dicht an die Augen, versuchte zu erkennen, wie spät es war. 23:37 Uhr. Da, wieder ein Geräusch: ein leises Quietschen, das Scharnier einer Tür. Welche Tür? Die zum Bad? Zur Küche? Zum Studio, in dem Tori schlief? Es musste die Studiotür sein. Jetzt ein anderes Geräusch, ein gedämpfter Schrei, gefolgt von dumpfen Schlägen oder Tritten, von Füßen, die auf eine Matratze trommelten. Eine Männerstimme, auch gedämpft, und eine zweite, die antwortete.

Ella konnte nicht verstehen, was sie sagten. Vorsichtig, ohne ein Geräusch zu verursachen, stand sie auf, suchte ihre Jeans, die Bluse, die Jacke. Ihr Herz raste weiter, schlug viel zu schnell, trotzdem hörte sie jetzt wieder alles, als wären alle ihre Sinne stärker geworden. Sie fand die Bluse, fuhr hinein, verhedderte sich mit den Ärmeln, knöpfte sie hastig zu. Sie stieß mit dem rechten Schienbein gegen die Platte des Couchtischs, der Schmerz war so heftig, dass ihr die Tränen in die Augen schossen.

Nicht schreien!

Durch die Tür drang das Geräusch von Wasser, das in eine Badewanne floss. *Was ist da los?* Ella versuchte nachzudenken, während sie in die Jeans stieg, aber die Gedanken überschlugen sich. *Wie komme ich hier raus? Wie viele Männer sind da draußen? Haben sie Tori getötet? Wo sind sie? Und wo sind die Schuhe, verdammt, meine Tasche, wo ist meine Tasche?*

Die Männer redeten – zwei, nein, drei Stimmen –, immer noch zu leise. Das Rauschen des Badewassers übertönte sie. Warum taten sie das; wozu benötigten sie Wasser in der Wanne?

Sie ist tot. Sie hat sich umgebracht. Sie hat ziemlich lange in der Wanne gelegen.

Vorsichtig bewegte Ella sich zur Tür, lauschte. Dann drückte sie vorsichtig die Klinke, lauschte wieder. Öffnete die Tür einen Spaltbreit und presste ein Auge an den Spalt, um hinauszuspähen. Lauschte wieder. Sie hörte jemanden ächzen, dann Füßescharren. Das Wasser war jetzt lauter und klang, als wäre die Wanne bald voll genug. Sie sah niemanden, nur Schatten, die auf dem Korridorboden fielen, unruhig über die Wand geisterten. Sie versuchte sich zu erinnern: Das Studio befand sich links von ihr, das Badezimmer auch, die Küche schräg gegenüber und die Tür zum Treppenhaus rechts.

Die Schatten fielen von links in ihr Blickfeld, aber sie wusste nicht, wie viele der Männer dort waren und wo – im Studio, im Badezimmer, in der Küche? *Du kannst aus dem Zimmer stürzen, zur Tür rennen und nach draußen, die Treppe runter und Hilfe holen. Mehr kannst du nicht tun.*

Sie öffnete die Tür noch ein Stück und streckte den Kopf hinaus, Millimeter für Millimeter. Im Studio brannte Licht, im Badezimmer auch. Alle Türen standen offen. Im Studio bewegten sich mindestens zwei Männer. Bis zur Wohnungstür waren es ungefähr sieben Meter.

Aber was ist, wenn unten jemand ist, der im Wagen wartet? Wartet bei solchen Operationen nicht immer jemand im Wagen vor dem Haus?

Ella schloss die Zimmertür wieder und ging schnell zum Fenster.

Sie zog die Vorhänge auf, um hinauszuschauen. Sie erblickte einen finsteren Lichtschacht und, als sie sich vorbeugte, tief unten einen winzigen Hinterhof. Nach oben und unten war die Sicht begrenzt von einer eisernen Feuertreppe. Ella öffnete das Fenster. Dann suchte sie ihre Umhängetasche, legte sie auf die Couchlehne. Sie kehrte zur Tür zurück, öffnete sie erneut und spähte hinaus.

Der Korridor war noch immer leer, aber das Wasser im Bad lief nicht mehr. Sie schlich zur Wohnungstür und öffnete sie leise so weit, bis die Klinke fast die Wand berührte. Dann versetzte sie ihr einen heftigen Stoß und stürzte zurück ins Schlafzimmer, das sie gerade noch rechtzeitig erreichte, bevor die Wohnungstür mit einem Knall ins Schloss fiel. Sie presste sich im Dunkeln gegen die Wand, ohne die Zimmertür zu schließen. Sie hörte einen der Männer etwas brüllen, das wie ein Fluch klang. Das Licht erlosch, jemand rannte über den Korridor, vorbei am Schlafzimmer, trampelnde Schritte, der Boden bebte leicht, noch jemand, die Wohnungstür wurde aufgerissen, die Schritte lärmten jetzt im Treppenhaus, entfernten sich. Die Tür schlug zu.

Ella hielt den Atem an. Sie hörte das leise Knistern des Regens draußen vor dem Fenster, aber in der Wohnung hörte sie nichts mehr. *Zwei Männer oder drei,* dachte sie; *mindestens zwei davon sind rausgerannt, vielleicht alle drei.* Sie streckte den Kopf in den Korridor hinaus. Alles war dunkel. Nur im Studio sah sie einen rötlichen Schimmer. Die Tür zur Küche stand offen, die zum Bad auch. *Geh nicht da raus! Steig aus dem Fenster und hau ab, über die Feuertreppe!* Ella trat in den Gang. Kein Geräusch außer dem Trommeln ihres Pulsschlags.

Sie wandte sich nach links, zum Studio. Es waren nur ein paar Schritte, dann konnte sie durch die offene Tür sehen. Der schwache rote Schimmer rührte von den Stand-by-Lämpchen einer Webcam und eines DVD-Players unter einem großen Flachbild-Fernseher. In ihrem Schein erkannte Ella den schwarzen Schlund des großen runden Bettes, der im Begriff schien, eine nackte Frau zu verschlingen. Toris Körper, blass, kaum verhüllt von einem ebenfalls schwarzen Laken, lag reglos auf dem Rücken, beide Arme ausgestreckt. Der Kopf hing über den Rand der Matratze herab, und der Mund stand offen, ebenso wie die matt glänzenden Augen, in denen rötliche Reflexionen der Stand-by-Lämpchen den Eindruck erweckten, man könnte sie mit einem unsichtbaren Anschalter wieder zum Leben erwecken.

Ella trat rasch an das Bett, um Toris Puls zu fühlen. Aber es gab keinen. Ein schwacher Uringeruch hing in der Luft, und es war dieser Geruch, der Ella plötzlich zittern ließ vor hilfloser Wut. *Schweine!* Tränen schossen ihr in die Augen. *Mörderschweine, Scheißkerle!*

In diesem Moment hörte sie ein leises, halb unterdrücktes Husten. Ihr Rücken schien sich zusammenzuziehen, als wäre ihr ein kalter Windstoß über den Nacken gestrichen. *Einer ist noch da.* Sie richtete sich auf, langsam, als könnte eine zu hastige Bewegung dazu führen, dass er sich von hinten auf sie stürzte. *Einer ist noch da, und er weiß, dass du auch noch da bist.* Sie drehte sich um, rechnete damit, dass er im Türrahmen stand. Aber da war niemand.

Wo war er? Im Bad? In der Küche? Sie rührte sich nicht. Er wartete ab. Er wartete ab, bis sie sich zeigte. Er konnte abwarten, denn er war nicht allein; die anderen würden zurückkommen. Er konnte sie anrufen. Seine Finger konnten im Dunkeln über die Handytasten klicken, kaum hörbar. *Du musst weg sein, bevor sie zurückkommen.*

Der Weg zur Wohnungstür lag in völliger Finsternis; er wirkte wie ein endloser Tunnel. Ella musste an drei Türen vorbei, Bad, Küche, Schlafzimmer. Nein, nur an zweien, die dritte führte zum Fenster, da musste sie durch, durch die Tür, durch das dunkle Zimmer, durch das schon offene Fenster zur Feuertreppe. Sie verließ das Studio, beide Hände vorgestreckt, um einen Angriff aus dem Dunkeln abwehren zu können.

Als das Knacken erklang, stockte ihr der Atem. Sie blieb stehen. Sie brauchte einige Sekunden, bis sie begriff. *Er ist in der Küche! Die Spaghetti – er ist auf die Spaghetti getreten! Und er weiß, dass ich ihn gehört habe.* Sie rannte los, strich mit der rechten Hand an der Wand entlang, verließ sich auf ihr Gefühl. Es waren nur ein paar Schritte bis zum Schlafzimmer, die einzige Tür rechts.

Sie sah den Mann nicht kommen, keinen Schatten. Sie rannte in ihn hinein, und seine Faust schlug ihr gegen die Brust wie ein schwerer Hammer. Der Schlag lähmte ihre Atmung, brannte auf ihrem Zwerchfell und flackerte hinter ihren Augen. Etwas schoss ihr heiß die Kehle hoch. Sie wurde gegen die Wand geschleudert, ein Knie traf sie in den Unterleib. Sie krümmte sich und wollte schreien vor Schmerz, aber sie bekam keine Luft. Ein röchelndes Gurgeln steckte in ihrem Kehlkopf fest, sosehr sie auch schluckte.

Der Mann schlug wieder nach ihr, schlug nach dem Geräusch, traf aber nur ihre Schulter. Sie stolperte, taumelte gegen ihn. Sein nächster Schlag verfehlte sie, streifte sie wieder nur an der Schulter. Er versuchte, sie zu packen. Sie tauchte unter ihm weg und flüchtete in die Küche. Sie rutschte auf den Nudeln aus, und im nächsten Moment war er hinter ihr, erwischte ihr Haar und zerrte daran, riss ihren Kopf nach hinten. Es fühlte sich an, als würde sie skalpiert. Er hielt ihren Kopf mit einer Hand, ihr Nacken berührte seine Schulter. Seine Wange war dicht neben ihrem Ohr. Sie würgte eine ätzende Flüssigkeit herunter. Er stieß mit den Knöcheln der anderen Hand nach ihrer Kehle, und der Stoß zerschmetterte ihr fast den Kehlkopf.

Ihre Arme ruderten in der Dunkelheit, stießen gegen die Spüle, während sie fast erstickte, *die Spüle, das dreckige Geschirr!*, und sie tastete herum und berührte etwas Hartes, einen Griff, den Griff einer Pfanne. Sie packte ihn, und die Pfanne war schwer, aber sie schaffte es, holte aus und hieb sie mit aller Kraft gegen den Kopf neben ihrer Wange. Der Mann schrie auf, Fettspritzer und Wassertropfen sprühten ihr ins Gesicht. Die Faust in ihren Haaren lockerte sich, sodass sie sich losreißen konnte. Sie spürte nichts mehr, keinen Schmerz.

Sie torkelte gegen den Tisch, erwischte die Teekanne, fuhr herum und schleuderte sie hinter sich. Der Mann ging in Deckung. Ella stieß den Klappstuhl in seine Richtung, nutzte den Moment und sprang an ihm vorbei, zurück auf den Gang.

Er schaffte es, ihr ein Bein zu stellen. Sie verlor das Gleichgewicht und prallte gegen die Wand. Er war jetzt ganz nah, sie konnte ihn riechen, seinen nassen Mantel, sein billiges Eau de Toilette, sogar die Nikotinablagerungen auf seinen Händen, als sie sich um ihre Kehle schlossen und zudrückten. Mit seinem ganzen Gewicht presste er sie gegen die Wand. Verzweifelt versuchte sie, den Griff seiner Hände zu lockern, ihre Halsmuskeln anzuspannen. Ihre Lungen zogen sich zusammen, und ihr wurde heiß, die Hitze stieg aus der Brust in den Kopf. Vor ihren Augen tanzten flimmernde Feuerringe. Ein Winseln entrang sich ihrer Kehle. Sie riss das Knie hoch, aber er war vorbereitet, blockte ihren Stoß mit dem Oberschenkel ab.

Ich sterbe. Ich kriege keine Luft mehr. Ich sterbe hier.

Sie versuchte, seine Finger zu trennen, den kleinen Finger zu fassen zu kriegen, um ihn nach hinten zu biegen, damit er seinen Griff lockerte, bloß dass es Finger aus Stahl waren, eine stählerne Klammer um ihren Hals, und er setzte sein ganzes Gewicht ein, lehnte sich gegen sie, eine kompakte Gestalt, größer als sie, sein Gesicht dicht vor ihrem Gesicht, seine Leisten an ihrem Bauch. Vor ihren Augen verbrannten Farben mit schwarzen Rändern. Sie trat nach seinem Schienbein. Sein Kopf lag an ihrer Wange, sie konnte ihn keuchen hören. Sein Ohr berührte ihre Lippen.

Denk an Kornack. Kornack und Hagen!

Sie biss zu. Er schrie. Der Griff um ihren Hals lockerte sich. Sie biss, so fest sie konnte, und eine warme Flüssigkeit rann ihr über das Kinn, sie biss und zerrte und riss, und jetzt schrie er aus vollem Hals, und als ihre Zähne aufeinanderstießen, ließ er sie los und wich heulend zurück.

Sie spuckte aus, hustete, verschluckte sich an der Luft, die ihr in den Mund und die Kehle hinunterschoss. Einige Sekunden drehte sich alles um sie her. Ihre Knie zitterten, als sie sich zusammenkrümmte und beinahe an der Wand runtergerutscht wäre.

Nicht in die Knie gehen, nicht übergeben, rennen, du musst rennen!

Sie stürzte um die Ecke ins Schlafzimmer, zum offenen Fenster, vorbei an dem Beistelltisch und über die ausgezogene Couch. Sie schnappte sich ihre Umhängetasche, fuhr mit einem Arm und dem Kopf durch den Trageriemen, schwang sich aufs Fensterbrett und kletterte nach draußen. Sie knallte mit dem Hinterkopf gegen den Rahmen, fand aber Halt auf der Eisentreppe, erst mit einem Fuß, dann mit beiden. Sie packte das Geländer, es war kalt und glitschig. Mit dem rechten Fuß tastete sie in der Dunkelheit nach der ersten Sprosse unter ihr, fand sie, und sie war schon immer gut auf Leitern gewesen, ein guter Kletterer, auch bei Nacht.

Über ihr rief der Mann etwas aus dem Fenster, das sie nicht verstand. Er versuchte nicht, ihr zu folgen, und sie dachte, *gleich ruft er die anderen mit dem Handy,* aber sie war auch gut in Hinterhöfen, und Mauern stellten kein Hindernis für sie dar. Ihr Hals schmerzte, und ihre Brust tat weh, aber es schien nichts gebrochen oder gerissen zu sein. Der Nieselregen fiel kühl auf ihren Nacken. Sie erreichte das nächste Stockwerk. Sah kein Licht in den Fenstern. Die Verankerung der Treppe im Mauerwerk knirschte. Ihre Tritte auf den Sprossen hallten in der Nacht. Jetzt konnte sie den Hof erkennen: die Umrisse von Bauschuttcontainern, die Hintertüren der Häuser, Autos und ein paar Fahrräder in einem Ständer unter einem Wellblechdach. Von den Männern war nichts zu sehen. Die letzten Sprossen übersprang sie und landete hart auf Beton.

Als sie zurückblickte, war das Fenster des Schlafzimmers geschlossen und dunkel wie alle anderen auf der Rückseite des Hauses, in dem Tori Farrow vielleicht gerade in eine Badewanne gelegt wurde, um Selbstmord zu begehen.

39

Sie entdeckte den Mann mit dem blutigen Pflaster auf der rechten Wange im selben Moment, in dem er sie entdeckte. Es war nur eine winzige Veränderung in seiner Haltung, seinem Blick, die ihr sagte, dass er sie erkannt hatte. Er hatte eine Platzwunde an der Stirn, die nicht mehr blutete, und im Gehen betupfte er mit einem Taschentuch die Wange unter dem Pflaster. Er trug einen grauen Burberry ohne Gürtel über einem dunkelgrauen Anzug, aber keinen Hut und keinen Schal. Er ging auf der anderen Seite der Long Acre Street in Richtung Piccadilly Circus, und jetzt, wo er sie gesehen hatte, hielt er nach einer Lücke im Verkehr Ausschau, während er hektisch in sein Handy sprach.

Ella rannte los. *Sie wissen, wie du aussiehst.* Sie hatte die Strecke bis zur U-Bahn-Station Covent Garden und weiter zum Leicester Square zurückgelegt, ohne verfolgt zu werden, und sie hatte schon gehofft, sie hätte es geschafft. *Sie wissen nicht, wie du aussiehst,* hatte sie gedacht, *es war dunkel, sie haben dich nicht gesehen.*

Im Hinterhof hatte sie erst gezögert, sich zu orientieren versucht. Von den vier Hintertüren der an den Hof grenzenden Häuser war die erste abgesperrt gewesen, auch die zweite hatte sich nicht öffnen lassen. Die dritte, schräg gegenüber, war unverriegelt gewesen. Ella hatte sich an einem halben Dutzend abgestellten Schubkarren vorbeigetastet, drei Stufen hoch und hinter einem gefliesten Absatz wieder hinunter zur Vordertür.

Die Shelton Street war eine stille Seitenstraße, und die wenigen Laternen standen weit auseinander. Die schmalen Gehwege waren gesäumt von Boutiquen internationaler Luxusmarken, die Schaufenster jetzt jedoch dunkel. Platanen raschelten im Wind. Kein Wagen, der langsam an den geparkten Fahrzeugen entlangrollte, mit ausgeschalteten Scheinwerfern. Keine atemlos um die Ecken hetzenden Männer, nicht einmal ein später Jogger.

Am Ende der leeren Straße leuchtete der Eingang zur U-Bahn-Station im Regendunst, aber Ella war sicher, dass sie dort zuerst nach ihr suchen würden, und ging daran vorbei, weiter in Richtung Leicester Square. Sie wusste auch nicht, ob zu dieser Zeit die U-Bahn überhaupt noch fuhr. Sie ging schnell, am liebsten wäre sie gerannt, aber sie ließ es, denn damit wäre sie aufgefallen.

Sie dachte: *Sie haben mich nicht gesehen. Es war zu dunkel.* Doch dann dachte sie: *Was ist, wenn sie das Haus schon beobachtet haben, als ich reingegangen bin? Dann wissen sie, wie ich aussehe. Oder wenn sie den Film auf YouTube gesehen haben. Dann wissen sie auch, wie ich aussehe.*

Wer waren diese Männer? Sie wussten genau, was sie taten. Brutal. Professionell. Aber sie wollten Tori, und mit mir haben sie nicht gerechnet. Trotzdem halten sie womöglich nach mir Ausschau.

Es war Samstagnacht, und zwischen Covent Garden und Leicester Square nahm der Verkehr zu, und immer mehr Vergnügungssüchtige bevölkerten die Gehsteige. *Gut so, ich muss unter Leuten sein, unter vielen Leuten.* Die hell erleuchtete Fassade eines Kinos tauchte die Straße in Neonglanz, und noch immer war ihr niemand gefolgt. Auf der Long Acre Street staute sich der Verkehr. Dutzende rote Rücklichter, die ihr zublinzelten wie entzündete Augen.

Die Menschentrauben auf den Fußgängerwegen schienen alle von der gleichen, gedämpften Hysterie erfüllt. Mit knatternden Union-Jack-Fähnchen, Bierflaschen oder Pappbechern in den Händen strebten sie ihren Zielen zu. Auch zu dieser späten Stunde waren die allgegenwärtigen Helikopter zu hören. Ihr pochendes Vibrieren verschmolz mit dem Straßenlärm. Vor oder hinter Ella erklangen immer wieder jaulende Sirenen, aber sie entdeckte keinen Polizeiwagen, kein blitzendes Blaulicht. Sie hängte sich an eine Gruppe kreischender Touristinnen aus Spanien, tat, als wäre sie auch unterwegs, um sich zu amüsieren. Und da, in diesem Moment, hatte sie den Mann mit dem blutigen Pflaster auf der Wange entdeckt. Sie entdeckte ihn und er sie, und sie fragte sich, wo die beiden anderen waren, von wo sie kommen würden.

An der nächsten Kreuzung schob sich ein roter Doppeldeckerbus in ihr Blickfeld, und sie verlor den Mann mit dem Pflaster vorübergehend aus den Augen. Sie ging schneller. Ihre Bauchmuskeln verkrampften sich, und die nasse Jeans scheuerte an der Innenseite ihrer Schenkel. Ihr war so heiß, als hätte sie Fieber. Die Haut auf ihrer Stirn und den Wangen schien zu glühen. Immer wieder sah sie den Mann mit dem Pflaster auf der Wange für kurze Zeit.

Es fing wieder an zu regnen. Der Regen war nicht sehr stark, aber kalt, und einige der Passanten gingen ebenfalls schneller. Da, durch eine Lücke im Strom der Autos, konnte Ella den Mann mit dem Pflaster wieder sehen. Er war stehen geblieben und sah sich suchend um, das Handy noch immer am Ohr. Mit der freien Hand wischte er sich die Nässe aus den Augen. Der Regen rann ihm in rot und blau schimmernden Rinnsalen über das Gesicht.

Ella lief auf die Fahrbahn und winkte einem der schwarzen Taxis, das aber besetzt war und nicht hielt, und sie ging weiter und winkte dem nächsten Taxi. Auf der anderen Seite sah ihr Verfolger, was sie vorhatte, und versuchte hastig, die Straße zu überqueren, gerade als der Fahrer eines alten Austin aus dem langsam fließenden Verkehr ausscherte und zu ihr herüberzog.

Rechts von ihr quietschten Reifen, gefolgt von einem jähen Hupkonzert. Sie sah, wie der Mann mit dem Pflaster zwischen den haltenden und fahrenden Autos über die Straße lief. Sie riss die hintere Tür des Taxis auf, stieg ein und schaute aus dem Seitenfenster. Der Mann mit dem Pflaster schlängelte sich zwischen zwei Bussen durch, war aber noch ein Stück entfernt. »Fahren Sie schon!«, rief Ella.

Der Fahrer, ein kleiner, dunkelhäutiger Mann mit einem gelben Turban, wandte ihr den Kopf zu. »Und wohin?«

»Piccadilly Circus.«

»Der ist gleich da vorn«, sagte der Fahrer, ohne auf das Hupkonzert hinter sich zu achten, »hinter Fußgängerzone. Drei Minuten von Leicester Square zu Circus.«

Ella behielt ihren Verfolger im Auge, der in der Mitte der Straße auf das Taxi zulief. »Fahren Sie, wohin Sie wollen, aber fahren Sie los!«

Der Fahrer zuckte mit den Schultern, blickte in den Rückspiegel, dann in den Außenspiegel und fädelte sich wieder in den Strom der

Fahrzeuge ein. »Ich bringe Sie Picadilly Circus«, verkündete er, »muss aber Umweg fahren, oben rum, viele Einbahnstraßen. Sie sind nicht von hier, klare Sache, ja? Ich erkläre Ihnen Sehenswürdigkeiten. Wir haben viel Zeit, denn überall gibt Stau wegen Queen. Wenn nicht wegen Queen, dann wegen Prinz oder Prinzessin. Mein Name Hakimullah. Mister Hakimullah aus Pakistan. Der Mann ist Ehemann? Sollen wir rufen Polizei?«

»Nein. Keine Polizei.«

»Wie Sie wünschen.« Mister Hakimullah nickte höflich. Das Taxi fuhr die Charing Cross hinauf, und der Fahrer erklärte ihr, was sie nicht sahen: »Links hinter uns, jetzt unsichtbar: *London Trocadero,* viele Stockwerke mit Spaß und Entertainment, gut für Einkaufen und gut für Essen und voll mit Videospielen. Wenn Sie wollen in Shows oder Theater, können Tickets kaufen Rolling Stones, *Billy Elliot,* Elton John, Shakespeare, Sinfoniekonzert …«

Er unterbrach sich. »Mann hinter uns auf Fahrbahn kommt näher, telefoniert die ganze Zeit mit Handy, sehr gefährlich auf Straße. Ist Blut in sein Gesicht?« Er betätigte die Lichthupe, blinkte und versuchte, den Wagen vor ihm zu überholen, aber der Verkehr war zu dicht. »Wir verriegeln Tür.«

Ella hatte den Blick nicht vom Rückfenster gelassen, hinter dem ihr Verfolger in einen raschen Trab gefallen war. Er kam nicht näher, blieb aber auch nicht wirklich zurück, seine Mantelschöße flatterten.

»Da vorn kommt Shaftesbury Road, führt zu Piccadilly Circus, aber nicht ganz, wegen Einbahnstraße«, sagte der Fahrer. »Sollen wir weiterfahren?«

»Ja, bitte!«

»Links, weit hinter uns, geht runter zum Haymarket und Trafalgar Square, *super*«, sagte Ellas fröhlicher pakistanischer Touristenführer auf seiner Sitzdecke aus farbigen Holzperlen, während er langsamer wurde, weil sie jetzt in den nächsten Stau gerieten: ein Doppeldeckerbus vor ihnen, einer auf der Gegenfahrbahn neben ihnen, umgeben von kleinen schwarzen Taxis wie von Pilotfischen. »Da vor uns – können wir gleich sehen, wenn Bus weg ist – sehr viele Theater, alles Musical, super. Und später auf Circus, wenn nicht ganz hinkommen, berühmter Brunnen, heißt Erosbrunnen. Aber oben auf Säule ist nicht Eros, ist christlicher Engel der Nächstenliebe, super.«

Mister Hakimullah beugte sich vor, dicht an die Scheibe, um selbst mehr sehen zu können von den dicht neben der Straße in den Himmel ragenden Gebäuden mit ihren viktorianischen Fassaden, vor denen gusseiserne Laternen auf die nächste Pferdekutsche zu warten schienen. Nur aus den Augenwinkeln nahm Ella die Leuchtschrift auf den Theatermarkisen wahr.

»Wenn Sie wollen Karten für Shows, Mister Hakimullah kann besorgen, auch nachts. Oder wenn was anderes wollen, Mister Hakimullah kann auch besorgen, in London er kann alles besorgen.« Bunte Lichtreflexe huschten über sein braunes Gesicht wie ein buntes Wetterleuchten. »Mister Hakimullah kann alles besorgen, Tag und Nacht«, präzisierte er.

Der Mann mit dem Pflaster war jetzt fast so nah, dass er die Karosserie des Austin mit der ausgestreckten Hand berühren konnte. Er hielt das Handy nicht mehr ans Ohr, sondern in der rechten Faust, und er rannte wie ein Marathonläufer, mit verzerrten Lippen und weit aufgerissenen Augen durch den Regen.

Ella sah nach vorn, wo der Picadilly Circus lag, viel kleiner, als sie gedacht hatte, und beleuchtet von flimmernden Werbeflächen – Tausende und Abertausende Watt von Elektrizität und kalt glühendes Neon. Auf den Stufen vor dem Brunnen in der Mitte der Fußgängerzone lagerten junge Touristen, zwischen deren Kameras und Handys Blitze hin und her flogen wie Glühwürmchen auf Speed. Auf hohen Podesten trotzten lebende Skulpturen mit silberner oder goldener Ganzkörperbemalung dem Nieselregen. Ein grüngelber Rettungswagen schlängelte sich mit Blaulicht und einem eigenartig trillernden Signalton um den Circus und bog nach links in die Lower Regent Street.

»An Piccadilly auch schönes Theater, berühmter London Pavilion und viele Geschäfte für junge Frauen«, nahm Mister Hakimullah seine Erklärungen wieder auf. »Im Theater gibt *Die 39 Stufen,* berühmtes Stück über Spionage, Hitchcock, sehr spannend, super.«

Als Ella wieder aus dem Rückfenster sah, stockte ihr der Atem, denn der Mann mit dem Pflaster hatte plötzlich eine Pistole in der

Hand, eine Pistole mit Schalldämpfer, mit der er im Laufen auf das Fenster zielte, auf offener Straße. »Achtung«, schrie sie, »er schießt!«

»Nicht auf Mister Hakimullahs Fahrgast!« Der Fahrer bremste so abrupt, dass Ella nach vorn gegen die Rückenlehne geschleudert wurde. Sie hörte ein dumpfes Krachen hinter sich, als wäre etwas gegen die Karosserie geprallt. Dann beschleunigte das Taxi wieder, nutzte eine Lücke im Stau, um in die Glasshouse Street abzubiegen. Der Fahrer blickte in den Rückspiegel. »Da liegt jemand auf Straße«, sagte er. »Soll sich Erste Hilfe drum kümmern.«

Ella richtete sich auf und sah wieder raus. Ihr Verfolger lag auf der Seite, eine zusammengekrümmte schwarze Gestalt im Licht der Scheinwerferkegel, aber selbst jetzt umklammerte er noch Handy und Pistole, und er unternahm schon erste Anstalten, wieder aufzustehen. »Lassen Sie mich hier raus«, sagte Ella, »da rechts an der Ecke.«

Der schwarze Austin fuhr noch ein Stück in die Glasshouse und hielt am Bordstein. »Danke, Sie haben mir vielleicht das Leben gerettet!«, sagte Ella und bezahlte.

Der Fahrer spreizte sein fröhliches pakistanisches Lächeln. »Mister Hakimullah schon oft gerettet Leben. Hier, nehmen Sie Visitenkarte, für alle Fälle.«

Ella nahm die Karte, die er ihr hinhielt, sprang aus dem Taxi und mischte sich unter die Nachtschwärmer am Brunnen. Um sie herum floss glitzerndes Licht in alle Richtungen, eine Galaxie aus Neon – Neon-Coca-Cola, Neon-McDonald's, Neon-Sanyo und Neon-TDK, und auf einmal war ihr zumute, als hätte sie keinen festen Boden unter den Füßen. Die Dunkelheit verschwand hinter Strömen bunter Elektrizität, die unablässig über die Fassaden rannen wie Wasserfälle aus Glühbirnen und Leuchtröhren. Auf dem nassen Asphalt spiegelten sich die Scheinwerfer und Rücklichter der Autos, und auf den Dächern der Autos und in den Fenstern der Busse das Rot von Coca-Cola, das Blau von TDK und das Weiß von Sanyo.

Auf den Gesichtern der Passanten lag der Widerschein des bunten Lichts. Einige trugen Hüte mit dem Union Jack darauf, ein paar hatten sogar Brillen mit Union-Jack-Gläsern. Jeder zweite schwenkte ein Fähnchen. Den Killer mit dem Pflaster auf der Wange konnte Ella nicht mehr sehen, dafür bemerkte sie einen Mann in einem durchsichtigen Regencape, der sich nach ihr umzuschauen schien. Doch im nächsten Moment war er verschwunden. Jemand rempelte sie an. Egal, sie achtete nicht mehr darauf. Sie hörte Musik und lautes Lachen und wieder Helikopter und die Sirenen von Polizei oder Feuerwehr. Sie schob sich weiter durch die Menge, hielt Ausschau nach dem Mann mit dem Pflaster auf der Wange und dem anderen in dem Regencape. Aber es gab viele Männer, die ihnen ähnelten, die auftauchten und wieder verschwanden vor der verwischten Kulisse aus Neon und Regen.

Sie wusste nicht, wohin sie sich wenden sollte. Sie sah mehrere U-Bahn-Eingänge mit der blauen Schranke im roten Kreis, und es gab auch mehrere Buslinien, die über den Circus fuhren, und sie hätte in einen der Busse einsteigen können, nur um von hier wegzukommen. Unruhig wechselte sie fortwährend ihren Standort, versuchte die Schilder der Straßen zu lesen, die auf den Platz mündeten: Shaftesbury Avenue, Coventry Street, Regent Street, Glasshouse Street.

Sie lief im Kreis. Immer wieder begegneten ihre Blicke den glänzenden Augen der lebenden Skulpturen, die ihr zu folgen schienen. Von seinem Podest aus sah ein goldener Wellington ihr mit geröteten Pupillen direkt ins Gesicht. Eine Queen, ganz in Silber, schaute schnell in eine andere Richtung, als Ella sich ihr zuwandte, und beide schienen auf ihren Nacken zu starren, als sie weiterging.

Annikas Praxis! Schlagartig wusste sie, wohin sie jetzt noch konnte; wo man sie gewiss als Letztes vermuten würde. Sie wollte gerade zum nächsten U-Bahn-Eingang laufen, als sie ihn sah. Für einen Moment teilte sich die Menge, und da war er – der Mann mit dem Pflaster auf der Wange. Er verharrte, jetzt mit dem schmutzigem Mantel über dem Arm und zerrissener Hose, und in seiner Hand, halb verdeckt von dem Mantel, hielt er immer noch die Pistole mit dem Schalldämpfer, die er in diesem Moment hob und auf Ella richtete, eine gleitende, schwingende Bewegung, gefolgt von kurzen Rucken – eins, zwei, drei – kein Mündungsfeuer, kein Knallen, nur *plop, plop, plop,* und Ella, die sich duckte und zur Seite warf, und ein Schrei, eine Frauenstimme, und noch ein Schrei, und Ella, die geduckt zur U-Bahn-Unterführung lief, und die Queen, deren silberne Robe plötzlich mit drei roten Flecken prunkte, während sie langsam von ihrem Podest sackte, und Ella, die neben dem Brunnen den Eros-Exit 4 hinunterrannte und durch die Unterführung stürmte, mit hallenden Schritten, vorbei an Menschen, die nur Schatten waren, und zum Ausgang »Coventry Street« und da wieder hinauf, und jetzt in eine Seitenstraße, die nächste, die sich auftat.

Hinter der Ecke stolperte sie, fing sich jedoch, bevor sie hinfiel. Mit einer Hand presste sie die Umhängetasche gegen die Brust, denn das Gedränge um sie wurde dichter. Aus den Pubs drang Musik, Gitarren und Bässe und Drums, begleitet von Gläserklirren und lauten Stimmen. Durch die schmalen Gassen zwischen kleinen Läden und winzigen Restaurants schoben sich haufenweise Touristen, Gruppen junger Russen mit rastlosen Augen und Bierflaschen in den Händen. Ältere amerikanische Ehepaare mit luftgepolsterten Laufschuhen und diebstahlsicheren Gürteln von Abercrombie & Fitch. Bärtige Rucksacktouristen aus Italien, Frankreich und Deutschland. Japaner mit Schirmkappen und Windjacken, ein schnatternder Pulk, der dem hochgereckten weißen Schirm in der Faust einer Reiseführerin folgte. Afrikaner. Pakistaner. Elegante Inder in fließenden bunten Gewändern. Junge Chinesen in schwarzen Anzügen, weißen Seidenhemden und auf Hochglanz polierten Schuhen. Betrunkene Iren.

Ella achtete auf die, die anders waren. Die sich anders bewegten, angespannter. Die sich nicht um das Treiben zu kümmern schienen – die flackernden Lichter, die lauten Stimmen der Türsteher, die dröhnende Musik. Wieder bemerkte sie einen Mann in einem durchsichtigen Regencape, und diesmal war sie sicher. Er war etwa acht Meter entfernt. Er blickte nicht in ihre Richtung, hielt aber ein Handy ans Ohr.

Er soll mir den Weg abschneiden.

Sie ging schneller, duckte sich zwischen den Bummlern. Schon bald löste sich das Gedränge auf. An der Mündung der Gasse erblickte sie den Mann mit dem Pflaster, der gerade um die Ecke kam. Beim Gehen presste er etwas gegen den Oberschenkel. Ein zweiter Mann folgte ihm in einem Abstand, der so gering war, dass sie praktisch nebeneinander gingen. Der zweite Mann trug einen beigen Trenchcoat. Der Mann mit dem Regencape war nicht bei ihnen.

Woher wissen die, wo ich gerade bin?

An den Häusern prangten geheimnisvolle Schriftzeichen in Gold und Rot. Zwischen den Fassaden spannten sich Leinen mit rotgoldenen Ballons. Tattoo-Studios, *Chinese Medicin Shops* und Wahrsager teilten sich winzige Straßen. Ein Restaurant lag neben dem anderen: *Red Dragon, Golden Dragon, Black Dragon,* Drachen in allen Farben. Aus den offenen Türen roch es nach Räucherstäbchen, gebratenen Sojasprossen, Safran und gebackenen Enten. Auch in den Fenstern der Noodle Bars hingen rote Lampions. An den Scheiben klebten rissige Speisekarten mit verblassten Fotos von Nudeln mit Meeresfrüchten, glasiertem Geflügel und Rindfleischbrocken in Reisgerichten. Dahinter saßen die Gäste an niedrigen Holztischen dicht nebeneinander und tranken Reiswein aus eckigen Holzgefäßen oder Bier.

Der Mann mit dem Regencape kam genau auf Ella zu. Sie schlug einen Haken nach rechts in eine schmale Straße am Dansey Place. Es war die falsche Entscheidung gewesen, denn nach einem kurzen Stück fast völliger Finsternis fand sie sich in einer kurzen Gasse aus graffitibeschmierten Mauern und unbeleuchteten Haustüren wieder. Als sie weiterging, streifte sie Kisten und Tonnen. Dann stolperte sie über eine Schubkarre und rutschte aus. Sie glitt über glitschigen Beton, stürzte und kroch auf Händen und Füßen weiter. Sie wartete darauf, dass der Lichtkegel einer Taschenlampe sie erfasste, aber es blieb dunkel, und sie hörte auch nichts; niemand hinter ihr.

Sie rappelte sich wieder auf. Bei ihrem Sturz hatte sie sich die Stirn aufgeschlagen. Blut rann ihr über die Schläfe die Wange hinunter. Sie wischte das Blut mit dem Handrücken weg, blinzelte und lief weiter, auf eine Stelle am anderen Ende des Hofs zu, wo eine kaum sichtbare Helligkeit in der Luft zu schweben schien.

Vor ihr führte eine düstere Passage zwischen zwei eng stehende Rückgebäude. Die Passage war erfüllt von fauligem Abfallgestank und Küchendünsten, die heiß aus den offenen Hinterfenstern der beiden Gebäude wallten. Ella versuchte, sich zu orientieren. Sie hörte Männerstimmen, die sich auf Chinesisch anschrien. In der Luft über ihrem Kopf hing ein dumpfes Dröhnen. Als sie hochsah, entdeckte sie dicht nebeneinander die riesigen Generatoren altmodischer Klimaanlagen, die am Mauerwerk klebten wie unheimliche schwarze Parasiten. Die rotierenden Ventilatoren ratterten und brummten, während sie heiße, nach ranzigem Fett und Bratendunst stinkende Luft in den Durchgang bliesen. Ihr Lärm übertönte jedes andere Geräusch, nur die keifenden chinesischen Stimmen nicht.

Ella tastete sich an einer der Mauern entlang, vorsichtig, mit zögernden Schritten. Sie griff in die Jackentasche, holte ihr Handy hervor und schaltete die Taschenlampenfunktion ein. Der bläuliche Schein des Displays fiel auf geplatzte Müllsäcke mit Essensresten, rostzernarbte Container, eiserne Lieferklappen und Urinflecke an den Mauersockeln. Kleine schwarze Schatten huschten zwischen schillernden Pfützen auf dem rissigen Beton durch den Müll. Langsam ging Ella weiter. An einer Stelle, die besonders dunkel war, verharrte sie.

Sie sind da. Ich weiß nicht, wie sie es geschafft haben, aber sie sind da.

Sie drehte sich um, hielt ihr Handy hoch. Der Mann in dem durchsichtigen Regencape erschien hinter ihr in der Passage. Langsam kam er näher, und dabei glänzte das nasse Kunststoffcape. Auf halber Strecke blieb er stehen, reglos. Er schien zu warten.

Als Ella wieder nach vorn sah, bemerkte sie an der Mündung der Passage zwei weitere Gestalten, die sich wie Schattenrisse vor dem hellen Hintergrund der Straße abzeichneten. Sie fühlte eine jähe Mutlosigkeit in sich aufsteigen. *Bitte nicht,* dachte sie, *nicht hier, nicht so, nicht so sinnlos.* Gedankenfetzen schossen ihr durch den Kopf, Erinnerungen jagten vorbei wie flackernde Filmbilder.

Sie spürte, wie kalt es in dem Durchgang geworden war. Sie zitterte vor Kälte. Ihr Atem zeichnete kleine Wolken in die Luft. Sie drehte sich um und sah, dass der Mann mit dem Regencape sich noch immer nicht geregt hatte, mit halb geschlossenen Augen stand er in den Wolken von Küchendunst aus den lärmenden Ventilatoren.

Die beiden Gestalten am anderen Ende des Durchgangs setzten sich langsam in Bewegung. Im Gehen hob einer der Männer die Hand, und wieder konnte Ella nichts hören, keinen Knall, kein *Plop!* Etwas traf sie am Kopf, streifte die rechte Augenbraue, und sie kniff die Lider zusammen. Ein stechender Schmerz flammte hinter ihrer Stirn auf. Als sie die Augen wieder öffnete, sah sie alles seltsam grobkörnig, farblich verblichen, wie auf einer sehr oft abgespielten Videokassette, eine Kassette von einer Frau, der sich schwankend ein Mann mit einer Pistole in der Hand näherte, und die Frau war sie selbst, und der Mann hatte ein Pflaster auf der Wange.

In dem Augenblick, in dem er zum zweiten Mal aus größerer Nähe abdrücken wollte, röhrte an der Mündung der Passage ein Motorrad auf. Eine Sirene jaulte, schwoll an und ab, und eine schwere Polizeimaschine raste mit zornig blitzendem Blaulicht und aufgeblendetem Scheinwerfer von der Straße auf Ella und die beiden Männer zu. Plötzlich war alles in das flackernde blaue Wetterleuchten getaucht. Das Fernlicht blendete Ella, sie hob eine Hand vor die Augen. Nur undeutlich kriegte sie mit, wie die beiden Männer vor dem heranrasenden Motorrad wegtauchten, einfach zu verschwinden schienen. Sie hörte einen Ruf oder einen Schrei, der aber unterging im Donnern der Maschine. Das Jaulen der Sirene wurde zwischen den Hausmauern hin und her geworfen, bis es von einer Sekunde auf die nächste erstarb, genauso wie der Motorlärm.

Ein Mann mit einem Schutzhelm stieg ab, ohne das Blaulicht auszuschalten. Er trug Zivil – Jeans, Polo-Hemd, eine Lederjacke, Stiefeletten. Er bockte die Maschine auf, schlüpfte unter dem Helm hervor und hängte ihn an die Lenkstange. Dann ging er auf Ella zu. Er war mittelgroß und stämmig. Dicht vor ihr blieb er stehen, hob eine Hand, in der ein silberner Stern auf einer Polizeimarke blinkte, und sagte: »Doktor Bach, nehme ich an? Detective Inspector Cassidy, Metropolitan Police. War nicht ganz leicht, Sie zu finden.«

40

Patrick Cassidy hämmerte mit der Faust gegen die Tür eines geschlossenen Pubs, so lange, bis jemand öffnete. Der Wirt, ein vierschrötiger Mann mit verschwitzten grauen Locken und zornig geröteten Gesicht, hatte ungefähr dreißig Flüche auf den Lippen, brachte aber keinen davon heraus, denn der Detective Inspector stopfte ihm den Mund mit der mindestens ebenso streitlustig hochgereckten Polizeimarke. »Neue Öffnungszeiten!«, verkündete Cassidy, drückte die Tür ganz auf und führte Ella an dem Wirt vorbei in die dunkle Kneipe, einen kleinen, schlecht gelüfteten Raum, in dem es nach einem erloschenen Kaminfeuer roch.

Es gab einen langen metallbeschlagenen Tresen und drei große Holztische in der Mitte, dazu mehrere kleinere an den unverputzten Steinwänden. In den Ecken rankten sich Ketten roter Glühbirnen wie elektrischer Efeu zu der vom Rauch zahlloser Zigaretten geschwärzten Decke, aber ihr Licht reichte kaum bis zu dem mit Sägemehl bedeckten Boden. Neben dem Tresen mit seinen Zapfhähnen und einer altertümlichen Nickel-Registrierkasse stand eine leise summende Jukebox, darüber hing dekorativ ein grobmaschiges Fischernetz. Der Kamin in der Ecke strahlte immer noch Wärme aus.

»Bring uns zwei Gläser und eine Flasche Paddy, und zwar *rapido!*«, befahl DI Cassidy.

»Ich würde jetzt gern in ein Hotel gehen«, sagte Ella. Inzwischen schmerzte jede Bewegung, nicht mal ihre Gedanken kamen und gingen schmerzlos. Cassidy führte sie an einen der kleinen Tische neben der Jukebox. »Setzen Sie sich da hin, wir bringen Sie erst mal wieder in Form«, sagte er. »Bis dahin können Sie ruhig eine Weile den Mund halten.«

»Ich trinke nicht mit einem Schläger«, sagte sie.

Er hielt sie am Ellbogen, als die Beine kurz unter ihr nachgaben. »Sie sollen sich hinsetzen.«

Sie gehorchte widerstrebend und schob sich auf die harte Bank. Er setzte sich ihr gegenüber. Im Halbdunkel an ihrem Tisch glänzten seine weit geöffneten Augen eisblau wie die eines Huskys. Sie saßen so nah beieinander, dass Ella der Geruch seiner Lederjacke in die Nase stieg, dazu eine schwache Ausdünstung von Schweiß, die auch sein Eau de Toilette – Zedern und Moschus – nicht ganz überlagern konnte. Von der stickigen, verbrauchten Luft in dem Pub wurde ihr schwindlig.

Cassidy beugte sich vor, griff nach ihrem Kinn und drehte ihren Kopf sacht zur Seite. »Lassen Sie mal sehen.« Er begutachtete eine pochende Stelle an ihrem Hals, drückte ihren Kopf sacht nach hinten, um die Schramme an der Stirn in Augenschein zu nehmen, und ließ sie dann wieder los. »Sieht schlimmer aus, als es ist«, sagte er.

»Gut, dass Sie Arzt sind«, sagte Ella.

Der Wirt erschien und stellte eine Flasche Whiskey auf den Tisch, außerdem zwei Gläser und eine Karaffe mit Wasser. Dabei sagte er: »Immer ein Vergnügen, der Polizei zu Diensten zu sein.«

Cassidy drehte nur langsam den Kopf seitwärts, machte sich nicht einmal die Mühe, aufzuschauen. Bei der Bewegung spannte sich die Lederjacke über seinen breiten Schultern, als könnte sie jeden Moment platzen, und unter seiner linken Achsel wurde ein Revolver Kaliber .38 in einem Lederholster sichtbar. Sein Gesicht – leicht gerötet, entweder wegen zu hohen Blutdrucks oder weil er zu viel trank – nahm die Starrheit eines lauernden Tiers an.

Der Wirt schnaubte, fuhr sich mit dem Handrücken über das Kinn und kehrte hinter den Tresen zurück, wo er so tat, als hätte er da noch jede Menge aufzuräumen. Cassidy wandte das Gesicht wieder Ella zu. In seinem blonden Haar schimmerten ein paar silberne Strähnen, die verrieten, dass er älter war, als sein jugendliches Auftreten vermuten ließ. Er schenkte in beide Gläser einen Doppelten ein und ließ die Flasche offen. »Wasser?«, fragte er.

Wie konntest du dich nur in so einen verlieben, Anni? War das der Mallorca-Virus, El Arenal, Ballermann, hast du ihn dir schön gesoffen?

»Wasser?«, fragte Cassidy noch einmal. Als sie nicht antwortete, füllte er ein Glas mit Wasser auf und drückte es ihr in die Hand. »Trinken Sie, dann geht es Ihnen gleich besser.«

»Es ginge mir besser, wenn Sie aufgetaucht wären, bevor die mich heute Nacht beinahe umgebracht hätten«, sagte Ella. »Sie sind mir doch bestimmt schon eine ganze Weile gefolgt.«

»Ich bin denen gefolgt, nicht Ihnen«, erklärte Cassidy.

»Dann wissen Sie, wer die sind?«

»Ich habe eine bestimmte Vermutung.« Cassidy trank einen großen Schluck. »Es würde mir helfen, wenn Sie mir beschreiben könnten, was genau in der Wohnung des Mädchens geschehen ist.«

Ella hob das Glas an die Lippen. Mit dem Wasser schmeckte der Whiskey fruchtig und kalt, und sie trank gleich noch einen Schluck. »Ich bin von Geräuschen auf dem Gang vor der Tür aufgewacht, dem Knarren von Lederschuhen. Als Nächstes hörte ich erstickte Schreie und Geräusche wie von einem Kampf aus dem Studio. Dann wurde Badewasser eingelassen. Es sollte wohl so aussehen, als wäre sie in der Wanne ertrunken. Oder hätte sich darin umgebracht.«

»Und dann?«

»Dann habe ich versucht, zu fliehen, aber einer war noch in der Wohnung. Einer von den Scheißkerlen war noch da und wollte mich auch umbringen.«

»Wie sah er aus? Was hatte er an?«

»Das habe ich nicht gesehen. Es war dunkel. Wir haben gekämpft, und ich konnte entkommen.«

»Hatte er ein Haarnetz auf?«

»Ein Haarnetz? Nein, glaub nicht. Wieso?«

»Trug er einen Trainingsanzug? Oder einen Overall?«

»Nein. Er trug vermutlich das, was er anhatte, als die mich in der Gasse erledigen wollten. Warum?«

Cassidy trank aus und schenkte sich nach. »Schlampige Arbeit. Dilettantisch. Sieht mir ganz nach unserem MI6 aus oder nach Ihrem deutschen BND. Ich weiß das, ich war selbst mal einer von denen. Bevor ich zu Scotland Yard ging, habe ich ein paar Jährchen beim MI6 abgerissen. Dann kamen die Budgetkürzungen, und die Besten mussten gehen. Bitterer Tag. Bin dann aber wieder auf den Füßen gelandet.«

Er streckte sich, ließ die Schultern kreisen. »Ich weiß, was für Flaschen beim MI5 und MI6 auf der Gehaltsliste stehen. Profis von einer Sicherheitsfirma oder ehemalige Soldaten von irgendwelchen Special Forces hätten ein Haarnetz getragen, damit keine ausgerissenen Haare von ihnen gefunden werden können. Latex-Handschuhe, Trainingsanzug und leise Laufschuhe. Es hätte auch keinen langen Kampf gegeben, Sie hätten nichts gehört. Die hätten das Mädchen im Schlaf betäubt, ihr eine Spritze gesetzt und dann dafür gesorgt, dass man Wasser in der Lunge findet.«

»Soll das heißen, Sie beschatten Agenten des deutschen oder britischen Geheimdienstes? Glauben Sie, die haben etwas mit Annis Verschwinden zu tun?«

»Mit dem Tod von Markus Wagenbach von der deutschen Botschaft haben sie auf alle Fälle was zu tun.« Er trank den nächsten großen Schluck, ohne Wasser und ohne die Miene zu verziehen. »Und Sie haben sich tatsächlich mit einem von den Burschen da in der dunklen Wohnung geprügelt? Tapferes Mädchen.«

»Wo war denn der tapfere Polizist zu der Zeit?«

»Nicht nah genug, um Toris Leben zu retten, aber nah genug für Ihrs«, sagte Cassidy.

»Wagenbach und Tori waren beide Patienten von Annika«, sagte Ella. Sie fühlte, wie der Whiskey ihr zu Kopf stieg. »Wo ist sie? Sagen Sie mir, was Sie wissen. Anni ist nicht tot in ihrer Badewanne gefunden worden, oder?«

Cassidy betrachtete sie scharf. »Sie haben nichts von ihr gehört?«

»Nein.«

»Gar nichts? Seit wann?«

»Seit ein paar Tagen. Das letzte Mal in Berlin auf meinem Anrufbeantworter.«

»Und seitdem hatten Sie keinen Kontakt mehr mit ihr? Auch hier in London kein Sterbenswort?«

Plötzlich spürte Ella ihr Herz wie eine Faust, die von innen wütend gegen ihre Brust schlug. »Das habe ich Ihnen doch gerade erklärt«, sagte sie heftig.

»Was noch lange nicht heißt, dass ich es Ihnen auch glaube«, antwortete Cassidy genauso heftig. Er griff nach der Flasche und füllte sein Glas zum dritten Mal, wieder ohne Wasser. Etwas sanfter sagte er: »Ich denke nicht, dass sie tot ist. Sie lebt, aber sie ist in Gefahr.«

»Sie war in Gefahr, seit sie Ihnen begegnet ist«, sagte Ella, keineswegs besänftigt. »Es macht Ihnen Spaß, Frauen zu verprügeln, nicht? Schwächere zusammenzuschlagen, die sich nicht wehren können! Kriegen Sie dafür Extrapunkte, die angerechnet werden, wenn die nächste Beförderung ansteht? Sind Sie damit abends in der Kneipe der Star bei Ihren Kumpels? Sie haben Anni umgebracht, selbst wenn sie noch lebt.«

»Anni konnte sich wehren«, sagte Cassidy ruhig, »und sie hat sich gewehrt. Warum tun wir in Anbetracht der Situation nicht einfach so, als wäre ich nicht der Patrick, von dem sie Ihnen erzählt hat, Ella? Was dagegen, wenn ich Sie Ella nenne?«

»Doktor Bach finde ich passender, in Anbetracht der Situation.«

»Sie wissen, dass Anni das Wasser bis zum Hals steht, Ella. Sie kennen sie. Sie hätte sich nicht versteckt, wenn es anders wäre.«

»Vielleicht hat sie sich ja vor Ihnen versteckt, DI Cassidy. Was dagegen, wenn ich Sie weiter DI Cassidy nenne?«

»Mit mir hat sie keine Schwierigkeiten mehr. Schon lange nicht mehr.«

»Wenn sie keine Schwierigkeiten mit Ihnen hat, wieso haben Sie dann am Telefon behauptet, Sie hätten sie seit über einem Jahr nicht gesehen, obwohl Sie erst kürzlich vor ihrem Haus fast mit ihr zusammengestoßen sind?«

»Das habe ich gesagt für den Fall, dass jemand mithört. Deswegen habe ich auch gesagt, sie wäre tot in ihrer Badewanne gefunden worden.«

»Jemand mithört? Wer?«

»Jemand von denen, mit denen sie wirklich Schwierigkeiten hat.«

Ella schüttelte den Kopf. »Die kriegen doch leicht heraus, dass da was faul ist, wenn es keine Leiche gibt. Vor allem, falls es sich tatsächlich um Mitarbeiter staatlicher Behörden handelt.«

Cassidy seufzte. »Na gut, in erster Linie ging es mir darum, sie ein bisschen abzulenken. Die wissen vermutlich, dass Anni nicht Selbstmord begangen hat, aber sie wissen nicht, warum ich das behauptet habe. *Was hat Cassidy vor? Warum mischt der sich da ein? Glaubt er, sie ist tot, oder weiß er, dass sie lebt?* Damit verschaffe ich Anni vielleicht etwas Luft.«

»Sie waren immer in der Nähe«, sagte Ella hartnäckig. »Sie waren in Annis Praxis. Sie waren in der Nähe der Botschaft, als Wagenbach aus dem Fenster gesprungen ist. Und heute Nacht waren Sie ja auch nicht weit. Sie haben's vielleicht nicht selbst getan, sondern die dreckige Arbeit von anderen erledigen lassen, bevor Sie dann als DI Cassidy am Tatort erschienen sind, um alle Spuren zu verwischen.«

»Stimmt«, meinte Cassidy. »So könnte es gelaufen sein. Aber dann wären Sie jetzt tot, oder nicht?«

Nicht, wenn Sie mich für Ihre Zwecke benutzen wollen, DI Cassidy, dachte Ella; *vielleicht war Anni schneller als Wagenbach, Tori und die anderen, und Sie denken, mit mir als Köder könnten Sie sie aus ihrem Versteck locken. Toris Mörder treiben mich in die Enge, und Sie tauchen auf und retten mich, damit ich Ihnen vertraue und vergesse, was für ein Mistkerl Sie sind. Anni denkt, ich sei in Gefahr, und begeht einen Fehler, und Sie haben sie da, wo Sie sie haben wollen. Aber warum? Sind Sie der Handlanger des Teufels, von dem sie mir geschrieben hat?*

In diesem Moment ließ der Wirt ein vernehmliches Räuspern hören. Cassidys Kopf flog herum; er sah zum Tresen hinüber, als warte er nur darauf, dass der Mann etwas sagte. Er schien vor unterdrückter Gewalttätigkeit zu vibrieren. »Und in zweiter Linie?«, fragte Ella.

Nur mühsam kehrte seine Aufmerksamkeit zu ihr zurück. »Was?«

»Sie haben gesagt, in erster Linie hatte Ihre Lügerei den Zweck, Verwirrung zu schaffen, bei wem auch immer. Gab es noch ein ›in zweiter Linie‹?«

»Wie gesagt, ich musste improvisieren. Insgeheim hatte ich wohl auch gehofft, dass Sie herkommen würden.«

Ella sah ihn mit ehrlicher Überraschung an. »Sie wollten, dass ich nach London komme?«

»Damit ich Sie als Köder benutzen kann. Als *muckraker,* jemand, der Staub aufwirbelt. Anni hatte mir von Ihnen erzählt. Sie haben mir nicht geglaubt. Dass Annika mit ihrer Krankheit einfach in die Badewanne steigt und darin ertrinkt, erschien Ihnen unwahrscheinlich. Sie haben gemerkt, dass etwas nicht stimmte und sind gekommen, um dem nachzugehen.«

»Und?«

»Und damit haben Sie Bewegung in die Sache gebracht, ohne dass ich in Erscheinung treten musste. Ich konnte beobachten. Abwarten, was geschieht.«

»Bin ich schuld an Wagenbachs Tod?«

»An Wagenbachs Tod ist nur Wagenbach schuld – und die Männer, die ihn aus dem Fenster gestoßen haben. Ich war als einer der Ersten am Tatort, weil ich … ach, es ist zu kompliziert, das zu erklären.«

»Versuchen Sie's.«

»Ich wusste, dass Wagenbachs Telefon angezapft wird. Als Sie ihn angerufen haben und er sich mit Ihnen verabredet hat, war mir klar, dass die versuchen würden, das Treffen zu verhindern.«

»Die?«

»Jemand in der Botschaft. Einer von den BND-Typen da. Wagenbach stand sowieso auf ihrer Liste, jetzt mussten sie einfach etwas früher handeln.«

»Und *Sie* haben *die* abgehört?«

»Nicht die in der Botschaft. Ein paar Leute vom MI6, die mit ihnen Händchen halten.«

»Wieso hat sich Wagenbach mit mir in der Botschaft verabredet, wenn er wusste, dass …« Plötzlich begriff sie. »Er wollte mich auch als Köder benutzen? Und Sie wollten das verhindern? Dass Ihr Köder zu seinem wird. Dass ich – wie nennen Sie das? – neutralisiert – *nennen Sie das so?* – dass ich neutralisiert werde, bevor ich meinen Zweck erfüllt habe?«

»Na ja, nicht ganz. Ich dachte, ich rede vorher mit ihm, bringe ihn dazu, eine Wanze zu tragen, und finde so heraus – auf frischer Tat gewissermaßen –, um wen es sich handelt.«

Ella nahm einen großen Schluck von ihrem Drink, denn plötzlich war ihr kalt, und sie begann zu zittern, aber das lag nicht an der Kälte. »Bloß als Sie da ankamen, war er schon tot. Woher wissen Sie, ob er nicht doch selbst gesprungen ist?«

»So etwas sehe ich sofort.«

»Aber wie kommen Sie darauf, dass Ihr Secret Service und der deutsche BND gemeinsam angefangen haben, Annis Patienten umzubringen? Das ergibt doch nicht den geringsten Sinn?«

Cassidy sagte nur ein Wort, als sei damit alles erklärt: »Terrorismus.«

»Wollen Sie mir erzählen, die Geheimdienste haben ein neues Betätigungsfeld gefunden? Dass englische oder deutsche Beamte sich als Terroristen betätigen?«

Cassidy schnaubte abfällig. »Es gab schon Priester als Terroristen. Es gab Anwälte und Richter, die Terroristen waren. Es gibt Terroristen, vor denen macht der Premierminister einen Diener und Ihr Bundespräsident ebenso. Aber nein, die Männer, die Tori getötet haben, sind keine Terroristen, dazu stellen die sich viel zu ungeschickt an. Aber ich bin sicher, was wir gerade erleben, ist die Geburt einer neuen Art von Terrorismus, und unsere Mädchen und eure Mädchen tauchen gerade den Ellbogen ins warme Wasser, um herauszufinden, ob das Wasser die richtige Temperatur hat, um das Baby darin zu baden.«

»Könnten Sie sich etwas klarer ausdrücken? Und was hat Anni mit der ganzen Sache zu tun?«

»Ist bis jetzt alles nur eine Theorie«, murmelte er missmutig. »Ich habe auch noch keine Ahnung, wie Anni in das Bild passt.« Er schien kurz zu überlegen, dann beugte er sich jäh vor, so nah, dass seine Stirn fast ihre Nase berührt hätte. Das blaue Feuer seiner Augen schien sich direkt in ihr Gehirn zu brennen. »Glauben Sie, dass sie vielleicht Dreck am Stecken haben könnte? Anni? Dass sie nicht auf der Seite steht, auf der wir glauben, dass sie steht?«

Ella erwog eine Sekunde lang diesen Gedanken und schämte sich sofort dafür. Dann schüttelte sie den Kopf. »Nein.«

»Wieso sind Sie da so sicher?«

»Ich kenne sie.«

»Sie *kannten* sie.«

»Ich kenne sie immer noch. Wir sind Freundinnen.«

»Vielleicht hat sie sich verändert.«

»Aber nicht so.«

»Das hoffe ich. Ich kannte sie auch, und ich traue ihr alles Mögliche zu.«

»Männer trauen Frauen immer alles Mögliche zu.«

»Das ganze Geld, das sie auf einmal hatte. Ich habe immer gedacht, sie hätte das mit LifeBook verdient, mit ihrem Beitrag zum

Konzept. Aber was, wenn es aus ganz anderen Quellen stammt? Haben Sie sich das nie gefragt?«

»Nein.« Jetzt schämte Ella sich noch mehr. *Du hast dir dieselbe Frage gestellt und nicht mal an LifeBook gedacht.* Sie sah Cassidy an. Sollte Anni wirklich in kriminelle Machenschaften verstrickt sein? War es das, was Cassidy andeutete? Alles in ihr sträubte sich gegen den Gedanken. Sie wich vor ihm zurück.

»Ich bin Ärztin, keine Polizistin.«

»Sind Sie ehrlich? Sind Sie eine ehrliche Ärztin?«

»Das kommt auf die Situation an. Sind Sie ein ehrlicher Polizist?«

Er antwortete nicht, und das hatte sie auch nicht erwartet.

»Ein ehrlicher Polizist hätte keine Frau als Köder benutzt, oder? Und er hätte eine Frau auch nicht derart zusammengeschlagen, dass sie nie wieder gesund wird. Ein ehrlicher Polizist wäre kein so absoluter Scheißkerl wie Sie!«

»Sie verwechseln Ehrlichkeit und Anstand, Ella.«

»Doktor Bach, ja?«

Cassidy schloss für einen Moment die Augen. Dann sah er sie direkt an.

»Ich glaube«, sagte er, »wir sollten eine Sache ein für allemal klären. Sie mögen mich nicht. Okay. Sie halten mich für ein brutales Arschloch, einen Drecksack, der Frauen verprügelt. Ja, ich gebe zu, ich habe Anni geschlagen. Nicht nur einmal, sondern häufig, immer wieder. Es war schrecklich. Jedes Mal, wenn es wieder passiert war, tat es mir hinterher leid. Ich habe mich fast zu Tode geschämt. Aber erst, als sie so schwer verletzt war, dass sie ins Krankenhaus musste, bin ich aufgewacht und habe erkannt, dass es nicht reicht, wenn es mir leidtut. Zu dem Zeitpunkt habe ich beschlossen, dass ich mich von ihr fernhalten muss.«

Der Flaschenhals klirrte gegen den Rand seines Glases, als er dem Rest des Whiskeys zu Leibe rückte.

»Ich hätte nie sagen können, was es war. Irgendetwas an ihr hat mich bis aufs Blut gereizt, ihre Scharfzüngigkeit, mit der sie mich kritisiert hat … kritisiert und infrage gestellt und manchmal lächerlich gemacht, als Mann, als Polizist. In diesen Momenten hat sie mich an den Rand des Wahnsinns getrieben und darüber hinaus. Wir hätten

Eintrittskarten für unser Leben verkaufen können, als wär's eine Geisterbahn gewesen – nichts als Gebrüll und zerschmettertes Geschirr und hin und wieder ein Gespenst, das einen anspringt. Anni blieb einem nichts schuldig, sie wusste, wie man rausgibt, Junge, Junge. Wenn sie mir zugesetzt hat, habe ich so lange durchgehalten, wie ich konnte, dann habe ich zugeschlagen. So lange, bis sie aufgehört hat oder bewusstlos war. Trotzdem kriege ich sie nicht aus meinem System. Ich denke dauernd an sie. Sie war die Beste.«

»Deswegen haben Sie ihr auch nach der Entlassung aus dem Krankenhaus weiter nachgestellt und sie überwachen lassen«, sagte Ella. »Weil sie Ihnen noch so viel bedeutet.«

»Das geht nicht in Ihren Kopf, was?« Cassidys Augen zogen sich zusammen. »Es war meine Schuld, dass sie plötzlich so verletzlich war. Ich musste irgendetwas tun, um es wiedergutzumachen. Sie irgendwie beschützen. Nur deswegen habe ich schließlich gemerkt, dass sie in eine gefährliche Situation geraten ist.«

»Wie?«, fragte Ella. »Wie haben Sie das gemerkt? Indem Sie in ihre Praxis eingedrungen sind?«

»Ich habe ihr nicht nachgestellt, ich habe sie bewacht. Das sollten Sie genauso wenig verwechseln.«

»Ich verwechsle die ganze Zeit irgendwelche Dinge. Liebe und Treue, zum Beispiel. *Aber*«, jetzt beugte Ella sich vor, »aber falls Sie darauf hinauswollen, dass ich Sie informiere, wenn ich was von ihr hören sollte … Ich verpfeife meine beste Freundin nicht. Eher lasse ich mir die Zunge rausreißen und alle zehn Finger abschneiden. Sie ist der wichtigste Mensch in meinem Leben, so was wie meine Familie. Ohne sie wäre ich vielleicht schon nicht mehr am Leben.«

»Ohne mich wären Sie auch nicht mehr am Leben«, sagte Cassidy. »Niemand redet von verpfeifen. Ich suche Anni, um sie zu beschützen, nicht um sie einzubuchten. Ich muss sie vor denen finden, wer immer sie sind. Und wissen Sie, wovon es abhängt, ob ich Erfolg habe?«

»Von Sonnenflecken?«

»Dass Sie mir helfen, davon hängt es ab.«

»Wie soll das gehen?« Ella schoss plötzlich eine Hitzewelle in den Kopf, die nicht vom Whiskey herrührte. »Bin ich jetzt nicht *verbrannt*? Das nennt man doch so, wenn die Tarnung von jemandem aufgeflogen ist? Verbrannt? Nachdem Sie mich vorhin da draußen gerettet haben? Und außerdem«, ihre Stimme klang fern und ganz anders als gerade eben noch, »und außerdem … machen Sie mir Angst, DI Cassidy …«

»Weil Sie intelligent sind«, sagte Cassidy. Die Worte hallten nach, bekamen ein Echo. *Weil Sie intelligent sind. Weil Sie intelligent sind.* Ellas Herz schien sich zusammenzuziehen, bis es nur noch ein kleiner glühender Punkt war.

»Was ist mit Ihnen, Ella? Geht es Ihnen nicht gut? Verdammt, Sie kippen mir doch nicht um?«

Sie spürte, wie sie zu fallen drohte, aber es gelang ihr, sich an der Tischkante festzuhalten. Die Bank, auf der sie saß, schwankte. Die roten Glühbirnen schienen sich zu verdunkeln, dafür glitzerten Cassidys Augen wie Eis, als die Schmerzen im Hals und der Brust jählings zurückkehrten. »Ich bin nicht betrunken«, flüsterte Ella. »Es ist nur …«

»Es war alles ein bisschen viel heute, ich weiß.« Er griff in die Außentasche der Lederjacke, holte ein Plastikdöschen heraus und entnahm ihm eine grüne Pille, die er vor sie auf den Tisch legte. »Hier, schlucken Sie die.«

»Was ist das?«

»Gut gegen Schmerzen.«

»Habe ich noch nie gesehen. Wie heißt es?«

»Der Name wird Ihnen nichts sagen. Vertrauen Sie mir.«

»Ihnen vertrauen?«

Er holte eine zweite Pille heraus und sagte: »Ich nehme auch eine, damit Sie sehen, dass sie harmlos ist.«

Nichts, was Sie tun, ist harmlos, DI Cassidy. Aber ich darf nicht umkippen. Ich muss wach bleiben, klar im Kopf, und ich will, dass die Schmerzen aufhören.

Cassidy nahm die grüne Pille und spülte sie mit Whiskey runter. Ohne länger zu überlegen, tat sie es ihm nach. Fast augenblicklich ließ der Druck hinter der Stirn nach, dann das Brennen in der Brust. Die Bank hörte auf zu schwanken, und die roten Glühbirnen legten ein paar Watt zu, nur das Glitzern in Cassidys Augen blieb.

Ein Gefühl unendlicher Leichtigkeit erfasste Ella. Sie schien nicht länger auf der Bank zu sitzen, sondern über ihr zu schweben. »Sie sind gar nicht so ein Schwein, oder?«, sagte sie und wunderte sich selbst über ihre Worte.

Cassidys Gesicht strahlte immer mehr von der sengenden Energie aus wie eine frisch asphaltierte Straße die Hitze. »Sie haben keine Ahnung, wer oder was ich bin. Sie machen sich gern ein Bild von den Menschen. Sie wollen, dass sie so oder so sind, schwarz oder weiß, gut oder böse. Beste Freunde oder miese Schweine. Aber so einfach ist das nicht. Sie haben keine Ahnung davon, wie die Menschen wirklich sind, haben nicht den leisesten Schimmer davon, was ich sehe, wenn ich in den Spiegel schaue.«

»Was sehen Sie denn?«

»Einen Deserteur«, stieß Cassidy hervor. »Einen Mann, der mit der Scham leben muss, von seinem Platz auf dem Schlachtfeld der Welt weggelaufen zu sein. Der keinen Anstand mehr hat und nicht mehr weiß, wann er das letzte Mal die Wahrheit gesagt hat. Wollen Sie wissen, warum ich Anni immer wieder geschlagen habe? Weil sie mich daran erinnert hat, wie ich mal war. Ich habe mehr Dreck gesehen als die meisten Menschen, mehr Blut, mehr Tote. Wo ist mein Mitleid geblieben, mein Ideal von Gerechtigkeit? Und das Schlimme ist, dass ich nicht mehr weiß, wann es angefangen hat – die Sauferei, die Hurerei, das Unterschieben von Beweismaterial, das Schmiergeld, die Gewalt …«

Er schnippte mit dem Finger in Richtung Tresen und deutete auf die leeren Gläser und die leere Flasche.

»Irgendwann, an einem lang zurückliegenden Tag, habe ich etwas entdeckt, etwas in meinem Leben, das heraushing wie ein einzelner Faden aus einem Pullover. Es schien nur ein loser Faden zu sein, aber dann habe ich daran gezogen und der ganze Pullover hat sich aufgelöst. Ich hätte vielleicht noch aufhören können, ganz am Anfang, aber ich habe weitergemacht, aus reiner Neugier, ich wollte herausfinden, wie lange es dauert, bis sich alles in Nichts auflöst. Am Ende ging es immer schneller, und auf einmal war tatsächlich nichts mehr übrig als ein unentwirrbares Durcheinander.«

Eine neue Flasche Paddy's stand plötzlich auf dem Tisch.

»Auf einmal war ich allein«, fuhr Cassidy fort, »ohne Freunde, und kriegte nicht mehr mit, was um mich herum abging. Was die Zeichen bedeuteten. Damals passierte es zum ersten Mal, dass ich den Mann im Spiegel nicht mehr wiedererkannte und am liebsten weggeschaut hätte. Ich kapierte nicht mehr, was ich sah, wer dieser einsame, leere Mann war. Ich dachte, ich würde verrückt. Aufgeregt suchte ich einen Weg zurück, aber den gab es nicht mehr. Selbst wenn ich meine ganze Kraft mobilisierte, konnte ich nicht wieder der Mann werden, der ich einmal gewesen war. Stattdessen fand ich nur die alte Wut, doppelt und dreifach so heftig wie vorher, und mit ihr verbrannte ich die Reste des Pullovers und wälzte mich so lange in der Asche, bis ich selbst wahnsinnig genug war, um mich dem Wahnsinn der anderen zu stellen. Um den aussichtslosen Kampf wieder aufnehmen zu können.«

Cassidy schenkte sich ein neues Glas ein, diesmal mit Wasser.

»Denn man kann ihn nicht gewinnen«, sagte er schließlich. »Den Kampf gegen das Böse kann man nicht gewinnen, jedenfalls nicht auf dieser Erde. Alles, was man tun kann, ist, den Mächten der Hölle ins Auge zu blicken, auch wenn man dabei sich selbst sieht. Und nicht den Blick niederschlagen vor dem, was man geworden ist. Und die Toten schauen einem über die Schulter. Und die Betrüger, die Diebe, die Mörder. Und die Opfer, die unschuldigen und die, die genauso schlimm waren wie die Täter. Und die Leichen, die ganzen Leichen, die ich sehe, wenn ich in die Hölle schaue, wenn ich in den Spiegel schaue, die Toten neben mir, hinter mir, in mir.«

Irgendwann musste Ella kurz eingenickt sein. Das Nächste, was sie bemerkte, war, wie Cassidy seine Geldbörse hervorholte, einen Schein herauszog und ihn auf den Tisch knallte. Im nächsten Moment waren sie auch schon im Taxi, unterwegs zum Bahnhof, um ihr Gepäck zu holen. Cassidy hatte die fast volle Flasche Paddy's mitgenommen, und jetzt trank er allein. »Das ist jedes Mal das Schlimmsten, sagte er, inzwischen so undeutlich, dass sie ihn kaum mehr verstand, »wenn man wieder einen Toten findet, allein, und jedes Mal fragt man sich, wann man selbst so gefunden wird und wie, von wem!«

»Wo wurde der Tote gefunden«, intonierte er plötzlich wieder klar und laut, kaum dass sie das Taxi verlassen hatten. *»Wer hat den Toten gefunden? War der Tote tot, als er gefunden wurde? Wie wurde der Tote gefunden?«*

Ein Schluck direkt aus der Flasche, ein leises Rülpsen, ehe er noch lauter fortfuhr: *»Wer war der Tote?«* Er nickte bekräftigend. *»Wer war Vater oder Tochter oder Bruder oder Onkel oder Schwester oder Mutter oder Sohn des tot und verlassen aufgefundenen Toten?«*

Er senkte die Stimme, stand leicht schwankend auf der nächtlichen Straße im kalten Wind. *»War der Tote tot, als er verlassen wurde? War der Tote verlassen? Von wem war er verlassen worden? War der Tote nackt oder gekleidet für eine Reise?«*

Nun beugte er sich vor und ahmte die strenge, sachliche Stimme eines Beamten nach. *»Warum haben Sie den Toten für tot erklärt? Haben Sie den Toten für tot erklärt? Wie gut kannten Sie den Toten? Woher wussten Sie, dass der Tote tot war?«*

Er schüttelte den Kopf, grinste, und dann schrie er los, brüllte die Worte empor zum verhangenen Himmel. *»Haben Sie den Toten gewaschen? Haben Sie ihm beide Augen geschlossen? Haben Sie den Toten begraben? Haben Sie ihn verlassen zurückgelassen? Haben Sie den Toten geküsst?«*

Nach einem Schweigen, das so lang dauerte, als wäre er mitten auf der Fahrbahn stehend eingeschlafen, wiederholte er leise: »Haben Sie ihn geküsst? Haben … Sie … ihn … geküsst?« Dann schwenkte er die inzwischen halb leere Flasche, hob sie zu einem imaginären Toast und rief: »Pinter. Der Größte. Harold Pinter, *Ladies and Gentlemen!*«

Dann standen sie auf einmal irgendwo in Chelsea auf der Straße, und vom Turm einer dunkel aufragenden Kirche fielen einige silberne Glockenschläge. Cassidy ging auf eine Haustür zu und drückte eine vierstellige PIN in das Ziffernschloss. Dann bückte er sich, um nach Ellas Reisetasche zu greifen.

»Wo sind wir hier?«, fragte Ella.

»Bei mir zu Hause«, antwortet er. »Da sind Sie erst mal sicher, jedenfalls für ein, zwei Nächte, bis wir was anderes gefunden haben.«

Wirklich?, dachte sie, *bin ich in Ihrer Wohnung tatsächlich sicher, DI Cassidy? So sicher wie Anni? So sicher wie die Toten, die Sie aus dem Spiegel anschauen, wenn Sie hineinblicken?*

41

Cassidy sperrte die Wohnungstür auf, knipste das Licht an und stellte Ellas Tasche ab. Der Dielenboden war mit dunkelrotem Teppichboden ausgelegt, auf dem schmutzige Schuhe oder verschüttete Flüssigkeit schwärzliche Flecke hinterlassen hatten. Neben einem eisernen Garderobenständer stand ein abgewetzter, mit moosgrünem Leder bezogener Polstersessel, in dessen zerknautschter Sitzfläche schon einige Nieten fehlten. Davor hielten handgenähte Halbschuhe, Gummistiefel und Sneakers akkurat in Reih und Glied Wache, angetreten auf einem nässegewellten Teil der *Times*. An der Wand gegenüber hing ein halbblinder, ovaler Großmutter-Spiegel mit vergoldetem Rahmen.

»Ich geh mal vor«, sagte Cassidy, auf einmal fast verlegen. Die Wohnung war ähnlich geschnitten wie die von Tori Farrow, und der enge Korridor führte an Küche, Bad und Schlafzimmer vorbei zu einem großen Raum, den der Detective Inspector offenbar als Wohn- und Arbeitszimmer nutzte. An einer der dekorativ unverputzten Mauern hing gleich neben der Tür ein Gemälde des Kilimandscharo, an einer anderen ein naturalistisch gemaltes Pferd. Die Mitte des Raums nahm eine ebenfalls moosgrüne Ledercouch ein, von der aus man auf einen Flachbild-Fernseher sah. Ein riesiger Arbeitstisch und ein Teewagen voll mit Spirituosen – Wodka, Whiskey, Tequila, nur hartes Zeug – stellten den Rest der Einrichtung dar.

Es gab keine Bücherregale, auch keinen weiteren Sessel, keinen Couchtisch und keine Lampe, lediglich eine Reihe greller Punktstrahler an der Decke. Ein zweiter Spiegel, diesmal ohne Blattgold, präsentierte in der Mitte ein Schwarzweißfoto von Frank Sinatra, alt und aufgeschwemmt im Scheinwerferlicht. Frank hielt ein Whiskeyglas in der erhobenen Hand, darunter stand in roter Schrift: *Hope I die before*

I get old. Neben dem Spiegel gab ein großes Fenster den Blick auf den sternenlosen Himmel frei.

Auf der Arbeitsplatte neben dem Fernsehschirm stand ein aufgeklapptes iBook. Dahinter türmten sich Aktenordner, Tonbandkassetten und Stapel von Mappen und großformatigen braunen Briefumschlägen. Auf einer davon erkannte Ella Annis Schrift. Ein altmodisches Tastentelefon verschwand fast unter einem Stapel ausgedruckter Fotos. Den meisten Platz okkupierte ein schwarzer Apparat mit mehreren Skalen und einer Unzahl von Knöpfen und Reglern, vor dem ein Kopfhörer lag.

»Sie haben mir noch nicht erklärt, woher Sie wussten, dass Annika in Gefahr ist«, sagte Ella mit belegter Stimme, gleichzeitig müde und hellwach.

»Nachdem zwei von ihren Patienten auf ungeklärte Weise ums Leben gekommen waren, habe ich mich bei den anderen Patienten umgehört«, sagte Cassidy. »Einer erzählte mir, sie hätte einen Termin nicht eingehalten. Das passt nicht zu ihr, oder?«

Nein, das passt ganz und gar nicht zu ihr.

»Haben *Sie* vor zwei Tagen Annis AB per Fernabfrage abgehört?«, wollte Ella wissen.

»Nein. Ich habe genug damit zu tun, mich durch das ganze Zeug da zu arbeiten.« Er deutete auf die Arbeitsplatte. »Annis Computer, ihre Patientenunterlagen, Therapieaufzeichnungen. Ich habe versucht, so viel wie möglich aus ihrer Praxis zu schaffen, damit es nicht in die falschen Hände gerät. Vielleicht enthält es einen Hinweis darauf, wo sie sein könnte und vor wem sie sich versteckt.«

»Vor dem Teufel«, sagte Ella.

Cassidy zog seine Lederjacke aus und warf sie achtlos über die Lehne eines Drehstuhls vor dem Tisch. Dann legte er das Schulterholster mit dem Revolver ab, das er ebenfalls über die Lehne hängte. »Verstecken wir uns vor dem nicht alle?«

Ella sagte: »Sie hat mir einen Brief geschrieben, in dem sie das Meer erwähnt.« Die fehlenden Seiten fielen ihr ein. »Sie waren nicht zufällig auch in meinem Hotelzimmer, um meine Sachen zu durchwühlen?«

»Tut mir leid, damit kann ich nicht dienen.«

Cassidy drückte einen Knopf, legte einen Schalter um und presste seinen Daumen auf eine Taste. Ein rotes Lämpchen wurde grün, auf einer Skala schossen mehrere schlanke Lichtsäulen hoch, fielen wieder in sich zusammen und zuckten dann wieder nach oben wie Wasserfontänen vor einem Hotel in Las Vegas. »MI6 und BND sind nicht die Einzigen, die jemanden abhören können«, sagte er.

In den Lautsprechern erklang eine Männerstimme, laut und deutlich, als würde sich der Sprecher mit ihnen im selben Raum befinden. »Ihr habt sie verloren?«, fragte der Mann ungläubig. »Ihr seid von jemandem auf einem Polizeimotorrad überrascht worden und habt sie entwischen lassen?« Seine Atmung veränderte sich, als hätte er sie an eine Eiserne Lunge abgetreten, während er jemandem zuhörte, der ihn telefonisch ins Bild zu setzen schien. »Ich *weiß* mittlerweile, wer sie ist, und jetzt weiß ich auch, wer er ist. Sie hätten sich nur nie begegnen dürfen.«

Ein Klicken, dann ein Klappern, als er das ausgeschaltete Handy irgendwo ablegte. »Sie haben sie verloren«, sagte er fast tonlos. »Sie sollten sie neutralisieren, und stattdessen haben die Idioten sie verloren.«

»Wen haben sie verloren?«, fragte die Stimme eines anderen Mannes, die nicht aus einem Telefon kam. Er hatte einen deutlicheren Cockney-Akzent. »Hardcore-Candy?«

»Schlimmer. Die Ärztin aus Berlin. Ella Bach.« Er schwieg einen Moment, und die Fontänen auf der Skala fielen in sich zusammen, ehe sie jäh wieder emporschossen, als er lauter weitersprach. »Sie verstehen mich nicht, oder? Sie verstehen nicht, was das bedeutet.«

»Nicht ganz.«

Ein Rascheln ertönte, Stoff rieb sich an Stoff, wie wenn jemand eine Krawatte lockerte. »Sie war da, als die Farrow erledigt worden ist. Sie hat einen von uns verletzt und die beiden anderen gesehen. Und jetzt hat Cassidy sie.«

»Wussten wir, dass sie bei Hardcore-Candy war?«

»Nein.«

»Was hatte sie da verloren?«

»Sie ist auf der Suche nach ihrer Freundin. Nach Delilah.«

»Delilah ist ihr Codename für Doktor Jansen«, warf Cassidy zur Erklärung ein.

Nach einer Pause sagte der zweite Mann: »Und wenn schon, ist doch bloß eine Freundin ...«

»Bloß eine Freundin«, wiederholte der erste. *»Bloß!«* Die Eiserne Lunge steigerte Druck und Tempo. »Ich will Ihnen mal was über diese Frau sagen! Ella Bach gehört zu der Sorte Mensch, die sich irgendwas in den Kopf setzt und nicht davon ablässt, bis sie es erreicht hat, koste es, was es wolle, und egal, was es ist. Mein Kumpel beim BND in der Deutschen Botschaft hat sie durchleuchten lassen. Wir wissen inzwischen alles über sie, einschließlich der Sachen, die sie bei LifeBook verschweigt. Als Mädchen war sie nichts Besonderes, aufgewachsen ohne Mutter, Papi war der Größte, es gab eine beste Freundin und kaum Jungen. Aber wichtig ist nicht, was sie damals war, sondern welche Veränderung mit ihr vorgegangen ist, als sie beschlossen hatte, Ärztin zu werden.«

Vage dachte Ella: *Der Lauscher an der Wand hört seine eigene Schand.* Sie spürte, dass ihre Knie weich wurden. Sie setzte sich vorsichtig auf die Couch.

»Irgendwann existierte für sie nur noch die Medizin. Sie lernte wie eine Wahnsinnige, um einen Notendurchschnitt zu schaffen, der ihr das Tor zum Gelobten Land öffnete. Ging nicht ins Kino, ging nicht in Diskotheken, ging auch nicht in die Kirche, machte wahrscheinlich nicht mal mehr so richtig mit den Jungs rum. Las keine Bücher, außer sie hatten was mit Krankheiten zu tun, mit Lungeninfarkten, Ohrenfluss, Adrenalinschocks, Nierenversagen oder Tumoren aller Arten und Größen. Wollte schneller Hippokrates werden als Hippokrates selbst, und das als Frau!«

»Sie scheinen ja mächtig Eindruck gemacht zu haben«, meinte Cassidy. »Verstehen Sie eigentlich alles, was er sagt?«

»Das meiste«, sagte Ella.

Der Mann in dem Lautsprecher redete weiter. »Jeder Cent Taschengeld floss in das ganze Zeug, das man wälzen muss, um seinen Doktor machen zu können. *Peace, Love and Rock'n'Roll?* Nicht für unsere Ella. Arbeitete abends in der Drogenhilfe und in den Ferien im Krankenhaus, alles mit dem Ziel, die Ausbildung bis zur Approbation als Internistin abzukürzen, zwei Jahre eher fertig zu werden, als der Studiengang normalerweise vorgesehen hätte. Was sie natürlich mit links schaffte. Danach entdeckte sie ihr Herz für die Armen und Benachteiligten, führt einen Streik des Klinikpersonals an und sagt in Kunstfehlerprozessen gegen Kollegen aus, wenn sie nicht gerade durch die Straßen von Berlin rast und Hinz und Kunz das Leben rettet, ohne Ansehen der Person selbstverständlich. Und als wäre das alles noch nicht genug, legt sie sich letztes Jahr ganz nebenbei mit der gesamten europäischen Hochfinanz an und deckt eine Verschwörung auf, die sämtliche Regierungen auf dem Kontinent zu Marionetten krimineller Banker und Wirtschaftsanwälte degradiert hätte.«

»Junge, bin ich toll«, murmelte Ella. Sie schloss die Augen und ließ den Kopf gegen die Rückenlehne der Couch sinken.

»Tja, an Samson kommt sie jedenfalls genauso wenig ran wie Delilah«, sagte der zweite Mann.

»Bis jetzt«, sagte der erste.

»Wer ist Samson?«, fragte Ella mit matter Stimme.

»Das ist die große Frage«, sagte Cassidy. »Ich vermute, das ist der Deckname für den, dem Anni aus ihrem Versteck heraus das Handwerk legen will und für den unsere Bekannten von MI6 und BND die Firewall bilden.«

»Auf die Sie *wie* gekommen sind?«

»Auf die ich gekommen bin, weil sie sich auf einmal sehr für Doktor Jansen und ihre Patienten zu interessieren begannen.«

Ella stellte fest, dass es sie alle Kraft kostete, die Augen wieder zu öffnen.

Cassidy schaltete den Tonbandmitschnitt aus. Seine blauen Augen waren inzwischen blutunterlaufen, und er sah so aus, wie er sich wahrscheinlich morgens im Spiegel erblickte. »Müde, was? Sie können hier auf der Couch schlafen. Ich bin in dem Zimmer gleich rechts. Das Badezimmer befindet sich hier links …«

Doch Ella hatte bereits den Kopf auf die Couch gelegt. Das Nächste, was sie mitbekam, war, dass Cassidy das Licht löschte und leise die Tür schloss.

42

Als Ella gegen Morgen aufwachte, waren die Schmerzen wieder da, im Hals, in der Brust und in den Beinen. Sie lag in Jeans und Bluse auf der Couch, in eine Wolldecke gehüllt. Ihre Kehle brannte wie Feuer, wenn sie schluckte, und als sie sich mühsam aufrichtete, fuhr ein Stich durch ihren Brustkorb. Es war noch nicht hell, aber der Revolver hing nicht mehr an der Stuhllehne vor dem Arbeitstisch; um das zu erkennen, reichte das Licht. In der Wohnung war alles still. Grauer Regen schlug gegen das große Fenster neben dem Frank-Sinatra-Spiegel.

Ella dachte, dass es ihr besser gehen würde, wenn sie heiß duschen könnte. Vorsichtig schwang sie die Beine von der Couch. Bei jedem Schritt schienen ihre Muskeln aufzuschreien. Im Bad stellte sie fest, dass ihr Brustbein eine grünblaue Prellung aufwies, und am Hals zeichneten sich dunkle Striemen ab, wo Toris Mörder sie gewürgt hatte. An der Stirn verklebte getrocknetes Blut die Schramme, die der Streifschuss verursacht hatte. Sie wusch das Blut ab und stelle fest, dass sie kein Jod brauchte, nur ein Pflaster. Sie öffnete den Spiegelschrank über dem Waschbecken und fand dort alles, was sie benötigte.

Sie verriegelte die Tür, zog sich ganz aus und drehte den Heißwasserhahn auf. Unter dem Trommeln der harten Strahlen ließen die Schmerzen allmählich nach.

Zurück im Wohnraum, zog Ella frische Sachen aus ihrer Reisetasche an. Jedes Mal, wenn sie sich bückte, flammten kleine Sonnen vor ihren Augen auf.

Plötzlich kehrte die Erinnerung an die gestrige Nacht mit voller Wucht zurück. Einen Moment lang sah sie nichts mehr außer der toten Tori auf ihrem schwarzen Bett und die dunkle Wohnung, in der sie mit einem Mann, den sie nicht sehen konnte, um ihr Leben kämpfen musste. Aber auch als sie ihre Umgebung wieder wahrnahm, blitzten weiter Bilder auf, die fast unwirklich schienen: wie sie die Feuertreppe hinuntergeklettert und dann von drei Männern durch die nächtlichen Straßen gejagt worden war, bis sie in einer stinkenden, vom Lärm der Klimaanlagen erfüllten Sackgasse gedacht hatte: *Jetzt ist es so weit, jetzt stirbst du.* Wie ganz plötzlich DI Cassidy auf dem Polizeimotorrad herangerast war, um sie herauszuhauen. Und wie sie den Rest der Nacht nur noch in einer Art Trance erlebt hatte – gerettet von Patrick, dem Schwein, dem Schläger, der sie mit Whiskey und Tabletten abgefüllt hatte.

Ihre Jacke lag auf dem Boden, das Handy war halb herausgerutscht. Sie setzte sich, öffnete ihr Postfach und fand Kommissar Abdallahs E-Mail.

Das Wichtigste habe ich Ihnen ja schon auf die Mailbox gesprochen. Das Foto gefällt mir, der Text nicht. Liest sich wie von einem Irren. Schade, dass sein Handy weg ist – hätte den Typ gern gesehen, über dessen Augen er sich da auslässt. Jedenfalls, danach kam nichts mehr, nicht von ihm, auch nicht von den Freunden, von denen er spricht. Davor haben wir noch einen Ausschnitt aus einem Chat gefunden, ziemlich unheimlich. Melden Sie sich mal!

Ella öffnete den Anhang und entdeckte zuerst das Foto, das der Sanitäter im RTW gemacht hatte, bevor er aus dem Wagen gesprungen und weggelaufen war: Auf dem Bild starrte sie erschrocken in das Objektiv, mit schreckgeweiteten Augen, eine Hand wie zur Abwehr eines Schlages hochgerissen. Vor ihr lag Shirin auf der Trage. Dann folgten die Bruchstücke von Kornacks Notiz, offenbar am nächsten Tag verfasst.

Die meiste Angst machen mir seine Augen. Solche Augen habe ich noch nie gesehen. Sie schauen tief in mich hinein, in mein Innerstes, und nehmen sich da, was sie wollen, mein Herz, meine Seele. Wenn ich mich verschließe, schweben sie wie zornige Vögel um mich herum. Meine Zunge ist wie gelähmt, wenn er mich anschaut. Ich schreie ihn nur aus den Höhlen meiner Augen an. Er lacht. Ich weiß, er wird einen Weg durch das ungeschützt daliegende Fleisch meines Gesichts finden, er wird sich in mich hineinstürzen …

… Immer wieder schaue ich das Bild der Ärztin an. Sie würde ihm bestimmt widerstehen. Sie ist mir geschickt worden. Sie ist ein guter Mensch. Er will, dass ich sie töte, weil sie gesehen hat, wie ich das Handy genommen habe. Keine Zeugen, das war der Befehl. Keine Spuren. Ich habe sie angerufen. Ich dachte, wenn ich wie ein Verrückter klinge, wie ein Besessener, dann kommt sie nicht, aber sie wird kommen. Ich wollte etwas ganz anderes zu ihr sagen, aber meine Zunge hat mir nicht gehorcht. Komm nicht, wollte ich sagen, bleib weg von mir, aber mein Mund war wie eine Maschine, die ich nicht mehr kontrollieren konnte, wie eine Maschine aus weichem Fleisch. Denn ich bin ein Verrückter, ein Besessener …

… Er war in mir, er ist in mir. Wenn das Handy klingelt, wird er darauf erscheinen. Es gibt Trost. Es gibt Hoffnung. Ich muss nur daran glauben. Und jetzt, wo ich weiß, dass ich das Richtige tue, geht es mir gut. Ich fühle mich besser. Ich verwandle Salz in Honig, Tränen in Licht. Ich gehe durch die Flammen auf die andere Seite. Ich erlöse die Menschen, und nichts bleibt mehr zurück …

… Nein! Nein! …

… Es gibt keinen Ausweg. Ich habe versucht, mich umzubringen, um sie nicht töten zu müssen. Ich wollte ihn töten, damit er mich nicht verlassen und in jemand anderen fahren kann. Aber sie hat es verhindert, sie ist mir in den Arm gefallen. Deswegen muss ich es noch einmal versuchen. Ich habe versagt. Ich habe versagt. Ich habe …

… Nein! Nein! Ich kann es nicht, ich werde mich nicht mitnehmen lassen in die Klinik! Ich will, dass die Kinder …

Der Eintrag brach jäh ab. *Was bedeutet das?*, dachte Ella. *Wer hat gesagt, dass er sich in eine Klinik bringen lassen sollte? Von welchen Kindern redet er?* Trotz allem, was danach geschehen war, konnte sie nicht verhindern, dass sie Mitleid verspürte.

Zu diesem Eintrag gab es keine User-Kommentare, nur noch Fetzen eines Chats, der kurz davor stattgefunden haben musste. Einer der Teilnehmer mit Namen Gabriel schrieb: *Du wirst dich gleich viel besser fühlen, weil es deinem tiefsten innersten Wunsch entspricht. Oder nicht?*

Samariter: *Doch. Aber sie sind unschuldig.*

Gabriel: *Zu töten, wenn die Zeit dafür gekommen ist, gehört zu den anständigsten Dingen, die ein Mann auf Erden vollbringen kann. Du wirst dadurch so unschuldig wie sie.*

Frodo: *Es ist ein heiliger Akt. Ohne den Vorgang des Tötens kann die Welt nicht überleben. Wie sollen die, die füreinander bestimmt sind, sich denn finden, wenn ihnen so viele im Weg stehen?*

Edvard: *Jemand, der die Fähigkeit besitzt, in angemessenem Umfang und aus dem richtigen Anlass zu töten, trägt dazu bei, die Gesellschaft der Menschen zusammenzuhalten und zu beschützen.*

Frodo: *Er bringt ein Opfer, das nur die Tapfersten zu bringen vermögen, denn es verlangt von ihm, sich dem Wohl des Ganzen zu unterwerfen.*

Gabriel: *Du tust es für uns alle, für unser Seelenheil.*

Samariter: *Aber sie sind unschuldig.*

Edvard: *Unschuld ist relativ. Eine Tat nicht.*

Mehr enthielt die Datei nicht. *Was waren das für Freunde?*, dachte Ella; sie hatten verschiedene Namen, aber sie sprachen alle mit einer Stimme. *Krankes Zeug*, dachte sie. Sie wollte das Postfach gerade schließen, als sie einen weiteren Eingang entdeckte, ohne Betreff, von einem Absender, den sie nicht kannte. *Das könnte dich auch interessieren*, schrieb jemand mit dem Namen Desert Son: *Schau auf deine LifeBook-Seite.*

Während sie darauf wartete, dass ihre Seite sich aufbaute, merkte sie, dass sie Hunger hatte. Der pelzige Geschmack in ihrem Mund war auch nach dem Zähneputzen nicht verschwunden, und sie hatte Verlangen nach einem starken Kaffee. Sie ging in die Küche, die noch so aussah, wie sie wahrscheinlich in der Küchenabteilung des Möbelhauses gestanden hatte; sie roch sogar noch neu.

Desert Son hatte auf ihrer LifeBook-Seite einen Filmclip geposted, der von jemandem namens Fallen Angel ins Internet gestellt worden war, und als sie den Film startete, stockte ihr für einen Moment der Atem: Fallen Angel war Oskar Scharnhorst, den sie tot in der U-Bahn-Station Hermannplatz liegen gesehen hatte.

In Militäruniform saß er in einem Zelt an einem Feldtisch, auf dem sein Computer mit der Kamera stand. Der Raum hinter ihm war in Dunkelheit getaucht, als wäre er mit einem schwarzen Vorhang verhängt. Nur sein Gesicht leuchtete gelblich grün. Er sah in die Kamera. Er schwitzte. Seine Hände lagen vor ihm; eine schien die andere festzuhalten.

»Sie sagten, es wäre ein Gefecht gewesen, das außer Kontrolle geraten war«, begann er. »Ein Gefecht mit Leuten, die in ihren Hütten geschlafen hatten. Ein Gefecht bei Nacht – mit zwanzig unbewaffneten Zivilisten, Männer, Frauen, sogar Kinder. Es gab eine Untersuchung, die immer noch nicht abgeschlossen ist. Einer der drei, ein Unteroffizier, kam zu mir, um zu beichten. Wir waren nicht in einem Beichtstuhl, wir waren in der Wüste. Der Himmel hatte eine schwefelgelbe Farbe, und ein kalter Wind blies, sodass wir beide zitterten.«

Er sprach leise, fast tonlos. »Ich musste an Jesus denken, der in die Wüste gegangen war, um zu fasten, und dort vom Teufel versucht wurde. Hier konnte ich Jesus nirgendwo sehen, aber der Teufel war allgegenwärtig. Er hielt sich auch nicht damit auf, die Menschen *zu versuchen*. Er jagte in Düsenjets über uns hinweg, so tief, dass der Druck und das Kreischen der Turbinen unsere Zähne, die Rippen und die Augen in den Höhlen erbeben ließ und das Herz zu zerreißen schien. Er stieg aus der aufgerissenen Erde, den zerfetzten Körpern, den sengenden Flammen und dem schwarzen Qualm explodierter Diesellaster. Er legte Bodenminen und ließ Raketen und Granaten aus den Bergen heranpfeifen. Er band Männern und jungen Frauen Sprengstoffgürtel um die Brust. Er flüsterte in die Ohren der Heckenschützen. Aber Jesus war nirgendwo zu sehen.«

Unter seinem linken Auge zuckte unaufhörlich ein kleiner Muskel. »Wir saßen auf einem Hügel, und der Unteroffizier redete, und in unserem Rücken, ich schwöre, in unserem Rücken gingen die Männer von Haus zu Haus, um die Männer und die Frauen und die Kinder zu töten. Wir drehten uns nicht um, wir hörten nur den Wind und die knirschenden Schritte und die Stiefel, unter deren Tritten die Türen aufsprangen, und dann hörten wir die Feuerstöße und danach noch einzelne Schüsse, von Haus zu Haus. Kaum Geschrei, keine weinenden Mütter oder Kinder, nur die Schritte und die Feuerstöße und die einzelnen Fangschüsse.«

Er blinzelte ein paarmal heftig, um den zuckenden Muskel zu beruhigen, aber der zuckte nur noch heftiger. »Sie können es hören, nicht?, fragte der Unteroffizier, und ich konnte es hören und sogar sehen, weil es nie mehr weggehen würde. Solange er oder ich lebten, solange irgendjemand lebte, der dabei gewesen war, würde es nicht mehr weggehen. Aber er konnte ja nichts dafür, es war der Teufel, der niemanden mehr zu versuchen brauchte. Deswegen segnete ich ihn, als er fertig war, und sagte: Es ist gut; Gott verzeiht dir. Sie waren unschuldig, sagte er. Bist du sicher?, fragte ich. Im Krieg passieren schreckliche Dinge, das gehört zu seinem Wesen. Krieg gehorcht seinen eigenen Gesetzen, es ist wie auf einem anderen Stern – dem Planeten Krieg. Auf diesem Stern herrschen Zustände, die wir auf dem Planeten Frieden nicht verstehen können. Die Menschen lesen oder hören von Massakern an Zivilisten, von Toten durch Friendly Fire, und finden das schrecklich. Sie verlangen, dass wir zur Verantwortung gezogen, dass wir bestraft werden, weil wir uns nicht wie zivilisierte Wesen verhalten haben. Aber auf dem Planeten Krieg leben keine zivilisierte Wesen. Es sind zwei verschiedene Welten. Du sollst nicht töten, gehört zu der einen. In der anderen ist Töten völlig legitim, denn die Zehn Gebote existieren dort nicht. Aber sie waren unschuldig, sagte er. Unschuld ist relativ, habe ich gesagt, und dann habe ich ihn gesegnet. Die Worte kamen wie von selbst, so selbstverständlich aus meiner tiefsten Seele, dass ich sie für die Worte Gottes hielt. Aber es waren die Worte des Teufels. Und ihr habt dafür gesorgt, dass ich den Unterschied nicht merkte – ja, *ihr!*«

Sein schweißglänzendes Gesicht mit dem winzigen zuckenden Muskel verwandelte sich, wurde zu einer Maske des Zorns. Wie unter einem Zwang redete er weiter. »Warum seid ihr geboren worden? Warum lebt ihr noch, während andere sterben mussten? Warum seid ihr nicht auf dem Schlachtfeld gefallen?«

Er gab seine Hände frei und breitete sie aus, als wollte er der Kamera die Innenflächen zeigen, in denen Stigmata bluteten. »Warum wurde keine Kugel gegossen, um *euch* zu töten? Das ganze Leben wäre so viel einfacher ohne euch und eure rücksichtslose Selbstgefälligkeit.

Eigentlich ist es meine Aufgabe, Menschen zu retten, nicht sie zu verdammen. Offenbar aber … offenbar hat das Schicksal mich zu seinem Instrument bestellt. Denn der Zeitpunkt ist gekommen, zu dem Gericht gehalten wird über euch … Kriegsgericht sollte ich vielleicht sagen.«

Hier trat eine Bildstörung auf, sein Gesicht flackerte, leuchtete wie überbelichtet, dann wurde das ganze Display schwarz. Kurz zeigte es nur wellenförmige Linien, verzerrte geometrischen Figuren. Dann kehrte Scharnhorst zurück. Sein Blick war jetzt wie lodernd. Seine Worte schienen für ihn selbst offenbar von einer unwiderstehlichen, drängenden Logik, voller Zorn, voller Selbstmitleid und voller Argwohn: Während er noch redete, spürte er schon die bittere Kränkung, nicht verstanden zu werden.

»Es ist nämlich so: Jeder Mensch, der Tod und Zerstörung auch nur ansehen kann, ohne einzuschreiten, trägt den Samen aller Zerstörung in sich. Und ihr seht zu. Ihr tötet. Ihr zerstört. Ihr vernichtet. Seit ich euch kenne, tut ihr das. Ihr seid unfähig zu einem Leben, das diesen Namen verdient. Mit stumpfen Hirnen und blutiger Hand wollt ihr alles um euch herum unter das Joch eurer Bösartigkeit zwingen, bis jedermann eure Qualen teilt. Ich habe euch lange beobachtet und genau studiert und das Grauen gesehen, das in euch wohnt. Ich war in euren Seelen und kenne das schwarze Gewicht, das auf ihnen lastet. Ich kenne das Eis in euren Herzen, das eure Augen mit ewigem Frost beschlägt, sodass ihr in jedem anderen Geschöpf nur euer eigenes erfrorenes Selbst erblickt. Ich kenne die düsteren Umtriebe jedes Einzelnen von euch, eure Hoffnungslosigkeit. Ich höre eure Schreie, die ihr selbst nicht mehr vernehmt. Und ich antworte: Ich urteile, ich spreche Recht. Ich lausche in mich hinein und verkünde, frei nach Augustinus: ›*Hass bedeutet, dass ich nicht will, dass ihr seid.*‹«

Ella musste an das Manifest des koreanischen Highschool-Killers denken, das sie im virtuellen Foyer der Academy of Solace gelesen hatte. Es war genauso verwirrt gewesen, voller Selbstmitleid.

Scharnhorsts Blick flog nach rechts, nach links. Mit den Handballen rieb er sich den Schweiß von der Stirn, ungelenk wie ein Boxer.

»Natürlich weiß ich, dass der heilige Augustinus euch kein Begriff ist, aber dafür könnt ihr mit dem Wort Hass umso mehr anfangen –

meinem Hass. Jawohl, Hass, seit ich euch kenne. Einst wollte ich euer Freund sein. Ich wollte einen Freund, nur einen einzigen, ich habe darum gebettelt. Aber ihr habt mich von euch gestoßen.«

Wieder schwankte das Bild und erlosch, und Ella ertappte sich dabei, wie sie wünschte, all das wäre für immer verschwunden geblieben in den Tiefen der gelöschten Festplatte von Scharnhorsts Computer. Doch auch diesmal kehrte der Priester zurück, verkündete die Worte, die im Innern seiner Seele brannten, in einer nicht abreißenden Predigt.

»In manchen Nächten, in denen ich schlaflos dagelegen habe und über die Lehren nachdachte, die ihr mir erteilt habt, als ich mit euch zusammenleben musste, versuchte ich mir vorzustellen, wie es wohl wäre, euer Freund zu sein. Wie es wäre, von euch behandelt zu werden, wie man einen Freund behandelt. Es hat lange gedauert, bis ich erkannte, dass es nur einen wahren Grund gibt, warum ihr mich nicht zum Freund, sondern zum Feind haben wollt: Ihr wollt, dass ich euch erlöse von eurem Dasein. Seither verstehe ich euch, ich durchschaue euch und werde auf diese Weise doch noch euer Freund, und als Freundschaftsgabe reiche ich euch meinen Hass. Und so wie die Liebe verlangt auch der Hass mit Leidenschaft nach einem krönenden Moment der Erfüllung. Das Gericht, abgehalten von eurem einzigen Freund, verurteilt euch zum Verschwinden. *Und der Engel wird abwischen alle Tränen von euren Augen, und der Tod wird nicht mehr sein noch Leid, noch Geschrei, noch Schmerz …*«

43

Das Bild auf Ellas Handy-Display erlosch, und im selben Moment fing das Telefon auf der Arbeitsplatte an zu klingeln. Ella zuckte zusammen. Der Apparat schrillte und schrillte, bis sie es nicht mehr aushielt. Gerade als sie den Hörer abheben wollte, ging die Tür auf. Cassidy kam herein und rief scharf: »Nicht drangehen!«

Ella ließ den Hörer los.

»Lassen Sie's klingeln«, befahl er. Die Schultern seiner Lederjacke waren schwarz vor Nässe, Wasser lief ihm aus den Haaren. In den Händen hielt er zwei Kaffeebecher und eine Tüte mit Sandwiches. Er sah verkatert aus, und ohne die Energie, die ihm der Whiskey verliehen hatte, waren auch seine Bewegungen nicht mehr jugendlich. »Morgen«, sagte er. »Sie sehen toll aus. Wie nach 'ner Bruchlandung mit 'nem kleinen Flugzeug.«

»Ich dachte, Sie wären schon zum Dienst«, sagte Ella. »Aber Ihr kleines Flugzeug ist wohl auch abgestürzt.«

»Hab mir freigenommen.«

Endlich endete das Schrillen des Telefons mitten im Signalton, dafür schepperte Cassidys Handy los. Er stellte den Kaffee ab, griff in die Jackentasche und drückte den Anrufer weg. Er zog die Lederjacke aus, den Schulterholster mit dem Revolver behielt er jedoch an. Selbst jetzt, bei Tageslicht und nüchtern, wirkte er auf Ella, als hätte er seine eigene Schwerkraft; jemand, der Naturgesetzen gehorchte, die allein für ihn galten und von ganz persönlichen Planeten umkreist wurde. Nur seine Haut war teigig wie die eines Toten, und in seinen Augen flackerte ein gebrochenes Licht, das nirgendwoher zu kommen schien.

»Ich möchte Ihnen etwas zeigen«, sagte Ella. Sie fuhr ein paarmal mit dem Daumen über das Display ihres Handys, bis sie das Foto der

Zeichnung auf der Leinwand gefunden hatte. »Haben Sie das schon mal gesehen?«

Er betrachtete das Bild. »Ja, das hing in Annis Praxis an der Wand. Ich habe es auch fotografiert.« Er stellte Kaffee und Sandwiches ab, schaltete sein iBook ein und anschließend den Fernseher. Er drückte einen Knopf am Laptop, kurz darauf erschien die Zeichnung auf dem großen TV-Bildschirm. »Keine Ahnung, was das sein soll. Haben Sie eine Vorstellung?«

»Ich glaube, Anni ist da auf die grafische Darstellung eines Programms gestoßen, mit dem jemand ihr Konzept von LifeBook auf den Kopf gestellt hat.« Ella zögerte kurz, dann präzisierte sie: »Nein, nicht des Programms selbst – eher die Skizze eines irrsinnigen Experiments, das auf dem Programm fußt.«

»Was für ein Experiment?«

»Verzweifelten Menschen, die nicht mehr weiterwissen, wird suggeriert, die Lösung ihres Problems läge darin, andere zu töten. Dass es ihnen dann besser geht. Erst andere und dann sich selbst, zu einem bestimmten Zeitpunkt, der ihnen über das Internet …«

»Wann sind Sie denn auf die Idee gekommen?«

»Gestern Nacht. Tori hat mich darauf gebracht.« Während sie ihm berichtete, was sie von Tori erfahren hatte und auch, was in Berlin passiert war und welchen Zusammenhang es zwischen beidem gab, und während er ihr zuhörte und den Kaffee trank und sein Sandwich mit Ei und Mayonnaise vertilgte, löste er seine Augen nur von dem Bildschirm, um dem Regen zuzuschauen, der gegen das beschlagene Fenster pladderte.

»Das ist Blödsinn«, sagte er, als sie fertig war. »Totaler Quatsch. Ein soziales Netzwerk als Rekrutierungsbüro für Mörder und Selbstmörder? ›*Mein Name ist Patrick, und ich bin verzweifelt. Hallo, Patrick. Mein Name ist Ella, und ich will mich umbringen. Willkommen, Ella. Nun gehet hin und tötet!*‹ So etwa?«

Ella deutete auf das Sonnensystem auf dem Bildschirm, auf die Sterne mit den Namen Einath, Canopus und Alphard und die Daten der Zwischenfälle in Berlin darunter. »Einath hieß mit wirklichem Namen Oskar Scharnhorst, und er war bei LifeBook. Ein Verzweifelter. Canopus hieß Hanno Kornack, und er war auch bei LifeBook.

Auch ein Verzeifelter. Alphard war Tori Farrow, sie hatte ein Profil bei LifeBook. Eine Verzweifelte. Ich glaube, dass sie bei einer Filmpremiere am 17. Oktober hier in London einen Anschlag …«

»Millionen Menschen sind bei LifeBook, wahrscheinlich ist auch ein ganzer Haufen davon manchmal verzweifelt, und der eine oder andere würde auch liebend gern jemanden umbringen, meinetwegen sogar sich selbst, aber wie soll man einen davon – geschweige denn beliebig viele – dazu bringen, sich zu einem bestimmten Zeitpunkt an einem vorher ausgesuchten Ort in einen Selbstmordattentäter zu verwandeln?«

»Sie haben doch gestern selbst von Terrorismus gesprochen. Terroristen verkehren miteinander über das Internet, sie erhalten ihre Einsatzbefehle via E-Mail, es gibt Organisationen und Zellen, die über YouTube Filme mit Botschaften senden und sich in geschlossenen Foren, zu denen auch Geheimdienste kaum Zugang finden, zu Anschlägen verabreden. So viel weiß sogar ich.«

»Das mit den Terroristen habe ich nur gesagt, weil unser Geheimdienst in die Sache verwickelt ist«, unterbrach Cassidy sie. »Aber gehen wir mal für eine Sekunde davon aus, dass Ihre Theorie stimmt und Anni zu derselben Erkenntnis gekommen ist. Wer hat dann diese Grafik gezeichnet und was genau stellt sie dar?«

»Ich glaube, dass sie aus dem Umkreis des Usurpators stammt, vielleicht von ihm selbst. Es handelt sich um eine grob vereinfachte Skizze des Sonnensystems …«

»Des Usurpators?«

»Der Person, die das LifeBook-Konzept umgedreht hat und nun über so ein geschlossenes Forum für seine Zwecke verwendet«, erklärte Ella. »Samson. Er hat gewissermaßen einen Schattenthron bestiegen und regiert mit seinem Programm die dunkle Seite des Netzwerks, die sich am Sonnensystem orientiert. Dabei nimmt er das Zentrum ein, den Platz der Sonne, um die herum seine Opfer kreisen.«

Cassidy brummte. »Wenn ich Profiler wäre, würde ich mich jetzt begeistert auf das Bild der Sonne und der Planeten stürzen und ein Psychogramm Ihres Usurpators entwickeln – unreif, labil, komplexbeladen, dabei eitel, unbescheiden bis zum Größenwahn, mit dem er seine Minderwertigkeitsgefühle zu kompensieren versucht. Indem er sich selbst zur mythischen Figur stilisiert oder als magisches Naturphänomen inszeniert, übt er eine unwiderstehliche Anziehung auf hilflose, ängstliche Menschen aus, die fasziniert sind von überlebensgroßen, geheimnisvollen Gestalten mit einer düsteren Aura. Wie Hitler. Der Teufel. Oder Elvis.«

»Sprechen wir eigentlich von einem Mann oder einer Frau?«, fragte Ella.

»Beides möglich, in der Anonymität des Netzes kann jeder alles sein. Ich glaube aber, dass so ein destruktives Konzept eher auf einen Mann schließen lässt. Auch Größenwahn in dieser Ausprägung findet sich seltener bei Frauen.«

»Der Codename Samson spricht auch eher für einen Mann«, ergänzte Ella. Ihr Handy gab einen Warnton von sich; ihr Akku war so gut wie leer. »Kann ich das hier irgendwo aufladen?« Sie holte ihre Ladestation aus der Reisetasche. Cassidy zeigte ihr eine leere Steckdose und ging dann mit stampfenden Schritten in die Küche, aus der er mit einer Flasche Whiskey zurückkam. »Auch einen Schuss in den Kaffee?«, fragte er.

»Ich habe meinen schon ausgetrunken.«

»Ich meinen auch.« Er schüttete einen großen Schuss Whiskey in den leeren Becher und nahm einen Schluck.

»Um die Sonne herum«, nahm Ella den Faden wieder auf, »gruppieren sich die Sterne – Einath, Canopus, Alphard und die anderen –, die auf dieser Skizze entweder Ereignisse oder Personen oder beides markieren, wobei die Zuordnung der Ereignisse bei Einath und Canopus von Anni stammen, es ist ihre Schrift. Es könnte also sein, dass es sich bei den Namen der Sterne um Codenamen für potentielle Selbstmordkandidaten handelt, die der Usurpator bereits ausgewählt hat, und wenn ein Datum dabeisteht, gibt es auch einen Ort oder ein Ereignis, das schon stattgefunden hat oder stattfinden wird.« Jetzt wusste sie, was die gezeichneten Kreise und Linien bedeuteten, die zwischen einzelnen Sternen verliefen, sie miteinander verbanden oder isolierten. Sie wies mit dem Finger drauf: »Der Ort wird durch die Kreise symbolisiert, nehme ich an, und die Linien den Abstand zwischen Ort und Kandidat.«

»Mit Ereignis meinen Sie Selbstmordanschlag.«

Ella nickte. »Ein Stern leuchtet auf und erlischt. Zu dem Zeitpunkt, zu dem Anni diese Zeichnung in die Hände gefallen ist – wobei wir nicht wissen, wann das war –, gab es drei Termine, die bereits feststanden. Ein Anschlag – der in der Berliner U-Bahn – war erfolgreich. Einer ist gescheitert, und einer wird nicht wie geplant stattfinden, weil die Kandidatin selbst umgebracht wurde. Es ist etwas gewagt, aber ich nehme deshalb an, dass das Programm sich noch im Anfangsstadium, einer Art Testphase, befindet, was immer eine gewisse Zahl von Fehlschlägen mit sich bringt.«

»Dann waren die eingesetzten Kandidaten also so was wie Testpiloten, deren Fehlschläge dazu dienen, das Programm zu justieren.«

»Genau«, bestätigte Ella, »und wenn man davon ausgeht, dass der Usurpator sich selbst als den Kern des Systems sieht, als Nukleus, dann sind die am weitesten entfernten Sterne die, deren Verlust am wenigsten ausmacht, wenn sie scheitern. Je näher sie zu ihm stehen, desto wertvoller und qualifizierter dürften die Kandidaten sein und desto größer auch die Aufgaben, die er mit ihrem Einsatz verbindet.«

»Das heißt, es wird weitere Selbstmordattentate geben.« Cassidy nippte wieder an seinem Whiskey, dessen Aroma in der Luft schwebte. »Und weitere als Selbstmord getarnte Morde. Und wenn das stimmt, was Sie sich da zusammengereimt haben, werden sie auch immer spektakulärer ausfallen. Aber warum? Was bezweckt er damit? Und wer ist der große Unbekannte?«

Ella sagte: »Anni hatte eine Zeit lang den Verdacht, es könnte einer ihrer Patienten sein. Oder jemand, den sie im Zusammenhang mit ihrer Tätigkeit als Therapeutin kennengelernt hat.«

Cassidy fletschte zwei Reihen gelblicher Zähne. »Dass der Typ irre sein muss, steht wohl fest.«

»Ich habe mir gedacht, ob es nicht jemand von LifeBook sein könnte, der Zugriff auf Annis psychologisches Konzept bei der Entwicklung des Netzwerks hatte und weiß, wie die Programmierer bei der Umsetzung vorgegangen sind …«

Ella sprach nicht weiter. Erst jetzt kam ihr in den Sinn, dass es ja auch für ein im virtuellen Raum tätiges Unternehmen eine reale Basis geben musste, Büros, einen Geschäftsführer, Buchhalter, Sekretärinnen, Programmierer, Webmaster. Falls tatsächlich aus dem Untergrund eine psychische Beeinflussung über die Algorithmen von LifeBook stattfand, mussten bestimmte Schlüsseltexte übersetzt werden, damit sie von allen Mitgliedern verstanden werden konnten. Die Filme mussten untertitelt, die geposteten Beiträge vielleicht bearbeitet werden, damit sie ihre maximale Wirkung entfalten konnten. Und wenn hinter all dem nur eine einzige Person steckte, in wie vielen Sprachen konnte sie chatten, Mails schicken, Tweets versenden? Wie viele Helfer musste sie haben und wie viel wussten die von dem eigentlichen Kern des Programms? Gab es so was wie einen oder mehrere Simultandolmetscher, die dem jeweiligen Kandidaten zugeteilt wurden? Wie oft und wie schnell wurden neue Algorithmen geschrieben?

»Wo hat eigentlich LifeBook seinen Firmensitz?«, fragte sie.

»Nirgendwo«, antwortete Cassidy. »Zurzeit jedenfalls. Das war eins der ersten Dinge, die ich überprüft habe. Die Büros existierten nicht mehr. Aufgegeben. Geschlossen wegen Umzugs. Zurzeit nur übers Netz zu erreichen. Neue Zentrale demnächst auf den Kaimaninseln oder Guernsey. Das Einzige, was momentan zweifelsfrei feststeht, ist, dass jede Antwort eine neue Frage aufwirft. Was für eine Rolle spielen die Geheimdienste in der Angelegenheit? Waren sie von Anfang an dabei, oder wurden sie erst später darauf aufmerksam und dachten sich, da könnte etwas entstehen, das sie auf seine Verwendbarkeit für ihre Arbeit hin im Auge behalten sollten?«

»Offenbar glauben sie immer noch daran, obwohl das Experiment ja bisher ziemlich schiefgegangen ist«, meinte Ella.

Cassidys Gesicht nahm allmählich wieder eine annähernd gesunde rötliche Farbe an. »Wahrscheinlich verlieren sie gerade deshalb nicht den Glauben. Mit fehlgeschlagenen Experimenten haben Geheimdienste mehr Erfahrung als mit solchen, die fehlerfrei funktionieren.«

»In jedem Fall kennen die Samsons Identität.« Ella kauerte sich ganz dicht vor den Fernseher, als wollte sie etwas entziffern, das man mit dem bloßen Auge nicht sehen konnte. »Was glauben Sie, wie ist Anni an diese Grafik gekommen?«

»Vielleicht hat jemand sie ins Netz gestellt«, Cassidy zuckte mit den Schultern, »in der Annahme, niemand wüsste, wofür das Ganze als Blaupause dient. Der Usurpator selbst oder jemand, der ihm nahesteht. Heutzutage stellt doch jeder alles ins Netz. Man muss nur wissen, wo man sucht und wie es zu bewerten ist. Es gibt Sachen, die findet nicht mal Google, und sie sind doch da, in einem Netz unterhalb des Netzes, in geschlossenen Foren und Chat-Rooms. Und genaugenommen ist es ja nur das Sonnensystem, mehr nicht. Ganz harmlos. Bloß die drei Daten verraten, dass sich damit mehr verbindet. Trotzdem frage ich mich die ganze Zeit ...«

Cassidy ließ den Satz in der Luft hängen und nahm noch einen Schluck von seinem Whiskey, wobei er Ella über den Rand des Bechers mit kleinen, harten Augen ansah.

»Was fragen Sie sich?«, hakte Ella nach.

»Ich frage mich, was wäre, wenn Anni doch nicht nur zufällig auf diese Grafik gestoßen ist? Wenn sie *gar nicht* darauf gestoßen wäre? Ich meine, was wäre, wenn sie selbst Samson ist, und Delilah ist bloß eine Erfindung? Wenn sie nicht untergetaucht ist, damit *er* sie nicht findet und ausschaltet, sondern damit *wir* sie nicht finden! Wenn die ganzen Leute zwar in der Tat ermordet werden, weil sie zu viel wissen oder zu neugierig sind, aber über *Anni*, nicht über irgendeinen fiktiven Usurpator, den sie selbst erfunden hat, um sich hinter ihm zu verstecken. Als Psychologin dürfte es ihr nicht schwerfallen, diese Schattengestalt so agieren zu lassen, dass man sie für einen Mann halten muss.«

Ella schüttelte energisch den Kopf. »Warum sollte sie das getan haben?«

Cassidy zuckte mit den Schultern. »Wer weiß, wie ihre Krankheit sie verändert hat? Fortschreitende Epilepsie – vielleicht hat das ihre Persönlichkeit so negativ beeinflusst, dass sie ...«

»Nein, ausgeschlossen ...«

»Außerdem wird sie nirgendwo erwähnt, nicht als Mitglied der Geschäftsführung von LifeBook, nicht unter der Belegschaft, nicht im Beirat. Nicht mal bei Wikipedia, im Eintrag über die Gründung des Netzwerks. Offiziell hat es da nie eine Dr. Annika Jansen gegeben. Das heißt, man hat sie relativ schnell rausgedrängt, vermutlich ausbezahlt und ihre Lippen mit einer Schweigeklausel versiegelt.«

Das wäre immerhin ein Grund für den plötzlichen Wohlstand, dachte Ella. »Sie hätte niemals zugelassen, dass jemand mich umzubringen versucht.«

»Vielleicht nicht wissentlich. Aber wenn der Geheimdienst erst mal im Spiel ist, hat man sich mit dem Teufel zum Essen gesetzt, und der kümmert sich nicht darum, ob eine Zielperson irgendjemandes Darling ist. Außerdem wusste gestern Nacht in Toris Wohnung noch niemand, dass es sich bei der Zeugin des Mordes um Dr. Ella Bach aus Berlin handelt.«

Das Telefon auf der Arbeitsplatte schrillte neuerlich, aber Cassidy reagierte nicht. Ella sah ihn an, und er sah sie an. »Klingeln lassen«, sagte er. Nach einer Weile hörte das Klingeln auf. Er schien ihre Skepsis zu spüren, denn er sagte: »Wahrscheinlich Quatsch, nicht?«

Ella war nicht versöhnt. Sogar ihre Stimme klang feindselig, als sie sagte: »Haben Sie mal darüber nachgedacht, warum Tori getötet wurde, obwohl sie noch gar nicht zum Einsatz gekommen war? Wenn die Killer doch mit Samson zusammenarbeiten, warum haben sie dann nicht gewartet, bis sie ihre Mission erfüllen konnte, um zu sehen, ob es bei ihr funktioniert? Warum haben sie das Programm gestört?«

»Güterabwägung«, antwortete Cassidy. »Das Mädchen hatte angefangen, sich auf die Suche nach Anni zu begeben. Sollten sie sich darauf verlassen, dass sie den Anschlag durchführt und dabei umkommt, wie es vorgesehen war? Oder bestand die Gefahr, dass sie vorher noch mehr aus dem Ruder lief und größeren Schaden anrichtete als ein nicht stattfindender Einsatz? Sollten sie nicht doch besser schnell handeln und ihren Selbstmord inszenieren?«

»Wo hat Tori denn nach Anni gesucht?«

»Da, wo ich auch angefangen habe, am ehemaligen Firmensitz von LifeBook. Der Gebäudeverwalter hat gestrahlt wie ein Eimer Kühlwasser aus Fukushima, als er mir von Candy Carbonara erzählte, die kurz vor mir da aufgetaucht war. Das Dumme ist natürlich, dass die andere Seite so von ihrer Suche erfahren hat. Ich nehme an, das gab den Ausschlag bei der Entscheidung, sie zu neutralisieren.«

Neutralisieren. Ella schwieg. Für Sekunden überkam sie ein Gefühl grenzenloser Trauer und Erschöpfung. Sie dachte an das kleine Mädchen aus Toris Erzählung, wie es die ganze Nacht allein auf seine Mutter wartete, und ihr war zum Heulen. *Neutralisieren.* Dann dachte sie daran, was das Leben aus dem kleinen Mädchen gemacht hatte und wie es gestern gestorben war, und ihr war noch mehr zum

Heulen. *Neutralisieren.* Sie dachte an Shirin und Nerin und Anni und endlich an Julian und eine Frau namens Sam, aber sie heulte nicht. Vielleicht habe ich kein Herz, dachte sie. *Neutralisieren.*

»Ich begreife das nicht«, sagte sie zornig. »Wo ist da die Logik, einen Menschen zu töten, nur weil er etwas gesehen hat, was er gar nicht einordnen kann. In Berlin hat ein Mann von jemandem den Auftrag erhalten, *mich* zu *neutralisieren*, nur weil ich gesehen habe, wie er das Handy des Amokläufers in der U-Bahn an sich genommen hat ...«

»Reden Sie von diesem durchgeknallten Junkie-Sanitäter, den man auf YouTube sehen kann?«, fragte Cassidy, die Stimme heiser vom unverdünnten Whiskey. »Du meine Güte, versuchen Sie bloß nicht, so was wie Logik in dem Verhalten eines Drogensüchtigen zu finden, der vorher einer wochenlangen Gehirnwäsche unterzogen worden ist. Vielleicht waren Sie einfach ein rotes Tuch für ihn. Wissen Sie, wie Crystal Meth wirkt? Vielleicht hat er Stimmen gehört. Vielleicht konnte er es nicht ertragen, dass Sie das Leben des Mädchens gerettet haben. Es gibt nicht für alles eine logische Erklärung. Das Leben ist kein Roman, in dem alle Fäden fein säuberlich miteinander verknüpft sind. Dinge geschehen scheinbar ohne Ursache oder Motiv, jedenfalls ohne offensichtliches. Wichtig ist am Ende nur, dass Sie leben und dieser Kornack tot ist. Oder Wagenbach. Oder Hardcore-Candy. Wen kümmert es, warum?«

»Mich kümmert es«, sagte Ella.

44

Detective Inspector Patrick Cassidy stand mit dem Rücken zu Ella am Fenster, gegen das immer wieder der Regen schlug. Das Trapez seines Rückens wirkte gewölbt wie das einer Katze in Abwehrhaltung, einer großen, zornigen Katze, die am frühen Morgen bereits zu viel Whiskey getrunken hatte. »Wissen Sie, was das bedeutet?«, stieß er schließlich heiser hervor.

Ella sagte nichts, und er dankte es ihr, indem er weiterredete. »Wenn das stimmt, was wir uns da gerade zusammengereimt haben ... ich meine, dass MI6 und BND und wer weiß wer noch sich da so reinhängen?«

»Was dann?«, fragte Ella.

Cassidy drehte sich zu ihr um. Gegen die Fensterbank gelehnt, betrachtete er versonnen den Inhalt seines Kaffeebechers. »Haben Sie schon mal den Namen Hassan ibn Al-Sabbah gehört?« Er sah auf, und Ella zuckte pflichtschuldigst mit den Schultern. »Ein arabischer Sektenführer aus dem 11. Jahrhundert. Er entwickelte eine geniale Methode, sich der absoluten Ergebenheit seiner Gefolgsleute zu versichern. Diese Gefolgsleute wurden Fidais genannt und waren ausschließlich Männer, die schon von frühester Jugend an im Handwerk des Tötens mit einer Vielzahl von Waffen ausgebildet wurden, Säbel, Pfeil und Bogen, Messer, Würgeschlingen, Gift, alles. Sie waren Hassans Elitetruppe, eine verschworene Gemeinschaft, die für ihn durchs Feuer ging. Marco Polo hat nach seinen Reisen davon berichtet, wie unser Freund Hassan die moslemische Vorstellung vom Paradies dazu benutzte, die Angehörigen dieser Elitetruppe zu rekrutieren. Dem Koran zufolge erwarten einen ja bekanntlich nach dem Tod – besonders wenn es sich um einen Märtyrertod handelt – all die fleischlichen Freuden, denen man zu Lebzeiten entsagen muss, Wein, willige Jungfrauen, geile Schafe, lüsterne Kamele, was auch immer. Sir Hassan ließ also die jungen Männer unter Drogen setzen, vermutlich starke Opiate, und wenn sie das Bewusstsein verloren hatten, wurden sie in die prächtigen Gärten seines Palastes geschafft, wo sie sich nach ihrem Erwachen von den schönsten Frauen umgeben sahen, die sie umsorgten, salbten und ihnen auch sonst in jeder Hinsicht und allen bekannten Stellungen zu Willen waren. Zwischendurch gab es Haschischpfeifen satt. Nach drei Tagen wurden die Fidais wieder betäubt und aus den Gärten zurück in ihre gewohnte Umgebung gebracht. Dort schlugen sie die Augen auf, und die Ernüchterung war schrecklich, Lärm, Gestank, Hitze, saurer Wein, verdorrte Ernte, verdorrte Weiber. Aber sie waren fest davon überzeugt, im Schlaf einen Blick ins Paradies geworfen zu haben: *Ich brauche nicht zu glauben, ich war da, ich habe es gesehen, ich habe es gefühlt!* Kein Wunder, dass ihnen von da an kein Kamikazeunternehmen zu riskant war. Sie brannten nur so darauf, ihrem Führer zu folgen, nach Möglichkeit in den Tod, der ja nichts anderes war als das Tor zu einem schöneren Leben, und zwar nicht nur für sie, sondern auch für ihre Opfer.«

Er trank den letzten Schluck Whiskey aus dem Becher, dann fuhr er fort. »Vor fünfzig Jahren, im Kalten Krieg, hat man bei uns und auf der anderen Seite des Eisernen Vorhangs etwas Ähnliches ausprobiert, inspiriert von den Nazis und ihren parapsychologischen Experimenten. Mithilfe von Hypnose, Gehirnwäsche und psychedelischen Drogen sollten besonders geeignete Versuchspersonen so manipuliert werden, dass sie ohne zu fragen jeden Auftrag ausführten, den man ihnen erteilte. Was aber den Nachteil hatte, dass man dem … nun, nennen wir es ›das Instrument‹ … dass man dem Instrument von Angesicht zu Angesicht gegenübertreten musste, wenn man es für seine Aufgabe konditionieren wollte. Diese oft lästige Voraussetzung hat sich durch das Internet erübrigt. In gewisser Weise sind wir damit Sir Hassans Variante wieder näher, auch wenn dieses spezielle Programm noch mit einigen Kinderkrankheiten behaftet zu sein scheint. Vielleicht – *vielleicht* – nicht zuletzt, weil Anni denen ein paarmal in die Parade gefahren ist, indem sie ihre eigene Armee von Freunden und Freundesfreunden losgeschickt hat.«

War das ein schwaches Lächeln, das sich auf seinen Lippen abzeichnete? Seine Stimme klang nicht nach Heiterkeit. »Aber auf lange Sicht gesehen werden sie es perfektionieren und auf diese Weise eine Spezialtruppe rekrutieren können, die man in jeden beliebigen Kampfeinsatz gegen jeden Gegner schicken kann, und zwar ohne erklären zu müssen, warum. Ohne einen Rückzugsplan auszuarbeiten. Ohne irgendeine klinische Nachversorgung der Verwundeten, ja sogar ohne dass sich überhaupt jemand als Mitspieler im Hintergrund zu erkennen geben muss. Falls ein Soldat – ein Instrument – überlebt und vor Gericht gestellt wird oder vor Fernsehkameras reden will, bitte! Die Spur zu den Strategen im Hintergrund führt ins Web und versandet dort. Und die schöne neue Welt, die in den letzten zwanzig Jahren entstanden ist, wird ihnen einen fast unbegrenzten Nachschub an Instrumenten zur Verfügung stellen.«

Abrupt drehte er sich um, zerdrückte den Becher in der rechten Faust und warf ihn in den Papierkorb neben der Arbeitsplatte. »Und wissen Sie, was es noch bedeutet?« Jetzt sah er sie an.

»Nein«, sagte Ella.

»Es bedeutet, dass ich mich frage, wie viele scheinbar unzusammenhängende Selbstmordattentate oder Massaker der letzten Jahre neu bewertet werden müssen. Es hat ja noch mehr Vorfälle gegeben, die denen von Berlin ähneln. Vielleicht hat das alles, zumindest in Deutschland, schon mit dem Massaker an dieser Schule bei Ihnen in Erfurt, im April 2002, begonnen. Sie erinnern sich, ein Schüler hat bei einem Amoklauf sechzehn Lehrer und Mitschüler erschossen und dann sich selbst umgebracht.«

Ella erinnerte sich, denn erst kürzlich hatte sie gelesen, dass der Grundriss des inzwischen renovierten Schulgebäudes die Form eines Kreuzes habe – fast als wollte man damit jemanden oder etwas fernhalten.

»Und es gab diesen Vorfall in der Nähe von Stuttgart. Wie hieß der Ort noch? So ähnlich wie Wimbledon …«

»Winnenden«, warf Ella ein. »2009.«

»Ja, im März 2009 in Winnenden. Fünfzehn Menschen wurden getötet, und dann tötete sich der Attentäter selbst mit einer Beretta.«

»Das war anders«, sagte Ella.

»Und Anders Breivik in Norwegen, 2011?«, fuhr Cassidy fort, »der rechtsradikale Irre, der zwei Bomben in Oslo hochgehen ließ und danach auf der Insel Utöya die Schulkinder ermordet hat, siebenundachtzig Tote insgesamt. Menschen töten andere Menschen, die ihnen nichts getan haben, die nur zum falschen Zeitpunkt am falschen Ort sind. Die Zahl der Opfer spielt dabei keine Rolle, es kann einer sein, es können Dutzende sein.«

»Aber Anders Breivik hat sich nicht selbst umgebracht«, wandte Ella ein, »und er hat ein Manifest veröffentlicht, aus dem er die Rechtfertigung für seine Taten ableitet. Es gab keinen Film auf YouTube, man hat sein Handy sichergestellt und …«

»Vielleicht war es ja so, dass er versagt hat«, unterbrach Cassidy sie. »Worauf ich hinauswill: Haben diese Leute wirklich auf eigene Faust gehandelt?« Er sah Ella fragend an. »Nun, dass die Fälle scheinbar verschieden gelagert sind und dass es oft keinen gemeinsamen Modus Operandi gibt, macht es schwer, eine überzeugende, das heißt belastbare, und allen gemeinsame Systematik zu erkennen. Aber vielleicht steckt hinter alldem eine ordnende Kraft, die nur ihr Programm oder System noch nicht perfektioniert hat, Trial and Error, so was in der Art. Und …«, er hob eine Hand, wie um einen Einwand ihrerseits zu unterbinden, »deswegen frage ich mich, ob das bedeutet, dass die Spur von Deutschland über Norwegen jetzt nach London zu Tori Farrow führt?«

»Auf der Grafik sind doch weder die Orte Erfurt, Winnenden oder Oslo noch die Daten dieser Amokläufe verzeichnet«, sagte Ella.

Cassidy schüttelte den Kopf. »Vielleicht kam Ihrem sogenannten Usurpator die Idee, dass er die Sonne ist, erst später. LifeBook gab es damals ja auch noch nicht. Könnte doch sein, dass er vorher noch andere Wege ausprobiert hat, Menschen zu manipulieren, und ihm erst mit LifeBook das passende Medium zur Verfügung gestellt wurde. Überhaupt mit den sozialen Netzwerken, bloß dass Facebook schon zu groß geworden war und …«

Jetzt hob Ella eine Hand, um ihn zu unterbrechen, ehe sie den Gedanken, den sie gerade hatte, wieder vergaß. »Das, was sich LifeBook bisher zuordnen lässt – was ins Netz gestellt worden ist und auf YouTube dokumentiert wird –, fand in Berlin statt und ist von Deutschen begangen worden. Aber es könnte sein, dass Sie recht haben und das Ganze langsam auf andere Städte in anderen Ländern ausgedehnt wird, wenn die Schwachstellen identifiziert und mehr und mehr beseitigt worden sind. Deswegen frage ich mich, ob wir nicht nach Deutschen in London suchen sollten, denken Sie an Wagenbach, an den BND in der Deutschen Botschaft …«

Cassidy schwieg und sah sie an. Seine Augen waren jetzt klein und gerötet, wie blaues Eis, in dem Blut versickerte. »Bevor wir die gefunden haben, hat es vielleicht längst den anderen Anschlag gegeben, entweder am 17. Oktober von jemand anderem als Tori oder an einem anderen Tag, den wir noch nicht kennen.«

»Dann lautet die Frage: Wer, wann und wo?«

»Das sind drei Fragen.«

»Plus Nummer vier: Wie können wir es verhindern? Und vielleicht ist es genau das, was Anni bereits versucht hat«, sagte Ella. »Sie ist mit Sicherheit viel weiter als wir.«

Cassidy bestätigte ihre Bemerkung mit einem Nicken. »Deswegen schwebt sie auch in größter Gefahr.«

»Die eigentliche Frage lautet also nach wie vor: Wo ist sie und wie können wir sie finden?«

»Im Augenblick ist das da alles, was wir haben«, sagte Cassidy und deutete auf die Mappen, Tonbandkassetten und Annikas Computer, auf alles, was er aus der Praxis beiseitegeschafft hatte.

»Handelt es sich nicht um so was wie einen nationalen Notfall?«, wollte Ella wissen. »Können Sie nicht zu irgendeinem Innenminister gehen und ihm schildern, was wir wissen, damit er den Geheimdienst zwingt, das ganze Unternehmen abzubrechen und den Namen des …«

»Was wir wissen?« Er grinste sie höhnisch an. »Lady, wir wissen nichts, wir spekulieren! Glauben Sie, wenn irgendein kleiner New Yorker Cop vor dem 11. September 2001 zu den amerikanischen Behörden gegangen wäre und denen mit irgendeiner Theorie angekommen wäre, dann stünde das World Trade Center noch?«

Ella überlegte. Dann fragte sie: »Sie haben gestern gesagt, Sie wären nicht mir gefolgt, sondern Toris Mördern. Wie haben Sie das gemacht?«

»Der Special Operations Room von New Scotland Yard«, sagte Cassidy. »Die größte Überwachungszentrale der Welt, verbunden mit Tausenden von Kameras in der ganzen Stadt. Vor ihren Bildschirmen sitzen Tag und Nacht Beamte, die mehr oder weniger totale Kontrolle über London besitzen. Wenn ich einen von denen anrufe, egal, wo ich bin, können sie mir jeden Bildschirm auf dem Display meines Handys zeigen, mich zu jeder Kamera in jedem Viertel schalten. Sie dürfen es nicht, aber technisch geht es, und die, mit denen ich arbeite, tun es nötigenfalls auch.«

»Aber dann müssten diese Kameras doch auch aufgezeichnet haben, wie einer der Killer am Piccadilly Circus auf mich geschossen und dabei eine der lebenden Statuen getroffen hat. Die Queen. Er hat mich verfehlt und die silbern angemalte Queen von ihrem Podest geholt. Sie ist schwer verletzt worden. Wenn Sie die Aufnahmen vorweisen können, ist das kein Beweis dafür, dass der Geheimdienst in was Schmutziges verwickelt ist?«

Cassidy schnaubte. »Wenn es eine solche Aufnahme gegeben haben sollte, existiert sie längst nicht mehr. Und was immer aus Ihrer Queen geworden ist, eine brauchbare Aussage werden wir von ihr auch nicht bekommen.«

Ella blendete seine Stimme und sein Gesicht aus, um sich auf einen Gedankenfetzen zu konzentrieren, der auf einmal in ihr herumflatterte. Dann sagte sie: »Es ist nicht alles.«

»Was ist nicht alles?«

Sie trat an die Arbeitsplatte, auf der sich Annikas Praxisunterlagen türmten. »Das da ist alles, was wir *haben,* aber es gibt noch mehr!«

Gestern war der Patient, von dem ich dir schon ein paarmal erzählt habe, wieder da. Er ist mir immer etwas unheimlich gewesen, und ich wusste nie genau, warum. Aber beim letzten Termin hat er mir eine echt furchteinflößende Geschichte erzählt, bei der es mir eiskalt den Rücken hinuntergelaufen ist.

Sie nahm ihr Smartphone aus der Ladestation und schaltete es ein. »Ich habe noch eine E-Mail von Anni, in der sie mir von einem Patienten berichtet hat, der ihr unheimlich war.«

»Wie lange haben Sie das schon?«, fragte Cassidy. »Das Handy?«

»Ein Jahr ungefähr.«

»Sie müssen es loswerden«, sagte er. »So schnell wie möglich. Kopieren Sie die Daten, die Sie unbedingt brauchen, und dann vernichten

Sie es. Kaufen Sie sich ein paar von diesen Wegwerf-Dingern mit Prepaid-Karten, bis das alles vorbei ist. Für den Anfang kriegen Sie eins von mir, nicht registriert.«

»Wenn Sie hier Annis gesamtes Büro haben«, sprach Ella unbeirrt weiter, um das Handy würde sie sich später kümmern, »dann müssten dabei doch auch ihr Terminkalender und die Sitzungsberichte sein. Sobald ich das Datum der Mail habe, brauchen wir nur noch in ihrem Terminkalender nach den Patienten des Tages davor zu schauen.«

Cassidy ging zu seinem Schreibtisch und griff nach einem ledergebundenen Kalender. »Wie lautet das Datum?«

Ella öffnete ihr Postfach und suchte nach Annis letzten E-Mails, und erst, als sie keine mehr fand, fiel ihr ein, dass sie vor ihrer Abreise alle gelöscht hatte. »Scheiße«, murmelte sie. Sie schloss den Posteingang und schaute im Papierkorb nach, doch den hatte sie diesmal auch geleert. »Verdammter Mist.« Sie schloss die Augen und versuchte sich zu erinnern, an welchem Tag die Mail, die sie suchte, gekommen sein musste. Am 5. Oktober hatte sie die als Spam aussortierten Nachrichten in ihrem elektronischen Papierkorb entdeckt. Der Papierkorb war so eingestellt, dass er Spam-Mails nur sieben Tage aufbewahrte. Sie erinnerte sich, dass Annis Mails dort bereits vier oder fünf Tage gelegen hatten, die letzten aber einige Tage nach der mit dem unheimlichen Patienten eingegangen waren. »Entweder der 29. oder 30. September oder der 1. Oktober«, sagte sie schließlich.

Cassidy blätterte den Kalender durch, schlug eine Seite auf und fuhr mit dem Finger eine Spalte hinunter, dann wiederholte er den Vorgang auf zwei anderen Seiten. »Achtzehn Patienten, jeweils drei vormittags, drei am Nachmittag, davon fünf Männer. Paul Harris, Mark Robson, Freddie Francis, Elliot Trout und Colin Blain, alle mit Bleistift eingetragen. Hinter den letzten ist mit rotem Filzstift ein Kreuz gemalt.«

Er öffnete einen Karton und entnahm ihm einen Kassettenhalter mit Dutzenden kleiner Kassetten für Diktiergeräte, alle mit Daten und Namen versehen. Nach einigem Suchen fand er sechs mit dem 29. September, dem 30. September und dem 1. Oktober gekennzeichnete Kassetten. Zwei davon trugen die Namen der männlichen Patienten. »Fangen wir mit dem Kreuz an? Colin Blain?«, fragte Cassidy.

Ella nickte. »Und dann Elliot Trout.«

Er legte die Kassette in ein Diktiergerät, das er ebenfalls aus Annikas Praxis mitgenommen hatte, und drückte die Start-Taste. Am Anfang quietschten die Spulen leise, doch wenig später drehten sie sich geräuschlos. Anni sprach als Erste. »Wie ist es Ihnen seit unserer letzten Sitzung ergangen, Colin?«

Ella beugte sich vor, um besser hören zu können. Es gab einen leichten Hall; die Stimmen waren wie aus großer Entfernung aufgenommen. Anni klang ganz anders als bei ihren letzten Anrufen, ruhig, abwartend, interessiert. Beim Klang ihrer Stimme wurde Ella erst klar, wie sehr sie ihre Freundin vermisste. Unterdessen wartete Anni auf die Antwort ihres Patienten. Es gab keine. »Sie sehen aus, als hätten Sie nicht besonders gut geschlafen«, sagte Annika.

Wieder keine Antwort; stattdessen ein Seufzen, das lang und tief war. Aber erst als ihm ein leises, missmutiges Knurren folgte, begriff Ella, dass es sich um den Hund handelte. »Ronin«, murmelte sie.

»Sie hat den Scheißköter zu einer Freundin gebracht«, erklärte Cassidy halblaut. »Nettes, altes Mädchen. Annabel Lee Lovelace. Hat keinen Computer und lebt sehr zurückgezogen. Sie denkt, Anni wär verreist, zu einem medizinischen Kongress.«Etwas raschelte auf dem Band, endlich sagte eine männliche Stimme: »Kalt bei Ihnen, finden Sie nicht?«

»Eigentlich nicht«, sagte Anni. Sie klang etwas verwundert. »Die Heizung ist an.«

»Sind wir allein?«, fragte die Männerstimme, und jetzt glaubte Ella, einen leichten Anflug von Panik mitschwingen zu hören.

»Sehen Sie jemand außer uns?«, fragte Anni.

»Ich wollte nur sichergehen«, sagte der Mann, bevor er wieder in ein lastendes Schweigen verfiel, das Anni nach einer halben Ewigkeit brach: »Worüber wollen wir heute sprechen, Colin?« Pause. »Colin?«

»Wissen Sie, was ein Troll ist?«

»Trolle sind Wesen – Riesen oder Zwerge –, die im Wald hausen«, antwortete Anni. »Hässliche, scheußliche Kreaturen. Sie überfallen Menschen und rauben ihre Kinder, um an ihrer Stelle die eigene Brut in die Wiege zu legen.«

»Stimmt, das sind die in der Sage. Es gibt aber auch Trolle im

Internet, da verhalten sie sich ganz ähnlich. Sie kommen aus dem Dunkel und legen überall Kommentare ab wie Maden ihre Eier, unter Artikeln oder in Chatrooms. Sie zeigen nie ihr Gesicht, und manche von ihnen benutzen viele Namen.« Schweigen. »Anders Breivig war ein Troll, bevor er zum Massenmörder wurde.«

»Ich dachte, wir wollten da ansetzen, wo wir beim letzten Mal aufgehört haben. Wir waren gerade …«

»Nein. Es ist etwas passiert. Etwas, das Sie wissen müssen.«

»Hat es mit Trollen zu tun?«

»Ja.«

»Und mit Massenmördern?«

»Ja.«

»Haben Sie von ihnen geträumt? Von den Trollen?«

»Nein. Ich bin ihnen begegnet.«

»Wollen Sie mir von der Begegnung erzählen?«

»Sind Sie sicher, dass wir allein sind?«

»Ja. Ganz sicher.«

»Kann ich mich woanders hinsetzen? Hier scheint es zu ziehen. Als wäre irgendwo eine Tür offen. Mir ist immer noch kalt.«

Ein Scharren erklang, Schritte, dann knarrte Holz. Der Hund knurrte wieder. Annika fragte: »Besser so?«

»Ja. Danke.« Einen Moment lang schwiegen beide, bis der Mann wieder sprach: »Sie sind in Gefahr, Doktor Jansen.« Er sagte das fast beiläufig, nur die Panik in seiner Stimme war noch da, vibrierend, leise drängend. »Jemand will Ihnen schaden.«

»Die Trolle?«

»Ihnen und allen. Allen, die Ihnen nahestehen. Jedem, der Ihnen etwas bedeutet«, fuhr der Mann fort.

»Wie will er das tun?«

»Er will Sie töten. Sie und alle anderen.«

45

Annika blieb ganz ruhig, nicht anders, als wenn der Mann gesagt hätte: *Er will Sie zum Essen einladen.* Gelassen, mit einem leisen Anflug von Befremden, fragte sie: »Sie auch, Colin? Will er Sie auch töten?«

»Ja. Mich auch.«

»Woher wissen Sie das?«

»Das kann ich Ihnen nicht sagen.«

»Warum nicht?«

»Sie wollen es nicht.«

»Wer? Die Trolle?«

Wieder Stille. Ella spürte, dass Cassidy sie ansah, aber sie erwiderte seinen Blick nicht. Seine Huskyaugen waren zusammengekniffen, konzentriert, als stünde er im Begriff, eine Bombe zu entschärfen. Zwei schmale rötliche Schlitze, mehr war von ihnen nicht mehr übrig.

Als Annika wieder sprach, weil der Patient nicht antwortete, hatte ihre Tonlage sich verändert. »Colin, wissen Sie noch, warum Sie Anfang letzten Jahres zu mir gekommen sind?«

»Ja.«

»Weswegen?«

»Wegen meiner Wut. Weil ich so aggressiv war.«

»Genau, Sie waren wütend und aggressiv. Sie haben Autos in Brand gesetzt und bei den Krawallen Geschäfte geplündert, obwohl Sie ein talentierter Maler sind, ein Graffiti-Künstler. Wissen Sie noch, wie Sie mir Ihre Goya-Übermalung gezeigt haben – *Saturn frisst seine Kinder*? Brillant. Mutig. Sie hatten vor nichts Angst.«

Ein leises Rauschen legte sich über den Ton, offenbar war das Band an dieser Stelle abgenutzt. »Jetzt kann ich es Ihnen ja sagen, aber Sie waren mir immer ein bisschen unheimlich, weil ich gespürt habe, wie es in Ihnen brodelt. Und weil mir klar geworden ist, dass die ganze Wut, diese Aggression nur etwas anderes verbirgt – eine tiefe, tiefe Verzweiflung. Ich dachte, wir hätten in der ganzen Zeit bereits einige Fortschritte gemacht. Deswegen frage ich mich: Woher kommt auf einmal diese Angst?«

»Ist Saturn nicht ein Planet?«, fragte Cassidy und sah in Ellas Richtung, ohne ihr direkt in die Augen zu schauen.

»Der zweitgrößte des Sonnensystems«, bestätigte Ella und hatte das Gefühl, wieder ein Puzzlestückchen entdeckt zu haben, ohne jedoch zu wissen, wo es hingehört.

Der Mann sagte: »Das ist erst der Anfang. Wir sind nur der Anfang. Kennen Sie dieses Gedicht *The Sorcerer's Apprentice* von Goethe?«

»Der Zauberlehrling«, bestätigte Ella. »Das lernt man bei uns in der Schule.«

»Es wird geschehen«, sagte der Mann. »Ich fühle es in mir, in meiner Brust – wie eine Hand, die mir das Herz zerquetscht. Es wird geschehen, und niemand kann es aufhalten.« Seine Stimme war jetzt so leise, dass Ella sie kaum verstehen konnte. Es kam ihr vor, als wäre das Rauschen nicht auf dem Band, sondern in ihrem Kopf. Ihr Nacken war kalt, aber ihr Gesicht war heiß.

Annika fragte: »Hatten Sie dieses Gefühl früher schon mal?«

»Nein. Noch nie.«

»Ich sehe, dass Sie zittern. Ist Ihnen immer noch kalt?«

Der Mann antwortete nicht.

»Was haben Sie denn?«

»Er ist hier.«

»Wer? Wo ist er?«

»Hier. In mir. Hinter meinem Gesicht.«

»Wie ist er dort hingelangt?«

»Wie er überall hingelangt. Durch LifeBook.«

Das Rauschen wurde stärker. »Von wem reden Sie?«, fragte Anni, und jetzt klang ihre Stimme zum ersten Mal wirklich besorgt.

Er antwortete nicht direkt. Stattdessen sagte er: »Es ist, wie wenn man mitten in der Nacht aufwacht und spürt, dass in dem Raum, in dem man schläft, eine Veränderung vorgegangen ist. Dann merkt man, dass der Raum sich gar nicht verändert hat, sondern etwas in einem selbst. Krebskranke erzählen davon, dass sie *spüren*, wie sich die weißen Zellen in ihrem Blut vermehren. Wie sich die Zellen, die sie töten, zusammenrotten. Es ist so ein winziges Geräusch, ein Ticken oder Klicken, und dann ist man wieder ein Stück weitergegangen.«

»Wohin gegangen?«

»Auf den Abgrund zu. Auf das offene Fenster.«

»Können Sie mir das erklären?«

»Ich will Ihnen etwas zeigen.« Ein Rascheln, dann ein kaum hörbares Schnappen. »Ich habe ein Foto, hier, auf dem Handy. Haben Sie das schon mal gesehen? Jemand hat es *The Falling Man* genannt.«

»Wer ist das?«

»Niemand weiß, wer das ist. Es ist das einzige Foto von einem der Menschen, die am 11. September 2001 aus den brennenden Twin Towers gesprungen sind, nachdem die Flugzeuge hineingekracht waren. Er sieht aus, als würde er einen Kopfsprung in einen Swimmingpool machen. Als wäre er endlich frei. Jemand hat gesagt, er könne aber gar nicht gesprungen sein, denn in die Arme Gottes könne man nicht springen, in die könne man nur fallen. Denn dort sei er jetzt, in den Armen Gottes.«

»Woher haben Sie das?«

»Jemand hat es mir geschickt. Einer von denen, die mir schreiben. Es redet mit einem. Es sagt: So geht es! Ich kann fast spüren, wie die Luft um mich herum rauscht, wie alles zurückbleibt, das Feuer, die Schreie, die brennenden Menschen.«

»Was hat das mit LifeBook zu tun?«

»Sind Sie denn blind?« Der Mann schrie plötzlich, und Ella zuckte zusammen. »Haben Sie gar keine Antennen für das, was um Sie herum vorgeht? Er benutzt Ihr Netzwerk, um Killer zu finden – Menschen, die er in Mörder verwandeln kann. Er durchforstet alle Profile, liest alle Texte, wertet alle Bilder aus, sammelt alle Daten, alles, was die Nutzer freiwillig posten. Und wenn er einen geeigneten Kandidaten gefunden hat – einen, der bereit ist, zu springen –, beginnt er mit der Arbeit.«

»Wissen wir schon«, sagte Cassidy zu dem Tonbandgerät.

Annika stellte nur eine Frage: »Wie?«

Der Mann sagte: »Jeden, der weiß, wie er es macht, werden sie töten.«

»Wissen Sie es?«

»Ja.«

»Erzählen Sie es mir?«

»Nein.«

»Warum nicht?«

Er antwortete nicht.

»Seit wann wissen Sie es?«

»Seit – ich weiß nicht – seit Kurzem …«

»Wie haben Sie davon erfahren?«

»Von dem Geflüster.«

»Sie hören Leute flüstern?«

»Ja. Ein ständiges Flüstern, die ganze Zeit.«

»Was flüstern sie?«

Er schwieg wieder.

»Sind das die Trolle?«

»Ja. Er und die Trolle, die er benutzt.«

»Finden Sie nicht, dass ich dazu mehr wissen sollte, Colin?«

»Sie müssen es selbst herausfinden.«

»Ob die Trolle die Agenten der Geheimdienste sind?«, fragte Cassidy.

Ella antwortete nicht.

»Ich kann das nicht allein«, sagte Annika. »Sie müssen mir helfen. Sagen Sie mir wenigstens, wer *er* ist.«

»Ich bin nicht sicher. Aber es ist auch nicht wichtig. Er ist bloß ein Strohmann.«

»Was?«, rief Cassidy.

Annika fragte: »Ein Strohmann für wen?«

Der Mann antwortete nicht.

»Wer ist ein Strohmann, Colin?«, fragte Annika. »Für wen?«

Ein Winseln ertönte, das diesmal nicht von dem Hund kam.

»Was haben Sie, Colin?«, rief Annika.

»Sie haben doch gesagt, wir sind allein«, schrie der Patient.

»Wir *sind* allein!«

Es gab ein Krachen, wie wenn ein Stuhl umfällt. Ronin bellte laut.

»Sie wollen wissen, wer er ist?«, rief der Mann. »Na gut, meinetwegen …« Der Rest ging in einem scharfen, zischenden Rauschen unter, das jedes andere Geräusch übertönte.

Die Störung dauerte nur wenige Sekunden, aber sie fühlten sich endlos an. Als sie vorbei war, hörte Ella Annika brüllen, wie sie ihre Freundin noch nie brüllen gehört hatte. »Das ist doch Mist! Nach anderthalb Jahren Therapie kommen Sie mir mit solch einem Bockmist? Ich glaube Ihnen kein Wort! Raus! Verlassen Sie meine Praxis, sofort!«

Schritte erklangen, dann fiel eine Tür ins Schloss. Die Stille danach war so laut, dass sie in den Ohren dröhnte. Stille. Stille. Stille. Ella sah Cassidy an; Cassidy sah Ella an. Stille. *Rauschende Stille.*

Dann begann Ronin leise zu winseln. »Was hat er verdammt nochmal gesagt?«, fragte Cassidy schließlich, als auf dem Band nichts mehr zu folgen schien. »Haben Sie was davon verstanden?«

»Nein.«

Jetzt war ein leises Stöhnen im Lautsprecher zu hören. Müde, erschöpfte Schritte. Ein Klicken, noch ein Klicken, *klick, klick, klick.* Die Tastatur eines Telefons. Nach dem letzten Klicken wieder Stille. Dann endlich Annikas Stimme: »Ken? Annika Jansen hier. Ich muss mit Ihnen sprechen, so bald wie möglich. Ja, ich brauche einen Termin außer der Reihe. Es geht um … ist dringend … danke, Ken.«

»Wer ist das?«, fragte Cassidy. »Mit wem telefoniert sie da? Wer ist Ken?«

Wieder erklangen Schritte in dem kleinen Lautsprecher des Diktafons, diesmal fester. Gleich darauf war die Aufzeichnung zu Ende, nur das Band lief noch tonlos weiter.

Cassidy wollte gerade das Band aus dem Diktiergerät herausnehmen, als die Türglocke ertönte. Jemand drückte mehrmals schnell hintereinander auf den Klingelknopf. Cassidy sprang auf. »Verdammte Scheiße, wer ist das denn?!« Er stürmte zur Tür, betätigte den Öffner und wartete angespannt.

Ella hörte Männerstimmen im Treppenhaus, dann den Lift, bevor zwei Streifenbeamte in blauen Uniformen aus dem Fahrstuhl traten und fragten: »Warum gehen Sie nicht ans Telefon, Sir? Der Chief hat versucht, Sie zu erreichen.«

»Weil ich einen Scheiß darauf gebe, was der Chief versucht, und zwar in guten wie in schlechten Tagen«, sagte Cassidy.

Die beiden Streifenbeamten versuchten, an dem Detective Inspector vorbei in die Wohnung zu schauen, aber er verstellte ihnen breitschultrig die Sicht. Sie sagten wieder etwas, so leise, dass Ella nur die Worte »Fernsehen«, »Whitechapel«, »Befehl« und »umgehend mitkommen« verstand. Worauf Cassidy, noch immer gereizt ins Wohnzimmer zurückkehrte und den Fernsehapparat anschaltete.

Es schien auf allen Sendern zu sein, in allen Nachrichten, *Breaking News*, und die Berichte waren so hektisch, dass Ella erst nicht verstand, was die Bilder bedeuteten. Aber als sie es begriff, schlug sie unwillkürlich die Hand vor den Mund. Cassidy, genauso entsetzt wie sie, starrte auf den Bildschirm.

»Ich muss ins Revier«, sagte er mit seinem geröteten Gesicht, dem Whiskeyatem und den zitternden Händen. »Das fällt in meine Zuständigkeit. Keine Ahnung, wie lange es dauert, aber Sie rühren sich nicht von der Stelle, bis ich wieder da bin oder Sie anrufe, um Ihnen zu sagen, wo Sie hingehen! Versuchen Sie nicht, wegzulaufen, ich finde Sie überall, das wissen Sie!«

46

In der Sondersendung der BBC World News zeigten sie zuerst die Mütter. Sie zeigten sie, wie sie mit ihren Babys im Arm aus Taxis sprangen und auf die Portale der Kliniken zuliefen. Auf Sky lief immer noch der Werbespot für Babynahrung, und auf Channel4 konnte man mehrere tote Kinder auf weißen Sektionstischen sehen. Wieder ein anderer Sender zeigte in endloser Wiederholung die Aufnahmen, die der Täter gemacht hatte, einschließlich der seines Selbstmordes, *Copyright by YouTube*. Dazwischen rasten immer wieder die gelben Rettungswagen mit ihren trillernden Sirenen durch die Straßen Londons, Birminghams und Liverpools.

Ella ordnete die Bilder, brachte sie in eine Reihenfolge. Zuerst der Werbespot für Babynahrung: ein gesundes, glücklich glucksendes Kleinkind im Arm seiner Mutter, die es Löffelchen für Löffelchen mit Brei aus einem bunten Glas der Marke *Baby's Manna* fütterte. Dabei schaute das Baby mit großen Augen seine Mutter an, deren lächelndes Gesicht dicht über seinem Köpfchen schwebte. Zuletzt gab es eine Großaufnahme von dem Glas, auf dessen Etikett ein Baby strahlte, daneben der Kopf eines freundlichen älteren Herrn mit weißen Haaren.

Die nächsten Bilder waren in einem ganz anderen Stil gehalten, unruhig, grau, die Farben fast monochrom, aufgenommen vielleicht mit einer Handykamera. Sie zeigten das Gesicht eines Mannes, der erst auf den zweiten Blick dem freundlichen älteren Herrn auf dem Babynahrungsetikett glich. Er filmte sich, wie er durch einen großen, halbdunklen Raum ging, und dann filmte er den Raum selbst, offenbar ein Lager, denn man sah Regale über Regale, und in allen Fächern standen Gläser mit *Baby's Manna*. Er legte das Handy in eins der Fächer und ließ es weiterfilmen, während er ein Glas aus dem Regal nahm. Er schraubte das Glas auf und hielt es vor das Objektiv der Kamera, sodass man deutlich sehen konnte, wie er aus einer Tüte, die er in der Jackentasche mitgebracht hatte, winzige Scherben und glitzernde Splitter in den Brei rührte, bevor er den Deckel wieder zuschraubte. Danach stellte er das Glas zurück an seinen Platz in dem Regal und wandte sich dem nächsten zu.

Anschließend sah man ein Homevideo, das vermutlich ein Vater gedreht hatte. Es zeigte, wie seine Frau dem Töchterchen *Baby's Manna* zu essen gab und wie aus dem seligen Schmatzen des Babys auf einmal eine schmerzverzerrte Grimasse wurde, als aus dem kleinen Mund Blut quoll. Das Bild begann zu wackeln, und man konnte gerade noch die winzigen glitzernden Objekte in dem blutigen Brei erkennen und wie das Entsetzen vom Gesicht der Mutter Besitz ergriff.

Dann folgten die Aufnahmen der Rettungswagen, die ankamen oder abfuhren. Mütter, die weinend oder schreiend oder in stummer Panik durch Klinikgänge rannten. Bleiche Väter, die neben den Tragen herliefen, auf denen ihre Kinder in den OP gerollt wurden. Reporter, die den Frauen mit Kameras und Mikrofonen nachstellten; Ärzte, die mit ernsten Mienen in Kameras sprachen.

Die letzten Aufnahmen zeigten wieder den freundlichen älteren Mann, jetzt nicht mehr im Lager seiner Firma, sondern in einem holzgetäfelten Büro an einem Schreibtisch. Es war Abend oder Nacht, nur die Lampe auf dem Tisch brannte. Ihr Licht fiel auf die Hände des Mannes, die ein großes Glas *Baby's Manna* und einen Silberlöffel hielten. Ein paar Sekunden geschah gar nichts, bis sich der Mann jählings aus dem Schatten hinter dem Lichtkegel vorbeugte, das Glas aufschraubte, den Löffel hineintauchte und den Inhalt zu essen begann. Es dauerte nicht lang, dann verzerrte sich sein Gesicht. Die Muskeln und Sehnen des Halses traten hervor. Blutiger Schleim quoll aus seinem Mund und troff über das Kinn auf seine Eton-Krawatte. Zuckend bäumte er sich auf, warf sich in seinem Sessel hin und her wie ein Besessener und kippte schließlich nach vorn auf den Schreibtisch, wo er reglos auf der braunen Lederunterlage liegen blieb.

Ella sah die Bilder immer wieder. Sie sah das Blut aus den Mündern der Babys quellen; sie sah die Glasscherben; sie sah den Mann mit dem zerschnittenen Mund und den Clip von seinem Tod auf YouTube. Sie saß in Patrick Cassidys Wohnung, allein mit den Bildern, umgeben von den Gegenständen aus Annikas Büro und dem Mitschnitt von Annis letzter Therapiestunde, und zum ersten Mal seit über einem Jahr hatte sie das Gefühl, selbst den Verstand zu verlieren. *Ich muss hier raus*, dachte sie. *Ich verliere den Verstand, und diese Wohnung ist eine Falle, in der ich keine Luft mehr kriege. Wenn ich hierbleibe, sterbe ich.*

47

Auf der anderen Seite der Straße entdeckte Ella einen hell erleuchteten Imbiss, nur zwei runde Aluminiumtische, fünf Gartenstühle mit gelben Kunststoffleinen als Lehne und Sitzfläche, ein wuchtiger Getränkeschrank und eine Glasvitrine voller Schüsseln: Falafel, Couscous, Humus, Oliven, gefüllte Auberginen unter Zellophan. Hinter der Vitrine blubberte eine Fritteuse für Fish 'n' Chips. Sie bestellte sich eine Portion.

Der ewige Regen draußen hatte aufgehört, aber es war kalt geworden, und sie fror. Der Wind drückte gegen das große Fenster, auf das mit weißer Farbe die Preise gemalt waren. Ein Kofferradio spielte arabische Musik. Die weißgekachelten Wände wirkten wie ein Schallverstärker. Ella war der einzige Gast, allein mit dem Besitzer hinter dem Tresen. Sie behielt die Tür und die Straße vor der Tür im Auge.

In der Ecke gegenüber vom Eingang war ein Fernsehapparat in die Wand gedübelt, der keine Bilder von den verletzten und toten Babys zeigte, sondern ein Fußballspiel. Das Gebrüll der Zuschauer klang wie eine ferne Brandung. Ella wunderte sich, dass es Leute gab, die jetzt keine Nachrichten sahen, aber sie war froh darüber. Der Besitzer mit der schmutzigen Schürze stellte ihr einen Pappteller hin, auf dem sich matschige Pommes frites und ein paar panierte Fischstückchen einen riesigen Klacks grünlicher Mayonnaise teilten.

Sie stürzte sich auf die Pommes und verbrannte sich sofort die Zunge. Beim Schlucken kehrten die Halsschmerzen zurück, die sie fast vergessen hatte. Sie bestellte einen Pfefferminztee. Während sie aß, dachte sie an DI Cassidy und das, was sie heute Nachmittag gehört hatten, und sie dachte an die Bilder, und es waren ratlose Gedanken, die sich im Kreis drehten. Sie hatte ungefähr die Hälfte ihrer Portion Fish 'n' Chips heruntergeschlungen, als ihr Handy summte.

Das ist er, dachte sie, *das ist Cassidy, der wissen will, warum ich nicht mehr bei ihm in der Wohnung bin.*

Aber es war nicht DI Cassidy. Es war Julian. »Ella?«

»Julian!« Sie war überrascht, wie schnell ihr Herz plötzlich schlug. »Hast du schon davon gehört?«

»Wovon gehört?«

»Von dem Mann, der die Babys getötet hat? Hier sind alle Nachrichten voll davon. Es ist entsetzlich ...«

»Nein«, unterbrach Julian sie, »ich rufe an, weil ich ...« Die Verbindung war voller Störgeräusche. »... und bist du noch in London?«

»Ja.«

»Hast du Annika gefunden?«

»Nein. Ich ... wir haben noch keine Spur von ihr.«

»Wir? Ich verstehe dich sehr schlecht«, rief Julian. »Ich dachte, du wärst vielleicht schon wieder in Berlin und ...« Die Störgeräusche wurden lauter. Dann: »Aber ich wollte dir ...«

Ella fiel ein, was Cassidy über ihr Handy gesagt hatte. »Julian, hör zu«, sagte sie schnell. »Kann ich dich vielleicht zurückrufen?«

»Ich kann dich nicht verstehen. Was hast du gesagt? Wann kommst du wieder?«

»Ich weiß noch nicht. In ein paar Tagen vielleicht.« In diesem Augenblick verspürte sie ein Bedürfnis nach vollkommener Ehrlichkeit; den Wunsch, jemand vertrauen zu können. Sie wünschte sich, etwas Eindeutiges zu tun, das Richtige, und sie dachte: *Fang jetzt damit an, fang bei Julian an.*

Er kam ihr zuvor.

»Ella, ich muss dir etwas sagen.« Einen Moment war es still in der Leitung. »Es tut mir leid, wie wir in Berlin auseinandergegangen sind.« Jetzt klang seine Stimme klar und nah, als läge nicht der ganze Ärmelkanal zwischen ihnen. »Und ich hätte dich nicht allein nach London fliegen lassen sollen. Ich habe Angst um dich ...«

»Mir tut es auch leid«, sagte Ella. Sie schwieg einen Moment, ehe sie fortfuhr. »Weißt du, ich habe immer Angst, nur als provisorische Zuflucht betrachtet zu werden. Als das kleinere Leben, das man aufgibt, wenn sich die Chance auf etwas Bedeutsameres ergibt. Etwas, in das man dann richtig investiert, weil es lohnendere Rendite verspricht.

Aber wenn ich etwas mehr nachgedacht hätte, über dich und was dir fehlt …«

»Mir fehlt ja gar nichts«, unterbrach er sie. »Ich habe bloß das Dümmste gemacht, was man in so einer …«

»Wir haben uns beide ziemlich blöd angestellt«, sagte sie.

»Ich liebe dich, Ella«, sagte er. »Deswegen rufe ich an.«

Ich liebe dich doch auch, dachte Ella. Sie spürte, wie ein heftiges Verlangen in ihr aufstieg, sich in ihren Herzschlag mischte, und sie dachte: *Ich wollte, du wärst hier.*

»Wenn du willst, könnte ich … Soll ich nicht zu dir kommen?«, sagte er. »Ich könnte gleich morgen früh die erste Maschine nehmen …«

»Nein, tu das nicht«, fiel sie ihm ins Wort. *Ich wollte, du wärst hier, aber ich kann nicht auch noch auf dich aufpassen.* »Es ist zu gefährlich. Es reicht, dass sie hinter mir und Anni her sind.«

»Wer ist hinter dir her?«

»Das kann ich dir nicht sagen«, antwortete sie und dachte: *Ich klinge schon wie Annis unheimlicher Patient.*

»Du machst mir Angst«, sagte Julian. »Warum wendest du dich nicht an die Polizei? Oder an jemanden von unserer Botschaft?«

»Mach dir keine Sorgen. Ich stehe in Kontakt mit der Polizei.«

»Du änderst dich wohl gar nicht mehr«, sagte er, aber es klang nicht wie ein Vorwurf; es klang fast zärtlich.

»Das kommt dir nur so vor«, sagte sie. »Wenn das hier vorbei ist …« Sie unterbrach sich und hielt einen Moment inne. »Wie geht es Shirin?«, fragte sie dann.

Kurz herrschte Schweigen am anderen Ende. Sie glaubte, einen Unterton von Enttäuschung mitschwingen zu hören, als er antwortet: »Sie macht Fortschritte. Sie ist jetzt wach, liegt auf der Kinderstation und fragt dauernd, wann sie wieder schwimmen gehen kann. Sie hat auch schon ein paarmal nach dir gefragt. Ihre Schwester erzählt ihr die ganze Zeit von dir. Auf die hast du ziemlichen Eindruck gemacht.«

Ella gab sich einen Ruck. »Weißt du, Julian, wenn das alles vorbei ist, möchte ich gern verreisen. Ich möchte eine lange Reise machen.«

»Hört sich gut an. Wohin?«

»Irgendwohin ans Meer. Ich musste gerade daran denken, wie ich einmal in der Nordsee schwimmen war, ganz früh am Morgen an einem herrlichen Sommertag. Ich bin immer weiter hinausgeschwommen, alles um mich herum war blau und golden, und mitten in dem ganzen Blau schwebte ich mit der Dünung auf und ab. Auf einmal kam ein ganzer Trupp Delfine auf mich zu. Stell dir das mal vor, in der Nordsee! Sie sprangen aus dem Wasser und wieder rein und wieder raus, und sie waren unheimlich groß, viel größer, als ich gedacht hatte. Ich kriegte richtig Angst, aber sie schienen nur zu lachen, sie spritzten mich mit salzigem Schaum voll und schwammen um mich herum wie bei einem Kinderspiel, und plötzlich dachte ich, was für ein wundervolles Erlebnis. Wie herrlich! Nach einer Weile zogen sie dann davon, hinaus auf die offene See, wo sie immer kleiner wurden und nur noch ein paarmal sprangen. Ich machte auch kehrt, und die ganze Zeit während ich zurückschwamm, war ich richtig glücklich. Und ich dachte, glücklicher werde ich wohl nie sein.«

»Und – stimmte das?«, fragte Julian.

»Fast.«

»Vielleicht gibt es verschiedene Arten von Glücklichsein«, sagte er sanft.

Auf einmal, heftig wie ein unerwarteter Schmerz, verspürte Ella einen Heißhunger auf Glück, den jähen Wunsch, wieder lachen zu können, keine Angst haben zu müssen. Doch dann riss sie sich zusammen.

»Ich muss jetzt Schluss machen,« sagte sie hastig. »Wir sprechen uns, wenn ich zurück bin, ja?«

»Dann beeil dich. Und sei vorsichtig, ich will dich lebend zurückhaben!«

»Ich gebe mir alle Mühe«, sagte sie. Sie unterbrach die Verbindung und dachte: *Wenn du mich wirklich liebst, kommst du trotzdem.*

Noch während des Telefonats war ihr etwas eingefallen. Sie musste an Annis Telefonat mit ihrem Bekannten denken. Ken.

Wer, verdammt nochmal, ist Ken?

Vor ihrem fluchtartigen Aufbruch aus Cassidys Wohnung hatte sie in Annis iBook nach dem Namen gesucht, ohne Ergebnis. Sie hatte auch die anderen Gegenstände aus Annis Praxis nach einem Adressbuch durchwühlt, genauso ohne Ergebnis.

Wer ist Ken? Wen hat Anni angerufen, nachdem sie Colin Blain rausgeschmissen hatte? An wen hat sie sich gewandt? An wen wendet man sich um Hilfe oder Rat, wenn man etwas gehört hat, das einen in panische Angst versetzt?

Und jetzt fiel es ihr ein, etwas, das bei ihrem Gespräch mit Tori Farrow zur Sprache gekommen war. *Könnte sie mit jemand anderem darüber geredet haben?*, hatte sie gefragt, und Tori hatte geantwortet: *Mit Dr. Gershenson vielleicht – Kenneth –, zu dem ging sie selbst einmal im Monat. Er war so etwas wie ein Beichtvater für sie.*

Natürlich, jeder Therapeut hatte einen Supervisor, zu dem er in regelmäßigen Abständen ging, um mit seiner Hilfe die eigene Psyche aufzuräumen. Ella griff nach ihrem Smartphone, um Kenneth Gershenson zu googeln, schreckte dann jedoch davor zurück. *Keine Spur hinterlassen,* dachte sie; *keinen Hinweis geben, sie können alles lesen, alles mithören, alles aufzeichnen.*

»Haben Sie zufällig ein Telefonbuch?«, fragte sie den Imbiss-Besitzer.

»Nein, nicht, leider.«

»Darf ich dann mal Ihr Telefon benutzen?«

»Nein, nicht, leider. Kein Telefon. Keine Anrufe.«

»Aber Sie haben doch ein Handy, oder? Jeder hat ein Handy. Ich schenke Ihnen meins, wenn ich Ihrs mal benutzen darf.«

»Sie haben Smartphone«, sagte der Besitzer, der es vor ihr liegen sah.

»Ja.«

»Ein Anruf?«

»Ja.«

»Gut. Ein Anruf.« Er holte ein abgenutztes billiges Samsung unter dem Tresen hervor und gab es ihr, während er gleichzeitig ihr iPhone an sich nahm. »Wie lautet die Nummer der Auskunft?«, fragte Ella.

Der Besitzer antwortete nicht, sondern blickte an ihr vorbei auf die Straße. Und da sah sie den Mann. Er trug eine rote Pudelmütze, eine dunkelgrüne Armeejacke ohne Abzeichen, ausgewaschene Jeans und schmutzige beige Laufschuhe. Die Jacke war zugeknöpft, das Jeanshemd darunter am Kragen offen, kein Schal. Er trat hinter einem Baum auf dem gegenüberliegenden Gehweg hervor und überquerte die Straße. Im Gehen schob er die Hände in die Jackentaschen und schaute nach rechts und links – *keine Zeugen,* dachte Ella –, dann stieß er die Glastür auf und betrat den Imbiss. Er nickte dem Besitzer zu, aber es war kein Gruß, sondern ein Befehl: *Verschwinde hinter deinen Tresen.* Jetzt erst, als er an ihren Tisch trat, sah er Ella an. Sein Blick war genauso stonewashed wie seine Jeans. Er zog sich einen der Gartenstühle heran und setzte sich, ohne etwas zu sagen. Die Hände schob er wieder in die Jackentaschen.

»Wer sind Sie?«, fragte Ella. Sie konnte ihren Puls dicht an ihrer Kehle hämmern fühlen. »Was wollen Sie?«

Er antwortete nicht.

»Sind Sie vom Secret Service? Vom BND?«

Er sagte nichts. Sie griff nach dem Samsung, aber er war schneller und nahm es an sich. »Nicht telefonieren«, sagte er.

»Während wir was tun?«, fragte Ella.

»Warten.«

»Worauf?«

Er schwieg wieder, und seine Augen verwandelten sich in Steine, auf denen man Jeans waschen konnte. *Worauf warten wir?,* dachte Ella. *Auf wen? Auf was?*

48

Eine Viertelstunde später hielt ein dunkelgrüner Rover vor dem Imbiss, und DI Cassidy stieg aus. Ella wurde fast schwindlig vor Erleichterung. Auch Cassidy sah die Straße hinauf und hinunter, dann betrat er das Ladenlokal, das sofort zu schrumpfen schien. Er strahlte die gleiche zornige Energie aus wie in der vergangenen Nacht. Er nickte dem Mann zu, der mit Ella gewartet hatte, und sagte: »Warte draußen, Liam.« Zu dem Besitzer sagte er: »Ein Bier.« Er setzte sich auf den Stuhl, den sein Kollege geräumt hatte. Er sah erst das Samsung auf dem Tisch und dann Ella an. »Wenn Sie aufhören wollen, Spielchen zu spielen, ist jetzt der richtige Zeitpunkt dafür«, sagte er.

»Wer spielt denn hier Spielchen mit wem?«, fauchte Ella. Ihre Erleichterung verwandelte sich in Wut, die ihr wie eine rote Flamme bis hinter die Stirn schoss. »Sie setzen diesen Pitbull auf mich an, der den Mund nicht aufkriegt und mich anstiert, als hätte er schon lange keine rohe Gurgel mehr im Fressnapf gehabt, und dabei ist es einer von Ihren Leuten, der mich in Ihrem Auftrag hier festhält, ohne seine Dienstmarke zu zeigen!«

»Glauben Sie, ich würde Sie auch nur eine Sekunde allein oder unbeobachtet lassen, bei dem, was ich über Sie weiß? Oder bei dem, was gerade in meiner Stadt vorgeht?«

Jählings verrauchte Ellas Wut. »Gibt es etwas Neues?«, wollte sie wissen. »Über den Anschlag? Die Babynahrung? Haben Sie etwas herausgefunden?«

»Darüber darf ich nicht sprechen«, sagte Cassidy, und Ella dachte: *Natürlich nicht. Aber wenn er wollte, würde er es trotzdem tun.*

Der Besitzer stellte eine Flasche Bier vor Cassidy hin, und der Detective Inspector nahm einen herzhaften Schluck, bevor er das

Thema wechselte: »Als Sie vorhin in meiner Wohnung Annis Sachen durchwühlt haben, ist Ihnen da was aufgefallen? Haben Sie einen Hinweis auf den ominösen Ken gefunden? Oder irgendetwas anderes, das uns weiterhelfen kann? Nein? Ich sage Ihnen, warum. Weil Lady Ann nicht so überstürzt untergetaucht ist, wie es aussah. Sie hat vorher alles verschwinden lassen, was irgendjemanden in Gefahr bringen könnte, der ihr nahesteht oder für ihre Gegner von Interesse sein könnte. Ich habe weder von Wagenbach noch von Tori Farrow Unterlagen gefunden, keine Bänder, keine Adressen, keine Telefonnummern. Colin Blain war schon tot, als sie sich verdrückt hat. Wagenbach und Farrow hatte sie vermutlich gewarnt, bloß dass sie die Warnung nicht ernst genug genommen haben. Sogar eine gewisse Ella Bach in Berlin hat sie gewarnt. Genauso wie Kenneth Gershenson. Allerdings hat sie vergessen, dass das Band mit Blains Therapiestunde noch ein paar Minuten weitergelaufen ist, das war ihr einziger Fehler.«

»Sie wussten, dass der Ken, den sie angerufen hat, dieser Dr. Gershenson war?«

»Nicht sofort.« Cassidys gerötete Huskyaugen wanderten zu der Vitrine. »Im Lauf des Nachmittags ist mir wieder eingefallen, dass sie selbst einen Therapeuten hatte, zu dem sie einmal im Monat ging, um ihren seelischen Tampon zu wechseln. Der Rest war reine Routine. Die Frage ist, wann hätten Sie mir gesagt, dass Sie es auch wissen?« Sein Blick kehrte zu Ella zurück. »Sie trauen mir nicht«, stellte Cassidy fest, »und Sie werden mir auch in hundert Lichtjahren nicht vertrauen, weil Sie alles glauben, was Anni Ihnen über mich erzählt hat.«

»So ist das bei Freundinnen. Und in Lichtjahren misst man die Entfernung, nicht die Zeit.«

»Ich werde Ihnen jetzt was über Anni und mich sagen.« Ohne den Besitzer anzuschauen, rief Cassidy laut: »Für mich auch 'ne Portion Fish 'n' Chips. Ein Grund, aus dem das mit Anni und mir nicht funktioniert hat, war, dass wir die Dinge ganz unterschiedlich gesehen haben, dieselben Dinge zur selben Zeit. Sie war …«

»… ist …«

»… *war* damals so hoffnungsvoll. Der Zukunft zugewandt. Sie sah immer das Positivfoto. Es war, als hätte sie eine Kamera im Herzen. Sie schaute auf etwas, das sie schön fand, machte mit ihrem Herzen ein Foto davon und entwickelte es auch gleich selbst, verwandelte es vom Negativ in ein Bild, das sich zu den anderen schönen Bildern in ihr gesellte. Ich sah das Gegenteil. Ich behielt das Negativ ihrer Zukunftsträume.« Er runzelte die Stirn. »Ich verstehe es nicht. Sie war … ist … doch eine kluge Frau. Sie hatte diese ganzen Menschen, die zu ihr kamen, weil sie unglücklich waren … Manche von denen wollten sich umbringen, weil die Liebe ihnen so zugesetzt hatte. Wieso hat sie nicht aufgegeben? Wieso hat sie nicht aufgehört, daran zu glauben?«

»Vielleicht gerade *weil* sie eine kluge Frau ist.«

»Ich habe nie an besonders viel geglaubt. Nicht an Du-sollst-Mutter-und-Vater-ehren und auch nicht an Gott oder irgendeine Religion. Nicht mal an den Teufel. Oder Selbstverwirklichung.«

Ella zog die Augenbrauen hoch. »Sie empfinden keine Befriedigung, wenn Sie einem Verdächtigen falsches Beweismaterial unterschieben und ihn danach in der Arrestzelle windelweich prügeln?«

»Anni glaubte an Selbstverwirklichung.« Cassidy betonte das Wort, als handelte es sich um einen höchst obszönen, zutiefst verabscheuenswürdigen Vorgang. »In der Arbeit, sogar in der Liebe. Ich finde das rücksichtslos, egoistisch. Selbstverwirklichung ist wie ein Loch in einer Tube Zahnpasta. Man drückt drauf, und es kommt immer alles an der falschen Stelle raus, und am Ende ist kein Selbst mehr übrig, das man noch verwirklichen kann.«

Das Prasseln der Fritteuse erfüllte den Raum, und auf dem Fernsehschirm in der Ecke spielten jetzt winzige Männer in anderen Trikots um einen kaum sichtbaren Ball. Am unteren Bildrand zog ein Schriftband vorbei, aber auf die Entfernung konnte Ella die Worte nicht lesen. »Kann es sein, dass Sie einfach nur eifersüchtig waren?«, fragte sie.

»Worauf denn?« Ungläubige Miene, aufrichtig erstaunt. »Ich hatte doch das Beste – ihren Körper! Ich hatte den Anblick, wenn sie ihre Bluse aufknöpfte, wenn sie ihren Rock fallen ließ. Ihre Freude daran, sich mir hinzugeben, die jede ihrer Bewegungen verriet. Ihre Lust daran, nackt zu sein. Wie sie mir stolz entgegenkam, weil sie meinen

Hunger verspürte, den nur sie stillen konnte. Sie schwamm in meinem Begehren wie ein Fisch, so wohl fühlte sie sich darin.«

Vergiss nicht, dass er der Mann ist, der sie fast totgeschlagen hat.

Er schloss die Augen. »Sie war eine Frau, die Liebe entgegennimmt wie eine Opfergabe; weil sie sie verdient. Ich kann sie immer noch sehen. Ich kann sie immer noch riechen. Ich kann sie immer noch schmecken. Es war wirklich ein Fehler. Wir hätten uns nie begegnen dürfen. Dazu kommt, dass Anni – nachdem es geschehen war, nachdem ich diese Scheiße gebaut hatte, fing sie an, jemand anderen in mir zu sehen.«

»Wen denn?«

Wortlos stellte der Besitzer einen Pappteller mit Pommes frites und panierten Fischnuggets vor ihn hin. Der Detective Inspector begann sofort zu essen. Er kaute kurz, schluckte und legte nach, ohne sich den Mund zu verbrennen.

»Wen oder was hat Anni in Ihnen zu sehen angefangen?«, fragte Ella.

»Jemanden, der angeblich schon immer in mir gewesen war und der ihr etwas antun wollte und es dann auch getan hat. Ihr und allen anderen Menschen. Jemanden, den sie zunächst nicht als Realität akzeptieren wollte und über den sie auch mit anderen nicht sprechen konnte, ohne für verrückt erklärt zu werden. Weswegen sie ihm meine Gestalt und meinen Namen gegeben hat. Ich war so was wie ein offizieller Sündenbock.«

»Sie hat jemand anderen in Ihnen *gesehen* oder sie hat erkannt, dass jemand anderer in Ihnen *steckte*?«

»Ich nehme an, für sie war es dasselbe.«

»Wollen Sie damit andeuten, Anni könnte den Verstand verloren haben?«

Er ließ sich mit der Antwort mehr Zeit, als sie erhofft hatte. »Nein. Ich glaube, sie sieht Dinge, die die meisten Menschen nicht sehen können. Die aber da sind.«

»Etwa den Teufel?«, fragte sie ungläubig.

»Oder sein Treiben.«

»Wo, zum Beispiel?«

»Na ja, überall, oder?«

Folie à deux, dachte Ella; *einer hat den anderen angesteckt.* Sie fragte sich, ob es an London lag, dass plötzlich alle vom Teufel sprachen, als wäre er eine Realität; eine Gestalt aus Fleisch und Blut, in der das Böse unter ihnen umging. *Ich werde mich davon nicht infizieren lassen.* »*Don't talk to the police* – der Anruf vor der deutschen Botschaft gestern Morgen, das waren Sie, oder?«

»Ich wollte nicht, dass Sie einen Fehler machen.« Er warf einen Blick auf seine Armbanduhr, dann schob er das Samsung in Ellas Richtung. »Wir haben jede Menge faule Eier in unseren Reihen. Wie wär's, wenn Sie jetzt mal Dr. Gershenson anrufen?« Er holte einen Zettel aus der Tasche seiner Lederjacke. »Das ist die Nummer. Besser, wenn Sie das machen, Doc. Mein Name könnte unangenehme Erinnerungen auslösen.«

»Wie kommen Sie darauf, dass er noch unter dieser Nummer zu erreichen ist?«

»Die anderen haben sich auch zu Hause verkrochen. Keiner ist weggerannt. Die begreifen alle noch nicht, wie real eine Gefahr sein kann, die aus einem virtuellen Raum kommt.«

»Die Männer, die Tori Farrow und Wagenbach umgebracht haben, sind jedenfalls nicht aus einem virtuellen Raum gekommen«, sagte Ella. Sie tippte die Nummer, die auf dem Zettel stand – ein Festnetzanschluss –, und presste das Handy gegen das Ohr. Sie sah aus dem Fenster auf die Straße, wo Cassidys Mann unter einer Laterne stand. Das Freizeichen erklang. Ella wartete, aber niemand ging an den Apparat. Als sie es gerade aufgeben wollte, wurde der Hörer abgehoben, und eine sehr jung klingende Männerstimme meldete sich: »Hallo?«

»Dr. Gershenson?«, sagte Ella. »Mein Name ist Ella …«

»Dr. Gershenson ist nicht da«, sagte die Stimme.

»Wann erwarten Sie ihn denn zurück?«

»Das kann ich Ihnen nicht sagen.«

»Sie können es nicht sagen, oder wissen Sie es nicht?«, fragte Ella, ermutigt durch den jungenhaften Tonfall der Stimme.

»Ich weiß es nicht.«

»Ich müsste aber dringend mit ihm sprechen«, sagte Ella. »Kann ich ihn vielleicht mobil erreichen?«

»Nein.« Geduldig und höflich. »Das geht leider nicht.«

»Können Sie ihn erreichen?«

»Nein. Bedauerlicherweise auch nicht.«

»Und mit wem spreche ich?«

»Ich bin Oliver. Dr. Gershensons Sohn.«

Es schien Ella, als gäbe es eine kaum hörbare Veränderung in seinem höflichen Tonfall, ein Anflug von Kälte; als schlüge ein frostiger Hauch aus dem Handy. »Meldet Ihr Vater sich denn nicht hin und wieder bei Ihnen?«

»Doch. Hin und wieder.«

»Aber Sie wissen nicht, wann.«

»So ist es.« Doch, das war eindeutig nicht nur Höflichkeit in der Stimme des Jungen, sondern Kälte und noch etwas: Verlorenheit. »Kann ich etwas ausrichten?«, erkundigte er sich.

Ella überlegte. »Ja, sagen Sie ihm doch bitte, Ella Bach hätte angerufen. Ich bin eine Freundin von Dr. Jansen. Annika Jansen. Er möchte mich bitte zurückrufen, unter …«

Ihr fiel ein, dass sie keine Nummer hatte, unter der sie zu erreichen war. Sie sah Cassidy an, der ein weiteres Handy aus seiner Jackentasche gezaubert hatte und ihr eine Nummer diktierte. Sie gab die Nummer weiter. Der Junge bedankte sich höflich und sagte: »Ich richte es ihm aus. Sie werden bestimmt bald von ihm hören.« Dann legte er auf.

Ella ließ das Samsung auf den Tisch fallen. »Und, was machen wir jetzt?«

»Eine kleine Spazierfahrt«, sagte Cassidy.

49

Ella saß neben DI Cassidy in dem dunkelgrünen Rover der Metropolitan Police an der U-Bahn-Station London Bridge, Eingang St. Thomas Street, und beobachtete die Tür eines mehrstöckigen Backsteinhauses gegenüber der Gleisunterführung zum Borough Market. Hinter dem Gebäude bohrte sich ein Wolkenkratzer wie ein umgekehrter Eiszapfen aus Glas und Stahl in den Nachthimmel. Der steife Wind trieb Pappbecher und Pizzakartons über den Asphalt. Die Laternen spendeten blassgelbes Licht, das irgendwo zu versickern schien, bevor es die Straße erreichte.

»Ist er das?«, fragte Ella, als ein weißhaariger Mann in einem grünen Dufflecoat das Haus verließ und zu einem Geldautomaten ging. Sie warf einen Blick auf den Bildschirm des Bordcomputers im Armaturenbrett des zivilen Polizeifahrzeugs, wo ein Foto aus dem Internet zu sehen war: Dr. Kenneth Gershenson, Professor der Psychologie, Doktor der Medizin, Analytiker, Therapeut und Autor von *Das Gute und das Nichts.* Sie verglich den weißhaarigen Mann und das Bild und erkannte selbst, dass es sich nicht um dieselbe Person handelte. »Vielleicht ist er wirklich nicht da«, sagte sie.

»Er ist da.«

»Woher wollen Sie das wissen?«

»Instinkt«, sagte Cassidy und nahm einen Schluck aus dem Flachmann, den er unterwegs gekauft hatte. Der Geruch von Irish Malt erfüllte inzwischen den ganzen Wagen.

»Das ist eine blöde Antwort«, sagte Ella. »Saublöd. Richtige Bullenscheiße. Genau wie: Darüber darf ich nicht reden!« Plötzlich hatte sie das Gefühl, keine Luft mehr zu kriegen. Etwas Heißes schoss ihr in den Kopf, und der Wagen und die Straße fingen an, sich um sie zu drehen. Sie beugte sich vor, soweit es ging, drückte die Arme gegen den Bauch und ließ den Kopf auf die Oberschenkel sinken wie ein Flugpassagier, der sich für einen Absturz wappnet.

»Was haben Sie denn?«, fragte Cassidy. Seine Stimme klang verzerrt, als wäre er viel weiter entfernt. »Ist Ihnen nicht gut?«

Ella wollte es nicht, sie wollte es wirklich nicht, aber sie konnte nichts dagegen tun: Ihre Brust würgte ein Schluchzen hervor, das nicht aufhörte. »Die Kinder«, keuchte sie, »die kleinen Babys … was für ein Scheißkerl … all die toten Babys …«

»Ist ja gut«, Cassidy klang hilflos, »ich weiß … das ist eine Riesenschweinerei … Sie kriegen das toll hin … tapferes Mädchen …«

»Ich bin Ärztin … ich heile Menschen … ich sehe nicht zu, wie sie sterben … aber auf einmal … auf einmal … ich habe das schon mal erlebt … ich will nicht … nicht schon wieder …«

»Hier trinken Sie einen Schluck. Nur einen kleinen.«

»Dieser Anschlag«, fing Ella jetzt erneut an, »der muss doch … muss doch genauso vorbereitet worden sein wie die anderen … von langer Hand. Das zeigt doch, dass die Grafik aus Annis Praxis einen überholten Stand wiedergibt und dass das Monster, das die Agenten ›Samson‹ genannt haben, schon längst neue Daten, Orte und Anschläge geplant hat.«

»Oder dass Samson nervös wird und die nächsten Stufen schneller nimmt, weil er sich bedroht fühlt, durch Annis Verschwinden und das Auftauchen einer gewissen Ella Bach«, sagte Cassidy. »Und dadurch, dass wir uns begegnet sind.«

Ella sah Cassidy an. »Das heißt, er hat Kandidaten, die auf Abruf bereitstehen, genau wie Kornack in Berlin.« Sie starrte durch die Frontscheibe, aber sie sah nicht die Straße, sondern die rekonstruierten Abschnitte aus Kornacks Textdatei.

… *Nein! Nein! Ich kann es nicht, ich werde mich nicht mitnehmen lassen in die Klinik! Ich will, dass die Kinder …*

»Er hat auch etwas von Kindern geschrieben, etwas, das er nicht wollte oder das er verhindern wollte, aber nicht verhindern konnte«, sagte sie und dachte: *Saturn frisst seine Kinder. Was bedeutet das? Was ist Zufall, was ist Fehler oder Versagen und was Teil des Programms?*

Cassidy sagte: »Das, was dieser verrückte Patient Anni erzählt hat, gehörte jedenfalls so nicht zum Programm, sonst wäre er nicht kurz nach seinem Termin bei ihr ermordet worden. Und so kurz nachdem sie Dr. Gershenson angerufen hat.«

Ella hielt einen Moment die Luft an. Dann fragte sie: »Was wollen Sie damit andeuten? Dass Gershenson Samson sein könnte?«

Cassidy antwortete nicht, nahm nur einen großen Schluck aus der bereits halb leeren Flasche.

»Ist das wieder Ihr Instinkt?« Unwillkürlich ballte sie die Fäuste. »Anni geht jahrelang zu jemandem zur Supervision, hängt ihre Seele vor ihm zum Trocknen auf und erzählt ihm die intimsten Dinge, ohne zu merken, dass sie damit einem Trojanischen Pferd das Tor öffnet?«

»Vielleicht war bei den beiden mehr im Spiel. Vielleicht standen sie sich nicht nur beruflich nah.« Cassidy starrte ebenfalls durch die Frontscheibe, und Ella fragte sich, was er gerade sah. »Aber wenn Sie schon von Trojanischen Pferden anfangen, dann sage ich Ihnen jetzt mal was: Die Welt könnte heute ein besserer Ort sein, wenn man vor zwanzig oder dreißig Jahren in Kalifornien auf die Idee gekommen wäre, ein paar Nerds in ihrer Garage einfach den Strom abzudrehen und sie auf ihre Zimmer zurückzuschicken, damit sie was Anständiges lernen, nachdem man ihnen ein paar hinter die Ohren gegeben hätte. Aber wie's aussieht, hat man das wohl versäumt, und deswegen müssen wir jetzt mit geistigen Müllhalden wie Facebook, Twitter, YouTube und LifeBook leben. Das sind die modernen Trojanischen Pferde von heute. Sie treten einem sogenannten sozialen Netzwerk bei, und plötzlich haben Sie lauter neue Freunde, aber was Freundschaft wirklich ausmacht, geht flöten. Da wimmelt es von kaputten Typen, die sich hinter albernen Usernamen verstecken, von Kontakten, die keiner braucht und von geposteten Fotos, die niemand sehen will. Jeder ein Blogger, der seine Pipi-Texte ins Netz stellt. Und da stehen sie dann, umwimmelt von genauso bescheuerten Trollen, die immer und überall auftauchen und jeden noch so abstrusen Gedanken weiter verfälschen und mit ihrer eigenen Jauche zuschütten. Sehen Sie sich doch mal um: überall Trost, der nicht hält, was er verspricht, Tore, die sich auftun und wieder schließen, um sich nie mehr zu öffnen. Brücken ins Nirwana abgefuckter Seelen, wo sie sich mit anderen, genauso kranken Seelen in einem hohlen, leeren Raum tummeln wie in dieser Academy of Solace.«

Ella hörte nur mit einem Ohr zu; sie musste noch immer an Kornacks Datei denken. Was hatte es mit den Kindern auf sich?

»Soll ich Ihnen sagen, was aus dem glorreichen Internet geworden ist?«, fuhr der DI mit erhobener Stimme fort, denn hinter ihnen donnerte ein Zug über die Hochgleise des Bahnhofs. »Ein Lokus! Ein öffentliches Scheißhaus, dessen Wände jeder Wichser im Schutz der Anonymität mit Klatsch, Gerüchten und Verleumdungen beschmieren kann. Ein globaler Basar, auf dem Terroristen öffentliche Hinrichtungen inszenieren. Ein klebriger Sumpf, in dem Perverse aller Art ihren abartigen Neigungen nachgehen können und Kinder zum Missbrauch freigegeben sind, Fotos, Filme, Schreie und Samenergüsse inklusive. Eine Kloake des Faustrechts, der Schamlosigkeit, der Menschenjagd. Ein Dschungel, in dem jeder von jedem zu Tode gehetzt werden kann, nur mit einer Webcam, einem Handy. Eine Parallelwelt aus Datenströmen, die von Frustrationen gespeist wird, von Wut und Schmerz und Einsamkeit. Unzählige gebrochene Dämme vor den abgenutzten Tastaturen billiger Computer.

Ella kramte in ihrer Tasche, bis sie das Etui mit ihren Ausweisen und Bankkarten fand. *Was hat es mit den Kindern auf sich?*

Cassidy achtete nicht auf sie. »Man sagt immer, das Netz hätte denen eine Stimme gegeben, die vorher keine hatten. Aber jetzt, wo die sich im Netz Gehör verschaffen und in Blogs und Kommentaren aussabbeln können, wird immer klarer, dass sie völlig zu Recht keine hatten, weil sie nichts zu sagen haben und niemand sie hören will.

»Kann ich mal das Handy haben?«, fiel Ella ihm ins Wort.

»Was?«

»Ich muss telefonieren.«

»Mit wem?«

»Geben Sie mir einfach das Handy.«

Er schüttelte den Kopf und verströmte Wolken von Whiskeydunst, holte aber das Handy aus der Jackentasche. Sie nahm es, stieg aus dem Rover und wählte die Nummer auf der Visitenkarte von Kommissar Abdallah. Eine Windböe fuhr ihr ins Haar und ließ sie die Augen zusammenkneifen. In Berlin war es eine Stunde später als hier, trotzdem meldete der Kommissar sich nach dem dritten Klingeln. »Abdallah. *Salaam!*«

»Ella Bach.«

Eine Pause von zwei Sekunden. »Frau Bach, ich habe schon ein paarmal versucht, Sie zu erreichen. Sie sind doch nicht immer noch in London?« Diesmal war die Verbindung gut; Ella konnte sogar die leisen Kaugeräusche hören.

»Doch, und ich habe nicht viel Zeit«, sagte sie. »Mir ist etwas eingefallen. Diese Handys – das von Scharnhorst, das der Sanitäter an sich genommen hat, und das von Kornack, das nach seinem Angriff auf Hagen auch verschwunden war …«

»Ja?«, unterbrach Abdallah sie schnell.

»Der Rettungsassistent, der mir zugeteilt worden ist, als wir zu Kornack in die Wohnung gefahren sind … Sascha …«

»Ja?« Etwas lauter.

»Haben Sie ihn überprüft? Er war … er wirkte irgendwie verändert nach dem, was in der Wohnung passiert war, und er hat mir mit einem ziemlich seltsamen Gesichtsausdruck nachgesehen, als Sie mit mir weggefahren sind …«

»Was für ein Gesichtsausdruck?«

Eine neuerliche Windböe traf sie und nahm ihr für einen Moment den Atem. »Ich sage ja nur, dass mir sein komisches Verhalten wieder eingefallen ist, als Dr. Auster mir am Telefon gesagt hat, er hätte sich in der Klinik nach mir erkundigt … Sascha, meine ich … Es könnte ja sein, dass er …«

»Er ist verschwunden«, sagte Abdallah und kaute etwas schneller. »Wir haben sein ganzes Apartment auf den Kopf gestellt, aber nichts gefunden, kein Telefon, keinen Computer, überhaupt nichts, was uns weiterhelfen könnte.«

Ella glaubte, einen besorgten Ton in seiner Stimme zu vernehmen. »Was haben Sie gefunden?«, fragte sie. »Sie verheimlichen mir etwas. Was ist es?«

Er antwortete nicht, hielt sogar mit dem Kauen inne, als würde sie dann nicht auf einer Antwort beharren.

»Was haben Sie gefunden?«, fragte sie noch einmal und versuchte sich vorzustellen, was er vor sich sah, und dann wusste sie es plötzlich. »Die Handys! Sie haben mich angelogen. Sie haben die Handys doch gefunden.«

»Ich bin nicht befugt, Ihnen Einblick in den Stand der Ermittlungen zu geben«, sagte er leise.

»Seit wann?«, fragte Ella. »Seit wann kommen Sie mir mit diesem Ermittlungsquatsch? Es geht mich doch etwas an, oder nicht? Mein Leben hängt vielleicht davon ab …«

»Nur eins. Nur ein Handy.«

»Welches?«

»Wir denken, es ist das von diesem Militärseelsorger aus Afghanistan – Scharnhorst.«

»Was ist darauf gespeichert?«

»Wie kommen Sie darauf, dass da etwas gespeichert sein …«

»Was haben Sie darauf entdeckt?«

»Das möchte ich Ihnen lieber nicht sagen. Nicht zu diesem Zeitpunkt. Es ist besser, wenn Sie es nicht …«

»Was?«

Er holte tief Luft, aber es klang merkwürdig gepresst. »Also gut, aber ich habe Sie gewarnt …« Wieder donnerte ein Zug über die Stahlbrücken des Bahnhofs, und der Lärm verschluckte Abdallahs Worte. Ella hörte nur noch: »… lassen es im Labor von den Technikern untersuchen.«

»Was haben Sie gesagt? Ich habe Sie nicht …«

»Es scheint sich von innen in das halb geschmolzene Display gebrannt zu haben«, Abdallahs Stimme wurde schwächer, »so ähnlich wie … so wie das Turiner Grabtuch angeblich das Gesicht von Jesus Christus zeigt …«

»Hallo?« Der Wind fuhr Ella wieder ins Haar und über den Nacken wie eine kalte Hand. »Abdallah!«

»Ich kann sie kaum noch verstehen«, rief der Kommissar. »Ich glaube, es ist am besten …«

»Sie müssen Sascha suchen!« Ella schrie gegen den Wind an. »Zur Fahndung ausschreiben. Es kann sein, dass er einen Anschlag plant. Wir sind hier in London einer Art von Verschwörung auf der …«

»Einer *Art* von Verschwörung?«

»Ich weiß, wie sich das anhört, aber es ist wichtig, dass Sie alle Kliniken überwachen und Dr. Auster informieren …«

»Dr. Auster ist …« Ein Knacken, dann war die Leitung tot. Ella drückte die Rückruftaste, aber nichts geschah, kein Freizeichen, kein Knacken oder Knistern, nur Stille.

»Mit wem haben Sie gesprochen?«, fragte Cassidy, als Ella wieder in den Rover stieg und sich das verwehte Haar aus dem Gesicht strich, ohne dabei das Handy loszulassen. Sie starrte das Display an, eine schwarze, leere Fläche mit ein paar Fingerabdrücken darauf. Sie fühlte sich wie jemand, der allein auf einer Eisscholle aufs offene Meer hinaustrieb, weiter und weiter, fort von der sicheren Küste, die allmählich in der Nacht versank. »Wie bitte?«

»Mit wem Sie gesprochen haben!«, wiederholte Cassidy, schien aber an der Antwort nicht wirklich interessiert zu sein. Die kleine Whiskeyflasche lag leer zwischen den Vordersitzen, und er ließ den Kopf zurücksinken gegen die Nackenstütze. »Woher kommt all diese Wut?«, fragte er. »Der ganze Schmerz, woher kommt der?«

»Bei Ihnen?«, fragte Ella. »Oder bei mir?«

»Bei denen, die das Internet als Ventil benutzen«, sagte er. »Wer hat dieses Klima der Hilflosigkeit geschaffen, in dem all die negativen Gefühle, die ganzen schwarzen Energieströme anwachsen und gedeihen? Die Politik? Die Wirtschaft? Die Medien? Die Religion? Die Globalisierung? Alle zusammen?«

Ella schwieg.

Cassidy rülpste mit zusammengepressten Lippen. »Ich weiß, was Sie denken. Auch schon vor der Erfindung des Internets haben die Menschen Verbrechen begangen. Sie haben gestohlen und getötet und des Nächsten Weib begehrt. Aber sie haben gewusst, dass sie dafür bezahlen müssen. Dass es Sünde war. Ihr Gewissen hat es ihnen gesagt. Sie haben nicht damit geprahlt, um achthundertzweiundfünfzig unbekannte Freunde so zu beeindrucken, dass sie einen *Gefällt mir*-Button drücken. Gewissen? Brauche ich nicht mehr. Das Netz erteilt mir Absolution! Es sagt *Weiter so!* und verführt mich zu Verbrechen, auf die ich gar nicht gekommen wäre, wenn es nicht diese Plattform gäbe, um damit zu prahlen. Und nie – das ist die Ironie dabei! –, nie wurde es mir so leicht gemacht, dabei anonym zu bleiben, ungesehen, ungenannt, unentdeckt. Feige!«

Langsam drehte er den Kopf, bis er Ella ins Gesicht sehen konnte. »Es ist das ideale Medium für das Böse, und irgendjemand hat das erkannt. Jemand, der das Terrain sondiert, den Boden bereitet. Denn es gibt kein Versteck mehr, keinen toten Winkel, keinen Ort, an dem man geborgen ist.«

Doch, dachte Ella. Zuerst merkte sie gar nicht, dass sie es dachte, es war nur ein Wort, kein Gedanke. *Doch.* Sie wusste nicht einmal, was es bedeutete. *Doch.* Sie krabbelte über das Gemälde wie die Fliege, die Abdallah beschrieben hatte, und jetzt hatte sie das erste Detail entdeckt, ein Stück vom großen Bild. Alles war da gewesen, bloß dass sie es nicht erkannt hatte. Aber jetzt wusste sie, wohin sie krabbeln musste, wo sie weitersuchen musste, um das nächste Stück zu finden, bis sich irgendwann das ganze Bild offenbarte. »Doch«, sagte sie.

»Doch was?«, fragte Cassidy.

»Es gibt so einen Ort. Annika ist dort.«

50

Mach dir keine Sorgen um mich, ja? Morgen gehe ich zu Freunden, bei denen mich keiner findet, weil niemand weiß, dass es Freunde von mir sind. Sie wissen es nicht einmal selbst. Sie werden mich auch nicht verraten, weil sie es nicht können, und wenn sie es könnten, würden sie es nicht wollen, denn ihr Loyalität ist grenzenlos.

»Und was für ein Ort soll das sein?«, fragte Cassidy.

»Eine Klinik.«

»Was für eine Klinik?«

»Eine Klinik mit einer geschlossenen Abteilung.«

»Für Bekloppte?«

»Psychisch Kranke ist wohl der korrekte Ausdruck.«

»Wollen Sie damit etwa sagen, Anni hätte tatsächlich den Verstand verloren?«

»Nein. Sie hat nur so getan.« Ella dachte daran, wie Anni ihr auf der Fahrt nach Mont-Saint-Michel von ihren Patienten erzählt hatte, davon, wie wichtig ihr nach dem Ausbruch ihrer Krankheit der Kontakt mit ihnen geworden war. Wie sie ihr geholfen hatten, ohne es darauf anzulegen, einfach dadurch, dass sie da waren, genauso verletzt wie sie.

Cassidy schwieg und rieb sich die Augen, als könnte er dann besser denken. »Sie meinen, sie hat sich freiwillig einweisen lassen? In eine Klapsmühle?«

»So was in der Art, ja.«

»Doc, wenn das stimmt …« Er wuchtete sich halb aus dem Fahrersitz. »Wenn das stimmt, dann brauchen wir doch bloß noch die Aufnahmeprotokolle aller Kliniken mit solchen Abteilungen zu überprüfen und …«

»Nein, so finden wir sie nicht«, sagte Ella.

»Wieso nicht?«

»Weil sie nicht so dumm wäre, ihren richtigen Namen zu benutzen. Sie hat auch keinen Kollegen gebeten, ihr dabei zu helfen, sie will ja niemanden in Gefahr bringen. Wo immer sie ist, keiner dort weiß, wer sie ist.« Ella überlegte, krabbelte ein Stück weiter auf der Leinwand des Gemäldes. »Eine anonyme Zwangseinweisung. Eine verwirrte Frau ohne Papiere, die ihren eigenen Namen nicht mehr wusste. Die vielleicht überhaupt nicht mehr in der Lage war, zu sprechen. Die sich so auffällig benommen hat, dass sie mitgenommen werden musste, aber nicht an einem Ort, wo eure Kameras den Vorfall aufzeichnen konnten. Vielleicht in London, vielleicht in irgendeiner anderen Stadt, vielleicht auf dem Land. Mitgenommen und nach der Einlieferung sicherheitshalber zur Beobachtung dabehalten. Spurlos, außer in den Einsatzunterlagen von Polizei oder Ambulanz.«

»Das bedeutet?«

»Das bedeutet, dass wir morgen in Zeitungsarchiven, den Unterlagen der Rettungsdienste oder dem Polizei-Computer nach kürzlich eventuell aktenkundig gewordenen Vorfällen suchen müssen, in die eine Frau von etwa dreißig Jahren verwickelt war, hellbraune Haare, falls nicht gefärbt, Aussehen so und so, falls nicht verändert, ziemlich sicher verwirrt, vielleicht Epileptikerin, vielleicht depressiv, vielleicht aggressiv, vielleicht stumm, vielleicht taub, vielleicht taubstumm ...«

»Eine ganze Menge Vielleichts«, meinte Cassidy missmutig.

Aber Ella fühlte sich wie elektrisiert und ließ sich von seiner Stimmung nicht anstecken. »Was weiter bedeutet, wir brauchen Gershenson, und zwar unbedingt. Wenn einer uns helfen kann, den Kreis der infrage kommenden Kliniken einzuengen, dann er. Er weiß vielleicht, mit welchen Krankenhäusern, Ärzten oder Betreuern Annika hier zusammengearbeitet hat. Wohin sie selbst Patienten überwiesen oder wo sie stationär betreute Patienten besucht hat. Über welche Institutionen sie öfter geredet hat, welche Kollegen in ihren Berichten Erwähnung gefunden haben. Vielleicht hat er ihr Empfehlungen gegeben, Kontakte hergestellt, ist mit ihr irgendwo hingegangen, nachdem sie offiziell nicht mehr therapieren durfte. Wir liefern ihm die Vorfälle und Kliniken, auf die wir bei unserer Suche stoßen, er sagt *ja* oder *nein* oder *vielleicht*.«

»Vorausgesetzt, er ist nicht Samson«, sagte Cassidy. »Aber das lässt sich ja feststellen.« Plötzlich schien er hellwach zu sein. Er holte sein Handy heraus, tippte eine Nummer ein und wartete, die Augen fest auf die Fenster der dritten Etage von Gershensons Haus gerichtet. Ella konnte hören, wie eine Stimme dicht an seinem Ohr etwas sagte. »Der Anrufbeantworter«, murmelte er, ehe er unvermittelt losbrüllte: »Doktor Gershenson? *Doktor Kenneth Gershenson?* Hier spricht DI Patrick Cassidy, New Scotland Yard. Ich weiß, dass Sie zu Hause sind. Wir müssen dringend mit Ihnen sprechen. Es geht um das Verschwinden von Dr. Annika Jansen. Wenn Sie das hören, rufen Sie uns bitte umgehend zurück, unter der Nummer, die Frau Bach Ihrem Sohn gegeben hat.« Seine Stimme nahm einen sanften Ton an, den Ella noch nie bei ihm gehört hatte. »Wir haben bisher davon abgesehen, bei Ihnen zu klingeln oder Ihre Tür zu öffnen und Sie abholen zu lassen, um keine unangenehmen Erinnerungen an das Schicksal Ihrer Familie zu wecken.« Der Ton verschwand so schnell, wie er aufgetaucht war, und wich wieder dem vertrauten ungeölten Knarren. »Falls Sie sich jedoch nicht bald melden, muss ich andere Maßnahmen ergreifen, und dann kann auch der Geheimdienst Ihnen nicht mehr helfen.«

Er unterbrach die Verbindung und sah Ella an, zufrieden wie ein Kater vor einem Mauseloch. »Jetzt wollen wir mal sehen, wie lange es dauert, bis die Knaben vom Geheimdienst hier aufkreuzen.«

»Was meinten Sie damit – das Schicksal seiner Familie«, fragte sie.

»Immigranten«, erklärte er. »Sein Großvater, Professor Franz-Joseph Gerstensohn, musste Wien 1938 nach dem Anschluss verlassen und ist mit seiner Frau Elisabeth vor den Deutschen nach London geflohen. War Sozialist oder Kommunist oder Journalist, was auch immer, jedenfalls hatte er es sich mit den Nazis verdorben. Seine Geschwister blieben ein bisschen zu lang, sie wurden abgeholt und starben im KZ, obwohl sie nicht mal Juden waren. Hier kriegte er eine Stelle bei der BBC, änderte seinen Namen in Gershenson und machte im Radio Propaganda gegen das Dritte Reich, zusammen mit ein paar anderen Intellektuellen aus Deutschland und Österreich. Ein paar Jahre später, nach dem Krieg, kam unser Kenneth hier auf die Welt und noch ein paar Jahre später seine Schwester Rosalind. Wahrscheinlich mussten er und Rosa sich diese ganzen Emigranten-Geschichten darüber, wie seine Familie verfolgt und umgebracht wurde, rauf und runter anhören, einschließlich *No, not in German, my son, say it in English, please,* obwohl seine Eltern selbst zu Hause vorzugsweise Deutsch sprachen. Anni hat sein Buch *Die nackte Seele* gelesen und ihm geschrieben. Er antwortete ihr, sie schrieb ihm wieder, aus dem Briefwechsel wurde eine Bekanntschaft, dann eine Zusammenarbeit, und schließlich wurde er ihre Müllhalde. Wahrscheinlich war sie so etwas wie eine Tochter für ihn, er selbst hatte nämlich keine Kinder. Hat auch nie geheiratet. Nicht wie seine Schwester Rosalind, die es wohl ziemlich bunt getrieben haben muss, selbst nachdem der kleine Oliver aus dem Ei geschlüpft war.«

»Was ist denn aus Olivers Eltern geworden?«, fragte Ella. »Wieso lebt er bei seinem Onkel?«

Der Detective Inspector zuckte mit den Schultern. »So weit bin ich heute Nachmittag nicht gekommen. Ich hatte leider noch ein bisschen andere Arbeit, zum Beispiel den Selbstmord von diesem Babynahrungshersteller, der sich ausgerechnet in meinem Bezirk umbringen musste. Ich dachte, reiche Scheißkerle wie der leben in Hampstead oder Richmond statt in Whitechapel.«

Ein Austin mit dunklen Scheiben bog langsam um die Ecke der Barclays Bank gegenüber und rollte an Gershensons Haus vorbei. Sekundenkurz blendeten die Scheinwerferkegel Ella, als ihr Licht durch den Rover glitt. Fast im selben Moment leuchtete das Handy in Cassidys Schoß auf und spielte die ersten Takte von »Greensleeves«. Der Detective Inspector meldete sich, lauschte und reichte Ella den Apparat. »Für Sie, Doc.«

Sie nahm das Handy, das noch warm von seiner Hand war. »Ella Bach.«

»Professor Gershenson hier«, sagte ein älterer Mann auf Deutsch mit einem schwachen englischen Upper-Class-Akzent. »Ich habe gehört, Sie wollten mich sprechen.« Er klang, als wäre weder an der späten Stunde noch an der Tatsache, dass ein Polizeibeamter ihm auf seinem Anrufbeantworter gedroht hatte, etwas Ungewöhnliches oder gar Beunruhigendes. »Es geht um Dr. Jansen, sagten Sie?«

»Ja, und es ist wirklich wichtig. Aber ich möchte darüber nicht am Telefon sprechen.«

Der Anrufer schwieg einen Moment. »Ich weiß nicht genau, was Sie von mir erwarten«, sagte er. »Ich habe seit einiger Zeit nichts mehr von ihr gehört und …«

»Ich bin nicht weit von der London-Bridge-Station entfernt und kann in ein paar Minuten bei Ihnen sein«, fiel Ella ihm ins Wort. »Sie müssen mir helfen, sie zu finden, und erzählen Sie mir bitte nicht, Sie hätten nichts von ihr gehört oder wüssten nicht, dass sie verschwunden ist! Ich bin seit drei Tagen in London, ich war in Annikas Praxis, ich habe mit einigen ihrer Patienten gesprochen, die inzwischen tot sind, und ich habe einen Tonbandmitschnitt der letzten Therapiestunde von Colin Blain gehört, nach der Annika Sie angerufen hat, um …«

»Großer Gott«, flüsterte er. »Sie wissen davon?«

»Ich weiß, dass sie unbedingt mit Ihnen reden wollte«, sagte Ella. »Aber was sie so aufgeregt hat …«

»Ja, schon gut«, sagte er schnell, abwehrend und jetzt gänzlich ohne vornehmen Akzent. »Großer Gott! Kommen Sie auf keinen Fall her, kommen Sie nicht zu mir! Wir treffen uns morgen Abend beim …«

»Nicht morgen Abend. Dann ist es vielleicht zu spät. Jetzt sofort.«

»Sofort ist ganz und gar unmöglich.« Seine Stimme klang plötzlich fast flehend. »Ich will Ihnen ja helfen, aber ich kenne Sie nicht, und es ist …«

Ella sah Cassidy an, der den Kopf schüttelte und ein Nicken in Richtung Straße andeutete. Der Wagen, der um die Ecke der Barclays Bank gebogen war, kehrte zurück. Jetzt fiel ihr die Antenne auf dem Dach auf, und sie begriff. »Also gut, vielleicht haben Sie recht.« Sie bemühte sich um eine Prise Mutlosigkeit in ihrer Stimme. »Wahrscheinlich lebt sie sowieso nicht mehr. Wo sollen wir uns treffen?«

»Kommen Sie allein?«

»Ja. Ich komme allein. Sagen Sie mir nur, wohin.« Sie sah zu, wie der Wagen mit der Antenne auf dem Dach in einer Seitenstraße bog und dort am Straßenrand hielt, ohne die Scheinwerfer auszuschalten.

»Ich rufe Sie wieder an«, sagte Gershenson und legte auf. Ella beobachtete noch immer das Fahrzeug in der Seitenstraße. Nach ein paar Minuten löste sich der Wagen vom Bürgersteig und fuhr in die Richtung davon, aus der er an der Kreuzung aufgetaucht war. »Was jetzt?«, fragte Ella.

»Er kommt gleich runter«, sagte DI Cassidy.

Instinkt.

Nicht ganz eine Viertelstunde später öffnete sich die Tür des Hauses gegenüber, und ein schlanker Mann trat auf den Gehweg. Er trug einen Burberry-Trench und einen Hut mit schmaler Krempe. Er fuhr mit zwei Fingern über die Hutkrempe, blickte nach rechts, blickte nach links, blickte zu ihnen herüber und ging dann zu dem Geldautomaten der Barclays Bank im Nachbarhaus. »Wollen Sie ihm kein Zeichen geben?«, fragte Ella.

»Er hat uns längst entdeckt«, sagte Cassidy und sah zu, wie der Mann dem Geldautomaten den Rücken kehrte und schnell die Straße überquerte. Das Licht der Laternen reichte nur bis zu der Gleisunterführung und den steinernen Arkaden, zwischen denen sich die Halle des Borough Market öffneten. »Los.« Der Detective Inspector stieg aus, rückte sein Schulterholster zurecht und folgte dem Mann in die Dunkelheit zwischen den verrammelten Marktständen zu beiden Seiten der schmalen Unterführung. Ein schwacher Fäulnisgeruch schlug ihnen entgegen, vermischt mit der klammen Ausdünstung von kaltem Stein und rostigem Stahl. Die Schienen über ihren Köpfen summten und ächzten, und wenig später erbebte die Luft unter dem ohrenbetäubenden Scheppern des nächsten Zuges.

Cassidy blieb so abrupt stehen, dass Ella beinahe gegen seinen Rücken geprallt wäre. In den Schatten der Halle stand der Professor neben einer grünen Eisensäule und wirkte wie ein in die Enge getriebenes Tier. Das Rattern der Räder auf den Schienen entfernte sich, sodass sie hören konnte, wie er mit zitternder, erregter Stimme fragte: »Was wollen Sie von mir?«

»Wir brauchen Ihre Hilfe, Professor Gershenson«, sagte Ella. Sie trat neben Cassidy. »Sie müssen uns helfen, Annika Jansen zu finden.«

Auch der Professor trat einen Schritt vor, aber immer noch konnte sie nur die untere Hälfte seines Gesichts erkennen, den Teil, der nicht im Schatten der Hutkrempe lag. »Wie stellen Sie sich das denn vor?«, fragte er.

Cassidy bekam plötzlich einen Hustenanfall und beugte sich vor, um seinen Mund mit der rechten Faust zu bedecken, aber mitten in dem Anfall schoss sein Arm vor, und er packte den Professor und schmetterte ihn mit dem Rücken gegen eine Mauer. Er presste ihm den Unterarm gegen die Kehle, während er ihn gleichzeitig schnell und routiniert mit der anderen Hand abtastete, unter den Achseln, an den Hüften, zwischen den Beinen.

»Cassidy!«, rief Ella.

Gershenson rang nach Luft und stellte sich auf die Zehenspitzen, um den Druck auf seine Kehle zu verringern.

»Sind Sie verkabelt?«, fragte Cassidy.

»Was?«

»Haben die Ihnen ein Körpermikro verpasst?«

»Was?« Das Erstaunen des Professors war echt, so echt, wie es nur sein konnte.

»Herrgott, Cassidy!« Ella drängte Cassidy zur Seite, damit er Gershenson losließ. *Er hat keine Ahnung,* dachte sie. *Aber wo sind sie? Wieso wimmelt es hier nicht längst von Agenten des MI6? Warum wird seine Wohnung nicht beschattet?* Und dann fragte sie sich: *Warum lebt er noch? Das sind doch keine Amateure. Wo, verdammt nochmal, sind sie, und warum haben sie ihn am Leben gelassen?*

»Was hat Colin Blain Dr. Jansen erzählt?«, fragte Cassidy.

Gershenson antwortete nicht; stattdessen rieb er sich den Hals und räusperte sich mehrmals.

Ella setzte nach: »In der letzten Therapiestunde, bevor Annika Sie angerufen hat – was hat er da zu ihr gesagt? Die Tonbandaufzeichnung ist an der entscheidenden Stelle gestört, man hört nur ein Rauschen. Danach war sie so aufgebracht, dass sie Blain aus ihrer Praxis geworfen hat. Danach ging es ihr so schlecht, dass sie sich an Sie gewandt hat. Sie muss mit Ihnen darüber geredet haben!«

»Hat sie«, bestätigte Gershenson heiser und kaum zu hören, denn ein Windstoß fuhr heulend durch die Unterführung.

»Jetzt reden Sie schon, zum Teufel!«, fuhr Cassidy ihn an.

»Annika«, begann der Professor, »... Dr. Jansen ... hat vor einigen Jahren mit mir Kontakt aufgenommen, nachdem sie mein Buch *Das Gute und das Nichts* gelesen hatte. Eine Passage hatte sie offenbar sehr beschäftigt. Sie entstammte den Schriften eines deutschen Psychiaters vom Anfang des vergangenen Jahrhunderts. Es heißt, dass die Seele des Menschen in ihren tiefsten Tiefen verängstigt werden müsse, durch unerforschliche und scheinbar sinnlose Verbrechen. Verbrechen, die niemandem Nutzen bringen, die nur den einen Sinn haben, Angst und Schrecken zu verbreiten. Denn der letzte Sinn des Verbrechens sei es, eine unbeschränkte Herrschaft des Verbrechens aufzurichten, einen Zustand vollkommener Unsicherheit und Anarchie, aufgebaut auf den zerstörerischen Idealen einer Welt, die zum Untergang verurteilt ist. Wenn die Menschen, vom Terror des Verbrechens beherrscht, vom Grauen und Entsetzen toll geworden sind, wenn das Chaos zum obersten Gesetz erhoben, dann ist die Stunde der Herrschaft des Verbrechens da.«

Ella schwieg, und auch Cassidy sagte nichts.

»Das Ziel dieses Programms«, fuhr Gershenson fort, »war laut diesem Dr. Mabuse, dem Bösen auf die Welt zu helfen, es bei der Arbeit zu beobachten und schließlich zu steuern. Der Gedankengang ist natürlich von einer gewissen Schlüssigkeit: Wenn immer nur *ein* Mensch einen einzigen anderen Menschen zum Bösen verführt, dann ist bald die ganze Menschheit böse. Es wäre schließlich so viel Böses da, dass es automatisch zum Erbgut der Menschheit würde, zu einer neuen Erbsünde, für deren Tilgung kein Christus mehr stirbt. Denken Sie an Abraham, einen guten Menschen, der bereit war, etwas Böses zu tun – seinen einzigen Sohn Isaak zu töten –, weil sein Gott, für ihn das Gute schlechthin, es von ihm verlangte. Alles, was man dazu tun muss, ist, den Menschen in dem Glauben zu wiegen, dass das Böse *gut* ist, wenn es *im Namen* des Guten geschieht, bis er keinen Unterschied mehr zwischen Gut und Böse erkennen kann.«

»Kommen Sie zum Punkt«, fauchte Cassidy. »Dr. Jansen und Colin Blain!«

»Das ist der Punkt«, sagte Gershenson. »Blain hat ihr erzählt, dass LifeBook zum Instrument des …«, er hielt inne, als suchte er nach dem richtigen Ausdruck, »nun, des Bösen geworden ist. Dass jemand es benutzt, um verzweifelte Menschen zu Mördern zu machen. Und da ist ihr diese Passage in meinem Buch wieder eingefallen.«

»Hat Blain auch gesagt, wer dieser Jemand ist?«, fragte Ella.

»Ja.«

»Und wer?«

Gershenson zögerte nicht eine Sekunde. »Der Teufel.«

»*Der* Teufel?« Ella beugte sich vor, um ihn besser verstehen zu können. »Nicht *ein* Teufel?«

»Nein. Der *Teufel.* Satan.«

»Das ist doch Blödsinn. Es gibt keinen Teufel.«

Der Professor musste gegen das Heulen des Windes im Stahlgestänge der Eisenbahnbrücke anschreien. »Vielleicht gibt es ihn nicht als Teufel, wie wir ihn uns vorstellen. Wie Kirche und Kunst ihn uns beschrieben haben. Als mythische Gestalt. Aber diese Vorstellung ist ja nur eine Verkörperung des Bösen, und dass es das Böse gibt, werden Sie wohl nicht bezweifeln. Haben Sie noch nie gehört, wie jemand über einen anderen sagte: *»Er ist der Teufel in Menschengestalt?«*

Er blickte Cassidy an. »Sie, zum Beispiel, Mr. Cassidy, waren für Dr. Jansen ab einem bestimmten Punkt so ein Teufel in Menschengestalt, denn sie glaubte, dass das Böse Sie benutzt hätte, um ihr zu schaden. Ich habe ihr gesagt, dass Sie mit ziemlicher Sicherheit nur ein ganz normaler Scheißkerl wären, der gerne Frauen schlägt. Aber seit sie im Krankenhaus aus dem Koma erwacht war, dachte sie, etwas wäre von Ihnen in sie gefahren.«

Ella spürte, wie sich die Haut unter ihrem Nacken zusammenzog. »Annika hätte nie an so was wie den Teufel geglaubt. Nie.«

»Vielleicht nicht die Annika, die Sie kannten«, rief Gershenson kurzatmig. »Vor ihrer Erkrankung. Und selbst wenn diese … diese Idee der Besessenheit eine Wahnvorstellung war, hatte sie doch für sie phasenweise eine bedrückende Realität, gegen die sie bis zur Erschöpfung angekämpft hat. Sie konnte ja mit niemandem darüber reden, jeder hätte sie für wahnsinnig gehalten. Ich habe versucht, mit ihr daran zu arbeiten, sie davon zu überzeugen, dass sie die Ursache und Umstände ihrer Krankheit falsch interpretiere. Aber sie hat trotzdem den Kontakt zu jedem abgebrochen, der ihr etwas bedeutete, am Ende auch zu mir. Sie hat es ohne ein Wort der Erklärung getan, von heute auf morgen, oder mit Gründen, die sie sich aus den Fingern gesogen hat. Erst als – wie sie es sah – der Teufel anfing, sich die Menschen zu holen, die ihr am nächsten standen, etwa ihren Bruder Max, der sich von ihr nicht in die Verbannung schicken ließ, hat sie die eigene Quarantäne verlassen, um Ihnen, Dr. Bach, beizustehen, ihrer besten Freundin. Aber ich wette, vom Teufel hat sie Ihnen nichts erzählt, oder?«

»Nein, nur dass sie müde wäre. Erschöpft.«

»Ja, es hat sie ihre gesamte Kraft gekostet, ihn in sich in Schach zu halten, mit der Arbeit, mit ihren Patienten und LifeBook. Deswegen war sie so ungeheuer wütend über das, was Blain in seiner letzten Stunde bei ihr erzählt hat, weil es alles bestätigte, was sie befürchtete. Ich habe versucht, es ihr auszureden, sie zu beruhigen. Schließlich kam es doch von einem Patienten, einem aggressiven, zwanghaften bipolaren Künstler. Aber es hat ihr keine Ruhe gelassen, und schließlich hat sie ihn noch einmal aufgesucht.«

»Annika ist zu Blain nach Hause gegangen?«, fragte Ella verblüfft.

»Wahrscheinlich wollte sie wissen, wen sich der Teufel an meiner Stelle ausgesucht hat, um seinen rechtmäßigen Platz unter den Menschen einzunehmen«, vermutete Cassidy mit einem gereizten Schnauben.

»Sie wollte ganz sichergehen, dass sie ihn richtig verstanden hatte«, sagte Gershenson.

»Und? Hat sie?«

»Ich weiß es nicht.« Der Professor schüttelte den Kopf. »Ich habe sie danach nicht mehr wiedergesehen. Sie hat sich nie mehr bei mir gemeldet und auf meine Anrufe nicht reagiert.«

»Haben Sie vielleicht einen Verdacht?« Ella fror, denn der Wind hatte gedreht und wehte nun kalt vom Wasser herüber. »Wen Blain gemeint haben könnte – abgesehen vom Teufel? Könnte es jemand von LifeBook sein?«

»Ein wütender User?«, assistierte Cassidy. »Ein frustrierter Angestellter? Ein desillusionierter Programmierer? Ein enttäuschter Investor? Herrgott, Mann, brauchen Sie eine neue Batterie oder reicht ein Überbrückungskabel, damit Sie endlich anspringen!«

Gershenson breitete die Hände aus. »Du meine Güte, da gab es natürlich Dutzende, die enttäuscht waren, was die Entwicklung von LifeBook anging, und ein paar hätten auch das Know-how …«

»Erzählen Sie uns etwas mehr über LifeBook, Professor«, bat Ella. »In den meisten Artikeln über die Entstehung taucht Annikas Name nirgendwo auf, und ich wüsste gern, warum nicht.«

»Hier?«, rief Gershenson. »Jetzt? Es geht auf Mitternacht zu, mir ist kalt, und ich weiß immer noch nicht, was genau Sie sich von mir eigentlich erwarten!«

Cassidy fauchte: »Das sagen wir Ihnen, wenn Sie unsere Fragen beantwortet haben, und falls Sie hier nicht reden möchten, können wir auch nach oben zu Ihnen in die Wohnung gehen und bei einem Tässchen Tee aus Ihrem Schwulenporzellan warten, bis Ihnen warm genug ist, um uns …«

»Nein, das geht nicht«, sagte der Professor hastig. »Außerdem schläft Oliver schon.«

»Dann kommen Sie mit zu unserem Wagen.« Ella widerstand der Versuchung, seine Hand zu nehmen und ihn hinter sich herzuziehen. »Er steht gleich da vorn, gegenüber von Ihrem Haus. Nur ein paar Minuten. Annika war doch auch Ihre Freundin, nicht nur eine Patientin, oder?«

Und Sie haben bisher keinen Versuch unternommen, sie zu finden. Können wir Ihnen überhaupt trauen, Professor, oder haben Sie einen Pakt mit dem Teufel geschlossen?

»Also gut.« Gershenson schlug den Mantelkragen hoch. Der Wind hatte sich gelegt, und sie konnten das Wispern des Regens auf dem Dach der Markthalle hören. Sie gingen zum U-Bahn-Eingang St. Thomas Street, wo der schwach beleuchtete Eiszapfen aus Glas und Stahl über die Dächer ragte. Die Fahrbahnen glänzten jetzt vor Nässe. Als der Professor den Rover sah, fragte er: »Sie nehmen mich doch nicht mit? Sie lassen mich wieder aussteigen, oder?«

»Keine Sorge, Kenny, alter Knabe.« Cassidy riss dieTür hinten links auf. »Wir sind nicht von der Gestapo.«

51

Der Professor behielt auch im Wagen seinen Hut auf und ließ die Mantelknöpfe geschlossen. DI Cassidy verzichtete darauf, die Innenbeleuchtung einzuschalten, aber das Licht der Straßenlaternen reichte aus, um Ella zu zeigen, dass Gershensons Gesicht fahl und eingefallen wirkte. Er saß zurückgelehnt, steif wie eine makellos gekleidete Schaufensterpuppe. Scharfe Falten zogen sich von den tief in den Höhlen liegenden Augen die Wangen hinunter, und die schroff hervortretenden Knochen unter den Schläfen warfen Schatten. Seine spröden Lippen waren so flach, als wären sie nur aufgemalt. Die weißen Augenbrauen waren buschig, und als er zu reden begann, schimmerten in seinem Mund kleine, fast zierliche Zähne wie aus Elfenbein.

»Es begann im Krankenhaus«, sagte er, »da, wo Sie sie hingebracht haben, Detective Inspector.«

»Es war der Teufel«, knurrte Cassidy.

»Sie sind ein Zyniker, das überrascht mich nicht«, entgegnete der Professor. »Jedenfalls war es dort, wo Annika diesen jungen Praktikanten aus der Protokollabteilung der Deutschen Botschaft kennenlernte, Danny Schmidt, der nach einem Fahrradunfall mit mehreren komplizierten Brüchen auf der Unfallstation lag. Danny verabschiedet sich gerade von dem Traum, der erste Rockstar im Auswärtigen Dienst zu werden, und fing an, sich in Abendkursen zum Programmierer fortzubilden. Noch während des Praktikums wechselte er den Arbeitgeber und nahm einen Job als Software-Entwickler bei einem Start-up-Unternehmen an, dessen Internet-Auftritt er organisierte. Dort machte er die Bekanntschaft eines Finanzinvestors, für den er eine neue Website entwarf. Es handelte sich um die seltene Sorte einer Heuschrecke mit sozialem Gewissen, jemand vom Schlag eines

George Soros. Der Mann erklärte sich bereit, die finanziellen Mittel für Dannys erstes eigenes Projekt zur Verfügung zu stellen, eine Non-Profit-Website, mit deren Hilfe Spenden organisiert und sozialen Zwecken zugeführt werden sollten. An diesem Punkt seiner kurzen IT-Karriere war er gerade, als er Annika traf. Bei Annika war erst vor wenigen Tagen der Ausbruch traumabedingter Epilepsie festgestellt worden, und sie wusste, dass sie nicht so weitermachen konnte wie bisher, wollte aber nicht darauf verzichten, Menschen in seelischen Nöten Beistand zu leisten. Danny war jung genug, um die Gelegenheit beim Schopfe zu packen und mit ihr zusammen das Konzept eines sozialen Netzwerks zu entwickeln, das nicht gewinnorientiert ausgerichtet sein sollte. Diese Idee war völlig neu, so was gab es noch nicht, und deshalb fand er wieder Unterstützung bei der namenlosen Heuschrecke mit sozialem Gewissen, die darauf bestand, die ganze Zeit im Hintergrund zu bleiben. Sie – *er* – stellte ihnen eine Million Pfund zur Verfügung, um das Netzwerk, das sie zuerst SoulBook nannten, zu entwickeln. Der unbekannte Investor hielt 66,666 Prozent der Anteile an LifeBook, Danny und Annika je 16,666.«

Gershenson kniff die Augen zusammen wie jemand, der sich ganz genau erinnern wollte. »Anfangs war die Zielsetzung, Probleme, die von vielen geteilt wurden, durch gemeinsame Aktionen einer Lösung für alle zuzuführen. Dabei machten sie den Aufschrei des Nachrichtensprechers Howard Beale aus dem Film *Network* zu ihrem Slogan: *We're as mad as hell and we're not going to take this anymore!* Vielleicht haben Sie den Film gesehen und erinnern sich, dass Beale dort behauptete, er habe das Antlitz Gottes erblickt, bevor er sich am Ende vor laufender Kamera umbringt. LifeBook, damals noch SoulBook, wie gesagt, begann mit Spendenaufrufen zur Rettung des Regenwaldes, Petitionen gegen Kinderarbeit in Indien oder die Spekulation mit Nahrungsmitteln an den Finanzmärkten, also das, womit alle anfangen. Aber dann fanden sie heraus, dass die Menschen mehr und mehr auch mit persönlichen Problemen zu ihnen kamen und Rat oder Hilfe bei kleinen und großen privaten Katastrophen suchten. Sie änderten den Namen und entwickelten Programme, die jetzt Menschen mit ähnlichen Sorgen bündelten oder zueinanderführten und ihnen Lösungsansätze anboten: Lösungen für ein besseres Leben.«

Er öffnete die Augen wieder und beugte sich vor. Kurz wanderte sein Blick zu den Fenstern seiner Wohnung auf der anderen Straßenseite hinauf. Sie waren dunkel. »Dabei«, sagte er, »kam auch zum ersten Mal die von der Quantenmechanik abgeleitete Idee der Fernwirkung zum Tragen. Nach und nach wurde aus dem anfangs unerlässlichen Trial-and-Error-Prinzip der LifeTree entwickelt, damit Annika anhand der zur Verfügung gestellten Daten Rat und Behandlungsvorschläge präziser auf den jeweils Hilfebedürftigen zuschneiden konnte. Gewissermaßen von der Gruppentherapie zur Einzelsitzung. Ironischerweise wurden zur selben Zeit ja auch in der Psychotherapie erste Versuche mit Sitzungen ohne Praxisbesuch, nur per Telefon oder E-Mail, ausprobiert.«

Er ließ sich wieder zurücksinken, vielleicht weil Cassidy sich gerade zu ihm umgedreht hatte und ihm seinen Whiskeyatem ins Gesicht blies. »Der Ärger begann, als der Londoner Investor seine Anteile an einen russischen Internet-Milliardär verkaufte. Nikolai Grigoriev war eine Heuschrecke *ohne* soziales Gewissen und setzte immer und überall auf aggressives Wachstum. Er hat LifeBook gekauft, weil es eine Neuheit darstellte, ein Unikat. Jetzt wollte er möglichst schnell aus einem Nischenphänomen eine Weltmarke machen, bevor Konkurrenten auftauchten. LifeBook sollte einen festen Platz im Seelenleben der Nutzer auf der ganzen Welt bekommen und am Ende, natürlich, einen lukrativen Börsengang hinlegen. Statt einen Pool kostenintensiver Übersetzer zu hegen, ließ der Russe Übersetzungsprogramme entwickeln, denn bis jetzt konnten Profile und Accounts nur in einer deutschen und einer englischen Version genutzt werden. Er verkaufte die Daten der Mitglieder an Werbekunden, ließ Algorithmen und Computercodes auf seinen Namen eintragen und schützen und gründete Franchise-Netzwerke in China, Indien und Russland. Neue Programmierer schrieben ganz andere Algorithmen, die Annika nicht mehr verstand. Jeden zweiten Tag gab es Konferenzen, manchmal in Grigorievs Büro in der City, manchmal per Video.«

Eine knappe Drehung des linken Handgelenks, der Professor warf einen verstohlenen Blick auf seine Uhr. »Diese Konferenzen begannen Annika Angst zu machen. Sie bekam Magenschmerzen, wenn sie das Wort Konferenz nur hörte. Es ging nicht mehr um Beistand oder

Trost für Menschen in Bedrängnis, sondern nur noch um Geld, Marketing, neue Mitglieder – je mehr Mitglieder desto mehr Daten, desto höhere Werbeeinnahmen. Leben, Freundschaft, Liebe, Hilfe, Kraft, Zauber, Schönheit, Hoffnung: alles verwandelte sich in Zahlenströme, die durch Algorithmen geleitet wurden. Beistand, Trost, Ermutigung oder Solidarität wurden aufgrund von Programmen zugeteilt, die auf Schlüsselwörter, ferndiagnostisch erstellte Problemanalysen und Begriffskombinationen reagierten. Unbekannte LifeBook-Freunde schrieben, chatteten oder twitterten dem Hilfesuchenden wie Figuren in einem interaktiven Videospiel, und über kurz oder lang wurden die Hilfesuchenden selbst zu Figuren in so einem Spiel. Das war der erste Schritt.«

Ella versuchte, sich Anni vorzustellen, wie ihr Traum vor ihren Augen in einen Albtraum verwandelt wurde. Sie wünschte, sie wäre in diesen Wochen bei ihr gewesen, hätte ihr die Freundin sein können, die sie gebraucht hatte.

»Weiter«, drängte Cassidy. »Und vielleicht könnten Sie die Taktzahl mal ein bisschen erhöhen.«

Gershenson schob die Unterlippe vor wie ein trotziger Junge. »Als Annika und ihr junger Kollege Danny Schmidt sich weigerten, mit dem Leid ihrer Mitglieder Profit zu machen, warf Grigoriev Schmidt kurzerhand hinaus und setzte Annika ein Ultimatum. Er verlangte, dass sie mithalf, Hypnose-Zirkel, Trance-Reisen, Analyse-to-go, die Academy of Solace und anderen esoterischen Quatsch zu installieren. Sie weigerte sich. Die Spannungen nahmen zu. Trotzdem wurde aus LifeBook zusehends eine der am schnellsten wachsenden Firmen im Netz, auf die sogar Apple, Facebook und Google ein Auge warfen. Die Angebote waren Grigoriev allerdings noch nicht hoch genug. Annika wehrte sich weiter gegen die Veränderung an ihrem Konzept, so lange, wie ihre Kräfte es erlaubten. Aber nach einem epileptischen Anfall, der sie fast umgebracht hätte, musste sie aufgeben und akzeptierte ein Abfindungsangebot von Grigoriev, mit dem sie ihm auch alle Rechte an LifeBook übertrug. Da war die Firma bereits über hundert Millionen Pfund wert.«

Cassidy zog die Augenbrauen hoch wie ein Stummfilmstar und gab ein anerkennendes Zungenschnalzen von sich.

»Und jetzt legte er erst richtig los«, der Professor schien selbst Feuer zu fangen, »LifeBook sollte eine Kirche werden, mehr noch, eine ganze Religion. Außerhalb von LifeBook kein Heil. Er wollte nicht nur so groß wie Facebook werden, er wollte Facebook schlucken. Dabei kopierte er schamlos das Zuckerberg-Prinzip, die User in völlige Abhängigkeit zu bringen, damit sie mehr und mehr Zeit auf der Plattform verbrachten. Eine Freundschaft, die nicht auf LifeBook stattfindet, ist keine Freundschaft. Eine Liebe, die nicht auf LifeBook dokumentiert wird, ist keine Liebe. Was nicht im LifeBook stattfindet, am LifeTree hängt, wird nicht gelebt. Grigorievs Ziel war die totale Transparenz der Mitglieder, kein blinder Fleck, kein Geheimnis, völlige Berechenbarkeit, der perfekte totalitäre Staat im Netz, gib mir alle deine Daten, und ich gebe dir das Gefühl eines gelungenen Lebens: mehr Freunde, als du dir jemals erhoffen durftest, mehr Bestätigung, mehr Ablenkung, mehr Spaß. Nach und nach soll LifeBook jedes authentische Erleben ersetzen, dir alle sozialen Erfahrungen anbieten, die für dich errechnet worden sind, die du brauchst – die Bücher, die du lesen sollst, die Musik, die du hören sollst, die Freunde, die du haben möchtest, die dir wiederum weitere Bücher, Musikstücke, Filme und Freunde empfehlen, die du auch haben, sehen und hören sollst. Denkst du wirklich noch, es könnte ein Leben außerhalb von LifeBook geben? Eine Heimat, die sich nicht um den LifeTree erstreckt? Weißt du denn nicht mehr, wie weh es tun kann, auf dich allein gestellt zu sein?«

»Wir haben's begriffen«, sagte Ella.

Gershensons Begeisterung flackerte und erlosch, eine Gasflamme, die zu schnell runtergedreht worden war. »Es hätte Annika fast umgebracht, als sie sah, was Grigoriev aus ihrer Idee machte, dabei war all das noch nichts gegen das, was noch kommen sollte. Was Colin Blain ihr erzählte. Damals sahen wir uns zweimal in der Woche, denn sie musste darüber sprechen, immer und immer wieder. Wie nützlich LifeBook hätte werden können. Was sie noch geplant hatte, um mit immer größerer Sorgfalt und Genauigkeit auf die Nöte ihrer Schützlinge eingehen zu können. Aber es lag ihr noch mehr am Herzen, nämlich wie das Internet unsere Kultur, unseren Alltag, unseren Verstand und unsere Seele verändert und wie wir trotzdem Ideale und einen moralischen Kompass bewahren können. Sie wollte unsere Welt nicht kampflos an Apple, Facebook oder Google und ihren postmodernen Kapitalismus verlieren. Es geht um den Menschen der Zukunft, hat sie immer wiederholt, es geht um das Menschbleiben. Wie ein Mantra. Sie sagte …«

Er wandte sich jetzt direkt an Ella, und sie erkannte in den Worten, die er sprach, sofort ihr Freundin wieder. »Sie sagte: Wir können heute mit Google-Earth auf dem Computerbildschirm fremde Länder und Städte genauso aus dem Weltraum anfliegen wie unsere eigene Straße, das Haus, in dem wir wohnen. Wir können in Sekundenschnelle bei Amazon mit einem Mausklick alles bestellen, jedes Buch, jeden Film, jedes Musikstück. Jedes Event können wir uns ansehen oder anhören, ohne aus der Wohnung gehen zu müssen. Wir können mit dem Handy den Nachthimmel abscannen und sehen auf dem Display die Sterne mit ihren Namen klarer und farbiger als mit dem bloßen Auge. Wir merken uns nichts mehr, weil wir es ja blitzschnell bei Google finden können, das heißt, wir vertrauen unser Gedächtnis, vielleicht bald das Wissen der ganzen Welt, einem Konzern an, der die gesuchten Informationen für uns vorsortiert, und zwar gemäß dem Profil, das seine Computer anhand vorheriger Suchanfragen von uns erstellt haben. Und manche bietet er uns gar nicht mehr an.«

Ella sah Anni vor sich, sah die Empörung in ihren Augen, den heiligen Zorn, hörte ihre Stimme.

»Sie sagte, unsere Gehirne degenerieren, sogar unsere Seelen verkümmern schon. Sie erzählte mir, dass sie eine achtzehnjährige Patientin habe, die kein Mitgefühl mehr kenne; die nie gelernt habe, fremdes Leid zu spüren. Sie berichtete von Jugendlichen, die mehr emotionale Gehirnaktivität entwickeln, wenn ihr iPhone klingelt, als wenn sie ihre Mutter sehen. Und sie hat sich gefragt: Wer kümmert sich um die Seele, die nicht gescannt, digitalisiert und von Algorithmen kultiviert werden will? In einem Kunstkosmos, in dem alles transferierbar, synchronisierbar, herunterladbar, tragbar, übersetzbar sein soll, kann sie nur zerfasern und am Ende verloren gehen. Wenn der Mensch der Zukunft niemals mehr allein ist, wenn er sich nie mehr langweilen darf oder in einer fremden Stadt verirren kann, wie, verdammt nochmal, soll dann irgendetwas Menschliches aus ihm werden? Wir opfern unsere Individualität, unsere Geheimnisse wie kichernde Teeniemädchen mit Smartphones in der Hand auf den Altären von vier Konzernen, die das Netz unter sich aufteilen und damit einen großen Teil der Zukunft – unserer Zukunft. Das heißt, jetzt sind es noch vier, bald vielleicht nur noch drei oder zwei.«

Oder einer, dachte Ella.

»Nach einiger Zeit« – Gershenson sprach jetzt langsamer, er wirkte müde – »als sie angefangen hatte, sich zu erholen, kehrte Annika zum Status quo ante zurück und behandelte wieder einzelne Patienten, jetzt gegen Cash und in ihrer neuen Wohnung, die sie sich von der Abfindung gekauft hatte. Etwa zu diesem Zeitpunkt muss es gewesen sein, dass jemand sich unbemerkt in die Server von Life Book einhackte und anfing, die ungeheure Datenmenge zu kopieren, um sie für einen ganz neuen Zweck zu benutzen. Dem Hacker ging es nicht darum, den Mitgliedern etwas zu verkaufen, er verfolgte keine kommerziellen Interessen. Er suchte Seelen, dachte aber gar nicht daran, sie zu kaufen. Das musste er auch nicht. Sie boten sich ja selbst an. Alles, was er tun musste, war, sie zu finden, indem er seine eigenen, speziell für diese Aufgabe entworfenen Netze in das Datenmeer von LifeBook warf. Verzweifelte Seelen. Trostlose Seelen. Seelen, die er mit dem Versprechen auf Linderung über die Academy of Solace unbemerkt in sein sogenanntes ›Panopticon‹ locken konnte. Ich muss Ihnen nicht Mephisto zitieren, oder? *Ich bin der Geist, der stets verneint* … Natürlich rede ich jetzt aus der Erkenntnis der letzten Tage. Als er anfing, sah es ja allenfalls so aus, als hätte Grigoriev sich doch noch besonnen und beschlossen, dass Geld nicht alles sei …«

»Vielleicht ist er ja der Teufel, den wir suchen«, warf Cassidy ein. »Nikolai Grigoriev.«

»Dann wäre er inzwischen in die Hölle zurückgekehrt«, sagte der Professor trocken. »Er ist nämlich von einem russischen Gericht wegen Steuerhinterziehung zu lebenslanger Zwangsarbeit verurteilt worden, weil er so dumm war, in die alte Heimat zu reisen, um seine sterbende Mutter in Sankt Petersburg aufzusuchen. Aber die Academy of Solace und das Panopticon existieren weiter, genau wie all die anderen Firmen und Franchise-Nehmer, die sich wie Satrapenstaaten unter der Oberhoheit von LifeBook auf der Plattform tummeln. Nur, wem LifeBook inzwischen gehört, das weiß niemand.«

Cassidy rutschte auf seinem Sitz herum. »Und wie dieser Usurpator genau vorgeht, wie er es *en détail* anstellt, aus Selbstmördern Mörder zu machen, wissen Sie auch nicht?«

Der Professor sah ihn ratlos an. »Nein.«

»Nicht die geringste Ahnung? Steckt er vielleicht Nadeln in Voodoo-Püppchen? Schneidet Hühnern den Kopf ab und bespritzt die Fotos der Opfer mit Blut? Tanzt in nackter Ekstase vor dem Kaminfeuer herum?«

Gershenson schüttelte den Kopf und sah dabei jetzt so unglücklich aus, dass Ella keine Zweifel an seiner Glaubwürdigkeit hatte. »Bitte«, sagte er. »Kann ich jetzt zurück in meine Wohnung? Wenn Oliver aufwacht und ich bin nicht da …«

»Was ist dann?«, schnappte Cassidy.

»Er … er kann etwas schwierig sein. Jemand muss in der Wohnung sein.«

Ella wischte den feuchten Beschlag von der Scheibe neben ihrem Sitz und sah hinaus auf die Straße. Der Nieselregen schien wie ein feiner Schleier in der Luft zu hängen, und nur im Lichtkreis der Laternen sah man, dass es Regen war. »Wir möchten, dass Sie uns helfen. Vielleicht können Sie uns so bald wie möglich eine Liste mit Kliniken in London und Umgebung zukommen lassen, mit denen Annika bevorzugt zusammengearbeitet hat«, sagte sie traurig und entschlossen zugleich. »Vor allem die mit geschlossenen Abteilungen.«

52

Der schwarze Austin mit der Dachantenne parkte am nächsten Morgen vor Cassidys Wohnung auf der Straße schräg gegenüber, und Ella fragte: »Sind sie noch da?«

»Ja.«

»Derselbe Wagen?«

»Ja.«

»Wie viele Leute?«

»Drei.« DI Cassidy stand mit einer Tasse Kaffee am Fenster und sah hinunter auf die Straße, dann auf seine Armbanduhr. »Die sind schon die ganze Zeit hinter uns. her Seit gestern Nacht. Seit Gershensons Haus.«

»Große Mühe geben sie sich aber nicht«, sagte sie jetzt.

»Sie wissen, dass wir sie entdeckt haben.« Er nahm einen Schluck aus seiner Tasse. »Sie haben bloß keine Ahnung, was das für sie bedeutet.« Er stellte die Tasse ab, ging zu seinem Arbeitstisch und holte ein Handy aus einer ganzen Schublade voller Handys. »Wie weit sind wir?«

»Acht Vorfälle, die infrage kommen. Im fraglichen Zeitraum.« Ella saß in Cassidys Arbeitszimmer am Computer und suchte nach Meldungen über verwirrte Frauen etwa in Annis Alter, die in der Öffentlichkeit für Aufsehen gesorgt und damit einen Polizeieinsatz ausgelöst hatten oder von Rettungsdiensten betreut werden mussten. Weitere Suchkriterien waren Aussehen und fehlende Identitätsnachweise der aufgegriffenen Person. »Fünf in London, zwei in Birmingham und einer in Liverpool.«

»Wo in London?«

»Der erste an der Vauxhall Bridge, in einem *Pret a Manger* in der Nähe des Bahnhofs. Eine Frau randaliert, pöbelt Gäste an und schmeißt mit Essen um sich. Etwa fünfunddreißig, gut gekleidet, kein Ausweis. Weigert sich zu sprechen, kein Sterbenswörtchen. Wird von der Polizei mitgenommen.«

»Nein. Die nicht.«

»Warum nicht?«

»Zu nah an Vauxhall Cross, wo MI5 und MI6 sitzen. Da stehen und hängen Dutzende vom Kameras, die das ganze Areal überwachen. Wenn das Anni gewesen wäre, hätten unsere Freunde da unten sich längst um sie gekümmert.«

»Dann eine im Hyde Park, die sich splitternackt mit den Schwänen am Teich angelegt hat.« Ella las schweigend weiter. »Nein, die kommt auch nicht infrage.« Und las noch weiter. »Aber die hier könnte passen: auch um die fünfunddreißig, hellbraune Haare, verwahrlost, hat im Tiefgeschoss von Harrods den Dodi-und-Diana-Gedächtnisschrein demoliert und gedroht, das ganze Kaufhaus in die Luft zu sprengen, weil es verflucht ist, ein Tempel des Teufels und so weiter.«

»Gutes Mädchen«, sagte Cassidy. »Steht da auch, wo sie hingebracht worden ist?«

»Nein, nur dass sie nach dem Notarzteinsatz von der zu Hilfe gerufenen Polizei mitgenommen und zur Untersuchung in die Medicentre-Klinik an der Paddington Station gebracht wurde. Mehr nicht … doch, hier, ein Richter verfügte die anschließende Einweisung zur vorübergehenden stationären Beobachtung ins Royal Hospital in der Royal Hospital Road …«

»Aufschreiben und vom anderen Computer an den Professor mailen. Nur den Namen der Klinik. Für einen Seelenklempner ist das unverdächtig. Wir schicken ihm ja noch mehr. Damit kann keiner sonst was anfangen, oder?«

»Vertrauen Sie ihm wirklich?«, fragte Ella.

»Haben wir eine Wahl?«

»Er ist irgendwie merkwürdig.«

»Irgendwie sind wir alle merkwürdig.« Cassidy kratzte sich mit dem Handy an der Stirn. »Mich beschäftigt mehr die Frage, was mit diesem Ziehsohn los ist, Oliver. Wieso ist er schwierig? Sie haben doch am Telefon mit ihm geredet. Kam er Ihnen irgendwie komisch vor?«

»Nein. Er war sehr höflich und freundlich. Vielleicht etwas unsicher. Ganz und gar nicht schwierig. Aber das kann natürlich täuschen.«

Obwohl sie in der vergangenen Nacht kaum sechs Stunden geschlafen hatte, war Ella hellwach. Sie spürte eine fast elektrische Spannung unter der Haut, als zuckten unablässig schwache Stromstöße durch ihr Nervensystem. Während sie weitersuchte, dachte sie an das, was Professor Gershenson ihnen über Anni erzählt hatte; an ihren Besuch bei Colin Blain.

Was hast du in seinem Atelier vorgefunden oder erlebt? Warum bist du danach sofort verschwunden, ohne bei irgendjemandem eine Nachricht zu hinterlassen?

Die Fragen begleiteten sie seit dem Gespräch mit dem Professor in der vergangenen Nacht. Nachdem Gershenson zurück in seine Wohnung gegangen war, hatte Ella Cassidy gebeten, sie in irgendeinem Hotel abzusetzen, aber der hatte entgegnet: »Sie denken doch nicht etwa, ich lasse Sie noch einmal aus den Augen, so kurz vor dem Ziel?« Die Straßen waren leer gewesen, und als sie auf der Blackfriars Bridge die Themse überquerten, hatte der DI ungefähr in der Mitte der Brücke mit einem Kopfnicken zur linken Brüstung gesagt: »Hier hat sich damals dieser italienische Bankier von der Vatikanbank aufgehängt. Mein Vater war damals Detective Sergeant beim Yard und einer der Ersten, die im Morgengrauen bei der über dem Wasser baumelnden Leiche eintrafen.«

Selbst die City war um diese Zeit wie ausgestorben gewesen, und Ella hatte die ganze Zeit an Anni gedacht und sich vorgestellt, wie sie durch diese Straßen zu Colin Blain gegangen war, während das Böse ihr wie ein Schatten folgte. »Ich muss sie finden«, hatte Ella halblaut gemurmelt. *Ich muss, ich muss, ich muss.*

Cassidy ging jetzt zu einem Metallschrank mit einem Tresorschloss, in das er eine vierstellige Ziffernkombination eintippte. Er holte einen Metallstab heraus, der einem dünnen Gehstock ähnelte. Den Stab verband er mit einem Kabel und das Kabel mit der Abhöranlage auf dem Arbeitstisch. Er drückte einen Knopf und zwei Tasten, dann ging er mit dem Stab zum Fenster und richtete ihn wie einen Laserpointer auf die Straße, dorthin, wo der Austin des MI6 stand. »Die vergessen immer, dass ich früher einer von ihnen war«, sagte er. »Wollen Sie mal hören, was da unten so geredet wird?«

Ella zuckte mit den Schultern.

Er drückte auf einen Knopf am Griff des Stabs, und gleich darauf hörte sie leise Musik, gedämpft und verzerrt, als käme sie aus einem Ohrstöpsel. Sie brauchte ein paar Sekunden, bis sie das Stück erkannte, *Der Frühling* aus den *Vier Jahreszeiten*. Dann erklangen andere Geräusche, die sie auch nicht sofort einordnen konnte: das Rascheln umgeblätterter Buchseiten, unregelmäßige Atemlaute, das Schaben von Kleidung an Sitzpolstern. Cassidy brummte enttäuscht und schaltete das Mikro wieder aus. Er ging zu dem Tonbandgerät auf dem Tisch und fing an, in dem Haufen von Kassetten zu wühlen, die daneben lagen. »Warten Sie mal, mir ist da was eingefallen«, sagte er. »Die haben sich doch darüber unterhalten … muss auf einer der Kassetten hier sein … irgendwas, das unser Professor gestern Nacht gesagt hat.«

Er schob eine Kassette in das Gerät und ließ sie vor- und zurücklaufen, lauschte kurzen Fetzen von unverständlichen Micky-Maus-Stimmen und tauschte sie dann gegen eine andere aus, mit der er ähnlich verfuhr. Abrupt hielt er das Band an, spulte etwas zurück und drückte die Wiedergabetaste. »Hier!«

Ella erkannte eine der beiden Männerstimmen von den Abhörbändern, die Cassidy ihr gestern Morgen vorgespielt hatte. »Alles eine Frage der Suchprogramme«, sagte der Mann, der wie eine Eiserne Lunge atmete. »Zuerst braucht er das richtige Profil, deswegen fängt er bei LifeBook an – erst bei LifeBook, dann bei der Academy of Solace, da kriegt er die groben Umrisse der Zielperson, ihr LifeTree-Profil, die E-Mail-Adressen, mit denen sie sich bei Yahoo, Google-Mail, T-Online und so weiter einloggt, natürlich nur mit den Usernamen. Das gibt er alles bei Google ein. Mit großer Wahrscheinlichkeit taucht dann – weil es sich ja um jemanden handelt, der Hilfe sucht – eine dieser E-Mail-Adressen in diversen Foren und Chatrooms auf, zu denen man sich kinderleicht Zugang verschaffen kann. Da erfährt er dann mehr darüber, welche Probleme die Zielperson hat, was ihr schon geraten wurde, was nichts gefruchtet hat. Wie sie sich ausdrückt und verhält – intellektuell, prollig, aufgeschlossen, rechthaberisch und so weiter … was sie für kleine oder große Hoffnungen hat, welche Enttäuschungen hinter ihr liegen, welche seelischen Katastrophen.«

»Beispiel?«, fragte der andere, der jüngere, mit breitem Cockney-Akzent.

»Beispielsweise«, antwortete der ältere, »verraten ihm ihre Fragen oder Beiträge in einem Web-Gesundheitsforum vielleicht, dass sie vor drei Jahren Asthma hatte und dass ihr Zustand sich seitdem verbessert oder verschlechtert hat. Wer einmal Rat bei einem Diskussionsforum gesucht hat, tut das meistens danach öfter, und manchmal bestellt die Zielperson ein Medikament, das ihr empfohlen wurde, unter ihrem richtigen Namen bei einer Internetapotheke, die meistens nur primitive IT-Sicherheitsvorkehrungen haben. Manchmal taucht ihre E-Mail-Adresse auch mehrmals auf, in einem Schwulenforum, einer Aids-Selbsthilfegruppe, bei Amazon oder iTunes, man findet Mails und Tweets und gepostete Texte. Mit dem richtigen Programm hat unser Mann schnell den Klarnamen der Zielperson oder zumindest eine zuverlässige Adresse, und er weiß, ob sie schwul oder hetero ist, was sie gerne isst und trinkt, wo sie das Zeug einkauft, ob sie bar bezahlt oder mit Kreditkarte oder auch mal gar nicht, ob sie lieber Fahrrad, Bus oder U-Bahn fährt und ob sie bei einem Print-on-Demand-Shop im Internet ein T-Shirt mit *Rettet die Wale* oder *I love Mama* hat drucken lassen.«

Ein Hustenanfall verschlug ihm für einen Moment die Stimme. Als er weitersprach, klang es, als hätte er eine feuchte Raspel in der Kehle. »Die meisten Menschen, die mit verschiedenen Pseudonymen unterwegs sind, benutzen Teile ihres Klarnamens als Kürzel oder Anagramme, die sich kinderleicht dechiffrieren lassen. Sie posten Bilder mit Ausschnitten ihres Körpers, ihrer Kleidung, ihres Lieblingstiers. Wenn ich Samson bin, entgeht mir nichts. Wie sieht meine Zielperson aus? Wie ein schwuler Asthmatiker, der Wale toll findet und seine Mutti liebt und nicht genug Geld hat, um sich was Ordentliches zum Anziehen zu kaufen? Wie eine Lesbe mit Ödipus-Komplex? Wie ein Casting-Show-Tenor mit Kassengestellbrille? Und wer sind ihre Freunde? Hat sie mehr männliche oder mehr weibliche oder ist ihr Hund der einzige? Was kann ich ihrem Verhältnis entnehmen, was empfehlen sie ihr, was teilt sie mit ihnen? Ich überprüfe alle ihre Freunde, falls sie welche hat, ziehe meine Rückschlüsse, überlege mir, welche ich ihr meinerseits schicken könnte. Ich schalte mich unter verschiedenen Namen in Foren und Chatrooms ein, nehme Kontakt mit ihr auf, gebe ihr Ratschläge, schicke ihr ein Link zu meinem Panopticon unter oder hinter der Academy. Wir sind immer noch in der Phase der grobmaschigen Netze, wohlgemerkt.«

»Moment mal! Wie war das?«, rief Cassidy plötzlich. »Haben Sie das gehört, Doc?«

»Was denn?«, fragte Ella, während sie auf den Bildschirm des zweiten Computers starrte und die Suchergebnisse überflog, die Google ihr auf ihre Anfrage vorschlug. »›Wenn ich Samson bin, entgeht mir nichts‹ – meinen Sie das?«

Hinter der Lautsprechermembrane ließ die Lunge des älteren Mannes zischend Dampf ab, bevor er verkündete: »Bald weiß ich alles über meine Zielperson. Ich weiß, was sie liest, was für Musik sie hört, welche Filme sie sich reinzieht. Ich weiß, wo sie arbeitet, falls sie noch Arbeit hat. Ich kenne ihre Schuhgröße, ihre Kreditkartennummer, ihre Urlaubsziele. Ich weiß, was sie sich wünscht, was sie braucht, was ihr gefällt, sogar was sie denkt. Ich folge ihr. Ich weiß jederzeit, wo sie ist, ihr Handy verrät es mir. Ich kenne sie besser als sie sich selbst, weil ich nicht sie bin. Ich unterliege keiner Selbsttäuschung. Sie wird berechenbar für mich, und ich fange an, sie zu berechnen. Soweit mitgekommen, Ian?«

»Das ist alles, MacLean?«, fragte der jüngere Mann mit dem Cockney-Akzent. »Wenn das alles ist, wozu brauchen wir dann Samson überhaupt? Das machen wir doch selbst andauernd.«

»Ist eben nicht alles«, erklärte MacLean. »Wir sind Dinosaurier. Samson ist eine neue Spezies, hervorgegangen aus den neuen Medien: Er konsumiert oder nutzt das Netz und seine Plattformen – Facebook, Twitter, die ganzen Blogs und Foren – nicht nur, er bewohnt sie. Er lebt in ihnen. Sie haben für ihn das Leben, das wir für wirklich halten, ersetzt. Sein Rad, sein Keil, sein Feuerstein sind Algorithmen. Er wandelt über Algorithmen wie Jesus über das Wasser, und wenn er am anderen Ufer angekommen ist, benutzt er sie nicht mehr, um Vorlieben oder Profile anderer zu berechnen, sondern viel universeller: Sie dienen ihm dazu, für jede Frage aus einer schier unbegrenzt scheinenden Fülle von Antworten die einzige, zu hundert Prozent richtige herauszufiltern.«

»Für jedes Problem die richtige Lösung, ja?«

»Und für jede mögliche Tat den richtigen Täter, genau«, ergänzte MacLean. »Es geht nicht um die Trefferquote, sondern darum, was man aus den Treffern macht. Ist wie mit dem Originalrezept von Coca-Cola – das eine Element, auf das es ankommt ... Solange wir das nicht isoliert haben, können wir uns Samson nicht vom Hals schaffen.«

Das Element des Todes, dachte Ella.

»Er hat Panopticon gesagt«, brüllte Cassidy. »Genau das Wort hat Gershenson gestern Nacht benutzt.«

»Und was bedeutet das?«, fragte Ella mit einem Stirnrunzeln, denn sie starrte plötzlich auf einen Link zu dem YouTube-Clip *Attack of the Mad Medic.* Das Video konnte inzwischen schon mehr als tausend Aufrufe vorweisen, hatte aber offenbar auch zu einer Diskussion in verschiedenen Blogs geführt, von denen einige die Authentizität bezweifelten. »Bad Medicin«, hatte ein Blogger namens Eraserhead geschrieben, »Fake Clip« – angeblich wirkte der Angriff des Sanitäters unbeholfen inszeniert und laienhaft gespielt. Ein anderer verwies auf einen Link zu einem ähnlichen Film, der aber inzwischen aus dem Netz entfernt worden war. Wieder jemand anderer wusste mit Sicherheit, dass der angeblich getötete Polizist noch lebte und im Video zu dem neuen Song der Toten Hosen auftrat und dass die Darstellerin der angegriffenen Ärztin die geheime Freundin von Johnny Depp war.

»Hören Sie überhaupt zu?«, schnappte Cassidy und stellte das Tonband ab.

»Klar«, sagte Ella. »Sicher.«

»Das bedeutet, Gershenson und Freund MacLean da unten stehen in irgendeiner Verbindung«, erklärte Cassidy. »Was, wenn unser Professor doch Samson ist? Oder wenigstens weiß, wer es ist? Oder ihn vielleicht kennt, ohne es zu wissen? Wann sind wir mit ihm nochmal verabredet?«

Wenn Sie weniger trinken würden, hätten Sie das nicht vergessen, DI Cassidy, dachte Ella. »Sieben Uhr heute abend.«

»Wo?«

»London Eye.«

»Warum denn da?«

»Weil Sie gern Riesenrad fahren?« Ella zuckte mit den Schultern. »Er sagte was von vielen Menschen und beschützt fühlen, und Sie sagten was von abhörsicheren Gondeln …«

Er schaltete das Richtmikrofon aus, behielt den Wagen auf der Straße aber weiter im Auge. »Wie viele Kliniken haben wir inzwischen, und wo sind sie?«

»Fünf. Das Royal Hospital in Chelsea, das London Bridge Hospital in Southwark, das St. Thomas in Lambeth, die Highsmith Clinic in Sussex«, zählte Ella auf. *Hoffentlich ist sie in einer davon,* dachte sie; *hoffentlich stimmt meine Theorie überhaupt. Und wenn sie stimmt, lass Anni bei klarem Verstand sein, lieber Gott. Was immer das bedeutet.*

Cassidy nickte, tippte eine Nummer in sein Handy, wartete ein paar Sekunden und sagte dann: »Ich bin's. Ihr müsst was für mich erledigen. Ein Austin mit drei Personen in der Ambler Road. Das volle Programm … Nein, ich sage euch noch, wann genau … aber bald … Wahrscheinlich, wenn's dunkel wird … Ja, das war das letzte Mal, danach ist eure Akte … Exakt, alle Verfahren eingestellt … Ach, Moment … hast du noch das Motorboot?« Er hörte kurz zu. »Gut, ich brauche es vielleicht heute Nacht. Bring es zum Eye, bevor ihr hierherkommt. Und danach wartest du beim Boot auf mich, klar?«

Er unterbrach die Verbindung, sah Ella über die Schulter und klappte seinen eigenen Laptop auf. »Mal sehen, was ich in den Computern vom Yard über verwirrte Frauen finde«, sagte er, und seine Stimme ließ keinen Zweifel daran, dass es keine Frau gab, die nicht in diese Kategorie fiel.

Den Nachmittag verbrachten sie mit weiteren Recherchen. Da es jetzt schon früh dunkel wurde und weil Cassidy kein Licht machte, war der Raum bald nur noch von den Bildschirmen der Computer erhellt.

Gegen Abend loggte sich Ella noch einmal in ihren eigenen E-Mail-Account ein. Als sie dort keine neuen Eingänge, sondern nur Spam-Mails fand, rief sie ihre LifeBook-Seite auf. Sie stellte fest, dass Scharnhorst und Tori Farrow von der Liste der vorgeschlagenen Freunde entfernt worden waren, doch Alexander Meyer, der Mediziner aus Berlin, war mit der Empfehlung *Könnte dir sehr hilfreich sein!* erneuert worden. Auch diesmal reagierte sie nicht auf den Vorschlag.

Cassidy summte leise vor sich hin, Vivaldis *Frühling*. Plötzlich ruckte sein Kopf hoch, als wäre er ein Tier, dem eine vertraute Witterung zugetragen worden war. »Das ist ja … *hey*«, sagte er halblaut, und dann etwas lauter: »Passen Sie mal auf, Doc, hier: Vor einer Woche ist in einer Absteige in Lambeth eine Frau in der Badewanne gefunden worden, Alter: zwischen dreißig und vierzig, schlank, braune Haare, keine Papiere, die Unterschrift auf dem Anmeldeformular unleserlich … Liza irgendwas. Vermutlich Suizidversuch mit Tabletten, von denen man jede Menge in der Nasszelle gefunden hat. Wurde entdeckt, weil die Wanne übergelaufen ist, das Wasser lief schon unter der Haustür durch. Die Frau war nackt, konnte wiederbelebt werden, drehte danach durch, offenkundig verwirrt. Wie finden Sie das?«

Das elektrische Flimmern unter Ellas Haut verwandelte sich in einen Stromstoß. »Wo war das Hotel – in Lambeth?«, sagte sie. »Und sie hat sich Liza genannt? Das muss sie sein! Während des Medizinstudiums haben wir beide *Liza of Lambeth* gelesen, den Arztroman von Somerset Maugham. Das ist eine Nachricht für mich!«

Sie sprang auf, fuhr sich mit den Händen durchs Haar. »Kein Strick, keine aufgeschnittenen Pulsadern. Kein Sprung aus dem Fenster. Sie weiß, wie man Tabletten dosieren muss, damit sie nicht tödlich wirken. Steht da, wo sie hingebracht worden ist?«

»Ja, in die Mills Clinic in Wandsworth.«

Ella schloss einen Moment die Augen, ihr Herz raste. »Das ist sie«, sagte sie noch einmal. »Wo ist Wandsworth? Wie schnell können wir da sein?«

»Immer mit der Ruhe«, mahnte Cassidy und klappte seinen Rechner zu. »Wir haben vielleicht nur einen Versuch. Abwarten, was der Professor dazu sagt. Aber keine E-Mails mehr!« Er griff erneut zu dem unregistrierten Handy und drückte die Wahlwiederholung. Nach einer kurzen Pause sagte er: »Jetzt.« Mehr nicht. Dann ging er wieder zum Fenster, griff zum Richtmikrofon und schaltete es an. »Kommen Sie her, Doc!« Er deutete auf ein Fernglas, das vor ihm auf der Fensterbank lag. »Gleich geht da unten ein guter Film ab.«

53

Sie setzte das Fernglas an die Augen. Der Austin stand halb unter einer Platane verborgen, halb im Licht einer Laterne auf dem Gehweg. Ella konnte einen Mann auf dem Rücksitz erkennen und einen, der neben dem Fahrer saß. Der Beifahrer hatte die Lehne seines Sitzes so weit zurückgestellt, dass er mit den Augen gerade eben noch aus dem Seitenfenster schauen konnte, sobald er sich entschloss, sie wieder zu öffnen. Er trug einen dunkelgrauen Rollkragenpullover, hellblaue Jeans und rotgrüne Sneakers. Die Sneakers und die darin steckenden Füßen lagen, an den Gelenken gekreuzt, über dem Handschuhfach auf dem Armaturenbrett. Er hatte rote Haare, die mit Gel straff an den Schädel frisiert waren wie ein kupferner Helm.

Der Mann hinter ihm trug eine Parkajacke und hielt ein Buch im Schoß. Sein Kopf wippte im Takt der Musik, die leise aus den Ohrhörern seines iPod drang und von Cassidys Richtmikrofon in die Lautsprecher seiner Abhöranlage gezaubert wurde. Er sah aus wie ein Student im ersten Semester; die Gläser seiner metallgerahmten Brille blinkten im Rhythmus von Vivaldis *Sommer.*

Den Fahrer konnte Ella nicht sehen, und sie konnte auch nicht erkennen, ob noch jemand neben dem Mann im Parka saß. »Das Treffen mit dem Professor ist in einer Stunde«, sagte sie drängend. »Und bis wir da sind, brauchen wir bestimmt noch eine halbe.«

Der Mann mit dem iPod kicherte plötzlich und blätterte eine Seite um. Danach blätterte er wieder zurück, kicherte noch einmal und las schließlich auf der nächsten Seite weiter.

»Was liest du da eigentlich?«, fragte der Mann mit den roten Haaren, ohne die Augen zu öffnen. Sein Englisch hatte einen leichten Akzent, vermutlich deutsch. Der Student mit dem iPod antwortete nicht. »Er hat dich gefragt, was du da liest, Ian!«, sagte jetzt der Fahrer.

Der Kopf des Studenten ruckte hoch. »Salman Rushdie«, antwortete er viel zu laut. »*Die Satanischen Verse.*«

»Das war ein Scheißjob damals – mit Rushdie und seinem stinkenden indischen Curry von einem Versteck ins andere ziehen«, sagte MacLean. »Ist das Buch wenigstens gut?«

»Warum habt ihr den Mullahs nicht einfach einen Tipp gegeben und das Kopfgeld kassiert?«, fragte der Beifahrer mit dem deutschen Akzent.

»Macht man das so beim BND, wenn man jemandem als Leibwächter zugeteilt wird?«, fragte Ian, der Student. Der Beifahrer zuckte nur mit den Schultern, was der Student allerdings nicht sehen konnte. Sein Kopf wippte weiter im Rhythmus der Musik aus dem iPod. Dann nahm er die Brille ab und hauchte auf die Gläser, bevor er sie mit einem Papiertaschentuch putzte. Mit der Brille in der Hand, sah er plötzlich zu dem Fenster hoch, hinter dem Ella und Cassidy standen. Unwillkürlich wich Ella zurück. »Ich wünschte, die kämen endlich raus«, sagte er.

»Die kommen schon«, sagte MacLean.

»Was machen die bloß da oben?« Der Student namens Ian setzte die Brille wieder auf. »Vielleicht sind sie gar nicht mehr in der Wohnung. Vielleicht sind sie hinten über den Hof auf und davon.«

»Gibt kein ›hinten über den Hof‹ bei dem Haus«, sagte der Mann vom BND.

»In Berlin ist sie euch auch entwischt, oder nicht?«, fragte Ian. »Diese Ärztin ist euch ein paarmal durch die Lappen gegangen, richtig?«

»Wir wussten immer, wo sie ist«, sagte der Deutsche.

»Die sind noch oben, keine Sorge«, sagte MacLean.

»Seit wann wusstet ihr immer, wo sie ist?«, fragte Ian, und jetzt wippte sein Kopf nicht mehr. »Seit wir euch gebeten haben, den deutschen Aspekt des Programms für uns im Auge zu behalten – Oskar Scharnhorst, den durchgeknallten Sanitäter und alle, die sonst noch infrage kommen? Seit wir euch speziell auf die Freundin der Jansen hingewiesen haben, weil sie eine Gefahr für das Programm und damit für uns alle werden könnte? Oder seit eure Leute in Berlin sich so dämlich angestellt haben, dass diese Bach erst recht misstrauisch geworden ist?«

Jetzt richtete der Beifahrer seine Lehne auf und drehte sich zu Ian um. »Auch wenn es so aussah, als hätten unsere Leute sie verloren, wussten wir immer, wo sie war. Wir wussten es in Berlin, und wir wussten es hier, genau wie wir es von Wagenbach und dem Programmierer wussten.«

»Ihr wusstet es, weil wir sie seit ihrer Ankunft überwacht und ihr Hotelzimmer durchsucht haben. Ihr wusstet es, weil wir Jansens Telefon abgehört und ihre Internet-Accounts kontrolliert haben. Und wenn wir nicht Jansens Brief ...«

»Außerdem«, redete der BND-Mann unbeirrt weiter, »außerdem sehe ich nicht, wie sie eine Gefahr für uns werden könnte, solange sie die Jansen nicht vor uns findet ...«

»Wonach es gerade aber ganz gewaltig aussieht, oder, Kumpel?«, warf MacLean ein. »Vom Professor zu Samson ist es kein besonders großer Schritt, oder? Und wenn diese Operation schiefläuft, sind wir alle dran – Ian, ich, die ganze Abteilung.«

»Ich dachte, die wird sowieso aufgelöst«, sagte der Beifahrer. Das Schweigen war auf einmal so laut, dass es als dröhnendes Rauschen aus dem Lautsprecher drang. Dann fragte MacLean: »Woher willst du das wissen? Hast du was gehört?«

»Sie weiß es von mir«, sagte Ian. »Ich habe es ihr gesagt.«

»Was hast du ihr gesagt?«

»Dass wir mit dieser Operation unsere Ärsche retten, deinen und meinen und noch ein paar. Dass wir uns nur auf diese Geschichte eingelassen haben, um ein Ass aus dem Ärmel zaubern zu können, wenn der Tag kommt, an dem Control uns alle in den Regen schicken will. Dann stehen wir da und lassen sie einen Blick in die Zukunft werfen, während alle anderen in der Abteilung stempeln gehen.«

»Ich kenne eure Zukunft«, murmelte Cassidy. »Ich kann sie jetzt schon sehen. Fragt mich einfach.« Er beugte sich vor, sah nach rechts und dann nach links. »Da kommt sie schon.«

Ein Porsche Cayenne ohne Nummernschilder bog in die Straße und fuhr schnell auf den Austin zu. Die Scheinwerfer tauchten die schwarze Karosserie und die Köpfe der Insassen des geparkten Wagens in blauweißes Licht. Dicht hinter dem Austin hielt der Porsche mit quietschenden Reifen. Noch ehe er ganz stand, gingen alle vier Türen auf und fünf Männer sprangen heraus. Sie trugen Jeans, Lederjacken, Springerstiefel und tief ins Gesicht gezogenen Wollmützen. Zwei von ihnen hielten Pistolen in den Fäusten, zwei schwangen Baseballschläger. Die Hände des fünften steckten in den Taschen einer Lederjacke. Er blieb etwas zurück, sah kurz zu Cassidys Fenster herauf und deutete ein Nicken an, während die anderen auf den Austin zustürzten. Sein Kopf war kahlrasiert, und Ella konnte sehen, dass er ein Hakenkreuz in den Nacken tätowiert hatte. »Was sind das für Leute?«, fragte sie.

In diesem Moment zerplatzte die Scheibe neben dem Kopf des Beifahrers unter dem Schlag eines Baseballknüppels, dem gleich darauf ein zweiter folgte. Das Klirren und Scheppern in dem Lautsprecher erfüllte den ganzen Raum. Ella sah, wie einer der Männer eine Pistole durch das offene Fenster auf der Beifahrerseite stieß. »Keine Bewegung!«, schrie eine Stimme, die klang, als gehörte sie einem Halbwüchsigen. »Waffen stecken lassen, ihr Ärsche!«

Der zweite Mann mit Baseballschläger zertrümmerte die Scheibe auf der Fahrerseite und brüllte ebenfalls: »Keine Bewegung. Stecken lassen! Hände von den Waffen, du auch dahinten! Keine Bewegung! Keine Bewegung!«

Der Wagen schaukelte, als einer der Männer auf die Motorhaube sprang, während die anderen mit den Baseballknüppeln auf das Hinterfenster eindroschen, bis auch diese Scheibe unter den dumpfen Schlägen barst. Blinkende Splitter und helle Risse im Sicherheitsglas brachen das körnige Licht der Straßenlampe. Der Mann auf der Motorhaube hielt in der einen Hand eine Pistole, in der anderen eine starke Taschenlampe, deren Strahl das Innere des Austin erleuchtete.

»Jungs, ihr macht einen Fehler!«, rief der Mann mit dem roten Haar auf dem Beifahrersitz. »Wir sind vom …«

»Halt's Maul, Wichser!«, kreischte die Jungenstimme laut und schrill. Ella sah, wie sich der Lauf der Pistole in die Wange des Beifahrers bohrte. »Halt bloß die Fresse, sonst kannst du dein Gehirn von deinen Eiern lecken!«

»Knall sie ab!«, brüllte der Mann auf der Motorhaube und ging in die Hocke, um besser in den Wagen sehen zu können. »Baller ihnen die Scheißköppe von den Schultern, mach schon! Schieß endlich, Mann, worauf wartest du denn?«

Einen Moment lang bewegte sich keiner mehr, weder die Männer, die den Wagen umringten, noch der Beifahrer oder der Student, der noch immer die iPod-Stöpsel in den Ohren hatte. Dann riss sich der Student die Stöpsel aus den Ohren und sagte: »Hört mal zu, Jungs! Was wollt ihr? Wollt ihr Kohle? Wollt ihr …?«

»Ich mach euch alle!«, fuhr ihm einer der Männer über den Mund. »Ich brauch' nich' mehr als drei Schuss dafür, echt! Bewegt euch, und ich knall euch ab, einen nach'm annern!«

»Her mit den Scheißknarren, ey!«, befahl der Skin auf der Motorhaube. »Schmeißt die Knarren und die Brieftaschen raus, *alles raus* – Kreditkarten, Ausweise, Handys, Geld, alles! Den iPod auch, du Wichser!«

»Hör mal …«, fing der unsichtbare MacLean am Lenkrad an, aber ehe er weitersprechen konnte, rammte der Mann neben seiner Tür den Knauf des Knüppels durchs Fenster, und Ella hörte einen harten, hohlen Ton und dann ein Stöhnen, und sie sah, wie der Beifahrer zur Seite zuckte, als ein Blutstrahl rot und leuchtend in seinen Schoß spritzte. Plötzlich schrien alle durcheinander: »Langsam, Jungs, ganz langsam!« – »Noch ein Wort, und ihr seid tot!« – »Wir erledigen euch alle drei, gleich hier!« – »Her mit dem iPod!« – »Die Armbanduhren auch!« – »Scheiße, Jungs, seid doch nicht …« – »Wir sind vom MI …« – »Maul halten, hab ich gesagt!« – »Ist das alles?« – »Jetzt knall sie doch endlich ab!« – »Nicht bewegen! *Nicht bewegen, ey!*«

Der Student warf seinen iPod und die rasch abgestreifte Uhr über die Schulter des Beifahrers nach vorn, und der Beifahrer schleuderte alles durch die zersplitterte Scheibe nach draußen, auch seine Uhr, seine Waffe, das Handy und sämtliche Ausweise. Im Lautsprecher erklangen für Sekunden nur Geräusche: das Rascheln der Bewegungen, die hechelnden, schnellen Atemstöße und dazu das unregelmäßig an- und abschwellende Stöhnen des Mannes am Steuer.

»Wir sollten uns langsam auf den Weg machen«, sagte DI Cassidy dicht neben Ella. »Gehen, wenn's am schönsten ist, sagt man doch so, oder?« Sie ließ das Fernglas sinken, konnte aber nicht widerstehen, sie musste weiter zuschauen. *Vielleicht waren die auch dabei, als Tori getötet wurde; vielleicht war der Fahrer einer von denen, die mir durch halb London nachgerannt sind, um mich umzubringen!*

Der Skin neben der Fahrertür griff ins Innere des Wagens, riss mit einem Ruck die Sprechmuschel des Funkgeräts vom Armaturenbrett und warf sie hinter sich in die Nacht. Die anderen sammelten alles auf, was die Agenten aus den Fenstern geworfen hatten, und steckten es ein. Dann liefen sie mit schrillem, triumphierenden Wolfsgeheul zurück zum Cayenne, stiegen ein und rasten davon, die leere Straße hinunter bis zur nächsten Ecke, hinter der sie mit jaulenden Reifen verschwanden.

»Verdammte Scheiße«, stöhnte der Deutsche auf dem Beifahrersitz des Austin leise. »Verdammte Scheiße!« Er neigte sich zu dem Mann am Lenkrad hinüber, verschwand halb aus Ellas Sichtfeld. »Alles klar, MacLean? Bist du in Ordnung?«

»Was war das?«, fragte der Student. »Was, zum Teufel, war das?«

»Kommen Sie, Doc, wir müssen los«, sagte Cassidy. »Wenn wir noch länger warten, war die ganze Show für die Katz!«

»Ich habe mir in die Hose gepisst«, murmelte der Student im Austin fast staunend und blickte an sich hinunter. »Scheiße, ich habe mir wirklich und wahrhaftig in die …«

»Halt die Klappe«, sagte der Deutsche. »Wir müssen uns um MacLean kümmern. Das ganze Blut, da kommt immer mehr …« Er schwieg einen Moment. »Alles in Ordnung, Mac? He, sag doch was … sag was …«

»Lass ihn«, sagte der Student. »Siehst du nicht, was mit ihm los ist? Meine Hose, verdammter Mist, das fühlt sich …«

»He, Mac … Mac?«

»Der muss jedenfalls nicht mehr stempeln gehen«, sagte der Student. »Sieh dir doch bloß mal das ganze Blut an. Es kommt aus dem Ohr, weißt du nicht, was das bedeutet?«

»Nein, weiß ich nicht, verdammte Scheiße! Mac!«

»Ich hab's ja immer gesagt«, meinte der Student, »die ganze Zeit. Ich war von Anfang an gegen diese Operation. Jetzt können wir nur noch eins machen.«

»Was denn?«

»Samson abschalten. Warten, bis Delilah wieder auftaucht und sie dann auch abschalten. Alle abschalten, die etwas wissen könnten. Vor allem aber Cassidy und die Ärztin, die zuerst.«

Aber das hörten Ella und Cassidy schon nicht mehr, denn sie waren längst aus der Wohnung und dem Haus und sogar schon die Straße hinunter bei dem Rover, den der Detective Inspector in einer Seitenstraße abgestellt hatte.

54

Das mit magentaroten und blauen Glühbirnen bestückte Riesenrad vor Ella drehte sich so langsam, dass es scheinbar bewegungslos in den Nachthimmel ragte. In dem unruhigen Wasser der Themse spiegelte sich das Licht der kleinen Lämpchen wie der Widerschein eines Feuers auf dem Grund des Flusses. Auch über die noch vom Regen nassen Steine der Promenade geisterte ein farbiger Glanz. An der Rampe des schlanken Rads aus weißen Stützen, Rohren und Spannelementen drängte sich eine lange Besucherschlange, die nur träge vorwärtskroch. In den Gondeln hoch oben in der Luft flackerten Fotoblitze auf wie vereinzeltes Wetterleuchten.

Detective Inspector Cassidy pflügte sich einen Weg durch die Menschenmenge zwischen den Imbissbuden und Souvenirläden. Ella blieb dicht hinter ihm. Sie gingen an der County Hall vorbei und weiter zum Ticketschalter. Sie entdeckten den Professor halb verborgen hinter einer Platane. Er sah sie im selben Moment und winkte ihnen.

»Idiot!«, zischte Cassidy, dessen Blicke unablässig hin und her flogen, von den Gesichtern der Passanten zu Gershenson und zurück zu Männern oder Frauen, die ihn vielleicht beobachteten. Der Professor kam ihnen schnell entgegen. Im Licht des Riesenrads warf er einen doppelten Schatten, als hätte er zwei Seelen, die in verschiedene Richtungen strebten. Der Detective Inspector schüttelte den Kopf, aber Gershenson reagierte nicht. »Herrgott, was für ein verdammter Idiot!«, sagte Cassidy noch einmal.

»Ich habe etwas entdeckt!«, rief der Professor. »Ich muss Ihnen unbedingt …«

»Nicht hier!«, fuhr Cassidy ihn an. Er packte Gershenson am Arm und steuerte auf eine abgesperrte Zone bei der hellblau angestrahlten Rampe des Riesenrads zu, die durch ein Schild als *Fast Lane* gekennzeichnet war. Er schien nicht darauf zu achten, ob Ella ihnen folgte. Am Beginn der Fast Lane stand eine farbige Frau in Uniform. Der DI steuerte direkt auf sie zu und streckte ihr seinen Ausweis entgegen. »DI Cassidy, Metropolitan Police! Die beiden hier gehören zu mir. Wir brauchen eine Gondel nur für uns! Dringende polizeiliche Maßnahme!«

Noch bevor die Frau ihm Platz machen konnte, schob er sie mit der Schulter beiseite. »Mitkommen, alle beide!« Er zog den Professor mit sich, vorbei an der Schlange der Wartenden und die Rampe hinauf bis zu der kleinen Plattform, wo die Passagiere einstiegen. Noch nass vom Regen sanken die großen, durchsichtigen Gondeln wie gläserne Raumkapseln an ihren Ringscharnieren außerhalb des Rads herab und stiegen wieder auf, ohne anzuhalten. Im Fahren öffnete das uniformierte Personal auf der Plattform die Türen und trieb die eine Gruppe Passagiere heraus und die andere hinein, bevor sie die Tür wieder verriegelten.

Cassidy zeigte seinen hoch erhobenen Ausweis zum zweiten Mal, dem Kontrolleur und den wartenden Passagieren. »Nur die beiden hier und ich!«, verkündete er, als die nächste leere Gondel auf Plattformhöhe eintraf. Dabei flog sein Blick über die Köpfe hinunter zur Rampe, aber niemand schien ihnen zu folgen. Er stieß Gershenson in die Kapsel und zog Ella hinter sich her. Dann wurde die Tür geschlossen, und sie waren allein und schwebten langsam in die luftige Höhe.

Über der City auf der anderen Seite des Flusses hingen rostfarbene Wolken. Die Gondel stieg aus dem Dunst auf dem Fluss und weiter über die Häuser, und plötzlich flirrte die Stadt am anderen Ufer unter ihnen wie ein Gemälde aus Neon und fließendem Strom. Der Anblick erinnerte Ella an eine Computertomographie – als blicke sie in den geöffneten Schädel der Stadt, auf ihr nacktes Gehirn mit seinen glühenden Nerven, den lautlosen elektrischen Entladungen, den weißen, blauen, gelben und roten Leuchtströmen und pulsierenden Flecken, den hellen Flächen neben dunklen Zellen, dem Feuerwerk unablässig hin und her schießender Gedankenimpulse.

Sie standen in der großen, nur schwach erhellten Glaskapsel und sahen auf das Breitwand-Panorama hinab, während der Himmel die

Kuppel über ihren Köpfen wie schwarzer Samt zu bedecken schien. Der Professor hielt sich etwas abseits, auf der anderen Seite der Bank in der Mitte. Zwischen seinen Beinen, unter dem Burberry, konnte Ella am Ufer des dunklen Flusses den Westminster Palace sehen mit dem angestrahlten Glockenturm und dahinter das Dach der Abbey. Aber sie hatte keine Geduld, keinen Sinn für die Schönheit des Anblicks. »Haben Sie die E-Mails mit den Namen der Kliniken bekommen?«, fragte sie. »Hat Annika eine von ihnen schon einmal erwähnt? Wir haben noch eine gefunden, die Mills Clinic in Wandsworth. Sagt Ihnen das was? Wir sind ganz sicher, dass sie vor einer Woche in …«

»Halt«, rief Cassidy. »Stopp! Warten Sie noch!« Mit großen Schritten ging er von einer Seite der Gondel zur anderen, blickte nach unten, nach oben, rechts und links, zu den Glaskapseln unter ihnen und denen oben, alle genauso schwach beleuchtet, aber viel voller, in jeder mehr als zwanzig Passagiere. Er betrachtete sie genau; durch ein Gewirr von Verstrebungen und Haltevorrichtungen hielt er Ausschau nach jemandem, der sich mehr für sie interessierte als für die Aussicht. Der in der nächsten, gut zehn Meter entfernten Gondel etwas in ihre Richtung hielt, Fotos von ihnen machte statt von den Lichtern der Stadt, dem Fluss, den Brücken. Schließlich sagte er: »Okay, Professor, sprechen Sie!«

Gershenson blieb auf seiner Seite der Bank, wich Cassidy genauso aus wie Ella. Er hatte die Hände in die Burberry-Taschen geschoben, und jetzt schüttelte er den Kopf, nicht abwehrend, sondern ratlos, als hätte er kürzlich etwas erfahren, das sein ganzes Weltbild ins Wanken brachte. »Die Mills Clinic, sagen Sie? Wie kommen Sie darauf?«

»Wir haben herausgefunden, dass man dort vor knapp einer Woche eine Frau in Annis Alter nach einem Suizidversuch aufgenommen hat«, erklärte Ella, »und wir, DI Cassidy und ich, glauben, dass Annika diese Frau ist. Können Sie uns sagen, ob sie Ihnen gegenüber …«

»Gleich«, Gershenson hob kurz die linke Hand, zog mit der anderen ein Handy aus der Manteltasche und wollte es gerade in Betrieb nehmen, als Cassidy ihn scharf anfuhr: »Nein, nicht gleich – jetzt! Weg mit dem Handy! Sie reden mit uns, nicht am Telefon!«

Der Professor schob das Handy wieder in die Tasche. »Ganz wie Sie wollen«, sagte er gleichmütig. »Diese Fahrt dauert dreißig Minuten, wir haben also Zeit genug. Deswegen habe ich das Eye als Treffpunkt gewählt. Mein Ziehsohn Oliver ist in dieses Riesenrad geradezu vernarrt. Es war damals noch ganz neu, und er konnte es stundenlang anstarren, besonders am Abend, wenn der Himmel allmählich dunkel wurde und die Lichter angingen. Er stand da unten auf der Promenade oder auf der Brücke und sah zu, wie es sich drehte. Am Anfang habe ich überhaupt nicht verstanden, was ihn daran so faszinierte. Es hatte etwas Autistisches. Und wenn er mitfahren durfte, wenn er in einer der Gondeln war, dann fühlte er sich einfach geborgen. Je weniger Menschen mit uns darin waren, desto besser. Eine halbe Stunde über der Erde, ganz früh, wenn noch kein Betrieb war. Wenn er gewusst hätte, dass Dr. Jansen von Colin Blain erfahren hatte …«

»Was hat das mit Colin Blain zu tun?«, fiel Cassidy ihm ins Wort. Er lehnte mit dem Rücken an der Haltestange, die um den Innenraum der Kapsel führte, und beobachtete Gershenson misstrauisch. Auch seine Hände steckten in den Jackentaschen.

»Er wollte es in die Luft sprengen«, sagte der Professor. Er wandte sich ab, sah hinunter auf das silberne Band der Themse, das in einem großen Bogen an den Jubilee Gardens vorbeifloss. »Er wollte eine Bombe zünden und möglichst viele Passagiere mit sich in den Tod nehmen.«

Cassidys Miene wurde hart, die geröteten Wangen verloren Farbe. »Woher wissen Sie das?«

»Von Anni.«

»Wann hat sie Ihnen das gesagt?«

»Nach ihrem Besuch in Blains Atelier.«

»Gestern Abend haben Sie behauptet, danach hätten Sie nie wieder etwas von ihr gehört!«, sagte Ella überrascht. Auf einmal kam ihr ein Gedanke, der so unwahrscheinlich schien, dass sie ihn sofort von sich wies. *Nein,* dachte sie, *das ist Blödsinn, das kann nicht sein.* Aber der Gedanke ließ sich nicht verdrängen.

Gershensons Schultern sanken vor wie unter einer schweren Last. »Gestern Abend dachte ich noch, es gäbe einen leichteren Weg als die Wahrheit. Aber jetzt weiß ich, dass es diesen Weg nicht gibt.« Er trat einen Schritt zur Seite und setzte sich auf die Bank in der Mitte der

Gondel. Da, wo er gestanden hatte, öffnete sich der Blick immer weiter, je höher die Gondel stieg, bis zum Buckingham Palace und den Hochhäusern der City, deren erleuchtete Fenster wie Goldregen fielen, eingebettet in die Lichter der Stadt.

»Was geschah in Colin Blains Atelier?«, fragte Ella. »Was hat Anni Ihnen erzählt?« *Er ist es,* dachte sie; *er sitzt vor uns, und er hat uns in eine Falle gelockt.*

»Sie war hingegangen, um zu erfahren, ob er sie nicht belogen hatte«, antwortete Gershenson. »Sie hoffte so sehr, dass es so war, dass es sich um eine Lüge handelte. Dass jemand das Netzwerk benutzt, um Menschen zu Mördern zu machen, musste eine Lüge sein. Wie er vorgeht, um dieses Ziel zu erreichen, und warum er das tut und für wen … Sie hätte alles dafür getan, dass es so war, alles eine einzige Lüge. Das wollte sie hören, doch ihre Hoffnungen wurden enttäuscht, denn Colin Blain war einer dieser Menschen. Einer dieser Mordroboter. Und da wusste sie, dass sie einen Blick in die Hölle geworfen hatte.«

»Und wie sah sie konkret aus, diese Hölle?«, fragte Cassidy.

»Wie ein Maleratelier, in dem jemand einen Sprengsatz zusammenbastelt«, erklärte der Professor in einem Tonfall, als erwähne er eine kleine, aber nicht unbedeutende Zutat für ein gelungenes Rezept. »Zuerst verstand Annika nicht, was sie sah. Sie dachte, er arbeite an einer Installation oder dergleichen. Sie erinnerte sich an seine Übermalung von Goyas *Saturn* und wusste, dass er versuchte, sein ungeheures Gewaltpotential in künstlerische Bahnen zu lenken. Fotos vom London Eye an einer Pinnwand, eine Art Bauplan des Riesenrads. Dahinter – direkt von seinem Computer mit einem Diaprojektor auf die Wand geworfen – eine Darstellung des Sonnensystems, wobei die Sonne deckungsgleich mit der Radnabe war und die Gondeln sie wie Sterne umkreisten. Bloß dass zwei der Sterne, ganz außen, Daten trugen und Städtenamen. Wie gesagt, zuerst verstand sie nicht, was sie sah, erst später, nachdem Blain sich vor ihren Augen umgebracht und sie einen Blick auf sein Handy geworfen hatte, als das Grauen in ihrer Seele Einzug gehalten hatte … Später, in ihrer Praxis, hat sie versucht, das Diagramm zu rekonstruieren, und da wurde ihr klar, um was es sich handelte, um was für einen Plan, und dass er die Wahrheit gesagt hatte und sie sich verstecken musste. So schnell wie möglich.«

»Er hat sich *vor ihren* Augen umgebracht?«, fragte Ella. »Wie? Warum?«

Gershenson blinzelte, als wäre ihm etwas ins Auge geraten. »Warum? Weil sie reden konnte. Weil sie ein Mensch ist. Weil sie ahnte, was sie noch nicht wusste. Weil sie in seine Seele schaute, seine kranke Seele, weil sie versuchen würde, sie zu heilen. Weil sie den Plan des Teufels durchkreuzen wollte. Gerade hatte ihr Patient ihr gesagt, was er vorhatte, da kam ein Anruf. Blain schaute auf das Display seines Handys, und eine Veränderung ging mit ihm vor. Er packte einen feinen Spatel, wie ihn Maler zum Abkratzen getrockneter Farbe von der Leinwand benutzen, und hieb damit auf das Handydisplay ein. Danach rammte er sich den Spatel in die Kehle, wo er ihn mehrmals umdrehte.«

Ella schwieg betroffen. *Das Sonnensytem,* dachte sie, *das London Eye, und ein Junge, der glücklich war, wenn er ein Riesenrad anschaute, in dessen Gondeln er sich geborgen fühlte.* Einen Moment lang hörte man nur das leise Zerren des Windes an der Glaskapsel.

Cassidy wurde ungeduldig: »Weiter! Wie geht der ... der Teufel vor, wenn er seine Opfer – oder Täter – gefunden hat?«

Gershensons Schultern sanken noch weiter vor, während sich seine Hände in den Manteltaschen zu Fäusten ballten. »Anders Breivik«, sagte er, »der norwegische Massenmörder, hat bei seinem Prozess 2012 gesagt ...«

Ella hatte das Gefühl, dass der Luftdruck in der Gondel sich veränderte; als nähme der Sauerstoffgehalt ab und verlange größere Anstrengungen von ihrer Lunge. »Scheiß auf Breivik!«, rief sie. Sie funkelte Gershenson an. »Scheiß auf Colin Blain! Scheiß auf den Teufel! Ich will wissen, ob Sie eine der Kliniken, die ich Ihnen gemailt habe, kennen. Ob Annika da sein könnte! Ich glaube ... *wir glauben*«, sie sah Cassidy an, »dass sie einen Suizidversuch vorgetäuscht hat und danach in das Krankenhaus in Wandsworth eingeliefert worden ist. Kennen Sie die Mills Clinic?«

»Ja«, jetzt sah der Professor flüchtig auf seine Uhr, »die kenne ich.« Er drehte den Kopf und blickte themseaufwärts, als könnte man das Krankenhaus von seinem Platz aus sehen. »Aber wenn Sie wissen wollen, wie Blain und die anderen …«

»Will ich! Ich will alles wissen, aber nicht jetzt! Jetzt will ich Anni finden! Hinterher, wenn sie …«

»Ach«, sagte Gershenson, »hinterher werden wir vielleicht alle tot sein. Die Gondel wird wieder unten ankommen, und schon da ist es vielleicht zu spät. Deswegen …«

»Ich will es wissen!«, fuhr Cassidy dazwischen. »Reden Sie! Sie waren bei Anders Breivik stehen geblieben.«

»Anders Breivik hat bei seinem Prozess in Oslo gesagt, dass er das Jahr vor dem Massaker auf der Insel damit zugebracht hat, sich zu ›entmenschlichen‹, um seine Mission erfüllen zu können. Ein Jahr lang hat er daran gearbeitet, alle Gefühle in sich abzutöten, seine Fähigkeit zum Mitleid, zur Anteilnahme zu zerstören, bis er in seinen Opfern keine Menschen mehr sehen musste. Bis er buchstäblich ein *Mensch ohne Gegenüber* geworden war. Und er hat gesagt, dass er sich das Leid der Angehörigen der Opfer nicht vorstellen konnte, denn wenn es ihm möglich gewesen wäre, wenn er sich in sie hätte hineinversetzen können, sagte er, dann wäre es ihm unerträglich gewesen. Dann hätte er nirgendwo mehr leben können, vor allem nicht in sich. Diesen Prozess der Entmenschlichung übernimmt die Academy für die … nun, sagen wie *die Kandidaten*. Sie hilft ihnen dabei, bestärkt sie darin, ermutigt sie, erklärt ihnen, dass es der richtige Weg ist.«

Wieder konsultierte er die Uhr mit einem Seitenblick, und Ella spürte, wie ihr Gefühl, in eine Falle geraten zu sein, stärker wurde. Sie versuchte, Cassidy ein Zeichen zu geben.

»Natürlich«, redete der Professor weiter, »gelingt das am besten bei jemandem, bei dem dieser Prozess schon eingesetzt hat, bevor die Academy ihn ausgesucht hat. Genauer, sie rekrutiert ihn vor allem eben deshalb, *weil* dieser Prozess schon eingesetzt hat: zum Beispiel bei Soldaten, die aus einem Kampfeinsatz zurückkehren und an PTS leiden, dem sogenannten Posttraumatischen Stresssyndrom. Ihre Rekrutierung fällt besonders leicht, weil sie verstört und gleichzeitig überaus aggressiv sind. Manche unter ihnen suchen von sich aus Hilfe, doch die wird ihnen weder durch die Armee noch die Gesellschaft oder ihre Freunde und Familien zuteil. Junge Männer kehren verwirrt und verroht in eine Welt zurück, die nicht mehr die ihre ist, für die sie Fremde geworden sind. Sie fühlen sich im Stich gelassen, und ihre Aggression richtet sich gegen jeden und alles, ganz besonders jedoch gegen sich selbst, und damit bringen sie die besten Voraussetzungen für Selbstmordattentate mit. Das Ziel ist, Menschen aus dem Angebot herauszufiltern, die einen weniger differenzierten Gefühlshaushalt – kombiniert mit einer erhöhten Anpassungssehnsucht – vorweisen.«

Je höher die Gondel stieg, desto größer schien die Stadt unter ihr zu werden, ein flimmerndes Spiegelbild des Firmaments mit einer eigenen Milchstraße voll funkelnder Sterne. »Wie viele von ihnen es wohl da unten gibt?«, sagte Gershenson leise. »In Amerika können von den mittlerweile in die Hunderttausende gehenden Heimkehrern aus den Kriegen im Irak und Afghanistan nur die Hälfte therapeutisch betreut werden, jeder achte bringt sich um. Andere werden zu Amokläufern, töten Familienmitglieder oder völlig Fremde. Warum also nicht Leute, die ihnen von ihren letzten verbliebenen Freunden in ihrem Netzwerk vorgeschlagen werden? *Sie haben die und die getötet, es könnte Ihnen auch gefallen, diesen oder jenen zu töten.* Bitte drücken Sie den *Like*-Button.«

»Wer steckt hinter der Academy?«, fragte Cassidy.

Gershenson antwortete mit einem angedeuteten Zucken der eingefallenen Schultern.

Er, dachte Ella, *er*.

»Wer?«, hakte Cassidy nach.

»Können Sie sich das nicht denken?«, fragte der Professor.

»Sie?«, fragte Cassidy, und seine rechte Hand schob sich unter die Lederjacke.

Aber Gershenson war schneller. Er zog die rechte Hand aus der Manteltasche, und das, was Ella für eine Faust gehalten hatte, war in Wirklichkeit ein kurzläufiger Trommelrevolver. »Nicht bewegen, Detective, bitte!«, sagte er. Er stand auf, die Mündung des Revolvers auf Cassidys Brust gerichtet. »Legen Sie Ihre Waffe langsam auf den Gondelboden und geben Sie mir Ihre Handys. Da, auf die Bank, bitte!«

Er sah zu, wie Cassidy schweigend, aber mit zornfunkelnden Augen erst seine Dienstwaffe aus dem Schulterholster zog und auf den Boden legte, dann das Handy daneben. Die Mündung des Revolvers schwenkte zu Ella. »Und Ihr Handy auch! Haben Sie auch eine Pistole oder dergleichen?«

»Nein.«

Die Gondel war fast im Zenit ihrer Umlaufbahn angekommen und schwebte einen Moment lang auf gleicher Höhe mit der neben ihr angebrachten Glaskapsel. Die Passagiere der zweiten Gondel deuteten aufgeregt zu ihnen herüber; Kamerablitze sprangen durch das Halbdunkel. »Lauter Fotos für die Ewigkeit«, sagte Cassidy. »Sie, Ella, ich und ein Revolver. Sie haben keine Chance, Gershenson.«

»Ich habe zwanzig Minuten, in denen Sie nichts unternehmen können«, sagte Gershenson. »Mehr brauche ich nicht. Geben Sie mir seine Pistole, Ella, bitte!« Er drehte sich mit dem Rücken zur Nachbargondel und achtete darauf, dass die Bank weiter zwischen ihm und Cassidy war. Mit der freien Hand holte er ein Handy aus der anderen Manteltasche, drückte eine Taste und wartete, den Apparat am Ohr, bis sich der Angerufene meldete. Dann sagte er: »Sie ist in der Mills Clinic in Wandsworth.« Er lauschte. »Nein, sie ist die Letzte, die es weiß. Wenn sie nicht mehr lebt …«

Dann sind alle tot, die Bescheid wussten, vervollständigte Ella in Gedanken. Sie sah zu Cassidy hinüber. Seine Miene ließ erkennen, dass er dasselbe dachte wie sie. *Er kann uns nicht am Leben lassen. Er muss uns töten, bevor wir wieder unten ankommen. Danach wird er sich selbst töten. Aber diesen Preis ist er bereit zu bezahlen. Denn es geht nicht um ihn. Er schützt damit nur jemand anderen. Den, der wichtiger ist als er.*

Wir haben noch genau zwanzig Minuten zu leben.

55

»Setzen Sie sich auf die Bank, bitte!«, sagte der Professor und wies ihnen mit der Mündung des Revolvers ihre Plätze zu. Ella wollte sich nicht hinsetzen, aber Cassidy gehorchte, und deswegen setzte sie sich auch. »Was ist, wenn Sie sich irren?«, fragte sie. »Wenn Annika sich nicht in der Mills Clinic aufhält?«

In den anderen Gondeln neben und unter ihnen flackerten jetzt immer mehr Kamerablitze auf, sodass es aussah, als schwebten sie durch ein monochromes Feuerwerk.

Gershenson stand breitbeinig an der Glasverblendung. »Die Krankenhäuser, die Sie mir gemailt haben, kamen nicht infrage«, erklärte er. »Das war mir sofort klar. Sonst hätte ich mich auch gar nicht mehr mit Ihnen getroffen. Kennen Sie die Formulierung von Kafka? *Ich bin ein Anwalt, daher kann ich mich nie dem Bösen entziehen* ... Sehen Sie, ich bin Psychiater, und deswegen kann ich mich dem Bösen auch niemals entziehen. Es war eine gute Idee von Annika, sich in einer geschlossenen Anstalt zu verstecken. Der Teufel hat Angst vor Geisteskranken. *Selig sind die Armen im Geiste, denn ihrer ist das Himmelreich* – erinnern Sie sich? Die Mills Clinic hat einen kirchlichen Träger, und Annika hat sie nie erwähnt, in all den Jahren, in denen sie zu mir zur Supervision kam.«

In all den Jahren, in denen sie sich Ihnen vertrauensvoll geöffnet hat, dachte Ella bitter; *in denen sie Ihnen alles erzählt hat, vor allem das Konzept von LifeBook. In denen Sie Anni so gut kennengelernt haben, dass Sie jeden ihrer Gedanken lesen, jede ihrer Regungen nachempfinden konnten, bis Sie in der Lage waren, das Negativ von ihrem Positiv zu ziehen und zu zerstören, was sie erschaffen hatte. Und jetzt sind sie wahrscheinlich schon auf dem Weg zu Anni. Selbst wenn wir hier lebend rauskommen, werden sie sie töten, weil wir zu spät kommen.*

»Ich verstehe immer noch nicht, wie das funktioniert«, sagte Ella, um Gershenson abzulenken. »Ich kann mir einfach nicht vorstellen, dass man jemanden, mit dem man nie von Angesicht zu Angesicht gesprochen hat, dazu bringen kann, sich selbst das Leben zu nehmen. Egal, wie verzweifelt und zerstört jemand ist. Wie soll das gehen? Wie entmenschlicht man einen Menschen?«

Cassidy nickte ihr unmerklich zu. *Weiter so.*

Gershenson lächelte, fast mitleidig, wie es Ella schien. »Stellen Sie sich vor, ich wäre er«, sagte er. »Wie gehe ich vor? Zuerst entziehe ich meinem Kandidaten die Fähigkeit, wie ein Mensch zu fühlen, indem ich ihm nach und nach die Gesellschaft anderer Menschen nehme. Das wird heutzutage immer einfacher. Erst vor Kurzem hatte ich in meiner Praxis den Fall eines jungen Mädchens, das mit Blumentöpfen nach einem schreienden Baby auf dem Balkon unter sich geworfen hatte. Ich behandle einen internetsüchtigen Jungen, fast achtzehn Jahre alt, der so wenig Interesse für die Realität außerhalb des Netzes aufbringt, dass er nicht zwischen vertrauter und fremder Umgebung oder bekannten und unbekannten Menschen unterscheiden kann. Er kann nicht begreifen, dass etwas, das er cool oder witzig findet, jemand anderem wehtut. Das ist der Rohstoff, das Material, nach dem man Ausschau halten muss!«

Cassidy warf einen verstohlenen Blick auf seine Armbanduhr, aber Gershenson hatte es bemerkt. »Es sind erst zehn Minuten«, sagte er, als könnte er ihre Unruhe nicht verstehen, wo sie doch ohnehin alle sterben mussten, wenn die Gondel unten ankam. »Sechshundert Sekunden. Zeit ist nur eine Aneinanderreihung von Zahlen. Wie Menschen, egal, ob sie im Netz leben oder da unten in den Straßen herumwimmeln. Sie werden durch jeden Tastendruck berechenbarer, und ich berechne sie.«

Er sah durch die Glasrundung am Boden der Kapsel und schien plötzlich nicht mehr mit Ella zu sprechen, sondern zu den unsichtbaren Menschen in den Straßen der Stadt tief unter seinen Füßen. »Ich zeige euch, wie euer Leben leichter werden kann, wenn ihr etwas weniger hiervon tut und etwas mehr davon. Ich tausche euer soziales Umfeld aus, echte Freunde – falls ihr noch welche habt – durch die fiktiven Freunde auf LifeBook. Ich stumpfe euch weiter ab gegen das eine und sensibilisiere euch für das andere. Und ich verändere nach und nach eure Erinnerungen. Ich färbe sie ein, setze die Akzente anders. Ganz allmählich, Zahl für Zahl, gestalte ich die Wahrnehmung eures eigenen Lebens neu, lasse es in einem anderen Licht erscheinen, durch genau berechnete Fragen, durch Interpretation in Kommentaren zu euren Antworten. Wahrheit ist das, woran wir uns erinnern, und wenn wir uns nicht mehr richtig erinnern, kann man eine falsche Wahrheit schaffen. Genug falsche Wahrheiten schaffen ein falsches, ein von mir entworfenes Leben, das euch nicht mehr lebenswert erscheint. Ich spreche nicht nur mit einer Stimme, sondern mit vielen. Die Stimmen werden zum Sinn eures Lebens. Ihr müsst alles tun, um nicht auch diesen Sinn noch zu verlieren. Meine Stimmen – ich, die Academy, eure neuen Freunde! – schaffen ein verändertes moralisches Ordnungsprinzip und damit eine andere soziale Kontrolle. Wir bauen einen ständig zunehmenden Überwachungsdruck auf, schaffen Schritt für Schritt eine so intensive Abhängigkeit, dass ihr lieber sterben würdet, als mich zu enttäuschen. Bis ihr lieber sterben würdet, um eure neuen Freunde nicht zu verlieren. In erster Linie«, er breitete die Arme aus, als wollte er sich für einen allzu billigen Zaubertrick entschuldigen, »ist alles eine Frage der Rechenkapazität.«

Ella spürte, wie Cassidy sich neben ihr anspannte, bereit, aufzuspringen. Vorsichtig rutschte sie ein paar Zentimeter von ihm weg zum Ende der Bank.

Gershenson schüttelte tadelnd den Kopf und richtete den Revolver wieder auf den Detective Inspector. »Ich weiß nicht«, er beugte sich vor, als läge ihm tatsächlich eine Frage auf dem Herzen, »ob Sie sich an den Krebspatienten erinnern, der sein Leiden und Sterben ins Netz gestellt hat, auf Facebook, bei YouTube? Fotos, Filme, Gedanken zur Krankheit, zum Tod, in die Kamera gesprochen? Der sein Elend kollektiviert und auf Abertausende von Schultern verteilt, in Zigtausende von Herzen gesenkt hat? Siebzigtausend *Gefällt mir*-Klicks nach wenigen Wochen, und es wurden immer mehr. So wurde es am Ende fast berauschend für ihn, zu sterben, fast als gäbe er ein Rockkonzert vor Tausenden von begeisterten Fans. Ist das nicht verführerisch? Ist das nicht schön? Muss man dafür wirklich krank sein? Nimm noch andere mit, und der Rausch, das Glücksgefühl wird noch stärker sein, mit jedem Klick, den dein Film erzielt, auch wenn du ihn selbst nicht mehr sehen kannst. Du weißt es vorher. Du hast es bei den anderen gesehen! Aber – *aber!* – woher weißt du, dass es nicht nur einer war, er, der dir mithilfe eines von ihm geschriebenen Programms die siebzigtausend Klicks geschenkt hat? Dass es nicht nur ein einziger Mensch war? Du wirst es nie erfahren, nicht?«

Ella rückte noch ein paar Zentimeter weiter. »Mit wem arbeiten Sie zusammen?«, fragte sie und dachte: *Er ist es nicht, er deckt jemanden, jemanden, der sich hinter ihm versteckt, vielleicht sogar hinter seinem Sohn …*

Der Professor ging nicht auf ihre Frage ein, sondern redete einfach weiter. »Auf der Basis von alldem habe ich eine Software für menschliche Gefühle entwickelt, die alle weltweit verfügbaren Informationen zu den Begriffen ›Liebe‹, ›Tod‹, ›Angst‹, ›Hoffnung, ›Schuld‹, ›Neid‹ oder ›Begehren‹ als Status-Updates enthält. Das Programm ist so geschrieben, dass es allmählich den Inhaltscode dieser Worte neu definiert. Zunächst verwischt es die bisherige Bedeutung, schwächt sie ab, gleicht sie dem Gefühlshaushalt des Kandidaten an, bevor die Neubesetzung herausgearbeitet und Schritt für Schritt verstärkt wird. Tod ist nicht das Ende, sondern das Ziel des Lebens, Angst führt zu Hoffnung, Einsamkeit zur Freundschaft, Freundschaft ist wichtiger als Leben. Der Kandidat wird geimpft mit Tausenden von neuen Informationen, versteckt in den Nachrichten von Freunden, in E-Mails, Tweets, Gesprächsbeiträgen in Chatrooms und Foren, in Videos und Fotos auf den Seiten, die er regelmäßig besucht, in den Büchern, die ihm empfohlen wurden, in Liedern, Filmen, Clips. So lange, bis er nicht mehr unterscheiden kann, wo er aufhört und die anderen beginnen. Nicht mehr für sich selbst verantwortlich sein zu müssen, kann ein unvorstellbares Suchtpotential entwickeln.«

Die Gondel war über den höchsten Punkt ihrer Umlaufbahn hinaus und sank Millimeter für Millimeter auf der anderen Seite des Rads wieder hinunter, und Gershenson redete schneller, als wollte er fertig werden, bevor sie unten ankamen – bevor er sie töten musste. »Gibt es denn außerhalb der Kirchen und Religionen noch gemeinsame Bezugssysteme, Regeln, an die alle glauben, Grundlagen, auf die sich die Gemeinschaft geeinigt hat? Wir haben einfach den Überblick verloren.

Die meisten Menschen sind längst untereinander inkompatibel, so als liefen alle auf verschiedenen Betriebssystemen und mit unterschiedlicher Software. Jeder verarbeitet Informationen auf eine andere Weise. Es gibt Gesetze, ja, aber kaum einer hält sich noch daran. Fast alle staatlichen Autoritäten sind unglaubwürdig geworden. Die Verunsicherung wird täglich größer. Das liegt daran, dass die letzten Jahre zu schnell zu viele Veränderungen mit sich gebracht haben. Die meisten Menschen fühlen sich veraltet, dem neuen Arbeitstempo des Lebens nicht mehr gewachsen. Banken brechen zusammen, das Geld ist nichts mehr wert, immer mehr Leute verarmen, ganze Länder taumeln in den Staatsbankrott, während gigantische Konzerne die Erde ausbeuten, die Schulden wachsen der Menschheit über den Kopf, und gleichzeitig verfügen einige Einzelne über unermessliche Reichtümer. Überall wächst die Angst, abgekoppelt zu werden, nicht mehr zu verstehen, wie man leben soll, und plötzlich ruft neben einem jemand mit dunkler Hautfarbe Allah, anstatt zu Gott zu beten, wenn er überhaupt noch an etwas glaubt.«

Die Hand mit dem Revolver sank herab, und Ella dachte: *Jetzt, Cassidy, jetzt tu doch was, es geht um Anni, um ihr Leben, um unser Leben!* Die Agenten waren bestimmt schon in Wandsworth, vielleicht parkten sie gerade ihren Wagen auf dem Klinikgelände, stiegen aus, gingen auf das Eingangstor zu.

»Also muss man nur ein neues Bezugssystem für menschliche Zu- und Abneigung schaffen«, der Professor hob den Revolver, »jemand muss für dich da sein, je mehr Menschen desto besser. Viele. Mit unterschiedlichen Stimmen, aber sie sind deine Freunde, sie glauben an dich. Versprechen Hilfe. Besserung. Aber du musst mir auch helfen. Erzähl mir etwas über deine Familie, deinen Nächsten, deinen Nachbarn! Wer sind sie? Was tun sie? Wo kommen sie her? Magst du sie, oder sind sie dir unangenehm? Was stört dich an ihnen? Ist ihr Leben nicht besser als deins? Willst du sie ändern? Kannst du sie ändern? Oder möchtest du, dass sie weg sind? Willst du, dass alles so bleibt? Willst du alles hinnehmen oder ein Zeichen setzen? Willst du respektiert werden? Willst du Liebe? Bewunderung? Du musst dir nicht alles gefallen lassen! Es gibt Menschen, die sich umbringen, weil sie gedemütigt und gemobbt werden. Warum töten die nur sich selbst?

Warum nicht auch die, die an ihrem Elend schuld sind? Es ist doch bloß ein kleiner Schritt. Wie viel fehlt zu diesem kleinen Schritt? Ich zeige dir, wie du ihn gehen kannst und dafür respektiert, bewundert und geliebt wirst! Kümmere dich nicht um das, was die anderen denken; was du selbst bisher gedacht hast, weil *die* es so wollten. Mach deine eigenen Spielregeln, so wie wir. Benutze deinen freien Willen, Gottes Geschenk an die Menschen. Nur wer den Mut hat zu töten, ist wirklich frei. Gottes Ebenbild. Schau dir den Film auf YouTube an, wo ein Seelsorger in Berlin einen ganzen U-Bahn-Wagen in Flammen aufgehen lässt. Siehst du sein Lachen, seine erlöste Ekstase?«

Ella betrachtete die entrückte Miene des Professors. Die Intensität, mit der er sprach, erweckte den Eindruck, als versuchte er sich selbst davon zu überzeugen, dass tatsächlich er es war, der das Programm entwickelt hatte. »Verstehen Sie«, fuhr er fort, »zuerst war das Programm so geschrieben, dass es vor allem Menschen herausfiltern sollte, die unsere existierenden sozialen Spielregeln von sich aus ignorierten, aber die waren kaum formbar. Dann bin ich auf die Idee gekommen, dass ich Menschen finden muss, die immer noch als soziale Tiere denken. Die zu einer Herde gehören wollen. Dann musste ich ihnen suggerieren, dass ihre neue Herde die einzige Herde ist, die zählt. Ihr soziales Sonnensystem. Wenn das geschehen war, bestand der nächste Schritt darin, sie glauben zu lassen, dass die Herde ihre Spielregeln geändert hätte, und wenn sie kompatibel bleiben wollten, müssten sie ihre Software auch ändern. So mussten, zum Beispiel, die Begriffe ›Tod‹, ›Sterben‹ und ›Töten‹ von Assoziationen wie ›Ende‹, ›Schuld‹ oder ›Strafe‹ gelöst werden.

Es stellte sich schnell heraus, dass überraschend viele Menschen lediglich fortwährende Kontrolle und klare Anweisungen brauchen, um glücklich zu sein. Ich schenke ihnen Freunde bei LifeBook oder nehme sie ihnen wieder weg. Ich erhöhe die Zahl ihrer Follower, wenn sie twittern, was ich von ihnen hören will, und reduziere sie wieder, falls sie auf Abwege geraten oder ihr Ohr den falschen Stimmen öffnen. Wenn nötig, sorgen Legionen von Trollen dafür, dass sie dort niemanden finden, keine Antwort, keinen Trost, nur Hohn und Ablehnung. Freunde sind eine Währung im Internet, sie sind dein Reichtum, und nach Followern kann man süchtig werden. Ihr Verlust schmerzt. Erst schreibt und sagt mein Kandidat, was sie hören wollen, wozu sie ihn ermuntern. Dann tut er, was sie wollen, bloß damit sie den *Like*-Button drücken. Schließlich geben sie ihm ein Ziel, einen Ort, eine Gelegenheit, einen Vorwand. Es ist im Grunde nur die weitergedachte Idee des Panopticons.«

Jetzt konnte DI Cassidy nicht mehr an sich halten. »Was, zum Teufel, ist denn dieses gottverdammte Panopticon?«, brüllte er.

»Ah, natürlich, wie dumm von mir!« Gershenson legte die Stirn in betrübte Falten. »Als Panopticon bezeichnete der englische Philosoph und Jurist Jeremy Bentham das Modell des idealen Gefängnisses, das er im 19. Jahrhundert entworfen hat. Das Gebäude ist so konstruiert, dass von einem zentralen Punkt aus alle Gänge und Zellen überwacht werden können, und zwar von einem Minimum an Wachpersonal. Als wäre es ein Rad, mit der Nabe in der Mitte und den Speichen, die die Gefangenen beherbergen. Die Wärter können jederzeit jeden Häftling sehen, aber die Häftlinge können umgekehrt sie nicht erkennen, denn der Beobachtungsposten liegt im Dunklen, während ihre Kerker in Licht getaucht sind. Sie wissen daher nicht, wen der Wärter gerade beobachtet. Die Idee war, dass aus dieser Unsicherheit heraus die Gefangenen selbst die Aufgabe der Wärter übernehmen und sich gegenseitig überwachen, damit nicht das Fehlverhalten eines Einzelnen eine kollektive Bestrafung nach sich zieht. Wenn unser … *mein* Programm erst ausgereift ist, wird das gesamte Netz zu einem solchen Panoptikum aus den Daten der gesamten Netzgemeinde, die sich gegenseitig kontrolliert und darauf achtet, dass alle sich an die verordneten Regeln halten, während ich in der Mitte des Netzes sitze und die unsichtbare Kontrolle ausübe.«

Und ich bestimme, wer lebt und wer stirbt. Von wem der, der stirbt, getötet wird. Wenn ich wahnsinnig bin. Oder wenn jemand in mich gefahren ist, der mich benutzt, weil er keine Gestalt hat, keinen Körper.

56

Je länger Ella Gershenson zuhörte, eingeschlossen in dieser Gondel über der Stadt, desto stärker wurde ihr Gefühl, etwas Schrecklichem ausgesetzt zu sein – einer Kälte, die so absolut war, dass es sich nur um die Kälte des Weltalls handeln konnte.

»Aber was«, fragte sie, »was passiert, wenn Ihr Kandidat trotz allem, trotz all Ihrer Daten und Zahlen und Berechnungen doch nicht auf seine neuen Freunde hören will? Wenn sein freier Wille ihn davon überzeugt, dass es besser ist, zu leben und leben zu lassen? Oder wenn er erkennt, was für ein Spiel mit ihm getrieben wird?«

»Dann muss ich den Spieß umdrehen und ihn unter Druck setzen«, sagte Gershenson mit aufrichtig wirkendem Bedauern. »Wenn ich alles über dich weiß, wenn ich alle deine Schwächen kenne, spiele ich mit dir, treibe dich in die Enge, drohe dir, dich öffentlich zu demütigen, male dir aus, was dann passiert – und tue es. Ich entfessele einen elektronischen Tornado, Mails, Tweets, Clips auf YouTube. Ich und meine Trolle – unendlich viele Trolle, keiner davon existiert wirklich –, wir mobben dich, wir treiben dich weiter und weiter, und mit jedem Schritt verrätst du mir neue Wege, dich zu quälen, ich demütige dich so oft und für alle sichtbar, bis du keinen anderen Weg mehr siehst, als dich umzubringen. Bis dein Hass auf mich und alle anderen so groß ist, dass du möglichst viele von uns mitnehmen willst. Und dann tust du doch, was ich will!«

Inzwischen hatte das Rad seine Umdrehung fast vollendet, und der Widerschein der blau angestrahlten Rampe erfüllte die Gondel. Ella sah, dass mehrere uniformierte Sicherheitsbeamte zu ihnen hochstarrten, ein oder zwei davon mit gezogenen Waffen.

»Aber Hochleistungscomputer mit einer derartigen Rechenkapazität hat doch keine Privatperson!«, wandte sie ein.

»Nein, aber Behörden und große Firmen. Börsen. Hedgefonds. Zuerst half mir die Deutsche Botschaft, doch als deren IT-Fachleute – wie Mr. Wagenbach – misstrauisch wurden, sprangen Geheimdienste mit ihren Rechnern ein, BND, MI5 und MI6.«

Ella sagte: »Und wenn Sie hundert Affen an hundert Computer setzen, hätten Sie am Ende wahrscheinlich genau so ein Programm mit genau so einer Trefferquote. Und vor Millionen anderer Computer bringen drei andere Affen sich um und zwei davon richten dabei ein Gemetzel unter ihren Stammesangehörigen an.«

Gershenson starrte sie entgeistert an. »Was soll das heißen?«

»Das soll heißen«, antwortete Ella, »dass Sie nicht halb so intelligent sind, wie Sie uns glauben machen wollen, und dass Ihr Programm nicht halb so erfolgreich ist, wie Sie sich selbst und Ihren Freunden bei den Geheimdiensten einreden. Die große Frage ist doch, ob das, was Sie uns da gerade erzählt haben, überhaupt belastbare Realität ist. Ob es tatsächlich funktioniert, weil Sie es so geschrieben haben – oder ob es nur rein zufällig *so aussieht,* als würde es funktionieren. Ich glaube nämlich nicht, dass es das tut. Wenn man es genau betrachtet, sieht es für mich eher so aus, als wäre alles, was Sie als Erfolg verbuchen, auch ohne Ihr Programm von denselben Tätern verübt worden und als hätten all die Anschläge, die erfolgreich waren, gescheitert sind oder gar nicht erst durchgeführt wurden, genau denselben Verlauf genommen. Ich glaube, es handelt sich nur um einen Spuk, der auch unabhängig von Ihrem ganzen Netzwerk-Hokuspokus passiert wäre.«

»Nein, nein, das Programm ist korrekt, es funktioniert, es ist nur noch etwas unvollständig …«

»Dann verraten Sie mir doch mal, was Sie überhaupt für ein Ziel verfolgen?«, schaltete Cassidy sich ein. »Wie sind Sie auf die Idee gekommen, völlig fremde Menschen zu Mördern zu machen?«

Gershenson antwortete nicht. Er wirkte, als habe er nun selber Mühe, seine Worten zu glauben. Sein Gesicht wurde schlaff und müde.

»Dem Verbrechen an die Macht zu verhelfen, waren das nicht die Worte, die Sie zitiert haben?«, sagte der DI. »Wer hat denn ein Interesse an der Herrschaft des Verbrechens?«

Auch darauf antwortete der Professor nicht.

»Gestern Abend haben Sie gesagt, Ihr Ziehsohn Oliver sei schwierig«, sagte Ella. »Was haben Sie damit gemeint?«

Gershensons Miene belebte sich wieder, als hätte Ella etwas angesprochen, das ihn viel mehr interessierte als die Herrschaft des Verbrechens über Himmel und Erde.

»Sie sagten, er hätte Angst, wenn niemand zu Hause sei«, sagte Ella. »Ist *er* denn immer zu Hause?«

»Ich kontrolliere ihn nicht«, sagte der Professor. »Sein Zimmer ist im Keller, und der Keller hat einen eigenen Eingang. Aber ja, er ist eigentlich immer zu Hause, in seinem Zimmer. Mit seinem Computer und seinen Tieren.«

»Was für Tieren?«

»Exotischen Tieren, möchte ich meinen. Aus Holz oder Ton oder woraus immer solche Tiere sind. Drachen. Kröten mit Flügeln. Einhörner, eine ganze Sammlung.«

»Hat er Zugang zu Ihrem Computer?«

»Nein.«

»Er kennt Ihr Passwort nicht?«

»Ich weiß nicht … ich glaube nicht, nein.«

»Ist Ihre Praxis in der Wohnung?«

»Nicht in der Wohnung, aber im gleichen Haus, ja.«

»War Oliver in der Nähe, wenn Sie Annika in Ihrer Praxis empfangen haben? Konnte er hören, worüber Sie gesprochen haben?«

»Ich weiß nicht, ob er in der Nähe war. Manchmal bestimmt. Aber was für ein Interesse sollte er daran haben, zu hören, was ich mit meinen Patienten bespreche?«

»Nicht mit allen Patienten. Nur an dem, was Annika Ihnen erzählt hat, über LifeBook. Sie hat doch schon mit Ihnen darüber gesprochen, als die Plattform noch im Konzeptstadium war, nicht? Sie oder jemand, der mitgehört hat, könnte über alles Bescheid wissen, was in Ihrer eigenen Praxis geschah, sie hat Sie ja auf dem Laufenden gehalten, über Ihre Patienten, ihre Sorgen, ihre Krankheit, ihr ganzes Leben. Sie wissen wahrscheinlich mehr über sie als jeder andere. So wie der, der die Academy in LifeBook installiert hat. Deswegen hat sie ja den Kopf dahinter auch zuerst unter ihren Patienten vermutet.

Aber auf einen ist sie nicht gekommen – den Sohn ihres eigenen Psychiaters.«

»Was?«, Cassidy starrte Ella an. »Habe ich da gerade irgendwas verpasst? *Oliver* Gershenson ist Samson?«

»Erzählen Sie uns, was Kafka mit seiner Formulierung meinte, Professor«, sagte Ella.

»Ich weiß nicht«, sagte Gershenson leise, aber die Hand umklammerte den Revolver wieder fester, »ich weiß nicht, wie ich anfangen soll. Oliver ... Oliver ist nicht mein leiblicher Sohn, müssen Sie wissen. Er ist siebzehn, aber in mancher Hinsicht ist er viel älter und in anderer viel jünger, fast noch ein Kind, allerdings ein Kind aus einer anderen Zeit und vielleicht aus einem anderen Universum.«

Er sah weder Ella noch Cassidy an, während er redete, nur die Mündung des Revolvers hielt beide in Schach. »Als seine Mutter ... meine Schwester Rosalind ... als Rosalind starb, blieb er allein mit seinem kranken Vater zurück. Sie war in einer geschlossenen Anstalt gestorben, unter nie ganz geklärten Umständen. Sie hatte versucht, ihren Mann – Olivers Vater, er hieß Anthony – umzubringen, mit Gift, allerdings war der Anschlag zunächst nicht tödlich. Sie wurde überführt, vor Gericht gestellt und zu lebenslanger Haft verurteilt. Ein Psychiater – ein renommierter Kollege – bescheinigte ihr mangelnde geistige Stabilität, deswegen kam Rosalind nicht ins Gefängnis. Das Gift entfaltete seine Wirkung allerdings erst im Lauf der Zeit. Es trieb Anthony in den Wahnsinn. Als er sich aufhängte, war Oliver neun. Nach dem Tod seines Vaters habe ich ihn zu mir genommen, weil er sonst in ein Heim gekommen wäre. Das Einzige, was er mitbrachte, war ein Computer. Keine Bücher, keine Schallplatten, geschweige denn Spielsachen. Anthony und Rosalind hatten eine IT-Firma, die sehr erfolgreich war. Sie steckten alles in die Firma, ihr Vermögen, ihre Zeit, ihr Genie – sie waren genial, o ja! –, und eine Zeitlang kamen sie der Sonne so nah, wie man ihr nur kommen konnte. Aber dann verbrannten sie. Ein paar vom Größenwahn diktierte, falsche Entscheidungen ... Sie verloren alles, ihr Geld, ihr Haus, am Ende sogar ihren Verstand. Oliver hatten sie in dieser wilden, schnellen Zeit tatsächlich irgendwie vergessen. Der Junge wuchs praktisch unbeachtet auf, kein Kindergarten, keine Schule, die diesen Namen verdiente, keine

Freunde. Oliver verbrachte sein ganzes junges Leben vor dem Computer, im Netz. Er war … er war wie ein Wolfskind, geboren und aufgezogen vom Internet.«

Der Professor schwieg, er schien in Gedanken verloren. »Mir kommen die Tränen«, kommentierte DI Cassidy. »Und da behaupten die Leute, Charles Dickens sei tot.«

»Seit wann wissen Sie es?«, fragte Ella. »Noch nicht lange, oder? Hat Annika Sie darauf gebracht?«

»Ihre E-Mails mit den Kliniken …«, erwiderte der Professor. »Plötzlich war Oliver so aufgeregt, wie ich ihn noch nie erlebt habe. Er wollte unbedingt wissen, was es damit auf sich hatte, ob das was mit Dr. Jansens Verschwinden zu tun hätte. Ich habe es ihm gesagt – warum auch nicht? –, aber plötzlich standen zwei Männer vom Secret Service vor der Tür – MI5 oder MI6, ich weiß es nicht genau. Sie haben etwas von nationaler Sicherheit gesagt und dass Dr. Jansen Oliver für immer ins Zuchthaus bringen könnte, wenn ich nicht kooperiere. Ich habe sie immer gemocht, wir waren mehr als Therapeut und Patientin, aber er ist doch mein Sohn. Fast. Danach habe ich mit ihm gesprochen und erfahren … erfahren …« Der Professor schien um Fassung zu ringen. »Er hatte unsere Gespräche abgehört, Dr. Jansens und meine, alle unsere Gespräche, und er hatte sich tatsächlich in meinen Computer gehackt und in die von Dr. Jansen und anderen, ich habe ihn gar nicht mehr wiedererkannt und plötzlich … plötzlich … Ich habe versagt, großer Gott, ich habe es nicht gesehen … Ich habe genauso versagt wie seine Eltern. In letzter Zeit hat er sein Zimmer immer seltener verlassen, hat kaum noch was gegessen … er war unausgeglichen, reizbar, und einmal hat er mich sogar geschlagen … Trotzdem wollte er … wollte er, dass ich immer in der Wohnung war, er wollte nicht allein sein, als hätte er Angst davor, was dann über ihn kommen könnte … Aber was er getan hat … was er wirklich getan hat … ich kann es mir nicht erklären. Warum? Was hat ihn nur auf diese Idee gebracht?«

Oder wer?, dachte Ella.

Ein Summen drang aus Gershensons Manteltasche, und er holte sein Handy heraus, um sich zu melden. »Ja?« DI Cassidy sprang auf, aber der Professor hatte offenbar damit gerechnet, denn er riss den

Arm mit dem Revolver hoch, richtete die Mündung auf Cassidys Gesicht und spannte den Hahn. »Gut«, sagte er ins Handy. »Bitte, geben Sie auf den Jungen acht.« Er lauschte. »Ja, mache ich. Schicken Sie jemand hierher?«

Sie sind drin, dachte Ella, *sie rufen an, um ihm zu sagen, dass sie Anni gefunden haben!* Und Cassidy schien dasselbe zu denken, denn er blieb nicht stehen, wie der Professor vielleicht erwartet hatte, sondern ging mit großen Schritten auf ihn zu.

»Halt, bleiben Sie stehen! Kommen Sie nicht näher!«, rief Gershenson, aber Cassidy ging weiter, bis er nur noch Zentimeter von Gershenson entfernt war und mit seiner Stirn die Mündung des Revolvers berührte. Dann sagte er: »Na los, drücken Sie ab! Zeigen Sie uns, was ein richtiger Seelenklempner ist! Schießen Sie!«

Gershenson starrte ihn fassungslos an, den Revolver gegen Cassidys Stirn gepresst, das wieder ausgeschaltete Handy in der anderen Hand, Panik in den Augen, erst Panik, dann Aufbegehren und schließlich Resignation, als Cassidy sagte: »Schießen Sie doch! Warum schießen Sie nicht?«, und die Faust mit dem Revolver zu zittern begann, die Mündung immer noch auf Cassidys geröteter, schweißglänzender Stirn, direkt über der Nasenwurzel und den durchdringenden, wutglitzernden Huskyaugen, Cassidy, der sagte: »Oder wollen Sie, dass ich mich selbst umbringe, weil ich mein beschissenes Leben nicht mehr ertrage? Wollen Sie das vielleicht? Aber wissen Sie, was? Es fängt gerade an, mir wieder Spaß zu machen.«

Er hob beide Hände, als wollte er Sirtaki tanzen, zu einer Musik, die nur er hörte. Dann versetzte er Gershenson mit der einen Hand eine Ohrfeige, während er ihm mit der anderen die Waffe abnahm, gerader als die Gondel den tiefsten Punkt erreichte und die Tür sich öffnete.

57

Unter dem Nebel glänzte das Wasser silbern im Mondschein. Kleine Wellen leckten an den Brückenpfeilern. Trotz des Windes war der Geruch nach Tang, Brackwasser und toten Fischen hier unter der Brücke fast unerträglich. Die Luft schmeckte nach Salz.

»Steigen Sie ein«, sagte Cassidy und versetzte dem Professor einen Stoß. Der Mann mit dem tätowierten Hakenkreuz im Nacken sah mit ausdruckloser Miene zu, wie Gershenson ungeschickt erst auf eine kurze Holzleiter an der Bordwand und dann über die Reling des schwankenden Boots kletterte.

»Jetzt Sie.« Der Detective Inspector hielt Ellas Arm, während sie dem Professor folgte. Der Mann neben dem Motorboot wartete, bis alle drei an Bord waren. Dann zerrte er den Anker, der zwischen zwei großen Steinbrocken festgeklemmt war, hervor und wuchtete ihn ins Heck, bevor er selbst über die Bordwand kletterte und auf dem Sitz hinter dem Steuerrad Platz nahm. Langsam trieb das Boot flussabwärts. Der Mann drückte einige Knöpfe am Armaturenbrett und legte einen Schalter um, dann betätigte er die Zündung.

Hustend und spuckend sprang der Motor an. Er heulte auf, und ein Zittern durchlief das Boot. Eine Dieselwolke stieg hinter dem Heck auf, als der Mann mit dem Hakenkreuz im Nacken das Boot unter der Brücke wendete und flussaufwärts lenkte. Die Schraube schleuderte Schaum an die Wasseroberfläche. Zwischen den Brückenpfeilern war der Lärm ohrenbetäubend, aber dahinter verlor er sich über dem Wasser und vermischte sich mit dem Klatschen der Wellen gegen den Rumpf. Jede Welle versetzte dem Boot einen Schlag, und die Schläge folgten einander immer härter und schneller. Im Licht des Scheinwerfers auf dem Kabinendach flog die Wasseroberfläche dem Bug entgegen.

DI Cassidy versuchte, in der Klinik anzurufen. Eine kleine Ewigkeit lang presste er das Handy ans Ohr, bevor er es mit einem scharfen Kopfschütteln wieder sinken ließ. »*Vorübergehend nicht erreichbar* … immer noch«, rief er Ella zu.

Ella starrte auf den Fluss und hatte plötzlich das Gefühl, von einem Strudel erfasst zu werden, der sie unaufhaltsam in die Tiefe zog. *Was bedeutet das?*, dachte sie. *Wieso ist nicht wenigstens die Notaufnahme besetzt?* Der Wind wehte scharf und kalt über den offenen Fluss und verschlug ihr immer wieder den Atem. Sie fror in ihrer dünnen Jacke. Sie setzte sich neben den Professor auf die kleine Bank im Heck.

Sie dachte: *Wir wissen noch nicht alles. Es kann noch nicht alles sein. Er hat versucht, seinen Ziehsohn zu schützen, aber ist Oliver wirklich der, den wir gesucht haben? Ich kann mir nicht vorstellen, dass ein Siebzehnjähriger zu so etwas fähig ist, geistig, seelisch. Das Programm schreiben, ja, das kann so einer, aber die seelenlose Manipulation von verzweifelten Menschen – wie sollte er dazu in der Lage sein?*

Im Sitzen kam ihr das Schlagen des Bootes auf das Wasser noch härter vor. Cassidy stand neben dem Mann mit dem Hakenkreuz, und nur sein leicht gekrümmter Rücken verriet seine Anspannung. Seine Hand mit dem Mobiltelefon ruhte auf einem Rettungsring, der vor ihm an der rostigen Metallwand hing.

Die Männer vom MI6 haben Anni gefunden, dachte Ella; *sie haben sie gefunden und werden sie töten, und wir kommen zu spät.*

Linkerhand blieb das London Eye hinter ihnen zurück, ein glühendes Pfauenrad vor dem bewölkten Nachthimmel. Am anderen Ufer glitt Westminster Palace vorbei, der Turm, die Abtei. Ella dachte: *Wir kommen zu spät, sie haben zwanzig Minuten Vorsprung, aber vielleicht bringen sie Anni nicht sofort um.*

Zu beiden Seiten des Flusses lagen massive Gebäude in der Dunkelheit, wo die Lampen der Promenade nicht hinreichten. Etwas später, nach der übernächsten Brücke, folgten Lagerhallen und die unerlässlichen Kräne, an deren Auslegern kleine Positionslampen glommen. Platanen wogten im Wind, noch eine Brücke, unter der ein tiefliegender Lastkahn an ihnen vorbeituckerte. Das Boot ritt über die verdrängten Wellen, die der Kahn ihnen zuschob. Rechterhand zeichneten sich die mächtigen Schlote eines Kraftwerks ab, dann weitere

Kräne, von denen einige noch in Betrieb waren, und hinter der nächsten Biegung eine Werft und auch hier Schornsteine, diesmal welche, aus denen Feuerbündel in den schwarzen Himmel züngelten, als gehörten sie zur Klimaanlage der Hölle.

Vielleicht bringen sie Anni nicht sofort um, weil sie sie erst noch verhören, hoffte Ella; *sie müssen wissen, mit wem sie alles geredet hat.*

Sie wünschte, das Boot wäre schneller. Sie rief: »Ist es noch weit?«, aber Gershenson antwortete nicht. Zusammengesunken kauerte er neben ihr und hielt sich mit einer Hand an der Reling fest. »Ist Oliver bei den Agenten vom MI6?«, fragte sie. »Haben die gesagt, dass sie ihn mitnehmen wollten?« Auch darauf antwortete er nicht, als hätte er alles Interesse an anderen Menschen verloren. Obwohl es dunkel war, konnte Ella auf seinen eingefallenen Wangen Tränen glänzen sehen. Oder Wasserspritzer. Vielleicht waren es nur Wasserspritzer.

Die Themse war jetzt breiter, und zu beiden Seiten schimmerten nur noch vereinzelt Lichter. Der Mann mit dem Hakenkreuz im Nacken schaltete einen Suchscheinwerfer an und richtete den Lichtkegel auf das linke Ufer. Er streifte über eine Steinmauer, die von Hochwasserspuren geschwärzt war. Flache Wellen liefen auf dem schmalen Kieselstreifen unter der Mauer aus. Zwischen den hin und her wogenden Ästen der Bäume am Ufer blinkte Licht auf und erlosch wieder. Der Scheinwerferkegel erfasste einen Anlegesteg, und der Mann mit dem Hakenkreuz drosselte die Geschwindigkeit, als er darauf zuhielt. Ein Ruck durchlief das Boot; der Kiel streifte knirschend über Kies.

DI Cassidy klopfte dem Mann auf die Schulter und kletterte über die Reling auf den Steg, wo er Ella winkte. »Nehmen Sie meine Hand, Doc.« Er half ihr von Deck. Dann folgte Gershenson, unsanft gestoßen von dem Mann mit dem Hakenkreuz. Gershenson knickte mit einem Knöchel um, aber Cassidy hielt ihn fest.

Die Kiesel am Ufer knirschten unter ihren Schuhen, und die Büsche am Ufer raschelten in der kühlen Nachtbrise. Mit gedämpftem Tuckern legte das Boot wieder ab. Cassidy schaltete eine kleine Taschenlampe ein, deren Strahl einen Kiesweg aus der Dunkelheit holte. Die Blätter an den Bäumen glänzten wie feuchtes Blech. Ella spürte, wie sich Kletten an ihren Jeans festhielten. Sie gab sich keine Mühe, besonders leise zu sein, und nach ein paar Minuten ragte das Klinikgebäude vor ihnen auf, gescheckt von unruhig dahinhastenden Wolkenschatten.

Die Backsteinfassade mit den weiß eingefassten Fenstern erinnerte an ein ländliches Herrenhaus aus dem 19. Jahrhundert. Das grünspanbefallene Kupferdach war mit einem kleinen Türmchen geschmückt, auf dem ein Wetterhahn die Windrichtung anzeigte. Das Metallscharnier unter den Füßen des Hahns kreischte bei jeder Drehung. Aus einigen der vergitterten Fenster im Erdgeschoss fiel gedämpftes Licht; die meisten waren dunkel. Als Ella, Cassidy und Gershenson das Gebäude erreicht hatten, versuchte der Detective Inspector noch einmal, die Telefonzentrale der Klinik zu erreichen, und wieder gab es nur eine elektronische Ansage. »Scheiße!«, flüsterte er.

Der halb verwilderte Uferweg führte sie um das Gebäude herum auf die breite Zufahrt und dem von zwei Kutscherlaternen beleuchteten Eingang. Plötzlich erklang ein Rascheln hinter einem Buchsbaum an der Mauer, und eine Stimme rief: »W-wer sind Sie? W-w-as wollen Sie?«

Ella erschrak; sogar Cassidy zuckte zusammen. »Verfluchte Scheiße, wer verdammt nochmal sind *Sie?*«, fauchte er und richtete den Strahl seiner Taschenlampe auf den Buchsbaum. Eine Gestalt löste sich aus den Schatten, ein Mann, der jetzt hervortrat und mit leichtem Stottern sagte: »Ich bin Pf-pfleger hier. Gehören Sie zu de-denen da drin?«

Cassidy hielt dem Pfleger seinen Ausweis entgegen und sagte: »Detective Sergeant Cassidy, Metropolitan Police, und wir gehören nicht zu denen da drin. Was ist hier los?«

»Gott s-sei D-dank«, sagte der Pfleger. »Wo s-sind Ihre Leute?«

»Um Himmels willen, hören Sie auf zu stottern!«, sagte Cassidy. »Ich habe keine Leute.«

Wieso hat er eigentlich keine Leute?, dachte Ella auf einmal. *Warum hat er niemanden angerufen und hierherbestellt? Warum sind wir allein hier?*

»I-ich habe es gerade noch ge-geschafft«, stieß der Pfleger hervor. »D-da drin ist – ... ich w-weiß nicht, was da drin l-los ist ... D-die sind vor zehn Minuten h-hier aufgetaucht, u-und sie hatten die-diese Ausweise, und plötzlich ha-haben d-die Pistolen gezogen, und einer v-von denen ...«

»Wie viele sind es?«, unterbrach Cassidy ihn.

»D-drei«, sagte der Pfleger. »Ich habe nur d-drei gesehen. Zw-zwei Männer und ein Junge.«

»Ein Junge?«, fragte Gershenson alarmiert.

Der Pfleger nickte. »Als sie d-die Pistolen zogen, ko-konnte ich mich g-gerade noch verstecken und dann durch den Keller ab-ab-hau ...«

»Wo sind sie jetzt?«

»W-weiß nicht. K-keine Ahnung. Sie haben den Arzt nach der Ge-ge-ge-geschlossenen gefragt, und da sind sie dann hin, u-und einer hat ihm eine Pistole ... d-dem Arzt eine Pistole ...«

»Ruhig, Mann«, sagte Cassidy. »Wie heißen Sie?«

»Jo-jo-jonathan. Jonathan Go-go-godwin. Ich bin ...«

»Haben die Männer die Telefonleitungen unterbrochen?«

»W-weiß nicht. Keine A-ahnung.«

»Wo ist Ihr Handy?«

»Drinnen. W-wir haben in einigen Räumen k-keinen Empfang, und deshalb ...«

»Haben Sie einen Schlüssel«, fragte Ella ungeduldig. »Können Sie wieder rein, Jonathan? Können Sie uns reinlassen?«

Godwin nickte. Er fasste in die Kitteltasche und holte einen Schlüsselbund heraus, und Cassidy sagte: »Gut, gehen wir rein.«

»Wollen Sie n-nicht a-auf Verstärkung w-warten?«, fragte Godwin.

»Nein. Zu viele Ohren in der Leitung, wenn ich mein Revier anrufe und noch mehr, wenn ich ein Einsatzkommando oder ein SWAT-Team hierher bestelle. Wie viele Leute sind nachts im Haus – Ärzte, Personal, Patienten?«

»Z-zurzeit sind wir schwach be-besetzt. Dr-dreiundvierzig Patienten auf den St-stationen und e-elf in der Psy-psy-chiatrie, davon sieben in der Ge-ge-geschlossenen. Z-zwei Ärzte. Fünf N-nachtschwestern und Pf-pfleger.«

»Wahrscheinlich haben sie alle zusammengetrieben und ihnen die Handys abgenommen. Videoüberwachung?«

»D-die Eingänge und die Ps-sychiatrie. Worum g-geht es hier eigentlich?«

»Gibt es einen Zugang, der nicht überwacht wird?«

Godwin überlegte. »V-vielleicht den L-lieferanteneingang h-hinter dem Haus. Z-zu wem w-wollen Sie denn alle?«

»Zu einer Patientin in der Psychiatrie«, sagte Ella. »Eine, die dort ist, obwohl sie da nicht hingehört. Schlank, Anfang dreißig, sehr attraktiv, wahrscheinlich unruhig und nervös, Epileptikerin, wurde nach einem angeblichen Suizidversuch mit Tabletten eingeliefert ...«

»L-liza«, sagte der Pfleger. Er ging voran, mit großen Schritten, um die Ecke und an dem langgestreckten Herrenhaus vorbei zum hinteren Trakt. »D-die mit dem T-teufels-Tick.«

»Was für ein Teufels-Tick?«, fragte Ella und spürte einen bitteren Geschmack von Enttäuschung und Mutlosigkeit auf der Zunge. Auf einmal hatte sie Angst vor dem, was sie vielleicht vorfand, wenn sie durch die abgesperrten Türen der geschlossenen Abteilung trat und Anni wiedersah. Die Angst lag ihr wie ein schwarzer Stein im Magen.

»S-sie behauptet, d-der Teufel versucht, d-durch das Internet auf d-die Welt und in d-die Köpfe der M-menschen zu kommen, und sie m-muss das verhindern«, erklärte Godwin. »Sie w-wollte immer an unsere C-computer und hat f-fast das g-ganze System zum Absturz g-gebracht.«

»Sie lassen Insassen an Ihre Computer?«, fragte DI Cassidy.

»N-nicht ich, einer d-der Ärzte. Und nur L-liza.« Der Pfleger schob einen Schlüssel in das Schloss einer unbeleuchteten Eisentür an der Rückseite des hinteren Trakts und sperrte sie auf. Aus dem Gang dahinter schlug ihnen ein muffiger, schaler Geruch entgegen. Als der Pfleger das Licht einschaltete, bemerkte Ella rechts und links des Gangs Metalltüren mit angeschraubten Warnschildern, auf denen gezackte Blitze zu sehen waren. An den Wänden dazwischen standen große Wäschecontainer auf Rädern und Paletten mit Dosenkuchen, Getränkeflaschen und Haferflockenpackungen. Am Ende des Gangs sperrte der Pfleger eine weitere Tür auf.

Sie gelangten in ein kahles Treppenhaus mit einer Axt in einem rot lackierten Blechkasten und einem Feuerlöscher an der Wand. Lampen in Drahtkörben spendeten blasses Licht. Linkerhand glomm matt der Rufknopf für den Lift. Es sah aus wie jedes Treppenhaus in jedem Krankenhaus, in dem Ella gewesen war, einschließlich der grau lackierten Eisentüren, der blau gestrichenen Geländers und der Betonstufen. Auch der Korridor im Erdgeschoss sah aus wie die Korridore in jedem anderen Krankenhaus, der gemaserte Linolboden, die beige gestrichenen Türen, die behördengrün getünchten Wände. Nur die vergitterten Fenster und die mit Maschendraht durchsetzten Milchglasscheiben gab es nicht überall.

Ella hielt Ausschau nach einer Kamera an der Decke, bemerkte jedoch keine. Noch immer hatte sie das Gefühl, in einen Strudel geraten zu sein, einen scharfen Sog, der sie unter die Oberfläche der Wirklichkeit zog. »Wie geht es Anni … ich mein *Liza?*«, fragte sie den Pfleger.

»I-in der G-geschlossenen geht es n-n-niemandem gut«, sagte Godwin, »Liza a-auch nicht. Aber sie ist a-anders als d-die a-andern. Ich glaube nicht an den Teufel und t-t-trotzdem … n-na ja. Sie ist s-sehr überzeugend. W-was w-wollen diese Agenten v-von ihr?«

»Sie wollen sie töten«, sagte Cassidy schroff.

Ella konnte hören, wie Gershenson hinter ihnen tief Luft holte. »Der Junge«, sagte der Professor. »Hat der Junge etwas gesagt?«

»N-nein. Ich h-habe nur gehört, w-wie die Agenten d-dem Arzt erklärt haben, er m-muss beobachtet werden, w-weil er g-gefährlich ist und was U-unüberlegtes tun kann.«

Und da, als sie das hörte, erkannte Ella schlagartig – in einem sekundenkurzen Aufblitzen äußerster Hellsichtigkeit, als erlitte sie selbst plötzlich einen epileptischen Anfall –, welchen Plan die Geheimagenten gerade in die Tat umsetzten, und sie fragte sich, ob Oliver Gershenson wohl ahnte, dass er genauso sterben sollte wie Anni und alle, die sich jetzt auf dem Weg durch die trostlosen Krankenhauskorridore in die geschlossene Abteilung der Mills Clinic befanden.

58

Der Junge stand wie erstarrt in der Mitte des großen Raums, und die Handgranate in seiner rechten Faust sah aus wie eine kleine, noch unreife Ananas. Er trug schwarze Turnschuhe mit roten Blitzen an den Seiten, eine verwaschene Jeans mit lose herunterhängenden Fäden an den ausgefransten Beinen und einen leichten, langen Mantel wie ein Cowboy in einem Western. Der dunkelgraue Mantel war nicht zugeknöpft, und darunter konnte Ella ein T-Shirt mit dem Abbild der schlitzäugigen Anonymous-Maske auf der Brust sehen. In der einen Hand hielt er die kleine Ananas, die andere steckte in der Manteltasche.

Er reagierte nur mit einer knappen Bewegung, einem kurzen Blick, als der Pfleger die Tür öffnete und Ella, Cassidy und der Professor über die Schwelle traten. Die Tür fiel zu, und der Junge sah wieder weg, als hätte er längst mit ihrem Eintreffen gerechnet.

Er war so weit entfernt, dass Ella ihn wie mit einem Teleobjektiv heranholen musste – klein, größer, noch größer, groß, bis nichts mehr blieb als das Gesicht des Jungen in dem dämmerigen Licht des Aufenthaltsraums. Weich fließendes Haar, das blond und dünn über Ohren und Nacken fiel. Braune Augen, weit aufgerissen, verstört: Nagelköpfe, an denen das ganze Gesicht zu hängen schien. Ein zusammengepresster Mund wie eine blass vernarbte chirurgische Wunde unter einer kleinen, geraden Nase. Straffe, durchscheinende Haut, blass aus Mangel an Tageslicht.

Der schmale Körper verriet Angst – die angespannte Haltung des Halses, das Zittern der Beine. Angst oder Zorn oder beides. *Wie ein in die Enge getriebenes Tier vor dem Fluchtsprung aus der Gefahrenzone,* dachte Ella. Aber er sprang nicht, und er war auch nicht die Beute, das Opfer – er war die Gefahr.

Das Opfer war die Frau, die ihm gegenüber neben einem Schrank mit Spielen und Büchern stand und die Augen so wenig von ihm ließ wie er von ihr. Die Opfer waren sieben verstörte Männer und Frauen in schäbigen Schlafanzügen, mit hängenden Hosen und schief zugeknöpften Jacken oder offenen, verfilzten Morgenmänteln. Ihre Gesichter waren wächsern, die Augen leer, nach innen gerichtet. Sie schienen zu lauschen, ohne etwas zu hören. Einige zitterten vor Kälte oder Angst.

Die Opfer waren zwei Ärzte, ein junger Pfleger und drei Nachtschwestern in weißen oder grünen Kitteln.

Und die Opfer waren zwei schwitzende Männer in Anzügen und Mänteln, die überraschter als alle anderen darüber zu sein schienen, dass sie auch dazugehörten, denn bisher hatten sie die Fäden in Händen gehalten. *Das sind sie,* dachte Ella, *die Mörder von Tori Farrow.* Sie entdeckte den Mann, dem sie ins Gesicht gebissen hatte.

Aber die Aufmerksamkeit des Jungen mit der Handgranate konzentrierte sich ganz auf die Frau neben dem Bücherregal. Die Frau hielt den Kopf schräg geneigt, und sie hatte sich auch nur kurz umgedreht, kaum eine Sekunde, als die Tür geöffnet worden war. Sie trug einen gelben, kaftanähnlichen Kittel ohne Ärmel und darunter eine weitgeschnittene beige Leinenhose. Sie war verändert. Ihr Haar war kurzgeschnitten. Sie wirkte kleiner, schien gealtert, aber sie war es.

»Anni«, sagte Ella, fast flüsternd. »Anni, ich bin's – Ella ...«

Die Frau antwortete nicht. Sie drehte sich nur langsam um und sah Ella an. Ihr Gesicht war angespannt, die Haut straff unter einem dünnen Netz unzähliger Falten. Die leicht offen stehenden Lippen zeigten Schorfspuren, als wäre sie gestürzt. Die grauen Augen waren hell und blickten warnend, warnend oder flehend, aber unter dem gleichzeitig erschöpft und erregt wirkenden Gesicht entdeckte Ella das andere, starke, jüngere, das sie kannte. Sie verspürte Erleichterung, ein Flirren in der Brust, schimmernd wie Quecksilber.

Annikas Blick wanderte von Ella zu Cassidy und weiter zu Gershenson, dann wieder zurück. Langsam ging sie auf Ella zu und umarmte sie. »Anni«, flüsterte Ella. »In was bist du da bloß reingeraten?«

»Ich habe dir doch gesagt, du sollst nicht kommen«, sagte Annika leise. »Ich habe dich doch angerufen ... Du solltest nicht ...«

»Aber ich dachte …

»Tun Sie das nicht«, fuhr der Junge dazwischen. In seiner aufgeregten Stimme lag eine metallische Rauheit, die nach verspäteter Pubertät klang. Er hob die Hand mit der Granate höher, als wäre sie eine Fackel. »Bitte, tun Sie das nicht.«

Annika ließ Ella los und drehte sich um. »Was soll ich nicht tun, Oliver?«

»Drehen Sie mir nicht den Rücken zu, Dr. Jansen!«

»Seit wann willst du den Menschen, die du umbringst, ins Gesicht sehen?«, fragte Annika. »Warum bist du allein hier? Wo sind denn deine tausend Trolle, deine Sicherheitsfilter und Firewalls?«

In diesem Moment erkannte Ella das ganze Ausmaß der Situation. Sie betrachtete den Raum, wie jemand auf einer Bühne eine Kulisse betrachten mochte – als etwas, das unwirklich war und zur gleichen Zeit wirklicher als alles andere. Aber sie konnte immer noch nicht glauben, dass der Junge in der Mitte der Bühne, dieser Junge, der fast noch ein Kind war, tatsächlich für das ganze Grauen der letzten Woche verantwortlich sein sollte.

»Mach jetzt keine Dummheit, Oliver«, sagte einer der beiden schwitzenden Agenten, die in ihren Mänteln und Anzügen auf dieser Bühne seltsam deplatziert wirkten. »Wir sind auf deiner Seite, vergiss das nicht!«

»Niemand ist auf meiner Seite«, sagte der Junge. Er fuchtelte mit der Granate herum und ging einen Schritt auf sie zu. »Legt eure Pistolen auf den Boden.«

»Sonst?«, fragte der zweite Agent.

Der Junge ging noch einen Schritt auf ihn zu und deutete an, den Sicherungsbügel der Granate loszulassen.

»Hey, ist ja gut«, sagte der erste Agent und griff vorsichtig unter Mantel und Jackett, »ist ja gut. Tu, was er sagt, Connor.« Beide zogen ihre Pistolen mit Daumen und Mittelfingern aus den Holstern und legten sie auf den uneben gehobelten Holzboden.

Professor Gershenson räusperte sich. »Oliver«, sagte er, um Autorität bemüht, »ich bin sicher, diese Männer haben sich genau überlegt, wie sie dir helfen können. Gib ihnen die … die …«

»Sei still!«, fuhr Oliver ihm über den Mund. »Ich will nicht, dass du mir sagst, was ich zu tun und zu lassen habe. Ich will, dass niemand etwas sagt, außer Dr. Jansen. Verstanden? Setz dich hin und sei still!«

Gehorsam sah sich der Professor mit hilfloser Miene nach einer Sitzgelegenheit um. Der Raum war genauso trostlos und unbeseelt wie der Korridor, der zu ihm führte, und die massiven Türen mit dem Maschendraht im Sichtfenster. Die Wände waren tintenblau gestrichen. Die hohe, gewölbte Decke war verrußt von den blakenden Feuern, die früher in dem kalten schwarzen Kamin neben dem Bücherregal gebrannt hatten. Es gab eine durchgesessene Couch, mehrere aus dem Leim gehende Sessel und zwei verschieden großen Tische, alle am Boden festgeschraubt. Die Vorhänge an den kleinen Fenstern bedurften dringend einer Reinigung. In einer Ecke lag ein großer Medizinball, in einer anderen stand ein farblos gerittenes Schaukelpferd mit lückenhafter Mähne, als wären ihm die Haare büschelweise ausgerissen worden. Der Bildschirm des großen, altmodischen Röhrenfernsehers auf dem kleineren der beiden Tische war mit Schlieren und Fingerabdrücken übersät, und die gerahmten Stillleben an den Wänden wiesen mehr Kratzer als Farbe auf. Es roch nach Sauerkraut, Ammoniak und kalter Asche.

Ella spürte ihre Hilflosigkeit wie ein Gewicht, das sie niederdrückte. Sie musterte die Ärzte, blass und nervös, mit geröteten Gesichtern und in die Kitteltaschen geschobenen Händen. Sie musterte auch die Schwestern und Pfleger, die offenbar versuchten, sich unsichtbar zu machen, und unbeteiligt vor sich hin starrten. Zuletzt musterte sie die Patienten, die nicht zu begreifen schienen, was um sie herum passierte. Ein paar wirkten verschlafen und müde, vor allem eine junge Frau mit einem verrutschten Haarnetz und ein alter Mann, der sich fortwährend mit dem Handballen über die linke Wange rieb, von unten nach oben, immer wieder.

Unter dem großen Tisch lag ein junges Mädchen mit braunen Dreadlocks in einem gelben Schlafanzug, zusammengerollt wie ein Hund in seinem Korb. Bei ihm kauerte ein anderes Mädchen, vielleicht genauso alt, siebzehn oder achtzehn. Es gab noch einen Mann mit ungekämmtem rotblondem Haar, der mit dem Rücken zum Raum vor dem Fernsehapparat stand, als warte er darauf, dass seine

Sendung begann. Auf der Couch saß eine Frau in einem mit grünen Blümchen bedruckten Morgenmantel aus rosa Frottee. Sie saß sehr gerade, sehr aufmerksam, und zupfte in kurzen Intervallen mit den Kuppen von Daumen und Ringfinger an ihrer Unterlippe.

In diesem Moment sagte einer der beiden Ärzte: »Bestimmt wäre es sinnvoll, wenn wir die Patienten wieder ins Bett bringen, bevor wir …«

»Wir sind nicht müde«, rief die Frau auf der Couch, »sind nicht müde, nicht müde.«

»Niemand spricht«, sagte der Junge mit seiner kieksenden Stimme und schwenkte erregt die Handgranate. »Ich will, dass niemand spricht, nur Dr. Jansen. Niemand! Klar?«

»Niemand spricht, niemand spricht«, wiederholte die sitzende Frau in dem rosa Morgenmantel. Wenn sie den Kopf wandte, blinkten die schlecht geputzten Gläser ihrer schildpattgerahmten Brille im anämischen Licht der beiden Leuchtstoffröhren an der Decke.

Der große Mann, der vor dem Fernseher stand, drehte sich um und sagte: »Ich glaube, Sie haben unrecht. Alles spricht. Immer, die ganze Zeit.«

»Ruhe, Ruhe!«, verlangte Oliver. In seinen dunklen Augen lag eine eigenartige Dringlichkeit, während sein weiches Gesicht, die Stirn und die Wangen wie Perlmutt schimmerten. »Es ist wichtig, dass niemand spricht.«

»Niemand spricht, niemand spricht!«, sagte die Frau in dem rosa Morgenmantel. Sie fuhr sich mit den Fingern durch das ergrauende Haar und strich es zurück, als wollte sie ihr Profil ins rechte Licht rücken. Sie sah den Jungen an, dann Annika, und danach nahm sie ihre Schildpattbrille ab, wie um keinen von beiden noch länger sehen zu müssen.

»Alles spricht, die ganze Zeit«, sagte der Mann vor dem Fernseher, schüttelte den Kopf und lächelte traurig, weil niemand außer ihm zu hören schien, dass alles sprach, die ganze Zeit.

Nur einer der Patienten schien ebenso viel Angst zu haben wie die Agenten, Ärzte und Schwestern. Er war jung und kauerte mit angezogenen Beinen an der Wand neben der Tür auf dem Boden. Er hatte die Arme um die Knie geschlungen und den kahlrasierten Schädel wie ein schlafender Vogel auf seine rechte Schulter gelegt. Er trug nichts als Shorts, kombiniert mit einem olivgrünen Unterhemd, keine Schuhe, keine Strümpfe. Leise wimmernd saß er da, mit gefletschten Zähnen und zusammengekniffenen Augen. Das Wimmern schwoll an und ab, als drehte sich ein Kreisel in seinem Kopf, der diesen Laut von sich gab und immer weiter von sich geben würde, bis er umkippte und liegen blieb.

»Hey, Jungchen«, sagte Cassidy zu Oliver. »Ist das Ding in deiner Hand überhaupt echt? Weißt du, ob es funktioniert? Sieht so aus, als hättest du vergessen, den Splint zu ziehen.«

»Das ist eine jugoslawische M75«, sagte der Junge und warf einen Blick darauf, wie um sich selbst zu überzeugen, »und der Splint *ist* gezogen.«

»Ich meine ja nur, vielleicht weißt du gar nicht, wie lange …«

»Ssscht«, machte Oliver, schüttelte sich das Haar aus dem Gesicht und wedelte mit der M75 hin und her. *»Ssscht!* Nur Dr. Jansen soll reden.«

»Was willst du denn von mir hören?«, fragte Annika.

»Sagen Sie mir, warum Sie das getan haben.«

»Warum ich was getan habe?«

»Warum haben Sie meine Arbeit sabotiert?«

»Weil es nicht deine Arbeit war. Es war meine, und du warst es, der sie sabotiert hat. Und danach war es keine Arbeit mehr, sondern das Böse, das du daraus gemacht hast.«

»Es war nicht böse«, sagte der Junge. »Dazu war es viel zu leicht.«

»Das Böse ist immer leicht«, widersprach Annika. »Es ist das Gute, das schwerfällt.«

Oliver schien einen Moment nachzudenken, reglos. »Mir ist immer alles leicht gefallen«, sagte er. »Alles. Aber am leichtesten …« Er unterbrach sich und sagte dann: »Sie sollen reden. So wie Sie bei meinem Vater in der Praxis geredet haben. Über sich. Über die Menschen.« Er schwieg wieder, bevor er nachschob: »Ich habe Sie nie wirklich verstanden.«

Annika bewegte sich langsam von Ella weg, auf den Jungen zu, langsam, wie um ein scheues Tier nicht zu erschrecken. »Soll ich von mir reden oder von uns beiden«, fragte sie, »davon, wie ähnlich wir uns sind?«

»Wir sind uns ähnlich?«, fragte Oliver verblüfft.

Die Blicke der Agenten flogen zwischen ihm und Annika hin und her, und dazwischen sahen sie sich an, als warteten sie nur auf den Moment, in dem sie sich zu Boden werfen mussten.

»Sind uns ähnlich, sind uns ähnlich«, sagte die Frau auf der Couch. Der Mann, der auf dem Boden kauerte, hörte für Sekunden auf, zu wimmern. Irgendwo außerhalb des Raums schrillte eine Klingel, mehrmals, schnell hintereinander.

»Du kennst mein Nutzerprofil so gut wie ich deins«, sagte Annika. »Vielleicht sogar besser. Du hast uns belauscht, deinen Vater und mich und weißt alles, was ich ihm erzählt habe, nicht? Du kennst mein Leben, meine Arbeit, meine Patienten, meinen Kummer, meine Freunde. Den Rest hast du aus dem Netz, wo ich wiederum dich genauer kennengelernt habe … das, was dein Vater mir noch nicht erzählt hatte. Irgendwann kannte ich all deine User-Namen, und du kanntest meine. Wir haben uns in denselben Foren getroffen. In jedem zweiten Chatroom sind wir uns begegnet. Sogar bei *Global Jihad* hast du als Thief-of-Bagdad nach Kandidaten für dein Programm gesucht, und ich habe als Califfa versucht, sie dir wieder abspenstig zu machen. Wir haben nach allem gesucht, was uns verbindet, haben uns immer wieder neu berechnet, jede Ähnlichkeit unendlich oft hochgeladen, um uns besser kennenzulernen, besser identifizieren zu können.«

Sie breitete die Hände aus, eine Geste des Vertrauens. »Du hast LifeBook vielleicht besser verstanden als ich, weil du unglücklicher warst. Es war für Menschen wie dich gedacht, und du hast dich dagegen gewehrt, du wolltest dich nicht als unglücklich betrachten. Aber während du versucht hast, alles ins Gegenteil zu verwandeln, habe ich deine Firewalls durchbrochen und deine Systeme heimgesucht, mit Störimpulsen irritiert. Natürlich nicht allein, dazu wäre ich gar nicht in der Lage gewesen. Ich hatte Hilfe, genau wie du.«

Oliver lauschte gebannt, mit leicht geöffnetem Mund, als hörte er ein Märchen, ein sehr altes Märchen, das er schon öfter gehört hatte, nur dass zum ersten Mal er selbst eine Rolle darin spielte. *Geschickt,* dachte Ella, *sie schmeichelt ihm, macht ihn größer, als er ist.*

»Wir haben nach uns gefahndet, uns umschlichen und versucht, uns unsere Beute abzujagen«, sagte Annika. »Du warst allerdings im Vorteil, denn du wusstest, wer ich bin. Als mir das klar wurde, habe ich begriffen, dass ich vorsichtiger werden muss, und angefangen, mich zu verstecken und schließlich alle meine Spuren im Netz zu löschen. Aber je mehr von mir verschwunden ist, desto mehr Rechenkapazität hast du aufgewendet, um mich zu finden, und so bekam ich mehr und mehr Anhaltspunkte, um dich aufzuspüren. Ich wollte dich nämlich unbedingt finden, um jeden deiner Pläne zu durchkreuzen, jeden weiteren Anschlag zu verhindern, jeden Verzweifelten aus deiner Einflusssphäre zu befreien. Und die ganze Zeit sind wir uns näher und näher gekommen, wie zwei Pole, die miteinander verschmelzen müssen, zwei Energiequellen, die gemeinsam alles umfassen oder aufheben können.«

»Aber ich habe gewonnen«, sagte Oliver störrisch. »Ich habe dich gefunden, bevor du mich entdeckt hast.«

»Das stimmt«, bestätigte Annika, »und wenn es dir darum ging, mich zu zerstören, wäre es dir fast gelungen. Die letzten Wochen waren schrecklich, meine Flucht, das Versteck hier.«

Der Junge leckte sich über die Lippen, mit einer kleinen rosigen Zungenspitze wie die einer Katze, und wechselte die Granate unruhig von einer Hand in die andere. Mit der freien Hand griff er in die Manteltasche und holte ein Smartphone heraus. Er drückte ein paarmal auf die Menüführung, bis er gefunden hatte, was er suchte. Seine Wangen röteten sich, ein fiebriger Glanz trat in seine Augen. »Dagegen können Sie jedenfalls nichts mehr machen«, stieß er hervor. Er starrte noch ein paar Sekunden auf das Display, fasziniert, als betrachte er einen spannenden Film, dann ließ er das Handy wieder in die Manteltasche gleiten.

Annika fuhr zusammen, als hätte ihr jemand einen Stromstoß verpasst. Ihre Nasenflügel begannen zu zittern. Sie schien aufzuhören zu atmen, und Ella dachte: *Hoffentlich kriegt sie keinen Anfall, nicht jetzt.*

»Wogegen?«, fragte Annika. »Wogegen kann ich nichts machen?«

»Nichts machen«, sagte die Frau auf der Couch. »Nichts machen.«

Cassidy holte unauffällig sein eigenes Smartphone aus der Jackentasche und murmelte: »Das gefällt mir nicht.« Er schaltete es ein, aber Oliver bemerkte es und rief: »Was hast du da? Tu das Handy weg!«

Der Junge schluckte ein paarmal. »Leg es auf den Boden, mach schon!« Seine Haare waren inzwischen feucht an den Spitzen, und der Handrücken glänzte vor Schweiß, so fest umklammerte er die Granate.

Cassidy zuckte mit den Schultern und legte das Mobiltelefon vor sich auf den Boden. »Da läuft gerade was«, sagte er leise zu Ella, »irgendwo bringt jemand gerade Menschen um.«

59

Draußen auf dem Gang schrillte wieder die Klingel, rief dringend nach einem Arzt, einer Schwester oder einem Pfleger, aber im Aufenthaltsraum bewegte sich niemand. Der kauernde Mann begann wieder zu wimmern, lauter jetzt. »Sei still!«, rief Oliver.

»Wogegen kann ich nichts machen?«, fragte Annika ihn. »Oliver?«

»Ich bin besser als Sie«, antwortete er, atemlos vor Stolz. »Ich kann Sie jederzeit schlagen. Ich kann jeden schlagen. Alle. Ich bin Ihnen immer einen Zug voraus. Es ist so leicht!« Er schüttelte den Kopf, konnte nicht fassen, wie leicht es war. »Ich musste nur den Schritt tun.«

»Welchen Schritt?«, fragte Annika.

Der Junge überlegte, schien ihre Frage nicht zu verstehen. Schließlich sagte er: »Ach so ... Der Schritt über die Schwelle. Zur anderen Seite. Zu dem, was dahinter ist.«

»Hinter was? Die andere Seite von was? Was meinst du?«

»Mitleid.« Er zuckte mit den Schultern. »Hey, Dr. Jansen, wussten Sie, dass nur zwanzig Datenpunkte ausreichen, um einen Menschen in seinen Grundzügen zu berechnen? In dem, was er mag und was er nicht mag? Einen ganzen Menschen. Und ich hatte bald Hunderte solcher Punkte. Von denen, die mich interessierten, hatte ich Hunderte und mehr. Es dauert nicht mal einen Tag, und ich weiß über jeden im Netz so viel, wie ich über Sie weiß. Bloß dass ich bei Ihnen Wochen und Monate gebraucht habe, bis ich auf die Idee gekommen bin, was ich mit Ihnen machen kann. Wochen und Monate das Gefasel im Therapiezimmer meines Vaters, *fasel, fasel, fasel* ...«

»Was ist auf der anderen Seite?«, fragte Annika. »Auf der anderen Seite des Mitleids?«

»Angst!« Eifrig nickte er. »Alle haben Angst, irgendwo, tief innendrin. Und ich wusste sofort, wovor jeder Angst hatte. Und ich wusste, wie man Angst nutzt, das habe ich bei meinen Eltern gelernt. Wie jeder bereit ist – echt jeder, verstehen Sie? – ein bisschen was Böses zu tun, um weniger Angst zu haben. Nur ein ganz kleines bisschen. Verdammt, mit Angst kann man Menschen hierhin schieben und dorthin schieben und man kann sie dressieren wie ein Tier. Richtige Menschen, die irgendwo leben, nicht nur Figuren in einem Spiel.«

»Wovor haben die Menschen Angst?«, fragte Annika.

»Alles eine Frage der Dosierung. Der richtigen Zahlen.«

»Wovor haben sie Angst?«

»Vor Wörtern. Den richtigen und den falschen. Was jemand sagt – zu ihnen oder über sie oder was sie selbst sagen müssen oder wollen und nicht können. Davor, was die Angst bewirken kann, wenn sie jemand anderem in die Hände fällt. Bestimmt hat mein Vater Ihnen das alles schon erklärt. Davon versteht er jede Menge, von Wörtern und Angst.«

Der Junge betrachtete die Granate in seiner Hand, die vielleicht schon taub war, sodass er gar nicht mehr fühlte, wie viel Druck er ausüben musste oder wann ihn die Kraft verließ oder er einen Krampf bekam und sie vor Schmerz fallen ließ.

»Stellen Sie sich mal vor«, sagte er und sah Annika direkt in die Augen, »stellen Sie sich vor, Sie gehen aus Ihrem Haus. Nachts. Allein. Sie gehen spazieren, und Sie gehen durch einen Wald, durch einen dunklen Wald, und Sie haben keine Lampe. Erst ist alles cool, obwohl es so dunkel ist, dass Sie eigentlich Angst haben müssten, und Sie sind schon ziemlich weit von Ihrer Wohnung weg. Aber dann sehen Sie auf einmal was am Rand Ihres Bildschirms, etwas, das da nicht hingehört, und es bewegt sich.«

»Ja«, verkündete der Mann vor dem Fernseher und drehte dem Raum wieder den Rücken zu. »Ja, alles bewegt sich. Alles.«

Oliver sagte: »Es kommt näher und macht unheimliche Geräusche und gibt Laute von sich, die Sie noch nie gehört haben. Die es eigentlich gar nicht gibt. Aber dieses Wesen ist keine Figur aus einer Fantasy-Geschichte, sondern ein riesiges Tier, ein Raubtier, das gerade darauf aus ist, auf Sie zuzustürzen und Sie in Stücke zu reißen, zu zerfetzen. Und dann zu fressen. Ist dann noch alles cool bei Ihrem Waldspaziergang? Haben Sie da Mitleid?«

»Nein«, sagte Annika.

»Sondern?«, fragte Oliver.

»Ich habe Angst«, antwortete Annika.

»Habe Angst, habe Angst«, sagte die Frau auf der Couch und zupfte wieder an ihrer Unterlippe.

Jetzt hob das Mädchen unter dem Tisch, das zusammengerollt dalag, den Kopf mit den Dreadlocks und sagte verächtlich, ohne die Augen zu öffnen: »Ihr seid alle so was von feige, ihr seid Feiglinge durch und durch. Schmeiß schon das Scheißding, du Freak!« Das Wimmern des kauernden Mannes ging in ein Winseln über, und das Mädchen wandte den Kopf in seine Richtung. »Hör auf zu flennen, du Wichser, oder ich trete dir in die Eier!«

»Wir haben also alle Angst«, sagte Annika lakonisch.

»Ja, genau! Aber die Angst macht auch was mit Ihnen.« Oliver nickte mehrmals eifrig. »Weil Sie Angst haben, dass Sie vielleicht sterben müssen – weil Sie *wissen,* dass Sie vielleicht gleich sterben müssen, fühlen Sie sich plötzlich superlebendig. Viel lebendiger als sonst. Als hätte jemand Sie an ein Stromnetz angeschlossen. Starkstrom. Das Biest da im Dunkeln starrt Sie an, und deswegen sehen Sie sich auf einmal selbst wie mit seinen Augen. Ganz neu, von außen, als stünden Sie auf einem Podest oder in einer Arena im Scheinwerferlicht. Sie entdecken *sich* wieder, wie zum ersten Mal. Sie leuchten. Sie wissen wieder, wer Sie sind. Das hat das Auftauchen des grauenhaften Tiers bewirkt. Dass Sie alles plötzlich ganz scharf sehen. Und deswegen sind Sie bereit zu kämpfen, zu töten, zu sterben. Weil aus der Angst diese ganze Kraft gekommen ist. Und dann bin ich da und zeige Ihnen, was Sie tun müssen, um so klar zu bleiben und keine Angst mehr haben zu müssen. Nie mehr. Für immer.«

Annika fragte: »Von wem hast du gelernt?«

»Von meinen Eltern, von Mama, von Papa«, sprudelte der Junge hervor. »Die hatten solche Angst. Ich war noch klein, aber ich habe ihre Angst gespürt. Ich habe gesehen, wie sie aus den Netz zu ihnen kam, *peng,* wie sie in sie hineingefahren ist, *peng, peng!* Sie waren nicht wie ich, es gab zu viel Distanz. Wenn ich den Computer einschalte, spüre ich meinen Körper nicht mehr, es gibt keinen Unterschied zwischen mir und dem Rechner, sogar unsere Temperatur ist dieselbe. Ich habe keine Haut, wenn ich online gehe, kein Fleisch, keine Knochen, nichts, was berührt. Ich spüre keine Tasten, sehe durch den Bildschirm. Alles um mich herum verschwindet, es flimmert erst ein bisschen, und dann ist es weg, das kleine dunkle Zimmer, die ganze irreale Umgebung, nur noch die Wirklichkeit, und ich kann meine Arbeit machen. Hey, haben Sie die Videos auf YouTube gesehen? Die Explosion in der U-Bahn? Und wie dieser Sanitäter den Polizisten angefallen und totgebissen hat? War das nicht megageil?«

»Meine Schwester«, sagte Gershenson ungläubig. »Rosalind ... Was hast du getan? *Wer bist du?*«

Der kauernde Mann hörte auf zu winseln und sagte klar und laut: »Er ist der Teufel.« Mit ausgestrecktem Arm deutete er auf Oliver. »Das ist der Teufel.« Eine Sekunde lang wirkte der Junge verwirrt, fast starr vor Schreck. Nur sein gerötetes Gesicht bewegte sich, es schien sich zu verzerren, als wäre es entgegengesetzten, heftig auf ihn einwirkenden physikalischen Kräften ausgesetzt.

Alle starrten ihn an, Annika, Cassidy, die Agenten. Auch Ella beobachtete den Jungen, aber dann wandte sie ihre Aufmerksamkeit wieder Annika zu und dachte: *Sie hat recht, sie hat es die ganze Zeit geahnt, sie ist nicht verrückt.*

Oliver stabilisierte sich wieder, wie ein Fernsehbild nach einer Störung. »Ich konnte schon immer Gedanken auffangen, wenn sie auf einer bestimmten Frequenz herumschwirren, Gedanken und Impulse. Wie Funkwellen. Ich kann Licht sehen, auch wenn alle anderen sagen, es ist dunkel. Ich kann die Energie der Dunkelheit spüren. Wussten Sie, dass auch die Dunkelheit Licht ist, jenseits der für menschliche Seelen wahrnehmbaren Frequenzen?« Eine Art Lächeln flackerte über sein Gesicht. »Man darf die Menschen nicht denken lassen, was sie wollen. Die ganzen verschwendeten Zahlen.«

Das ist kein siebzehnjähriger Junge, der da spricht, dachte Ella, *kein Wolfskind, kein Wunderkind. Er sieht nur so aus. Und er war auch nie ein Kind von neun Jahren. Er war schon immer ein Mörder. Ein Alien.*

Der Agent, der ihre Bissspuren im Gesicht trug, runzelte die Stirn. Er tauschte wieder einen Blick mit seinem Partner, deutete mit einem kaum sichtbaren Nicken auf die Pistolen zu ihren Füßen, was der Partner mit einem genauso knapp angedeuteten Kopfschütteln ablehnte.

»Was du eben gesagt hast, verstehe ich nicht«, sagte Annika. »Ich verstehe nicht, was du meinst, wenn du sagst, dass du uns zeigst, wie wir nie mehr Angst haben müssen und für immer diesen neuen Blick auf uns selbst haben können. Das verstehe ich einfach nicht.«

»Ist doch ganz einfach – kinderleicht!« Er lachte auf, heiser, ungeübt. »Du musst auch über die Schwelle treten und selbst Angst verbreiten. Von einer Form in die andere wechseln. Dich selbst und alles andere mit den Augen von diesem schrecklichen Tier betrachten, bis du dich irgendwann gar nicht mehr siehst. Dann wird alles leichter, weil du diesen Ärger nicht mehr hast jeden Tag, diese ganzen Entscheidungen. Niemand muss mehr leiden. Niemand fühlt mehr etwas. Niemand hat mehr eine Seele.«

»Und dann?«, fragte Annika. »Sollen wir alle zu Wölfen werden, nachts im Wald?«

»Nachts im Wald, nachts im Wald«, murmelte die Frau in dem rosa Morgenmantel.

»Warum nicht?«, fragte Oliver mitgerissen von sich selbst und nahm die Granate scheinbar gedankenlos wieder in die andere Hand, ohne den Sicherungshebel loszulassen. »Menschen sind so unvollkommen. Langsam. Unbeholfen. Sie können nicht fliegen. Sie können nicht schnell laufen. Sie frieren, weil sie kein Fell haben, nur dünne Haut, die leicht reißt. Im Wasser gehen sie unter. Sie können von allem nur ein bisschen und sind überhaupt nicht widerstandsfähig. Ihr Gebiss taugt nichts, ihre Muskeln sind schwach, und wenn sie gehen, kann der Wind sie umblasen. Und wenn sie fallen, brechen ihre dünnen Knochen. Sie haben keine Klauen, keine Hufe, keine Hörner oder Schwänze. Sie sind einfach zu schwach, besonders ihr Herz, und dass sie denken können und fühlen, das nützt ihnen nichts. Sie sind überhaupt nicht cool. Sogar das schäbigste Insekt wird länger auf der Erde sein als die Menschen.«

»Hättest *du* gern Klauen, Hufe und Hörner?«, fragte Annika, plötzlich ohne alle Gelassenheit, fast wütend.

Oliver antwortete nicht, als hätte man ihm eine Fangfrage gestellt.

Unter seinem Gesicht schien sich die Knochenstruktur zu verändern, die Formen, etwas bewegte sich und erstarrte wieder, alles nur in Sekundenbruchteilen.

»Ich habe lieber Angst«, fuhr Annika fort.

»Ach ja?« Die Kieksstimme des Jungen klang auf einmal mechanisch, wie die digital zusammengesetzte Ansage auf einer Mailbox. »Gut, ich habe ein Status-Update von Angst, nur für Sie.« Herrisch sah er zu dem wimmernden Mann hinüber, der sich wieder zusammengekauert hatte. »Du da, komm mal her!« Der Mann reagierte nicht. Er hielt mit dem Wimmern inne, wie ein Kind, das kurz aufhört zu greinen, weil jemand seinen Namen sagt. »Komm her!«, rief Oliver, und da hob der Mann den Kopf von seinen Knien. »Na los, mach schon!«

»Herrgott, tun Sie doch etwas, Cassidy«, flüsterte Ella, »irgendwann wird er nicht mehr genug Kraft haben und die Granate fallen lassen! Das ist doch Wahnsinn!«

»Wir sind ja auch in einer geschlossenen Abteilung«, sagte Cassidy leise.

Zögernd stand der kahlrasierte junge Mann auf, seine Shorts waren durchgeschwitzt. Verlegen blickte er sich um. Rieb sein Kinn an der hochgezogenen linken Schulter. Fuhr sich mit der flachen Hand über den Kopf. Der rechte Träger des olivfarbenen Unterhemds verrutschte, und eine dunkle Brustwarze lugte über dem Ausschnitt hervor.

»Komm her«, sagte Oliver.

Der junge Mann ging mit kurzen, schlurfenden Schritten durch den Raum und sah dabei immer wieder zu den Ärzten und Pflegern, als wartete er darauf, dass sie ihm Einhalt geboten.

»Oliver, was hast du vor?«, fragte Annika besorgt.

»Ich schaffe einen neuen Planeten. Planet Angst.«

Als der junge Mann Oliver erreicht hatte, blieb er vor ihm stehen, mit schräg geneigtem Kopf und halb geöffnetem Mund, aus dem etwas Speichel lief. »Ich bin Michael«, sagte er.

»Ich habe eine Aufgabe für dich, Michael.« Ehe irgendjemand reagieren konnte, ergriff Oliver die rechte Hand des jungen Mannes, legte ihm blitzschnell die Granate hinein und drückte sie um den Sicherungsbügel zusammen. »Das musst du jetzt ganz fest halten, Michael.«

»Oliver – *nein!*«, schrie Gershenson, und auch die beiden Agenten schrien Olivers Namen, und daraufhin schrien die Patienten etwas, alle schrien, und Michael presste beide Hände gegen den Kopf, mit geschlossenen Augen, die Granate in der rechten Faust.

Oliver schrie nicht. Ganz ruhig sagte er: »Festhalten, Mikey, halt sie schön fest!« Er packte Michaels Faust, um ihm zu zeigen, wie, und kurz sah es so aus, als würde die Granate Michael aus der Hand rutschen, und wieder schrien alle durcheinander.

»Ruhig«, rief Oliver, »seid alle ruhig! Ihr macht ihn nervös!«

Annika sagte: »Oliver … Oliver … Oliver«, so lange, bis er sich wieder auf sie konzentrierte. »Du willst doch mich, oder? Die anderen sind dir doch ganz egal, oder?«, sagte sie beschwörend, und ihre Augen blickten ganz sanft, fast hingebungsvoll. »Du willst, dass ich zu dir über die Schwelle komme, nicht? Dass wir nicht *du* und *ich* bleiben, nicht *zwei,* sondern eins werden, weil einer nicht genug ist und zwei zu viel sind …«

»Zu viel, zu viel, zu viel«, meldete sich die Frau im rosa Morgenmantel wieder zu Wort.

»Wir könnten es zusammen machen, du und ich«, redete Annika weiter. »Dazu brauchen wir Michael und die anderen nicht.«

Michael hielt jetzt beide Fäuste gegen die Brust gedrückt, und seine Augen flogen zwischen Annika und Oliver hin und her, hin und her, während ihm weiter Speichel aus dem Mund und über das Kinn lief. »Ich will das nicht halten«, sagte er.

»Dann gib es mir«, sagte Annika. »Willst du es mir nicht geben?«

»Nein!« Oliver sprang zwischen sie. »Nein, Mikey, das geht nicht. *Du* musst es halten. So lange, bis ich dir sage, dass du loslassen darfst. Ist doch ganz leicht, Mikey.«

»Es ist nicht leicht«, widersprach Annika. »Für Michael ist das jetzt sehr schwer, und für dich sollte es auch schwer sein. Es sollte nicht leicht sein.«

Michael reckte sich, um Annika sehen zu können, hoffnungsvoll drehte er ihr den ganzen Oberkörper zu. »Ich will das nicht halten«, sagte er noch einmal. Dann begann er wieder zu wimmern und schloss die Augen, während seine Hand mit der Granate zu zittern begann.

60

Zum dritten Mal schrillte draußen auf dem Gang die Klingel, noch länger als vorher. »Bitte«, sagte eine der Schwestern, »die anderen Patienten brauchen Hilfe. Könnte nicht eine von uns …«

»Nicht jetzt«, Oliver schüttelte den Kopf, »es dauert nicht mehr lang«, er unterbrach sich, lächelte Michael an, ein flackerndes Grinsen, »nur noch kurz. Wem willst du die Granate schenken, Mikey, mir oder ihr? Du darfst das entscheiden.« Erneut fuhr seine Hand in die Manteltasche, holte das Smartphone heraus, hielt es hoch und filmte Michael. »Lächeln, Mikey, du bist jetzt live im Netz. Alle können dich sehen. Mein neuester Planet.«

Michael weinte. Er zitterte am ganzen Leib, und die Shorts, schon nass vom Schweiß, wurden noch dunkler.

»Wem willst du das schöne Geschenk machen?«, fragte Oliver lockend, »wem willst du das Bällchen zuwerfen, der netten Dr. Jansen oder dem bösen Oliver?« Er drehte das Handy, um sich selbst zu filmen, sein flackerndes Grinsen, dann beschrieb er eine halbe Drehung und hielt es auf Annika, bevor wieder Michael auf seinem Display erschien.

Plötzlich brannte bei Ella eine Sicherung durch. Alles vor ihren Augen wurde unscharf und bekam einen Rotstich. Sie stieß Cassidy beiseite und marschierte auf den Jungen zu.

»Hör auf, das ist doch krank!«, schrie sie. »Warum nimmst du dir deine Scheißgranate nicht einfach wieder und schiebst sie dir selbst in den Arsch? Glaubst du im Ernst, dein perverses Programm funktioniert? Glaubst du, du kannst Menschen berechnen und zu irgendetwas treiben, indem du sie zu deinen beschissenen Marionetten machst? Du hast bloß gewichst, mein Kleiner, du hast im Dunkeln vor deinem Computer gesessen und deinen Schwengel gerubbelt, das war dein ganzes Programm, und irgendwo da draußen gab es zwei, drei verzweifelte Menschen, die sowieso am Ende waren, und denen hast du vielleicht, *vielleicht*, den letzten Anstoß zu ihrer Tat gegeben. Aber viel schlimmer ist, dass diese Witzfiguren vom MI6 da hinten dir dabei über die Schulter gekuckt haben und sich so daran aufgegeilt haben, dass sie auf diesen beknackten Egotrip mitreiten wollten, und angefangen haben, Menschen umzubringen, nicht mit Status-Updates, sondern mit Revolvern und Medikamenten und Fensterstürzen! Das ist der echte Irrsinn, und dafür sollte man sie in den Tower sperren und enthaupten! Aber *du* bist bloß ein Nerd mit Größenwahn und einem Anonymous-T-Shirt!«

»Hey, bleib cool, bleib cool!« Olivers Stimme überschlug sich plötzlich. »Wer bist du denn überhaupt? Du hast Glück, dass du noch lebst! Du bist doch diese Schlampe … Ella Bach aus Berlin, ja? Ich hab hier was für dich. Ist das auch bloß Gewichse, ja?« Hastig sprang sein Daumen auf dem Touchfeld hin und her. »Hier! Dein Kumpel … Meyer … Alexander Meyer … Wie findest du das, Schlampe?« Er hielt ihr das Handy hin.

»Ich habe keinen Kumpel Alexander Meyer«, antwortete Ella, aber noch während sie das sagte, wurde ihr mit einem Schlag klar, was sie die ganze Zeit übersehen hatte: die Freundschaftsanfrage von jemand, der Alexander Meyer hieß. Sie nahm das Handy entgegen, traute sich aber nicht sofort, auf das Display zu schauen. *Ich will nicht wieder sehen, wie jemand Menschen tötet.*

Dann sah sie hin.

Sie sah ein Baby.

Das Baby lag in seinem kleinen Bettchen auf dem Rücken und schlief. Auf dem Laken neben dem Kopf lag sein Schnuller, der ihm aus dem Mund gefallen war. Die winzigen Hände des Babys öffneten und schlossen sich, ohne dass es aufwachte, nicht einmal vom Lichtschein des Fotohandys in seinem Gesicht. Das Bild war etwas verwackelt, unscharf. Die Kamera löste sich von dem schlafenden Baby und schwenkte hoch, und jetzt konnte man sehen, dass es hinter einer Glasscheibe lag, neben vielen anderen Neugeborenen in ihren Bettchen. Die Scheibe reflektierte das bläulich leuchtende Handy und den Mann, der es hielt.

Ella kannte keinen Alexander Meyer, aber sie kannte einen Sascha, den Rettungsassistenten, der mit ihr in Kornacks Wohnung gewesen war. *Und Sascha ist nichts anderes als die russische Koseform von Alexander.* Jetzt erinnerte sie sich wieder an den merkwürdigen Gesichtsausdruck, mit dem er ihr und Abdallah damals nach dem Angriff des Sanitäters nachgeschaut hatte.

Kornacks Handy ist gefunden worden, hat Abdallah gesagt. Aber etwas hatte sich in das Display eingebrannt, etwas, das er mir nicht nennen wollte.

Endlich erkannte sie auch, was sie auf dem winzigen Bildschirm sah. »Das ist die Säuglingsstation der Virchow-Klinik.«

Oliver nickte, seine Augen leuchteten. Auf einmal wirkte er ganz konzentriert, fast erwartungsvoll.

»Aber das sind doch Kinder – Babys!«, sagte sie. »Warum – warum Babys?«

»Damit sie keine Menschen werden müssen.«

Die Säuglingsstation war nur schwach beleuchtet, und ein weiterer Schwenk zeigte, dass sich nirgendwo eine Nachtschwester aufhielt. Der Mann, der die schlafenden Babys durch die Glasscheibe zum Gang betrachtete, war allein. Er hielt ein Clipboard in der anderen Hand, und um seinen Hals baumelte ein Stethoskop, mehr konnte man in der Scheibe nicht erkennen. *Er gibt sich als Arzt aus.* Der Lichtstrahl des Handys huschte über den Fußboden, dann eine Wand hoch und erfasste das Gitter eines Lüftungsschachts.

»Ist … ist das live?«, fragte Ella atemlos.

»Ja«, sagte Oliver.

»Was hat er vor?«, fragte Ella.

»Das reicht«, sagte Oliver und nahm ihr das Smartphone wieder weg. Der junge Mann mit der Granate weinte jetzt nicht mehr, stattdessen schluckte er den Rotz herunter und trat von einem Fuß auf den anderen, als müsste er dringend auf die Toilette. »Tut weh«, sagte er.

Oliver schaltete das Gerät aus. »Ich habe online nur verfolgt, dass er sich im Internet Chemikalien besorgt hat, aus verschiedenen Quellen. Vielleicht zur Herstellung von Gas. Und Bakterienkulturen. Was Biologisches, Mykotoxine vielleicht. Eine winzige Dosis reicht aus, um die ganze Klinik zu vergiften. Völlig geruchlos. Geil, oder? Niemand kann es orten, bevor es wirkt. Wenn man es entdeckt, ist es schon zu spät – nicht wie bei Bomben oder einem Heckenschützen. Es dringt über die Atemwege ein, durch den Mund, die Nase, sogar durch die Haut. Die Russen haben das in Afghanistan eingesetzt. Qualvoller Tod, gibt irre Filme davon.«

»Tut weh«, sagte Michael und hielt seine Faust mit der Granate hoch, deren Sicherungsbügel in sein Fleisch schnitt, weil er sie so fest umklammerte.

»Oliver«, Annika ergriff Ellas Arm und zog sie weg, schob sie zur Seite, »ich würde dir gern etwas erzählen. Ich möchte, dass du mir zuhörst, nur noch einmal. Danach kannst du meinetwegen mit mir machen, was immer du willst. Ist das okay für dich?«

Oliver schaute sie abwartend an, sagte nicht ja und nicht nein.

»Ich glaube, dass du aus einem bestimmten Grund jetzt hier bist und nicht zu Hause an deinem Computer sitzt«, fuhr sie fort. »Du bist nicht nur hier, weil du mich umbringen wolltest. Nicht nur, weil ich eine Gefahr für dich bin und du mir zuvorkommen wolltest.«

Sie wartete, sah ihn an, und er wartete auch.

»Du bist hier«, erklärte sie, »weil du nicht mehr allein in dir bist. Ich meine das genau so, wie ich es sage. Du bist in dir nicht allein. Jemand oder etwas hat Besitz von dir ergriffen. Du bist der Oliver, der versucht, Menschen dazu zu bringen, dass sie sich umbringen und dabei noch andere Menschen töten. Der das Internet benutzt, um dem Bösen auf die Welt zu helfen, ihm ein Zuhause in der Zukunft zu schaffen. Und gleichzeitig bist du der kleine Junge, der nicht mehr allein sein wollte, selbst um den Preis, dass sein Gefährte ein grausames, schreckliches Tier im finsteren Wald ist. Der Junge, der als Kind im Netz verloren gegangen ist und dort die Sterne suchte, die er am Himmel gesehen hat, wenn er nachts nicht mehr weiterwusste. So wie wir alle nachts nach oben schauen, wenn wir allein und einsam sind. Der Junge, der stundenlang vor dem Riesenrad stehen konnte und in den Gondeln die Sterne gesehen hat, die um die Radnabe wie um das Licht kreisen. Aber im selben Moment bist du auch wieder der andere in dir, der aus sich einen Mittelpunkt der Schwärze gemacht hat, eine Sonne des Todes, um den Mörder kreisen, Mörder und Selbstmörder, denen er die Namen von Sternen gegeben hat.« Sie sah ihn an. »Soll ich weiterreden?«

Der Junge hing mit seinen großen, dunklen Augen an ihr, öffnete kurz den Mund und schloss ihn wieder, ohne etwas zu sagen. Die Röte war aus seinen Wagen gewichen; er versuchte ein trotziges Schulterzucken.

Annika sagte: »Du bist nicht hier, weil du willst, dass du und ich, dass wir beide im Tod eins werden, sondern weil du selbst wieder eins mit dir werden möchtest. Der Junge vor dem Riesenrad will nicht sterben. Der weiß nämlich, dass Leben viel cooler ist als Totsein. Er will nicht sterben, und er will auch niemanden umbringen. Und vielleicht weiß er sogar, dass die beiden Männer in Berlin und der Verrückte hier in London mit der Babynahrung ihre Taten nicht seinetwegen begangen haben, dass es gar nicht seine Schuld ist, sondern die des anderen. Des Gefährten aus dem Wald. Dieser Junge weiß, dass das menschliche Gehirn mehr Zellen hat als unsere Galaxie Sterne. Kein Tier hat so ein Gehirn! Ein Tier kann nicht mal Fußball spielen. Ein Tier kann nicht lesen und hören, was die Bücher erzählen, wie sie mit einem reden. Ein Tier, das immer allein war, will wegrennen, wenn ihm Freundlichkeit begegnet. Es beißt, wenn man die Hand nach ihm ausstreckt. Ein Tier ist trostlos. Das weiß dieser Junge. Dieser Junge würde sich, glaube ich, gern mit anderen Jungs treffen, einfach zum Abhängen, zum Fußballspielen oder zum Skaten an der Themse. Er würde gern mit ihnen einen Burger essen, eine Limo trinken und Mädchen hinterherkucken. Oder im Park rumlungern und Schwäne ärgern und nachts um die Wette pinkeln, wer es am weitesten schafft. Er würde gern in die Schule gehen, einfach nur, um sie zu schwänzen und sich stattdessen ins Kino zu mogeln, ohne zu bezahlen. Mit seiner ersten Freundin in der letzten Reihe rumknutschen. Oder Gitarre lernen und in einer Band spielen und mit ihr groß rauskommen …«

»Hör auf!«, schrie Oliver. »Du machst dich über mich lustig! Ich mag das nicht, ich mag das nicht …«

»Nein«, Annikas Stimme wurde eindringlicher, aber nur eine Spur, »ich mache mich nicht über dich lustig. Ich weiß doch noch von früher, wie sich das anfühlt, wenn man alles will, aber gleichzeitig auch Angst davor hat, weil es neu und unbekannt ist. Ich weiß noch, wie das ist – immer mehr zu wollen, sich das ganz große Abenteuer vorzustellen, Filmszenen in Cinemascope, wie man in einem knallroten Rennwagen die Formel 1 gewinnt oder auf Wasserskiern über einen Postkartensee schäumt, dem Sonnenuntergang entgegen, oder mit einem Gleitschirm durch die Luft schwebt, so ruhig, dass jeder Adler vor Neid erblasst, und du hörst nichts als das Rauschen des Windes über dem leeren blauen Horizont und weißt, dass du nie alt werden wirst, ohne wirklich geliebt zu haben und geliebt zu werden, etwas abzukriegen von der allgegenwärtigen Liebe, die es auf der Welt gibt, und ich weiß, dass du das auch wissen willst. Aber der andere in dir schürt die Angst, damit du all das nicht willst, vor allem eins nicht – ein Mädchen lieben, mit ihm Eis essen oder im Gras liegen, das nach Sommer und Sonne riecht. Er will nicht, dass du dieses Mädchen liebst und eines Tages vielleicht sogar heiratest und womöglich Kinder bekommst, an denen du alles gutmachen kannst, was andere bei dir falsch gemacht haben. Dass du Kinder bekommst, obwohl *er* keine haben kann. Nein, du sollst Angst haben und weiter Angst verbreiten, damit *du* sein Sohn wirst, wie du Professor Gershensons Sohn geworden bist …«

Das meint sie nicht wirklich, dachte Ella, *sie sagt das nur, um den Jungen dazu zu bringen, dass er ins Wanken gerät, zu zweifeln beginnt.*

Oliver schluckte, ein trockenes Schlucken, das fast wie ein Schluchzen klang, und er starrte das Mobiltelefon in seiner Hand an.

»Manchmal«, sagte er, »manchmal kann ich nicht zwischen mir und anderen Sachen unterscheiden, wenn ich in einen Raum komme, in dem ich noch nie war. Meinen Sie das? Oder Menschen – ich weiß nicht, ob sie echt sind und was ich mit ihnen zu tun habe, wenn sie nicht reagieren … wenn sie einfach nicht reagieren, auch wenn ich Enter drücke. Es kommt mir vor, als wären sie mir völlig fremd, auch wenn ich sie kenne.« Er blinzelte und für eine oder zwei Sekunden schloss er die Augen. »Aber das mit der Dunkelheit, das stimmt … Papa … mein richtiger Vater … und Mama auch … die waren immer im Licht, sie waren die ganze Zeit im Licht, und ich konnte sie beobachten, denn bei mir war es dunkel, und sie haben mich gar nicht bemerkt. Als Papa starb … als er beerdigt wurde … konnte ich hören, wie die Erde auf seinen Sarg fiel, und ich wusste nicht, ob er in dem Sarg lag oder ich. Mir war ganz kalt … *ich* war ganz kalt, und ich dachte, vielleicht liege ich in dem Sarg, im Dunkeln, und die Erde fällt auf mich und erstickt mich. Ich glaube, das kam daher, dass es meine Schuld war. Dass er darin lag, in dem Sarg, war meine Schuld. Er sollte auch mal sehen ... mal sehen, wie das ist ... wenn man immer allein im Dunkeln ist.«

»Das warst nicht du«, sagte Annika. »Das war der andere. Ich weiß, wie er arbeitet. Ich habe ihn auch gesehen.« Sie sprach schnell und nicht mehr so selbstbewusst wie vorher, und sie blickte auf den Boden, schien plötzlich das Gefühl zu haben, dass er sie nicht mehr trug.

»Aber ich habe sie doch getötet ...« Oliver schien verwirrt. Hob die Arme, nur ein paar Zentimeter. »Warum sind nicht alle Menschen einfach glücklich? Das hat Gott gemacht, nicht? Damit sie ihn brauchen und zu ihm beten!« Auf einmal wandte er blitzschnell den Kopf und warf Ella einen Blick zu, der sie wie ein Hieb mit glühenden Krallen streifte. »Die Menschen in Berlin werden morgen früh nicht mehr an ihn glauben, nicht, Dr. Bach? Sie werden nicht mehr beten.«

»Doch, das werden sie«, sagte Ella. »Sie haben nach dem Anschlag in der U-Bahn gebetet, und die Eltern der getöteten Babys hier in London haben auch gebetet.«

Plötzlich löste Michael die Fäuste von seiner Brust und sagte wieder mit der überraschend klaren Stimme von vorhin: »Ich will auch beten.« Dabei veränderte sich sein Blick. Es war nur ein Schatten in der Pupille, aber Annika bemerkte ihn, und Ella bemerkte ihn auch. Schwerfällig und langsam wie jemand, der sich auf dem Meeresgrund bewegt, streckte er die Hand mit der Granate aus, als wollte er sie fallen lassen. Annika streckte ebenfalls ihre Hand aus, war aber zu weit von ihm entfernt, um die Granate auffangen zu können, falls er sie wirklich fallen ließ.

»Nicht, Michael«, rief sie. »Halt sie fest! Gib sie mir, bitte!«

»Ach, du Scheiße!«, flüsterte Cassidy neben Ella. *»Fuck, fuck, fuck!«* Er schob sich vor Ella. »Wenn er den Bügel loslässt, dauert es noch ungefähr siebzehn Sekunden, bevor sie explodiert.«

Alle im Raum standen reglos, mit entsetzten Mienen, erstarrt im Moment des Begreifens. Wie in Zeitlupe stemmte Gershenson sich aus dem Sessel hoch und ächzte: »Oliver!«, aber der Junge schien nicht zu wissen, wie er sich verhalten sollte. Sein Gesicht veränderte sich fortwährend, während Gefühle darüber hinweghuschten wie Schatten schnell treibender Wolken: Angst, Stolz, Schock, Triumph,

Panik, Panik, Panik, *Schmerz.* Sein Blick fiel auf das Smartphone in seiner Hand, auf das Display, und da endlich schrie er: »Michael, lass sie fallen! Lass sie fallen!«

Michael öffnete beide Fäuste, und die Granate fiel. Sie fiel, *eine Sekunde, zwei, drei,* sie fiel und fiel, *vier, fünf, sechs,* und dann war Annika da und fing sie mit beiden Händen. Sie starrte sie an, ohne zu wissen, was sie als Nächstes tun sollte … *sieben, acht, neun, zehn, elf, zwölf, dreizehn* …

»Den Bügel!«, schrie einer der beiden Agenten. »Packen Sie den Sicherungsbügel und drücken Sie ihn!«

Annika gehorchte. Sie presste den Bügel gegen die Granate und hielt sie fest, und Ella hörte das Aufatmen, das durch den Raum ging, und einen Herzschlag lang war sie ebenso erleichtert, bis sie etwas sah, was keiner von den anderen bemerkte. Die Hand, in der Annika die Granate hielt, zitterte so heftig, dass sie das Gelenk mit der anderen umklammern musste. Das Zittern breitete sich durch ihren ganzen Körper aus.

»Achtung!«, schrie Ella. »Sie hat einen Anfall!«

Die Schockstarre dauerte nur eine Sekunde, danach geschah alles gleichzeitig: Oliver stürzte auf Annika zu und hielt dabei sein Handy auf sie gerichtet, vielleicht um sie zu filmen, vielleicht aber auch, um ihr zu zeigen, was auf dem Display zu sehen war, und auch die Agenten und einer der Ärzte lief zu ihr, mit ausgestreckten Händen, sogar Cassidy stürmte los, während Annika mit einem Ausdruck reinen Grauens im Gesicht auf das Handy starrte, und dann waren alle bei ihr, gerade als sie wie vom Blitz gefällt zu Boden geschleudert wurde und die Granate losließ, die, nur für einen Moment sichtbar, durch die Luft flog. Und flog. Und fiel. Trotz all der Hände, die danach zu greifen versuchten, fiel sie weiter, durch Sekunden von atemloser Stille.

Und dann zerriss ein Krachen diese Stille, und ein grelles Licht verwandelte die Gestalten über Annika in Schattenrisse, die vom Boden gehoben und durch den Raum geschleudert wurden. Ella spürte einen Luftstoß, der ihr den Atem nahm und sie ebenfalls zurückschleuderte, und sie hatte noch nie ein lauteres Geräusch gehört als diese Explosion in einem geschlossenen Raum. Es hörte und hörte und hörte nicht auf, und dann, auf einmal, war es still.

61

Die Dunkelheit war nicht mehr dunkel. Lichter und Schatten zogen hinter ihren Lidern vorbei wie Reflexe, die von unruhigem Wasser auf eine Zimmerdecke geworfen wurden – Kreise und Punkte, leuchtende Farben. *Nicht schlafen,* dachte sie; *ich darf nicht schlafen.* Sie roch verbranntes Pulver und versengtes Fleisch. Sie hörte Laute, die sie kannte: Stöhnen, Schreie, Weinen. Sie riss die Augen auf. Sie lag auf dem Rücken und wusste im ersten Moment nicht, wo sie war. Dann spürte sie einen heftigen Schmerz im Hinterkopf, und da wusste sie wieder, wo sie sich befand und was geschehen war.

Eine Minute lang glaubte sie, sich nie wieder rühren zu können. Bei jeder Bewegung brannten die Muskeln, sogar die Knochen. Sie hörte ihr Herz, dessen harte, schnelle Schläge ihren ganzen Körper zu erfüllen schienen. Ihr Blut raste, und trotzdem war sie unendlich müde. Sie richtete sich auf, erst nur bis zur Hüfte, auf einen Arm gestützt. Es ging. Nichts gab nach, wirkte gerissen oder gebrochen.

Sie zog die Beine an, bewegte die Füße. Auch das ging. Vorsichtig stand sie auf, doch als sie sich umsah, weigerte sich ihr Gehirn, den Anblick ganz zu erfassen. Sie sah das Blut und das aufgerissene Fleisch und die verbrannte Haut. Sie sah die liegenden, reglosen Körper und wusste nicht, wer tot war und wer noch lebte. Michael war tot, das konnte sie erkennen. Einer der Agenten war auch tot; seine reglosen, weit offenen Augen sagten es ihr, der aufgerissene, geschwärzte Mund.

Oliver lag da und rührte sich nicht.

Annika lag ein Stück weit von ihm entfernt und rührte sich nicht.

DI Cassidy lag vor ihr und rührte sich nicht.

Doch, jetzt bewegte er sich, eine Hand zuckte. Er versuchte den Kopf zu heben.

Anni ist nicht tot, dachte Ella. *Sie darf nicht tot sein!* Sie sah mehrere der Patienten, die sich an die Wände gekauert hatten, einige mit den Händen vor dem Gesicht. Eine der Schwestern lehnte zitternd neben der Tür. Die anderen Schwestern kümmerten sich um sie, redeten mit ihr, säuberten sie vom Blut. Die beiden Mädchen hockten unter dem Tisch, offenbar unverletzt, aber mit Blutspritzern übersät wie mit rotem Konfetti.

Die Ärzte und der Pfleger kümmerten sich um die verletzten Patienten, um Gershenson und den zweiten Agenten und die Frau in dem rosa Morgenmantel.

Anni ist nicht tot, dachte Ella. Langsam ging sie auf den reglos daliegenden Körper ihrer Freundin zu. Sie kniete nieder und legte zwei Finger an Annis Halsschlagader. Es gab einen Puls! Ihr Herz schlug, sie atmete. Sie war bewusstlos, aber sie lebte! Vorsichtig versuchte Ella, den Körper ihrer Freundin in eine stabile Seitenlage zu bringen. Da entdeckte sie die Verletzung im Nackenbereich, eine tiefe Wunde wie von einem Projektil, das aus nächster Nähe abgefeuert worden war.

Wie bei Shirin nach dem Anschlag in der U-Bahn.

Sie drehte sich zu den Ärzten um. »Ich brauche Hilfe! Ich brauche hier Hilfe! Diese Patientin ist schwer verletzt!« Gleichzeitig fiel ihr der Livestream ein, den Oliver ihr gezeigt hatte. Die Aufnahmen von Sascha, der die Kinderklinik der Virchow-Klinik mit einem biologischen Kampfstoff zu verseuchen drohte. *Was kann ich tun, verdammt?*

Julian.

Ich muss Julian anrufen. Ich sage ihm, was hier passiert ist und was gerade in Berlin passiert.

Dann fiel ihr ein weiterer Name ein: Abdallah.

Erst Abdallah, dann Julian, entschied sie. Bloß dass sie die Handynummer des Kommissars nicht mehr hatte. Sie war in ihrem Smartphone gespeichert, das sie gestern bei dem Araber im Schnellimbiss … *Halt, Moment!* Er hatte ihr seine Nummer doch auf die Innenseite eines Kaugummipapiers gekritzelt. *Vielleicht steckt der Zettel noch irgendwo in meiner Umhängetasche.* Aber wo war die verdammte Tasche? Im London Eye hatte sie sie noch gehabt. Im Boot … was war im Boot gewesen? Sie sah sich um. Das da hinten, das verformte Lederding, das konnte sie sein.

»Kommt endlich mal jemand her, verdammt nochmal?«, rief sie

noch einmal, gerade als einer der Ärzte sich neben ihr über Annika beugte. »Da links, der Hinterkopf, da ist was eingedrungen, wahrscheinlich ein Splitter von der Granate!«

»Wir kümmern uns um sie«, versicherte ihr der Arzt.

Ella nahm ihre ganze Kraft zusammen, stand auf und ging zu dem, was von ihrer Handtasche übrig war. Sie schaute hinein. Der Lippenstift hatte sich in kleinen roten Partikeln über den gesamten Inhalt verteilt, klebte an der verbeulten Deo-Spraydose, dem Puderdöschen und dem zersprungenen Spiegel. Das Parfumflakon war gesplittert. Alles pappte nass aneinander. Das Lederetui mit Pass, Arztausweis und Kreditkarten war ramponiert, aber der Inhalt hatte die Detonation fast unversehrt überstanden. Auf dem Boden der Tasche kringelte sich ein Kondom. *Wieso habe ich ein Kondom in meiner Tasche? Wie lange liegt das schon drin?* Sie schob es beiseite und entdeckte etwas Silbriges, das an dem Gummi klebte, ein zusammengeknülltes Klümpchen.

Sie fummelte das Kondom mit dem Klümpchen heraus. *Mecca Gum.* Mit beiden Händen versuchte sie, das feuchte Klümpchen glatt zu streichen, es wieder in ein Stück Papier zu verwandeln. Ihre Finger zitterten. Das Papier riss, ein Fetzen blieb an ihrem Daumen kleben. Etwas stand auf dem Fetzen, ein Teil von einer Ziffer, aber die Schrift war verlaufen. 7. Nein, 9. Sie versuchte, sich zu erinnern, während der Zettel sich Stück für Stück unter ihren fliegenden Fingern auflöste. 9 … 8 … 3 … Sie rief sich das Display ihres Handys in Erinnerung, die Ziffern, die sie bei ihren Gesprächen mit Abdallah darauf gesehen hatte. 0172 … nein, 0174 983 …

Hastig holte sie ihr Handy aus der Jackentasche und schaltete es ein. Die Akkuanzeige flackerte warnend. *Nur zwei Gespräche noch, bitte!* Ella sah, dass einer der Ärzte und eine Schwester Annika versorgten, der andere kümmerte sich jetzt um Cassidy. Sie tippte die Nummer ein, an die sie sich erinnerte, und drückte die Anruftaste. Erst schien es, als habe sie kein Netz, aber dann wurde die Verbindung aufgebaut. *Hoffentlich habe ich mich richtig erinnert. Hoffentlich ist nicht besetzt. Hoffentlich kriege ich nicht die Mailbox. Hoffentlich ist Abdallah …*

Sie hörte ein Freizeichen. Fast im selben Moment wurde ihr Anruf am anderen Ende entgegengenommen. »Ja?« Das Wort ging fast verloren in einem akustischen Schneegestöber elektronischer Entladungen.

»Kommissar Abdallah?«, rief Ella.

»Nein. Wer spricht da?«

»Doktor Ella Bach. Geben Sie mir Kommissar Abdallah. Das ist doch sein Handy, oder?«

»Kommissar Abdallah ist im Moment unabkömmlich. Worum geht es?«

»Geben Sie mir Abdallah, verdammt!«, schrie Ella. »Es geht um Leben und Tod!«

Am anderen Ende entstand eine Pause, etwas knackte, dann sagte eine leise Stimme ein paar unverständliche Worte, ehe eine andere sich mit »Abdallah« meldete.

Ella hätte beinahe losgeheult vor Erleichterung. »Abdallah ... Herr Kommissar ... hier ist Ella Bach in London. Ich weiß, wo der nächste Anschlag stattfinden soll und auch, wer ihn durchführen ...«

»Wer?«, fragte Abdallah sofort. »Wo?«

»Alexander Meyer. Sascha. Der Rettungsassistent. In der Kinderklinik in der Virchow-Klinik.«

»Wann?«

»Jetzt! In diesem Moment! Er hat irgendwo in der Säuglingsstation biologische Kampfstoffe oder Gas. Er hat sie da versteckt und wird sie ...«

»Woher wissen Sie das?«

»Dafür ist jetzt keine Zeit! Kümmern Sie sich darum? Und behalten Sie Ihre beiden Kollegen im Auge, die, von denen ich beobachtet worden bin. Sie arbeiten für den BND und könnten versuchen, Sascha zu schützen. Ich muss jetzt Schluss machen. Meine Freundin Annika ist schwer verletzt, sehr schwer.«

Sie unterbrach die Verbindung und sah, dass sich jetzt auch der zweite Arzt und noch eine Schwester um Annika kümmerten. Cassidy war aufgestanden, stand aber nur mit weit offenen Augen in einem blutverkrusteten Gesicht da, ohne irgendwohin zu gehen wie ein blutender Stier in der Arena. Hastig wählte Ella Julians Nummer, und während sie wartete, setzte sie sich erschöpft auf den Boden. Das flackernde Batteriesymbol wurde jetzt noch durch ein akustisches

Signal unterstützt. *Nur noch ein paar Minuten, bitte! Nur noch eine oder zwei …*

»Ja, Auster hier.«

»Julian! Ich bin's, Ella!« Einen Moment wurde ihr schwindlig. »Ich brauche deine Hilfe, es geht um Annika. Sie ist von einem Granatsplitter …«

»Ella, ich habe schon versucht, dich zu erreichen. Ich bin vor zwei Stunden in …«

»Julian, bitte, unterbrich mich nicht! Die Zeit drängt, der Akku von meinen Handy ist gleich …«

»Wir brauchen nicht zu telefonieren. Ich kann in …«

»Herrgott, jetzt sei doch mal still!«, schrie Ella. »Annika ist schwer verletzt. Im Moment ist sie stabil, aber sie stirbt, wenn sie nicht sofort operiert wird. Alle Symptome sprechen dafür, dass ihr ein Granatsplitter ins Gehirn gedrungen ist. Ich muss wissen, ob du hier in London einen guten Neurochirurgen kennst, der …«

»Ja«, sagte Julian knapp. »Den besten.«

»Wen? Wie kann ich ihn erreichen?«

»Du sprichst gerade mit ihm. Ich bin vor zwei Stunden in Heathrow gelandet und versuche seitdem, dich zu erreichen, aber unter deiner Nummer meldet sich immer nur ein Mann, hört sich nach einem Araber an.«

Es verschlug Ella die Sprache, und als sie nichts sagte, redete er weiter. »Du hast zwar gesagt, ich soll nicht kommen, aber der Gedanke, dass du da allein und unter Lebensgefahr … Ich habe jedenfalls gerade in einem Hotel am Hyde Park eingecheckt und kann sofort wieder los. Wo bist du?«

»Wir sind in der Mills Clinic in Wandsworth. Das ist …«

»In einer Klinik? Bist du verletzt?«

»Nein, mir ist nichts passiert … du meine Güte, ich erkläre dir alles später … die Klinik ist auf der anderen Seite der …«

»Der Taxifahrer weiß schon, wo das ist. Ich bin so schnell wie möglich da. In der Zwischenzeit könntest du ein CT machen lassen, falls die da so eine neuzeitliche Maschine haben, mit der man in die Köpfe der Menschen hineinschauen kann.«

»Julian …«

»Ja?«

»Beeil dich.«

Der Akku war leer, die Leitung tot. Ella fiel wieder ein, was sie in dem Imbisslokal gedacht hatte: *Wenn du mich wirklich liebst, kommst du trotzdem* … Beinahe hätte es ein Lächeln bis auf ihre Lippen geschafft, scheiterte aber an einer Barriere aus Schmerzen. Sie stemmte sich hoch, um zurück zu Annika zu gehen. Nach ein paar Schritten hörte sie ein Stöhnen von dort, wo Oliver lag.

Der Junge hatte einen Arm verloren. In seinem Brustkorb klaffte ein Loch so groß wie ein Fußball. Etwa einen Meter von dem klaffenden Loch, durch das man die gebrochenen Rippen und einen zerfetzten Lungenflügel sehen konnte, lag die abgetrennte Hand, aber sie sah nicht mehr aus wie eine Hand. Sie sah jetzt eher aus wie die Klaue eines verbrannten Raubvogels, schwarze Krallen, in denen wie eine gerissene Beute sein Smartphone ruhte. Es war halb geschmolzen, das Display zersplittert und unkenntlich. Was immer Anni darauf gesehen hatte, war nicht mehr da.

Oliver sah mit dem entrückten Blick eines Märtyrers zu Ella auf. Sein Gesicht, eingerahmt von verkohlten Haaren, erinnerte an eine gesprungene, notdürftig wieder zusammengeleimte Vase – ein Gefäß, aus dem langsam das Leben heraussickerte. Es zeigte keinen Schmerz und keine Angst, und es schien auch gar nicht mehr zum Rest seines Körpers zu gehören. Dann durchlief ein Schauer die restlichen Gliedmaßen. Kurz flackerten die Augen, wurden weit und wieder so schwarz, als hätte ihm ein kalter Wind die Schreie der Toten zugetragen, die seinetwegen gestorben waren.

»Ist schon … ist schon Morgen?«, fragte er flüsternd.

»Nein«, sagte Ella. Dann fragte sie: »Hast du Schmerzen?«

Er öffnete den Mund, um etwas zu sagen, doch es kam nur noch ein weiteres Stöhnen. Dann verflog der Rest Leben, der noch in ihm gewesen war.

Ella starrte auf den reglosen Körper des Jungen. Plötzlich musste sie an das Gedicht denken, das DI Cassidy an ihrem ersten Abend zitiert hatte. Sie dachte an die letzte Zeile: *Haben Sie den Toten geküsst?*

Und sie dachte: *Warum haben Sie den Toten nicht geküsst, als er noch am Leben war?*

62

Sascha hielt das Handy auf Armeslänge von sich weg und filmte sich, wie er den Lüftungsschacht kontrollierte. Im Clip sah man einen Mann in einem blauen Kittel, der einen letzten Blick auf die Membrane oben in der Wand warf und dann, leicht geblendet, aber trotzdem mit weit offenen Augen, in die Kamera blickte. Leise, ohne Aufregung, sprach er in das Handymikro: »Nichts verändert. Sie haben es noch nicht bemerkt. Mein letzter Kontrollgang ist erst ein paar Stunden her. Wenn ihr sehen wollt, wie ich die Behälter angebracht habe, dann folgt dem Link, den ich euch jetzt schicke.«

Ella klickte den Link an. Nach ein paar Sekunden fand sie sich auf demselben Gang in der Virchow-Kinderklinik wieder, nur ein paar Stunden früher, wie die Zeitanzeige oben rechts im Bild verriet. Man sah den nächtlichen Korridor, grünstichig, schlecht beleuchtet, und an dem leichten Schaukeln des Bildes konnte man erkennen, dass es die Perspektive von jemandem war, der gerade diesen Korridor entlangging. Dann blieb er stehen, stellte das Handy auf einem Fensterbrett ab und trat vor die Kamera. Jetzt sah Ella, dass es Sascha war, im Overall eines Wartungstechnikers, mit einer Aluminiumleiter in der Hand und einem Rucksack auf dem Rücken. Er stellte die Aluminiumleiter an die Wand. Er kletterte die Leiter hinauf, entfernte die Schrauben von dem Gitter oben in der Wand und nahm es ab. Dahinter waren undeutlich mehrere Rohre und Kabel zu erkennen.

Sascha kletterte wieder herunter und öffnete offenbar den Rucksack, was die Kamera aber nicht erfasste, weil der Bildausschnitt vor allem die Leiter und das Loch in der Wand zeigte. Er entnahm dem Rucksack eine Zange, einen kleineren Schraubenzieher und zwei kleine Metallbehälter, mit denen er wieder die Leiter hochstieg. Oben unterbrach er rasch und geschickt einige der Leitungen und Rohre und schob die beiden schlanken Metallbehälter, kaum größer als Parfumflakons, in das Loch. Mit dünnen Schläuchen schloss er die Behälter an die Rohrleitungen an, bevor er mit Klebeband noch etwas an den Behältern befestigte. Es sah aus wie ein großer Klumpen Knetgummi mit einer kleinen Antenne darin. Zu guter Letzt klemmte er ein kleines schwarzes Kästchen mit einem Glasobjektiv neben die Installation, danach verschloss er alles wieder: Leitungen, Rohre, das Loch in der Wand, das Gitter.

Unten baute er sich vor der Leiter auf und erklärte: »Ich habe gerade den letzten von vier Behältern mit Senfgas und sechs mit Mykotoxinen angebracht. Die Bakterien habe ich selbst in meinem Labor zu Hause gezüchtet, nach einer Anleitung im Forum *Global Jihad*. Ein Tröpfchen davon in der Wasserversorgung der Station oder zerstäubt in der Klimaanlage reicht aus, damit alle sterben. Wenn ihr in meine Wohnung geht, werdet ihr genug Petone, Phosphorchlorid, Salpetersäure und Schwefel finden, um eine ganze Stadt zu vergiften. Aber wenn man schon mit den Kindern anfängt, braucht man die Städte nicht mehr.«

Als er wegging – das Handy im Rucksack verstaut, die Leiter unterm Arm –, wechselte die Kameraperspektive, und man sah ihn von oben, durch das Gitter des Leitungsschachts, kleiner werden und im grobkörnigen, grünstichigen Halbdunkel verschwinden.

Ella saß auf dem Korridor vor der Notaufnahme, in der ihre Verletzungen versorgt worden waren, nur ein paar Kratzer und eine Prellung. Sie hielt ein Smartphone in der Hand, das sie sich von einem der Ärzte geliehen hatte. Bis auf ein leichtes Schmerzmittel hatte sie nichts eingenommen, denn sie wollte bei klarem Bewusstsein bleiben, solange sie nicht wusste, was mit Annika weiter geschah. Sie hatte mitgeholfen, die anderen Verletzten zu behandeln, und plötzlich war ihr der Gedanke gekommen, ihre LifeBook-Seite aufzusuchen. Vielleicht konnte sie mit Sascha in Kontakt treten, mit ihm reden.

Aber sie hatte nur diesen einen Link gefunden, der die Verbindung zu diesem Livestream darstellte. Keiner ihrer anderen neuen Freunde und Kontakte hatte sich mehr gemeldet, auch die Academy of Solace nicht, und so würde es nun bleiben.

»Ihr könnt das ruhig mit Freunden teilen«, sagte Sascha gerade.

»Ich habe mich abgesichert, und morgen früh ist sowieso alles vorbei.« Sein Gesicht wurde immer wieder unscharf, weil er das Handy nicht ruhig hielt. »Falls ihr versucht, das Krankenhaus vorher zu evakuieren, ist die Station mit den Säuglingen hier hinter mir das erste Ziel und danach die ganze Kinderklinik. Bei der kleinsten Auffälligkeit werden alle sterben. Wenn ihr das seht oder hört, müsst ihr Folgendes wissen: Kein Patient darf verlegt oder entlassen werden. Es darf auch kein neuer Patient aufgenommen werden. Jeder, der gerade in der Klinik ist, wenn ihr das hier seht – Ärzte, Schwestern, Pfleger – alle müssen dableiben. Niemand darf das Krankenhaus betreten. Keine Besucher! Keine Polizei! Keine Einsatzkräfte!«

Er schaltete das Handy auf Stand-by, und das Bild erlosch, dafür war er jetzt aus einer anderen Perspektive zu sehen, von einer weiteren Kamera aufgenommen, die schräg auf ihn hinabschaute. Vor der Kamera schien sich eine Art Gitter zu befinden. Es dauerte ein paar Sekunden, bis Ella begriff, dass es sich um eine Webcam handelte, die mit den Giftbehältern und dem Sprengstoff hinter einem Belüftungsgitter der Klimaanlage angebracht war. Sascha trug jetzt einen grünen Kittel, eine weiße Hose und weiße Turnschuhe, deren Gummisohlen auf dem Linolboden quietschten. Als er um eine Ecke bog, wurde er von einer anderen Kamera erfasst, ebenfalls von schräg oben, aber diesmal frontal. *Er hat überall in der Klinik Webcams angebracht,* schoss es Ella durch den Kopf.

In der rechten Hand hielt Sascha das Clipboard, in der linken das Handy. Leise sagte er: »Ich habe das Handy immer an, denn wenn ich es ausschalte, kommt es mir vor, als würde ich mich selbst ausschalten. Wenn ich es nicht bei mir habe, geht es mir schlecht. Auch wenn ich es bei mir habe, aber nicht einschalten kann, geht es mir schlecht. Ich habe dann Angst, dass die Welt ohne mich weitergeht. Kennt ihr das? Na ja, ohne mich geht sie ja tatsächlich bald weiter. Und ohne ein paar von euch auch. Aber geht die Welt wirklich weiter, wenn man nicht mehr dabei ist? Irgendwie glaube ich nicht.«

Mit wem redet er da?, dachte Ella. *Wie viele Leute sehen das wohl gerade?* Die Hälfte des Displays war jetzt von seinem schlecht ausgeleuchteten Gesicht ausgefüllt. »Ich danke denen von euch, die mir geschrieben haben, manche zigmal am Tag, und die, denen ich in letzter Zeit nicht mehr antworten konnte, denen antworte ich jetzt. Hier. Ich danke euch auch für die Links, die ihr mir geschickt habt, die Clips, die Nachrichten, auf die ihr mich hingewiesen habt. Ich werde euch nicht enttäuschen.«

Er verließ die Station und folgte dem von gedimmten Lampen schwach erhellten Korridor zum Fahrstuhl, wo er von wieder einer anderen versteckten Kamera erfasst wurde. Auf halber Strecke begegnete er einer Nachtschwester, die ihm nur kurz zunickte, sonst aber keine Aufmerksamkeit schenkte. Sie sah anscheinend nur einen jungen Arzt mit Stethoskop und Clipboard, und das war so, als wäre er unsichtbar.

Sascha drückte den Rufknopf des Fahrstuhls, und das feine Mikro des Handys übertrug sogar das Rattern der Stahlkabel, an denen die Kabine hing. Als sie hielt, fiel Licht durch die Ritzen der Schiebetüren, die sich ruckelnd öffneten. Vorsichtshalber tat Sascha, als studiere er das oberste Blatt auf seinem Clipboard, bevor er den Lift betrat. In der Kabine standen zwei Männer. Er nickte ihnen zu. Einer erwiderte das Nicken, der andere räusperte sich nur. Sascha drückte den Knopf für das erste Untergeschoss, in dem sich auch die Notaufnahme befand. Die Tür schloss sich, und der Lift fuhr abwärts, und auf einmal wurde eine Kamera in der Knopfleiste aktiviert, die das Innere der Kabine zeigte. Ella konnte sehen, dass die Männer Sascha genau in Augenschein nahmen, mit scharfen, dunklen Augen. Es war ein Blick, den sie kannte, aber es dauerte einige Sekunden, bis ihr einfiel, woher.

Keine Polizeibeamten, das sah man sofort. Türken vielleicht, oder Kurden. Wahrscheinlich hatten sie einen Enkel oder eine Tochter besucht, obwohl die Besuchszeit längst vorbei war, aber daran hielten diese Familien sich sowieso nicht. Plötzlich vereinigten sich die beiden Gedankenstränge: Einen der beiden Männer hatte Ella bereits bei Halil Abou-Khan gesehen, er gehörte zu seinem Clan.

Sascha spielte weiter den Arzt, der ein Aufnahmeformular studierte. Seine Finger öffneten und schlossen sich um das Smartphone in seiner Hand, als wäre es heiß oder klebrig. Der Lift hielt, und die beiden Männer stiegen grußlos aus. Die Tür schloss sich, die Kabine glitt zum nächsten Stockwerk, und als die Tür sich wieder öffnete, war Sascha auf der Ebene des ersten Untergeschosses. Fast wie ein Süchtiger schaltete er das Handy wieder ein, hielt es in Brusthöhe, als er den Lift verließ.

Vor der Kabine sah es aus wie im Untergeschoss eines Flughafens: breite Gänge, von Leuchtstoffröhren erhellt, graue Betonwände; schwere Eisentüren, die zur Küche, zur Wäscherei oder zum Traforaum führten. In den meisten Bereichen wurde noch gearbeitet, und kleine Elektrokarts mit Fahrern in Overalls zogen Metallcontainer von einem Ende des Campusgeländes zum anderen. Keiner der Fahrer nahm Notiz von Sascha. Auch die anderen Männer und Frauen vom Personal, denen er begegnete, kümmerten sich nicht um ihn. Niemand hielt ihn auf, niemand fragte ihn, was er wollte.

»Ich bin auf dem Weg ins zweite Untergeschoss«, erklärte er mit gedämpfter Stimme, »das ist in der Nordschiene der Klinikanlage, wo sich die Campustechnik befindet. Ich habe die Pläne für sämtliche Module, für die Heizung, die Luftversorgung und die Elektrik auf allen Ebenen und in jedem Gebäude. Ich habe auch die Schlüssel, die man für diese Ebene benötigt, einen für den Lift und auch die für die Eisentüren. Seht ihr, niemand nimmt Notiz von mir – es ist ganz einfach. Ich bin der unsichtbare Mann, der erst digital sichtbar wird, auf Film, auf YouTube. Der Mensch der Zukunft.«

Er filmte, wie er an ein paar Containern mit schmutziger Wäsche vorbei zur Nordschiene ging, wo sich die Fahrstühle zum Untergeschoss befanden. Es war unheimlich, dieser verrückte Mann allein in den kahlen, von Containern und schwarzgelb gestreiften Leitpfosten begleiteten Gängen mit dem hellen Linolboden voller Reifenspuren, ein Geist der Apokalypse. Als er den Lift erreicht hatte, sperrte er ihn mit seinem Schlüssel auf, wobei er erzählte, wie er ihn sich beschafft, kopiert und wieder zurückgebracht hatte. Es wirkte, als führte er Interviews mit sich selbst für die Nachwelt, über die Vorbereitung und Durchführung der Aktion.

Im zweiten Untergeschoss angelangt, verharrte er einen Moment in der warmen, trockenen Dunkelheit vor dem Lift, um zu lauschen. »Hört ihr das?« Er hielt das Handy hoch. »Die Heizung. Inzwischen kenne ich hier unten jedes Geräusch, das Brummen der Generatoren, das Ticken der Stromzähler. Alles hört sich an wie immer. Man kommt sich vor, als wäre man im Inneren einer Maschine, selbst ein Teil einer Maschine, und das hier, mein Handy, ist ein Teil im Teil – so was wie die Seele, mit der man sendet und empfängt. Hier unten ist mein Basislager, in einem Schaltraum. Versucht gar nicht erst reinzukommen, die Tür ist aus Eisen, und ich kann alles von da aus fernzünden.«

Langsam bewegte er sich auf den Schaltraum zu. Als er um die nächste Ecke bog, sah man, dass die Tür halb offen war und schwacher Lichtschein herausfiel. Der Lichtschein nahm zu und wieder ab, schien zu wandern. Überrascht blieb Sascha einen Moment stehen, dann setzte er sich wieder in Bewegung, lautlos jetzt. Er schlich auf die Tür zu und spähte in den von schwachem Summen erfüllten Raum dahinter, durch den alle Strom- und Telefonleitungen der Anlage liefen. Das Handy spähte mit. Ein Mann in einem Overall wie dem, den Sascha selbst in einem früheren Clip getragen hatte, leuchtete mit einer Stablampe in das Gewirr der Kabel, Rohre, Transformatoren und Zähler. Der Strahl erfasste ein iBook, das an eins der Kabel angeschlossen war. Neugierig beugte der Mann sich vor.

Sascha legte das Handy auf den Boden vor der Tür, ohne es auszuschalten. Mit einem Quietschen seiner Gummisohlen betrat er den Raum, das Clipboard in der rechten Hand. Jetzt sah man ihn nur noch bis zu den Oberschenkeln. Der Mann im Overall fuhr wieder hoch und drehte sich um. Er wurde ebenfalls zu einer Gestalt ohne Oberkörper. Die Füße der beiden Männer schienen zu tanzen, der Lichtstrahl der Lampe schlug wild hin und her. Das Scharren der Füße mündete in einem halb unterdrückten Schrei, einem Röcheln. Dann kippten die Beine in dem roten Overall zur Seite. Die Stablampe fiel klirrend auf den Steinboden, wo sie hin und her rollte, hin und her, bis der Körper des Mannes in dem roten Overall auf sie fiel. Sein Gesicht war dem Handy zugewandt. Seine Lippen waren feucht wie die des Säuglings, dem der Schnuller aus dem Mund gerutscht war.

Saschas Beine kehrten aus dem Schaltraum auf den Gang zurück, er bückte sich und hob das Handy auf. »Das war nicht vorgesehen«, sagte er bestürzt, und seine Stimme klang auf einmal viel heller. »Ich glaube, ich habe einen Fehler gemacht.« Er hielt das Handy über den Mann in dem roten Overall und filmte den Sterbenden. Etwas Blut trat aus einer Schnittwunde in der Kehle, rann den Hals hinunter und glitzerte noch lebendig, als der Tod schon ganz in den nun still liegenden Körper geschlüpft war. »Ich weiß nicht, was er hier wollte«, sagte Sascha. »Er hätte nicht hier sein sollen.«

Ein Fehler, dachte Ella, *natürlich; das ganze Programm steckt voller Fehler.* Sie hörte Sirenen, und einen Moment lang dachte sie, es wäre in Berlin, eine Ambulanz, die zu der Notaufnahme ins erste Untergeschoss hinunterfuhr. Dann bemerkte sie die plötzliche Unruhe auf dem Gang, als die Sirenen näher kamen. Cassidy erschien, notdürftig verarztet, neben ihrer Bank. »Waren Sie das?«, fragte er. »Haben Sie die Polizei gerufen?«

»Nein. Waren Sie das nicht?«

»Wo steckt Ihr Edward Scissorhands?«, knurrte er ausweichend.

»Er müsste jeden Moment eintreffen«, sagte Ella. Sie schaltete das Handy aus und stand auf. »Ich geh frische Luft schnappen. Mal sehen, wo er bleibt.«

Ella ging zum Ausgang der Notaufnahme. Bei jedem Schritt verspürte sie Schmerzen in den Hüften und im Rücken. *Ich muss Abdallah das Link zu dem Livestream von Sascha schicken*, dachte sie. Als sie die Araber in dem Fahrstuhl gesehen hatte, war ihr eine Idee gekommen, wahrscheinlich verrückt, und der Kommissar würde sie ablehnen und trotzdem …

Sie sah, dass es vor der Klinik jetzt von uniformierten Polizeibeamten wimmelte – mehrere Streifenwagen, ein Zivilfahrzeug und ein Mannschaftsbus standen auf der Einfahrt. Die Sirenen waren ausgeschaltet, aber die Blaulichter auf den Dächern und vorn über den Armaturen blitzten lautlos weiter. Ein paar Polizisten liefen auf den Eingang der Notaufnahme zu, die anderen steuerten das Hauptportal an. Vom Tor zur Straße her näherte sich ein weiteres Paar Scheinwerfer, und mit einem Ruck, der ihr durchs Herz fuhr, erkannte Ella, dass es sich um eins der schwarzen Londoner Taxis handelte.

Das Taxi hielt hinter den Polizeiwagen, und Julian stieg aus. Er hatte sie schon erspäht und winkte ihr zu, während er den Fahrer bezahlte. Mit großen, ausgeruhten Schritten kam er über die Kieszufahrt auf sie zu, seinen Trenchcoat über den Arm geworfen. »Dr. Livingston, nehme ich an«, sagte er.

»Julian«, sagte Ella, ein paar Herzschläge lang fast wie in einem anderen Leben.

Er blieb vor ihr stehen, betrachtete sie mit gerunzelter Stirn. »Was ist passiert?«, fragte er.

»Nimm mich in den Arm, bitte«, sagte sie. Er ging zur ihr, die letzten Schritte, und umarmte sie. Sie ließ ihre Stirn gegen seinen Mund sinken. »Danke, dass du gekommen bist«, sagte sie.

Er legte ihr eine Hand an das Kinn, hob es mit einer sanften Bewegung, bis seine Lippen ihren Mund berühren konnten. Sie schloss die Augen und dachte, dass sie zum ersten Mal bei seinem Anblick einen elektrischen Schlag verspürt hatte.

63

Es gab nur ein Bett in dem Zimmer, und in dem Bett lag Annika im Sterben. Die obere Hälfte ihres Kopfes war mit einem Gazeturban umwickelt. Ein Infusionsschlauch führte zu einer Nadel in ihrem Unterarm, ein weiterer verschwand zwischen den Lippen. Ihre geschlossenen Lider wirkten dünn, fast durchsichtig wie Bienenflügel. Das einzige Lebenszeichen war das Piepen des Herzmonitors neben dem Bett.

»Der Splitter ist im unteren Hinterhauptbein eingedrungen«, erklärte Dr. Fleming, Facharzt für Anästhesie und offenbar auch Chirurg in der Mills Clinic. Er war kurz vor der Polizei eingetroffen, die er sofort informiert hatte, nachdem er einen schockierenden kurzen Film im Internet gesehen hatte, der einen seiner Patienten, mit einer Handgranate in der Faust, im Aufenthaltsraum der geschlossenen Abteilung zeigte.

»Der Splitter hat das Kleinhirn gestreift, das Rückenmark und die Arteria vertebralis verfehlt und ist dann in der linken Großhirnhälfte stecken geblieben. Dabei hat er eine Blutung verursacht, die auf den Hirnstamm drückt. Bei der Erstversorgung trat Hirnbrei aus der Wunde. Wir haben sie gleich gesäubert und die Blutung abgedeckt. Längs des Wundkanals sind ein paar Knochensplitter in den Kleinhirnbereich gedrungen. Ihr Glück war, dass sich alle im selben Moment auf die Granate gestürzt haben, bevor sie detoniert ist. Die Körper der Toten haben das meiste abgefangen. Verdammtes Glück, wenn Sie mich fragen.«

Fleming trug einen grünen Kittel, der nicht großzügig genug geschnitten war, um die darunter liegende Fleischfülle auf appetitliche Weise zu bekleiden, und dessen ursprünglicher Farbton bereits größtenteils Opfer dunkler Schweißflecken geworden war. Während er redete, fuhr er sich unablässig mit einem großen Taschentuch über Stirn, Hals und Wangen. Er atmete keuchend, und wenn er sprach, klang es, als hätte er Polypen.

Er reichte Julian eine daumendicke Taschenlampe. Julian schob Annikas Augenlider hoch und richtete das Licht auf die Pupille. Ella konnte sehen, dass die linke Pupille stark geweitet war, als hätte jemand Belladonna darauf geträufelt – ein unverkennbares Symptom für eine lebensbedrohende intrakranielle Blutung.

»Ich habe Angst, dass der Splitter zu wandern beginnt«, sagte Fleming. »Wenn das Hämatom nur nicht so dicht am Hirnstamm wäre …«

»Ja«, sagte Julian, »wenn. Wie sind die Körperfunktionen?«

»Den Umständen entsprechend normal.«

Erneut betrachtete Julian die schwarzweißen Röntgenbilder von Annikas Gehirn, hielt sie gegen das Neonlicht an der Decke. Der Splitter war auf dem CT deutlich zu sehen, ein länglicher weißer Fleck im grauen Bett der Zellmasse. Auch das Hämatom leuchtete weiß in direkter Nachbarschaft des Hirnstamms. Zusammen mit der eingedrungenen Luft musste es eine beträchtliche Drucksteigerung im Inneren des Schädels bewirken.

Ella beobachtete Julian, versuchte seine Gedanken zu lesen, so wie er das CT, als er die möglichen Gefahrenquellen durchging, die den Eingriff erschweren oder scheitern lassen konnten. *Shirin,* dachte Ella; *er denkt an Shirin Abou-Khan und dass er sie beinahe verloren hätte.*

Die Tür wurde geöffnet, und DI Cassidy trat in den Raum. Sein notdürftig vom Blut gesäubertes Gesicht war mit Pflastern bedeckt. Die buschigen Augenbrauen waren fast gänzlich weggeschmort. Der linke Arm steckte in einer Schlinge, und von seiner verkohlten Lederjacke ging ein scharfer Aschegeruch aus. Die Risse in seiner Hose hatte er mit einem halben Dutzend Sicherheitsnadeln zusammengeheftet. »Nun, Doc, wie sieht es aus?«, fragte er.

Julian runzelte die Stirn. »Sie wollen einen Bericht?« Er sah Ella an, dann wieder den Detective. »Gut. Also, normalerweise hätte ein Objekt, das im oberen Nackenbereich eindringt, mit beinahe hundertprozentiger Wahrscheinlichkeit zum Tod führen müssen. Der Stahlstift steckt immer noch in der linken Gehirnhälfte, wo ich ihn bis auf

Weiteres belassen muss, um die Schädigung so gering wie möglich zu halten. Falls er nicht zu einem Infektionsherd wird und die Hirnfunktion beeinträchtigt, braucht er vielleicht überhaupt nicht entfernt zu werden. Leider hat sich im Bereich des Wundkanals eine Blutung gebildet, die auf den Hirnstamm drückt. Dieses Hämatom muss raus, sonst besteht die Gefahr einer dauernden, vielleicht sogar tödlichen Hirnschädigung.«

»Der Hirnstamm steuert sämtliche Funktionen des Körpers«, warf Ella ein. »Er liegt gleich neben dem Kleinhirn, dem Cerebellum. Wenn man in dieser Region mit dem Laser auch nur einen Hundertstel Millimeter vom Weg abkommt, öffnet der Patient nie wieder die Augen.«

Dr. Fleming schürzte skeptisch die Lippen. »Ich fürchte, unsere Laser taugen alle nichts mehr, alter Knabe«, sagte er zu Julian. »Sie werden wohl tatsächlich ganz altmodisch mit dem Skalpell rangehen müssen.«

»Nach Lage des Hämatoms und des Wundkanals kommt praktisch nur eine osteoplastische Trepanation infrage«, erklärte Julian. »Das heißt, ich öffne den Schädel im Nackenbereich noch weiter und dringe bis ins Krisengebiet vor, um so das Hämatom freizulegen. Ein winziger Ausrutscher in diesem Gebiet, und wir haben die schönste Vorlage für ein apallisches Syndrom. Das heißt, selbst wenn der Patient aus dem Koma erwacht, ist er vielleicht für immer unfähig zu sprechen, kann nicht mehr sehen oder nicht mehr richtig schlucken. Oder sein Gesicht bleibt für immer gelähmt. Oder er versteht Sie nicht mehr, wenn Sie mit ihm reden. Oder er lebt weiter, atmet weiter, der Kreislauf funktioniert, nur sein Großhirn arbeitet nicht mehr, und er verkriecht sich für immer im Koma.«

So würde Anni nicht leben wollen, dachte Ella.

Cassidy fragte: »Wie groß ist die Gefahr, dass sie … dass Dr. Jansen bei dem Eingriff stirbt?«

Julian sah Ella an, nicht ihn, als er antwortete. »Die Blutversorgung des Gehirns erfolgt durch die beiden inneren Kopfschlagadern und die Wirbelschlagadern, die sich im Schädel zur Arteria basilaris vereinigen. Jeder ihrer Nebenäste, die dem Hirnstamm, dem Kleinhirn und dem verlängerten Rückenmark Blut zuführen, ist absolut lebenswichtig.«

»Aber wenn alles gut geht, dann wird sie doch wieder ganz gesund?«, fragte Ella.

»Niemand kann zu diesem Zeitpunkt sagen, ob sie je wieder ganz gesund wird. Es gibt verschiedene Arten von Koma, und jede schädigt das Gehirn. Noch dazu verfügt es über so gut wie kein Immunsystem, das haben wir ja bei Shirin gesehen, und man muss immer mit einem Versagen der zentralnervösen Regulation rechnen.«

»Und was heißt das jetzt wieder?«, unterbrach Cassidy ihn.

»Es kann sein, dass mein Team und ich den OP verlassen und Ihnen verkünden, die Operation sei erfolgreich verlaufen, und am nächsten Tag ist Dr. Jansen tot – das heißt es. Und noch was: Wie ich vorhin schon sagte, werde ich im Gebiet der Arteria basilaris und ihrer Nebenäste arbeiten müssen und dort wiederum dicht an der Arteria cerebelli inferior anterior, der Kleinhirnschlagader, die das Gehirn über viele mikroskopisch kleine Äderchen mit Blut versorgt. Einige dieser Äderchen führen direkt in den Hirnstamm und damit in den Mittelpunkt des menschlichen Sonnensystems. Sie verletzen eins dieser Äderchen, und schon bricht die Blutversorgung im Hirnstamm zusammen, und wenn der Hirnstamm abstirbt, fällt innerhalb von Stunden und Tagen auch das Herz aus.«

»Wann legen Sie los? Sofort?«

»So schnell wie möglich.«

»Ich frage nur, weil da draußen ein paar Wichtigtuer vom MI6 herumlungern, die, glaube ich, gern mit Dr. Jansen reden würden. Genauso wie ich und die halbe Londoner Polizei.«

Julian sagte: »Selbst wenn der Eingriff gelingt, dauert es Tage, bis Dr. Jansen wieder ansprechbar ist, geschweige denn in der Lage sein wird, auf die Fragen der Polizei zu antworten.«

Cassidy nickte, fast zufrieden, und öffnete die Tür. »Werde ihnen das mal schonend beibringen, sobald sie mit der Befragung der anderen Zeugen genügend Pflichtbewusstsein demonstriert haben.«

Julian verließ das Zimmer, Dr. Fleming im Schlepptau. Auf dem Gang der Intensivstation sah Ella, dass Cassidy sich mit einem der Geheimagenten unterhielt, der sich jetzt auf eine Krücke stützte. Der zweite Agent hatte inzwischen Gesellschaft von einem hageren Mann erhalten, den sie nicht kannte. Jetzt drehte der hagere Mann sich um und scannte Ella, Julian und Fleming mit einem schnellen Blick. Er trat auf sie zu, zückte einen Ausweis und sagte: »Montgomery, Secret Intelligence Service. Ich hätte da ein paar …«

»Jetzt nicht«, sagte Julian und ging weiter, ohne dem Mann oder seinem Ausweis auch nur einen Seitenblick zu schenken. Der hagere Agent zuckte mit keiner Wimper und wandte sein selbst zu dieser nächtlichen Stunde glattrasiertes Gesicht ohne Umschweife Ella zu. »Dann wären Sie vielleicht so freundlich, uns einige Fragen zu beantworten, Dr. Bach?«

»Ich glaube, zuerst sollten mal Sie mir ein paar Antworten geben«, sagte Ella. »Nur einen Moment, bitte.« Sie lief hinter Julian her. »Julian!« Er blieb stehen. Sie kam sich auf einmal linkisch vor, unprofessionell, aber sie sagte es trotzdem: »Du wirst Annika doch retten, nicht?«

»Ich tue, was ich kann«, sagte er.

»Sie ist meine beste Freundin.«

»Ich weiß. Aber du bist Ärztin, und du weißt, dass Annika vielleicht nicht mehr über die körperliche Konstitution verfügt, die sie benötigt, um sich nach einer langen …«

»Wenn es einer schafft, dann du«, sagte Ella. »Darf ich … hättest du etwas dagegen, wenn ich dir assistiere? Es gibt nur eine abkömmliche Schwester, und ich kann dir die Instrumente reichen oder Nähte legen oder …«

»In einer halben Stunde im OP«, sagte Julian.

»Danke«, sagte Ella und dachte: *Eine halbe Stunde, um etwas wegen Sascha zu unternehmen, falls ich noch einmal zu Abdallah durchkomme. Ich muss es wenigstens versuchen. Ich muss ihm sagen, dass Shirin in die Kinderklinik verlegt worden ist und dass es vielleicht eine Möglichkeit gibt, den Anschlag zu verhindern.*

Plötzlich stand Cassidy hinter ihr. »Dr. Auster, entschuldigen Sie, nur eine Kleinigkeit noch. Etwas, das Sie wissen sollten, bevor Sie anfangen.« Er schob sich an Ella vorbei, um hinter Julian herzulaufen. »Geht ganz schnell.«

Ella wandte sich ab und fand sich wieder dem glattrasierten Montgomery gegenüber. »Wer hat Sie eigentlich auf die Station gelassen?«, fragte sie. »Sie dürfen hier gar nicht rein.«

»Dr. Fleming war wohl der Meinung, noch mehr Schaden könnten wir auch nicht anrichten«, sagte Montgomery, ohne einen Mundwinkel zu verziehen.

»Jedenfalls nicht mehr, als Sie in letzter Zeit sowieso schon verursacht haben.« Ella öffnete die Tür und ging voran. Auf dem Gang vor der Station saß Professor Gershenson mit geschlossenen Augen auf einer Bank. Sein Kopf war zurückgesunken, die Hände lagen wie zwei offene Schalen rechts und links von seinen Beinen. Seine Knie zitterten. Von allen, die bei der Explosion der Granate im Raum gewesen waren, schien er äußerlich am wenigsten Schaden genommen zu haben – kein Blut, kaum eine Schramme –, und trotzdem wirkte er mehr tot als lebendig. »Legion ist mein Name, denn unser sind viele«, murmelte er.

»Was sagt er?«, fragte Montgomery.

»Er zitiert die Bibel«, sagte Ella. »Er ist nur ein alter Mann, der die Bibel zitiert.«

Gershenson öffnete die Augen, blickte Ella aber nicht an. »Man muss alles vergessen, was man bisher über ihn wusste«, flüsterte er. »Über sein Vorgehen, seine Erscheinungsformen. Es ist eine neue Zeit. Das Netz verändert alles, und wer es beherrscht, dem gehört die Zukunft. Darauf hat er es abgesehen. Dann kann er Einfluss auf die Zukunft der Menschen nehmen und so am Ende doch noch siegen. Dem Bösen auf die Welt helfen, durch Jungen wie Oliver.«

»Von wem redet er?«, fragte Montgomery.

»Von einem Freund seines toten Sohnes«, sagte Ella.

»Er war kein Freund«, der Professor legte eine Hand auf das rechte Knie, »und bestimmt ist es nicht nur mein Sohn gewesen, den er benutzt hat. Oliver ist bloß einer, von dem wir es wissen. Aber wie viele andere er durch das Netzwerk geschaffen hat, wissen wir nicht. Deswegen nennt man ihn ja auch ›Legion‹.«

»Darüber müssen wir uns später noch unterhalten«, sagte Montgomery.

»Er ist der Sohn des Morgens, mehr weiß ich nicht.« Gershenson versuchte, mit beiden Händen seine Knie festzuhalten, doch das Zittern ließ sich nicht beherrschen. »Gott hat ihm gestattet, den Geist des Bösen in die Seelen der Menschen einzupflanzen. Können Sie mir sagen, warum er das getan hat?«

»Ehrlich gesagt, habe ich für heute genug vom Teufel und seinen Plänen«, sagte Ella ungeduldig. »Und was Gott angeht, würde mich vielmehr interessieren, warum er diesen Herrschaften vom Geheimdienst gestattet hat, Ihren Sohn Oliver auch nur eine Sekunde in seinem Wahnsinn zu unterstützen.« Sie wandte sich an Montgomery. »Einen siebzehnjährigen Jungen, der Menschen zu Mördern machen wollte. Wie konnten Sie das tun? Warum haben Sie ihn nicht sofort verhaftet?«

»Wir sind keine Polizisten«, antwortete Montgomery. »Wir verhaften niemanden. Wenn uns ein Fisch ins Netz geht, egal wie groß, essen wir ihn nicht. Wir füttern ihn und setzen ihn bei den noch größeren Fischen aus. Bloß ist er dann unser Fisch. Wir nehmen dazu nicht mal unsere eigenen Netze, sondern beobachten die der anderen. Wir beobachten die Netze und die Teiche und die Fische, und nach und nach versuchen wir, so viele Teiche wie möglich mit unseren Fischen zu unterwandern. Essen wäre dumm. Genau wie Verhaften. Kontraproduktiv. Nur manchmal – äußerst selten – geben wir der Polizei einen Tipp, wenn uns irgendein ganz kleiner, völlig nutzloser Fisch in die Quere kommt. Um unsere Investition zu schützen. Außerdem sah es anfangs ja ganz so aus – also, die Trefferquote war gar nicht so schlecht für ein Programm im Experimentierstadium. Na ja, so oder so haben wir damit nichts mehr zu tun – jetzt, wo Samson tot ist und Delilah wahrscheinlich auch bald. Wenn Sie versuchen sollten, uns auf die Pelle zu rücken, werden Sie feststellen, dass es nie ein solches Programm gegeben hat und auch keine Abteilung, die damit befasst gewesen sein könnte.«

»Und was ist mit dem toten Agenten im Aufenthaltsraum?«, fragte Ella. »Wie wollen Sie den erklären?«

»Ach ja, der arme Bridges. Hat schon immer zu Alleingängen geneigt. Ein Einzelgänger. Besessen. Fanatisch. Er und dieser junge Gershenson. Agent Connor hier hat noch versucht, mäßigend auf die beiden einzuwirken.«

»Können Sie so auch die Beteiligung des deutschen Bundesnachrichtendienstes unter den Teppich kehren?«, fragte Ella.

»Das müssen wir gar nicht. Immerhin haben die einzigen Anschläge, die bisher halbwegs erfolgreich waren, auf deutschem Boden stattgefunden. Für uns war von vornherein klar, dass wir in der Testphase erst mal nicht auf der Insel operieren, sondern nur auf dem Kontinent. Niemals da scheißen, wo man isst, heißt es nicht so? Und der BND war überaus interessiert daran, uns … nun, territorial entgegenzukommen, um hinterher den First Look auf das Ergebnis zu haben, wenn es gewissermaßen in Serie geht. Erhoffen Sie sich von denen also keinen Willkommenstusch!«

»Es wird also niemand zur Verantwortung gezogen?«, fragt Ella.

»Zur Verantwortung gezogen? Für was? Von wem?« Montgomery zuckte mit den Schultern. »In den letzten Wochen haben wir uns vor allem darauf beschränkt, potentielle Mitwisser zu neutralisieren. Um das Projekt oder Oliver Gershenson ging es längst nicht mehr. Genau genommen ab dem Moment, in dem Sie aufgetaucht sind und sich mit DI Cassidy verbündet haben. Warum mussten Sie eigentlich so hartnäckig sein und unbedingt versuchen, die Wahrheit herauszufinden?«

»Weil sie da war«, sagte Ella.

64

Annika saß vorgebeugt im hellen Licht der schwenkbaren Operationsleuchte. Eine Hälfte des OP-Tisches war hochgestellt, um den Rücken der Patientin zu fixieren. Ihre Unterarme waren an kurzen Armlehnen festgeschnallt. Der Kopf ruhte in einer winkelförmigen Mayfield-Halterung, die dafür sorgte, dass die Lage während des Eingriffs stabil blieb. Ein Schlauch führte aus ihrem mit Pflastern verklebten Mund zu einem Respirator, ein weiterer von einer Infusionsnadel in ihrem rechten Unterarm zu einer am Fußende des OP-Tisches hängenden Blutkonserve. Der restliche Körper war mit einem grünen Tuch bedeckt.

Die Operationsschwester hatte das kurze Haar rund um die Wunde mit einem Elektrorasierer entfernt und die freigelegte Fläche mit braunem Antiseptikum bepinselt. Die Stelle, wo der Splitter eingedrungen war, schimmerte rot wie ein kleiner gezackter Mund an der falschen Stelle. Der Herzschlagverstärker verwandelte die Kontraktionen in der Brust der Patientin in ein hohles, rhythmisches Pochen, das zur Kontrolle ihrer Verfassung während des Eingriffs diente, genau wie der helle Piepton des Herzmonitors und der laufende grüne Leuchtpunkt auf dem Bildschirm des Pulsschreibers.

Dr. Fleming hatte die Rolle des Anästhesisten übernommen und behielt den leicht zitternden Zeiger des Atemvolumens im Auge, um bei Bedarf den Druck des Sauerstoffs zu steigern oder zu senken. Julian studierte noch einmal die an einer Leuchtwand aufgehängten Tomogramme. Dann ging er zum Waschbecken, trat den Fußhebel und hielt die Hände unter den lauwarmen Wasserstrahl. Drei Minuten lang wusch er sich die Hände – ein Ritual, währenddessen er sich konzentrierte und die genaue Lage des Hämatoms, des Hirnstamms und der Arteria basilaris samt Kleinhirnschlagader vor seinem inneren Auge vergegenwärtigte.

Ella wusste, dass er jetzt nach und nach alles andere ausblendete und an nichts mehr dachte außer daran, wie er bei dem Eingriff vorgehen wollte. Er hatte ihr erklärt, dass er sich von hinten links in Richtung des Wundkanals nach vorn bis zum Nest der Blutung genau zwischen Kleinhirn und Hirnstamm arbeiten wollte. Nichts Besonderes, er hatte das schon hundertmal erfolgreich gemacht.

Außer bei Shirin Abou-Khan, dachte sie. *Er kann alles andere ausblenden, aber das nicht.*

Er trocknete sich die Hände an einem sterilen Tuch ab, und eine Sekunde lang schien es, als ob sie zitterten. Ella sah sie zittern, und auf einmal war ihre Kehle wie zugeschnürt; die Lungenflügel schmerzten bei jedem Atemzug. Er fuhr in die bereitliegenden Handschuhe, dann streifte er sich die grüne Gesichtsmaske über Mund und Nase und trat an den OP-Tisch. Er nickte. Alle Leuchtkörper erloschen langsam, bis auf die Operationslampe direkt über dem Tisch.

Julian streckte die rechte Hand aus. »Skalpell.« Die Papierhaube vor seinem Mund blähte sich. Ella reichte ihm das Messer, dessen Klinge das Licht der OP-Lampe reflektierte. Seine Hand schwebte einen Moment über den im Griff der Mayfield-Klammer schräg nach vorn geneigten Kopf der Patientin, dann schnitt er tief in die Haut an der Hinterseite des Schädels. Er schnitt ungefähr sieben Zentimeter nach unten, bevor er das Skalpell in eine ovale Schale aus rostfreiem Stahl auf dem Instrumentenwagen legte. Die Haut klaffte auseinander. Der Schnitt war erst weiß, füllte sich aber schnell mit Blut. »Kopfschwarten-Clips«, verlangte Julian.

Ella reichte ihm die Clips, die er benötigte, um die Kopfhaut auf der linken Seite der Inzision abzuklemmen, während sie die rechte übernahm, immer zwei und zwei und ein Tüchlein darunter, bis die Blutung stand. Der Einschnitt gab den Blick auf Annikas Nackenmuskulatur frei, die rot und faserig im Licht der OP-Lampe glänzte.

Mit einem anderen Messer durchtrennte Julian die schmalen Stränge von oben nach unten, löste sie vom Knochen und schob sie nach rechts und links beiseite, wo er sie mit Retraktoren befestigte. Als er fertig war, reichte Ella ihm den Kauter, dessen Enden aus isolierten

Elektroden bestand. »Strom!«, befahl er, und immer wenn er mit den Elektroden ein offenes Blutgefäß zusammenpresste und mit Hochfrequenzstrom verkochte, gab es ein leises Zischen.

Unter den Muskeln waren die oberen Halswirbelbögen zum Vorschein gekommen, oval, weiß und glatt. Links davon, dicht neben dem Einschlagloch, pulsierte die Wirbelschlagader.

Ella starrte auf Julians Hände in der grünen Gummihülle. Sie zitterten tatsächlich, ein leises, kaum merkliches Vibrieren. Schweiß trat ihr auf die Stirn, juckte unter der Papierhaube und auf der Kopfhaut. Sie dachte: *In diesen Händen liegt Annikas Leben. Er hält ihr Leben in den Händen, und sie zittern. Es ist ihr Herz, das ich überall um mich herum schlagen höre, aus den Lautsprechern der Monitore. Aber seine Hände zittern.*

Sie sah auf und begegnete Julians Blick. »Was hast du?«, fragte sie.

»Nichts.« Er blinzelte und legte den Kauter mit einem leichten Klirren auf den Instrumententisch. »Ich möchte nur einen Schluck Wasser trinken.« Er drehte sich zu Dr. Fleming um. »Bei Ihnen alles in Ordnung, Doktor?« Der Anästhesist hob die Augen kurz von den in der Dunkelheit leuchtenden Instrumenten und nickte. Julian fragte: »Können Sie die Entfernung der Wirbelbögen übernehmen?«

»Kein Problem«, antwortete Fleming.

Ella dachte: *Das darf er doch gar nicht. Er muss an seinem Kontrollpult bleiben. Was passiert hier gerade?*

Julian steuerte den Vorbereitungsraum an und zerrte sich die Maske vom Gesicht, atmete mehrmals tief ein und wieder aus. Er beugte sich über das Waschbecken, um zu trinken.

Er hat noch nie bei einer Operation gezittert, dachte Ella, *weder davor noch danach und schon gar nicht währenddessen.* Durch das Fenster konnte sie sehen, wie DI Cassidy den nicht sterilen Bereich des Raums betrat und sich neben der Tür an die Wand lehnte. Was hatte der gottverdammte Detective Inpector im Vorbereitungsraum zu suchen? Dann dachte sie: *Nutz die Pause, um Abdallah anzurufen, vielleicht ist es noch nicht zu spät!*

»Ich bin gleich wieder da«, sagte sie und ging ebenfalls in den Vorbereitungsraum. Als sie durch die Schwingtür trat, unterbrach Cassidy sich mitten im Satz, nickte ihr zu und verließ den Raum. Sie stellte fest, dass der Monitor im Vorbereitungsraum eingeschaltet war und Annikas freigelegten Schädel zeigte.

»Was hast du?«, fragte sie Julian noch einmal. »Deine Hände zittern.«

Julian sah sie nicht an. »Es ist nichts. Ein Krampf. Mach dir keine Sorgen, gleich geht's weiter.« Er hielt seine Hände unter das lauwarme Wasser, und Ella hatte das beunruhigende Gefühl, dass er auch das tat, um sie nicht ansehen zu müssen.

»Julian, stimmt etwas nicht?«

»Was soll denn nicht stimmen«, antwortete er, und sie konnte erkennen, dass er log. »Außer dass ich zu operieren versuche und anfange zu bereuen, dass ich dir erlaubt habe, dabei zu sein.«

Sie kannte ihn gut genug, um zu wissen, dass es keinen Sinn hatte, weiter nachzufragen. Sie zog Handschuhe, Kittel und Mundschutz aus und verließ den OP. Draußen traf sie auf Polizisten, die sie mit misstrauischen Augen empfingen und ihr mit Blicken folgten, als sie sich nach links wandte, um irgendwo ungestört telefonieren zu können. Nach ein paar Schritten begegnete sie dem Arzt, der ihr sein Smartphone geliehen hatte. »Ah, da sind Sie ja«, sagte er, »ich habe Sie schon gesucht, ich brauche mein …«

»Gleich«, sie holte das Smartphone aus der Kitteltasche, »nur noch ein Anruf, bitte! Es geht um Leben und Tod, wirklich!«

Er hob die Hände, resigniert und beschwichtigend zugleich, während sie schon Abdallahs Nummer wählte. Wieder erreichte sie ihn nicht sofort, wieder wurde sie laut, bis er in die Leitung kam. »Hören Sie zu«, sagte sie. »Ich habe nicht viel Zeit, aber mir ist eine Idee gekommen, wie Sie …«

»Jetzt hören Sie mir mal zu«, sagte Abdallah gereizt. »Wir haben hier eine Krisensituation und einen Krisenstab, der mit dieser Situation umgehen soll, und dazu gehören mein Vorgesetzter in der Abteilung Delikte gegen Menschen, dazu gehört dessen Kollege von der Abteilung für Terrorismus, dazu gehört der Polizeipräsident, und dazu gehört der Innensenator. Von allen Vorschlägen zur Lösung der Krise, die aufgebracht, diskutiert, verworfen und wieder auf den Tisch gelegt worden sind, hat nur einer überlebt, auf den wir uns alle einigen konnten. Als Folge dieses Vorschlags gibt es in den Gängen der

Virchow-Klinik jetzt keine Invasion von Sturmtrupps mit Helmen, Schutzwesten und Maschinenpistolen oder als Klinikpersonal und Patienten verkleideten Polizisten, sondern nur ein Großaufgebot an SEK-Leuten, die das ganze Gelände hermetisch abriegeln. Da kommt niemand rein und niemand raus. Genau wie Sascha es verlangt hat. Außerdem verfolgen wir seine Reality-Show live im Internet und warten nur auf den Moment, in dem …«

»Halil Abou-Khan«, sagte Ella.

Abdallah verstummte verblüfft. »Was?«

»In Saschas Livestream habe ich gesehen, dass zwei Männer aus seiner Familie im Krankenhaus sind. Wenn niemand rein oder raus kann, sind sie vielleicht noch da. Vielleicht sind noch mehr da, vielleicht sogar Halil persönlich. Seine Tochter Shirin liegt in der Kinderklinik. Er wird alles tun, um ihr Leben zu beschützen.«

Wieder schwieg Abdallah. Im Hintergrund konnte Ella Stimmen hören, laut, aufgeregt. Endlich sagte er vorsichtig: »Reden Sie weiter.«

»Halil und seine Familie erregen keinen Verdacht«, fuhr Ella hastig fort. »Sie sind in den letzten Wochen ununterbrochen dagewesen, um Shirin zu besuchen. Sie gehören praktisch zum Inventar. Vor allem käme Sascha niemals auf den Gedanken, *dass sie die Polizei sind* …«

»Das kriege ich hier niemals durch«, sagte Abdallah. »Ich sehe schon das Gesicht meiner Kollegen von der Abteilung Organisierte Kriminalität und Bandendelikte. Von dem des Innensenators ganz zu schweigen. Und ich sehe die Schlagzeilen der Zeitungen: *Polizei überträgt Gewaltmonopol auf kriminellen Clan aus Neukölln …«*

»Wenn Halil Abou-Khan und seine Söhne durch die Gänge gehen, ist das wie eine Art Bürgerwehr«, sagte Ella. »Die Behälter mit dem Gas oder den Mykotoxinen sind aller Wahrscheinlichkeit nach überall dort versteckt, wo auch die Kameras aufgebaut sind. Sie brauchen bloß anhand der Blickwinkel vorzugehen und überall da, wo …«

»Frau Bach, ich finde, Sie fassen das Betätigungsfeld einer Notärztin etwas zu weit …«

»Lassen Sie mich ausreden«, fiel Ella ihm erneut ins Wort. »Shirin Abou-Khan ist meine Patientin, und es ist mir egal, mit wem ich zusammenarbeiten muss, um ihr Leben zu retten. Also, wollen Sie ihren Vater anrufen oder soll ich das tun?«

Eine Sekunde war es still am anderen Ende der Verbindung. Dann sagte Abdallah: »Tun Sie das.«

»Gut, danke. Haben Sie seine Handynummer?«

»Allah, auch das noch!« Ein paar Sekunden lang hörte sie ihn nur noch hektisch kauen, dann meldete er sich wieder, diesmal fast flüsternd, und gab ihr die Nummer, die sie nach den ersten fünf Ziffern wiedererkannte. Sie unterbrach die Verbindung und rief Shirins Vater an. Das Freizeichen erklang, einmal, zweimal, dreimal, dann meldete sich eine Männerstimme mit einem undefinierbaren Laut.

»Ist dort Halil Abou-Khan?«, fragte Ella.

»Ja?«

»Hier spricht Ella Bach, die Ärztin, die Shirin ...«

»Ja?«

»Wo sind Sie gerade?«

»Warum wollen Sie das wissen?«

»Sind Sie in der Virchow-Klinik?«

»Ja.«

»Gut. Ich muss mit Ihnen reden. Es geht um das Leben Ihrer Tochter.«

Eine Viertelstunde später kehrte Julian in den OP zurück, und auch Ella war – mit frischem Kittel, Mundschutz und keimfreien Handschuhen – wieder an ihrem Platz. Fleming trug gerade den zweiten Halswirbelbogen ab. Die Herzstromkurve verlief noch immer gleichmäßig, der Piepton und das Zischen des Respirators wechselten sich mit dem Herzschlagverstärker ab. Aus dem gezackten Wundmund im Bereich der Einschlagstelle drang glitzernde Gehirnflüssigkeit, die Ella sofort absaugte. Dahinter begann der Kanal.

»Alles fertig zur Trepanation«, verkündete Fleming.

Julian nahm Flemings Platz hinter der vorgebeugt sitzenden Patientin ein und rutschte auf den stufenlos regulierbaren OP-Hocker, der fest mit dem Tisch verschraubt war. Er fixierte den Punkt, wo er das erste Bohrloch anlegen wollte, links oberhalb der Einschlagstelle. »Kraniotom!«, verlangte er. Elle reichte ihm den druckluftbetriebenen

Bohrer. Das Kraniotom war durch einen kurzen Schlauch mit einem kleinen Wagen verbunden, auf dem die Druckluftflasche stand. Julian drückte einmal kurz auf den Abzug, um zu sehen, ob er funktionierte. Ella stellte fest, dass seine Hände nicht mehr zitterten. Erst war sie erleichtert, aber dann fragte sie sich, ob es wirklich ein gutes Zeichen war.

Er setzte die Bohrspitze links oberhalb der Schädelverletzung an, beugte sich leicht vor und drückte auf den Abzug. Ein feines, dumpfer werdendes Sirren erklang, Knochenstaub wirbelte um das Bohrloch. Als der Bohrer durch war, stellte er sich automatisch ab. Die Hinterhauptsdecke war durchbrochen, die Spitze des Gewindes schwebte jetzt über der empfindlichen Membrane des Gehirns. Vorsichtig zog Julian den Bohrer wieder heraus und reichte ihn Ella. Aus den Rändern des Bohrlochs sickerte Blut. Ella hielt ihm ein Schälchen mit Knochenwachs hin, und er nahm etwas davon, rieb es zwischen den Fingern weich und strich es auf den Rand des Bohrlochs, um die Blutgefäße zu verschließen. Danach legte er noch zwei weitere Löcher an.

Auf dem Grund der Löcher schimmerte die Hirnhaut. Normalerweise war sie weißgrau, aber jetzt hatte sich im Umfeld der Verletzung dunkel verfärbt. Julian schmierte auch die beiden neuen Löcher mit Knochenwachs ein. Er arbeitete ruhig und konzentriert, ohne Ella oder Fleming dabei anzusehen. Mit einer stumpfen Sonde löste er die schwach pulsierende Dura mater von der Knochenfläche, um einer Verletzung durch die Säge vorzubeugen, erst dicht bei den Bohrlöchern, dann die weiter entfernten Stellen.

Danach schob er einen schmalen Metallstreifen, der wie eine gebogene Uhrfeder aussah, in das Loch links oben, um die Strecke zwischen den Löchern zu untertunneln. Das abgerundete Ende der Feder tauchte durch das rechte obere Loch wieder ins Lampenlicht. Auf dem dunklen Metall glänzte etwas Blut, aber die Dura war unverletzt geblieben.

»Säge!«

Ella legte ihm das zusammengerollte Drahtblatt der Gigli-Säge in die ausgestreckte Hand. Er befestigte das eine Ende der Sägeschnur an dem dafür vorgesehenen Haken des Metallstreifens und zog ihn durch das erste Bohrloch wieder heraus, sodass sich der Sägendraht nun in dem untertunnelten Schädelbereich befand. Danach hängte er an beiden Enden des Drahts kleine Griffe ein, in die nur zwei Finger passten. Mit kräftigen Zügen der rechten und der linken Hand sägte er den Knochen zwischen den beiden oberen Löchern durch. Er legte die Schnittfläche schräg nach außen, erst hier, später auch bei den Strecken zwischen den anderen Löchern, sodass sie dem herausgesägten Knochendreieck beim Wiedereinsetzen festen Halt bieten konnten. Dabei bewegte sich der in der Mayfield-Halterung eingeklemmte Schädel nicht einen Millimeterbruchteil; er vibrierte nicht einmal.

Ella tupfte das Blut ab und bestrich auch die Sägeschnitte mit Knochenwachs. Es war ein seltsames Gefühl, Annikas Schädel so unter ihren Fingern zu spüren, ihr Gehirn sehen zu können, in dem ihr ganzes Leben, ihre ganze Welt steckte. *Ich auch,* dachte sie; *ich bin auch da drin, alles, was wir miteinander geteilt haben.* Aber in diesem Moment war Anni nur eine Patientin, nicht die beste Freundin, die gegen den Tod und vielleicht sogar gegen den Teufel kämpfte.

Nachdem Julian das Knochendreieck zwischen den Löchern vom Rest des Craniums getrennt hatte, konnte er es abheben und so eine ausreichend große Öffnung für den Eingriff schaffen. »Häkchen und Messer!« Mit dem Durahäkchen in der linken Hand hob er die harte Hirnhaut an, um das Gehirn darunter beim anschließenden Schnitt mit dem Skalpell nicht noch mehr zu schädigen. Schnell und geschickt öffnete er die Dura mater über dem Verletzungsbereich, dann fixierte er die Hirnhautzipfel mit Haftfäden, um besser sehen zu können.

Das blutig durchsetzte Kleinhirn drängte ihm entgegen. Der Herzmonitor sandte weiter Pieptöne aus, der Herzschlagverstärker erfüllte den Raum mit seinem dunklen Pochen, der Blasebalg des Respirators blähte sich auf und sank wieder zusammen. Der gefährlichste Teil der Operation konnte beginnen.

65

Shirin schlief. Sie lag in einem Zweibettzimmer in einem viel zu großen Bett, und das Nachtlicht über ihrem Kopf warf einen schwachen Schimmer auf den Verband, der immer noch eine Hälfte ihres kleinen Kopfes einhüllte. Ihr Gesicht hatte einen friedlichen, versonnenen Ausdruck. Sie wusste nicht, dass schon wieder jemand versuchte, sie zu töten.

Halil Abou-Khan hatte die Tür einen Spaltbreit geöffnet, um nach den Kindern zu sehen. Auf dem zweiten Bett, über dem keine Lampe brannte, lag ein Junge in Jeans, Turnschuhen und Kapuzensweater und schlief auch. Der Junge war älter und größer als Shirin, und er durfte gar nicht hier sein, denn er war kein Patient. Yassim hatte sich hereingeschlichen, weil er bei Shirin sein wollte. Er hatte Halil gesagt, dass er sie heiraten wollte, wenn ihr Vater, der Präsident der Abou-Khans, es ihm erlaubte. Er übernahm schon jetzt Verantwortung, dachte Halil.

Shirins Gesicht zeigte diesen friedlichen, versonnenen Ausdruck, seit sie aus dem Koma erwacht war. Sie lächelte, seit sie ihren Vater zum ersten Mal an ihrem Bett gesehen hatte. Aber das Glück in ihren Augen war erst da, seit Yassim sie besuchte. Deswegen duldete Halil seine Anwesenheit auch außerhalb der Besuchszeit, solange sie sich nicht berührten.

Auch der Junge wusste nicht, dass jemand in dieser Nacht versuchte, sie alle zu vergiften. Halil war zornig, aber er war auch froh, dass er und Shirins Geschwister und ihre Onkel und Tanten an diesem Abend länger bei ihr geblieben waren, weil sie heute Geburtstag hatte. Sie waren gerade im Begriff gewesen, aufzubrechen, hatten die Klinik schon fast verlassen, als sie feststellten, dass auf den Gängen eine ungewöhnliche Unruhe herrschte.

Dann, im Foyer, wurden sie von einem Arzt darüber informiert, dass die Türen abgesperrt waren und niemand das Krankenhaus verlassen durfte. Halil hatte versucht, jemanden anzurufen, der ihn herausholen konnte, er kannte mächtige Anwälte, aber er musste erfahren, dass auch niemand hereinkam, nicht einmal ein mächtiger Anwalt. Und während er, Shirins Mutter, ihre Schwester Nerin, ihre Onkel Murat und Erol, ihr Patenonkel Rashid, ihre Brüder Amal, Mehmet und Arcif noch überlegt hatten, was das zu bedeuten haben mochte, war der Anruf von Dr. Bach, der Ärztin, gekommen.

Und jetzt war Präsident Halil zornig. *Ich bin kein schlechter Mensch,* dachte er. *Ich habe viele Dinge getan, die ich tun musste, um meine Familie zu schützen, aber ich habe noch mehr Dinge nicht getan, Dinge, von denen die Polizei behauptet, ich hätte sie getan. Nein, ich bin kein schlechter Mensch. Warum also schickt mir Allah diese Prüfung? Warum will Allah mir meine Shirin zum zweiten Mal nehmen, wo sie doch nun wirklich unschuldig ist? Sie hat ein bisschen gebettelt und gestohlen, aber das ist doch kein Verbrechen. Ja, es gibt Familien, die mit Drogen und Waffen handeln, die Schutzgeld erpressen und Mädchen auf die Straße schicken, aber die Familie von Präsident Abou-Khan ist keine von diesen Familien. Meine Familie arbeitet hart im Wäschereigeschäft und im Diskothekengeschäft und im Immobiliengeschäft, und manchmal zahle ich, Präsident Abou-Khan, sogar Steuern, zusätzlich zum regelmäßigen Bakschisch für Beamte und Polizisten.*

Er wusste, nach wem er Ausschau halten sollte, genau wie seine Söhne, Brüder und Cousins und ihre Frauen, Schwestern, Töchter und Mütter. Sie saßen auf Stühlen in den Wartezimmern, auf den Bänken in den Gängen, auf den Stufen der Treppen, obwohl es schon so spät war. Sie wechselten sich ab, arbeiteten in Schichten. Einige patrouillierten in den Gängen, andere fuhren mit den Fahrstühlen auf und ab. Sie fielen nicht auf; sie lärmten, aßen mitgebrachte Speisen, beschimpften das Personal, taten, was sie immer taten, wenn sie einen Familienangehörigen im Krankenhaus besuchten.

Sie hatten den Mann, den sie suchen sollten, nie von Angesicht zu Angesicht gesehen. Man hatte Präsident Halil ein Bild auf sein Handy geschickt, das von einer LifeBook-Seite stammte, jemand von der Polizei hatte das getan, aber das Bild brauchte er gar nicht, denn der

Verbrecher saß irgendwo hier im Krankenhaus, tief unten, hinter Stahltüren, und sendete live ins Netz. Ein Mann ohne Gewissen und ohne Scham, ein böser Mann, der den Tod verdiente.

Halil Abou-Khan schloss leise die Tür von Shirins Zimmer. Nerin und Amal saßen auf dem Gang vor dem Zimmer und hielten Wache, und sie vertrugen sich sogar; das war ein Wunder. Er holte sein Handy heraus und rief seine anderen Söhne an – *Mein Reichtum!* –, und er rief Rashid und Shirins Onkel an und fragte: »Was habt ihr gesehen?«

»Nichts«, lauteten die Antworten, und Halil beschwor sie noch einmal: »Wir müssen wachsam sein. Wir müssen ihn finden oder versuchen, ihn aus seinem Loch zu locken, wenn er sich irgendwo versteckt. Und wir müssen alle Verstecke der Kameras und der Giftbehälter finden, damit wir sie gleichzeitig unschädlich machen können. Dabei wird uns niemand helfen, denn die Polizei traut sich nicht herein, und er kennt die Sicherheitsleute, er hat ihre Fotos. Ich weiß nicht, wie viel Zeit wir noch haben. Rashid, sieh dir im Internet die Aufnahmen an. Versuch herauszufinden, von wo aus sie aufnehmen.«

Rashid nickte stumm.

»Wenn ihr alle Kameras gefunden habt, muss jeder an seiner Stelle sein und auf meinen Befehl warten.«

»Was wirst du mit ihm machen, wenn wir ihn haben, Vater?«, fragte Amal.

»Das weiß ich noch nicht.«

»Darf ich ihn töten?«

»Wir werden ihn gemeinsam töten«, sagte Halil. Er beendete die Gespräche mit seiner Familie und kehrte zu dem Livestream von dem falschen Arzt zurück. Er fühlte sich sehr hilflos, und nicht einmal das große Springmesser in seiner Hosentasche machte, dass er sich stärker fühlte.

Der Mann in dem blauen Kittel saß in einem dunklen Raum voller Rohre und Leitungen im Schneidersitz auf dem Boden und sprach weiter in sein Handy, als könnte er einfach nicht aufhören zu reden, weil ihm endlich jemand zuhörte. Der kleine Scheinwerfer der Handykamera warf einen fahlen Schimmer auf sein blasses, unrasiertes Gesicht, aber viel mehr konnte man nicht sehen, nur manchmal, wenn er wackelte, etwas hinter ihm, das aussah wie der Körper eines liegenden

Mannes. Der Mann redete eindringlich, doch diese Intensität stand im Widerspruch zu seinen Augen, die leer und erloschen wirkten, wie Sterne, die schon nicht mehr existierten, obwohl man ihr Licht noch sehen konnte.

»Ich überlege die ganze Zeit, wie ich den Fehler wiedergutmachen kann«, sagte der Mann mit dem Handy leise. »Ich arbeite wirklich hart daran, aber ich brauche eure Hilfe, und ich höre nichts mehr von euch. Ich weiß, ich hätte ihn nicht töten dürfen, weil der Befehl noch nicht da war, und jetzt warte ich auf den Befehl und frage mich, ob er nicht kommt, weil ich diesen Fehler gemacht habe, und was ich tun soll, wenn er nicht kommt, gar nicht mehr. Ich schaue dauernd im Internet nach, ob ihr mir geschrieben habt oder ob etwas auf meiner Seite gepostet wurde. Ich kontrolliere die Akkus, die Stromversorgung. Es kann doch nicht sein, dass ihr alle schlaft, auf der ganzen Welt. Existiere ich denn nicht mehr?«

Er kratzte sich unter der linken Achsel, am Hals, zwischen den Schulterblättern. »Ich bin jedenfalls bereit, hört ihr? Wenn der Anruf kommt, werde ich den Zünder drücken, und der Sprengstoff wird die Behälter zerstören, und das Gas und die Bakterien in der Klimaanlage freisetzen. Die Luftströme leiten sie dann in jede Station, zu den Säuglingen, zu den Kranken, in die Operationssäle und die Verwaltungsräume. Und jeder, der mit ihnen in Berührung kommt, muss sterben. Ihr könnt übrigens auch die anderen Aufnahmen jederzeit abrufen, ich verberge nichts, so schrecklich manches davon auch ist. Ich musste mich dazu überwinden, und ich habe es geschafft. Ich tue es für mich, für euch. Hier ist noch ein Status-Update von meinem letzten Rundgang vor einer Stunde.«

Das Bild auf Halils Handy Display teilte sich, und auf der Hälfte, die nicht Saschas Gesicht einnahm, erschienen die fast leeren Klinikgänge. Über einen davon eilte Sascha in seinem blauen Arztkittel, jetzt allerdings mit Plastikhäubchen und Mundschutz, als wäre er gerade auf dem Weg zu einer Notoperation. Er schritt durch eine automatische Tür, auf deren anderer Seite ein junger Mann in einem grauen Jogginganzug saß und auf dem Menüfeld seines iPod herumtippte. Er blickte nicht auf, als der vermummte Mann mit dem Stethoskop um den Hals und dem unvermeidlichen Clipboard durch die Tür trat.

»Allah!«, rief Halil halblaut aus. »Das ist Mahmoud, und er träumt!« Sofort tippte er Mahmouds Nummer in sein Handy, während Sascha sagte: »Die sieht man hier überall, seit so viele von denen im Wedding leben – kurdische, libanesische oder andere arabische Männer und Frauen, alle gehören zu irgendwelchen Familien, deren Kinder, Eltern, Geschwister, Onkel und Tanten hier liegen, ihre Clans bevölkerten die Gänge und Vorzimmer, aber die kümmern sich nur um sich. Keiner von denen blickt noch auf, wenn jemand in einem Arztkittel vorbeigeht.« Er gab einen seltsamen Laut von sich, fast ein Kichern. »Ich bin der unsichtbare Mann. Außer für euch.«

Mahmoud meldete sich, und Halil fauchte: »Er war da! Vor einer Stunde! Er ist an dir vorübergegangen, und du hast ihn nicht bemerkt.«

»Ich weiß«, gestand der Junge zerknirscht, »jetzt habe ich ihn auch gesehen. Aber er war verkleidet, ich habe ihn eben erst in dem Film erkannt.«

Halil war außer sich vor Zorn. »Wenn wir alle sterben, wird Allah dich dafür bestrafen. Es gibt kein Paradies für dich!«

»Aber auch sie werden nicht überleben«, redete der Mann im Internet weiter, »denn ich werde trotzdem handeln, selbst wenn der Anruf nicht kommt. Ich werde handeln, indem ich nichts tue. Ich werde sie ihr Schicksal selbst in die Hand nehmen lassen, indem ich mich ihnen zeige und sage: Seht her, hier bin ich, aber ich bin nur einer. Wenn mich jemand anfasst, drücke ich auf die Fernbedienung. Und wenn sie mich nicht anfassen, werden sie doch die Bomben entschärfen wollen. Dann gehen auch alle los, selbst wenn sie nur einen Behälter … selbst wenn sie nur eine …«

Er rieb sich die Augen, die Stirn. Er blinzelte. Er wird müde, dachte Halil. »Er wird wiederkommen, und dann halte die Augen offen«, sagte der Präsident zu seinem Neffen.

Und der Mann auf dem Handy sagte: »… dann wird er mir endlich sein Gesicht zeigen. Sein Wesen. *Und ich bin*. Bitte! Schreibt mir!«

66

Julian schob die Ellbogen auf die Armstützen in Annikas Nacken und presste die Augen an den Binokulartubus des OP-Mikroskops. Er drückte auf einen der Kontrollknöpfe. Mit einem leisen Surren fuhr das Objektiv ein Stück in den Schädel der Patientin hinunter. Ella blickte durch das Zusatzokular. Das Bild des Gehirns war gestochen scharf und wirkte wie ein 3-D-Effekt in einem Film.

»Licht aus!« Die OP-Lampe erlosch. Jetzt brannte nur noch der Punktstrahler des Mikroskops. Das Objektiv saugte Ella und Julian mit seiner zehnfachen Vergrößerung in das Zentrum des Kleinhirnbereichs, eine kraterübersäte Mondoberfläche aus kräftigen, streichholzdicken Adern, elfenbeinweißen Knochensplittern und grauer Gehirnmasse.

Vergiss nicht, wo du bist, dachte Ella, *und vergiss nicht, dass ich zusehe. Ich will nicht an dir zweifeln, weil ich dich liebe. Aber im Augenblick weiß ich nicht, was hier vorgeht und wo du stehst, und deswegen rede ich so mit dir. Du bist links hinter dem Kleinhirn, und du stößt nach links vorn vor, wo sich die Blutung eingenistet hat, Zellen zerstört und auf den Hirnstamm drückt. Du bist links hinten, im Cerebellum, da musst du durch, und ich bilde mir nicht ein, dass du nicht weißt, was du tust, aber es ist meine beste Freundin, die du operierst, und ich möchte einfach nicht, dass sie stirbt.*

Julian befand sich genau über der Stelle, wo der Splitter eingedrungen war. Die winzigen Sickerblutungen wirkten in der Vergrößerung durch das OP-Mikroskop wie Überschwemmungen, alles glitzerte und leuchtete im Widerschein des Punktstrahlers. Hier musste Julian einen der Geschossbahn folgenden Kanal schaffen, um an das Hämatom heranzukommen. Ella hob die Augen vom Okular, denn sie wusste, was er jetzt brauchte. »Sauger und Pinzette.«

Er nahm den Sauger in die linke Hand und in die rechte die Kniepinzette, zwischen deren Enden sich ein in Kochsalzlösung getauchtes Wattebäuschchen befand. Er begann die Eintrittsstelle des Splitters zu säubern, stillte winzige Blutungen, saugte Flüssigkeit ab. »Spatel.«

Er wechselte die Pinzette in die linke Hand, ergriff den weichen Hirnspatel mit der anderen und führte beide in den Wundtrichter. Er presste seine Augen wieder an den Binokulartubus. Millimeter für Millimeter schob er den schmalen Spatel in die Halbkugel aus unzähligen blutigen, von Knochensplittern zerfetzten Windungen und Falten, erweiterte sanft den Zugang, vorsichtig, halbe Millimeter, Viertelmillimeter, Zehntelmillimeter.

Das Zellgewebe spannte sich unter dem Druck, riss aber nicht. Der Herzschlag war gleichmäßig, etwas weniger als fünfundsiebzig in der Minute, ein hohles Doppelsignal, einmal kurz, einmal etwas länger. Der Respirator atmete ein und aus, ein und aus, das Volumen änderte sich nicht. Ellas Ohren nahmen das Pochen, die Pieptöne und das Zischen wahr, aber sie hörte nicht wirklich hin.

Behutsam verbreiterte Julian den Wundkanal. Die Spatel, die er benutzte, waren aus Silber und besaßen mehrere Glieder, an deren Enden sich leicht gebogene Blätter befanden. Er drehte an einer Schraube, und die Glieder spreizten sich wie ein Regenschirm gegen das Cerebellum und schufen eine Art Tunnel, ohne dass etwas riss, brach oder zu bluten begann. Erst als sein Mundschutz sich blähte, merkte Ella, dass er den Atem angehalten hatte. »Ich entferne jetzt ein paar Knochensplitter«, erklärte er. »Sauger!«

Ella reichte ihm den Sauger, dann spähte sie auch wieder durch ihr Okular, blickte tief in die lautlose, glitzernde Welt von Annikas Gehirn, den Kern ihres Universums. Julian saugte etwas zerfetztes Gewebe ab, um das Knochenstück, das er herausholen wollte, so weit wie möglich freizulegen. Ein Äderchen riss, etwas Blut trat hervor. Er tauschte den Sauger gegen die elektrische Pinzette. »Strom!«

Ella trat auf das Fußpedal für die Stromzufuhr. Die Arme der Pinzette fassten die Öffnung des Äderchens vor dem Objektiv des Mikroskops und klemmten sie zusammen. Rauch stieg auf. Julian legte die Pinzette zurück und griff wieder nach dem Sauger. Er berührte den Knochenspan, aber nichts geschah. Er musste den Sog verstärken, allerdings nicht so heftig, dass dadurch gesundes Hirngewebe angesaugt und zerstört wurde. »Etwas mehr!« Noch immer geschah nichts. Er zog den Rüssel des Saugers zurück.

Niemand reißt, zerrt oder zieht im Gehirn, hatte er Ella einmal erklärt. *Man lockt, man tastet, man streift, man streichelt, man schmeichelt.*

Der silberne Rüssel schwebte über einem anderen Span, berührte ihn, wanderte zu einem dritten. Er sank auf den dritten hinab, berührte ihn sanft wie ein Schmetterlingsflügel. Der Span löste sich aus seinem Bett, ohne dass Blut hervorquoll. Julian zog Sauger und Pinzette aus dem Wundtrichter und ließ den Span in ein Schälchen fallen, ehe er weitere Knochenstückchen aus dem Bereich der Splittermasse entfernte. Jetzt sickerte doch wieder Blut aus einigen Gefäßen. »Spülen!«

Ein Wasserstrahl überschwemmte den Operationskanal, danach saugte Julian zerstörtes Gewebe ab und konzentrierte sich weiter auf die versprengten Knochenpartikel. Jeder noch so kleine Span verlangte äußerste Vorsicht. Sacht und doch nachdrücklich versuchte er, sie aus ihren Lagern zu locken.

Die Temperatur im OP war niedrig, aber Ella spürte, wie ihr der Schweiß den Oberkörper herunterlief. Sie hob die Augen von der Gummiblende des Okulars und bemerkte, dass auch Julian stärker schwitzte. Sie nahm ein Tuch und tupfte ihm die Feuchtigkeit von Stirn und Schläfen, den Wangenknochen, dem ganzen Gesicht zwischen Haube und Mundschutz. Er sagte: »Ich bin jetzt dicht am Hirnstamm. Blutdruck in Ordnung?«

Dr. Fleming nickte. Julian presste die Augen wieder auf die Okulare. Er steuerte das Mikroskop jetzt mit dem Mundhebel, damit er beide Hände frei hatte. Der Lichtkegel des Punktstrahlers drang tief in das Gehirn unter seinen Händen und ließ die Farben dieser zarten Welt erstrahlen, empfindlich wie Seidenpapier, in der sich die Gedanken, Worte und Erinnerungen der Patientin befanden.

Ein Moment der Unaufmerksamkeit, und du zerstörst in diesem Menschen die Schönheit der Schöpfung selbst, auch das hatte Julian einmal zu Ella gesagt. Die Brückenvenen, die das Kleinhirn mit dem Tentorium verbanden, spannten sich. Sie wirkten wie dicke Taue, an denen das Kleinhirn nach der plötzlichen Druckentlastung durch das

Absaugen hing. Julian korrigierte den Sitz der Spatel, um mit dem Objektiv noch tiefer hineinfahren zu können.

Dann kam das Hämatom zum Vorschein. Eine Geschwulst aus Blut und zerrissenem Zellgewebe, die den Hirnstamm wegdrückte und fast bis zur Arteria basilaris reichte. Sie umschloss die Kleinhirnschlagader wie ein Tumor. Das Krisengebiet. Alles lag scharf konturiert und trügerisch massiv unter dem Objektiv – das dunkelrote Blutgerinnsel, dahinter der zusammengepresste Hirnstamm und der mächtige Schlauch der Arteria basilaris. Nur der in der linken Großhirnhälfte stecken gebliebene Granatsplitter war nicht zu sehen.

»Sauger und Dissektoren«, verlangte Julian. »Ich beginne mit der Arbeit am Hämatom.«

Seine Stimme klang heiser, und Ella blickte kurz auf, um ihm die Instrumente zu reichen. Er sah nicht auf ihre Hände, sondern zum Vorbereitungsraum hinüber, an dessen Fenster jetzt wieder DI Cassidy stand und hereinstarrte. Cassidys Augen waren geweitet, voller hypnotischer Kraft. Um seinen Kopf wirkte die Dunkelheit dichter als überall sonst im OP, denn in seinen Pupillen brannte ein magisches Leuchten, das Julian wie in ein elektrisches Feld einzuhüllen schien.

Im selben Moment verließ Dr. Fleming seinen Platz am Kontrollpult zur Narkoseüberwachung und sagte: »Doktor Bach, würden Sie mir wohl einen Moment Ihren Platz am Mikroskop überlassen?« Ohne ihre Antwort abzuwarten, drängte er sich an das Zusatzokular und saugte die Linse geradezu in die fleischige Höhle seines rechten Auges, wie um jede Möglichkeit einer unliebsamen Zeugenschaft auszuschalten.

Sie stecken unter einer Decke, dachte Ella, *Cassidy und Fleming und – mein Gott! – auch Julian. Aber warum? Es ist doch alles vorbei, warum wollen sie Anni immer noch töten? Was haben sie denn davon?*

Sie stürmte aus dem OP in den Vorbereitungsraum, riss sich Mundschutz und Handschuhe herunter und versetzte Cassidy einen Stoß mit der Faust. »Was läuft hier, verdammte Scheiße?!«

Der Detective Inspector bemühte sich gar nicht erst, so zu tun, als wäre er ahnungslos. »Wonach sieht es denn aus?«, fragte er zurück. »Ich sehe eine ganz normale Operation, die allerdings ein bisschen schiefläuft. Dr. Auster hat meines Wissens erst vor Kurzem eine Patientin bei einem ähnlichen Eingriff verloren, beinahe jedenfalls. Grenzt ja wohl an ein Wunder, dass sie überlebt hat, oder nicht?«

»Womit haben Sie Julian unter Druck gesetzt?«, fragte Ella.

Eine Moment lang schwieg Casssidy. Dann sagte er: »Mit Ihnen.« Er hielt ein fleckiges Taschentuch in der Hand, die nicht in der Schlinge steckte, und betupfte damit eine hässliche, nässende Wunde an seinem Kinn. »Er liebt Sie, aber das wissen Sie ja.«

»Ich glaube Ihnen nicht«, sagte sie, auf einmal mutlos.

Der Detecitve Inspector löste die Augen von dem Monitor, auf dem er der Operation, groß und in überrealistischen Farben, folgte. »Das hier ist nur für Ihre Ohren bestimmt«, sagte er und holte mit der gesunden Hand samt blutbeflecktem Taschentuch ein kleines digitales Aufzeichnungsgerät aus der Jackentasche. »Ich dachte mir schon, dass Sie schnell wittern, wie der Hase läuft. Was Sie jetzt hören, soll Ihnen etwas Hilfestellung dabei leisten, sich richtig zu verhalten.«

Ella fragte: »*Richtig verhalten* soll wohl bedeuten, dass ich ruhig zusehe, wie meine beste Freundin stirbt?«

»Vielleicht halten Sie einfach mal die Klappe und hören ein paar Minuten zu, Doc?« Cassidy schob das Gerät in die Schlingenhand und drückte die Start-Taste. Zuerst hörte man gar nichts außer dem Rauschen von Wasser und ein Knarzen. »Die Qualität ist nicht optimal. Das Tonband war in der Tasche meiner Lederjacke versteckt …« In diesem Moment sagte eine gedämpfte Stimme: »Könnten Sie das bitte mal für einen Moment lassen, Dr. Auster? Ich muss noch etwas mit Ihnen besprechen …«

Das Rauschen brach ab. »Drei Minuten«, sagte eine andere Stimme, tatsächlich die von Julian.

Es gab einen Moment der Stille, nur das leise Knarzen und Scharren. Dann sagte Cassidy wie beiläufig: »Kann allerlei passieren während so einer Operation, richtig? Ein kleiner Ausrutscher, mehr nicht, und schon wird aus dem piependen Punkt auf Ihrem Monitor eine gerade Linie.«

»Ich neige nicht dazu, mir Ausrutscher zu leisten«, beschied Julian ihn kühl.

»Ich meine, nur Sie blicken durch das Operationsmikroskop, also können auch nur Sie sehen, was Sie tun. Wenn Sie einen Fehler machen, sind Sie der Einzige, der es merkt, solange es ein kleiner Fehler ist. Mikroskopisch klein.«

»Ich neige auch nicht dazu, mikroskopisch kleine Fehler zu machen.«

Cassidy blieb unbeeindruckt. »Ein unmerklicher Kratzer im Gebiet der Kleinhirnschlagader, deren Bedeutung Sie vorhin so ungemein plastisch geschildert haben. Ein winziger Schlenker mit dem Skalpell ...«

»Da drin arbeite ich nicht mit einem Skalpell, sondern mit einem Sauger und ...«

»Dann meinetwegen mit dem Sauger, solange Sie ihr damit nicht den halben Hirnstamm wegschlürfen, das würde wohl etwas Aufsehen erregen. Sie verstehen?«

»Nein«, antwortete Julian.

»Irgendwas, das intravenös verabreicht, aber im Blut nicht nachgewiesen werden kann«, fügte Cassidy hinzu. »Hauptsache, die Patientin kommt nicht wieder zu sich.«

Julian schwieg, denn jetzt verstand er.

Cassidy sagte: »Ich weiß, was Sie gerade denken. Sie denken, der Mann ist doch Polizist, er hat meiner geliebten Ella geholfen, ihre Freundin zu finden, ihr das Leben zu retten, und jetzt will er, dass ich sie töte? Sie denken an den ehrwürdigen Eid, den Sie mal geleistet haben, ganz ähnlich wie ich, und Sie fragen sich, was ich wohl dabei empfinde, wenn ich Ihnen nahelege, einen Kunstfehler zu begehen und eine Patientin zu töten. Die Antwort lautet: überhaupt nichts. Ich empfinde nicht das Geringste, weder Scham noch Schuldgefühle. Sie und ich, wir beide haben im Lauf der Jahre so vielen Menschen das Leben gerettet, dass wir es uns leisten können, auch mal eins zu nehmen.«

Julian schwieg immer noch, und jetzt knarrte und raschelte nichts mehr, als hielte sogar die Lederjacke den Atem an. Dann sagte Julian: »Ich muss jetzt in den OP«, mehr nicht.

»Gut, dann verabschieden Sie sich vorher noch von Dr. Bach, denn falls Sie Annika Jansen gleich da drin das Leben retten – so, dass Sie reden kann –, werden Sie Ihre Kleine nicht mehr wiedersehen, außer vielleicht in einer Dose Hundefutter.«

Eine Tür wurde geöffnet und kurz darauf wieder geschlossen, aber Julian war nicht gegangen, denn etwas später fragte er: »Wie können Sie so etwas tun? Was verlangen Sie da von mir?« Er hatte alle Überheblichkeit, alles Kühle verloren. »Sie können doch nicht ernsthaft denken …«

»Das Problem ist die Polizei da draußen, die Fleming, dieser Dummkopf, gerufen hat. Dr. Jansens Verschwinden hat dank des Wirbels, den Dr. Bach verursacht hat, eine Bedeutung bekommen, die man nicht mehr ignorieren kann. Na ja, die lassen sie jetzt keine Sekunde mehr aus den Augen. So nah wie Sie gleich wird ihr so bald niemand mehr kommen, und wir sind der Meinung, je schneller ein Problem aus der Welt geschafft wird, desto besser.«

Wir, fragte sich Ella; *wer ist wir?*

Julian sagte: »Aber wenn ich Dr. Jansen töte, und Ella bleibt am Leben … Sie weiß inzwischen genauso viel! Sie haben ihr sogar geholfen, alles herauszufinden.«

»Kommt einem etwas verwirrend vor, ich weiß, aber da war die Sachlage einfach eine andere. Als Dr. Bach auf meinem Radar aufgetaucht ist, war ich nur ein dienstmüder Detective Inspector, der früher mal, lang ist's her, eine Karriere beim MI6 angestrebt hatte, die dann aus internen Gründen vorzeitig beendet wurde. Jetzt bin ich immer noch ein dienstmüder Detective Inspector, vor dem sich aber jählings eine neue Karrierechance bei eben diesem Geheimdienst aufgetan hat. Vorausgesetzt, ich bringe diese Kleinigkeit für die Kollegen ins Lot. Die wollen sich einfach nicht mehr die Finger schmutzig machen, aber sie wollen auch nicht, dass jemand mit dem Finger auf sie zeigt. Sie wollen schlicht und einfach ganz sichergehen.«

Ella spürte, wie sich ihre Nackenmuskeln spannten. Unter dem linken Auge begann ein winziger Muskel zu flattern. Es juckte sie am ganzen Körper, so wütend war sie plötzlich, über Cassidy und über sich selbst, darüber, dass sie dem Detective Inspector vertraut hatte. Darüber, dass sie nicht wachsam geblieben war.

Mit rauer Stimme fragte Julian: »Und Ella geschieht wirklich nichts? Die lassen sie am Leben?«

»Darauf haben Sie mein Wort als zukünftiger Leiter der Abteilung Westliche Verbündete. Was immer sie sagen könnte, sie hat keinerlei Beweise. Ihr Wort würde gegen meins stehen.«

Dann brach die Aufzeichnung ab. Ella begriff jetzt, was auf Julian lastete und warum seine Hände zittern mussten. Er wäre nicht der Mann gewesen, den sie liebte, wenn sie nicht gezittert hätten. Sie schämte sich. Sie fühlte Cassidys kalte Huskyaugen auf ihrem Gesicht.

»Ich weiß, was Sie jetzt denken«, sagte er. »Ich dachte, der Scheißkerl liebt Annika, trotz allem. Hat er das nicht die ganze Zeit behauptet? Tja, leider ist es aber so, dass sie mich nicht liebt.«

Er tupfte wieder etwas Feuchtigkeit von der Wunde am Kinn.

»Wie ich Dr. Auster bereits sagte – ich wollte Anni wirklich finden, und ich wollte ihr helfen. Aber dann hat sich mir diese unverhoffte Chance ergeben … Schauen Sie mich nicht so vorwurfsvoll an! Nichts hat nur eine Bedeutung. Man kann ehrlich und trotzdem ein Betrüger sein, gleichzeitig Held und Verräter. Man kann lieben und muss trotzdem gehen, und manchmal muss man den töten, den man liebt.«

»Was ist, wenn ich jetzt zu den Polizisten draußen auf dem Gang marschiere und denen erzähle, was hier gerade passiert?«

»Vergessen Sie nicht, dass ich immer noch Detective Inspector Patrick Cassidy bin. Ich habe hier noch immer alle Fäden in der Hand. Ich würde dafür sorgen, dass man Ihnen kein Wort glaubt. Und selbst *wenn* irgendwer Ihnen glauben sollte, werde ich immer einen Weg finden, meinen Kopf aus der Schlinge zu ziehen, und glauben Sie mir, dann möchten Sie nicht in Ihrer Haut stecken.«

»Julian wird nicht tun, was Sie von ihm verlangen.«

»Warum nicht? Weil es böse ist?« Er stieß ein heiseres Lachen hervor. »Ach, Gott, was ist böse, was ist gut? War das der Teufel, den wir in den letzten Wochen am Werk gesehen haben, oder nur der Wahnsinn eines verkorksten Pubertierenden, den wir uns lieber als Werk des Bösen vorstellen, um nicht zugeben zu müssen, dass Menschen zu allem fähig sind? Und war dieser verkorkste Jugendliche nicht auch mal ein guter Mensch? Ist es gut oder böse, wenn Ihr Dr. Auster lieber jemanden sterben lässt, der in seinem gegenwärtigen Zustand ohnehin praktisch tot ist, als zu riskieren, dass Ihnen etwas zustößt?«

»Denken Sie nicht, er wäre wie Sie.«

»Kennen Sie ihn so gut? Jeder trägt eine Maske. Sie können nie wissen, was Sie finden, wenn Sie hinter diese Maske schauen.«

Ella trat auf ihn zu, so dicht, dass ihre Körper sich fast berührten.

»Es gab mal eine Zeit, da dachte ich, jeder x-beliebige Fremde wüsste mehr über ihn als ich. Ist noch gar nicht so lange her. Aber jetzt denke ich das nicht mehr. Ich weiß allerdings ziemlich genau, was ich finde, wenn ich hinter Ihre Maske schaue, Cassidy. Hinter dem blutigen Gesicht eines Mörders sehe ich den nächsten Mörder und dahinter noch einen und noch einen, und keiner von denen wird mehr die Gelegenheit erhalten, sich in einen Geheimagenten mit der Lizenz zum Töten und Pensionsanspruch zu verwandeln.«

Sie riss das rechte Knie hoch und rammte es ihm mit aller Kraft zwischen die Schenkel. Er gab einen Laut von sich, als müsste er sich übergeben. Er presste die Lippen gegeneinander, sein Gesicht lief rot an, und die hellblaue Iris seiner Augen wirkte plötzlich wie gesprungenes Glas. Langsam krümmte er sich nach vorn. Er presste den Arm in der Schlinge gegen den Bauch. Seine Hände öffneten sich, das Aufnahmegerät fiel zu Boden, gefolgt von dem blutverschmierten Taschentuch, aber Ella hob nur das Gerät auf. »Mal sehen, was Ihre Kollegen draußen auf dem Gang davon halten«, sagte sie.

Sie sah zu, wie er in die Knie brach und dann auch noch zur Seite kippte, einfach umfiel.

Sie war schon fast an der Tür, als sie ein metallisches Klicken hörte, und sie wusste, dass hinter ihr der Hahn eines Revolvers gespannt worden war. Sie drehte ich um. Cassidy lag immer noch auf dem Boden. Den Revolver hielt er in der gesunden Hand, die Mündung war auf sie gerichtet. »Auch auf die Gefahr hin, dass Sie mich jetzt wieder für böse halten«, sagte er stöhnend, »muss ich Sie trotzdem bitten, das Aufnahmegerät zurückzugeben und mir hier Gesellschaft zu leisten, bis wir wissen, welche Entscheidung Dr. Auster getroffen hat.«

67

Die Blutgeschwulst in Annikas Gehirn füllte den ganzen Bildschirm aus. Julian führte den Sauger an das Hämatom heran. Zuerst streifte er es nur, die Augen auf das Mikroskop gepresst, wie um zu testen, welchen Widerstand es ihm entgegensetzen würde. Er regulierte die Sogstärke und berührte es noch einmal. Fleming legte ihm einen Dissektor in die ausgestreckte Hand und führte sie mit dem Instrument in die Schädelöffnung, bis Julian die Spitze vor dem Objektiv sehen und selbst lenken konnte.

Ella starrte auf den Bildschirm. *Das wäre eigentlich meine Aufgabe,* dachte sie beunruhigt; *ich sollte ihm assistieren und dafür sorgen, dass er wie ein Arzt handelt und nicht wie ein Mörder.*

Der Lautsprecher übertrug jedes Geräusch aus dem OP, und sie hörte sogar Flemings Atem laut wie Windstöße durch die Polypen in seinem Nasenraum fegen. Cassidy lehnte mit dem Rücken an der Tür zum Gang, den Revolver in der Jackentasche. Selbst auf diese Distanz spürte sie die drängenden elektrischen Signale, mit denen er sie mehr als mit der Waffe in Schach zu halten versuchte. Spürte, wie sie ihre Haut nadelten und die Luft um sie herum mit zerstörerischer Energie aufluden, bis sie ein Gefühl hatte, als fingen die winzigen Härchen auf ihren Armen an, sich zu kräuseln.

Gib auf, sagte jeder feine Nadelstich, *stör unsere Pläne nicht, nur ein kleines Zucken mit dem Sauger oder dem Dissektor, und alles ist geritzt, und die Frau da auf dem Tisch wird bis an ihr Lebensende nichts anderes mehr von sich geben als Pieptöne, Bleistiftkurven und hohles, rhythmisches Pochen, also sei brav und lass uns zum Ende kommen.*

Ella fragte: »Was haben Sie ihm geboten? Nimmt er heimlich Drogen, verkauft er sie? Haben Sie versprochen, ihn nicht anzuzeigen?

Hat er einen Kunstfehlerprozess am Hals, bei dem wichtiges Beweismaterial verschwinden wird?«

»Viel einfacher«, sagte Cassidy. »Seine Klinik steht vor der Pleite, die kirchlichen Träger wollen sich zurückziehen. Der MI6 hat versprochen einzuspringen, mit Geld aus dem Reptilienfonds.«

»Ich gehe dichter an den Hirnstamm«, sagte Julian jetzt. Und dann, etwas schärfer: »Hat die Anästhesie auf Autopilot geschaltet, Dr. Fleming?«

Fleming atmete noch heftiger. »Ich wollte nur ...«

»Ich arbeite an der Hirnschlagader«, sagte Julian. »Meinen Sie nicht, da könnte es hilfreich sein, wenn jemand auf die Instrumente schaut?« Er fing an, mit der winzigen Dissektorspitze kleine Portionen des Blutkuchens zu entfernen. Mit jeder Berührung trug er etwas von dem lebensgefährlichen Druck ab. Immer wieder verschwanden kleinste Gewebepartikelchen im Silberrüssel des Saugers. Er befand sich tief in der Höhle des Hämatoms. Ein Millimeter zu weit nach links, ein haarfeiner Riss in der Hirnschlagader, und das Blut würde aus der Schädelöffnung schießen. Ein Millimeter zu weit nach rechts, ein Kratzer am Hirnstamm, und Annika würde nie wieder erwachen.

Bitte, dachte Ella, *bitte, lieber Gott!* Obwohl sie seit Stunden auf den Beinen war, verspürte sie keine Müdigkeit. Sie war überwach, als hätte sie sich Amphetamine gespritzt. Ihre Haut war so durchlässig geworden, dass sie mit den darunterliegenden Nerven nicht nur fühlen, sondern sehen zu können glaubte, und ihre Augen sondierten scharf wie das OP-Mikroskop.

Plötzlich wurde ihr schwindlig; das Bild auf dem Monitor schien den ganzen Raum auszufüllen, und sie hatte das verrückte Gefühl, nach oben zu fallen, den langen Schacht in den offen vor ihr liegenden Schädel hinauf. Sie schluckte, holte tief Luft. Hielt den Atem an. Als sie sich wieder gefangen hatte, sah sie, dass Julian inzwischen den größten Teil des Blutgerinnsels an der unteren vorderen Kleinhirnschlagader abgetragen hatte; die letzten Reste hingen nur noch wie eine bröckelige Kruste an der unverletzten Ader. Nur noch ein paar Minuten, und es war geschafft; der Druck auf Annikas Hirnstamm würde schnell nachlassen.

Wenn etwas schiefgehen sollte, dann musste es jetzt passieren. Ella konzentrierte sich mit aller Kraft auf ihre Gedanken. *Glaubst du wirklich, sie lassen mich am Leben, wenn du Annika tötest?*, dachte sie. *Glaubst du, sie lassen irgendjemanden von uns am Leben?*

Der Dissektor streifte über die Hämatomkruste, berührte sie unmerklich, ein zarter silberner Flügel. Ein Flügel, der flatterte. Die Konturen des feinen Instruments verschwammen für Sekunden.

Er zittert wieder.

Plötzlich war alles unter dem Mikroskop dunkelrot. Blut schoss in den Lichtstrahl, rann in Nischen und Krater, quoll wieder daraus hervor und stieg und stieg. Glitzernd umspülte es die Arme der Spatel, die Brückenvenen und die Kleinhirnwindungen, spritzte auf den Dissektor. Das Pochen des Herzschlagverstärkers wurde langsamer. Der Piepton setzte aus – einmal, zweimal.

Was ist das?, Ella hatte das Gefühl, ihr eigenes Herz bliebe stehen. *Wo kommt das ganze Blut her?*

»Julian!« Es war wie bei Shirin, das Blut, das plötzlich kam, und niemand wusste, woher.

»Was ist los?«, rief Fleming, jetzt wieder von seinem Platz hinter dem Kontrollpult, in perfekt gespieltem Entsetzen. »Um Himmels willen, was ist passiert, Dr. Auster?«

Wie gelähmt starrte Julian durch das Mikroskop. Er wagte nicht, sich zu bewegen, denn in dem strudelnden Blut war der Dissektor immer noch nicht klar zu erkennen. *Wo kommt bloß das Blut her?*, dachte Ella. *Er hat das Hämatom doch nur berührt, es war keine Absicht. Es kann keine Absicht gewesen sein!* Schweiß rann ihr von der Stirn über die Lider in die Augenwinkel und von dort kitzelnd weiter über die Wangen unter den Mundschutz. An den Wimpern hatten sich winzige funkelnde Tröpfchen gebildet.

Fleming klopfte mit der flachen Hand auf die Armaturen seines Kontrollpults, als könnte es sich um einen technischen Defekt handeln. Dabei schickte er einen ebenso gut gespielten Blick äußerster Besorgnis zum Vorbereitungsraum hinüber.

»Spülen, schnell!«, sagte Julian leise. Die Springschwester trat das Pedal, und ein Wasserstrahl ergoss sich in den Präparationskanal, rollte über Kleinhirn, Spatel und Brückenvenen. Das dunkelrote Blut wurde zinnoberfarben, dann rosa. Mit einem scharfen Gurgeln saugte das Silbermundstück des Gummischlauchs Blut und Wasser ab. Das Sichtfeld klärte sich. Sekundenkurz glaube Ella, den Ursprung des Blutstroms ausgemacht zu haben, aber dann verwandelte sich das Schädelinnere wieder in einen brodelnden roten See.

»Spülen und absaugen!« Julians Stimme klang, als drückte ihm jemand die Kehle zu. Die Schwester gehorchte, und Ella behielt die Stelle im Auge, und da, an der Oberseite des Cerebellums: Eine der Brückenvenen war unter dem Druck gerissen und schlug um sich wie ein Blut spritzender Gartenschlauch, aber Julian unternahm trotzdem nichts, verlangte nicht nach der elektronischen Pinzette, um die Blutung zu verschließen – *sie stirbt doch, warum tust du nichts?* –, und dann begriff Ella, dass es viel zu viel Blut für nur eine Quelle war.

Hinter ihrer Stirn begann eine Sirene zu schrillen. Sie hörte Annikas Herz, es schlug bedrohlich langsam, dumpf hallte jede Kontraktion im OP nach. *Sie stirbt, sie stirbt, um Himmels willen, tu doch was, sie stirbt!* Einen Moment lang hatte Ella das entsetzliche Gefühl, dass Julian absichtlich nicht eingriff, dass er das Hämatom mit voller Absicht gestreift hatte. Ihre beste Freundin musste sterben, damit sie, Ella, leben konnte. *Aber so will ich nicht leben, begreif das doch, Julian, so will ich um keinen Preis der Welt weiterleben!*

»Das war's dann wohl«, sagte Cassidy hinter ihr. Er hielt sein Handy hoch, sodass sie das Display sehen konnte. »Sieh einer an, da ist wieder dieser irre Jünger von Mad Oliver, der im Internet live aus Ihrer Klinik in Berlin von seiner Geiselnahme berichtet. Ich frage mich, was der für einen Server hat, dass er im Tiefgeschoss eines Krankenhauses ein Netz kriegt. Oder hat er eine Datenleitung der Klinik angezapft?«

Er schien sich nicht mehr für die Vorgänge auf der anderen Seite der Schwingtür zu interessieren. »Hey, sieht so aus, als würden sie ihm gerade den Saft abdrehen.«

Das kann nicht sein, dachte Ella, *er hat doch gesagt, wenn sie irgendwas unternehmen, lässt er alles hochgehen!*

Zuerst wirkte das Bild noch genauso wie beim letzten Mal, als Ella den Livestream verfolgt hatte, nur dass es jetzt den Anschein hatte, als wäre Sascha nicht mehr wirklich Sascha, sondern eine Art menschliches Hologramm. Er schien zu flackern, und seine Haut war eher grünlich und blau. In dem Traforaum war es schon vorher dunkel gewesen, aber während sie hinsah, wurde es noch etwas dunkler.

»Ich empfange keine Bilder mehr von meinen Kameras«, sagte Sascha leise mit der Stimme eines Verdurstenden, der trotzdem zu allem entschlossen schien. »Sie sind alle ausgefallen oder manipuliert worden. Ich weiß nicht, was sie gemacht haben. Vielleicht haben sie das Stromnetz abgeschaltet, aber das wird ihnen nichts nützen. Ich habe ihnen verboten, das zu tun. Sie halten sich nicht daran. Sie glauben nicht, dass ich es ernst meine. Als Nächstes schalten sie die ...«, das Bild flackerte, und der Ton blieb sekundenlang weg, »... Klimaanlage ... Wasserversorgung ... aber ich habe immer noch ...«

Dann erloschen Bild und Ton gleichzeitig, und das Display wurde schwarz. »Das hätte ich auch gemacht«, sagte Cassidy.

»Was?«, wollte Ella wissen.

»Schätze, die haben ihm nicht nur den Strom abgedreht und alle klinikinternen Verbindungswege unterbrochen, sondern offenbar auch sämtliche Server dazu gebracht, dass sie den Netzbereich, in dem die Klinik liegt, abschalten. Nicht ganz leicht, aber möglich. Wenn er da unten keinen Empfang mehr hat und auch nicht senden kann, muss er aus seinem Versteck kommen.«

»Und dann?«

»Dann kommt es darauf an, wer schneller ist.«

Das Display blieb tatsächlich dunkel, und Halil Abou-Khan brauchte eine Weile, bis er begriff, was das zu bedeuten hatte. Er versuchte, Rashid und die anderen zu erreichen, aber er bekam kein Netz. Er sah sich um, lauschte. Die Klinik klang plötzlich anders, als hätte ein Geräusch aufgehört, das die ganze Zeit dagewesen war, ohne dass man es noch wahrgenommen hatte. Kein unterschwelliges Brummen, Summen oder Rattern mehr. Für eine Minute oder zwei war das Licht ausgefallen, aber jetzt spendete die Notbeleuchtung an den Wänden spärliche Helligkeit.

Das bedeutet nichts, dachte Halil; die Gefahr ist immer noch da, selbst wenn die Polizei das Krankenhaus stürmt. Solange der Mann in dem blauen Kittel nicht tot ist, ist meine Schneeflocke in Gefahr. Niemand weiß, ob er nicht noch andere Vorkehrungen getroffen hat. Ich muss es tun, ich, Präsident Halil Abou-Khan, ich muss meine Familie beschützen.

Er ging zu den nächstgelegenen Fahrstühlen, denn er wollte zurück in die Kinderklinik, um in Shirins Nähe zu sein. Er streckte gerade die Hand nach den Rufknöpfen aus, als ihm klar wurde, dass bei Stromausfall auch kein Lift fuhr. Er überlegte: Wenn der Mann in dem blauen Kittel im Keller gewesen war, musste er die Treppe nehmen. Oder gab es einen Lift, der vom Notstromgenerator betrieben wurde, genau wie die Lämpchen an den Wänden und die lebenserhaltenden Instrumente?

Er hörte einen Laut am Ende des Korridors. Es klang wie ein Husten oder ein Schlurfen. Die plötzliche, ungewöhnliche Stille musste einen der Patienten geweckt haben. Halil ging auf die Tür am Ende des Gangs zu, und da sah er schon die Schatten hinter der Milchglasscheibe, und er öffnete die Tür, und erst tröpfelten die Menschen nur einzeln oder in kleinen Gruppen durch die Korridore auf die Treppenhäuser zu, aber schnell wurde ein Strom daraus – Männer, Frauen und Kinder, einige fast vollständig angezogen, aber die meisten noch in Kitteln oder Schlafanzügen, manche mit Infusionsständern neben sich.

Kinder weinten, umklammerten Stofftiere oder die Hand eines Erwachsenen. Pfleger schoben Patienten in Rollstühlen auf die Liftkabinen zu oder schleppten Tragen über die Gänge. Schwestern trugen Neugeborene und Kleinkinder die Treppen hinunter, Ärzte stützten alte Leute, Nachzügler schlurften in Gummischlappen hinterher. *Wer hat sie geweckt*, fragte sich Halil; *folgen sie einem Instinkt, wie Tiere, die eine Katastrophe wittern?*

Er ging langsam neben ihnen her, tat, als rede er mit sich selbst, befingerte die Perlen der Gebetskette in seiner rechten Hand und sah dabei doch in jedes Gesicht, blickte auf die Schuhe und Hände. Seine linke Hand steckte in der Jackentasche, wo sie ein Springmesser hielt.

Der Mann trug eine rote Sporttasche und einen blauen Kittel wie die anderen Ärzte auch. Er trat aus einer Eisentür neben den Fahrstühlen und mischte sich unter die Patienten, die der Empfangshalle im Erdgeschoss zustrebten. Er blickte starr geradeaus.

Er hielt die Sporttasche in der linken Hand, die rechte steckte in der Kitteltasche. Selbst jetzt hätte Halil den Mann beinahe nicht erkannt, obwohl er ihn eben noch auf seinem Handy gesehen hatte. Im Netz sahen Menschen anders aus als in Wirklichkeit.

Er ließ den Mann nicht aus den Augen, seine Bewegungen, die Hand in der Tasche, die Sporttasche. *Was ist in der Tasche?*, dachte er. Er umklammerte sein Messer, legte den Daumen an den Knopf, der die Klinge aus dem Heft springen ließ. *Was hat er vor? Warum schlägt er nicht zu?* Dann wusste er es: das Foyer. Dort mussten sich die Patienten stauen, denn die Türen waren immer noch geschlossen.

Vorsichtig, um keine Panik auszulösen, arbeitete Halil sich auf den Mann zu. Dabei brabbelte er halblaut kurdische Flüche vor sich hin. Als er sah, dass der Mann geradewegs auf die Treppe zum Ergeschoss zusteuerte, ging er etwas schneller, um vor ihm dort zu sein. Zwischen ihnen befand sich ein Pulk von Patienten und Klinikpersonal, die ihm den Weg versperrten. Er versuchte, einen Pfleger zu überholen, der ein Bett mit quietschenden Rädern auf den Fahrstuhl zuschob. Er sah alles, und er hörte alles: das Schlurfen der Füße, ein keuchendes Husten, das ängstliche Weinen eines Kindes.

Der Mann blickte nicht in seine Richtung. Er war blass, die Haut feucht. Die rechte Hand steckte noch immer in der Kitteltasche, zur Faust geballt. *Er hält etwas in der Hand*, dachte Halil, *vielleicht ein Fläschchen mit dem giftigen Zeug, das uns alle töten kann, meine Schneeflocke und meine ganze Familie.* Ohne den Mann aus den Augen zu lassen, schob er sich zwischen eine alte Frau und eine Schwester, drängte ein kleines Mädchen beiseite, fort von der Gefahrenquelle. Bis zur Treppe waren es noch ungefähr zehn Meter.

Der Mann zog die rechte Hand aus der Kitteltasche.

Halils Finger umschlossen das Messer, aber gerade als er es herausholen wollte, stellte er fest, dass die Hand des Mannes leer war. Er rückte nur sein Brillengestell zurecht. Dann hob er die Sporttasche vor die Brust und tastete nach dem Reißverschluss.

Halil schaute sich um, so unauffällig wie möglich. Hielt Ausschau nach Rashid, nach einem seiner Söhne, nach irgendjemandem von seiner Familie. War es ein gutes Zeichen, dass er keinen von ihnen sah? Er lauschte angestrengt, und da hörte er es – unter all den anderen Geräuschen hörte er den Ruck, mit dem ein Reißverschluss aufgezogen wurde. Er stieß einen Pfleger, der vor ihm ging, zur Seite und riss das Messer aus der Jackentasche. Ließ die Klinge hervorschnellen

In diesem Moment bemerkte der Mann ihn. Es waren noch drei Meter bis zur Treppe, als der Mann losrannte und dabei etwas aus der Sporttasche zu ziehen versuchte. *Er hat eine Pistole in der Tasche. Nein. Eine Bombe oder einen Behälter mit Gift.*

»Weg da, zur Seite!«, brüllte Halil die Leute rings umher an, »verschwindet, macht, dass ihr wegkommt!«

Köpfe fuhren herum; jemand schrie. Eine Frau begann zu rennen. Ein Kind stolperte und fiel. Halil sprang über das Kind hinweg und prallte gegen eine Schwester, die nicht rechtzeitig ausweichen konnte. Ein Mann packte das weinende Kind am Kragen, zerrte es hinter sich her. Die ersten Patienten warfen sich zu Boden.

Der Mann hatte die Treppe erreicht und versuchte immer noch, das Etwas aus der Sporttasche zu ziehen. Halb vorgebeugt blieb er auf der obersten Stufe stehen, aber Halil hatte einfach keine freie Bahn, um das Messer zu schleudern. Da tat sich links von ihm eine Lücke auf, und in dieser Lücke stand Shirin, einen Treppenabsatz von dem Mann entfernt. Sie stand nur da, Hand in Hand mit Yassim, und beobachtete den Mann in dem Arztkittel mit der roten Sporttasche über ihr.

»Shirin, lauf weg!«, rief Halil. Er hörte die Angst in seiner Stimme. Jetzt entdeckte er auch Nerin und Amal, die einige Meter hinter Shirin standen, ebenfalls erstarrt. *Was macht ihr hier?* In Gedanken tobte er. *Warum seid ihr nicht mit ihr im Zimmer geblieben, wie ich es euch befohlen habe?* Das Messer in der rechten Faust, sprang er die Stufen hinunter, fast bis zum ersten Treppenabsatz. Dort packte er seine Tochter, hob sie mit einem Arm hoch wie eine Puppe und richtete gleichzeitig das Messer auf den Mann, bereit, es zu schleudern wie einen Blitz.

Als der Mann das sah, nahm sein Gesicht einen seltsamen Ausdruck an, halb wütend, halb flehend. Dann schüttelte er den Kopf, fast bedächtig und irgendwie enttäuscht. »Ich werde alle töten«, schrie er, griff in die rechte Kitteltasche und holte eine kleine braune

Phiole hervor, die er über seinen Kopf hob. »Wir müssen alle sterben!«

Halil hielt seine Tochter immer noch unter dem linken Arm. »Rashid!« Er spürte, dass Shirins Patenonkel hinter ihm auftauchte, und ohne hinzuschauen, wandte er ihm die linke Seite zu, sodass Rashid das Mädchen entgegennehmen konnte. Shirin begann zu zappeln, ihr kleiner, schlanker Körper war ein Bündel angespannter Muskeln. Sie rutschte unter Halils Arm hervor und entwand sich den Händen ihres Patenonkels, genau in dem Moment, in dem der Mann in dem blauen Kittel seine Sporttasche fallen ließ und die Phiole hoch in die Luft warf, so hoch, dass er Zeit hatte, ihrem Flug staunend mit zurückgeneigtem Kopf zu folgen, wie sie ihre Flugbahn beschrieb.

Halil achtete nicht mehr auf den Mann, nur noch auf die Phiole; er sah sie fallen, schnell und wie in Zeitlupe zugleich. Er schrie: »Weg! Alle weg!«, und stürzte auf die Phiole zu, *ich bin ein alter Mann, um mich ist es nicht schade*. Aber noch während er lief, wusste er, dass er zu spät kommen würde. Das Fläschchen würde vor seinen Augen zerplatzen, und niemand hatte eine Chance, alle würden von dem Inhalt besprüht werden.

Da flitzte an seinen Beinen ein farbiger Schatten vorbei, mit ausgestreckter Hand und flatterndem Nachthemd, und die winzige ausgestreckte Hand fing die Phiole einen Sekundenbruchteil, bevor sie auf die Stufen schlug. Fing sie und hielt sie fest, als wäre es nichts, eine Kleinigkeit.

»Shirin!«, ächzte Halil. »Vorsicht, Schneeflocke, nicht fallen lassen!«

»Du weißt doch, dass ich gut fangen kann, Papa«, sagte Shirin und war nicht mal außer Atem.

68

Julian starrte durch das Mikroskop, als wäre er damit verwachsen. Ella konnte spüren, wie er fieberhaft überlegte. Sie konnte sogar seine Gedanken lesen: *Was habe ich verletzt? Woher kommt das Blut? Es sind zu viele Äderchen. Alle wichtig, für den Hirnstamm, für die Blutversorgung, ein ganzes Netzwerk von winzigen Äderchen, hauchdünne Pipelines zwischen Kleinhirnschlagader und Hirnstamm. Habe ich eine von denen geöffnet? Dann sterben in dieser Sekunde Tausende lebenswichtiger, unersetzlicher Zellen; dann stirbt meine Patientin hier und jetzt unter meinen Händen.*

Und Ella dachte dasselbe, fragte sich, ob es sich um eine Anomalie handeln konnte, das Entsetzlichste, was einem Chirurgen bei der Operation passieren konnte – *etwas, das nicht da sein sollte?* Sie starrte auf den Monitor und hätte am liebsten geschrien, mit ihrem Schrei das Blut geteilt und die Quellen gezwungen, sich zu zeigen. Alles, was vorher gestochen scharf gewesen war, verschwand unter den roten Fluten. Der Präparationskanal schien sich zu dehnen und wieder zusammenzuziehen.

Das Mikroskop hat sich verstellt, dachte sie, und Julian musste denselben Gedanken gehabt haben, denn er versuchte, die Einstellung zu korrigieren, aber dann sahen sie gar nichts mehr. Der hämmernde Schlag des Herztonverstärkers dröhnte in ihren Ohren, das Piepen schien sich in ihr eigenes Gehirn zu bohren. *Du musst diese zweite Blutung finden, Julian, du musst sie finden und stillen!*

»Kauter!«, rief er. Die Operationsschwester drückte ihm die elektrische Pinzette in die ausgestreckte Hand, und Julian fragte Fleming: »Sehen Sie die Blutungen? Es müssen mehrere sein. Eine ... eine ist oben am Cerebellum, eine gerissene Brückenvene. Die andere muss irgendwo ...«

»Rechts unten«, antwortete Fleming, der von seinem Platz hinter dem Kontrollpult auf den Monitor an der OP-Wand starrte, mit beunruhigender Bestimmtheit.

Rechts unten verlief die Kleinhirnschlagader. Rechts unten spreizte sich das Delta der kleinen Äderchen, die den Hirnstamm speisten. Julian blinzelte ein paar Schweißtröpfchen von den Wimpern. Versuchte, das Mikroskop schärfer einzustellen. »Ich kann nichts erkennen«, sagte er. »Nochmal ausspülen!«

Er weiß nicht, dass Fleming mit Cassidy unter einer Decke steckt. Er hat keine Ahnung, dass er ihm nicht trauen darf.

Wasser wirbelte unter dem Objektiv des Mikroskops über die Hirnlandschaft. Hellrote Strudel. Gleißendes, funkelndes Glitzern.

»Sehen Sie, da, unten rechts!«, rief Fleming drängend.

Aber Ella sah es nicht, nur eine Art Kaskade, nahe am Hirnstamm, viel zu nah. Wenn Julian mit der Pinzette danebenfasste, steckte er mitten im Delta, und deswegen zögerte er immer noch.

»Was haben Sie denn, großer Gott?« Flemings Stimme hatte einen drängenden, fast wilden Unterton. Die Intervalle zwischen den Pieptönen des Monitors wurden länger. Das Pochen setzte aus und wieder ein und wieder aus. »Worauf warten Sie, es ist doch direkt vor Ihnen!«

Julian saß bewegungslos hinter dem Mikroskop, unfähig, zu reagieren, als könnte jede noch so kleine Bewegung das Verhängnis auslösen. Und das Blut stieg weiter, verschluckte die Nischen und Mulden der Höhlenlandschaft in Annikas Schädel.

Ellas Blick flog durch den halbdunklen Raum, vom Monitor zu DI Cassidy, dessen Lippen sich lautlos bewegten, während er die Augen nicht von den Vorgängen auf dem Bildschirm löste, und das war dumm, weil er noch immer das Handy in der Schlingenhand hielt, *keinen Revolver,* und auch die andere Hand steckte nicht mehr in der Tasche mit der Waffe. Ella zögerte keine Sekunde. Ihr Blick war auf eine Schublade mit OP-Besteck gefallen. Mit drei schnellen Schritten war sie bei der Schublade, riss sie auf, griff nach einem Skalpell und stand neben Cassidy, bevor er kapierte, was geschah. Stand neben ihm und presste die scharfe Klinge des Skalpells gegen seine Kehle. »Nicht bewegen, nichts sagen!«, stieß sie hervor. »Einfach ganz ruhig bleiben!«

Der Detective Inspector erstarrte, legte nur den Kopf etwas in den Nacken, als wäre seine Kehle dann weniger verwundbar. Das Bild des Monitors spiegelte sich rot glitzernd auf der Stahlklinge, und Ella roch die Ausdünstung von Leder und Schweiß, als sie Cassidy erst in die linke Jackentasche griff, um den Revolver herauszuholen, und dann in die linke Hosentasche, in der das Aufnahmegerät steckte. »Sie begehen einen Fehler«, ächzte der Detective. »Einen riesengroßen Fehler.«

Ella lief zur Schwingtür – *keine Zeit, Handschuhe, Mundschutz oder einen sterilen Kittel anzuziehen* –, stieß sie auf und blieb weit genug vom OP-Tisch stehen, um Anni nicht zu gefährden. »Julian, tu es nicht!«, rief sie. »Fleming steckt mit ihnen unter einer Decke!«

Er reagierte nicht, hob die Augen nicht vom Okular, gab mit keinem Zeichen zu erkennen, dass er sie verstanden hatte.

»Cassidy wird mir nichts tun, Julian«, ihre Stimmer überschlug sich fast, »keinem von uns. Ich habe einen Mitschnitt von eurem Gespräch, davon, wie er dich erpresst hat. Damit geht er nicht zum Secret Service, damit geht er ins Gefängnis!«

Plötzlich schien Julian zu erwachen. »Spülen und Strom!«, befahl er.

Wieder wusch der Wasserstrahl unter dem Mikroskop vorbei, und eine Sekunde lang sah Ella die zweite Blutung klar und deutlich auf dem OP-Monitor – links oben. »Strom!«, verlangte Julian noch einmal lauter.

»Nein, Schwester, das ist zu gefährlich«, rief Fleming. »Er gefährdet das Leben der Patientin!«

Die Schwester blickte hilflos von Julian, dem Operateur, zu Fleming, ihrem Direktor, und wieder zurück. Ihre Augen waren groß, in Panik.

»Strom!«

Nichts geschah. Der Fuß der Schwester stand bewegungslos neben dem Pedal.

»Strom, verdammt nochmal!«, rief Julian. »Spülen, absaugen und dann verkochen!«

»Kein Strom, Schwester!«, befahl Fleming. »Spülen Sie, und dann sehen wir …«

Erneut spülte Wasser unter dem Mikroskop. Da waren wieder die Blutungen, eins, zwei, jeder dieser Blutstöße bedeutete, dass die Patientin schwächer wurde, dem Tod weniger Widerstand entgegensetzen konnte.

»Links oben!«, sagte Ella, jetzt absolut ruhig. »Ganz sicher links oben!«

Julian rutschte vom OP-Hocker und trat selbst auf das Pedal für die Stromzufuhr, wobei er die Blutungen nicht aus den Augen ließ. Rasch führte er den Kauter nach links oben, wo die größere der beiden Adern zuckte. Dünner Rauch stieg auf, als die elektrische Pinzette zuschnappte. Sie erwischte die Ader genau in der Sekunde, in der sie am weitesten von Kleinhirnschlagader und Hirnstamm entfernt war. Die Blutung stand sofort. Gleich danach wandte Julian sich der gerissenen Brückenvene zu. Ein weiteres Zupacken, gefolgt von grauem Rauch, und auch die zweite Ader war verschlossen.

Wieder sagte Julian: »Spülen und absaugen«, und noch während er die Instrumente aus dem Präparationskanal zog, geschah es: Das Pochen des Herzschlags beschleunigte sich, und die Pieptöne eilten fast fröhlich hinterher. Ella schloss die Augen, einen Moment war ihr fast schlecht vor Erleichterung. Sie wandte den Blick vom Monitor, denn auf einmal kam ihr der Blick auf Annikas Gehirn indiskret vor, jetzt, wo langsam wieder bewusstes Leben in ihre Zellen zurückkehrte.

»Licht!«, befahl Julian. Die Neonlampen an der Saaldecke flammten auf. Er trat einen Schritt zurück. Bei seinem Anblick musste Ella an einen Marathonläufer denken, der kurz vor dem Ziel war, durstig, erschöpft und doch voller Adrenalin. Er sah sie mit den Augen eines solchen Läufers an, die immer noch nicht in der Lage waren, sich auf kürzere Distanz einzustellen. »Dr. Bach, machen Sie sich bitte steril und helfen Sie mir, die Patientin wieder zu verschließen.«

Fleming erhob sich langsam von seinem Hocker hinter dem Kontrollpult. Er war blass, sein Mund schmal vor Enttäuschung. »Meinen Glückwunsch, Auster«, sagte er heiser, »das war … das war großartig. Bitte, entschuldigen Sie mich … Ich muss … Ich hoffe, Sie glauben nicht …« Mit schleppenden Schritten steuerte er die Schwingtür zum Vorbereitungsraum an, in dem es plötzlich von uniformierten Polizeibeamten wimmelte.

Einer der Polizisten ging auf DI Cassidy zu, der ihn mit einer abwehrend ausgestreckten Hand auf Distanz hielt. Überraschend behende bückte Cassidy sich nach dem Skalpell, das Ella fallengelassen hatte. Er kam wieder hoch, und Ella sah nur ein verwischtes Blinken, als er sich damit die Kehle durchschneiden wollte. Doch der Polizist war schneller. Er fiel dem Detective Inspector in den Arm, und eine Minute später führten zwei der Beamten Cassidy aus dem Raum. *Schade, dass Anni das nicht sehen kann,* dachte Ella.

»Ella? Sind wir so weit?«, fragte Julian.

»Ja«, sagte Ella. »Alles andere später?«

»Alles andere später«, bestätigte er, und es kam ihr vor, als wäre sie das Ziel, auf das er die ganze Zeit zugelaufen war.

69

Der Strom kehrte in dem Moment zurück, als der Mann in dem blauen Kittel von Halil Abou-Khan und seinen Söhnen hingerichtet wurde. Plötzlich hatten alle, die darauf warteten, dass der Livestream weiterging, wieder ein Bild. Ella verließ den OP und zog gerade die sterilen Handschuhe aus, als sie Cassidys verwaistes Smartphone auf dem Instrumententisch entdeckte.

»Was habt ihr vor?«, hörte sie Sascha fragen. Seine Stimme klang verzerrt. »Wo bringt ihr mich hin?«

»Du wollest doch sterben.« Das war die Stimme von Halil. »Wir bringen dich dorthin, wo du sterben wirst.«

Ella warf einen Blick auf das Display des Handys. Sie sah nur blaue Schatten, und es dauerte ein paar Sekunden, bis sie begriff, dass es sich um den Stoff des Kittels handelte, in dem das Handy steckte. Das erklärte auch die anderen Geräusche, das Rascheln, Knistern und Scharren. Es gab noch mehr zu hören: Männerstimmen, die sich auf Libanesisch verständigten, ferne Sirenen, Lautsprecherdurchsagen, Füße, die auf Betonboden trampelten. Wieder Saschas Stimme: »Das könnt ihr nicht!«

»Mit wem sprichst du?«, fragte Julian, der hinter Ella aus dem OP kam.

»Mit niemandem.« Sie merkte, wie ihr die Stimme versagte. Sie zitterte innerlich so sehr, dass jedes Wort, jede noch so kleine Regung zu einem Heulkrampf führen würde.

»Wo gehen wir hin?«, fragte Sascha jetzt. »Da geht es doch … da geht es doch nur ins Untergeschoss. Was wollte ihr denn da? Lasst mich los!« Ella konnte fast sehen, wie er sich gegen die Männer stemmte, die seine Arme gepackt hatten und ihn die Treppe hinunterschleppten. Manchmal hielten sie inne, und man konnte hören, wie andere die Stufen hinauf- oder hinunterliefen, Personal, verirrte Patienten, Polizisten, aber niemand schien sich in dem ganzen Durcheinander um Sascha, Halil und seine Familie zu kümmern.

Die blauen Schatten auf dem Display wurden hell, dann wieder dunkel, und das Bild schaukelte hin und her.

»Du wolltest meine Tochter töten.« Das war noch einmal Halil. »Du hast uns alle bedroht! Wir werden für Gerechtigkeit sorgen.«

Eine Eisentür schlug gegen eine Wand und dann wieder zu, und jetzt gab es nicht mehr so viele Nebengeräusche, nur noch die Schritte auf Beton, bis eine weitere Tür geöffnet wurde. Ein dumpfes Brummen ertönte. »Das ist ja die Wäscherei«, rief Sascha. »Was sollen wir hier?«

Die Schatten veränderten sich erneut, jetzt gab es mehr Licht. Ella sah auch das genau vor sich, die verlassene Wäscherei, in der die unterbrochenen Waschvorgänge mit dem Einsetzen der Stromversorgung wieder aufgenommen worden waren – die riesigen weißen Maschinen, die schleudernden und stampfenden Trommeln und Trockner im Halbdunkel, die Berge von schmutzigen Laken, Kitteln und Bettbezügen, die Kunststoffbottiche mit frischer, noch feuchter Wäsche, die Fünf-Liter-Plastikflaschen und Pappeimer mit Waschmitteln.

»Zieh dich aus!«, befahl Halil.

»Was? Nein! Ich will nicht … ich will mich nicht ausziehen!«

Ein Stoß oder Schlag, gefolgt von einem Winseln. »Lasst mich los … *nicht! … das ist nicht … das dürft ihr nicht …*«

Jemand sagte etwas auf Libanesisch oder Türkisch, das Spiel von Licht und Schatten wurde heftiger, Geräusche eines kurzen Kampfes, Stöhnen und Keuchen, dann verschwand jählings der blaue Vorhang. Er fiel zu Boden, und dabei rutschte das Smartphone aus der Tasche, als der Kittel auf dem Beton landete, und der Livestream zeigte nun Ausschnitte der Bilder, die Ella sich bisher nur vorgestellt hatte, die Wäscherei, dazu Sascha von unten, halbnackt in Unterwäsche, umgeben von Männern in Straßenkleidung. Halil Abou-Khan erkannte sie sofort, Rashido auch, dazu einen von Halils Söhnen, Amal, aber die anderen beiden kannte sie nicht.

Die Männer stießen Sascha hin und her, rissen ihm die Unterwäsche vom Körper, bis er ganz nackt war, und dabei gerieten sie immer wieder aus dem Bild. Dann stießen sie ihn auf eine der großen Maschinen zu, und jetzt kreischte er nur noch. *»Nicht ... was soll denn ... ihr ... nein ...«*

Halil schaltete die Maschine mitten im Waschgang ab und öffnete die verglaste Trommelklappe. Wasser strömte heraus, ein paar Wäschestücke purzelten hinterher. Mit beiden Armen fasste er in die Trommel, schaufelte die Wäsche heraus. Als die Maschine leer war, befahl er: »Rein da!«

Sascha sagte nichts mehr, stumm kämpfte er um sein Leben, aber dann ging alles ganz schnell. Jemand schlug seinen Kopf gegen die Metallverschalung der Maschine, und als er zusammensackte, packten alle mit an und hoben ihn hoch und schoben ihn in die tropfende Trommel, mit Kopf und Schultern zuerst voran, bis er darin lag wie ein großer blasser Fötus, nackt und zusammengekrümmt.

Amal schüttete Waschmittel nach, endlose Mengen von weißem Pulver aus einer großen Pappschachtel, während Rashido den neuen Waschvorgang einstellte. Jemand kam auf die Handykamera zu, packte den blauen Kittel und hob ihn auf. Das Bild verschwand, wurde wieder blau und dunkel. Es schepperte und klirrte, dann ein dumpfes Krachen. Etwas später drang ein unheimliches Gurgeln und Rauschen aus dem Handylautsprecher. Mit einem Scheppern rutschte das Smartphone aus der Kitteltasche. Jetzt befand es sich in der Trommel, und alles auf dem Bild war verschwommen, schimmernde Nässe, grobkörnige Kleidung, nackte Haut, die silbrige, durchlöcherte Trommelrundung. Und das Wasser, das auf einmal über das Handy spülte: dünne, plätschernde Schübe, in deren Schwappen sich ein schreckliches Heulen mischte, als Sascha wieder zu sich kam und erkannte, was mit ihm geschah.

Das Heulen ging in ein Husten und Würgen über. Das Bild drehte sich und kam nicht mehr zum Stillstand. Weißer Schaum spülte darüber hinweg, und das war das Letzte, was Ella von Sascha sah. Das letzte aber, was das Handy übertrug, waren die Köpfe von Halil, Amal und Rashido, die mit ausdruckslosen Mienen in das Innere der Maschine starrten und sich dabei, durch das schlierige Glasfenster der Trommelklappe verzerrt, immer schneller um sich selbst drehten.

70

Es war der Tag, an dem Ella dem Teufel begegnete. Sie saß an Annikas Bett in einem Einzelzimmer der Mills Clinic und wartete darauf, dass Anni aufwachte, obwohl sie wusste, dass es zu früh dafür war. Sie hatte das Fenster geöffnet. Sie dachte, dass Anni das Rauschen der Bäume im Park bestimmt gerne hörte, da, wo sie gerade war.

Annika lag auf dem Rücken, mit geschlossenen Augen und einem Gazeturban um den Kopf. Sie konnte noch nicht transportiert werden, aber seit der Operation in der vergangenen Nacht hatte sich ihr Zustand ständig gebessert. Auf der kleinen Konsole neben ihrem Bett stand eine schmucklose Lampe, deren Licht kaum über das Kopfkissen hinausreichte. Es gab sonst nicht viel in dem Zimmer, nur die Maschinen, die sie mit Nahrung versorgten und ihre Herzschläge aufzeichneten, während sie sich gesund schlief.

»Das war dann das Ende«, sagte Ella, »genau wie in dem Videoclip von Rashido. Bis sich jemand darum kümmern konnte, war Sascha schon tot. Leider ist dadurch das Handy unbrauchbar geworden, hat zumindest die Polizei gesagt. Schade. Ich hätte wirklich gern gewusst, was all diese Menschen im letzten Moment ihres Lebens auf dem Display gesehen haben. Was ihnen so eine Heidenangst eingejagt hat.«

Sie war selbst todmüde. Sie hatte ein paar Stunden in einem nahegelegenen Hotel geschlafen, aber sie war noch immer so müde, dass sie kaum die Augen offen halten konnte. Sie blickte zu ihrem Handy hinüber, das neben ihrer Handtasche auf dem leeren Nachbarbett lag. Das Display leuchtete auf, ein rötlicher Schimmer, der flackernd hell und wieder dunkel wurde. Es gab keinen Klingelton, nur das schwache rötliche Flackern.

Auf einmal öffnete Annika die Augen. Sie drehte den Kopf und sah ebenfalls zum Nachbarbett hinüber. »Bächlein, du musst rangehen«, sagte sie.

Als das Flackern des Telefons nicht nachließ, griff sie schließlich danach. Auf dem Display fand sich weder eine Nummer noch ein Name. Sie sah etwas, das zuerst an einen Rorschach-Test erinnerte, rot und schwarz, und das sich bewegte wie das Innere einer Lavalampe. Auf einmal formten sich daraus die Umrisse eines Gesichts. Es konnte nur ein Gesicht sein, das von innen gegen den Touchscreen drängte, als wollte es sich hindurchbrennen. Während sie auf das Bild starrte, spürte Ella, wie sich etwas um sie herum auftat, eine grauenhafte schwarze Leere. Sie konnte ihren Blick nicht von dem schemenhaften Gesicht lösen, und gleichzeitig fühlte sie, wie sie den Boden unter den Füßen verlor, wie da plötzlich nichts mehr war. Wie sie über diesem Nichts schwebte, das sie zu verschlingen drohte und das gleichzeitig aus den Augenhöhlen dieses Gesichts in ihre Seele strömte.

Das war es, dachte sie, *das war es, was die Menschen gesehen haben, bei ihrem letzten Blick auf ihre Handys.*

Das Gerät in ihrer Hand war so heiß, dass es ihre Finger versengte. Sie wollte es loslassen, aber sie konnte nicht, und die ganze Zeit pulsierte das schwarze Rorschach-Gesicht hinter dem Display, brannte sich nicht nur in den Touchscreen, sondern in ihren Kopf. Plötzlich spürte sie, wie ihre Gesichtshaut sich spannte. Knisternd schienen sich dünne Risse zu bilden, wie in ausgetrockneter Erde bei einer Dürre, weil ihr Schädelknochen seine Form veränderte. Ein unerträglicher Schmerz wütete hinter ihrer Stirn, ihren von innerer Glut versengten Augen. Zischend wand sich ihre Zunge unter dem kochend heißen Gaumen, krümmte sich; alle Feuchtigkeit verdampfte in ihrem Körper.

Ich will das nicht sehen, dachte sie; *ich will lieber tot ein, als das zu sehen und zu spüren, was es mit mir macht.* Die ganze Zeit sah Anni sie an, ohne etwas zu sagen. Ihr Gesicht schwebte über dem Kissen, im Lichtschein der Lampe auf dem Nachttisch. *Warum sagt sie nichts?,* dachte Ella. *Sie muss doch bemerken, was mit mir vorgeht!* Aber Anni beobachtete sie nur teilnahmsvoll.

Ella bekam kaum noch Luft. Ihr Herz schlug immer langsamer; es war, als drücke eine schwarze Faust es unbarmherzig zusammen. Sie dachte, *geh weg, lass mich in Ruhe, lass mich, ich will das nicht! Ich will leben!* »Ich habe keine Angst vor dir!«, schrie sie, obwohl sie noch nie zuvor von einer solchen Angst erfüllt gewesen war. Sie schüttelte ihre Hand, als hätte sich ein grässliches Insekt daran festgekrallt. Das Handy flog davon und landete wieder auf dem Nachbarbett. Annika schloss die Augen und fiel zurück auf das Kopfkissen. »Jetzt weißt du es«, sagte sie. »Jetzt weißt du, wie es ist.«

Ella zuckte zusammen und schrak hoch. Sie sah zum Nachbarbett hinüber. *Kein Handy weit und breit.* Von der Hitze, die sie eben noch erfüllt hatte, spürte sie nichts mehr. Ihre Zähne klirrten gegeneinander, und sie zitterte vor Kälte. Die Fensterflügel standen noch immer sperrangelweit auf. Vom Fluss drang das Tuten eines Frachtschiffs herüber, wahrscheinlich mit Kohlen beladen, denn die Luft roch verbrannt.

Ella stand auf und schloss das Fenster. Dann setzte sie sich wieder auf den Stuhl neben Annis Bett. Das Gesicht ihrer Freundin trug auf einmal einen gelösten, friedlichen Ausdruck, und selbst im Schlaf wirkte sie, als wäre eine große, dunkle Last von ihr genommen worden. Ella spürte, wie die Erinnerung an die letzten Tage blasser wurde. Statt Schmerz und Angst und all der Schrecken fühlte sie eine ungewohnte Leichtigkeit in sich aufsteigen. Es kam ihr vor, als wäre sie die ganze Zeit durch einen Tunnel gefahren, und jetzt schoss sie hinaus ins Licht.

Du wirst wieder gesund, dachte sie, *du wirst wieder gesund, Anni, und weißt du, was wir dann alles zusammen machen können? Was wir alles nachzuholen haben? Denk nur an all die Menschen, die Musik, denk an die Bäume im Herbst!*

Und dann gab es ja auch noch Julian. Eigentlich fing jetzt erst alles richtig an. *Diesmal mache ich es richtig*, dachte sie; *diesmal merke ich es nicht erst hinterher, dass ich glücklich war.*

NACHWORT

Der Verfasser dankt Dr. Christoph Scheding, Berlin, dessen Beratung in allen medizinischen Fragen von unschätzbarem Wert war. Fehler, die sich trotzdem noch im Text befinden, gehen allein aufs Konto des Verfassers. Er dankt Miriam Meckel, deren Buch *Next* über die schöne neue Netzwelt ihn ebenso mit Informationen versorgt hat, wie Saul Bellows Roman *Herzog* ihm philosophischer Leitfaden war. Den Mitarbeitern vom Facility Management der Charité in Berlin verdankt der Verfasser eine hilfreiche Führung durch die Rudolf-Virchow-Klinik in Berlin-Wedding. Die Passage über die Weltherrschaft des Verbrechens von Dr. Mabuse entstammt dem Roman *Doktor Mabuse, der Spieler* von Norbert Jacques. Wichtige Informationen über die Firmenpolitik von Amazon, Facebook und Google fanden sich in dem Artikel »Die fanatischen Vier – Web-Kampf um die Zukunft« im *Spiegel* Nr. 49/2011.

C. C. Fischer
München/Berlin, August 2011 – August 2012